普通高等教育"十一五"国家级规划教材《中国当代文学史》配套教材

洪子诚 主编

中国当代文学史作品选

（修订版）

图书在版编目(CIP)数据

中国当代文学史作品选(修订版)/洪子诚主编.—北京:北京大学出版社,2008.11
ISBN 978-7-301-13875-5

Ⅰ.中… Ⅱ.洪… Ⅲ.当代文学－作品－中国－高等学校－教材 Ⅳ.I217.1

中国版本图书馆 CIP 数据核字(2008)第 073283 号

书　　　名：	中国当代文学史作品选(修订版)
著作责任者：	洪子诚　主编
责 任 编 辑：	黄敏劼
标 准 书 号：	ISBN 978-7-301-13875-5/I·2046
出 版 发 行：	北京大学出版社
地　　　址：	北京市海淀区成府路 205 号　100871
网　　　址：	http://www.pup.cn　新浪官方微博:@北京大学出版社　@阅读培文
电 子 邮 箱：	编辑部 pkupw@pup.cn　总编室 zpup@pup.cn
电　　　话：	邮购部 62752015　发行部 62750672　编辑部 62750883
印 　刷 　者：	天津光之彩印刷有限公司
经 　销 　者：	新华书店
	890 毫米×1240 毫米　A5　21.75 印张　763 千字
	2008 年 11 月第 1 版　2024 年 8 月第 20 次印刷
定　　　价：	59.00 元

未经许可,不得以任何方式复制或抄袭本书之部分或全部内容。
版权所有,侵权必究
举报电话:010－62752024　电子邮箱:fd@pup.cn

"修订版"编选说明

本书是为配合中国当代文学史的教学而编选的作品选,初版于 2002 年。这次修订,整体篇幅做了压缩,篇目也做了若干调整。另外,在编排上,也改为以体裁为划分依据,以方便同一作家不同时期作品的处理。

本书选入的作品,始于 20 世纪 50 年代初,迄于 90 年代末。由于篇幅的限制,以短诗、散文、短篇小说为主,也适当选入一些中篇小说和戏剧作品。许多重要的中、长篇小说和戏剧作品无法容纳,采用"存目"的方式在目录中做了提示。

另一需要说明的是,本书的作品有的选自发表刊物,有的选自作品集。当代作家对其作品常有改动,而当年在语词、标点的使用上也存在与当前"规范"不相符合之处。本作品选均以篇末标示的入选文本为准,一律不做改动。

钱文亮、冷霜、赵锦丽、张夏放、胡续冬、赵珥、邓程等参加了初版的编选工作,谨向他们表示感谢。

编　者
2007 年 7 月

目 录

编选说明 ……………………………………………………… （1）

【诗歌】

回　答 ……………………………………… 何其芳 （3）
苹果树下 …………………………………… 闻　捷 （5）
西盟的早晨 ………………………………… 公　刘 （6）
上海夜歌（一）……………………………… 公　刘 （6）
地球对着火星说 …………………………… 邵燕祥 （7）
愤怒的蟋蟀 ………………………………… 邵燕祥 （8）
礁　石 ……………………………………… 艾　青 （9）
在智利的海岬上 …………………………… 艾　青 （9）
鱼化石 ……………………………………… 艾　青 （12）
草木篇 ……………………………………… 流沙河 （14）
筏子客 ……………………………………… 昌　耀 （15）
鹿的角枝 …………………………………… 昌　耀 （15）
河　床 ……………………………………… 昌　耀 （16）
葬　歌 ……………………………………… 穆　旦 （19）
冬 …………………………………………… 穆　旦 （21）
智慧之歌 …………………………………… 穆　旦 （22）
雾中汉水 …………………………………… 蔡其矫 （24）
祈　求 ……………………………………… 蔡其矫 （24）
望星空 ……………………………………… 郭小川 （25）
悬崖边的树 ………………………………… 曾　卓 （30）
又一名哥伦布 ……………………………… 绿　原 （31）
重读《圣经》………………………………… 绿　原 （32）
这是四点零八分的北京 …………………… 食　指 （35）
相信未来 …………………………………… 食　指 （36）

· 1 ·

能　够 ……………………………………	多　多	（37）
手　艺 ……………………………………	多　多	（37）
从死亡的方向看 …………………………	多　多	（38）
阳光中的向日葵 …………………………	芒　克	（39）
悼念一棵枫树 ……………………………	牛　汉	（40）
华南虎 ……………………………………	牛　汉	（41）
流血的令箭荷花 …………………………	郑　敏	（43）
秋 …………………………………………	杜运燮	（44）
回　答 ……………………………………	北　岛	（45）
雨　夜 ……………………………………	北　岛	（45）
触　电 ……………………………………	北　岛	（46）
致橡树 ……………………………………	舒　婷	（47）
神女峰 ……………………………………	舒　婷	（48）
生命幻想曲 ………………………………	顾　城	（49）
弧线 ………………………………………	顾　城	（50）
诺日朗 ……………………………………	杨　炼	（51）
亚洲铜 ……………………………………	海　子	（56）
面朝大海，春暖花开 ……………………	海　子	（56）
最后一夜和第一日的献诗 ………………	海　子	（57）
温柔的部分 ………………………………	韩　东	（59）
有关大雁塔 ………………………………	韩　东	（59）
尚义街六号 ………………………………	于　坚	（61）
读弗洛斯特 ………………………………	于　坚	（62）
母　亲 ……………………………………	翟永明	（64）
独　白 ……………………………………	翟永明	（65）
汉英之间 …………………………………	欧阳江河	（67）
玻璃工厂 …………………………………	欧阳江河	（69）
在哈尔盖仰望星空 ………………………	西　川	（72）
夕光中的蝙蝠 ……………………………	西　川	（72）
虚构的家谱 ………………………………	西　川	（73）
帕斯捷尔纳克 ……………………………	王家新	（75）
日　记 ……………………………………	王家新	（77）

【散文】

南颖访问记	丰子恺	(81)
鉴湖风景如画	钦文	(84)
五月卅下十点北平宿舍	沈从文	(86)
附带声明	马寅初	(88)
傅雷家书(选一)	傅雷	(90)
"废名论"存疑	夏衍	(92)
"言论老生"	唐弢	(94)
况钟的笔	巴人	(96)
黄鹂	孙犁	(98)
残瓷人	孙犁	(101)
放翁诗	黄裳	(103)
"伟大的空话"	邓拓	(108)
怀念萧珊	巴金	(110)
拣麦穗	张洁	(119)
冒险记幸	杨绛	(122)
随遇而安	汪曾祺	(128)
巩乃斯的马	周涛	(134)
秦腔	贾平凹	(138)
我与地坛	史铁生	(143)
沉默的大多数	王小波	(157)
融入野地	张炜	(166)
聆听西藏	扎西达娃	(176)
大地上的事情	苇岸	(181)

【小说】

山地回忆	孙犁	(191)
组织部新来的青年人	王蒙	(196)
红豆	宗璞	(223)
百合花	茹志鹃	(244)
"锻炼锻炼"	赵树理	(251)
山那面人家	周立波	(266)

陶渊明写《挽歌》	陈翔鹤	(272)
爱,是不能忘记的	张 洁	(282)
陈奂生上城	高晓声	(294)
受戒	汪曾祺	(302)
异秉	汪曾祺	(316)
短凳桥风情(选一)	林斤澜	(324)
我的遥远的清平湾	史铁生	(331)
爸爸爸	韩少功	(343)
棋王	阿 城	(377)
黑氏	贾平凹	(404)
冈底斯的诱惑	马 原	(429)
山上的小屋	残 雪	(465)
透明的红萝卜	莫 言	(468)
系在皮绳扣上的魂	扎西达娃	(503)
十八岁出门远行	余 华	(519)
叔叔的故事	王安忆	(525)
狗日的粮食	刘 恒	(577)
厚土	李 锐	(587)
一地鸡毛	刘震云	(601)

【戏剧】

茶馆(第一幕)	老 舍	(639)
车站	高行健	(651)

【中长篇小说存目】

《我们夫妇之间》 萧也牧,原载《人民文学》1950年第1卷第3期。

《洼地上的"战役"》 路翎,原载《人民文学》1954年第3期。

《铁木前传》 孙犁,原载《人民文学》1956年第12期。

《红旗谱》 梁斌,中国青年出版社1957年版。

《林海雪原》 曲波,作家出版社1957年版。

《青春之歌》 杨沫,作家出版社1958年初版,人民文学出版社1961年修改版。

《创业史》(第一部) 柳青,原载《延河》1959年第4—11期,中国青年出版社1960年出版。

《三家巷》 欧阳山,广东人民出版社1959年版。

《红岩》 罗广斌、杨益言,中国青年出版社1961年版。

《晚霞消失的时候》 礼平,原载《十月》1980年第1期。

《方舟》 张洁,原载《收获》1982年第2期。

《人生》 路遥,原载《收获》1982年第3期。

《那五》 邓友梅,原载《北京文学》1982年第4期。

《黑骏马》 张承志,原载《十月》1982年第10期。

《美食家》 陆文夫,原载《收获》1983年第1期。

《绿化树》 张贤亮,原载《收获》1984年第2期。

《你别无选择》 刘索拉,原载《人民文学》1985年第3期。

《红高粱》 莫言,原载《人民文学》1986年第8期。

《活动变人形》 王蒙,人民文学出版社1987年版。

《风景》 方方,原载《当代作家》1987年第5期。

《烦恼人生》 池莉,原载《上海文学》1987年第8期。

《迷舟》 格非,原载《收获》1987年第6期。

《伏羲伏羲》 刘恒,原载《北京文学》1988年第3期。

《妻妾成群》 苏童,原载《收获》1989年第6期。

《动物凶猛》 王朔,原载《收获》1991年第6期。

《废都》 贾平凹,北京出版社1993年版。

《白鹿原》 陈忠实,人民文学出版社1993年版。

《一个人的战争》 林白,原载《花城》1994年第2期。

《许三观卖血记》 余华,原载《收获》1995 年第 6 期。
《马桥词典》 韩少功,作家出版社 1996 年版。
《务虚笔记》 史铁生,原载《收获》1996 年第 1 期。
《长恨歌》 王安忆,作家出版社 1996 年版。
《黄金时代》 王小波,花城出版社 1997 年版。

【戏剧存目】

《同甘共苦》 岳野,原载《剧本》1956 年第 10 期。
《关汉卿》 田汉,中国戏剧出版社 1959 年版。
《蔡文姬》 郭沫若,原载《收获》1959 年第 2 期。
《狗儿爷涅槃》 锦云,原载《剧本》1986 年第 6 期。

诗歌
Poetry

何其芳

回　　答

一

从什么地方吹来的奇异的风，
吹得我的船帆不停地颤动：
我的心就是这样被鼓动着，
它感到甜蜜，又有一些惊恐。
轻一点呵，让我在我的河流里
勇敢的航行，借着你的帮助，
不要猛烈得把我的桅杆吹断，
吹得我在波涛中迷失了道路。

二

有一个字火一样灼热，
我让它在我的唇边变为沉默。
有一种感情海水一样深，
但它又那样狭窄，那样苛刻。
如果我的杯子里不是满满地
盛着纯粹的酒，我怎么能够
用它的名字来献给你呵，
我怎么能够把一滴说为一斗？

三

不，不要期待着酒一样的沉醉！
我的感情只能是另一种类。
它像天空一样广阔，柔和，
没有忌妒，也没有痛苦的眼泪。
唯有共同的美梦，共同的劳动
才能够把人们亲密地联合在一起，

创造出的幸福不只是属于个人，
而是属于巨大的劳动者全体。

四

一个人劳动的时间并没有多少，
鬓间的白发警告着我四十岁的来到。
我身边落下了树叶一样多的日子，
为什么我结出的果实这样稀少？
难道我是一棵不结果实的树？
难道生长在祖国的肥沃的土地上，
我不也是除了风霜的吹打，
还接受过许多雨露，许多阳光？

五

你愿我永远留在人间，不要让
灰暗的老年和死神降临到我的身上。
你说你痴心地倾听着我的歌声，
彻夜失眠，又从它得到力量。
人怎样能够超出自然的限制？
我又用什么来回答你的爱好，
你的鼓励？呵，人是平凡的，
但人又可以升得很高很高！

六

我伟大的祖国，伟大的时代，
多少英雄花一样在春天盛开；
应该有不朽的诗篇来讴歌他们，

让他们的名字流传到千年万载。
我们现在的歌声却那么微茫!
哪里有古代传说中的歌者,
唱完以后,她的歌声的余音
还在梁间缭绕,三日不绝?

七

呵,在我祖国的北方原野上,
我爱那些藏在树林里的小村庄,
收获季节的手车的轮子的转动声,
农民家里的风箱的低声歌唱!
我也爱和树林一样密的工厂,
红色的钢铁像水一样疾奔,
从那震耳欲聋的马达的轰鸣里
我听见了我的祖国的前进!

八

我祖国的疆域是多么广大:
北京飞着雪,广州还开着红花。
我愿意走遍全国,不管我的头
将要枕着哪一块土地睡下。
"那么你为什么这样沉默?
难道为了我们年轻的共和国,
你不应该像鸟一样飞翔、歌唱,
一直到完全唱出你胸脯里的血?"

九

我的翅膀是这样沉重,
像是尘土,又像有什么悲恸,
压得我只能在地上行走,
我也要努力飞腾上天空。
你闪着柔和的光辉的眼睛
望着我,说着无尽的话,
又像殷切地从我期待着什么——
请接受吧,这就是我的回答。

1952年1月写成前五节
1954年劳动节前夕续完

原载《人民文学》1954年第10期

闻　捷

苹 果 树 下

苹果树下那个小伙子,
你不要、不要再唱歌;
姑娘沿着水渠走来了,
年轻的心在胸中跳着。
她的心为什么跳啊?
为什么跳得失去节拍?……

春天,姑娘在果园劳作,
歌声轻轻从她耳边飘过,
枝头的花苞还没有开放,
小伙子就盼望它早结果。
奇怪的念头姑娘不懂得,
她说:别用歌声打扰我。

小伙子夏天在果园度过,
一边劳动一边把姑娘盯着,
果子才结得葡萄那么大,
小伙子就唱着赶快去采摘。
满腔的心思姑娘猜不着,
她说:别像影子一样缠着我。

淡红的果子压弯绿枝,
秋天是一个成熟季节,
姑娘整夜整夜地睡不着,
是不是挂念那树好苹果?
这些事小伙子应该明白,
她说:有句话你怎么不说?

……苹果树下那个小伙子,
你不要、不要再唱歌;
姑娘踏着草坪过来了,
她的笑容里藏着什么?……
说出那句真心的话吧!
种下的爱情已该收获。

1952—1954 年
乌鲁木齐——北京

原载《人民文学》1955 年第 3 期

公 刘

西盟的早晨

我推开窗子,
一朵云飞进来——
带着深谷底层的寒气,
带着难以捉摸的旭日的光彩。

在哨兵的枪刺上
凝结着昨夜的白霜,

军号以激昂的高音,
指挥着群山每天最初的合唱……

早安,边疆!
早安,西盟!
带枪的人都站立在岗位上
迎接美好生活中的又一个早晨……

1954年

选自诗集《黎明的城》,
中国青年出版社1956年版

上海夜歌(一)

上海关。钟楼。时针和分针
像一把巨剪,
一圈,又一圈,
铰碎了白天。

夜色从二十四层高楼上挂下来,
如同一幅垂帘;

上海立刻打开她的百宝箱,
到处珠光闪闪。

灯的峡谷,灯的河流,灯的山,
六百万人民写下了壮丽的诗篇:
纵横的街道是诗行,
灯是标点。

1956.9.28 上海

原载《人民文学》1956年第11期

邵燕祥

地球对着火星说

在满天的繁星中间,我寻找着你,
我凝视着你,你知道吗?
谁说你远在天边——
你是这样地热烈而分明。

在一长串的日子以前,
我们曾经离得这样近;
——假若能长久地互相照耀……
那时我轻声呼唤;没有应声。

……闪笑的睫毛,握手的余温,
交臂错过的一瞬,永远难了的衷情……
在太阳系里,我愉快而矜持地运行;
但是谁懂得这一种难言的隐痛!

许多的岁月飞逝了,
我们都经历了不少里程,
又是银河当空的夏天的夜晚,
我们又一次这样相近。

你看我什么变了,什么没有变?
你可望见我望你的眼睛?
说是近,却还是这样地遥远,
未来的岁月又是这样无穷。

今夜,天地间这样安静,

只有一颗星在讲话,对着另一颗星……
是不是所有的星,全都夜夜合不上眼?
是不是所有的星,全都燃烧着渴望的心?

1956 年 8 月 30 日

原载 1956 年 9 月 11 日《北京日报》

愤怒的蟋蟀
——读绿原为牛汉《温泉》所作序

世界上有多少蟋蟀
你问我是哪一个

我不是那快乐的蟋蟀
在窗下鸣琴
在阶前鼓瑟
唱五月五的歌
唱七月七的歌

我不是那悲哀的蟋蟀
在灯阴绷线
在墙脚穿梭
织半夜露冷
织满天月白

我也曾悲哀
我也曾快乐

但我是那只愤怒的蟋蟀
五百年前那一个
苦孩子的魂
为了救人
为了补过
化成一只小东西
因愤怒而忘了纺织
因愤怒而忘了唱歌
因愤怒而张翅,而伸须
而凝神,而抖擞,而跳起角逐
而叮住不放的那一个!

选自《邵燕祥诗选》,
人民文学出版社 1994 年版

艾青

礁　石

一个浪,一个浪　　　　　它的脸上和身上
无休止地扑过来　　　　像刀砍过的一样
每一个浪都在它脚下　　但它依然站在那里
被打成碎沫,散开……　含着微笑,看着海洋……

1954年7月25日

选自诗集《艾青诗选》,
人民文学出版社1984年2月版

在智利的海岬上
——给巴勃罗·聂鲁达

让航海女神
守护你的家　　　　　　一天,一只船沉了
　　　　　　　　　　　你捡回了救命圈
她面临大海　　　　　　好像捡回了希望
仰望苍天
抚手胸前　　　　　　　风浪把你送到海边
祈求航行平安　　　　　你好像海防战士
　　　　　　　　　　　驻守着这些礁石
　　　一

你爱海,我也爱海　　　你抛下了锚
我们永远航行在海上　　解下了缆索

回忆你所走过的路
每天瞭望海洋

二

巴勃罗的家
在一个海岬上
窗户的外面
是浩淼的太平洋

一所出奇的房子
全部用岩石砌成
像小小的碉堡
要把武士囚禁

我们走进了
航海者之家
地上铺满了海螺
也许昨晚有海潮

已经残缺了的
　　木雕的女神
站在客厅的门边
像女仆似的虔诚

阁楼是甲板
栏杆用麻绳穿连
在扶梯的边上
有一个大转盘

这些是你的财产：
古代帆船的模型
褐色的大铁锚
中国的大罗盘
（最早的指南针）

大的地球仪
各式各样的烟斗
和各式各样的钢刀

意大利农民送的手杖
放在进门的地方
它陪伴一个天才
走过了整个世界

米黄色的象牙上
刻着年轻的情人
穿着乡村的服装
带着羞涩的表情
像所有的爱情故事
既古老而又新鲜

手枪已经锈了
战船也不再转动
请斟满葡萄酒
为和平而干杯！

三

房子在地球上
而地球在房子里

壁上挂了一顶白顶的
　　黑漆遮阳的海员帽子
好像这房子的主人
今天早上才回到家里

我问巴勃罗：
"是水手呢？
还是将军？"
他说："是将军，

你也一样;
不过,我的船
已失踪了
沉没了……"

四

你是一个船长,
还是一个海员?
你是一个舰队长,
还是一个水兵?
你是胜利归来的人,
还是战败了逃亡的人?
你是平安的停憩,
还是危险的搁浅?
你是迷失了方向,
还是遇见了暗礁?

都不是,都不是。
这房子的主人
是被枪杀了的洛尔伽的朋友
是受难的西班牙的见证人
是一个退休了的外交官
不是将军。

日日夜夜望着海
听海涛像在浩叹
也像是嘲弄
也像是挑衅

巴勃罗·聂鲁达
面对着万顷波涛
用矿山里带来的语言
向整个旧世界宣战

在客厅门口上面
挂了救命圈
现在船是在岸边
你说:"要是船沉了
我就戴上了它
跳进了海洋。"

方形的街灯
在第二个门口
这样,每个夜晚
你生活在街上

壁炉里火焰上升
今夜,海上喧哗
围着烧旺了的壁炉
从地球的各个角落来的
　　十几个航行的伙伴
喝着酒,谈着航海的故事
我们来自许多国家
包括许多民族
有着不同的语言
但我们是最好的兄弟

有人站起来
用放大镜
在地图上寻找
没有到过的地方

我们的世界
好像很大
其实很小

在这个世界上

应该生活得好

明天,要是天晴
我想拿铜管的望远镜
向西方瞭望
太平洋的那边
是我的家乡
我爱这个海岬
也爱我的家乡

这儿夜已经很深

初春的夜晚多么迷人

五

在红心木的桌子上
有船长用的铜哨子

拂晓之前,要是哨子响了
我们大家将很快地爬上船缆
张起船帆,向海洋起程
向另一个世纪的港口航行……

1954年7月24日晚初稿
1956年12月11日整理

选自《诗刊》1957年第1期

鱼 化 石

动作多么活泼,
精力多么旺盛,
在浪花里跳跃,
在大海里浮沉;

不幸遇到火山爆发,
也可能是地震,
你失去了自由,
被埋进了灰尘;

过了多少亿年,
地质勘察队员,

在岩层里发现你,
依然栩栩如生。

但你是沉默的,
连叹息也没有,
鳞和鳍都完整,
却不能动弹;

你绝对的静止,
对外界毫无反应,
看不见天和水,
听不见浪花的声音。

凝视着一片化石,　　活着就要斗争,
傻瓜也得到教训:　　在斗争中前进,
离开了运动,　　　　当死亡没有来临,
就没有生命。　　　　把能量发挥干净。

选自《归来的歌》,
四川人民出版社1980年版

流沙河

草　木　篇

寄言立身者
勿学柔弱苗
　　——白居易

白　　杨

她,一柄绿光闪闪的长剑,孤零零地立在平原,高指蓝天。也许,一场暴风会把她连根拔去。但,纵然死了吧,她的腰也不肯向谁弯一弯!

藤

他纠缠着丁香,往上爬,爬,爬……终于把花挂上树梢。丁香被缠死了,砍做柴烧了。他倒在地上,喘着气,窥视着另一株树……

仙　人　掌

她不想用鲜花向主人献媚,遍身披上刺刀。主人把她逐出花园,也不给水喝。在野地里,在沙漠中,她活着,繁殖着儿女……

梅

在姐姐妹妹里,她的爱情来得最迟。春天,百花用媚笑引诱蝴蝶的时候,她却把自己悄悄地许给了冬天的白雪。轻佻的蝴蝶是不配吻她的,正如别的花不配被白雪抚爱一样。在姐姐妹妹里,她笑得最晚;笑得最美丽。

毒　　菌

在阳光照不到的河岸,他出现了。白天,用美丽的彩衣,黑夜,用暗绿的磷火,诱惑人类。然而,连三岁孩子也不去采他。因为妈妈说过,那是毒蛇吐的唾液……

　　　　　　　　　　　　　　　1956 年 10 月 30 日成都

　　　　　　　　　　　　原载《星星》诗刊 1957 年 1 月创刊号

昌　耀

筏　子　客

　　　　落日。辉煌的河岸。
　　　　一个辉煌的背影:皮筏和扛着皮筏的
　　　　筏子客。跋涉于归途,
　　　　忘却了鱼的飞翔、水的凌厉。
　　　　与激流拼命周旋原是为的崖畔那扇窗口,
　　　　那里有一朵盛开的牡丹。

　　　　当圆月升起,
　　　　我看到一个托举着皮筏的男子
　　　　走向山巅辉煌的小屋。

　　　　　　　　　　　1961年夏初稿

　　　　　　　　　　选自《命运之书》,
　　　　　青海人民出版社1994年8月版

鹿的角枝

在雄鹿的颅骨,有两株
被精血所滋养的小树。
雾光里
这些挺拔的枝状体
明丽而珍重,
遁越于危崖、沼泽,

与猎人相周旋。

若干个世纪以后,
在我的书架,
在我新得收藏品之上,
我才听到来自高原腹地的那一声

火枪。——
那样的夕阳   ……是悲壮的。
倾照着那样呼唤的荒野,
从高岩。飞动的鹿角   1982.3.2
猝然倒仆……

选自《昌耀抒情诗集》
青海人民出版社1986年版

河　　床

（《青藏高原的形体》之一）

我从白头的巴颜喀拉走下。
白头的雪豹默默卧在鹰的城堡,目送我走向远方。
但我更是值得骄傲的一个。
我老远就听到了唐古特人的那些马车。
我轻轻地笑着,并不出声。
我让那些早早上路的马车,沿着我的堤坡,鱼贯而行。
那些马车响着刮木,像奏着迎神的喇叭,登上了我
　　的胸脯。轮子跳动在我鼓囊囊的肌块。
那些裹着冬装的唐古特车夫也伴着他们的辕马谨小
　　慎微地举步,随时准备拽紧握在他们手心的刹绳。

他们说我是巨人般躺倒的河床。
他们说我是巨人般屹立的河床。

是的,我从白头的巴颜喀拉走下。我是滋润的河
　　床。我是枯干的河床。我是浩荡的河床。
我的令名如雷贯耳。

我坚实宽厚、壮阔。我是发育完备的雄性美。

我创造。我须臾不停地
向东方大海排泄我那不竭的精力。
我刺肤文身,让精心显示的那些图形可被仰观而不
   可近狎。
我喜欢向霜风透露我体魄之多毛。
我让万山洞开,好叫钟情的众水投入我博爱的襟怀。

我是父亲。
我爱听兀鹰长唳。他有少年的声带。他的目光有少
   女的媚眼。他的翼轮双展之舞可让血流沸腾。
我称誉在我隘口的深雪潜伏达旦的那个猎人。
也同等地欣赏那头三条腿的母狼。她在长夏的每一
   次黄昏都要从我的阴影跋向天边的彤云。
也永远怀念你们——消逝了的黄河象。

我在每一个瞬间都同时看到你们。
我在每一个瞬间都表现为大千众相。
我是屈曲的峰峦。是下陷的断层。是切开的地峡。
是眩晕的飓风。
是纵的河床。是横的河床。是总谱的主旋律。
我一身织锦,一身珠宝,一身黄金。
我张弛如弓。我拓荒千里。
我是时间,是古迹。是宇宙洪荒的一片腭骨化石。
   是始皇帝。
我是排列成阵的帆樯。是广场。是通都大邑。是展
   开的景观。是不可测度的深渊。
是结构力,是驰道。是不可克的球门。

我把龙的形象重新推上世界的前台。
而现在我仍转向你们白头的巴颜喀拉。——
你们的马车已满载昆山之玉,走向归程。
你们的麦种在农妇的胝掌准时地亮了。
你们的团圞月正从我的脐蒂升起。

我答应过你们,我说潮汛即刻到来,
而潮汛已经到来……

1984.3.22—4.20

选自《命运之书》,
青海人民出版社 1994 年版

穆 旦

葬 歌

1

你可是永别了,我的朋友?
　我的阴影,我过去的自己?
天空这样蓝,日光这样温暖,
　在鸟的歌声中我想到了你。

我记得,也是同样的一天,
　我欣然走出自己,踏青回来,
我正想把印象对你讲说,
　你却冷漠地只和我避开。

自从那天,你就病在家里,
　你的任性曾使我多么难过;
唉,多少午夜我躺在床上,
　辗转不眠,只要对你讲和。

我到新华书店去买些书,
　打开书,冒出了熊熊火焰,
这热火反使你感到寒栗,
　说是它摧毁了你的骨干。

有多少情谊,关怀和现实
　都由眼睛和耳朵收到心里;
好友来信说:"过过新生活!"
　你从此失去了新鲜空气。

历史打开了巨大的一页,

多少人在天安门写下誓语,
　我在那儿也举起手来:
洪水淹没了孤寂的岛屿。

你还向哪里呻吟和微笑?
　连你的微笑都那么寒伧,
你的千言万语虽然曲折,
　但是阴影怎能碰得阳光?

我看过先进生产者会议,
　红灯,绿彩,真辉煌无比,
他们都凯歌地走进前厅,
　后门冻僵了小资产阶级。

我走过我常走过的街道,
　那里的破旧房正在拆落,
呵,多少年的断瓦和残椽,
　那里还萦回着你的魂魄。

你可是永别了,我的朋友?
　我的阴影,我过去的自己?
天空这样蓝,日光这样温暖,
　安息吧!让我以欢乐为祭!

2

"哦,埋葬,埋葬,埋葬!"
"希望"在对我呼喊:
"你看过去只是骷髅,

还有什么值得留恋?
他的七窍流着毒血,
沾一沾,我就会瘫痪。"

但"回忆"拉住我的手,
她是"希望"底仇敌;
她有数不清的女儿,
其中"骄矜"最为美丽;
"骄矜"本是我的眼睛,
我怎能把她舍弃?

"哦,埋葬,埋葬,埋葬!"
"希望"又对我呼号:
"你看她那冷酷的心,
怎能再被她颠倒?
她会领你进入迷雾,
在雾中把我缩小。"

幸好"爱情"跑来援助,
"爱情"融化了"骄矜":
一座古老的牢狱,
呵,转瞬间片瓦无存;
但我心上还有"恐惧",
这是我慎重的母亲。

"哦,埋葬,埋葬,埋葬!"
"希望"又对我规劝:
"别看她的满面皱纹,
她对我最为阴险:
她紧保着你的私心,
又在你头上布满

使你自幸的阴云。"
但这回,我却害怕:
"希望"是不是骗我?

我怎能把一切抛下?
要是把"我"也失掉了,
哪儿去找温暖的家?

"信念"在大海的彼岸,
这时泛来一只小船,
我遥见对面的世界
毫不似我的从前;
为什么我不能渡去?
"因为你还留恋这边!"

"哦,埋葬,埋葬,埋葬!"
我不禁对自己呼喊;
在这死亡底一角,
我过久地漂泊,茫然;
让我以眼泪洗身,
先感到忏悔的喜欢。

3

就这样,像只鸟飞出长长的阴暗甬道,
我飞出会见阳光和你们,亲爱的读者;
这时代不知写出了多少篇英雄史诗,
而我呢,这贫穷的心!只有自己的葬歌。
没有太多值得歌唱的;这总归不过是
一个旧的知识分子,他所经历的曲折;
他的包袱很重,你们都已看到;他决心
和你们并肩前进,这儿表出他的欢乐。
就诗论诗,恐怕有人会嫌它不够热情:
对新事物向往不深,对旧的憎恶不多。
也就因此……我的葬歌只算唱了一半,
那后一半,同志们,请帮助我变为生活。

1957 年

原载《诗刊》1957 年第 2 期

冬

1

我爱在淡淡的太阳短命的日子,
临窗把喜爱的工作静静做完;
才到下午四点,便又冷又昏黄,
我将用一杯酒灌溉我的心田。
多么快,人生已到严酷的冬天。

我爱在枯草的山坡,死寂的原野,
独自凭吊已埋葬的火热一年,
看着冰冻的小河还在冰下面流,
不知低语着什么,只是听不见。
呵,生命也跳动在严酷的冬天。

我爱在冬晚围着温暖的炉火,
和两三昔日的好友会心闲谈,
听着北风吹得门窗沙沙地响,
而我们回忆着快乐无忧的往年。
人生的乐趣也在严酷的冬天。

我爱在雪花飘飞的不眠之夜,
把已死去或尚存的亲人珍念,
当茫茫白雪铺下遗忘的世界,
我愿意感情的热流溢于心间,
来温暖人生的这严酷的冬天。

2

寒冷,寒冷,尽量束缚了手脚,
潺潺的小河用冰封住口舌,
盛夏的蝉鸣和蛙声都沉寂,
大地一笔勾销它笑闹的蓬勃。

谨慎,谨慎,使生命受到挫折,
花呢?绿色呢?血液闭塞住欲望,
经过多日的阴霾和犹疑不决,
才从枯树枝漏下淡淡的阳光。

奇怪!春天是这样深深隐藏,
哪儿都无消息,都怕峥露头角,
年轻的灵魂裹进老年的硬壳,
仿佛我们穿着厚厚的棉袄。

3

你大概已停止了分赠爱情,
把书信写了一半就住手,
望望窗外,天气是如此肃杀,
因为冬天是感情的刽子手。

你把夏季的礼品拿出来,
无论是蜂蜜,是果品,是酒,
然后坐在炉前慢慢品尝,
因为冬天已经使心灵枯瘦。

你拿一本小说躺在床上,
在另一个幻象世界周游,
它使你感叹,或使你向往,
因为冬天封住了你的门口。

你疲劳了一天才得休息,
听着树木和草石都在嘶吼,
你虽然睡下,却不能成梦,
因为冬天是好梦的刽子手。

4

在马房隔壁的小土屋里,
风吹着窗纸沙沙响动,
几只泥脚带着雪走进来,
让马吃料,车子歇在风中。

高高低低围着火坐下,
有的添木柴,有的在烘干,
有的用他粗而短的指头
把烟丝倒在纸里卷成烟。

一壶水滚沸,白色的水雾
弥漫在烟气缭绕的小屋,
吃着,哼着小曲,还谈着
枯燥的原野上枯燥的事物。

北风在电线上朝他们呼唤,
原野的道路还一望无际,
几条暖和的身子走出屋,
又迎面扑进寒冷的空气。

1976年12月

选自《穆旦诗全集》,
中国文学出版社1996年版

智慧之歌

我已走到了幻想底尽头,
这是一片落叶飘零的树林,
每一片叶子标记着一种欢喜,
现在都枯黄地堆积在内心。

有一种欢喜是青春的爱情,
那是遥远天边的灿烂的流星,
有的不知去向,永远消逝了,
有的落在脚前,冰冷而僵硬。

另一种欢喜是喧腾的友谊,
茂盛的花不知道还有秋季,
社会的格局代替了血的沸腾,
生活的冷风把热情铸为实际。

另一种欢喜是迷人的理想,
它使我在荆棘之途走得够远,
为理想而痛苦并不可怕,

可怕的是看它终于成笑谈。

只有痛苦还在,它是日常生活
每天在惩罚自己过去的傲慢,
那绚烂的天空都受到谴责,
还有什么彩色留在这片荒原?

但唯有一棵智慧之树不凋,
我知道它以我的苦汁为营养,
它的碧绿是对我无情的嘲弄,
我咒诅它每一片叶的滋长。

1976 年 3 月

选自《穆旦诗全集》,
中国文学出版社 1996 年版

蔡其矫

雾中汉水

两岸的丛林成空中的草地；
堤上的牛车在天半运行；
向上游去的货船
只从浓雾中传来沉重的橹声，
看得见的
是千年来征服汉江的纤夫
赤裸着双腿倾身向前
在冬天的寒水冷滩喘息……
艰难上升的早晨的红日，
不忍心看这痛苦的跋涉，
用雾巾遮住颜脸，
向江上洒下斑斑红泪。

1957年

原载《长江文艺》1958年第2期

祈　求

我祈求炎夏有风,冬日少雨；
我祈求花开有红有紫；
我祈求爱情不受讥笑，
跌倒有人扶持；
我祈求同情心——
当人悲伤
至少给予安慰
而不是冷眼竖眉；
我祈求知识有如泉源，
每一天都涌流不息，
而不是这也禁止,那也禁止；
我祈求歌声发自各人胸中
没有谁要制造模式
为所有的音调规定高低；
我祈求
总有一天,再没有人
像我作这样的祈求！

1975年

选自《生活的歌》，
人民文学出版社1982年版

郭小川

望　星　空

一

今夜呀，
我站在北京的街头上，
向星空瞭望。
明天哟，
一个紧要任务，
又要放在我的双肩上。
我能退缩吗？
只有迈开阔步，
踏万里重洋；
我能叫嚷困难吗？
只有挺直腰身，
承担千斤重量。
心房呵。
不许你这般激荡！……
此刻呵，
最该是我沉着镇定的时光。

而星空，
却是异样地安详。
夜深了。
风息了，
雷雨逃往他乡。
云飞了，
雾散了，
月亮躲在远方。
天海平平，
不起浪，
四围静静，
无声响。

但星空是壮丽的，
雄厚而明朗。
穹隆呵，
深又广，
在那神秘的世界里，
好像竖立着层层神秘的殿堂。
大气呵，
浓又香。
在那奇妙的海洋中，
仿佛流荡着奇妙的酒浆。
星星呵，
亮又亮。
在浩大无比的太空里，
点起万古不灭的盏盏灯光。
银河呀，
长又长，
在没有涯际的宇宙中，
架起没有尽头的桥梁。

呵,星空,

只有你，
称得起万寿无疆！
你看过多少次：
冰河解冻，
火山喷浆！
你赏过多少回：
白杨吐绿，
柳絮飞霜！
在那遥远的高处，
在那不可思议的地方，
你观尽人间美景，
饱看世界沧桑。
时间对于你，
跟空间一样——
无穷无尽，
浩浩荡荡。

二

呵，
望星空，
我不免感到惆怅。
说什么：
身宽气盛，
年富力强！
怎比得：
你那根深蒂固，
源远流长！
说什么：
情豪志大，
心高胆壮！
怎比得：
你那阔大胸襟，
无限容量！

我爱人间，
我在人间生长，
但比起你来，
人间还远不辉煌。
走千山，
涉万水，
登不上你的殿堂。
过大海，
越重洋，
饮不到你的酒浆。
千堆火，
万盏灯，
不如一颗小小星光亮。
千条路，
万座桥，
不如银河一节长。

我游历过半个地球，
从东方到西方。
地球的阔大幅员，
引起我的惊奇和赞赏。
可谁能知道：
宇宙里有多少星星，
是地球的姊妹行！
谁曾晓得：
天空中有多少陆地，
能够充作人类的家乡！
远方的星星呵，
你看得见地球吗？
——一片迷茫！
远方的陆地呵，
你感觉到我们的存在吗？

——怎能想象!

生命是珍贵的,
为了赞颂战斗的人生,
我写下成册的诗章;
可是在人生的路途上,
又有多少机缘,
向星空瞭望!
在人生的行程中,
又有多少个夜晚。
见星空如此安详!
在伟大的宇宙的空间,
人生不过是流星般的闪光。
在无限的时间的河流里,
人生仅仅是微小又微小的波浪。
呵,星空,
我不免感到惆怅!
于是我带着惆怅的心情,
走向北京的心脏……

三

忽然之间,
壮丽的星空,
一下子变了模样。
天黑了,
星小了,
高空显得暗淡无光;
云没有来,
风没有刮,
却像有一股阴霾罩天上。
天窄了,
星低了,
星空不再辉煌。

夜没有尽,
月没有升,
太阳也不曾起床。
呵,这突然的变化,
使我感到迷惘,
我不能不带着格外的惊奇,
向四围寻望:
就在我的近边,
在天安门广场,
升起了一座美妙的人民会堂;
就在那会堂的里面,
在宴会厅的杯盏中,
斟满了芬芳的友谊的酒浆;
就在我的两侧,
在长安街上,
挂出了长串的星光;
就在那灯光之下,
在北京的中心,
架起了一座银河般的桥梁。

这是天上人间吗?
不,人间天上!
这是天堂中的大地吗?
不,大地上的天堂。
真实的世界呵,
一点也不虚妄;
你朴质地描述吧,
不需要作半点夸张!
是谁说的呀——
星空比人间还要辉煌?
是什么人呀——
在星空下感到忧伤?
今夜哟,

最该是我沉着镇定的时光！
是的，
我错了，
我曾是如此地神情激荡！
此刻我才明白：
刚才是我望星空，
而不是星空向我瞭望。
我们生活着，
而没有生命的宇宙，
既不生活也不死亡。
我们思索着，
而不会思索的穹窿，
总是露出呆相。
星空哟，
面对着你，
我有资格挺起胸膛。

四

当我怀着自豪的感情，
再向星空瞭望，
我的身子，
充溢着非凡的力量。
因为我知道：
在一切最好的传统之上，
我们的队伍已经组成，
犹如浩荡的万里长江。
而我自己呢，
早就全副武装，
在我们的行列里，
充当了一名小小的兵将。

可是呵，
我和我的同志一样，
决不会在红灯绿酒之前，
神魂飘荡。
我们要在地球与星空之间，
修建一条走廊，
把大地上的楼台殿阁，
移往辽阔的天堂。
我们要在无限的高空，
架起一座桥梁，
把人间的山珍海味，
送往迢遥的上苍。

真的，
我和我的同志一样，
决不只是"自扫门前雪"，
而是定管"他人瓦上霜"。
我们要把长安街上的灯光，
延伸到远方，
让万里无云的夜空，
出现千千万万个太阳。
我们要把广漠的穹窿，
变成繁华的天安门广场；
让满天星斗，
全成为人类的家乡。

而星空呵，
不要笑我荒唐！
我是诚实的，
从不痴心妄想。
人生虽是暂短的，
但只有人类的双手，
能够为宇宙穿上盛装；
世界呀，
由于人的生存
而有了无穷的希望。
你呵，

还有什么艰难,
使你力不可当?
请再仔细抬头瞭望吧!

出发于盟邦的新的火箭,
正遨游于辽远的星空之上。

1959年4月初稿
1959年8月二次修改
1959年10月改成

原载《人民文学》1959年第11期

曾 卓

悬崖边的树

不知道是什么奇异的风
将一棵树吹到了那边——
平原的尽头
临近深谷的悬崖上

它倾听远处森林的喧哗
和深谷中小溪的歌唱
它孤独地站在那里
显得寂寞而又倔强

它的弯曲的身体
留下了风的形状
它似乎即将倾跌进深谷里
却又像是要展翅飞翔……

1970 年

原载《诗刊》1979 年第 9 期

绿　原

又一名哥伦布

Le silence éternal de ces espaces
infinis méffrale.
　　　　　　　　　Pascal①

昨天,十五世纪
一名哥伦布
告别了亲人
告别了人民,甚至
告别了人类
驾驶着他的"圣玛丽娅"
航行在空间的海洋上
四周一望无涯
没有陆地,没有岛屿
没有房屋,没有船只
没有走兽,没有飞鸟
只有海
只有海的波涛
只有海的波涛的炮弹
在追赶,在拍击,在围剿
他的孤独的"圣玛丽娅"
哥伦布衣衫褴褛
然而精神抖擞
他站在船头
坚信前面就是印度
不顾一天天少下去的淡水

继续向前漂流、漂流
漂流在空间的海洋上
他终于没有到达印度
却发现了一个新大陆

今天,二十世纪
又一名哥伦布
也告别了亲人
告别了人民,甚至
告别了人类
驾驶着他的"圣玛丽娅"
航行在时间的海洋上
前后一望无涯
没有分秒,没有昼夜
没有星期,没有年月
只有海——时间的海
只有海的波涛——时间的海的波涛
只有海的波涛的炮弹——
时间的海的波涛的炮弹
在追赶,在拍击,在围剿
他的孤独的"圣玛丽娅"

---

① 帕斯卡:"无限空间之永恒沉默使我颤栗。"

他的"圣玛丽娅"不是一只船
而是四堵苍黄的粉墙
加上一抹夕阳和半轮灯光
一株马樱花悄然探窗
一块没有指针的夜明表咔咔作响
再没有声音,再没有颜色
再没有变化,再没有运动
一切都很遥远,一切都很朦胧
就像月亮,天安门,石碑胡同……

这个哥伦布形销骨立
蓬首垢面
手捧一部"雅歌中的雅歌"
凝视着千变万化的天花板
漂流在时间的海洋上
他凭着爱因斯坦的常识
坚信前面就是"印度"——
即使终于到达不了印度
他也一定会发现一个新大陆

1959 年

选自《人之诗》,
人民文学出版社 1983 年版

重读《圣经》
——"牛棚"诗抄第 n 篇

儿时我认识一位基督徒,
他送给我一本小小的"福音",
劝我用刚认识的生字读它:
读着读着,可以望见天堂的门。

青年时期又认识一位诗人,
他案头摆着一部厚厚的《圣经》,
说是里面没有一点科学道理,
但不乏文学艺术最好的味精。

我一生不相信任何宗教,
也不擅长有滋味的诗文。
惭愧从没认真读过一遍,

尽管赶时髦,手头也有它一本。

不幸"贯索犯文昌":又一次沉沦,
沉沦,沉沦到了人生的底层。
所有书稿一古脑儿被查抄,
单漏下那本异端的《圣经》。

常常是夜深人静,倍感凄清,
辗转反侧,好梦难成。
于是披衣下床,摊开禁书,
点起了公元初年的一盏油灯。

不是对譬喻和词藻有所偏好,

也不是要把命运的奥秘探寻,
纯粹是为了排遣愁绪:一下子
忘乎所以,仿佛变成了但丁。

里面见不到什么灵光和奇迹,
只见蠕动着一个个的活人。
论世道,和我们的今天几乎相仿,
论人品(唉!)未必不及今天的我们。

我敬重为人民立法的摩西,
我更钦佩推倒神殿的沙逊:
一个引领受难的同胞出了埃及,
一个赤手空拳,与敌人同归于尽。

但不懂为什么丹尼尔竟能
单凭信仰在狮穴中走出走进;
还有那彩衣斑斓的约瑟夫
被兄弟出卖后又交上了好运。

大卫血战到底,仍然充满人性:
《诗篇》的作者不愧是人中之鹰;
所罗门毕竟比常人聪明,
可惜到头来难免老年痴呆症。

但我更爱赤脚的拿撒勒人:
他忧郁、他悲伤,他有颗赤子之心:
他抚慰、他援助一切流泪者,
他宽恕、他拯救一切痛苦的灵魂。

他明明是个可爱的傻角,
幻想移民天国,好让人人平等。
他却从来只以"人之子"自居,
是后人把他捧上了半天云。

可谁记得那个千古的哑谜,
他临刑前一句低沉的呻吟:
"我的主啊,你为什么抛弃了我?
为什么对我的祈祷充耳不闻?"

我还向马丽娅·马格达莲致敬:
她误落风尘,心比钻石更坚贞,
她用眼泪为耶稣洗过脚,
她恨不能代替恩人去受刑。

我当然佩服罗马总督彼拉多:
尽管他嘲笑"真理几文钱一斤?"
尽管他不得已才处决了耶稣,
他却敢于宣布"他是无罪的人!"

我甚至同情那倒霉的犹大:
须知他向长老退还了三十两血银,
最后还勇于悄悄自缢以谢天下,
只因他愧对十字架的巨大阴影……

读着读着,我再也读不下去,
再读便会进一步堕入迷津……
且看淡月疏星,且听鸡鸣荒村,
我不禁浮想联翩,惘然期待着黎明……

今天,耶稣不止钉一回十字架,
今天,彼拉多决不会为耶稣讲情,
今天,马丽娅·马格达莲注定永远蒙羞,
今天,犹大决不会想到自尽。

这时"牛棚"万籁俱寂,
四周起伏着难友们的鼾声。
桌上是写不完的检查和交代,

明天是搞不完的批判和斗争……

"到了这里一切希望都要放弃。"

无论如何,人贵有一点精神。
我始终信奉无神论:
对我开恩的上帝——只能是人民。

1970年

选自《白色花》,
人民文学出版社1981年版

食 指

这是四点零八分的北京[①]

这是四点零八分的北京
一片手的海浪翻动
这是四点零八分的北京
一声尖厉的汽笛长鸣

北京车站高大的建筑
突然一阵剧烈地抖动
我吃惊地望着窗外
不知发生了什么事情

我的心骤然一阵疼痛,一定是
妈妈缀扣子的针线穿透了心胸
这时,我的心变成了一只风筝
风筝的线绳就在妈妈的手中

线绳绷得太紧了,就要扯断了
我不得不把头探出车厢的窗棂

直到这时,直到这时候
我才明白发生了什么事情

——一阵阵告别的声浪
　　就要卷走车站
　　北京在我的脚下
　　已经缓缓地移动

我再次向北京挥动手臂
想一把抓住她的衣领
然后对她亲热地叫喊:
永远记着我,妈妈啊北京

终于抓住了什么东西
管他是谁的手,不能松
因为这是我的北京
这是我的最后的北京

1968 年 12 月 20 日

原载《今天》第 4 期

[①] 《诗刊》1981 年第 1 期发表时,题目为《我的最后的北京》。

相 信 未 来

当蜘蛛网无情地查封了我的炉台
当灰烬的余烟叹息着贫困的悲哀
我依然固执地铺平失望的灰烬
用美丽的雪花写下:相信未来

当我的葡萄化为深秋的露水
当我的鲜花依偎在别人的情怀
我依然固执地用凝露的枯藤
在凄凉的大地上写下:相信未来

我要用手指那涌向天边的排浪
我要用手掌那托起太阳的大海
摇曳着曙光那枝温暖漂亮的笔杆
用孩子的笔体写下:相信未来

我之所以坚定地相信未来
是我相信未来人们的眼睛

她有拨开历史风尘的睫毛
她有看透岁月篇章的瞳孔

不管人们对于我们腐烂的皮肉
那些迷途的惆怅,失败的苦痛
是寄予感动的热泪,深切的同情
还是给以轻蔑的微笑,辛辣的嘲讽

我坚信人们对于我们的脊骨
那无数次的探索、迷途、失败和成功
一定会给予客观、公正的评定
是的,我焦急地等待着他们的评定

朋友,坚定地相信未来吧
相信不屈不挠的努力
相信战胜死亡的年轻
相信未来,热爱生命

1968 年

原载《今天》第 2 期,《诗刊》1981 年第 1 期

多 多

能　　够

能够有大口喝醉烧酒的日子
能够壮烈、酩酊
能够在中午
在钟表滴答的窗幔后面
想一些琐碎的心事
能够认真地久久地难为情

能够一个人散步
坐到漆绿的椅子上
合一会儿眼睛
能够舒舒服服地叹息
回忆并不愉快的往事
忘记烟灰
弹落在什么地方

能够在生病的日子里
发脾气，作出不体面的事
能够沿着走惯的路
一路走回回家去
能够有一个人亲你
擦洗你，还有精致的谎话
在等你，能够这样活着

可有多好，随时随地
手能够折下鲜花
嘴唇能够够到嘴唇
没有风暴也没有革命
灌溉大地的是人民捐献的酒
能够这样活着
可有多好，要多好就有多好！

1973

手　　艺

——和玛琳娜·茨维塔耶娃

我写青春沦落的诗
（写不贞的诗）
写在窄长的房间中
被诗人奸污

被咖啡馆辞退街头的诗
我那冷漠的
再无怨恨的诗
（本身就是一个故事）

我那没有人读的诗　　　　　（我那贵族的诗）
正如一个故事的历史　　　　她,终会被农民娶走
我那失去骄傲　　　　　　　她,就是我荒废的时日……
失去爱情的

1973

从死亡的方向看

从死亡的方向看总会看到　　要谢谢他们。再谢一次
一生不应见到的人　　　　　你的眼睛就再也看不到敌人
总会随便地埋到一个地点　　就会从死亡的方向传来
随便嗅嗅,就把自己埋在那里　他们陷入敌意时的叫喊
埋在让他们恨的地点　　　　你却再也听不见
　　　　　　　　　　　　　那完全是痛苦的叫喊!
他们把铲中的土倒在你脸上

1983

多多三首均选自《阿姆斯特丹的河流》,
北岳文艺出版社 2000 年版

芒 克

阳光中的向日葵

你看见了吗
你看到阳光中的那棵向日葵了吗
你看它,它没有低下头
而是在把头转向身后
它把头转了过去
就好像是为了一口咬断
那套在它脖子上的
那牵在太阳手中的绳索

你看到了吗
你看到那棵昂着头
怒视着太阳的向日葵了吗
它的头几乎已把太阳遮住
它的头即使是在没有太阳的时候
也依然在闪耀着光芒

你看到那棵向日葵了吗
你应该走近它
你走近它便会发现
它脚下的那片泥土
每抓起一把
都一定会攥出血来

1983 年

选自《芒克诗选》,
中国文联出版公司 1989 年版

牛　汉

悼念一棵枫树

　　我想写几叶小诗,把你最后的绿叶保留下几片来。

　　　　　　　　　　　　　　——摘自日记

湖边山丘上
那棵最高大的枫树
被伐倒了……
在秋天的一个早晨

几个村庄
和这一片山野
都听到了,感觉到了
枫树倒下的声响

家家的门窗和屋瓦
每棵树,每根草
每一朵野花
树上的鸟,花上的蜂
湖边停泊的小船
都颤颤地哆嗦起来……
是由于悲哀吗?
这一天
整个村庄
和这一片山野上
飘着浓郁的清香

清香
落在人的心灵上
比秋雨还要阴冷

想不到
一棵枫树
表皮灰暗而粗犷
发着苦涩气息
但它的生命内部
却储蓄了这么多的芬芳

芬芳
使人悲伤

枫树直挺挺的
躺在草丛和荆棘上
那么庞大,那么青翠
看上去比它站立的时候
还要雄伟和美丽

伐倒三天之后
枝叶还在微风中
簌簌地摇动
叶片上还挂着明亮的露水
仿佛亿万只含泪的眼睛
向大自然告别

哦,湖边的白鹤
哦,远方来的老鹰
还朝着枫树这里飞翔呢
枫树
被解成宽阔的木板
一圈圈年轮
涌出了一圈圈的
凝固的泪珠
泪珠
也发着芬芳

不是泪珠吧
它是枫树的生命
还没有死亡的血球

村边的山丘
缩小了许多
仿佛低下了头颅

伐倒了
一棵枫树
伐倒了
一个与大地相连的生命

1973年秋

原载《长安》1981年第1期,
选自《牛汉诗选》,人民文学出版社1998年版

华 南 虎

在桂林
小小的动物园里
我见到一只老虎。

我挤在叽叽喳喳的人群中
隔着两道铁栅栏
向笼里的老虎
张望了许久许久,
但一直没有瞧见
老虎斑斓的面孔
和火焰似的眼睛。

笼里的老虎
背对胆怯而绝望的观众,
安详地卧在一个角落,
有人用石块砸它
有人向它厉声呵喝
有人还苦苦劝诱
它都一概不理!

又长又粗的尾巴
悠悠地在拂动,

哦,老虎,笼中的老虎,
你是梦见了苍苍莽莽的山林吗?
是屈辱的心灵在抽搐吗?
还是想用尾巴鞭击那些可怜而又
　　可笑的观众?

你的健壮的腿
直挺挺地向四方伸开,
我看见你的每个趾爪
全都是破碎的,
凝结着浓浓的鲜血,
你的趾爪
是被人捆绑着
活活地铰掉的吗?
还是由于悲愤
你用同样破碎的牙齿
(听说你的牙齿是被钢锯锯掉的)
把它们和着热血咬碎……

我看见铁笼里
灰灰的水泥墙壁上
有一道一道的血淋淋的沟壑
闪电那般耀眼刺目,
像血写的绝命诗!

我终于明白……
羞愧地离开了动物园。

恍惚之中听见一声
石破天惊的咆哮,
有一个不羁的灵魂
掠过我的头顶
腾空而去,
我看见了火焰似的斑纹
火焰似的眼睛,
还有巨大而破碎的
滴血的趾爪!

　　　　1973年6月,咸宁
　　1997年8月10日,据当年札记,
　　　添一行诗:像血写的绝命诗!

　　　　　　　选自《牛汉诗选》,
　　　人民文学出版社1998年版

郑　敏

流血的令箭荷花

只有花还在开
那被刀割过的令箭
在六月的黑夜里
喷出暗红的血，花朵
带来沙漠的愤怒
而这里的心
是汉白玉，是大理石的龙柱
不吸收血迹
在玉石的洁白下
多少呼嚎，多少呻吟
多少苍白的青春面颊
多少疑问，多少绝望

只有花还在开
吐血的令箭荷花
开在六月无声的
沉沉的，闷热的
看不透的夜的黑暗里

选自诗集《早晨，我在雨里采花》，
香港，突破出版社1991年版

杜运燮

秋

连鸽哨也发出成熟的音调，
过去了，那阵雨喧闹的夏季。
不再想那严峻的闷热的考验，
危险游泳中的细节回忆。

经历过春天萌芽的破土，
幼叶成长中的扭曲和受伤，
这些枝条在烈日下也狂热过，
差点在雨夜中迷失方向。

现在，平易的天空没有浮云，
山川明净，视野格外宽远；
智慧、感情都成熟的季节啊，
河水也像是来自更深处的源泉。

紊乱的气流经过发酵，
在山谷里酿成透明的好酒；
吹来的是第几阵秋意？醉人的香味
已把秋花秋叶深深染透。

街树也用红颜色暗示点什么，
自行车的车轮闪射着朝气；
塔吊的长臂在高空指向远方，
秋阳在上面扫描丰收的信息。

1979 年秋

原载《诗刊》1980 年第 1 期

北　岛

回　答

卑鄙是卑鄙者的通行证，
高尚是高尚者的墓志铭。
看吧，在那镀金的天空中，
飘满了死者弯曲的倒影。

冰川纪过去了，
为什么到处都是冰凌？
好望角发现了，
为什么死海里千帆相竞？

我来到这个世界上，
只带着纸、绳索和身影。
为了在审判之前，
宣读那些被判决的声音：

告诉你吧，世界，
我——不——相——信！

纵使你脚下有一千名挑战者，
那就把我算做第一千零一名。

我不相信天是蓝的；
我不相信雷的回声；
我不相信梦是假的；
我不相信死无报应。

如果海洋注定要决堤，
就让所有的苦水注入我心中；
如果陆地注定要上升，
就让人类重新选择生存的峰顶。

新的转机和闪闪的星斗，
正在缀满没有遮拦的天空。
那是五千年的象形文字，
那是未来人们凝视的眼睛。

雨　夜

当水洼里破碎的夜晚
摇着一片新叶

像摇着自己的孩子睡去
当灯光串起雨滴

缀饰在你的肩头
闪着光,又滚落在地
你说:不
口气如此坚决
可微笑却泄露了你内心的秘密

低低的乌云用潮湿的手掌
揉着你的头发
揉进花的芳香和我滚烫的呼吸
路灯拉长的身影
连接着每个路口,连接着每个梦
用网捕捉着我们的欢乐之谜
以往的辛酸凝成泪水
沾湿了你的手绢

被遗忘在一个黑漆漆的门洞里
即使明天早上
枪口和血淋淋的朝霞
让我交出自由、青春和笔
我也决不会交出这个夜晚
我决不会交出你
让墙壁堵住我的嘴唇吧
让铁条分割我的天空吧
只要心在跳动,就有血的潮汐
而你的微笑将印在红色的月亮上
每夜升起在我的小窗前
唤醒记忆

触　　电

我曾和一个无形的人
握手,一声惨叫
我的手被烫伤
留下了烙印

当我和那些有形的人
握手,一声惨叫
他们的手被烫伤
留下了烙印

我不敢再和别人握手
总是把手藏在背后
可当我祈祷
上苍,双手合十
一声惨叫
在我的内心深处
留下了烙印

北岛三首均选自《北岛诗选》,
新世纪出版社 1986 年版

舒　婷

致　橡　树

我如果爱你——
绝不像攀援的凌霄花,
借你的高枝炫耀自己;
我如果爱你——
绝不学痴情的鸟儿,
为绿荫重复单调的歌曲;
也不止像泉源,
长年送来清凉的慰藉;
也不止像险峰
增加你的高度,衬托你的威仪。
甚至日光。
甚至春雨。
不,这些都还不够!
我必须是你近旁的一株木棉,
作为树的形象和你站在一起。
根,紧握在地下,
叶,相触在云里。
每一阵风过,
我们都互相致意,
但没有人,
听懂我们的言语。
你有你的铜枝铁干
像刀、像剑,
也像戟;
我有我红硕的花朵,
像沉重的叹息,
又像英勇的火炬。
我们分担寒潮、风雷、霹雳;
我们共享雾霭、流岚、虹霓。
仿佛永远分离,
却又终身相依。
这才是伟大的爱情,
坚贞就在这里:
爱——
不仅爱你伟岸的身躯,
也爱你坚持的位置,足下的土地。

神 女 峰

在向你挥舞的各色花帕中
是谁的手突然收回
紧紧捂住自己的眼睛
当人们四散离去,谁
还站在船尾
衣裙漫飞,如翻涌不息的云
江涛
  高一声
    低一声

美丽的梦留下美丽的忧伤

人间天上,代代相传
但是,心
真能变成石头吗
为眺望远天杳鸿
而错过无数次春江月明

沿着江岸
金光菊和女贞子的洪流
正煽动新的背叛
  与其在悬崖上展览千年
  不如在爱人肩头痛哭一晚

    舒婷二首均选自《五人诗选》,
    作家出版社1986年版

顾　城

生命幻想曲

把我的幻影和梦，
放在狭长的贝壳里。
柳枝编成的船篷，
还旋绕着夏蝉的长鸣。
拉紧桅绳
风吹起晨雾的帆，
我开航了。

没有目的，
在蓝天中荡漾。
让阳光的瀑布，
洗黑我的皮肤。

太阳是我的纤夫。
它拉着我，
用强光的绳索
一步步，
走完十二小时的路途。

我被风推着
向东向西，
太阳消失在暮色里。

黑夜来了，
我驶进银河的港湾。
几千个星星对我看着，
我抛下了

新月——黄金的锚。

天微明，
海洋挤满阴云的冰山，
碰击着，
"轰隆隆"——雷鸣电闪！
我到哪里去呵？
宇宙是这样的无边。

用金黄的麦秸，
织成摇篮，
把我的灵感和心
放在里边。
装好纽扣的车轮，
让时间拖着
去问候世界。

车轮滚过
百里香和野菊的草间。
蟋蟀欢迎我
抖动着琴弦。
我把希望融进花香。
黑夜像山谷，
白昼像峰巅。
睡吧！合上双眼，
世界就与我无关。

时间的马，
累倒了。
黄尾的太平鸟，
在我的车中做窝。
我仍然要徒步走遍世界——
沙漠、森林的偏僻的角落。

太阳烘着地球，
像烤一块面包。
我行走着，
赤着双脚。
我把我的足迹
像图章印遍大地，
世界也就溶进了
我的生命。

我要唱
一支人类的歌曲，
千百年后
在宇宙中共鸣。

——1971年盛夏自潍河归来

弧　　线

鸟儿在疾风中
迅速转向

少年去捡拾
一枚分币

葡萄藤因幻想
而延伸的触丝

海浪因退缩
而耸起的背脊

顾城二首均选自《顾城诗全编》，
上海三联书店1995年版

杨 炼

诺 日 朗

诺日朗:藏语;男神。四川著名风景匹九寨沟有一座瀑布,地处川、甘交界高原区,有一座雪山以此命名。

一 日 潮

高原如猛虎,焚烧于激流暴跳的万物的海滨
哦,只有光,落日浑圆地向你们泛滥,大地悬挂在空中

强盗的帆向手臂张开,岩石向胸脯,苍鹰向心……
牧羊人的孤独被无边起伏的灌木所吞噬
经幡飞扬,那凄厉的信仰,悠悠凌驾于蔚蓝之上

你们此刻为哪一片白云的消逝而默哀呢
在岁月脚下匍匐,忍受黄昏的驱使
成千上万座墓碑像犁一样抛锚在荒野尽头
互相遗弃,永远遗弃:把青铜还给土、让鲜血生锈

你们仍然朝每一阵雷霆倾泻着泪水吗
西风一年一度从沙砾深处唤醒淘金者的命运
栈道崩塌了,峭壁无路可走,石孔的日晷是黑的
而古代女巫的天空再次裸露七朵莲花之谜

哦,光,神圣的红釉,火的崇拜火的舞蹈
洗涤呻吟的温柔,赋予苍穹一个破碎陶罐的宁静
你们终于被如此巨大的一瞬震撼么
——太阳等着,为陨落的劫难,欢喜若狂

二 黄金树

我是瀑布的神,我是雪山的神
高大、雄健、主宰新月
成为所有江河的唯一首领
雀鸟在我胸前安家
浓郁的丛林遮盖着
    那通往秘密池塘的小径
我的奔放像大群刚刚成年的牡鹿
欲望像三月
聚集起骚动中的力量
我是金黄色的树
收获黄金的树
热情的挑逗来自深渊
毫不理睬周围怯懦者的箴言
直到我的波涛把它充满
流浪的女性,水面闪烁的女性
谁是那迫使我啜饮的唯一的女性呢

我的目光克制住夜
十二支长号克制住番石榴花的风
我来到的每个地方,没有阴影
触摸过的每颗草莓化作辉煌的星辰
在世界中央升起
占有你们,我,真正的男人

三 血 祭

用殷红的图案簇拥白色颅骨,供奉太阳和战争
用杀婴的血,行割礼的血,滋养我绵绵不绝的生命
一把黑曜岩的刀剖开大地的胸膛,心被高高举起
无数旗帜像角斗士的鼓声,在晚霞间激荡
我活着,我微笑,骄傲地率领你们征服死亡
——用自己的血,给历史签名,装饰废墟和仪式

那么,擦去你的悲哀!让悬崖封闭群山的气魄
兀鹰一次又一次俯冲,像一阵阵风暴,把眼眶啄空
苦难祭台上奔跑或扑倒的躯体同时怒放
久久迷失的希望乘坐尖锐的饥饿归来,撒下呼啸与赞颂
你们听从什么发现了弧形地平线上孑然一身的壮丽
于是让血流尽;赴死的光荣,比死更强大

朝我奉献吧!四十名处女将歌唱你们的幸运
晒黑的皮肤像清脆的铜铃,在斋戒和守望里游行
那高贵的卑怯的、无辜的罪恶的、纯净的肮脏的潮汐
辽阔记忆,我的奥秘伴随抽搐的狂欢源源诞生
宝塔巍峨耸立,为山巅的暮色指引一条向天之路
你们解脱了——从血泊中,亲近神圣

四 偈 子①

为期待而绝望
为绝望而期待

绝望是最完美的期待
期待是最漫长的绝望

期待不一定开始
绝望也未必结束

或许召唤只有一声——
最嘹亮的,恰恰是寂静

五 午夜的庆典②

开 歌 路

领:午夜降临了,斑斓的黑暗展开它的虎皮,金

---

① 偈子:佛经中一种体裁,短小类似于格言,意译为"颂"。
② 本节采用四川民歌中"丧歌"仪式,三小段标题均采自原题。

灿灿地闪耀着绿色。遥远。青草的芳香使
我们感动,露水打湿天空,我们是被谁集合
起来的呢?

合:哦,这么多人,这么多人!

领:星座倾斜了,不知不觉的睡眠被松涛充满。
风吹过陌生的手臂,我们紧紧挤在一起,梦
见篝火,又大又亮。孩子们也睡了。

合:哦,这么多人,这么多人!

领:灵魂颤栗着,灵魂渴望着,在漆黑的树叶间
寻找一块空地。在晕眩的沉默后面,有一
个声音,徐徐松弛成月色,那就是我们一直
追求的光明吗?

合:哦,这么多人,这么多人!

穿 花

诺日朗的宣喻:
唯一的道路是一条透明的路
唯一的道路是一条柔软的路
我说,跟随那股赞歌的泉水吧
夕阳沉淀了,血流消融了
瀑布和雪山的向导
笑容荡漾袒露诱惑的女性
从四面八方,跳舞而来,沐浴而来
超越虚幻,分享我的纯真

煞 鼓

此刻,高原如猛虎,被透明的手指无垠的爱抚
此刻,狼藉的森林漫延被蹂躏的美、灿烂而严峻的美
向山洪、向村庄碎石累累的毁灭公布宇宙的和谐

树根像粗大的脚踝倔强地走着,孩子在流离中笑着
尊严和性格从死亡里站起,铃兰花吹奏我的神圣
我的光,即使陨落着你们时也照亮着你们
那个金黄的召唤,把苦涩交给海,海永不平静
在黑夜之上,在遗忘之上,在梦呓的呢喃和微微呼喊之上
此刻,在世界中央。我说:活下去——人们
天地开创了。鸟儿啼叫着。一切,仅仅是启示

原载《上海文学》1983 年第 5 期

海子

亚　洲　铜

亚洲铜,亚洲铜
祖父死在这里,父亲死在这里,我也会死在这里
你是唯一的一块埋人的地方

亚洲铜,亚洲铜
爱怀疑和爱飞翔的是鸟,淹没一切的是海水
你的主人却是青草,住在自己细小的腰上,
守住野花的
手掌和秘密

亚洲铜,亚洲铜
看见了吗？那两只白鸽子,它是屈原遗落在沙滩上的白鞋子
让我们——我们和河流一起,穿上它吧

亚洲铜,亚洲铜
击鼓之后,我们把在黑暗中跳舞的心脏叫做月亮
这月亮主要由你构成

1984

面朝大海,春暖花开

从明天起,做一个幸福的人
喂马,劈柴,周游世界

从明天起,关心粮食和蔬菜
我有一所房子,面朝大海,春暖花开

从明天起,和每一个亲人通信
告诉他们我的幸福
那幸福的闪电告诉我的
我将告诉每一个人

给每一条河每一座山取一个温暖的名字
陌生人,我也为你祝福
愿你有一个灿烂的前程
愿你有情人终成眷属
愿你在尘世获得幸福
我只愿面朝大海,春暖花开

1989.1.13

最后一夜和第一日的献诗

今夜你的黑头发
是岩石上寂寞的黑夜
牧羊人用雪白的羊群
填满飞机场周围的黑暗

黑夜比我更早睡去
黑夜是神的伤口
你是我的伤口
羊群和花朵也是岩石的伤口

雪山　用大雪填满飞机场周围的黑暗

雪山女神吃的是野兽穿的是鲜花
今夜　九十九座雪山高出天堂
使我彻夜难眠

1989.1.16—1.24

海子三首均选自《海子诗全编》，
上海三联书店1997年版

韩　东

温柔的部分

我有过寂寞的乡村生活
它形成了我性格中温柔的部分
每当厌倦的情绪来临
就会有一阵风为我解脱
至少我不那么无知
我知道粮食的由来
你看我怎样把贫穷的日子过到底

并能从中体会到快乐
而早出晚归的习惯
捡起来还会像锄头那样顺手
只是我再也不能收获什么
不能重复其中每一个细小的动作
这里永远怀有某种真实的悲哀
就像农民痛哭自己的庄稼

1985.3

原载《诗刊》1986 年 11 月号

有关大雁塔

有关大雁塔
我们又能知道些什么
有很多人从远方赶来
为了爬上去
做一次英雄
也有的还来第二次
或者更多
那些不得意的人们
那些发福的人们
统统爬上去

做一做英雄
然后下来
走进下面的大街
转眼不见了
也有有种的往下跳
在台阶上开一朵红花
那就真的成了英雄——
当代英雄

有关大雁塔

我们又能知道些什么　　　看看四周的风景
我们爬上去　　　　　　　然后再下来

　　　　　　　　　　　　　　1983年5月4日

　　　　　　　　　　　　选自《白色的石头》，
　　　　　　　　　　上海文艺出版社1992年版

于 坚

尚义街六号

尚义街六号
法国式的黄房子
老吴的裤子晾在二楼
喊一声　胯下就钻出戴眼镜的脑袋
隔壁的大厕所
天天清早排着长队
我们往往在黄昏光临
打开烟盒　打开嘴巴
打开灯
墙上钉着于坚的画
许多人不以为然
他们只认识凡·高
老卡的衬衣　揉成一团抹布
我们用它拭手上的果汁
他在翻一本黄书
后来他恋爱了
常常双双来临
在这里吵架　在这里调情
有一天他们宣告分手
朋友们一阵轻松　很高兴
次日他又送来结婚的请柬
大家也衣冠楚楚　前去赴宴
桌上总是摊开朱小羊的手稿
那些字乱七八糟
这个杂种警察一样盯牢我们
面对那双红丝丝的眼睛
我们只好说得朦胧

像一首时髦的诗
李勃的拖鞋压着费嘉的皮鞋
他已经成名了　有一本蓝皮会员证
他常常躺在上边
告诉我们应当怎样穿鞋子
怎样小便　怎样洗短裤
怎样炒白菜　怎样睡觉　等等
八二年他从北京回来
外衣比过去深沉
他讲文坛内幕
口气像作协主席
茶水是老吴的　电表是老吴的
地板是老吴的　邻居是老吴的
媳妇是老吴的　胃舒平是老吴的
口痰烟头空气朋友　是老吴的
老吴的笔躲在抽屉里
很少露面
没有妓女的城市
童男子们老练地谈着女人
偶尔有裙子们进来
大家就扣好扣子
那年纪我们都渴望钻进一条裙子
又不肯弯下腰去
于坚还没有成名
每回都被教训
在一张旧报纸上
他写下许多意味深长的笔名

有一人大家都很怕他
他在某某处工作
"他来是别有用心的，
我们什么也不要讲！"
有些日子天气不好
生活中经常倒霉
我们就攻击费嘉的近作
称朱小羊为大师
后来这只羊摸摸钱包
支支吾吾　闪烁其辞
八张嘴马上笑嘻嘻地站起
那是智慧的年代
许多谈话如果录音
可以出一本名著
那是热闹的年代
许多脸都在这里出现
今天你去城里问问
他们都大名鼎鼎
外面下着小雨

我们来到街上
空荡荡的大厕所
他第一回独自使用
一些人结婚了
一些人成名了
一些人要到西部
老吴也要去西部
大家骂他硬充汉子
心中惶惶不安
吴文光　你走了
今晚我去哪里混饭
恩恩怨怨　吵吵嚷嚷
大家终于走散
乘下一片空地板
像一张旧唱片　再也不响
在别的地方
我们常常提到尚义街六号
说是很多年后的一天
孩子们要来参观

1984 年 6 月

原载《诗刊》1986 年第 11 期

读弗洛斯特

在离大街只有一墙之隔的住所
读他的诗是件不容易的事情
起先我还听到来访者叩门
犹豫着开还是不开
后来我已独自深入他的果园

我遇见那些久已疏远的声音
它们跳跃在树上　流动在水中
我看见弗洛斯特嚼着一根红草
我看见这个老家伙得意洋洋地踱过去
一脚踩在锄头口上　鼻子被锄把击中

他的方式真让人着迷　　　　　我出门察看天色
伟大的智慧　似乎并不遥远　　通往后院的小路
我决定明天离开这座城市　远足荒原　已被白雪覆盖
把他的小书挟在腋下

1990年

选自《于坚的诗》，
人民文学出版社2000年版

翟永明

母　亲

无力到达的地方太多了,脚在疼痛,母亲,你没有
教会我在贪婪的朝霞中染上古老的哀愁。我的心只像你

你是我的母亲,我甚至是你的血液在黎明流出的
血泊中使你惊讶地看到你自己,你使我醒来

听到这世界的声音,你让我生下来,你让我与不幸构成
这世界可怕的双胞胎。多年来,我已记不得今夜的哭声

那使你受孕的光芒,来得多么遥远,多么可疑,站在生与死
之间,你的眼睛拥有黑暗而进入脚底的阴影何等沉重

在你怀抱之中,我曾露出谜底似的笑容,有谁知道
你让我以童贞方式领悟一切,但我却无动于衷

我把这世界当作处女,难道我对着你发出的
爽朗的笑声没有燃烧起足够的夏季吗?没有?

我被遗弃在世上,只身一人,太阳的光线悲哀地
笼罩着我,当你俯身世界时是否知道你遗落了什么?

岁月把我放在磨子里,让我亲眼看着自己被碾碎
呵,母亲,当我终于变得沉默,你是否为之欣喜

没有人知道我是怎样不著痕迹地爱你,这秘密
来自你的一部分,我的眼睛像两个伤口痛苦望着你

活着为了活着,我自取灭亡,以对抗亘古已久的爱
一块石头被抛弃,直到像骨髓一样风干,这世界

有了孤儿,使一切祝福暴露无遗,然而谁最清楚
凡在母亲手上站过的人,终会因诞生而死去

独　　白

我,一个狂想,充满深渊的魅力
偶然被你诞生。泥土和天空
二者合一,你把我叫作女人
并强化了我的身体

我是软得像水的白色羽毛体
你把我捧在手上,我就容纳这个世界
穿着肉体凡胎,在阳光下
我是如此炫目,使你难以置信

我是最温柔最懂事的女人
看穿一切却愿分担一切
渴望一个冬天,一个巨大的黑夜
以心为界,我想握住你的手
但在你的面前我的姿态就是一种惨败
当你走时,我的痛苦
要把我的心从口中呕出
用爱杀死你,这是谁的禁忌?
太阳为全世界升起!我只为了你
以最仇恨的柔情蜜意贯注你全身
从脚至顶,我有我的方式

一片呼救声,灵魂也能伸出手?

大海作为我的血液就能把我
高举到落日脚下,有谁记得我?
但我所记得的,绝不仅仅是一生

选自《称之为一切》,
春风文艺出版社 1997 年版

欧阳江河

汉英之间

我居住在汉字的块垒里，
在这些和那些形象的顾盼之间。
它们孤立而贯穿，肢体摇晃不定，
节奏单一如连续的枪。
一片响声之后，汉字变得简单。
掉下了一些胳膊，腿，眼睛，
但语言依然在行走，伸出，以及看见。
那样一种神秘养育了饥饿。
并且，省下很多好吃的日子，
让我和同一种族的人分食，挑剔。
在本地口音中，在团结如一个晶体的方言
在古代和现代汉语的混为一谈中，
我的嘴唇像是圆形废墟，
牙齿陷入空旷
没碰到一根骨头。
如此风景，如此肉，汉语盛宴天下。
我吃完我那份日子，又吃古人的，直到

一天傍晚，我去英语角散步，看见
一群中国人围住一个美国佬，我猜他们
想迁居到英语里面。但英语在中国没有领地
它只是一门课，一种会话方式，电视节目，
大学的一个系，考试和纸。
在纸上我感到中国人和铅笔的酷似。
轻描淡写，磨损橡皮的一生。
经历了太多的墨水，眼镜，打字机
以及铅的沉重之后，

英语已经轻松自如,卷起在中国的一角。
它使我们习惯了缩写和外交辞令,
还有西餐,刀叉,阿斯匹林。
这样的变化不涉及鼻子
和皮肤。像每天早晨的牙刷
英语在牙齿上走着,使汉语变白。
从前吃书吃死人,因此

我天天刷牙。这关系到水,卫生和比较。
由此产生了口感,滋味说,
以及日常用语的种种差异。
还关系到一只手,它伸进英语,
中指和食指分开,模拟
一个字母,一次胜利,一种
对自我的纳粹式体验。
一支烟落地,只燃到一半就熄灭了,
像一段历史。历史就是苦于口吃的
战争,再往前是第三帝国,是希特勒。
我不知道这个狂人是否枪杀过英语,枪杀过
莎士比亚和济慈。
但我知道,有牛津辞典里的、贵族的英语,
也有武装到牙齿的、丘吉尔或罗斯福的英语。
它的隐喻,它的物质,它的破坏的美学,
在广岛和长崎爆炸。
我看见一堆堆汉字在日语中变成尸首——
但在语言之外,中国和英美结盟。
我读过这段历史,感到极为可疑。
我不知道历史和我谁更荒谬。

一百多年了。汉英之间,究竟发生了什么?
为什么如此多的中国人移居英语,
努力成为黄种白人,而把汉语
看做离婚的前妻,看做破镜里的家园?究竟
发生了什么?我独自一人在汉语中幽居,

与众多纸人对话,空想着英语,
并看着更多的中国人跻身其间,
从一个象形的人变为一个拼音的人。

1987年7月于成都

原载《诗刊》1987年第10期

玻 璃 工 厂

1

从看见到看见,中间只有玻璃。
从脸到脸
隔开是看不见的。
在玻璃中,物质并不透明。
整个玻璃工厂是一只巨大的眼珠,
劳动是其中最黑的部分,
它的白天在事物的核心闪耀。
事物坚持了最初的泪水,
就像鸟在一片纯光中坚持了阴影。
以黑暗方式收回光芒,然后奉献。
在到处都是玻璃的地方,
玻璃已经不是它自己,而是
一种精神。
就像到处都是空气,空气近乎不存在。

2

工厂附近是大海。
对水的认识就是对玻璃的认识。
凝固,寒冷,易碎,
这些都是透明的代价。

透明是一种神秘的、能看见波浪的语言,
我在说出它的时候已经脱离了它,
脱离了杯子、茶几、穿衣镜,所有这些
具体的、成批生产的物质。
但我又置身于物质的包围之中,
生命被欲望充满。
语言溢出,枯竭,在透明之前。
语言就是飞翔,就是
以空旷对空旷,以闪电对闪电。
如此多的天空在飞鸟的躯体之外,
而一只孤鸟的影子
可以是光在海上的轻轻的擦痕。
有什么东西从玻璃上划过,比影子更轻,
比切口更深,比刀锋更难逾越。
裂缝是看不见的。

3

我来了,我看见,我说出。
语言和时间浑浊,泥沙俱下,
一片盲目从中心散开。
同样的经验也发生在玻璃内部。
火焰的呼吸,火焰的心脏。
所谓玻璃就是水在火焰里改变态度,

就是两种精神相遇,
两次毁灭进入同一永生。
水经过火焰变成玻璃,
变成零度以下的冷峻的燃烧,
像一个真理或一种感情
浅显,清晰,拒绝流动。
在果实里,在大海深处,水从不流动。

4

那么这就是我看到的玻璃——

依旧是石头,但已不再坚固。
依旧是火焰,但已不复温暖。
依旧是水,但既不柔软也不流逝。
它是一些伤口但从不流血,
它是一种声音但从不经过寂静。
从失去到失去,这就是玻璃。
语言和时间透明,
付出高代价。

5

在同一工厂我看见三种玻璃:
物态的,装饰的,象征的。
人们告诉我玻璃的父亲是一些混乱的石头。
在石头的空虚里,死亡并非终结,
而是一种可改变的原始的事实。
石头粉碎,玻璃诞生。
这是真实的。但还有另一种真实
把我引入另一种境界:从高处到高处。
在那种真实里玻璃仅仅是水,是已经
或正在变硬的、有骨头的、泼不掉的水,
而火焰是彻骨的寒冷,
并且最美丽的也最容易破碎。
世间一切崇高的事物,以及事物的眼泪。

1987年9月6日于山海关

选自《谁去谁留》,
湖南文艺出版社 1997 年版

西 川

在哈尔盖仰望星空

有一种神秘你无法驾驭
你只能充当旁观者的角色
听凭那神秘的力量
从遥远的地方发出信号
射出光来,穿透你的心
像今夜,在哈尔盖
在这个远离城市的荒凉的
地方,在这青藏高原上的
一个蚕豆般大小的火车站旁
我抬起头来眺望星空
这时河汉无声,鸟翼稀薄
青草向群星疯狂地生长
马群忘记了飞翔
风吹着空旷的夜也吹着我
风吹着未来也吹着过去
我成为某个人,某间
点着油灯的陋室
而这陋室冰凉的屋顶
被群星的亿万只脚踩成祭坛
我像一个领取圣餐的孩子
放大了胆子,但屏住呼吸

夕光中的蝙蝠

在戈雅的绘画里它们给艺术家
带来了噩梦。它们上下翻飞
忽左忽右;它们窃窃私语
却从不把艺术家叫醒

说不出的快乐浮现在它们那
人类的面孔上。这些似鸟
而不是鸟的生物,浑身漆黑
与黑暗结合,似永不开花的种籽

似无望解脱的精灵
盲目,凶残,被意志引导
有时又倒挂在枝丫上
似片片枯叶,令人哀悯

而在其他故事里,它们在
潮湿的岩穴里栖身
太阳落山是它们出行的时刻

觅食,生育,然后无影无踪

它们会强拉一个梦游人入伙
它们会夺下他手中的火把将它熄灭
它们也会赶走一只入侵的狼
让它跌落山谷,无话可说

在夜晚,如果有孩子迟迟不睡
那定是由于一只蝙蝠
躲过了守夜人酸疼的眼睛
来到附近,向他讲述命运

一只,两只,三只蝙蝠
没有财产,没有家园,怎能给人
带来福祉?月亮的盈亏褪尽了它们的
羽毛;它们是丑陋的,也是无名的

它们的铁石心肠从未使我动心
直到有一个夏季黄昏
我路过旧居时看到一群玩耍的孩子
看到更多的蝙蝠在他们头顶翻飞

夕光在胡同里布下了阴影
也为那些蝙蝠镀上了金衣
它们翻飞在那油漆剥落的街门外
对于命运却沉默不语

在古老的事物中,一只蝙蝠
正是一种怀念。它们闲暇的姿态
挽留了我,使我久久停留
在那片城区,在我长大的胡同里

虚构的家谱

以梦的形式,以朝代的形式
时间穿过我的躯体。时间像一盒火柴
有时会突然全部燃烧
我分明看到一条大河无始无终
一盏盏灯,照亮那些幽影幢幢的河畔城

我来到世间定有些缘由
我的手脚是以谁的手脚为原型?
一只鸟落在我的头顶,以为我是岩石
如果我将它挥去,它又会落向
谁的头顶,并回头张望我的行踪?

一盏盏灯,照亮那些幽影幢幢的河畔城

一些闲话被埋葬于夜晚的箫声
繁衍。繁衍。家谱被续写
生命的铁链哗哗作响
谁将最终沉默,作为它的结束?

我看到我皱纹满脸的老父亲
渐渐和这个国家融为一体
很难说我不是他:谨慎的性格
使他一生平安;很难说
他不是代替我忙于生计,委曲逢迎

他很少谈及我的祖父。我只约略记得
一个老人在烟草中和进昂贵的香油
遥远的夏季,一个老人被往事纠缠
上溯300年是几个男人在豪饮
上溯3000年是一家数口在耕种

从大海的一滴水到山东一个小小的村落
从江苏一份薄产到今夜我的台灯
那么多人活着:文盲、秀才、
土匪、小业主……什么样的婚姻
传下了我?我是否游荡过汉代的皇宫?
一个个刀剑之夜、贩运之夜
死亡也未能阻止喘息的黎明
我虚构出众多祖先的名字,逐一呼喊
总能听到一些声音在应答;但我
看不见他们,就像我看不见自己的面孔

1993.9

西川三首均选自《西川的诗》,
人民文学出版社1999年版

王家新

帕斯捷尔纳克

不能到你的墓地献上一束花
却注定要以一生的倾注,读你的诗
以几千里风雪的穿越
一个节日的破碎,和我灵魂的颤栗

终于能按照自己的内心写作了
却不能按一个人的内心生活
这是我们共同的悲剧
你的嘴角更加缄默,那是

命运的秘密,你不能说出
只是承受、承受,让笔下的刻痕加深
为了获得,而放弃
为了生,你要求自己去死,彻底地死

这就是你,从一次次劫难里你找到我
检验我,使我的生命骤然疼痛
从雪到雪,我在北京的轰响泥泞的
公共汽车上读你的诗,我在心中

呼喊那些高贵的名字
那些放逐、牺牲、见证,那些
在弥撒曲的震颤中相逢的灵魂
那些死亡中的闪耀,和我的

自己的土地!那北方牲畜眼中的泪光

在风中燃烧的枫叶
人民胃中的黑暗、饥饿,我怎能
撇开这一切来谈论我自己?

正如你,要忍受更疯狂的风雪扑打
才能守住你的俄罗斯,你的
拉丽萨,那美丽的、再也不能伤害的
你的,不敢相信的奇迹

带着一身雪的寒气,就在眼前!
还有烛光照亮的列维坦的秋天
普希金诗韵中的死亡、赞美、罪孽
春天到来,广阔大地裸现的黑色

把灵魂朝向这一切吧,诗人
这是幸福,是从心底升起的最高律令
不是苦难,是你最终承担起的这些
仍无可阻止地,前来寻找我们

发掘我们:它在要求一个对称
或一支比回声更激荡的安魂曲
而我们,又怎配走到你的墓前?
这是耻辱!这是北京的十二月的冬天

这是你目光中的忧伤、探询和质问
钟声一样,压迫着我的灵魂
这是痛苦,是幸福,要说出它
需要以冰雪来充满我的一生

1990.12

日 记

从一棵茂盛的橡树开始
园丁推着他的锄草机,从一个圆
到另一个更大的来回,
整天我听着这声音,我嗅着
青草被刈去时的新鲜气味,
我呼吸着它,我进入
另一个想象中的花园,那里
青草正吞没着白色的大理石卧雕
青草拂动;这死亡的爱抚
胜于人类的手指。

醒来,锄草机和花园一起荒废
万物服从于更冰冷的意志;
橡子炸裂之后
园丁得到了休息;接着是雪
从我的写作中开始的雪;
大雪永远不能充满一个花园,
却涌上了我的喉咙;
季节轮回到这白茫茫的死。
我爱这雪,这茫然中的颤栗;我忆起
青草呼出的最后一缕气息……

1992.10. 比利时根特

选自《游动悬崖》,
湖南文艺出版社 1997 年版

散文
Essay

丰子恺

南颖访问记

南颖是我的长男华瞻的女儿。七月初有一天晚上,华瞻从江湾的小家庭来电话,说保姆突然走了,他和志蓉两人都忙于教课,早出晚归,这个刚满一岁的婴孩无人照顾,当夜要送到这里来交祖父母暂管。我们当然欢迎。深黄昏,一辆小汽车载了南颖和他父母到达我家,住在三楼上。华瞻和志蓉有时晚上回来伴她宿;有时为上早课,就宿在江湾,这里由我家的保姆英娥伴她睡。

第二天早上,我看见英娥抱着这婴孩,教她叫声公公。但她只是对我看看,毫无表情。我也毫不注意,因为她不会讲话,不会走路,也不哭,家里仿佛新买了一个大洋囡囡,并不觉得添了人口。

大约默默地过了两个月,我在楼上工作,渐渐听见南颖的哭声和学语声了。她最初会说的一句话是"阿姨"。这是对英娥有所要求时叫出的。但是后来发音渐加变化:"阿呀","阿咦","阿也"。这就变成了欲望不满足时的抗议声。譬如指着扶梯要上楼,或者指着门要到街上去,而大人不肯抱她上来或出去,她就大喊"阿呀!阿呀!"语气中仿佛表示:"阿呀!这一点要求也不答应我!"

第二句会说的话是"公公"。然而也许是"咯咯",就是鸡。因为阿姨常常抱她到外面去看邻家的鸡,她已经学会"咯咯"这句话。后来教她叫"公公",她不会发鼻音,也叫"咯咯";大人们主观地认为她是叫"公公",欢欣地宣传:"南颖会叫公公了!"我也主观地高兴,每次看见了,一定抱抱她,体验着古人"含饴弄孙"之趣。然而我知道南颖心里一定感到诧异:"一只鸡和一个出胡须的老人,都叫做'咯咯'。人的语言真奇怪!"

此后她的语汇逐渐丰富起来:看见祖母会叫"阿婆";看见鸭会叫"Ga-Ga";看见挤乳的马会叫"马马";要求上楼时会叫"尢尢"(楼楼);要求出外时会叫"外外";看见邻家的女孩子会叫"几几"(姊姊)。从此我逐渐亲近她,常常把她放在膝上,用废纸画她所见过的各种东西给她看,或者在画册上教她认识各种东西。她对平面形象相当敏感:如果一幅大画里藏着一只鸡或一只鸭,她会找出来,叫"咯咯"、"Ga-Ga"。她要求很多,意见很多;然而发声器官尚未发达,无法表达她的思想,只能用"嗯,嗯,嗯,嗯"或哭来代替言语。有一次她指着我案上的文具连叫"嗯,嗯,嗯,嗯"。我知道她是要那支花铅笔,就对她说:"要笔,是不是?"她不嗯了,表示是。我就把花铅笔拿给她,同时教她:"说'笔'!"她的嘴唇动动,笑笑,仿佛在说:"我原想说'笔',可是我的嘴巴不听话呀!"

在这期间,南颖会自己走路了。起初扶着凳子或墙壁,后来完全独步了;同时要求越多,意见越多了。她欣赏我的手杖,称它为"都都"。因为她看见我常常拿着手杖上车子去开会,而车子叫"都都",因此手杖也就叫"都都"。她要求我左手抱了她,右手拿着拐杖走路。更进一步,要求我这样地上街去买花。这种事我不胜任,照理应该拒绝。然而我这时候自己已经化作了小孩,觉得这确有意思,就鼓足干劲,一手抱着孩子,一手拿着拐杖,走出里门,在人行道上慢慢地踱步。有一个路人向我注视了一会,笑问:"老伯伯,你抱得动么?"我这才觉悟了我的姿态的奇特:凡拿手杖,总是无力担负自己的身体,所以叫手杖扶助的;可是现在我左手里却抱着一个十五六个月的小孩!这矛盾岂不可笑?

她寄居我家一共五个多月。前两个多月像洋囡囡一般无声无息;可是后三个多月她的智力迅速发达,眼见得由洋囡囡变成了一个人,一个全新的人。一切生活在她都是初次经验,一切人事在她都觉得新奇。记得《西青散记》的序言中说:"予初生时,怖夫天之乍明乍暗,家人曰:昼夜也;怪夫人之乍有乍无,家人曰:死生也。"南颖此时的观感正是如此。在六十多年前,我也曾有过这种观感。然而六十多年的世智尘劳早已把它磨灭殆尽,现在只剩得依稀仿佛的痕迹了。由于接近南颖,我获得了重温远昔旧梦的机会,瞥见了我的人生本来面目。有时我屏绝思虑,注视着她那天真烂漫的脸,心情就会迅速地退回到六十多年前的儿时,尝到人生的本来滋味。这是最深切的一种幸福,现在只有南颖能够给我。三个多月以来我一直照管她,她也最亲近我。虽然为她相当劳瘁,但是她给我的幸福足可以抵偿。她往往不讲情理,恣意要求。例如当我正在吃饭的时候定要我抱她到"尤尤"去;深夜醒来的时候放声大哭,要求到"外外"去。然而越是恣意,越是天真,越是明显地衬托出世间大人们的虚矫,越是使我感动。所以华瞻在江湾找到了更宽敞的房屋,请到了保姆,要接她回去的时候,我心中发生了一种矛盾:在理智上乐愿她回到父母的新居,但在感情上却深深地对她惜别,从此家里没有了生气蓬勃的南颖,只得像杜甫所说:"寂寞养残生"了。那一天他们准备十点钟动身,我在九点半钟就悄悄地拿了我的"都都",出门去了。

我十一点钟回家,家人已经把壁上所有为南颖作的画揭去,把所有的玩具收藏好,免得我见物怀人。其实不必如此,因为这毕竟是"欢乐的别离";况且江湾离此只有一小时的旅程,今后可以时常来往。不过她去后,我闲时总要想念她。并不是想她回来,却是想她作何感想。十七八个月的小孩,不知道世间有"家庭"、"迁居"、"往来"等事。她在这里由洋囡囡变成人,在这里开始有知识;对这里的人物、房屋、家具、环境已经熟悉。她的心中已经肯定这里是她的家了。忽然大人们用车子把她载到另一个地方,这地方除了过去晚上有时看到的父母之外,保姆、房屋、家具、环境都是陌生的。"一向熟悉的公公、阿婆、阿姨哪里去了?一向熟悉的那间屋子哪里去了?一向熟悉的门巷和街道哪里去了?这些人物和环境是否永远没有了?"她的小头脑里一定发生这些疑问。然而无人能替她解答。

我想用事实来替她证明我们的存在,在她迁去后一星期,到江湾去访问她。坐了一小时的汽车,来到她家门前。一间精小的东洋式住宅门口,新保姆抱着她在迎接我。南颖向我凝视片刻,就要我抱,看看我手里的"都都"。然而目光呆滞,脸无笑容,很久默默不语,显然表示惊奇和怀疑。我推测她的小心里正在想:"原来这个人还在。怎么在这里出现?那间屋子存在不存在?阿婆、阿姨和'几几'存在不存在?"我要引起她回忆,故意对她说:"尤尤","公公,都都,外外,买花花。"她的目光更加呆滞了,表情更加严肃了,默默无言了很久。我想这时候她的小心境中大概显出两种情景。其一是:走上楼梯,书桌上有她所见惯的画册、笔砚、烟灰缸、茶杯;抽斗里有她所玩惯的显微镜、颜料瓶、图章、打火机;四周有特地为她画的小图画。其二是:电车道旁边的一家鲜花店、一个满面笑容的卖花人和红红绿绿的许多花;她的小手手拿了其中的几朵,由公公抱回家里,插在茶几上的花瓶里。但不知道这时候她心中除了惊疑之外,是喜是悲,是怒是慕。

我在她家逗留了大半天,乘她沉沉欲睡的时候悄悄地离去。她照旧依恋我。这依恋一方面使我高兴,另一方面又使我惆怅:她从热闹的都市里被带到这幽静的郊区,笼闭在这沉寂的精舍里,已经一个星期,可能尘心渐定。今天我去看她,这昙花一现,会不会促使她怀旧而增长她的疑窦?我希望不久迎她到这里来住几天,再用事实来给她证明她的旧居的存在。

庚子仲冬记

选自《丰子恺散文选集》,
上海文艺出版社1981年版

钦 文

鉴湖风景如画

  艺术家依照自然景物作画,叫做写生。所谓风景如画,是说美好的风景。拿画来形容风景的好,因为有些画是经过艺术家美化了的风景的写照。"风景如画"这意义,我日前在绍兴才深刻地体会到。

  我坐着踏桨船,到小云栖等地方去看看,觉得路上风景实在可观。偏门外,虽然由石条叠成圆洞的高高的跨湖桥已于抗日战争时期毁掉,可是快阁所在,是爱国大诗人陆游写过"风吹麦饭满村香"的地方,大片银波粼粼的水,远处衬着青青的山,湖光山色依然。在那青山绿水之间,金黄黄的早稻穗和碧油油的晚稻苗一方一方地间隔在田间,还有杨柳、柏树排列在河岸和田塍上。且不说经过鱼荡的箔时,那竹笆刮着船底飕飕的清脆悦耳声,在菱荡旁垂钓鲈鱼的渔翁的悠然的姿态,往常我也只有在画面上见到过。绍兴一大部分是平地,所以河流通常总是静止的样子。水面如镜,这就成了"镜湖",也称"鉴湖"。一个魁星阁,一座三眼桥,几株柏树,一丛松树,砖墙的楼房,茅草的平屋,摇着橹的出畈船和供行人休息的路亭等等,分开来个别观看,没有什么特别,可是配置在稽山镜水之间,这就千变万化,形成了许多醒目的景象。有名的峨嵋山,所谓风景奇特,五步一小变,十步一大变的,我欣赏过一个星期。虽然多变化,可是气势太急促,岩石峰峦,近近地迫在眼前,往往看得透不过气来的样子。会稽山脉在鉴湖水上观望,似乎淡淡的几笔,远远的,只是衬托的背景。可是我能想见:那里禹陵、兰亭等古迹的所在,崇山峻岭之间长着茂林修竹,雄伟、庄严,也是秀丽的。坐在船上摇动着,也可以说是"五步一小变,十步一大变"的,却处处使人眼开眉展、爽神悦目。我坐在踏桨船上,一桨一桨地踏过去,眼前景物渐渐地转变,一幅一幅的图画,好像是在看优美的风景片子的电影;真是百看不厌。杜甫有诗说,"越女天下白,鉴湖五月凉。"这凉是清凉爽快,无论何时,看着鉴湖的风景,总是觉得爽快的呀!

  绍兴是我的故乡,偏门外一带是我旧游之地;以前我可没有这样感到兴趣过。固然,由于年龄、世故等关系,有些事情一时体会不到真情;像我早在中等学校里唱过的"鸟鸣山更幽"和"夜归鹿门"等歌词,一直要到我年已半百在福建永安的山上时才忽然体会到,却也只是一会儿就过去了的。

如今鉴湖风景给我优美的印象是使我念念不忘的了。"静观万物皆自得";原来在旧社会里,我迫于生计,一直匆匆忙忙,没有好好地安静过心境。不久以前我到北京去开会,在火车开出城站时,我忽然想到,以前我屡次北上,总是为着生计,这次才主要的是为着事业。

新社会给我们的幸福,并不限于物质条件,更加是精神上可以愉快,得到安慰!

1956年秋于西子湖畔的桃花江边

原载1956年9月11日《杭州日报》

沈从文

五月卅下十点北平宿舍
一九四九年五月三十日

很静。不过十点钟。忽然一切都静下来了,十分奇怪。第一回闻窗下灶马振翅声。试从听觉搜寻远处,北平似乎全静下来了,十分奇怪。不大和平时相近。远处似闻有鼓声连续。我难道又起始疯狂?

两边房中孩子鼾声清清楚楚。有种空洞游离感起于心中深处,我似乎完全孤立于人间,我似乎和一个群的哀乐全隔绝了。绿色的灯光如旧,桌上稿件零乱如旧,靠身的写字桌已跟随了我十八年,桌上一个相片,十九年前照的,丁玲还像是极熟习,那时是她丈夫死去二月,为送她遗孤回到湖南去,在武昌城头上和〔凌〕叔华一家人照的。抱在叔华手中的小莹,这时已入大学,还有那个遗孤韦护,可能已成为一个青年壮士,——我却被一种不可解的情形,被自己的疯狂,游离于群外,而面对这个相片发呆。

十分钟前从收音机中听过《卡门》前奏曲,《蝴蝶夫人》曲,《茶花女》曲,一些音的涟漪与坡谷,把我生命带到许多似熟习又陌生过程中,我总想喊一声,却没有作声,想哭哭,没有眼泪,想说一句话,不知向谁去说。

我的家表面上还是如过去一样,完全一样,兆和健康而正直,孩子们极知自重自爱,我依然守在书桌边,可是,世界变了,一切失去了本来意义。我似乎完全回复到了许久遗忘了的过去情形中,和一切幸福隔绝,而又不悉悲哀为何事,只茫然和面前世界相对,世界在动,一切在动,我却静止而悲悯的望见一切,自己却无份,凡事无份。我没有疯!可是,为什么家庭还照旧,我却如此孤立无援无助的存在。为什么?究竟为什么?你回答我。

我在毁灭自己。什么是我?我在何处?我要什么?我有什么不愉快?我碰着了什么事?想不清楚。

我希望继续有音乐在耳边回旋,事实上只是一群小灶马悉悉叫着。我似乎要呜咽一番,我似乎并这个已不必需。我活在一种可怕孤立中。什么都极分明,只不明白我自己站在什么据点上,在等待些什么,在希望些什么。

夜静得离奇。端午快来了,家乡中一定是还有龙船下河。翠翠,翠翠,你是在一零四小房间中酣睡,还是在杜鹃声中想起我,在我死去以后还想起我?

翠翠,三三,我难道又疯狂了?我觉得吓怕,因为一切十分沉默,这不是平常情形。难道我应当休息了?难道我……

我在搜寻丧失了的我。

很奇怪,为什么夜中那么静。我想喊一声,想哭一哭,想不出我是谁,原来那个我在什么地方去了呢?就是我手中的笔,为什么一下子会光彩全失,每个字都若冻结到纸上,完全失去相互间关系,失去意义?

选自《从文家书》,
上海远东出版社1996年版

马寅初

附带声明

一　接受《光明日报》的挑战书

据去年7月24日和11月29日的《光明日报》估计,批判我的学术思想的人不下二百多人,而《光明日报》又要开辟一个战场,而且把这个战场由《光明日报》逐渐延伸至几家报纸和许多杂志,并说我的资产阶级学术思想的一些主要论点已经比较深入地为人们所认识,坚持学术批判必须深入进行。这个挑战是很合理的,我当敬谨拜受。我虽年近八十,明知寡不敌众,自当单枪匹马,出来应战,直至战死为止,决不向专以力压服不以理说服的那种批判者们投降。不过我有一个要求。过去的批判文章都是"破"的性质,没有一篇是"立"的性质;徒破而不立,不能成大事。如我国的革命,只破而不立,决不能有今天。你我都不欢迎那些如李达先生所说的:"抠名词、抠概念、语义晦涩,内容空洞,带一些八股气"的文章(《人民日报》1958年11月10日第7版)。更不欢迎如中共湖北省委第一书记王任重同志所说的那种作风。王任重同志在他的《读书、谈心、想问题》一文(载《人民日报》1959年4月9日)中说:"讲共产主义风格,还要敢于坚持真理,从实际出发,而不要'随风倒'。学习先进,力争上游,永远都是需要的。但是有些同志并不是真正学习先进,而是按'空气'办事。听到人家一点风声,他就赶紧照办,不问一问人家究竟是怎么做的,也不想一想这样做到底好不好,和自己的情况适合不适合。事后看来,这些同志闹了许多笑话。为什么'随风倒'?这里面有个'抢先'的思想在作怪。有的同志怕落后,不管条件如何,事事都想站到头里。也有的同志是图虚名,好出风头。这种'抢先'的思想,和党所教导我们的'鼓足干劲,力争上游'的精神,根本不是一回事。我们共产党人要赤胆忠心地为人民工作,不要为虚名工作;要按实际情况办事,不要按'空气'办事。"

我们所最欢迎的,是如潘梓年先生所说的那种概括各种新变化的哲学或经济文章,因为哲学的中国要求有中国化的哲学(《哲学研究》1958年第7期)。据《光明日报》的意见,我的学术思想是资产阶级的,那么应该写几篇富有无产阶级学术思想的文章来示一个范,使我们也可经常学习。

二　对爱护我者说几句话并表示衷心的感谢

去年有二百多位批判者向我进攻,对我的两篇《平衡论》和《新人口论》提出种种意见,其中有些是好的,我吸取过来,并在小型的团团转综合性平衡论中做了些修改(共七点),但是他们的批判没有击中要害,没有动摇我的主要的或者说根本的据点——"团团转"的理论、"螺旋式上升"的理论和"理在事中"的理论,也无法驳倒我的《新人口论》。在论战很激烈的时候,有几位朋友力劝退却,认一个错了事,不然的话,不免影响我的政治地位。他们的劝告,出于诚挚的友爱,使我感激不尽;但我不能实行。我认为这不是一个政治问题,是一个纯粹的学术问题。学术问题贵乎争辩,愈辩愈明,不宜一遇袭击,就抱"明哲保身,退避三舍"的念头。相反,应知难而进,决不应向困难低头。我认为在研究工作中事前要有准备,没有把握,不要乱写文章。既写之后,要勇于更正错误,但要坚持真理,即于个人私利甚至于自己宝贵的性命,有所不利,亦应担当一切后果。我平日不教书,与学生没有直接的接触,总想以行动来教育学生,我总希望北大的 1.04 万学生在他们求学的时候和将来在实际工作中要知难而进,不要一遇困难随便低头。

最后我还要对另一位好朋友表示感忱,并道歉意。我在重庆受难的时候,他千方百计来营救;我 1949 年自香港北上参政,也是应他的电召而来。这些都使我感激不尽。如今还牢记在心。但是这次遇到了学术问题,我没有接受他的真心诚意的劝告,心中万分不愉快,因为我对我的理论有相当的把握,不能不坚持,学术的尊严不能不维护,只得拒绝检讨。希望我这位朋友仍然虚怀若谷,不要把我的拒绝检讨视同抗命则幸甚。

1959 年

原载《新建设》1959 年第 11 期

傅 雷

傅雷家书(选一)
一九六〇年八月二十九日

亲爱的孩子,八月二十日报告的喜讯使我们心中说不出的欢喜和兴奋。你在人生的旅途中踏上一个新的阶段,开始负起新的责任来,我们要祝贺你,祝福你,鼓励你。希望你拿出像对待音乐艺术一样的毅力、信心、虔诚,来学习人生艺术中最高深的一课。但愿你将来在这一门艺术中得到像你在音乐艺术中一样的成功!发生什么疑难或苦闷,随时向一二个正直而有经验的中、老年人讨教(你在伦敦已有一年八个月,也该有这样的老成的朋友吧),深思熟虑,然后决定,切勿单凭一时冲动:只要你能做到这几点,我们也就放心了。

对终身伴侣的要求,正如对人生一切的要求一样不能太苛。事情总有正反两面:追得你太迫切了,你觉得负担重;追得不紧了,又觉得不够热烈。温柔的人有时会显得懦弱,刚强了又近乎专制。幻想多了未免不切实际,能干的管家太太又觉得俗气。只有长处没有短处的人在哪儿呢?世界上究竟有没有十全十美的人或事物呢?抚躬自问,自己又完美到什么程度呢?这一类的问题想必你考虑过不止一次。我觉得最主要的还是本质的善良,天性的温厚,开阔的胸襟。有了这三样,其他都可以逐渐培养;而且有了这三样,将来即使遇到大大小小的风波也不致变成悲剧。做艺术家的妻子比做任何人的妻子都难;你要不预先明白这一点,即使你知道"责人太严,责己太宽",也不容易学会明哲、体贴、容忍。只要能代你解决生活琐事,同时对你的事业感到兴趣就行,对学问的钻研等等暂时不必期望过奢,还得看你们婚后的生活如何。眼前双方先学习相互的尊重、谅解、宽容。

对方把你作为她整个的世界固然很危险,但也很宝贵!你既已发觉,一定会慢慢点醒她;最好旁敲侧击而勿正面提出,还要使她感到那是为了维护她的人格独立,扩大她的世界观。倘若你已经想到奥里维的故事,不妨就把那部书叫她细读一二遍,特别要她注意那一段插曲。像雅葛丽纳那样只知道 love, love, love! 的人只是童话中人物,在现实世界中非但得不到 love,连日子都会过不下去,因为她除了 love 一无所知,一无所有,一无所爱。这样狭窄的天地哪像一个天地！这样片面的人生观哪会得到幸福！无论男女，只有把兴趣集中在事业上，学问上，艺术上，尽量抛开渺小的自我（ego），才有快活的可能，才觉得活得有意义。未经世事的少女往往会存一个荒诞的梦想，以为恋爱时期的感情的高潮也能在婚后维持下去。这是违反自然规律的妄想。古语说，"君子之交淡如水"；又有一句话说，"夫妇相敬如宾"。可见只有平静、含蓄、温和的感情方能持久；另外一句的意义是说，夫妇到后来完全是一种知己朋友的关系，也即是我们所谓的终身伴侣。结婚之前双方能深切领会到这一点，就为将来打定了最可靠的基础，免除了多少不必要的误会与痛苦。

你是以艺术为生命的人，也是把真理、正义、人格等等看做高于一切的人，也是以工作为乐生的人；我用不着唠叨，想你早已把这些信念表白过，而且竭力灌输给对方的了。我只想提醒你几点：第一，世界上最有力的论证莫如实际行动，最有效的教育莫如以身作则；自己做不到的事千万勿要求别人；自己也要犯的毛病先批评自己，先改自己的。第二，永远不要忘了我教育你的时候犯的许多过严的毛病。我过去的错误要是能使你避免同样的错误，我的罪过也可以减轻几分；你受过的痛苦不再施之于他人，你也不算白白吃苦。总的来说，尽管指点别人，可不要给人"好为人师"的感觉。奥诺丽纳（你还记得巴尔扎克那个中篇吗？）的不幸一大半是咎由自取，一小部分也因为丈夫教育她的态度伤了她的自尊心。凡是童年不快乐的人都特别脆弱（也有训练得格外坚强的，但只是少数），特别敏感，你回想一下自己，就会知道对付你的恋人要如何 delicate，如何 discreet 了。

我相信你对爱情问题看得比以前更郑重更严肃了；就在这考验时期，希望你更加用严肃的态度对待一切，尤其要对婚后的责任先培养一种忠诚、庄严、虔敬的心情！

选自《傅雷家书》，
三联书店 1981 年版

夏　衍

"废名论"存疑

　　星期六到颐和园去，在附近看到一所中学，校名是"第一〇一中学"。一位同游者脱口而出："学校办在这样一个好地方，叫颐和中学多好。"

　　这使我想起了另一件事情。在一个科学家的集会上，我听到过以下的对话：

　　"您以前在……"

　　"清华。一九三二年毕业的。"

　　"啊，那是老学友了。我也是清华，比你晚五年。"

　　"这次会上，咱们清华的人可不少啊！""咱们清华"这四个字充满了感情。

　　这样，他们就谈到校园，谈到校风，谈到当时的学生风气，谈到老教授们的癖好……两个人都沉浸在欢乐的回忆中了。

　　让学校有一个固定的名称，让他保存一种具有独特风格的校风和传统，让这个名字成为先后校友的精神上的联系，我想，这对社会主义建设事业不会有什么害处吧。可是这几年来，"废名排号"却已经成了风气。

　　不仅教育界如此，其他各界也未能免俗。在知识分子心中有相当深厚印象的商务印书馆、开明书店这些名称，不是早已不见了么？甚至许许多多老百姓熟悉的老铺老店，不是也纷纷改为第七门市部、第八供应站了么？

　　这种风气也流行到了应该是"丰富多彩"的文艺界。我们的文艺杂志、文艺团体似乎有了一套正名规律，不是"人民"，就是"中国"，如"人民文学"、"人民音乐"、"中国评剧院"等等。最彻底、也最有讽刺性的是漫画杂志。在外国，这一类杂志有的叫"鳄鱼"，有的叫"箭"，有的叫"牧鹅少年马季"，而我们中国，就直截了当地叫做"漫画"。正像一个人的名片上只印着一个字："人"。

　　这种废名论的理论根据，据说第一是为了整齐，为了"统一"；第二是因为旧时代的名称都有封建性。那么，像河北、安徽这一类省名，宛平、长治这一类县名，也都应该废名排号了吧。我设想若干年后，人们的履历表将如下式：

姓名:王十七
籍贯:第五省、第三十八县、第二二六乡。
学历:第十一省第九十八中学毕业。
职业:第十五省第九市第三副食品商店第七门市部经理。

原载 1956 年 8 月 10 日《人民日报》,署名任晦

唐 弢

"言论老生"

民国初年，上海曾经流行过一种话剧，大家叫它做"文明戏"。"文明戏"里有种专演正派人物的角色，他的擅长是发议论，上得台来，满口"官话"，总是长长的一大篇。有时候是"声色俱厉"，有时候是"声泪俱下"，虽然内容空泛，却的确搬出许多大道理，做到了慷慨陈词的地步。这种角色，也像京戏里的"长靠"、"短打"、"闺门旦"、"刀马旦"一样，有一个因此而获得的专称，叫做"言论老生"。

他的拿手戏就是空口说白话：贩卖教条。

现在，"文明戏"早已绝迹，"言论老生"却还留在我们的生活里。自然，这指的并不是报馆主笔，讲坛教授，以"言论"为职业本来没有什么可以非难，问题还在于他的"言论"的内容，这是否成为"老生"的关键。所谓"言论老生"也者，他的肚里至少有两部书：一部"道德经"，一部"汉文典"，并非老子或者什么人的专著，而是综合古今中外的名人名言，但又的确通过了他先生主观的自己的大作。在"言论老生"看来，这两部书是"放诸四海而皆准"，任何时候，任何地点的衡人论文的标准，因此，没有机会开口则已，一开口，他总在引"经"据"典"。

碰到要对人事说几句话了，他就带着他的"道德经"。青年们有自己的爱好和理想，在业余专心研究，他翻一下"道德经"说道："这是成名思想，个人主义！"教员们要求克服忙乱现象，照顾照顾家里的孩子，他翻一下"道德经"，说道："这是家庭观念，反集体精神！"看见有人在钻业务、谈爱情，他的"道德经"里便有这样的一条："脱离政治，缺乏社会主义热情！"

碰到要对文章发表意见了，他就带着他的"汉文典"。看到一篇描写战士思想生活的小说，他翻一下"汉文典"，说道："难道我们的解放军是这样的吗？"看到一篇刻画工业生产的短篇，他翻一下"汉文典"，说道："没有写党的领导，难道我们的党不在领导工业生产吗？"有时候看到的是一段速写，一首小诗，他的"汉文典"里则又堂皇地写着："没有反映出一定社会力量的本质！"

生活是复杂的，如果在他的"道德经"和"汉文典"里找不到答案呢？这里也有一条：凡无"经""典"可以援引的，一律要不得！这叫做：没有"理论"

根据。

作为"言论老生"的特征,他所发表的总是无法反驳、永远正确的大道理,就只是一点:不联系实际。但不联系实际又有什么关系呀!他谈的本来就不是实际而是"言论",对"言论"要求实际,不也就是脱离实际——他的"言论"的实际了吗?说来说去,我们的"言论老生"最后还是一个"胜利者"!

这就是"文明戏"为什么要重金礼聘"言论老生"的缘故。

不幸的是:人们心里明白自己是在看戏,一回到生活,却早把他的"言论"忘得一干二净了,因为生活总是具体而实际的。在高超的"言论"上立于不败之地,一到实际生活里就碰得粉碎,这是对一切教条主义主观主义的教训,也不能不是"言论老生"的悲哀。

原载 1956 年 9 月 13 日《人民日报》

巴　人

况钟的笔

　　看了昆剧《十五贯》，叫我念念不忘的是况钟那枝三落三起的笔。
　　自从仓颉造字、蒙恬造笔以来，凡是略识"之乎"的人，都是要用用笔的，读书人著书立说，吟歌赋诗，要用笔；种田的、赶买卖的，记记豆腐白酒账，要用笔；甚至像阿Q那样人物，临到枪毙之前，还要拿起笔来，伏在地上，在判决书上面画个圈圈，并且有慨于圈圈之画得不圆，这就可见笔之为用是大得很哩。
　　自然，笔各有不同，我们用的或毛笔、或钢笔，而况钟所用的是朱砂笔。况钟虽然是苏州府尹，但这回担任的工作，却是监斩。他的职责就是核对犯人和榜上名字是否属实。如果属实，那就算他"验明正身"了，大可朱砂笔一挥，向榜上名字一点，叫刽子手拉出去，一斩了事的。然而况钟偏不这么做，一听到犯人呼冤，拿起来的笔，便点不下去了。拿过判决书来看，竟是三问六审，经过不少人手，想来案情属实；又拿起笔来，又听到犯人呼冤，并且自叙经过，又点不下去了。经过临时一次调查，冤情已经属实，但他既是监斩官，无权过问判决，于是又拿起笔来，但又看到犯人含冤莫伸的情形，又点不下去。他想到人命关天，要对人负责。他终于立下决心，自担干系，延缓处斩，向巡抚大人据理力争，并且亲自勘察，破了案情，平反了冤狱。这样，况钟的朱砂笔，终于点中了真正的杀人犯。可见一个人会不会用笔是大有讲究的。
　　我们的机关首长，单位的负责人，以至一般的工作人员，都是要用笔的。有的是起拟计划、稿件，等等，有的则是拿起笔来在计划、稿件之类上面批示一下，或同意，或另拟，或写上个名字。但是，我们用笔有没有像况钟那样用得慎重而严肃？实在是大可深思一下的。我们之间固然不缺乏像况钟那样的人，善于在笔底下看到"人"，并且用行动来帮助用笔。但我们之间，也不缺乏像过于执那样的人，只知大笔一挥，看不到笔底下有"人"；或者把任何工作，往上一推，往下一压；自己仅仅经过手，签个名，只考究自己签名的字，是否"龙翔凤舞"，足够威势，也算是用过笔了。
　　没有对人负责的精神，不可能作出对工作负责的事，况钟的笔底下有"人"，就是况钟用笔的可贵精神。

但况钟的用笔是很不容易的。首先,这枝朱砂笔必须点中真正杀人犯,那才能为社会除掉坏人。而除掉了坏人,也就是保护了好人。但要做到这一点,他得展开两条路线的斗争:一方面,他要同只知排比事件的表面现象,并且会用"人之常情"来作推理根据,却不研究事情的实质的主观主义者作斗争;另一方面,他还要同满足于自己的高官厚禄,闭着眼睛签发文件,而又讨厌下属提出不同意见,为了去掉不顺手的干部,就故意设下陷阱叫你跳下去的官僚主义分子作斗争。这样,况钟的笔就是处在主观主义者过于执和官僚主义者周忧的两枝笔锋夹攻之间了。他要在这两枝笔锋夹攻之间,杀出一条真理的路来,实在是需要有大勇气、大智慧的。

但一个能对人负责的人,一定会得到人民力量的支持,就会有大勇气;而一个得到人民力量支持的人,一定能集中群众的智慧,就会有大智慧。况钟就这样地战胜了两枝夹攻的笔锋,平反了冤狱。况钟可说是善用其笔的人了。

经常用笔而又经常信笔一挥的人,是不能不想想况钟的用笔之法的。

原载 1956 年 5 月 6 日《人民日报》

孙 犁

黄 鹂
——病期琐事

　　这种鸟儿,在我的家乡好像很少见。童年时,我很迷恋过一阵捕捉鸟儿的勾当。但是,无论春末夏初在麦苗地或油菜地里追逐红靛儿,或是天高气爽的秋季,奔跑在柳树下面网罗虎不拉儿的时候,都好像没有见过这种鸟儿。它既不在我那小小的村庄后边高大的白杨树上同䴔鸡儿一同鸣叫,也不在村南边那片神秘的大苇塘里和苇咋儿一块筑窠。

　　初次见到它,是在阜平县的山村。那是抗日战争期间,在不断的炮火洗礼中,有时清晨起来,在茅屋后面或是山脚下的丛林里,我听到了黄鹂的尖利的富有召唤性和启发性的啼叫。可是,它们飞起来,迅若流星,在密密的树枝树叶里忽隐忽现,常常是在我仰视的眼前一闪而过,金黄的羽毛上映照着阳光,美丽极了,想多看一眼都很困难。

　　因为职业的关系,对于美的事物的追求,真是有些奇怪,有时简直近于一种狂热。在战争不暇的日子里,这种观察飞禽走兽的闲情逸致,不知对我的身心情感,起着什么性质的影响。

　　前几年,终于病了。为了疗养,来到了多年向往的青岛。春天,我移居到离海边很近,只隔着一片杨树林洼地的一幢小楼房里。有很长的一段时间,我一个人住在这里,清晨黄昏,我常常到那杨树林里散步。有一天,我发现有两只黄鹂飞来了。

　　这一次,它们好像喜爱这里的林木深密幽静,也好像是要在这里产卵孵雏,并不匆匆离开,大有在这里安家落户的意思。

　　每天,天一发亮,我听到它们的叫声,就轻轻打开窗帘,从楼上可以看见它们互相追逐,互相逗闹,有时候看得淋漓尽致,对我来说,这真是饱享眼福了。

　　观赏黄鹂,竟成了我的一种日课。一听到它们叫唤,心里就很高兴,视线也就转到杨树上,我很担心它们一旦要离此他去。这里是很安静的,甚至有些近于荒凉,它们也许会安心居住下去的。我在树林里徘徊着,仰望着,有时坐在小石凳上谛听着,但总找不到它们的窠巢所在,它们是怎样安排自己的住室和产房的呢?

一天清晨,我又到树林里散步,和我患同一种病症的史同志手里拿着一支猎枪,正在瞄准树上。

"打什么鸟儿?"我赶紧过去问。

"打黄鹂!"老史兴致勃勃地说,"你看看我的枪法。"

这时候,我不想欣赏他的枪技,我但愿他的枪法不准。他瞄了一会儿,黄鹂发觉飞走了。乘此机会,我以老病友的资格,请他不要射击黄鹂,因为我很喜欢这种鸟儿。

我很感激老史同志对友谊的尊重。他立刻答应了我的要求,没有丝毫不平之气。并且说:

"养病么,喜欢什么就多看看,多听听。"

这是真诚的同病相怜。他玩猎枪,也是为了养病,能在兴头儿上照顾旁人,这种品质不是很难得吗?

有一次,在东海岸的长堤上,一位穿皮大衣戴皮帽的中年人,只是为了讨取身边女朋友的一笑,就开枪射死了一只回翔在天空的海鸥。一群海鸥受惊远飚,被射死的海鸥落在海面上,被怒涛拍击漂卷。胜利品无法取到,那位女人请在海面上操作的海带培养工人帮助打捞,工人们愤怒地掉头划船而去。这给我留下了深刻的印象。回到房子里,无可奈何地写了几句诗,也终于没有完成,因为契诃夫在好几种作品里写到了这种人。我的笔墨又怎能更多地为他们的业绩生色?在他们的房间里,只挂着契诃夫为他们写的褒词就够了。

惋惜的是,我的朋友的高尚情谊,不能得到这两只惊弓之鸟的理解,它们竟一去不返。从此,清晨起来,白杨萧萧,再也听不到那种清脆的叫声。夏天来了,我忙着到浴场去游泳,渐渐把它们忘掉了。

有一天我去逛鸟市。那地方卖鸟儿的很少了,现在生产第一,游闲事物,相应减少,是很自然的。在一种转角地方,有一个卖鸟笼的老头儿,坐在一条板凳上,手里玩弄着一只黄鹂。黄鹂系在一根木棍上,一会儿悬空吊着,一会儿被拉上来。我站住了,我望着黄鹂,忽然觉得它的焦黄的羽毛,它的嘴眼和爪子,都带有一种凄惨的神气。

"你要吗?多好玩儿!"老头儿望望我问了。

"我不要。"我转身走开了。

我想,这种鸟儿是不能饲养的,它不久会被折磨得死去。这种鸟儿,即使在动物园里,也不能从容地生活下去吧,它需要的天地太宽阔了。

从此,有很长一段时间,我不再想起黄鹂。第二年春季,我到了太湖,在江南,我才理解了"杂花生树,群莺乱飞"这两句文章的好处。

是的,这里的湖光山色,密柳长堤;这里的茂林修竹,桑田苇泊;这里的乍雨乍晴的天气,使我看到了黄鹂的全部美丽,这是一种极致。

是的,它们的啼叫,是要伴着春雨、宿露,它们的飞翔,是要伴着朝霞和彩虹的。这里才是它们真正的家乡,安居乐业的所在。

各种事物都有它的极致。虎啸深山,鱼游潭底,驼走大漠,雁排长空,这就是它们的极致。

在一定的环境里,才能发挥这种极致。这就是形色神态和环境的自然结合和相互发挥,这就是景物一体。典型环境中的典型性格,也可以从这个角度来理解吧。这正是在艺术上不容易遇到的一种境界。

1962年4月

选自《孙犁文集》第四卷,
百花文艺出版社1982年版

孙 犁

残 瓷 人

　　这是一个小女孩的白瓷造像。小孩梳两条小辫,只穿一条黄色短裤。她一手捧着一只小鸟,一手往小鸟的嘴中送食,这样两手和小鸟,便连成了一体。

　　这是我一九五一年,从国外一个小城市买回的工艺品。那时进城不久,我住在一个大院后面,原来是下人住的小屋里,房间里空空,我把它放在从南市旧货摊上买回的一个樟木盒子里。后来,又放进一些也是从旧货摊上买来的小玩艺,成了我的百宝箱。

　　有一年,原在冀中的一位老战友来看我。我想起在抗日战争时期,我过封锁线,他是军分区的作战科长,常常派一个侦察员护送我,对我有过好处,一时高兴,就把百宝箱打开,请他挑几件玩艺。他选了一对日本烧制的小花瓶,当他拿起这个小瓷人的时候,我说:

　　"这一件不送,我喜欢。"

　　他就又放下了。为了表示歉意,我送了他一张董寿平的杏花立轴,他高兴极了。

　　后来,我的东西多了,买了一个玻璃柜,专放瓷器,小瓷人从破木盒升格,也进入里面。"文化大革命",全被当做四旧抄走了。其实柜子里,既没有中国古董,更没有外国古董。它不过是一件哄小孩的瓷器,底座上标明定价,十六个卢布。

　　落实政策,瓷器又发还了。这真是有组织有计划的抄家,东西保存得很好,一件也没有损失,小瓷人也很好。

　　我已经没有心情再玩弄这些东西,我把它们放在一个稻草编的筐子里。一九七六年大地震,我屋里的瓷器,竟没有受损,几个放在书柜上的瓶子,只是倒在柜顶上,并没有滚落下来。小瓷人在草筐里,更是平安无事。

　　但地震震裂了屋顶。这是旧式房,天花板的装饰很重,一天夜里下雨,屋漏,一大块天花板的边缘部分,坠落下来,砸倒了草筐,小瓷人的两只手都断了。

　　我几经大劫,对任何事物,都没有了惋惜心情。但我不愿有残破的东西,放在眼前身边。于是,我找了些胶水,对着阳光,很仔细地把它的断肢修复,包括几片米粒大小的瓷皮,也粘贴好了。这些年,我修整了很多残书,我发现自己在修修补补方面,很有一些天赋。如果不是现在老眼昏花,我真想到国家的文物部门,去谋个差事。

搬家后,我把小瓷人带入新居,放在书案上。不知为什么,我忽然有些伤感了。我的一生,残破印象太多了,残破意识太浓了。大的如"九·一八"以后的国土山河的残破、战争年代的城市村庄的残破,"文化大革命"的文化残破、道德残破。个人的故园残破,亲情残破,爱情残破……我想忘记一切。我又把小瓷人放回筐里去了。

司马迁引老子之言:美好者不祥之器。我曾以为是哲学之至道,美学的大纲。这种想法,当然是不完整的,很不健康的。

1992年1月30日下午,大风

选自《曲终集》,
百花文艺出版社1995年版

黄裳

放 翁 诗

一　杏花、春雨、江南

对陆放翁的诗,一直不大有好感。想来可能是受了林黛玉议论的影响。《红楼梦》第四十八回,写香菱学诗,向黛玉请教,香菱说:

> 我只爱陆放翁的"垂帘不卷留香久,古砚微凹聚墨多。"说的真切有趣。

这番议论被林姑娘狠狠地批评了一通:

> 断不可看这样的诗。你们因不知诗,所以见了这浅近的就爱,一入了这个格局,再学不出来的。

想想也可笑,印象里似乎是林黛玉把陆放翁一笔抹杀了,但这回找出《红楼梦》来看,才知道并非如此。林姑娘所批评的只是"这样的""浅近的"诗,并非专指陆放翁,也没有说他的诗全是"浅近的"。香菱所举的那两句的确不算好诗,陆放翁也的确做过不少这种并不高明的诗,这都是事实。林姑娘的议论,看来还是有道理、有分寸的。真不知道自己怎么会留下那样的印象。可能是对林黛玉过于迷信,而理解问题又十分片面之故。

放翁的诗后来也陆续读了一些。不过他的《剑南诗稿》太丰富了,实在没有通读的勇气。我也只是通过选本领略了一些剑南名作。最近无意之中抽出钱钟书的《宋诗选注》来翻阅,就又接触到剑南诗。最引起兴趣的自然是那首《临安春雨初霁》:

> 世味年来薄似纱,谁令骑马客京华?小楼一夜听春雨,深巷明朝卖杏花。矮纸斜行闲作草,晴窗细乳戏分茶。素衣莫起风尘叹,犹及清明可到家。

这真是老相识,从小就熟读、爱读的名作。而且这诗也的确很"浅近",没有什么江西诗派的艰涩、古奥。但谁能否认它是好诗呢?

说真的,从前喜欢它也只是喜欢全诗中的"小楼"一联。这也不能说错,这写得实在是好。江南春的神魄被这十四个字描绘尽了。不是十多年前还出现过一个剧本取名为《杏花春雨江南》吗？眼前书桌上有一块同治旧墨，前面一枝杏花，细书填绿也是这六个字。看来这和邱迟的"暮春三月……"十六个字同样成为描写江南的千古不朽名句。如果不联系全诗、全文，可以说这是典型的写景名句。

钱氏的注里提到陈与义的句子，"杏花消息雨声中"，王季夷词"小窗人静，春在卖花声里。"都是好句，但也都比不上放翁的名句。

也许是年纪大了几岁，近来对这首诗的理解也更深了几分。陆游写这诗时是淳熙十三年，诗人六十二岁了。被任命为从六品的知严州府事的地方官，皇帝在他去陛辞请示时指示他"可以多作诗文"。这在念念不忘中原的诗人听来是多么大的讽刺！分明已经被看作一个只能弄弄笔头的"作家"，而在当时，这也正是"废物"的别名。陆游自然是不可能理解他的爱国诗篇会带给人民多少鼓舞的。

他真的响应了皇帝的意旨，写了这样一首诗。申述他对于世事，看得像纱一样的淡薄了。他只能过那种"闲适"的生活，天下真有不得已而作"雅人"者，睡在床上听雨，这说明他的睡眠并不怎样恬适，他写字，写那种很费时间的"草书"；他分茶，这也是很困难的一种技术，作《茶经》的陆羽就把这列为"茶有九难"的第二难。他用了一个"戏"字，可见并非内行，只是聊做"雅火状"而已。

说起草书，还可以举出最近影印的《陆游自书诗》真迹。这是一卷道地的草书，也正好是矮纸长卷，若论书法，也未能算做如何的精能。但确有草法，不过那已经是八十岁时所作，笔意更为颓唐了。

诗的结尾两句，用了一个典故，揭露了当时临安的不可一朝居。那里多的是官僚、地主，虽然"钱塘日日雨如春"，但没有一个人心中还有中原、还有沦于异族铁蹄下的人民。

能说这是一首"闲适"的诗吗？它不像陆游一些别的作品，并没有直接写出抗敌的字样。而且写来写去都是些封建士大夫的"雅人韵事"。写字、吃茶、听雨、卖花声……但不能说这就是一首"闲适"的诗。

这首诗确实流露了颓唐的意绪，玩世的态度，这都是事实，但我觉得也还有它值得体会的另外的一面。放翁诗其实并不"浅近"，倒往往是人们理解得"浅近"了。看来，我的这点浅薄的体会，也还得感谢林姑娘的启示。

二　陆放翁与柳如是

就在写"小楼一夜听春雨"那首诗时前一年，淳熙十二年的春天，六十一

岁的老诗人写过另一首著名的七律《病起》:

> 山村病起帽围宽,春尽江南尚薄寒。志士凄凉闲处老,名花零落雨中看。断香漠漠便支枕,芳草离离悔倚阑。收拾吟笺停酒碗,年来触事动忧端。

和"小楼"一诗一样,这诗里透露的是相同的感情。同样,这不是全然颓废的感情。我甚至觉得比起他在诗里明写忧国壮志的还要来得动人。虽然在这里他只提起生病、春寒、惜花、焚香、吟笺、酒碗……这些封建士大夫的生活琐事和凄凉、零落的情怀,但重要的是判断他在这些细节后面表现的是怎样的心情。

这首诗也是属于无待诠释一类的。钱默存这本选注是很用功力的名作,但我还是不能不表示一点意见,那就是有些地方不免失之于凿。如他说"芳草"一联,另引了三处放翁诗,仿佛这芳草就是指的旧京的春草,这样来落实放翁的忧国之思。其实这不一定。照我简单的想法,诗人看到春草绿,就不免想到流光如驶,想到"闲"与"老",于是"悔"了。他悔的是虚度年光,而不在"倚阑"本身。而这草,也正不一定非要生在哪里才能算美的。

另外使我感到兴趣的是,明末柳如是有一首《春日我闻室》诗,用的韵脚和放翁此诗全同,更奇的是风神也十分逼肖,甚至用字遣词都能看出放翁的影响。

> 裁红晕碧泪漫漫,南国春来正薄寒。此去柳花如梦里,向来烟月是愁端。画堂消息何人晓,翠帐容颜独自看。珍重君家兰桂室,东风取次一凭阑。

柳如是作此诗是在下嫁钱牧斋第二年的春天。牧斋为她造了一座房子,取名"我闻室"。出典是佛经里的"如是我闻"字样。《牧斋遗事》在引此诗后评曰,"盖就新去故,喜极而悲。验裙之恨方殷,解珮之情愈切矣"。这不能说没有说到一些真相。这正好说明了一个住进了金丝鸟笼里的女人的心情。她不无依恋地向过去的生活告别,那种生活是愁苦的,但却还是比较"自由"的。"何人晓"、"独自看",着实写出了这种寂寞的情怀。

柳如是和陆放翁似乎是牵扯不到一起去的,但奇怪的是诗人爱国的情怀,竟引起了这个小女人的苦闷。于是就用了原诗的韵脚,而且把一些用字遣词的方式也借用过来了。但这两首诗都是好诗,都写出了他们具体的真实的感情。

可能人们会说我这种说法牵强附会,但我却坚信,这中间肯定有一种因缘。

三　诗人与驴子

　　钱钟书先生在注放翁《剑门道中遇微雨》诗时，提出了一个很有趣的看法。那就是诗人和驴子的关系。钱先生引了李白在华阴县骑驴，杜甫诗《骑驴三十载》，郑綮的《诗思在灞桥驴子背上》……证明驴子似乎成了诗人特有的坐骑。我想佐证还不只此，从记忆里搜索，一些古画上的诗人韵士，也往往骑的是一头驴子，而很少有骑马的。这是什么缘故呢？

　　我想总不能说诗人都是胆小鬼，怕从马背上跌下来。何况骑驴也并不安全，它发起脾气来，照样也会后脚乱踢，把人扔下背来，而且骑驴也并不舒服，坐久了屁股往往疼得可以。想来这恐怕还是与"吟诗"有关。诗人要推敲、要细细地思索、酝酿，驴子走起路来慢腾腾地，一颠一顿，有节奏，有韵律，大约对作诗是很有好处的吧？放翁诗的本身，似乎也提供了一种解释：

　　　　衣上征尘杂酒痕，远游无处不消魂。此身合是诗人未？细雨骑驴入剑门。

　　到过剑门的人都知道，那种险峻的处所，栈道似的山岩小径，何况还下着小雨，骑马奔驰是不可想象的。还是骑驴来得稳当一些。

　　此外，我想这和古代的经济生活也是有关系的。马，是大牲畜，是作战和耕作所不可缺少的。恐怕只有阔人才乘得起。请想，"虢国夫人承主恩，平明骑马入宫门。"这是何等郑重的写法！李白被皇帝"召见"，才派了马去接他入宫；杜甫大小也是个官儿，又住在首都，但却骑了三十年的驴……可见在当时马并不是一般人都能乘得起的。正像今天的诗人，并不见得认为公共汽车比小汽车更风雅些，或者坐在小汽车里诗兴就会逃走。难道像沙丁鱼似的挤在公共汽车里就保险能诗兴勃发么？

　　这样看来，上面的那句似乎应该修改一下，"驴子仿佛是古代社会地位并不太高的诗人特有的坐骑。"这样，似乎比较合乎实际些。

　　剑门，我是曾经走过的。那已经是二十多年以前的事了。比陆游幸运得多，不必骑驴，我是做为"黄鱼"搭在一部木炭汽车上入蜀的。但一经过那里，不由得立即想起了放翁的这一首诗。那山水真是奇绝，汽车路想来总比宋代的山路宽得多了，但依旧狭得使人吃惊，路边就是"下临无地"的深渊，那"剑门"，正在一条山路转折的地方，远望正如两把锋利的剑，孤峭地插在山堆里。中间露出一条缝，透出青青的天色。我们还在剑门的小店里过了一夜，在昏昏的灯火下面听一个老头儿说"渔鼓"的印象，至今还十分清晰。

　　剑门过去就是剑阁。这又是个有名的地方，记得当时我以极大的兴奋跳

下汽车奔到一座碑亭前面,定睛一看,不禁失笑,随之也嗒然意尽了。原来那石碑上工整地刻着六个大字:

  唐明皇闻铃处。

1965 年

选自《榆下说书》,
三联书店 1982 年版

邓 拓

"伟大的空话"

有的人擅长于说话,可以在任何场合,嘴里说个不停,真好比悬河之口,滔滔不绝。但是,听完他的说话以后,稍一回想,都不记得他说的是什么了。

这样的例子可以举出不少。如果你随时留心,到处都可以发现。说这种话的人,有的自鸣得意,并且向别人介绍他的经验说:"我遵守古人语不惊人死不休的遗训,非用尽人类最伟大的语言不可。"

你听,这是多么大的口气啊!可是,许多人一听他说话,就讥笑他在做"八股"。我却以为把这种话叫做"八股"并不确切,还是叫它做"伟大的空话"更恰当一些。当然,它同八股是有密切关系的,也许只有从八股文中才能找到它的渊源。

举一个典型的例子吧,有一篇八股文写道:

> 夫天地者,六合宇宙之乾坤,大哉久矣,数千万年而非一日也。

你看,这作为一篇八股文的"破题",读起来不是也很顺口吗?其中不但有"天地"、"六合"、"宇宙"、"乾坤"等等大字眼,而且音调铿锵,煞是好听。如果用标准的八股调子去念,可以使人摇头摆尾,忘其所以。

但是,可惜得很,这里所用的许多大字眼,都是重复的同义语,因此,说了半天还是不知所云,越解释越糊涂,或者等于没有解释。这就是伟大的空话的特点。

不能否认,这种伟大的空话在某些特殊的场合是不可避免的,因而在一定的意义上有其存在的必要。可是,如果把它普遍化起来,到处搬弄,甚至于以此为专长,那就相当可怕了。假若再把这种说空话的本领教给我们的后代,培养出这么一批专家,那就更糟糕了。因此,遇有这样的事情,就必须加以劝阻。

凑巧得很,我的邻居有个孩子近来常常模仿大诗人的口气,编写了许多"伟大的空话",形式以新诗为最多,并且他常常写完一首就自己朗诵,十分得意。不久以前,他写了一首《野草颂》,通篇都是空话。他写的是:

> 老天是我们的父亲,

> 大地是我们的母亲,
> 太阳是我们的保姆,
> 东风是我们的恩人,
> 西风是我们的敌人。
> 我们是一丛野草,
> 有人喜欢我们,
> 有人讨厌我们,
> 但是不管怎样,
> 我们还要生长。

你说这叫做什么诗?我真为他担忧,成天写这类东西,将来会变成什么样子!如果不看题目,谁能知道他写的是野草颂呢?但是这个孩子写的诗居然有人予以夸奖,我不了解那是什么用意。

这首诗里尽管也有天地、父母、太阳、保姆、东风、西风、恩人、敌人等等引人注目的字眼,然而这些都被他滥用了,变成了陈词滥调。问他本人,他认为这样写才显得内容新鲜。实际上,他这么搞一点也不新鲜。

任何语言,包括诗的语言在内,都应该力求用最经济的方式,表达最丰富的内容。到了有话非说不可的时候,说出的话才能动人。否则内容空虚,即便用了最伟大的字眼和词汇,也将无济于事,甚至越说得多,反而越糟糕。因此,我想奉劝爱说伟大的空话的朋友,还是多读,多想,少说一些,遇到要说话的时候,就去休息,不要浪费你自己和别人的时间和精神吧!

原载《前线》1961 年第 12 期

巴　金

怀念萧珊

一

今天是萧珊逝世六周年纪念日。六年前的光景还非常鲜明地出现在我的眼前。那一天我从火葬场回到家中,一切都是乱糟糟的,过了两三天我渐渐地安静下来了,一个人坐在书桌前,想写一篇纪念她的文章。在五十年前我就有了这样一种习惯:有感情无处倾吐时我经常求助于纸笔。可是一九七二年八月里那几天,我每天坐三四个小时望着面前摊开的稿纸,却写不出一句话。我痛苦地想,难道给关了几年的"牛棚",真的就变成"牛"了?头上仿佛压了一块大石头,思想好像冻结了一样。我索性放下笔,什么也不写了。

六年过去了。林彪、"四人帮"及其爪牙们的确把我搞得很"狼狈",但我还是活下来了,而且偏偏活得比较健康,脑子也并不糊涂,有时还可以写一两篇文章。最近我经常去火葬场,参加老朋友们的骨灰安放仪式。在大厅里,我想起许多事情。同样地奏着哀乐,我的思想却从挤满了人的大厅转到只有二三十个人的中厅里去了,我们正在用哭声向萧珊的遗体告别。我记起了《家》里面觉新说过的一句话:"好像珏死了,也是一个不祥的鬼。"四十七年前我写这句话的时候,怎么想得到我是在写自己!我没有流眼泪,可是我觉得有无数锋利的指甲在搔我的心。我站在死者遗体旁边,望着那张惨白色的脸,那两片咽下千言万语的嘴唇,我咬紧牙齿,在心里唤着死者的名字。我想,我比她大十三岁,为什么不让我先死?我想,这是多么不公平!她究竟犯了什么罪?她也给关进"牛棚",挂上"牛鬼蛇神"的小纸牌,还扫过马路。究竟为什么?理由很简单,她是我的妻子。她患了病,得不到治疗,也因为她是我的妻子。想尽办法一直到逝世前三个星期,靠开后门她才住进医院。但是癌细胞已经扩散,肠癌变成了肝癌。

她不想死,她要活,她愿意改造思想,她愿意看到社会主义建成。这个愿望总不能说是痴心妄想吧。她本来可以活下去,倘使她不是"黑老K"的"臭婆娘"。一句话,是我连累了她,是我害了她。

在我靠边的几年中间,我所受到的精神折磨她也同样受到。但是我并未挨过打,她却挨了"北京来的红卫兵"的铜头皮带,留在她左眼上的黑圈好几天以后才褪尽。她挨打只是为了保护我,她看见那些年轻人深夜闯进来,害怕他们把我揪走,便溜出大门,到对面派出所去,请民警同志出来干预。那里只有一个人值班,不敢管。当着民警的面,她被他们用铜头皮带狠狠抽了一下,给押了回来,同我一起关在马桶间里。

她不仅分担了我的痛苦,还给了我不少的安慰和鼓励。在"四害"横行的时候,我在原单位(中国作家协会上海分会)给人当做"罪人"和"贱民"看待,日子十分难过,有时到晚上九十点钟才能回家。我进了门看到她的面容,满脑子的乌云都消散了。我有什么委屈、牢骚,都可以向她尽情倾吐。有一个时期我和她每晚临睡前要服两粒眠尔通才能够闭眼,可是天刚刚发白就都醒了。我唤她,她也唤我。我诉苦般地说:"日子难过啊!"她也用同样的声音回答:"日子难过啊!"但是她马上加一句:"要坚持下去。"或者再加一句:"坚持就是胜利。"我说"日子难过",因为在那一段时间里,我每天在"牛棚"里面劳动、学习、写交代、写检查、写思想汇报。任何人都可以责骂我、教训我、指挥我。从外地到"作协分会"来串联的人可以随意点名叫我出去"示众",还要自报罪行。上下班不限时间,由管理"牛棚"的"监督组"随意决定。任何人都可以闯进我家里来,高兴拿什么就拿走什么。这个时候大规模的群众性批斗和电视批斗大会还没有开始,但已经越来越逼近了。

她说"日子难过",因为她给两次揪到机关,靠边劳动,后来也常常参加陪斗。在淮海中路"大批判专栏"上张贴着批判我的罪行的大字报,我一家人的名字都给写出来"示众",不用说"臭婆娘"的大名占着显著的地位。这些文字像虫子一样咬痛她的心。她让上海戏剧学院"狂妄派"学生突然袭击、揪到"作协分会"去的时候,在我家大门上还贴了一张揭露她的所谓罪行的大字报。幸好当天夜里我儿子把它撕毁。否则这一张大字报就会要了她的命!

人们的白眼,人们的冷嘲热骂蚕蚀着她的身心。我看出来她的健康逐渐遭到损害。表面上的平静是虚假的。内心的痛苦像一锅煮沸的水,她怎么能遮盖住!怎么能使它平静!她不断地给我安慰,对我表示信任,替我感到不平。然而她看到我的问题一天天地变得严重,上面对我的压力一天天地增加,她又非常担心。有时同我一起上班或者下班,走进巨鹿路口,快到"作协分会",或者走进湖南路口,快到我们家,她总是抬不起头。我理解她,同情她,也非常担心她经受不起沉重的打击。我记得有一天到了平常下班的时间,我们没有受到留难,回到家里她比较高兴,到厨房去烧菜。我翻看当天的报纸,在第三版上看到当时做了"作协分会"的"头头"的两个工人作家写的文章《彻底揭露巴金的反革命真面目》。真是当头一棒!我看了两三行,连忙把报纸藏起来,我害怕让她看见。她端着烧好的菜出来,脸上还带笑容,吃饭时她有说有笑。饭后她要看报,我企图把她的注意力引到别处。但是没有用,她找到了报纸。她的笑容一下子完全消失。这一夜她再没有讲话,早早地进了房间。我后来发现她躺在床上小声哭着。一个安静的夜晚给破坏了。今天回想当时的情景,她那张满是泪痕的脸还在我的眼前。我多么愿意让她的泪痕消失,笑容在她那憔悴的脸上重现,即使减少我几年的生命来换取我们家庭生活中一个宁静的夜晚,我也心甘情愿!

二

我听周信芳同志的儿媳妇说,周的夫人在逝世前经常被打手们拉出去当作皮球推来推去,打得遍体鳞伤。有人劝她躲开,她说:"我躲开,他们就要这样对付周先生了。"萧珊并未受到这种新式体罚。可是她在精神上给别人当皮球打来打去。她也有这样的想法:她多受一点精神折磨,可以减轻对我的压力。其实这是她一片痴心,结果只苦了她自己。我看见她一天天地憔悴下去,我看见她的生命之火逐渐熄灭,我多么痛心。我劝她,安慰她,我想拉住她,一点也没有用。

她常常问我:"你的问题什么时候才解决呢?"我苦笑地说:"总有一天会解决的。"她叹口气说:"我恐怕等不到那个时候了。"后来她病倒了,有人劝她打电话找我回家,她不知从哪里得来的消息,她说:"他在写检查,不要打岔他。他的问题大概可以解决了。"等到我从"五七干校"回家休假,她已经不能起床。她还问我检查写得怎样,问题是否可以解决。我当时的确在写检查,而且已经写了好几次了。他们要我写,只是为了消耗我的生命。但她怎么能理解呢?

这时离她逝世不过两个多月,癌细胞已经扩散,可是我们不知道,想找医生给她认真检查一次,也毫无办法。平日去医院挂号看门诊,等了许久才见到医生或者实习医生,随便给开个药方就算解决问题。只有在发烧到摄氏三十九度才有资格挂急诊号,或者还可以在病人拥挤的观察室里待上一天半天。当时去医院看病找交通工具也很困难,常常是我女婿借了自行车来,让她坐在车上,他慢慢地推着走。有一次她雇到小三轮车去看病,看好门诊回家雇不到车了,只好同陪她看病的朋友一起慢慢地走回来,走走停停,走到街口,她快要倒下了,只得请求行人到我们家通知。她一个表侄正好来探病,就由他去把她背了回家。她希望拍一张X光片子查一查肠子有什么病,但是办不到。后来靠了一位亲戚帮忙开后门两次拍片,才查出她患肠癌。以后又靠朋友设法开后门住进了医院。她自己还很高兴,以为得救了。只有她一个人不知道真实的病情,她在医院里只活了三个星期。

我休假回家假期满了,我又请过两次假,留在家里照料病人。最多也不到一个月。我看见她病情日趋严重,实在不愿意把她丢开不管,我要求延长假期的时候,我们那个单位的一个"工宣队"头头逼着我第二天就回干校去。我回到家里,她问起来,我无法隐瞒。她叹了一口气,说"你放心去吧。"她把脸掉过去,不让我看她。我女儿、女婿看到这种情景,自告奋勇跑到巨鹿路向那位"工宣队"头头解释,希望同意我在市区多留些日子照料病人。可是那个头头"执法如山",还说:他不是医生,留在家里,有什么用!"留在家里对他改造不利!"他们气愤地回到家中,只说机关不同意,后来才对我传达了这句"名言"。我还能讲什么呢?明天回干校去!

整个晚上她睡不好,我更睡不好。出乎意外,第二天一早我那个插队落户的儿子在我们房间里出现了,他是昨天半夜里到的。他得到了家信,请假回家看母亲,却没有想到母亲病成这样。我见了他一面,把他母亲交给他,就回干校去了。

在车上我的情绪很不好。我实在想不通为什么会有这样的事情。我在干校待了五天,无法同家里通消息。我已经猜到她的病不轻了。可是人们不让我过问她的事情。这五天是多么难熬的日子!到第五天晚上在干校的造反派头头通知我们全体第二天一早回市区开会。这样我才又回到了家,见到了我的爱人。靠了朋友帮忙,她可以住进中山医院肝癌病房,一切都准备好,她第二天就要住院了。她多么希望住院前见我一面,我终于回来了。连我也没有想到她的病情发展得这么快。我们见了面,我一句话也讲不出来。她说了一句:"我到底住院了。"我答说:"你安心治疗吧。"她父亲也来看她,老人家双目失明,去医院探病有困难,可能是来同他的女儿告别了。

我吃过中饭,就去参加给别人戴上反革命帽子的大会,受批判、戴帽子的人不止一个,其中有一个我的熟人王若望同志①,他过去也是作家,不过比我年轻。我们一起在"牛棚"里关过一个时期,他的罪名是"摘帽右派"。他不服,不听话,他贴出大字报,声明"自己解放自己",因此罪名越搞越大,给捉去关了一个时期不算,还戴上了反革命的帽子监督劳动。在会场里我一直像在做怪梦。开完会回家,见到萧珊我感到格外亲切,仿佛重回人间。可是她不舒服,不想讲话,偶尔讲一句半句。我还记得她讲了两次:"我看不到了。"我连声问她看不到什么?她后来才说:"看不到你解放了。"我还能再讲什么呢?

我儿子在旁边,垂头丧气,精神不好,晚饭只吃了半碗,像是患感冒。她

---

① 王若望同志在1957年被错划为右派(1962年摘帽),最近已经改正,恢复名誉。

忽然指着他小声说:"他怎么办呢?"他当时在安徽山区农村已经待了三年半,政治上没有人管,生活上不能养活自己,而且因为是我的儿子,给剥夺了好些公民权利。他先学会沉默,后来又学会抽烟。我怀着内疚的心情看看他。我后悔当初不该写小说,更不该生儿育女。我还记得前两年在痛苦难熬的时候她对我说:"孩子们说爸爸做了坏事,害了我们大家。"这好像用刀子在割我身上的肉。我没有出声,我把泪水全吞在肚里。她睡了一觉醒过来忽然问我:"你明天不去了?"我说:"不去了。"就是那个"工宣队"头头今天通知我不用再去干校就留在市区。他还问我:"你知道萧珊是什么病?"我答说:"知道。"其实家里瞒住我,不给我知道真相,我还是从他这句问话里猜到的。

三

第二天早晨她动身去医院,一个朋友和我女儿、女婿陪她去。她穿好衣服等候车来。她显得急躁,又有些留恋,东张张西望望,她也许在想是不是能再看到这里的一切。我送走她,心上反而加了一块大石头。

将近二十天里,我每天去医院陪伴她大半天。我照料她,我坐在病床前守着她,同她短短地谈几句话。她的病情恶化,一天天衰弱下去,肚子却一天天大起来,行动越来越不方便。当时病房里没有人照料,生活方面除饮食外一切都必须自理。后来听同病房的人称赞她"坚强",说她每天早晚都默默地挣扎着下了床,走到厕所。医生对我们谈起,病人的身体经不住手术,最怕的是她的肠子堵塞,要是不堵塞,还可以拖延一个时期。她住院后的半个月是一九六六年八月以来我既感痛苦又感到幸福的一段时间,是我和她在一起度过的最后的平静的时刻,我今天还不能将它忘记。但是半个月以后,她的病情又有了发展,一天吃中饭的时候,医生通知我儿子找我去谈话。他告诉我:病人的肠子给堵住了,必须开刀。开刀不一定有把握,也许中途出毛病。但是不开刀,后果更不堪设想。他要我决定,并且要我劝她同意。我做了决定,就去病房对她解释。我讲完话,她只说了一句:"看来,我们要分别了。"她望着我,眼睛里全是泪水。我说:"不会的……"我的声音哑了。接着护士长来安慰她,对她说:"我陪你,不要紧的。"她回答:"你陪我就好。"时间很紧迫,医生、护士们很快作好了准备,她给送进手术室去了,是她的表侄把她推到手术室门口的。我们就在外面走廊上等了好几个小时,等到她平安地给送出来,由儿子把她推回到病房去。儿子还在的她的身边守过一个夜晚。过两天他也病倒了,查出来他患肝炎,是从安徽农村带回来的。本来我们想瞒住他的母亲,可是无意间让他母亲知道了。她不断地问:"儿子怎么样?"我自己也不知道儿子怎么样,我怎么能使她放心呢? 晚上回到家,走进空空的、静静的房间,我几乎要叫出声来:"一切都朝我的头打下来吧,让所有的灾祸都来吧。我受得住!"

我应当感谢那位热心而又善良的护士长,她同情我的处境,要我把儿子的事情完全交给她办。她作好安排,陪他看病、检查,让他很快住进别处的隔离病房,得到及时的治疗和护理。他在隔离病房里苦苦地等候母亲病情的好转。母亲躺在病床上,只能有气无力地说几句短短的话,她经常问:"棠棠怎么样?"从她那双含泪的眼睛里我明白她多么想看见她最爱的儿子。但是她已经没有精力多想了。

她每天给输血,打盐水针。她看见我去就断断续续地问我:"输多少CC的血?该怎么办?"我安慰她:"你只管放心。没有问题,治病要紧。"她不止一次地说,"你辛苦了。"我有什么苦呢?我能够为我最亲爱的人做事情,哪怕做一件小事,我也高兴!后来她的身体更不行了。医生给她输氧气,鼻子里整天插着管子。她几次要求拿开,这说明她感到难受,但是听了我们的劝告,她终于忍受下去了。开刀以后她只活了五天。谁也想不到她会去得这么快!五天中间我整天守在病床前,默默地望着她在受苦(我是设身处地感觉到这样的),可是她除了两三次要求搬开床前巨大的氧气筒,三四次表示担心输血较多付不出医药费之外,并没有抱怨过什么。见到熟人她常有这样一种表情:请原谅我麻烦了你们。她非常安静,但并未昏睡,始终睁大两只眼睛。眼睛很大、很美、很亮。我望着,望着,好像在望快要燃尽的烛火。我多么想让这对眼睛永远亮下去!我多么害怕她离开我!我甚至愿意为我那十四卷"邪书"受到千刀万剐,只求她能安静地活下去。

不久前我重读梅林写的《马克思传》,书中引用了马克思给女儿的信里的一段话,讲到马克思夫人的死。信上说:"她很快就咽了气。……这个病具有一种逐渐虚脱的性质,就像由于衰老所致一样。甚至在最后几小时也没有临终的挣扎,而是慢慢地沉入睡乡。她的眼睛比任何时候都更大、更美、更亮!"这段话我记得很清楚。马克思夫人也死于癌症。我默默地望着萧珊那对很大、很美、很亮的眼睛,我想起这段话,稍微得到一点安慰。听说她的确也"没有临终的挣扎",也是"慢慢地沉入睡乡"。我这样说,因为她离开这个世界的时候,我不在她的身边。那天是星期天,卫生防疫站因为我们家发现了肝炎病人,派人上午来做消毒工作。她的表妹有空愿意到医院去照料她,讲好我们吃过中饭就去接替。没有想到我们刚刚端起饭碗,就得到传呼电话,通知我女儿去医院,说是她妈妈"不行"了。真是晴天霹雳!我和我女儿、女婿赶到医院。她那张病床上连床垫也给拿走了。别人告诉我她在太平间。我们又下了楼赶到那里,在门口遇见表妹。还是她找人帮忙把"咽了气"的病人抬进来的。死者还不曾给放进铁匣子里送进冷库,她躺在担架上,但已经给白布床单包得紧紧的,看不到面容了。我只看到她的名字。我弯下身子,把地上那个还有点人形的白布包拍了好几下,一面哭着唤她的名字。不过几分钟的时间。这算是什么告别呢?

据表妹说,她逝世的时刻,表妹也不知道。她曾经对表妹说:"找医生来。"医生来过,并没有什么。后来她就渐渐地"沉入睡乡"。表妹还以为她在睡眠。一个护士来打针,才发觉她的心脏已经停止跳动了。我没有能同她诀别,我有许多话没有能向她倾吐,她不能没有留下一句遗言就离开我!我后来常常想,她对表妹说:"找医生来"。很可能不是"找医生",而是"找李先生"(她平日这样称呼我)。为什么那天上午偏偏我不在病房呢?家里人都不在她身边,她死得这样凄凉!

我女婿马上打电话给我们仅有的几个亲戚。她的弟媳赶到医院,马上晕了过去。三天以后在龙华火葬场举行告别仪式。她的朋友一个也没有来,因为一则我们没有通知,二则我是一个审查了将近七年的对象。没有悼词,没有吊客,只有一片伤心的哭声。我衷心感谢前来参加仪式的少数亲友和特地来帮忙的我女儿的两三个同学,最后,我跟她的遗体告别,女儿望着遗容哀哭,儿子在隔离病房还不知道把他当作命根子的妈妈已经死亡。值得提说的是她当作自己儿子照顾了好些年的一位亡友的男从北京赶来,只为了见她的最后一面。这个整天同钢铁打交道的技术员,他的心倒不像钢铁那样。他得到电报以后,他爱人对他说:"你去吧,你不去一趟,你的心永远安定不了。"我在变了形的她的遗体旁边站了一会。别人给我和她照了相。我痛苦地想:这是最后一次了,即使给我们留下来很难看的形象,我也要珍视这个镜头。

一切都结束了。过了几天我和女儿、女婿到火葬场,领到了她的骨灰盒。在存放室寄存了三年之后,我按期把骨灰盒接回家里。有人劝我把她的骨灰安葬,我宁愿让骨灰盒放在我的寝室里,我感到她仍然和我在一起。

四

梦魇一般的日子终于过去了。六年仿佛一瞬间似的远远地落在后面了。其实哪里是一瞬间!这段时间里有多少流着血和泪的日子啊。不仅是六年,从我开始写这篇短文到现在又过去了半年,半年中我经常在火葬场的大厅里默哀,行礼,为了纪念给"四人帮"迫害致死的朋友。想到他们不能把个人的智慧和才华献给社会主义祖国,我万分惋惜。每次戴上黑纱、插上纸花的同时,我也想起我自己最亲爱的朋友,一个普通的文艺爱好者,一个成绩不大的翻译工作者,一个心地善良的人。她是我生命的一部分,她的骨灰里有我的泪和血。

她是我的一个读者。一九三六年我在上海第一次同她见面。一九三八年和一九四一年我们两次在桂林像朋友似地住在一起。一九四四年我们在贵阳结婚。我认识她的时候,她还不到二十,对她的成长我应当负很大的责任。她读了我的小说,给我写信,后来见到了我,对我发生了感情。她在中学念书,看见我以前,因为参加学生运动被学校开除,回到家乡住了一个短时期,又出来进另一所学校。倘使不是为了我,她三七、三八年一定去了延安。她同我谈了八年的恋爱,后来到贵阳旅行结婚,只印发了一个通知,没有摆过一桌酒席。从贵阳我和她先后到了重庆,住在民国路文化生活出版社门市部楼梯下七八个平方米的小屋里。她托人买了四只玻璃杯开始组织我们的小家庭。她陪着我经历了各种艰苦生活。在抗日战争紧张的时期,我们一起在日军进城以前十多个小时逃离广州,我们从广东到广西,从昆明到桂林,从金华到温州,我们分散了,又重见,相见后又别离。在我那两册《旅途通讯》中就有一部分这种生活的记录。四十年前有一位朋友批评我:"这算什么文章!"我的《文集》出版后,另一位朋友认为我不应当把它们也收进去。他们都有道理。两年来我对朋友、对读者讲过不止一次,我决定不让《文集》重版。但是为我自己,我要经常翻看那两小册《通讯》。在那些年代,每当我落在困苦的境地里、朋友们各奔前程的时候,她总是亲切地在我的耳边说:"不要难过,我不会离开你,我在你的身边。"的确,只有在她最后一次进手术室之前她才说过这样一句:"我们要分别了。"

　　我同她一起生活了三十多年。但是我并没有好好地帮助过她。她比我有才华,却缺乏刻苦钻研的精神。我很喜欢她翻译的普希金和屠格涅夫的小说。虽然译文并不恰当,也不是普希金和屠格涅夫的风格,它们却是有创造性的文学作品,阅读它们对我是一种享受。她想改变自己的生活,不愿作家庭妇女,却又缺少吃苦耐劳的勇气。她听一个朋友的劝告,得到后来也是给"四人帮"迫害致死的叶以群同志的同意,到《上海文学》"义务劳动",也做了一点点工作,然而在运动中却受到批判,说她专门向老作家组稿,又说她是我派去的"坐探"。她为了改造思想,想走捷径,要求参加"四清"运动,找人推荐到某铜厂的工作组工作,工作相当忙碌、紧张,她却精神愉快。但是到我快要靠边的时候,她也被叫回"作协分会"参加运动。她第一次参加这种急风暴雨般的斗争,而且是以反动权威家属的身份参加,她不知道该怎么办才好。她张皇失措,坐立不安,替我担心,又为儿女的前途忧虑。她盼望什么人向她伸出援助的手,可是朋友们离开了她,"同事们"拿她当作箭靶,还有人想通过整她来整我。她不是"作协分会"或者刊物的正式工作人员,可是仍然被"勒令"靠边劳动、站队挂牌,放回家以后,又给揪到机关。过一个时期,她写了认罪的检查,第二次给放回家的时候,我们机关的造反派头头却通知里弄委员会罚她扫街。她怕人看见,每天大清早起来,拿着扫帚出门,扫得筋疲力尽,才回到家里,关上大门,吐了一口气。但有时她还碰到上学去的小孩,对她叫骂"巴金的臭婆娘"。我偶尔看见她拿着扫帚回来,不敢正眼看她,我感到负罪的心情,这是对她的一个致命的打击。不到两个月,她病倒了,以后就没有再出去扫街(我妹妹继续扫了一个时期),但是也没有完全恢复健康。尽管她还继续拖了四年,但一直到死她并不曾看到我恢复自由。这就是她的最后,然而绝不是她的结局。她的结局将和我的结局连在一起。

我绝不悲观。我要争取多活。我要为我们社会主义祖国工作到生命的最后一息。在我丧失工作能力的时候,我希望病榻上有萧珊翻译的那几本小说。等到我永远闭上眼睛,就让我的骨灰同她的搀和在一起。

1979 年 1 月 16 日写完

选自《随想录》,
三联书店 1987 年版

张 洁

拣 麦 穗

在农村长大的姑娘,谁不熟悉拣麦穗的事呢?

我要说的,却是几十年前拣麦穗的那段往事。

月残星疏的清晨,挎着一个空荡荡的篮子,顺着田埂上的小路走去拣麦穗的时候,她想的是什么呢?

在那夜雾腾起的黄昏,趟着沾着露水的青草,挎着装满麦穗的篮子,走回破旧的窑洞的时候,她想的是什么呢?

唉,她能想什么呢?!

假如你没在那种日子里生活过,你永远不能想象,从这一粒粒丢在地里的麦穗上,会生出什么样的幻想。

她拼命地拣呐,拣呐,一个收麦子的时节,能拣上一斗?她把这麦子换来的钱积攒起来,等到赶集的时候,扯上花布、买上花线,然后,她剪呀、缝呀,绣呀……也不见她穿,也不见她戴。谁也没和谁计过,谁也没找谁商量过,可是等到出嫁的那一天,她们全会把这些东西,装进新嫁娘的包裹里去。

不过当她们把拣麦穗时所伴着的幻想,一同包进包裹里去的时候,她们会突然感到那些幻想全都变了味儿,觉得多少年来她们拣呀、缝呀、绣呀实在是多么傻啊!她们要嫁的那个男人,和她们在拣麦穗、扯花布、绣花鞋的时候所幻想的那个男人,有着多么大的不同啊!但是,她们还是依依顺顺地嫁了出去,只不过在穿戴那些衣物的时候,再也找不到做它、缝它时的那种心情了。

这算得了什么呢?谁也不会为她们叹一口气,表示同情。谁也不会关心她们还曾经有过幻想。连她们自己也甚至不会感到过分地悲伤。顶多不过像是丢失哪一个美丽的梦。有谁见过哪一个人会死乞白赖地寻找一个梦呢?

当我刚刚能够歪歪趔趔地提着一个篮子跑路的时候,我就跟在大姐姐的身后拣麦穗了。

那篮子显得太大,总是磕碰着我的腿子和地面,闹得我老是跌跤。我也很少有拣满一个篮子的时候,我看不见田里的麦穗,却总是看见蝴蝶和蚂蚱,当我追赶它们的时候,拣到的麦穗还会从我的篮子里再掉到地里去。

有一天,二姨看着我那盛着稀稀拉拉几个麦穗的篮子说:"看看,我家大雁也会拣麦穗了。"然后,她又戏谑地说:"大雁,告诉姨,你拣麦穗做啥?"

我大言不惭地说:"我要备嫁妆哩!"

二姨贼眉贼眼地笑了,还向围在我们周围的姑娘婆姨们眨了眨她那双不大的眼睛:"你要嫁谁嘛!"

是呀,我要嫁谁呢?我忽然想起那个卖灶糖的老汉。我说:"我要嫁那个卖灶糖的老汉!"

她们全都放声大笑,像一群鸭一样嘎嘎地叫着。笑啥嘛!我生气了。难道做我的男人,他有什么不体面的地方吗?

卖灶糖的老汉有多大年纪了?我不知道。他脸上的皱纹一道挨着一道。顺着眉毛弯向两个太阳穴,又顺着腮帮弯向嘴角。那些皱纹给他的脸上增添了许多慈祥的笑意。当他挑着担子赶路的时候,他那剃得像半个葫芦样的后脑勺上的长长的白发,便随着颤悠悠的扁担一同忽闪着。

我的话,很快就传进了他的耳朵。

那天,他挑着担子来到我们村,见到我就乐了。说:"娃娃你要给我做媳妇吗?"

"对呀!"

他张着大嘴笑了,露出一嘴的黄牙。他那长在半个葫芦似的头上的白发,也随着笑声抖动着。

"你为啥要嫁我呢?"

"我要天天吃灶糖咧!"

他把旱烟锅子朝鞋底上磕着:"娃呀,你太小哩。"

"你等我长大嘛。"

他摸着我的头顶说:"不等你长大,我可该进土啦。"

听了他的话,我急了。他要是死了,可咋办呢?我急得要哭了。

他赶紧拿块灶糖塞进了我的手里。看着那块灶糖,我又带着眼泪笑了:"你别死呵,等我长大。"

他又乐了。答应着我:"我等你长大。"

"你家住哪哒呢?"

"这担子就是我的家,走到哪哒,就歇在哪哒!"

我犯愁了:"等我长大,去哪哒寻你呀!"

"你莫愁,等你长大,我来接你!"

这以后,每逢经过我们这个村子,他总是带些小礼物给我。一块灶糖,一个甜瓜,一把红枣……还乐呵呵地对我说:"看看我的小媳妇来呀!"

我呢,也学着大姑娘的样子——我偷偷地瞧见过——要我娘找块碎布,给我剪了个烟荷包,还让我娘在布上描了花。我缝呀,绣呀……烟荷包缝好了,我娘笑得个前仰后合,说那不是烟荷包,皱皱巴巴,倒像个猪肚子。我让我娘收了起来,我说了,等我出嫁的时候,我要送给我男人。

我渐渐地长大了。到了知道认真拣麦穗的年龄了。懂得了我说的都是让人害臊的话。卖灶糖的老汉也不再开那玩笑——叫我是他的小媳妇了。不过他还是常常带些小礼物给我。我知道,他真的疼我呢。

我不明白为什么,我倒真是越来越依恋他,每逢他经过我们村子,我都会送他好远。我站在土坎坎上,看着他的背影渐渐地消失在山坳坳里。

年复一年,我看得出来,他的背更弯了,步履也更加蹒跚了。这时,我真的担心了,担心他早晚有一天会死去。

有一年,过腊八的前一天,我约摸着卖灶糖的老汉那一天该会经过我们村。我站在村口上一棵已经落尽叶子的柿子树下,朝沟底下的那条大路上望着,等着。

路上来了一个挑担子的人。走近一看,担子上挑的也是灶糖,人可不是那个卖灶糖的老汉。我向他打听卖灶糖的老汉,他告诉我,卖灶糖的老汉老去了。

我哭了,哭得很伤心。哭那陌生的、但却疼爱我的卖灶糖的老汉。

我常想,他为什么疼爱我呢?无非因为我是一个贪吃的,因为极其丑陋而又没人疼爱的小女孩吧?我常常想念他。也常常想要找到我那个皱皱巴巴的像猪肚子一样的烟荷包。可是,它早已不知被我丢到哪里去了。

原载 1979 年 12 月 16 日《光明日报》

杨　绛

冒险记幸

在息县上过干校的,谁也忘不了息县的雨——灰濛濛的雨,笼罩人间;满地泥浆,连屋里的地也潮湿得想变浆,尽管泥路上经太阳晒干的车辙像刀刃一样坚硬,害得我们走得脚底起泡,一下雨就全化成烂泥,滑得站不住脚,走路拄着拐杖也难免滑倒。我们寄居各村老乡家,走到厨房吃饭,常有人滚成泥团子。厨房只是个席棚;旁边另有个席棚存放车辆和工具。我们端着饭碗尽量往两个席棚里挤。棚当中,地较干;站在边缘不仅泥泞,还有雨丝飕飕地往里扑。但不论站在席棚的中央或边缘,头顶上还点点滴滴漏下雨来。吃完饭,还得踩着烂泥,一滑一跌到井边去洗碗。回村路上如果打破了热水瓶,更是无法弥补的祸事,因为当地买不到,也不能从北京邮寄。唉!息县的雨天,实在叫人鼓不起劲来。

一次,连着几天下雨。我们上午就在村里开会学习,饭后只核心或骨干人员开会,其余的人就放任自流了。许多人回到寄寓的老乡家,或写信,或缝补,或赶做冬衣。我住在副队长家里,虽然也是六面泥的小房子,却比别家讲究些,朝南的泥墙上还有个一尺宽、半尺高的窗洞。我们糊上一层薄纸,又挡风,又透亮。我的床位在没风的暗角落里,伸手不见五指,除了晚上睡觉,白天待不住。屋里只有窗下那一点微弱的光,我也不愿占用。况且雨里的全副武装——雨衣、雨裤、长统雨鞋,都沾满泥浆,脱换费事;还有一把水淋淋的雨伞也没处挂。我索性一手打着伞,一手拄着拐棍,走到雨里去。

我在苏州故居的时候最爱下雨天。后园的树木,雨里绿叶青翠欲滴,铺地的石子冲洗得光洁无尘;自己觉得身上清润,心上洁净。可是息县的雨,使人觉得自己确是黄土捏成的,好像连骨头都要化成一堆烂泥了。我踏着一片泥海,走出村子;看看表,才两点多,忽然动念何不去看看默存。我知道擅自外出是犯规,可是这时候不会吹号、列队、点名。我打算偷偷儿抄过厨房,直奔西去的大道。

连片的田里都有沟;平时是干的,积雨之后,成了大大小小的河渠。我走下一座小桥,桥下的路已淹在水里,和沟水汇成一股小河。但只差几步就跨上大道了。我不甘心后退,小心翼翼,试探着踩过靠岸的浅水;虽然有几脚陷得深些,居然平安上坡。我回头看看后无追兵,就直奔大道西去,只心上切记,回来不能再走这条路。

泥泞里无法快走,得步步着实。雨鞋愈走愈重;走一段路,得停下用拐杖把鞋上沾的烂泥拨掉。雨鞋虽是高统,一路上的烂泥粘得变成"胶力士",争着为我脱靴;好几次我险地把雨鞋留在泥里。而且不知从哪里搓出来不少泥丸子,会落进高统的雨鞋里去。我走在路南边,就觉得路北边多几茎草,可免滑跌;走到路北边,又觉得还是南边草多。这是一条坦直的大道,可是将近砖窑,有二三丈路基塌陷。当初我们菜园挖井,阿香和我推车往菜地送饭的时候,到这里就得由阿香推车下坡又上坡。连天下雨,这里一片汪洋,成了个清可见底的大水塘。中间有两条堤岸;我举足踹上堤岸,立即深深陷下去;原来那是大车拱起的轮辙,浸了水是一条"酥堤"。我跋涉到此,虽然走的是平坦大道,也大不容易,不愿废然而返。水并不没过靴统,还差着一二寸。水底有些地方是沙,有些地方是草;沙地有软有硬,草地也有软有硬。我拄着拐杖一步一步试探着前行,想不到竟安然渡过了这个大水塘。

上坡走到砖窑,就该拐弯往北。有一条小河由北而南,流到砖窑坡下,稍一停回,就泛入窑西低洼的荒地里去。坡下那片地,平时河水蜿蜒而过,雨后水涨流急,给冲成一个小岛。我沿河北去,只见河面愈来愈广。默存的宿舍在河对岸,是几排灰色瓦房的最后一排。我到那里一看,河宽至少一丈。原来的一架四五尺宽的小桥,早已冲垮,歪歪斜斜浮在下游水面上。雨丝绵绵密密,把天和地都连成一片;可是面前这一道丈许的河,却隔断了道路。我在东岸望着西岸,默存住的房间更在这排十几间房间的最西头。我望着望着,不见一人;忽想到假如给人看见,我岂不成了笑话。没奈何,我只得踏着泥泞的路,再往回走;一面走,一面打算盘。河愈南去愈窄,水也愈急。可是如果到砖窑坡下跳上小岛,跳过河去,不就到了对岸吗? 那边看去尽是乱石荒墩,并没有道路,可是地该是连着的,没有河流间隔。但河边泥滑,穿了雨靴不如穿布鞋灵便;小岛的泥土也不知是否坚固。我回到那里,伸过手杖去扎那个小岛,泥土很结实。我把手杖扎得深深地,攀着杖跳上小岛,又如法跳到对岸。一路坑坑坡坡,一脚泥、一脚水,历尽千难万阻,居然到了默存宿舍的门口。

我推门进去,默存吃了一惊。

"你怎么来了?"

我笑说:"来看看你。"

默存急得直骂我,催促我回去。我也不敢逗留,因为我看过表,一路上费的时候比平时多一倍不止。我又怕小岛愈冲愈小,我就过不得河了。灰蒙蒙的天,再昏暗下来,过那片水塘就难免陷入泥里去。

  恰巧有人要过砖窑往西到"中心点"去办事。我告诉他说,桥已冲垮。他说不要紧,南去另有出路。我就跟他同走。默存穿上雨鞋,打着雨伞,送了我们一段路。那位同志过砖窑往西,我就往东。好在那一路都是刚刚走过的,只需耐心、小心,不妨大着胆子。我走到我们厨房,天已经昏黑。晚饭已过,可是席棚里还有灯火,还有人声。我做贼也似的悄悄掠过厨房,泥泞中用最快的步子回屋。

  我再也记不起我那天的晚饭是怎么吃的;记不起是否自己保留了半个馒头,还是默存给我吃了什么东西;也记不起是否饿了肚子。我只自幸没有掉在河里,没有陷入泥里,没有滑跌,也没有被领导抓住;便是同屋的伙伴,也没有觉察我干了什么反常的事。

  入冬,我们全连搬进自己盖的新屋,军宣队要让我们好好过个年,吃一餐丰盛的年夜饭,免得我们苦苦思家。

  外文所原是文学所分出来的。我们连里有几个女同志的"老头儿"(默存就是我的"老头儿"——不管老不老,丈夫就叫"老头儿")在他们连里,我们连里同意把几位"老头儿"请来同吃年夜饭。厨房里的烹调能手各显其能,做了许多菜:熏鱼、酱鸡、红烧猪肉、咖喱牛肉等等应有尽有;还有凉拌的素菜,都很可口。默存欣然加入我们菜园一伙,围着一张长方大桌子吃了一餐盛馔。小趋在桌子底下也吃了个撑肠拄腹;我料想它尾巴都摇酸了。记得默存六十周岁那天,我也附带庆祝自己的六十虚岁,我们只开了一罐头红烧鸡。那天我虽放假,他却不放假。放假吃两餐,不放假吃三餐。我吃了早饭到他那里,中午还吃不下饭,却又等不及吃晚饭就得回连,所以只勉强啃了几口馒头。这番吃年夜饭,又有好菜,又有好酒;虽然我们俩不喝酒,也和旁人一起陶然忘忧。晚饭后我送他一程,一路走一路闲谈,直到拖拉机翻到河里的桥边,默存说:"你回去吧。"他过桥北去,还有一半路。

  那天是大雪之后,大道上雪已融化,烂泥半干,踩在脚下软软的,也不滑,也不硬。可是桥以北的小路上雪还没化。天色已经昏黑,我怕默存近视眼看不清路——他向来不会认路——干脆直把他送回宿舍。

  雪地里,路径和田地连成片,很难分辨。我一路留心记住一处处的标志,例如哪个转角处有一簇几棵大树、几棵小树,树的枝叶是什么姿致;什么地方,路是斜斜地拐;什么地方的雪特别厚,那是田边的沟,面上是雪,踹下去是半融化的泥浆,归途应当回避等等。

  默存屋里已经灯光雪亮。我因为时间不早,不敢停留,立即辞归。一位年轻人在旁说:天黑了,他送我回去吧。我想这是大年夜,他在暖融融的屋里,说说笑笑正热闹,叫他冲黑冒寒送我,是不情之请。所以我说不必,我认识路。默存给他这么一提,倒不放心了。我就吹牛说:"这条路,我哪天不走两遍!况且我带着个很亮的手电呢,不怕的。"其实我每天来回走的路,只是北岸的堤和南岸的东西大道。默存也不知道不到半小时之间,室外的天地已经变了颜色,那一路上已不复是我们同归时的光景了。而且回来朝着有灯光的房子走,容易找路;从亮处到黑地里去另是一回事。我坚持不要人送,他也不再勉强。他送我到灯光所及的地方,我就叫他回去。

我自恃惯走黑路,站定了先辨方向。有人说,女同志多半不辨方向。我记得哪本书上说:女人和母鸡,出门就迷失方向。这也许是侮辱了女人。但我确是个不辨方向的动物,往往"欲往城南望城北"。默存虽然不会认路,我却靠他辨认方向。这时我留意辨明方向:往西南,斜斜地穿出树林,走上林边大道;往西,到那一簇三五棵树的地方,再往南拐;过桥就直奔我走熟的大道回宿舍。

可是我一走出灯光所及的范围,便落入了一团昏黑里。天上没一点星光,地下只一片雪白;看不见树,也看不见路。打开手电,只照见远远近近的树干。我让眼睛在黑暗里习惯一下,再睁眼细看,只见一团昏黑,一片雪白。树林里那条蜿蜒小路,靠宿舍里的灯光指引,暮色苍茫中依稀还能辨认,这时完全看不见了。我几乎想退回去请人送送。可是再一转念:遍地是雪,多两只眼睛亦未必能找出路来;况且人家送了我回去,还得独自回来呢,不如我一人闯去。

我自信四下观望的时候脚下并没有移动。我就硬着头皮,约莫朝西南方向,一纳头走进黑地里去。假如太往西,就出不了树林;我宁可偏向南走。地下看着雪白,踩下去却是泥浆。幸亏雪下有些秫秸秆儿、断草绳、落叶之类,倒也不很滑。我留心只往南走,有树挡住,就往西让。我回头望望默存宿舍的灯光,已经看不见了,也不知身在何处。走了一回,忽一脚踩个空,栽在沟里,吓了我一大跳;但我随即记起林边大道旁有个又宽又深的沟,这时撞入沟里,不胜忻喜,忙打开手电,找到个可以上坡的地方,爬上林边的大道。

大道上没雪,很好走,可以放开步子;可是得及时往南拐弯。如果一直走,便走到"中心点"以西的邻村去了。大道两旁植树,十几步一棵。我只见树干,看不见枝叶,更看不见树的什么姿致。来时所认的标志,一无所见。我只怕错失了拐弯处,就找不到拖拉机翻身的那座桥。迟拐弯不如早拐弯——拐迟了走入连片的大田,就够我在里面转个通宵了。所以我看见有几棵树聚近在一起,就忙拐弯往南。

一离开大道,我又失去方向;走了几步,发现自己在秫秸丛里。我且直往前走。只要是往南,总会走到河边;到了河边,总会找到那座桥。

我曾听说,有坏人黑夜躲在秫秸田里;我也怕野狗闻声蹿来,所以机伶着耳朵,听着四周的动静轻悄悄地走,不拂动两旁秫秸的枯叶。脚下很泥泞,却不滑。我五官并用,只不用手电。不知走了多久,忽见前面横着一条路,更前面是高高的堤岸。我终于到了河边!只是雪地又加黑夜,熟悉的路也全然陌生,无法分辨自己是在桥东还是在桥西——因为桥西也有高高的堤岸。假如我已在桥西,那条河愈西去愈宽,要走到"中心点"西头的另一个砖窑,才能转到河对岸,然后再折向东去找自己的宿舍。听说新近有个干校学员在那个砖窑里上吊死了。幸亏我已经不是原先的胆小鬼,否则桥下有人淹死,窑里有人吊死,我只好徘徊河边吓死。我估计自己性急,一定是拐弯过早,还在桥东,所以且往西走;一路找去,果然找到了那座桥。

过桥虽然还有一半路,我飞步疾行,一会儿就到家了。

"回来了?"同屋的伙伴儿笑脸相迎,好像我才出门走了几步路。在灯光明亮的屋里,想不到昏黑的野外另有一番天地。

一九七一年早春,学部干校大搬家,由息县迁往明港某团的营房。干校的任务,由劳动改为"学习"——学习阶级斗争吧?有人不解"学部"指什么,这时才恍然:"学部"就是"学习部"。

看电影大概也算是一项学习,好比上课,谁也不准逃学(默存因眼睛不好,看不见,得以豁免)。放映电影的晚上,我们晚饭后各提马扎儿,列队上广场。各连有指定的地盘,各人挨次放下马扎儿入座。有时雨后,指定的地方泥泞,马扎儿只好放在烂泥上;而且保不定天又下雨,得带着雨具。天热了,还有防不胜防的大群蚊子。不过上这种课不用考试。我睁眼就看看,闭眼就歇歇。电影只那么几部,这一回闭眼没看到的部分,尽有机会以后补看。回宿舍有三十人同屋,大家七嘴八舌议论,我只需旁听,不必泄漏自己的无知。

一次我看完一场电影,随着队伍回宿舍。我睁着眼睛继续做我自己的梦,低头只看着前人的脚跟走。忽见前面的队伍渐渐分散,我到了宿舍的走廊里,但不是自己的宿舍。我急忙退回队伍,队伍只剩了尾巴了;一会儿,这些人都纷纷走进宿舍去。我不知道自己的宿舍何在,连问几人,都说不知道。他们各自忙忙回屋,也无暇理会我。我忽然好比流落异乡,举目无亲。

抬头只见满天星斗。我认得几个星座;这些星座这时都乱了位置。我不会借星座的位置辨认方向,只凭颠倒的位置知道离自己的宿舍很远了。营地很大,远远近近不知有多少营房,里面都亮着灯。营地上纵横曲折的路,也不知有多少。营房都是一个式样,假如我在纵横曲折的路上乱跑,一会儿各宿舍熄了灯,更无从寻找自己的宿舍了。目前只有一法:找到营房南边铺石块的大道,就认识归路。放映电影的广场离大道不远,我错到的陌生宿舍,估计离广场也不远;营房大多南向,北斗星在房后——这一点我还知道。我只要背着这个宿舍往南去,寻找大道,即使绕了远路,总能找到自己的宿舍。

我怕耽误时间,不及随着小道曲折而行,只顾抄近,直往南去;不防走进了营地的菜圃。营地的菜圃不比我们在息县的菜圃。这里地肥,满畦密密茂茂的菜,盖没了一畦畦的分界。我知道这里每一二畦有一眼沤肥的粪井;井很深。不久前,也是看电影回去,我们连里一位高个儿年轻人失足落井。他爬了出来,不顾寒冷,在"水房"——我们的盥洗室——冲洗了好半天才悄悄回屋,没闹得人人皆知。我如落井,谅必一沉到底,呼号也没有救应。冷水冲洗之厄,压根儿可不必考虑。

我当初因为跟着队伍走不需手电,并未注意换电池。我的手电昏暗无光,只见满地菜叶,也不知是什么菜。我想学猪八戒走冰的办法,虽然没有扁担可以横架肩头,我可以横抱着马扎儿,扩大自己的身躯。可是如果我掉下半身,呼救无应,还得掉下粪井。我不敢再胡思乱想,一手提马扎儿,一手打着手电,每一步都得踢开菜叶,缓缓落脚,心上虽急,却战战兢兢,如临深渊,一步不敢草率。好容易走过这片菜地,过一道沟仍是菜地。简直像梦魇似的,走呀、走呀,总走不出这片菜地。

幸亏方向没错,我出得菜地,越过煤渣铺的小道,越过乱草、石堆,终于走上了石块铺的大路。我立即拔步飞跑,跑几步,走几步,然后转北,一口气跑回宿舍。屋里还没有熄灯,末一批上厕所的刚回房,可见我在菜地里走了不到二十分钟。好在没走冤枉路,我好像只是上了厕所回屋,谁也没有想到我会睁着眼睛跟错队伍。假如我掉在粪井里,几时才会被人发现呢?

我睡在硬邦邦、结结实实的小床上,感到享不尽的安稳。

有一位比我小两岁的同事,晚饭后乖乖地坐在马扎儿上看电影,散场时他因脑溢血已不能动弹,救治不及,就去世了。从此老年人可以免修晚上的电影课。我常想,假如我那晚在陌生的宿舍前叫喊求救,是否可让老年人早些免修这门课呢?只怕我的叫喊求救还不够悲剧,只能成为反面教材。

所记三事,在我,就算是冒险,其实说不上什么险;除非很不幸,才会变成险。

选自《干校六记》(校定本),
中国社会科学出版社 1992 年版

汪曾祺

随 遇 而 安

我当了一回右派,真是三生有幸。要不然我这一生就更加平淡了。

我不是1957年打成右派的,是1958年"补课"补上的,因为本系统指标不够。划右派还要有"指标",这也有点奇怪。这指标不知是一个什么人规定的。

1957年我曾经因为一些言论而受到批判,那是作为思想问题来批判的。在小范围内开了几次会,发言都比较温和,有的甚至可以说很亲切。事后我还是照样编刊物,主持编辑部的日常工作,还随单位的领导和几个同志到河南林县调查过一次民歌。那次出差,给我买了一张软席卧铺车票,我才知道我已经享受"高干"待遇了。第一次坐软卧,心里很不安。我们在洛阳吃了黄河鲤鱼,随即到林县的红旗渠看了两三天。凿通了太行山,把漳河水引到河南来,水在山腰的石渠中活活地流着,很叫人感动。收集了不少民歌。有的民歌很有农民式的浪漫主义的想象,如想到将来渠里可以有"水猪"、"水羊",想到将来少男少女都会长得很漂亮。上了一次中岳嵩山。这里运载石料的交通工具主要是用人力拉的排子车,特别处是在车上装了一面帆,布帆受风,拉起来轻快得多。帆本是船上用的,这里却施之陆行的板车上,给我十分新鲜的印象。我们去的时候正是桐花盛开的季节,漫山遍野摇曳着淡紫色的繁花,如同梦境。从林县出来,有一条小河。河的一面是峭壁,一面是平野,岸边密植杨柳,河水清澈,沁人心脾。我好像曾经见过这条河,以后还会看到这样的河。这次旅行很愉快,我和同志们也相得很融洽,没有一点隔阂,一点别扭。这次批判没有使我觉得受了伤害,没有留下阴影。

1958年夏天,一天(我这人很糊涂,不记日记,许多事都记不准时间),我照常去上班,一上楼梯,过道里贴满了围攻我的大字报。要拔掉编辑部的"白旗",措辞很激烈,已经出现"右派"字样。我顿时傻了。运动,都是这样:突然袭击。其实背后已经策划了一些日子,开了几次会,作了充分的准备,只是本人还蒙在鼓里,什么也不知道。这可以说是暗算。但愿这种暗算以后少来,这实在是很伤人的。如果当时量一量血压,一定会猛然增高。我是有实际数据的。"文化大革命"中,我一天早上看到一批侮辱性的大字报,到医务所量了量血压,低压110,高压170。平常我的血压是相当平稳正常的,90—130。我觉得卫生部应该发一个文件:为了保障人民的健康,不要再搞突然袭击式的政治运动。

开了不知多少次批判会。所有的同志都发了言。不发言是不行的。我规规矩矩地听着,记录下这些发言。这些发言我已经完全都忘了,便是当时也没有记住,因为我觉得这好像不是说的我,是说的另外一个别的人,或者是一个根本不存在的、假设的、虚空的对象。有两个发言我还留下印象。我为一组义和团故事写过一篇读后感,题目是《仇恨・轻蔑・自豪》。这位同志说:"你对谁仇恨?轻蔑谁?自豪什么?"我发表过一组极短的诗,其中有一首《早春》,原文如下:

(新绿是朦胧的,飘浮在树杪,完全不像是叶子……)
远树的绿色的呼吸。

批判的同志说:连呼吸都是绿的了,你把我们的社会主义社会污蔑到了什么程度?!听到这样的批判,我只有停笔不记,愣在那里。我想辩解两句,行么?当时我想:鲁迅曾说费厄泼赖应该缓行,现在本来应该到了可行的时候,但还是不行。中国大概永远没有费厄的时候。所谓"大辩论",其实是"大辨认",他辩你认。稍微辩解,便是"态度问题"。态度好,问题可以减轻;态度不好,加重。问题是问题,态度是态度,问题大小是客观存在,怎么能因为态度如何而膨大或收缩呢?许多错案都是因为本人为了态度好而屈认,而造成的。假如再有运动(阿弥陀佛,但愿真的不再有了),对实事求是、据理力争的同志应予表扬。

开了多次会,批判的同志实在没有多少可说的了。那两位批判《仇恨・轻蔑・自豪》和"绿色的呼吸"的同志当然也知道这样的批判是不能成立的。批判"绿色的呼吸"的同志本人是诗人,他当然知道诗是不能这样引申解释的。他们也是没话找话说,不得已。我因此觉得开批判会对被批判者是过关、对批判者也是过关。他们也并不好受。因此,我当时就对他们没有怨恨,甚至还有点同情。我们以前是朋友,以后的关系也不错。我记下这两个例子,只是说明批判是一出荒诞戏剧,如莎士比亚说,所有的上场的人都只是角色。

我在一篇写右派的小说里写过:"写了无数次检查,听了无数次批判,……她不再觉得痛苦,只是非常的疲倦。她想:定一个什么罪名,给一个什么处分都行,只求快一点,快一点过去,不要再开会,不要再写检查。"这是我的亲身体会。其实,问题只是那一些,只要写一次检查,开一次会,甚至一次会不开,就可以定案。但是不,非得开够了"数"不可。原来运动是一种疲劳战术,非得把人搞得极度疲劳,身心交瘁,丧失一切意志,瘫软在地上不可。我写了多次检查,一次比一次更没有内容,更不深刻,但是我知道,就要收场了,因为大家都累了。

结论下来了:定为一般右派,下放农村劳动。

我当时的心情是很复杂的。我在那篇写右派的小说里写道:"……她带着一种奇怪的微笑。"我那天回到家里,见到爱人说,"定成右派了",脸上就是带着这种奇怪的微笑的。我也不知道我为什么要笑。

我想起金圣叹。金圣叹在临刑前给人写信,说:"杀头,至痛也,而圣叹于无意中得之,亦奇。"有人说这不可靠。金圣叹给儿子的信中说:"字谕大儿知悉,花生米与豆腐干同嚼,有火腿滋味",有人说这更不可靠。我以前也不大相信,临刑之前,怎能开这种玩笑?现在,我相信这是真实的。人到极其无可奈何的时候,往往会生出这种比悲号更为沉痛的滑稽感,鲁迅说金圣叹"化屠夫的凶残为一笑",鲁迅没有被杀过头,也没有当过右派,他没有这种体验。

另一方面,我又是真心实意地认为我是犯了错误,是有罪的,是需要改造的。我下放劳动的地点是张家口沙岭子。离家前我爱人单位正在搞军事化,受军事训练,她不能请假回来送我。我留了一个条子:"等我五年,等我改造好了回来。"就背起行李,上了火车。

右派的遭遇各不相同,有幸有不幸。我这个右派算是很幸运的,没有受多少罪,我下放的单位是一个地区性的农业科学研究所。所里有不少技师、技术员,所领导对知识分子是了解的,只是在干部和农业工人的组长一级介绍了我们的情况(和我同时下放到这里的还有另外几个人),并没有在全体职工面前宣布我们的问题。不少农业工人(也就是农民)不知道我们是来干什么的,只说是毛主席叫我们下来锻炼锻炼的。因此,我们并未受到歧视。

初干农活,当然很累。像起猪圈、刨冻粪这样的重活。真够一呛。我这才知道"劳动是沉重的负担"这句话的意义。但还是咬着牙挺过来了。我当时想:只要我下一步不倒下来,不死掉,我就得拼命地干。大部分的农活我都干过,力气也增长了,能够扛170斤重的一麻袋粮食稳稳地走上和地面成45度角那样陡的高坡。后来相对固定在果园上班。果园的活比较轻松,也比"大田"有意思。最常干的活是给果树喷波尔多液。硫酸铜加石灰,兑上适量的水,便是波尔多液,颜色浅蓝如晴空,很好看,喷波尔多液是为了防治果树病害,是常年要喷的。喷波尔多液是个细致活。不能喷得太少,太少了不起作用;不能太多,太多了果树叶子挂不住,流了。叶面、叶背都得喷到。许多工人没这个耐心,于是喷波尔多液的工作大部分落在我的头上,我成了喷波尔多液的能手。喷波尔多液次数多了,我的几件白衬衫都变成了浅蓝色。

我们和农业工人干活在一起,吃住在一起。晚上被窝挨着被窝睡在一铺大炕上。农业工人在枕头上和我说了一些心里话,没有顾忌。我这才比较切近地观察了农民,比较知道中国的农村,中国的农民是怎么一回事。这对我确立以后的生活态度和写作态度是很有好处的。

我们在下面也有文娱活动。这里兴唱山西梆子(中路梆子),工人里不少都会唱两句。我去给他们化妆。原来唱旦角的都是用粉妆——鹅蛋粉、胭脂、黑锅烟子描眉。我改成用戏剧油彩,这比粉妆要漂亮得多。我勾的脸谱比张家口专业剧团的"黑"(山西梆子谓花脸为"黑")还要干净讲究。遇春节,沙岭子堡(镇)闹社火,几个年轻的女工要去跑旱船,我用油底浅妆把她们一个个打扮得如花似玉,轰动一堡,几个女工高兴得不得了。我们和几个职工还合演过戏,我记得演过的有小歌剧《三月三》、崔巍的独幕话剧《十六条枪》。一年除夕,在"堡"里演话剧,海报上特别标出一行字:

　　台上有布景

这里的老乡还没有见过布景。这布景是我们指导着一个木工做的。演完戏,我还要赶火车回北京。我连妆都没卸干净,就上了车。

1959年底给我们几个人作鉴定,参加的有工人组长和部分干部。工人组长一致认为:老汪干活不藏奸,和群众关系好,"人性"不错,可以摘掉右派帽子。所领导考虑,才下来一年,太快了,再等一年吧。这样,我就在1960年在交了一个思想总结后,经所领导宣布:摘掉右派帽子,结束劳动。暂时无接受单位,在本所协助工作。

我的"工作"主要是画画。我参加过地区农展会的美术工作(我用多种土农药在展览牌上粘贴出一幅很大的松鹤图,色调古雅,这里的美术中专的一位教员曾特别带着学生来观摩);我在所里布置过"超声波展览馆"("超声波"怎样用图像表现?声波是看不见的,没有办法,我就画了农林牧副渔多种产品,上面一律用圆规蘸白粉画了一圈又一圈同心圆)。我的"巨著",是画了一套《中国马铃薯图谱》。这是所里给我的任务。

这个所有一个下属单位"马铃薯研究站",设在沽源。为什么设在沽源?沽源在坝上,是高寒地区(有一年下大雪,沽源西门外的积雪跟城墙一般高)。马铃薯本是高寒地带的作物。马铃薯在南方种几年,就会退化,需要到坝上调种。沽源是供应全国薯种的基地,研究站设在这里,理所当然。这里集中了全国各地、各个品种的马铃薯,不下百来种,我在张家口买了纸、颜色、笔,带了在沙岭子新华书店买得的《癸巳类稿》、《十驾斋养新录》和两册《容斋随笔》(沙岭子新华书店进了这几种书也很奇怪,如果不是我买,大概永远也卖不出去),就坐长途汽车,奔向沽源,其时在 8 月下旬。

我在马铃薯研究站画《图谱》,真是神仙过的日子。没有领导,不用开会,就我一个人,自己管自己。这时正是马铃薯开花,我每天蹚着露水,到试验田里摘几丛花,插在玻璃杯里,对着花描画。我曾经给北京的朋友写过一首长诗,叙述我的生活。全诗已忘,只记得两句:

  坐对一丛花,
  眸子炯如虎。

下午画马铃薯的叶子。天渐渐凉了,马铃薯陆续成熟,就开始画薯块。画一个整薯,还要切开来画一个剖面,一块马铃薯画完了,薯块就再无用处,我于是随手埋进牛粪火里,烤烤,吃掉。我敢说,像我一样吃过那么多品种的马铃薯的,全国盖无第二人。

沽源是绝塞孤城。这本来是一个军台。清代制度,大臣犯罪,往往由帝皇批示"发往军台效力",这处分比充军要轻一些(名曰"效力",实际上大臣自己并不去,只是闲住在张家口,花钱雇一个人去军台充数)。我于是在《容斋随笔》的扉页上,用朱笔画了一方图章,文曰:

  效力军台

白天画画,晚上就看我带去的几本书。

1962 年初,我调回北京,在北京京剧团担任编剧,直至离休。

摘掉右派分子帽子,不等于不是右派了。"文革"期间,有人来外调,我写了一个旁证材料。人事科的同志在材料上加了批注:

  该人是摘帽右派 所提供情况,仅供参考。

我对"摘帽右派"很反感,对"该人"也很反感。"该人"跟"该犯"差不了多少。我不知道我们的人事干部从什么地方学来的这种带封建意味的称谓。

"文化大革命",我是本单位第一批被揪出来的,因为有"前科"。

"文革"期间给我贴的大字报,标题是:"老右派、新表演"。

我搞了一些时期"样板戏",江青似乎很赏识我,但是忽然有一天宣布:"汪曾祺可以控制使用"。这主要当然是因为我曾是右派。在"控制使用"的压力下搞创作,那滋味可想而知。

一直到 1979 年给全国绝大多数右派分子平反,我才算跟右派的影子告别。我到原单位去交材料,并向经办我的专案的同志道谢:"为了我的问题的平反,你们做了很多工作,麻烦你们了,谢谢!"那几位同志说:"别说这些了吧! 20 年了!"

有人问我:"这些年你是怎么过来的?"他们大概觉得我的精神状态不错,有些奇怪,想了解我是凭仗什么力量支持过来的。我回答:

"随遇而安"。

丁玲同志曾说她从被划为右派到北大荒劳动,是"逆来顺受"。我觉得这太苦涩了,"随遇而安",更轻松一些。"遇",当然是不顺的境遇,"安",也是不得已。不"安",又怎么着呢?既已如此,何不想开些。如北京人所说:"哄自己玩儿"。当然,也不完全是哄自己。生活,是很好玩的。

随遇而安不是一种好的心态,这对民族的亲和力和凝聚力是会产生消极作用的。这种心态的产生,有历史的原因(如受老庄思想的影响),本人气质的原因(我就不是具有抗争性格的人),但是更重要的是客观,是"遇",是环境的,生活的,尤其是政治环境的原因。中国的知识分子是善良的。曾被打成右派的那一代人,除了已经死掉的,大多数都还在努力地工作。他们的工作的动力,一是要证实自己的价值。人活着,总得做一点事。二是对生我养我的故国未免有情。但是,要恢复对在上者的信任,甚至轻信,恢复年轻时的天真的热情,恐怕是很难了。他们对世事看淡了,看透了,对现实多多少少是疏离的。受过伤的心总是有瘗的。人的心,是脆的。

这是没有办法的事。

为政临民者,可不慎乎。

1991年1月31日

选自《汪曾祺文集·散文卷》,
江苏文艺出版社1993年版

周　涛

巩乃斯的马

我一直对不爱马的人怀有一点偏见,认为那是由于生气不足和对美的感觉迟钝所造成的,而且这种缺陷很难弥补。有时候读传记,看到有些了不起的人物以牛或骆驼自喻,就有点替他们惋惜,他们一定是没见过真正的马。

在我眼里,牛总是有点落后的象征的意思,一副安贫知命的样子,这大概是由于过分提倡"老黄牛"精神引起的生理反感。骆驼却是沙漠的怪胎,为了适应严酷的环境,把自己改造得那么丑陋畸形。至于毛驴,顶多是个黑色幽默派的小丑,难当大用。它们的特性和模样,都清清楚楚地写着人类对动物的征服,生命对强者的屈服,所以我不喜欢。它们不是作为人类朋友的形象出现的,而是俘虏,是仆役。有时候,看到小孩子鞭打牛,高大的骆驼在妇人面前下跪,发情的毛驴被缚在车套里呲牙大鸣,我心里便产生一种悲哀和怜悯。

那卧在盐车之下哀哀嘶鸣的骏马和诗人臧克家笔下的"老马",不也是可悲的吗?但是不同。那可悲里含有一种不公,这一层含义在别的畜牲中是没有的。在南方,我也见到过矮小的马,样子有些滑稽,但那不是它的过错。既然桔树有自己的土壤,马当然有它的故乡了,自古好马生塞北,在伊犁,在巩乃斯大草原,马作为茫茫天地之间的一种尤物,便呈现了它的全部魅力。

那是一九七〇年,我在一个农场接受"再教育",第一次触摸到了冷酷、丑恶、冰凉的生活实体,不正常的政治气候像潮闷险恶的黑云一样压在头顶上,使人压抑到不能忍受的地步。强度的体力劳动并不能打击我对生活的热爱,精神上的压抑却有可能摧毁我的信念。

终于,有一天夜晚,我和一个外号叫"蓝毛"的长着古希腊人脸型的上士一起爬起来,偷偷摸进马棚,解下两匹喉咙里滚动着咴咴低鸣的骏马,在冬夜旷野的雪地上奔驰开了。

天低云暗,雪地一片模糊,但是马不会跑进巩乃斯河里去。雪原右侧是巩乃斯河,形成了沿河的一道陡直的不规则的土壁;光背的马儿驮着我们在土壁顶上的雪原轻快地小跑,喷着鼻息,四蹄发出嚓嚓的有节奏的声音,最后大颠着狂奔起来。随着马的奔驰、起伏、跳跃和喘息,我们的心情变得开朗、舒展,压抑消失,豪兴顿起,在空旷的雪野上打着唿哨乱喊,在颠簸的马背上感受自由的亲切和驾驭自己命运的能力,是何等的痛快舒畅啊!我们高兴得大笑,笑得从马背上栽下来,躺在深雪里还是止不住地狂笑,直到笑得眼睛里流出了泪水……

那两匹可爱的光背马,这时已在近处缓缓停住,低垂着脖颈,一副歉疚的想说"对不起"的神态,它们温柔的眼睛里仿佛充满了怜悯和抱怨,还有一点诧异,弄不懂我们这两个究竟是怎么了。我拍拍马的脖颈,抚摸一会儿它的鼻梁和嘴唇,它会意了,抖抖鬃毛像抖掉疑虑,跟着我们慢慢走回去。一路上,我们谈着马,闻着身后热烘烘的马汗味和四围里新鲜刺鼻的气息,觉得好像不是走在冬夜的雪原上。

马能给人以勇气,给人以幻想,这也不是笨拙的动物所能有的。在巩乃斯后来的那些日子里,观察马渐渐成了我的一种艺术享受。

我喜欢看一群马,那是一个马的家族在夏牧场上游移,散乱而有秩序,首领就是那里面一眼就望得出的种公马,它是马群的灵魂。作为这群马的首领当之无愧,因为它的确是无与伦比的强壮和美丽,匀称高大,毛色闪闪发光,最明显的特征是颈上披散着垂地的长鬃,有的浓黑,流泻着力与威严;有的金红,燃烧着火焰般的光彩;它管理着保护着这群牝马和顽皮的长腿短身子马驹儿,眼光里保持着父爱般的尊严。

马的这种社会结构中,首领的地位是由强者在竞争中确立的,任何一匹马都可以争群,通过追逐、撕咬、拼斗,使最强的马成为公认的首领。为了保证这群马的品种不至于退化,就不能搞"指定",也不能看谁和种公马的关系好,也不能凭血缘关系接班。

生存竞争的规律使一切生物把生存下去作第一意识,而人却有时候忘记,造成许多误会。

唉,天似穹庐,笼盖四野,在巩乃斯草原度过的那些日子里,我与世界隔绝,生活单调;人与人互相警惕,唯恐失一言而遭灭顶之祸,心灵寂寞。只有一个乐趣,看马。好在巩乃斯草原马多,不像书可以被焚,画可以被禁,知识可以被践踏,马总不至于被驱逐出境吧?这样,我就从马的世界里找到了奔驰的诗韵,辽阔草原的油画,夕阳落照中兀立于荒草的群雕,大规模转场时铺散在山坡上的好文章,熊熊篝火边的通宵马经,毡房里悠长喑哑的长歌在烈马苍凉的嘶鸣中展开,醉酒的青年哈萨克在群犬的追逐中纵马狂奔,东倒西歪地俯身鞭打猛犬,使我蓦然感受到生活不朽的壮美和那时潜藏在我们心里的共同忧郁……

哦,巩乃斯的马,给了我一个多么完整的世界!凡是那时被取消的,你都重新又给予了我!弄得我直到今天听到马蹄踏过大地的有力声响时,就在屋子里坐卧不宁,总想出去看看,是一匹什么样儿的马走过去了。而且我还听不得马嘶,一听到那铜号般高亢、鹰啼般苍凉的声音,我就热血陡涌,热泪盈眶,大有战士出征走上古战场,"风萧萧兮易水寒"的悲壮之概。

有一次我碰上巩乃斯草原夏日迅疾猛烈的暴雨,那雨来势之快,可以使悠然在晴空盘旋的孤鹰来不及躲避而被击落,雨脚之猛,竟能把牧草覆盖的原野一瞬间打得烟尘滚滚。就在那场短暂暴雨的吆打下,我见到了最壮阔的马群奔跑的场面。仿佛分散在所有山谷里的马都被赶到这儿来了,好家伙,被暴雨的长鞭抽打着,被低沉的怒雷恐吓着,被刺进大地倏忽消逝的闪电激奋着,马,这不肯安分的牲灵从无数谷口、山坡涌出来,山洪奔泻似地在这原野上汇聚了,小群汇成大群,大群在运动中扩展,成为一片喧叫、纷乱、快速移动的集团冲锋场面!争先恐后,前呼后应,披头散发,淋漓尽致!有的疯狂地向前奔驰,像一队尖兵,要去踏住那闪电;有的来回奔跑,忙乱得像临危不惧、收拾残局的大将;小马跟着母马认真而紧张地跑,不再顽皮、撒欢,一下子变得老练了许多;牧人在不可收拾的潮水中被携裹,他大喊大叫,却毫无声响,他的喊声像一块小石片扔进奔腾喧嚣的大河。

雄浑的马蹄声在大地奏出的鼓点,悲怆苍劲的嘶鸣、叫喊在拥挤的空间碰撞、飞溅,划出一条条不规则的曲线,扭住、缠住漫天雨网,和雷声雨声交织成惊心动魄的大舞台。而这一切,得在飞速移动中展现,几分钟后,马群消失,暴雨停歇,你再看不见了。

我久久地站在那里,发愣、发痴、发呆。我见到了,见过了,这世间罕见的奇景,这无可替代的伟大的马群,这古战场的再现,这交响乐伴奏下的复活的雕塑群和油画长卷!我把这几分钟间见到的记在脑子里,相信,它所给予我的将使我终身受用不尽……

马就是这样,它奔放有力却不让人畏惧,毫无凶暴之相;它优美柔顺却不任人随意欺凌,并不懦弱,我说它是进取精神的象征,是崇高感情的化身,是力与美的巧妙结合恐怕也并不过分。屠格涅夫有一次在他的庄园里说托尔斯泰"大概您在什么时候当过马",因为托尔斯泰不仅爱马、写马,并且坚信"这匹马能思考并且是有感情的"。它们和历史上的那些伟大的人物、民族的英雄一起被铸成铜像屹立在最醒目的地方。

过去我只认为,只有《静静的顿河》才是马的史诗;离开巩乃斯之后,我不这么看了。瞧瞧我们巩乃斯的良种马吧,这些古人称之为骐骥、称之为汗血马的英气勃勃的后裔们,日出而撒欢,日入而哀鸣。它们好像永远是这样散漫而又有所期待,这样原始而又有感知,这样不假雕饰而又优美,这样我行我素而又不会被世界所淘汰。成吉思汗的铁骑作为一个兵种已经消失,六根棍马车作为一种代步工具已被淘汰,但是马却不会被什么新玩艺儿取代,它有它的价值。

牛从挽用变为食用,仍然是实用物;毛驴和骆驼将会成为动物园里的展览品,因为它们只会越来越稀少;而马,车辆只是在实用意义上取代了它,解放了它,它从实用物进化为一种艺术品的时候恰恰开始了。

值得自豪的是我们中国有好马。从秦始皇的兵马俑、铜车马到唐太宗的六骏,从马踏飞燕的奇妙构想到大宛汗血马的美妙传说,从关云长的赤兔马到朱德总司令的长征坐骑……纵览马的历史,还会发现它和我们民族的历史紧密相联着。这也难怪,骏马与武士与英雄本有着难以割舍的亲缘关系呢,彼此作用的相互发挥、彼此气质的相互补益,曾创造出多少叱咤风云的壮美形象?纵使有一天马终于脱离了征战这一辉煌事业,人们也随时会从军人的身上发现马的神韵和遗风的。我们有多少关于马的故事呵,我们是十分爱马的民族呢。至今,如同我们的一切美好传统都像黄河之水似地遗传下来那样,我们的历代名马的筋骨、血脉、气韵、精神也都遗传下来了。那种"龙马精神",就在巩乃斯的良种马身上——

  此马非凡马,
  房星是本星;
  向前敲瘦骨,
  犹自带铜声。

我想,即使我一直固执地对不爱马的人怀一点偏见,恐怕也是可以得到谅解了吧。

一九八四年五月二十日于乌鲁木齐

选自《中华散文珍藏本·周涛卷》,
人民文学出版社 1995 年版

贾平凹

秦　腔

　　山川不同,便风俗区别,风俗区别,便戏剧存异;普天之下人不同貌,剧不同腔,京、豫、晋、越、黄梅、二簧,四川高腔,几十种品类;或问:历史最悠久者,文武最正经者,是非最汹汹者?曰:秦腔也。正如长处和短处一样突出便见其风格,对待秦腔,爱者便爱得要死,恶者便恶得要命。外地人——尤其是自夸于长江流域的纤秀之士——最害怕秦腔的震撼;评论说得婉转的是:唱得有劲,说得直率的是:大喊大叫。于是,便有柔弱女子,常在戏台下以绒堵耳,又或在平日教训某人:你要不怎么怎么样,今晚让你去看秦腔!秦腔成了惩罚的代名词。所以,别的剧种可以各省走动,唯秦腔则如秦人一样,死不离窝;严重的乡土观念,也使其离不了窝:可能还在西北几个地方变腔走调的有些市场,却绝对冲不出往东南而去的潼关呢。

　　但是,几百年来,秦腔却没有被淘汰,被沉沦,这使多少人大惑而不得其解。其解是有的,就在陕西这块土地上。如果是一个南方人,坐车轰轰隆隆往北走,渡过黄河,进入西岸,八百里秦川大地,原来竟是:一抹黄褐的平原;辽阔的地平线上,一处一处用木椽夹打成一尺多宽墙的土屋,粗笨而庄重;冲天而起的白杨,苦楝,紫槐,枝干粗壮如桶,叶却小似铜钱,迎风正反翻覆……你立即就会明白了:这里的地理构造竟与秦腔的旋律惟妙惟肖的一统!再去接触一下秦人吧,活脱脱的一群秦始皇兵马俑的复出;高个,浓眉,眼和眼间隔略远,手和脚一样粗大,上身又稍稍见长于下身。当他们背着沉重的三角形状的犁铧,赶着山包一样团块组合式的秦川公牛,端着脑袋般大小的耀州瓷碗,蹲在立的卧的石碌子碌碡上吃着牛肉泡馍,你不禁又要改变起世界观了:啊,这是块多么空旷而实在的土地,在这块土地摸爬滚打的人群是多么"二愣"的民众!那晚霞烧起的黄昏里,落日在地平线上欲去不去的痛苦的妊娠,五里一村,十里一镇,高音喇叭里传播的秦腔互相交织,冲撞,这秦腔原来是秦川的天籁,地籁,人籁的共鸣啊!于此,你不渐渐感觉到了南方戏剧的秀而无骨吗?不深深的懂得秦腔为什么形成和存在而占却时间、空间的位置吗?

　　八百里秦川,以西安为界,咸阳,兴平,武功,周至,凤翔,长武,岐山,宝鸡,两个专区几十个县为西府,三原,泾阳,高陵,户县,合阳,大荔,韩城,白水,一个专区十几个县为东府。秦腔,就源于西府。在西府,民性敦厚,说话多用去声,一律咬字沉重,对话如吵架一样,哭丧又一呼三叹。呼喊远人更是特殊:前声拖十二分地长,末了方极快地道出内容。声韵的发展,使会远道喊人的人都从此有了唱秦腔的天才。老一辈的能唱,小一辈的能唱,男的能唱,女的能唱;唱秦腔成了做人最体面的事,任何一个乡下男女,只有唱秦腔,才有出人头地的可能,大凡有出息的,是个人才的,哪一个何曾未登过台,起码不能吼一阵乱弹呢?!

农民是世上最劳苦的人,尤其是在这块平原上,生时落草在黄土炕上,死了被埋在黄土堆下;秦腔是他们大苦中的大乐,当老牛木犁疙瘩绳,在田野已经累得筋疲力尽,立在犁沟里大喊大叫来一段秦腔,那心胸肺腑,关关节节的困乏便一尽儿涤荡净了。秦腔与他们,要和"西凤"白酒,长线辣子,大叶卷烟,牛肉泡馍一样成为生命的五大要素。若与那些年长的农民聊起来,他们想象的伟大的共产主义生活,首先便是这五大要素。他们有的是吃不完的粮食,他们缺的是高超的艺术享受,他们教育自己的子女,不会是那些文豪们讲的,幼年不是祖母讲着动人的迷丽的童话,而是一字一板传授着秦腔。他们大都不识字,但却出奇地能一本一本整套背诵出剧本,虽然那常常是之乎者也的字眼从那一圈胡子的嘴里吐出来十分别扭。有了秦腔,生活便有了乐趣,高兴了,唱"快板",高兴得似被烈性炸药爆炸了一样,要把整个身心粉碎在天空!痛苦了,唱"慢板",揪心裂肠的唱腔却表现了多么有情有味的美来,美给了别人享受,美也熨平了自己心中愁苦的皱纹。当他们在收获时节的土场上,在月在中天的庄院里大吼大叫唱起来的时候,那种难以想象的狂喜,激动,雄壮,与那些献身于诗歌的文人,与那些有吃有穿却总感空虚的都市人相比,常说的什么伟大的永恒的爱情是多么渺小、有限和虚弱啊!

我曾经在西府走动了两个秋冬,所到之处,村村都有戏班,人人都会清唱。在黎明或者黄昏的时分,一个人独独地到田野里去,远远看着天幕下一个一个山包一样隆起的十三个朝代帝王的陵墓,细细辨认着田埂上、荒草中那一截一截汉唐时期石碑上的残字,高高的土屋上的窗口里就飘出一阵冗长的二胡声,几声雄壮的秦腔叫板,我就痴呆了,感觉到那村口的土尘里,一头叫驴的打滚是那么有力,猛然发现了自己心胸中一股强硬的气魄随同着胳膊上的肌肉疙瘩一起产生了。

每到农闲的夜里,村里就常听到几声锣响:戏班排演开始了。演员们都集合起来,到那古寺庙里去。吹,拉,弹,奏,翻,打,念,唱,提袍甩袖,吹胡瞪眼,古寺庙成了古今真乐府,天地大梨园。导演是老一辈演员,享有绝对权威,演员是一家几口,夫妻同台,父子同台,公公儿媳也同台。按秦川的风俗:父和子不能不有其序,爷和孙却可以无道,弟与哥嫂可以嬉闹无常,兄与弟媳则无正事不能多言。但是,一到台上,秦腔面前人人平等,兄可以拜弟媳为帅为将,子可以将老父绳绑索捆。寺庙里有窗无扇,屋梁上蛛丝结网,夏天蚊虫飞来,成团成团在头上旋转,薰蚊草就墙角燃起,一声唱腔一声咳嗽。冬天里四面透风,柳木疙瘩火当中架起,一出场一脸正经,一下场凑近火堆,热了前怀,凉了后背。排演到什么时候,什么时候都有观众,有抱着二尺长的烟袋的老者,有凳子高、桌子高趴满窗台的孩子。庙里一个跟头未翻起,窗外就哇地一声叫倒好,演员出来骂一声:谁说不好的滚蛋!他们抓住窗台死不滚去,倒要连声讨好:翻得好!翻得好!更有殷勤的,跑回来偷拿了红薯、土豆,在火堆里煨熟给演员作夜餐,赚得进屋里有一个安全位置。排演到三更鸡叫,月儿偏西,演员们散了,孩子们还围了火堆弯腰踢腿,学那一招一式。

一出戏排成了,一人传出,全村振奋,扳着指头盼那上演日期。一年十二个月,正月元宵日,二月龙抬头,三月三,四月四,五月五日过端午,六月六日晒丝绸,七月过半,八月中秋,九月初九,十月一日,再是那腊月五豆,腊八,二十三……月月有节,三月一会,那戏必是上演的。戏台是全村人的共同的事业,宁肯少吃少穿也要筹资积款,买上好的木石,请高强的工匠来修筑。村子富不富,就比这戏台阔不阔。一演出,半下午人就扛凳子去占地位了,未等戏开,台下坐的、站的人头攒拥,台两边阶上立的卧的是一群顽童。那锣鼓就叮叮咣咣地闹台,似乎整个世界要天翻地覆了。各类小吃趁机摆开,一个食摊上一盏马灯,花生、瓜子、糖果、烟卷、油茶、麻花、烧鸡、煎饼,长一声短一声叫卖不绝。锣鼓还在一声儿敲打,大幕只是不拉,演员偶尔从幕边往下望望,下边就喊:开演呀,场子都满了!幕布放下,只说就要出场了,却又叮叮咣咣不停。台下就乱了,后边的喊前边的坐下,前边的喊后边的为什么不说最前边的立着;场外的大声叫着亲朋子女名字,问有坐处没有,场内的锐声回应快进来;有要吃煎饼的喊熟人去买一个,熟人买了站在场外一扬手,"日"地一声隔人头甩去,不偏不倚目标正好;左边的喊右边的踩了他的脚,右边叫左边的挤了他的腰,一个说:狗年快完了,你还叫啥哩?一个说:猪年还没到,你便拱开了!言语伤人,动了手脚;外边的趁机而入,一时四边向里挤,里边向外扛,人的旋涡涌起,如四月的麦田起风,根儿不动,头身一会儿倒西、一会儿倒东,喊声,骂声,哭声一片;有拼命挤将出来的,一出来方觉世界偌大,身体胖肿,但差不多却光了脚,乱了头发。大幕又一挑,站出戏班头儿,大声叫喊要维持秩序;立即就跳出一个两个所谓"二杆子"人物来。这类人物多是头脑简单,四肢发达,却十二分忠诚于秦腔,此时便拿了树条儿,哪里人挤,哪里打去,如凶神恶煞一般。人人恨骂这些人，人人又都盼有这些人，叫他们是秦腔宪兵，宪兵者越发忠于职责，虽然彻夜不得看戏，但大家一夜满足了，他们也就满足了一夜。

终于台上锣鼓停了，大幕拉开，角色出场。但不管男的女的，出来偏不面对观众，一律背身掩面，女的就碎步后移，水上漂一样，台下就叫：瞧那腰身，那肩头，一身的戏哟！是男的就摇那帽翎，一会儿双摇，一会儿单摇，一边上下飞闪，一边纹丝不动，台下便叫：绝了，绝了！等到那角色儿猛一转身，头一高扬，一声高叫，声如炸雷豁啷啷直从人们头顶碾过，全场一个冷颤，从头到脚，每一个手指尖儿，每一根头发梢儿都麻酥酥的了。如果是演《救裴生》，那慧娘站在台中往下蹲，慢慢地，慢慢地，慧娘蹲下去了，全场人头也矮下去了半尺，等那慧娘往起站，慢慢地，慢慢地，慧娘站起来了，全场人的脖子也全拉长了起来。他们不喜欢看生戏，最喜欢看熟戏，那一腔一调都晓得，哪个演员唱得好，就摇头晃脑跟着唱，哪个演员走了调，台下就有人要纠正。说穿了，看秦腔不为求新鲜，他们只图过过瘾。

在这样的地方，这样的环境，这样的气氛，面对着这样的观众，秦腔是最逞能的，它的艺术的享受，是和拥挤而存在，是有力气而获得的。如果是冬天，那风在刮着，像刀子一样，如果是夏天，人窝里热得如蒸笼一般，但只要不是大雪，冰雹，暴雨，台下的人是不肯撒场的。最可贵的是那些老一辈的秦腔迷，他们没有力气挤在台下，也没有好眼力看清演员，却一溜一排地蹲在戏台两侧的墙根，吸着草烟，慢慢将唱腔品赏。一声叫板，便可以使他们坠入艺术之宫，"听了秦腔，肉酒不香"，他们是体会得最深。那些大一点的，脾性野一点的孩子，却占领了戏场周围所有的高空，杨树上、柳树上、槐树上，一个枝杈一个人。他们常常乐而忘了险境，双手鼓掌时竟从树杈上掉下来，掉下来自不会损伤，因为树下是无数的人头，只是招致一顿臭骂罢了。更有一些爬在了场边的麦秸堆上，夏天四面来风，好不凉快，冬日就扒个草洞，将身子缩进去，露一个脑袋。也正是有闲阶级享受不了秦腔吧，他们常就瞌睡了，一觉醒来，月在西天，戏毕人散，只好苦笑一声悄然没声儿地溜下来回家敲门去了。

当然，一次秦腔演出是一次演员亮相，也是一次演员受村人评论的考场。每每角色一出场，台下就一片喊喊喳喳：这是谁的儿子，谁的女子，谁家的媳妇，娘家何处？于是乎，谁有出息，谁没能耐，一下子就有了定论。有好多外村的人来提亲说媒，总是就在这个时候进行。据说有一媒人将一女子引到台下，相亲台上一个男演员，事先夸口这男的如何俊样，如何能干，但戏演了过半，那男的还未出场，后来终于出来，是个国民党的伪兵，还持枪未走到中台，扮游击队长的演员挥枪一指，"叭"地一声，那伪兵就倒地而死，爬着钻进了后幕,那女子当下哼了一声,闭了嘴,一场亲事自然了了。这是喜中之悲一例。据说还有一例,一个老头在脖子上架了孙孙去看戏,孙孙吵着要回家,老头好说好劝只是不忍半场而去,便破费买了半斤花生,他眼盯着台上,手在下边剥花生,然后一颗一颗扬手喂到孙孙嘴里,但喂着喂着,竟将一颗塞进孙孙鼻孔,吐不出,咽不下,口鼻出血,连夜送到医院动手术,花去了七十元钱。但是,以秦腔引喜的事却不计其数。每个村里,总会有那么个老汉,夜里看戏,第二天必是头一个起床往戏台下跑。戏台下一片石头,砖头,一堆堆瓜子皮,糖果纸,烟屁股,他掀掀这块石头,踢踢那堆尘土,少不了要捡到一角两角甚至三元四元钱币来,或者一只鞋,或者一条手帕。这是村里钻刁人干的营生,而馋嘴的孩子们有的则夜里趁各家锁门之机,去地里摘那香瓜来吃,去谁家院里将桃杏装在背心兜里回来分红。自然少不了有那些青春妙龄的少男少女,则往往在台下混乱之中眼送秋波,或者就悄悄退出,相依相偎到黑黑的渠畔树林子里去了……

秦腔在这块土地上,有着神圣的不可动摇的基础。凡是到这些村庄去下乡,到这些人家去作客,他们最高级的接待是陪看一场秦腔,实在不逢年过节,他们就会要合家唱一会乱弹,你只能点头称好,不能耻笑,甚至不能有一点不入神的表示。他们一生最崇敬的只有两种人,一是国家领导人,一是当地的秦腔名角。即是在任何地方,这些名角没有在场,只要发现了名角的父母,去商店买油是不必排队的,进饭馆吃饭是会有座位的,就是在半路上挡车,只要喊一声,我是某某的什么?司机也便要嘎地停车。但是,谁要侮辱一下秦腔,他们要争死争活地和你论理,以致大打出手,永远使你记住教训。每每村里过红白丧喜之事,那必是要包一台秦腔的,生儿以秦腔迎接,送葬以秦腔致哀,似乎这个人生的世界,就是秦腔的舞台,人只要在舞台上,生、旦、净、丑,才各显了真性,恶的夸张其丑,善的凸现其美,善的使他们获得了美的教育,恶的也使丑里化作了美的艺术。

广漠旷远的八百里秦川,只有这秦腔,也只能有这秦腔,八百里秦川的劳作农民只有也只能有这秦腔使他们喜怒哀乐。秦人自古是大苦大乐之民众,他们的家乡交响乐除了大喊大叫的秦腔还能有别的吗?

1983年5月2日草于五味村

选自《人极》,
长江文艺出版社1992年版

史铁生

我 与 地 坛

一

  我在好几篇小说中都提到过一座废弃的古园,实际就是地坛。许多年前旅游业还没有开展,园子荒芜冷落得如同一片野地,很少被人记起。
  地坛离我家很近。或者说我家离地坛很近。总之,只好认为这是缘分。地坛在我出生前四百多年就坐落在那儿了,而自从我的祖母年轻时带着我父亲来到北京,就一直住在离它不远的地方——五十多年间搬过几次家,可搬来搬去总是在它周围,而且是越搬离它越近了。我常觉得这中间有着宿命的味道:仿佛这古园就是为了等我,而历尽沧桑在那儿等待了四百多年。
  它等待我出生,然后又等待我活到最狂妄的年龄上忽地残废了双腿。四百多年里,它一面剥蚀了古殿檐头浮夸的琉璃,淡褪了门壁上炫耀的朱红,坍圮了一段段高墙又散落了玉砌雕栏,祭坛四周的老柏树愈见苍幽,到处的野草荒藤也都茂盛得自在坦荡。这时候想必我是该来了。十五年前的一个下午,我摇着轮椅进入园中,它为一个失魂落魄的人把一切都准备好了。那时,太阳循着亘古不变的路途正越来越大,也越红。在满园弥漫的沉静光芒中,一个人更容易看到时间,并看见自己的身影。
  自从那个下午我无意中进了这园子,就再没长久地离开过它。我一下子就理解了它的意图。正如我在一篇小说中所说的:"在人口密聚的城市里,有这样一个宁静的去处,像是上帝的苦心安排。"
  两条腿残废后的最初几年,我找不到工作,找不到去路,忽然间几乎什么都找不到了,我就摇了轮椅总是到它那儿去,仅为着那儿是可以逃避一个世界的另一个世界。我在那篇小说中写道:"没处可去我便一天到晚耗在这园子里。跟上班下班一样,别人去上班我就摇了轮椅到这儿来。""园子无人看管,上下班时间有些抄近路的人们从园中穿过,园子里活跃一阵,过后便沉寂下来。""围墙在金晃晃的空气中斜切下一溜荫凉,我把轮椅开进去,把椅背放倒,坐着或是躺着,看书或者想事,撅一权树枝左右拍打,驱赶那些和我一样不明白为什么要来这世上的小昆虫。""蜂儿如一朵小雾稳稳地停在半空;蚂蚁摇头晃脑捋着触须,猛然间想透了什么,转身疾行而去;瓢虫爬得不耐烦了,累了祈祷一回便支开翅膀,忽悠一下升空了;树干上留着一只蝉蜕,寂寞如一间空屋;露水在草叶上滚动,聚集,压弯了草叶轰然坠地摔开万道金光。"
"满园子都是草木竞相生长弄出的响动,窸窸窣窣窸窸窣窣片刻不息。"这都是真实的记录,园子荒芜但并不衰败。

除去几座殿堂我无法进去,除去那座祭坛我不能上去而只能从各个角度张望它,地坛的每一棵树下我都去过,差不多它的每一米草地上都有过我的车轮印。无论是什么季节,什么天气,什么时间,我都在这园子里呆过。有时候呆一会儿就回家,有时候就呆到满地上都亮起月光。记不清都是在它的哪些角落里了,我一连几小时专心致志地想关于死的事,也以同样的耐心和方式想过我为什么要出生。这样想了好几年,最后事情终于弄明白了:一个人,出生了,这就不再是一个可以辩论的问题,而只是上帝交给他的一个事实;上帝在交给我们这件事实的时候,已经顺便保证了它的结果,所以死是一件不必急于求成的事,死是一个必然会降临的节日。这样想过之后我安心多了,眼前的一切不再那么可怕。比如你起早熬夜准备考试的时候,忽然想起有一个长长的假期在前面等待你,你会不会觉得轻松一点?并且庆幸并且感激这样的安排?

剩下的就是怎样活的问题了。这却不是在某一个瞬间就能完全想透的,不是能够一次性解决的事,怕是活多久就要想它多久了,就像是伴你终生的魔鬼或恋人。所以,十五年了,我还是总得到那古园里去,去它的老树下或荒草边或颓墙旁,去默坐,去呆想,去推开耳边的嘈杂理一理纷乱的思绪,去窥看自己的心魂。十五年中,这古园的形体被不能理解它的人肆意雕琢,幸好有些东西是任谁也不能改变它的。譬如祭坛石门中的落日,寂静的光辉平铺的一刻,地上的每一个坎坷都被映照得灿烂;譬如在园中最为落寞的时间,一群雨燕便出来高歌,把天地都叫喊得苍凉;譬如冬天雪地上孩子的脚印,总让人猜想他们是谁,曾在哪儿做过些什么,然后又都到哪儿去了;譬如那些苍黑的古柏,你忧郁的时候它们镇静地站在那儿,你欣喜的时候它们依然镇静地站在那儿,它们没日没夜地站在那儿从你没有出生一直站到这个世界上又没了你的时候;譬如暴雨骤临园中,激起一阵阵灼烈而清纯的草木和泥土的气味,让人想起无数个夏天的事件;譬如秋风忽至,再有一场早霜,落叶或飘摇歌舞或坦然安卧,满园中播散着熨帖而微苦的味道。味道是最说不清楚的,味道不能写只能闻,要你身临其境去闻才能明了。味道甚至是难于记忆的,只有你又闻到它你才能记起它的全部情感和意蕴。所以我常常要到那园子里去。

二

现在我才想到,当年我总是独自跑到地坛去,曾经给母亲出了一个怎样的难题。

她不是那种光会疼爱儿子而不懂得理解儿子的母亲。她知道我心里的苦闷,知道不该阻止我出去走走,知道我要是老呆在家里结果会更糟,但她又担心我一个人在那荒僻的园子里整天都想些什么。我那时脾气坏到极点,经常是发了疯一样地离开家,从那园子里回来又中了魔似的什么话都不说。母亲知道有些事不宜问,便犹犹豫豫地想问而终于不敢问,因为她自己心里也没有答案。她料想我不会愿意她跟我一同去,所以她从未这样要求过,她知道得给我一点独处的时间,得有这样一段过程。她只是不知道这过程得要多久,和这过程的尽头究竟是什么。每次我要动身时,她便无言地帮我准备,帮助我上了轮椅车,看着我摇车拐出小院;这以后她会怎样,当年我不曾想过。

有一回我摇车出了小院,想起一件什么事又返身回来,看见母亲仍站在原地,还是送我走时的姿势,望着我拐出小院去的那处墙角,对我的回来竟一时没有反应。待她再次送我出门的时候,她说:"出去活动活动,去地坛看看书,我说这挺好。"许多年以后我才渐渐听出,母亲这话实际上是自我安慰,是暗自的祷告,是给我的提示,是求与嘱咐。只是在她猝然去世之后,我才有余暇设想。当我不在家里的那些漫长的时间,她是怎样心神不定坐卧难宁,兼着痛苦与惊恐与一个母亲最低限度的祈求。现在我可以断定,以她的聪慧和坚忍,在那些空落的白天后的黑夜,在那不眠的黑夜后的白天,她思来想去最后准是对自己说:"反正我不能不让他出去,未来的日子是他自己的,如果他真的要在那园子里出了什么事,这苦难也只好我来承担。"在那段日子里——那是好几年长的一段日子,我想我一定使母亲作过了最坏的准备了,但她从来没对我说过:"你为我想想。"事实上我也真的没为她想过。那时她的儿子还太年轻,还来不及为母亲想,他被命运击昏了头,一心以为自己是世上最不幸的一个,不知道儿子的不幸在母亲那儿总是要加倍的。她有一个长到二十岁上忽然截瘫了的儿子,这是她唯一的儿子;她情愿截瘫的是自己而不是儿子,可这事无法代替;她想,只要儿子能活下去哪怕自己去死呢也行,可她又确信一个人不能仅仅是活着,儿子得有一条路走向自己的幸福;而这条路呢,没有谁能保证她的儿子终于能找到。——这样一个母亲,注定是活得最苦的母亲。

有一次与一个作家朋友聊天,我问他学写作的最初动机是什么?他想了一会说:"为我母亲。为了让她骄傲。"我心里一惊,良久无言。回想自己最初写小说的动机,虽不似这位朋友的那般单纯,但如他一样的愿望我也有,且一经细想,发现这愿望也在全部动机中占了很大比重。这位朋友说:"我的动机太低俗了吧?"我光是摇头,心想低俗并不见得低俗,只怕是这愿望过于天真了。他又说:"我那时真就是想出名,出了名让别人羡慕我母亲。"我想,他比我坦率。我想,他又比我幸福,因为他的母亲还活着。而且我想,他的母亲也比我的母亲运气好,他的母亲没有一个双腿残废的儿子,否则事情就不这么简单。

在我的头一篇小说发表的时候,在我的小说第一次获奖的那些日子里,我真是多么希望我的母亲还活着。我便又不能在家里呆了,又整天整天独自跑到地坛去,心里是没头没尾的沉郁和哀怨,走遍整个园子却怎么也想不通:母亲为什么就不能再多活两年?为什么在她儿子就快要碰撞开一条路的时候,她却忽然熬不住了?莫非她来此世上只是为了替儿子担忧,却不该分享我的一点点快乐?她匆匆离我去时才只有四十九呀!有那么一会,我甚至对世界对上帝充满了仇恨和厌恶。后来我在一篇题为《合欢树》的文章中写道:"我坐在小公园安静的树林里,闭上眼睛,想,上帝为什么早早地召母亲回去呢?很久很久,迷迷糊糊的我听见了回答:'她心里太苦了,上帝看她受不住了,就召她回去。'我似乎得了一点安慰,睁开眼睛,看见风正从树林里穿过。"小公园,指的也是地坛。

只是到了这时候,纷纭的往事才在我眼前幻现得清晰,母亲的苦难与伟大才在我心中渗透得深彻。上帝的考虑,也许是对的。

摇着轮椅在园中慢慢走,又是雾罩的清晨,又是骄阳高悬的白昼,我只想着一件事:母亲已经不在了。在老柏树旁停下,在草地上在颓墙边停下,又是处处虫鸣的午后,又是鸟儿归巢的傍晚,我心里只默念着一句话:可是母亲已经不在了。把椅背放倒,躺下,似睡非睡挨到日没,坐起来,心神恍惚,呆呆地直坐到古祭坛上落满黑暗然后再渐渐浮起月光,心里才有点明白,母亲不能再来这园中找我了。

曾有过好多回,我在这园子里呆得太久了,母亲就来找我。她来找我又不想让我发觉,只要见我还好好地在这园子里,她就悄悄转身回去,我看见过几次她的背影。我也看见过几回她四处张望的情景,她视力不好,端着眼镜像在寻找海上的一条船,她没看见我时我已经看见她了,待我看见她也看见我了我就不去看她,过一会我再抬头看她就又看见她缓缓离去的背影。我单是无法知道有多少回她没有找到我。有一回我坐在矮树丛中,树丛很密,我看见她没有找到我;她一个人在园子里走,走过我的身旁,走过我经常呆的一些地方,步履茫然又急迫。我不知道她已经找了多久还要找多久,我不知道为什么我决意不喊她——但这绝不是小时候的捉迷藏,这也许是出于长大了的男孩子的倔强或羞涩?但这倔只留给我痛悔,丝毫也没有骄傲。我真想告诫所有长大了的男孩子,千万不要跟母亲来这套倔强,羞涩就更不必,我已经懂了可我已经来不及了。

儿子想使母亲骄傲,这心情毕竟是太真实了,以致使"想出名"这一声名狼藉的念头也多少改变了一点形象。这是个复杂的问题,且不去管它了罢。随着小说获奖的激动逐日暗淡,我开始相信,至少有一点我是想错了:我用纸笔在报刊上碰撞开的一条路,并不就是母亲盼望我找到的那条路。年年月月我都到这园子里来,年年月月我都要想,母亲盼望我找到的那条路到底是什么。母亲生前没给我留下过什么隽永的哲言,或要我恪守的教诲,只是在她去世之后,她艰难的命运,坚忍的意志和毫不张扬的爱,随光阴流转,在我的印象中愈加鲜明深刻。

有一年,十月的风又翻动起安详的落叶,我在园中读书,听见两个散步的老人说:"没想到这园子有这么大。"我放下书,想,这么大一座园子,要在其中找到她的儿子,母亲走过了多少焦灼的路。多年来我头一次意识到,这园中不单是处处都有过我车辙,有过我的车辙的地方也都有过母亲的脚印。

三

如果以一天中的时间来对应四季,当然春天是早晨,夏天是中午,秋天是黄昏,冬天是夜晚。如果以乐器来对应四季,我想春天应该是小号,夏天是定音鼓,秋天是大提琴,冬天是圆号和长笛。要是以这园子里的声响来对应四季呢?那么,春天是祭坛上空漂浮着的鸽子的哨音,夏天是冗长的蝉歌和杨树叶子哗啦啦地对蝉歌的取笑,秋天是古殿檐头的风铃响,冬天是啄木鸟随意而空旷的啄木声。以园中的景物对应四季,春天是一径时而苍白时而黑润的小路,时而明朗时而阴晦的天上摇荡着串串杨花;夏天是一条条耀眼而灼人的石凳,或阴凉而爬满了青苔的石阶,阶下有果皮,阶上有半张被坐皱的报纸;秋天是一座青铜的大钟,在园子的西北角上曾丢弃着一座很大的铜钟,铜钟与这园子一般年纪,浑身挂满绿锈,文字已不清晰;冬天,是林中空地上几只羽毛蓬松的老麻雀。以心绪对应四季?春天是卧病的季节,否则人们不易发觉春天的残忍与渴望;夏天,情人们应该在这个季节里失恋,不然就似乎对不起爱情;秋天是从外面买一棵盆花回家的时候,把花搁在阔别了的家中,并且打开窗户把阳光也放进屋里,慢慢回忆慢慢整理一些发过霉的东西;冬天伴着火炉和书,一遍遍坚定不死的决心,写一些并不发出的信。还可以用艺术形式对应四季,这样春天就是一幅画,夏天是一部长篇小说,秋天是一首短歌或诗,冬天是一群雕塑。以梦呢?以梦对应四季呢?春天是树尖上的呼喊,夏天是呼喊中的细雨,秋天是细雨中的土地,冬天是干净的土地上的一只孤零的烟斗。

因为这园子,我常感恩于自己的命运。

我甚至现在就能清楚地看见,一旦有一天我不得不长久地离开它,我会怎样想念它,我会怎样想念它并且梦见它,我会怎样因为不敢想念它而梦也梦不到它。

四

现在让我想想,十五年中坚持到这园子来的人都是谁呢?好像只剩了我和一对老人。

十五年前,这对老人还只能算是中年夫妇,我则货真价实还是个青年。他们总是在薄暮时分来园中散步,我不大弄得清他们是从哪边的园门进来,一般来说他们是逆时针绕这园子走。男人个子很高,肩宽腿长,走起路来目不斜视,胯以上直至脖颈挺直不动;他的妻子攀了他一条胳膊走,也不能使他的上身稍有松懈。女人个子却矮,也不算漂亮,我无端地相信她必出身于家道中衰的名门富族;她攀在丈夫胳膊上像个娇弱的孩子,她向四周观望似总含着恐惧,她轻声与丈夫谈话,见有人走近就立刻怯怯地收住话头。我有时因为他们而想起冉阿让与柯赛特,但这想法并不巩固,他们一望即知是老夫老妻。两个人的穿着都算得上考究,但由于时代的演进,他们的服饰又可以称为古朴了。他们和我一样,到这园子里来几乎是风雨无阻,不过他们比我守时。我什么时间都可能来,他们则一定是在暮色初临的时候。刮风时他们穿了米色风衣,下雨时他们打了黑色的雨伞,夏天他们的衬衫是白色的、裤子是黑色的或米色的,冬天他们的呢子大衣又都是黑色的,想必他们只喜欢这三种颜色。他们逆时针绕这园子一周,然后离去。他们走过我身旁时只有男人的脚步响,女人像是贴在高大的丈夫身上跟着漂移。我相信他们一定对我有印象,但是我们没有说过话,我们互相都没有想要接近的表示。十五年中,他们或许注意到一个小伙子进入了中年,我则看着一对令人羡慕的中年情侣不觉中成了两个老人。

曾有过一个热爱唱歌的小伙子,他也是每天都到这园中来,来唱歌,唱了好多年,后来不见了。他的年纪与我相仿,他多半是早晨来,唱半小时或整整唱一个上午,估计在另外的时间里他还得上班。我们经常在祭坛东侧的小路上相遇,我知道他是到东南角的高墙下去唱歌,他一定猜想我去东北角的树林里做什么。我找到我的地方,抽几口烟,便听见他谨慎地整理歌喉了。他反反复复唱那么几首歌。文化革命没过去的时候,他唱"蓝蓝的天上白云飘,白云下面马儿跑……"我老也记不住这歌的名字。文革后,他唱《货郎与小姐》中那首最为流传的咏叹调。"卖布——卖布嘞,卖布——卖布嘞!"我记得这开头的一句他唱得很有声势,在早晨清澈的空气中,货郎跑遍园中的每一个角落去恭维小姐。"我交了好运气,我交了好运气,我为幸福唱歌曲……"然后他就一遍一遍地唱,不让货郎的激情稍减。依我听来,他的技术不算精到,在关键的地方常出差错,但他的嗓子是相当不坏的,而且唱一个上午也听不出一点疲惫。太阳也不疲惫,把大树的影子缩小成一团,把疏忽大意的蚯蚓晒干在小路上。将近中午,我们又在祭坛东侧相遇,他看一看我,我看一看他,他往北去,我往南去。日子久了,我感到我们都有结识的愿望,但似乎都不知如何开口,于是互相注视一下终又都移开目光擦身而过;这样的次数一多,便更不知如何开口了。终于有一天——一个丝毫没有特点的日子,我们互相点了一下头。他说:"你好。"我说:"你好。"他说:"回去啦?"我说:"是,你呢?"他说:"我也该回去了。"我们都放慢脚步(其实我是放慢车速),想再多说几句,但仍然是不知从何说起,这样我们就都走过了对方,又都扭转身子面向对方。他说:"那就再见吧。"我说:"好,再见。"便互相笑笑各走各的路了。但是我们没有再见,那以后,园中再没了他的歌声,我才想到,那天他或许是有意与我道别的,也许他考上了哪家专业的文工团或歌舞团了吧?真希望他如他歌里所唱的那样,交了好运气。

  还有一些人,我还能想起一些常到这园子里来的人。有一个老头,算得一个真正的饮者;他在腰间挂一个扁瓷瓶,瓶里当然装满了酒,常来这园中消磨午后的时光。他在园中四处游逛,如果你不注意你会以为园中有好几个这样的老头,等你看过了他卓尔不群的饮酒情状,你就会相信这是个独一无二的老头。他的衣着过分随便,走路的姿态也不慎重,走上五六十米路便选定一处地方,一只脚踏在石凳上或土埝上或树墩上,解下腰间的酒瓶,解酒瓶的当儿眯起眼睛把一百八十度视角内的景物细细看一遭,然后以迅雷不及掩耳之势倒一大口酒入肚,把酒瓶摇一摇再挂向腰间,平心静气地想一会儿什么,便走下一个五六十米去。还有一个捕鸟的汉子,那岁月园中人少,鸟却多,他在西北角的树丛中拉一张网,鸟撞在上面,羽毛铰在网眼里便不能自拔。他单等一种过去很多而现在非常罕见的鸟,其他的鸟撞在网上他就把它们摘下来放掉,他说已经有好多年没等到那种罕见的鸟了,他说他再等一年看看到底还有没有那种鸟,结果他又等了好多年。早晨和傍晚,在这园子里可以看见一个中年女工程师,早晨她从北向南穿过这园子去上班,傍晚她从南向北穿过这园子回家。事实上我并不了解她的职业或者学历,但我以为她必是学理工的知识分子,别样的人很难有她那般的素朴并优雅。当她在园子穿行的时刻,四周的树林也仿佛更加幽静,清淡的日光中竟似有悠远的琴声,比如说是那曲《献给艾丽丝》才好。我没见过她的丈夫,没有见过那个幸运的男人是什么样子,我想象过却想象不出,后来忽然懂了想象不出才好,那个男人最好不要出现。她走出北门回家去,我竟有点担心,担心她会落入厨房,不过,也许她在厨房里劳作的情景更有另外的美吧,当然不能再是《献给艾丽丝》,是个什么曲子呢?还有一个人,是我的朋友,他是个最有天赋的长跑家,但他被埋没了。他因为在文革中出言不慎而坐了几年牢,出来后好不容易找了个拉板车的工作,样样待遇都不能与别人平等,苦闷极了便练习长跑。那时他总来这园子里跑,我用手表为他计时,他每跑一圈向我招一下手,我就记下一个时间。每次他要环绕这园子跑二十圈,大约两万米。他盼望以他的长跑成绩来获得政治上真正的解放,他以为记者的镜头和文字可以帮他做到这一点。第一年他在春节环城赛上跑了第十五名,他看见前十名的照片都挂在了长安街的新闻橱窗里,于是有了信心。第二年他跑了第四名,可是新闻橱窗里只挂了前三名的照片,他没灰心。第三年他跑了第七名,橱窗里挂前六名的照片,他有点怨自己。第四年他跑了第三名,橱窗里却只挂了第一名的照片。第五年他跑了第一名——他几乎绝望了,橱窗里只有一幅环城赛群众场面的照片。那些年我们俩常一起在这园子里呆到天黑,开怀痛骂,骂完沉默着回家,分手时再互相叮嘱:先别去死,再试着活一活看。现在他已经不跑了,年岁太大了,跑不了那么快了。最后一次参加环城赛,他以三十八岁之龄又得了第一名并破了纪录,有一位专业队的教练对他说:"我要是十年前发现你就好了。"他苦笑一下什么也没说,只在傍晚又来这园中找到我,把这事平静地向我叙说一遍。不见他已有好几年了,现在他和妻子和儿子住在很远的地方。

  这些人现在都不到园子里来了,园子里差不多完全换了一批新人。十五年前的旧人,现在就剩我和那对老夫老妻了。有那么一段时间,这老夫老妻中的一个也忽然不来,薄暮时分唯男人独自来散步,步态也明显迟缓了许多,我悬心了很久,怕是那女人出了什么事。幸好过了一个冬天那女人又来了,两个人仍是逆时针绕着园子走,一长一短两个身影恰似钟表的两支指针;女人的头发白了许多,但依旧攀着丈夫的胳膊走得像个孩子。"攀"这个字用得不恰当了,或许可以用"搀"吧,不知有没有兼具这两个意思的字。

五

  我也没有忘记一个孩子——一个漂亮而不幸的小姑娘。十五年前的那个下午,我第一次到这园子里来就看见了她,那时她大约三岁,蹲在斋宫西边的小路上捡树上掉落的"小灯笼"。那儿有几棵大栾树,春天开一簇簇细小而稠密的黄花,花落了便结出无数如同三片叶子合抱的小灯笼,小灯笼先是绿色,继尔转白,再变黄,成熟了掉落得满地都是。小灯笼精巧得令人爱惜,成年人也不免捡了一个还要捡一个。小姑娘咿咿呀呀地跟自己说着话,一边捡小灯笼;她的嗓音很好,不是她那个年龄所常有的那般尖细,而是很圆润甚或是厚重,也许因为那个下午园子里太安静了。我奇怪这么小的孩子怎么一个人跑来这园子里? 我问她住在哪儿? 她随指一下,就喊她的哥哥,沿墙根一带的茂草之中便站起一个七八岁的男孩,朝我望望,看我不像坏人便对他的妹妹说"我在这儿呢",又伏下身去,他在捉什么虫子。他捉到螳螂,蚂蚱,知了和蜻蜓,来取悦他的妹妹。有那么两三年,我经常在那几棵大栾树下见到他们,兄妹俩总是在一起玩,玩得和睦融洽,都渐渐长大了些。之后有很多年没见到他们。我想他们都在学校里吧,小姑娘也到了上学的年龄,必是告别了孩提时光,没有很多机会来这儿玩了。这事很正常,没理由太搁在心上,若不是有一年我又在园中见到他们,肯定就会慢慢把他们忘记。

　　那是个礼拜日的上午。那是个晴朗而令人心碎的上午,时隔多年,我竟发现那个漂亮的小姑娘原来是个弱智的孩子。我摇着车到那几棵大栾树下去,恰又是遍地落满了小灯笼的季节;当时我正为一篇小说的结尾所苦,既不知为什么要给它那样一个结尾,又不知何以忽然不想让它有那样一个结尾,于是从家里跑出来,想依靠着园中的镇静,看看是否应该把那篇小说放弃。我刚刚把车停下。就见前面不远处有几个人在戏耍一个少女,作出怪样子来吓她,又喊又笑地追逐她拦截她,少女在几棵大树间惊惶地东跑西躲,却不松手揪卷在怀里的裙裾,两条腿袒露着也似毫无察觉。我看出少女的智力是有些缺陷,却还没看出她是谁。我正要驱车上前为少女解围,就见远处飞快地骑车来了个小伙子,于是那几个戏耍少女的家伙望风而逃。小伙子把自行车支在少女近旁,怒目望着那几个四散逃窜的家伙,一声不吭喘着粗气,脸色如暴雨前的天空一样一会比一会苍白。这时我认出了他们,小伙子和少女就是当年那对小兄妹。我几乎是在心里惊叫了一声,或者是哀号。世上的事常常使上帝的居心变得可疑。小伙子向他的妹妹走去。少女松开了手,裙裾随之垂落了下来,很多很多她捡的小灯笼便洒落了一地,铺散在她脚下。她仍然算得漂亮,但双眸迟滞没有光彩。她呆呆地望那群跑散的家伙,望着极目之处的空寂,凭她的智力绝不可能把这个世界想明白吧? 大树下,破碎的阳光星星点点,风把遍地的小灯笼吹得滚动,仿佛喑哑地响着无数小铃铛。哥哥把妹妹扶上自行车后座,带着她无言地回家去了。

无言是对的。要是上帝把漂亮和弱智这两样东西都给了这个小姑娘,就只有无言和回家去是对的。

谁又能把这世界想个明白呢?世上的很多事是不堪说的。你可以抱怨上帝何以要降诸多苦难给这人间,你也可以为消灭种种苦难而奋斗,并为此享有崇高与骄傲,但只要你再多想一步你就会坠入深深的迷茫了:假如世界上没有了苦难,世界还能够存在么?要是没有愚钝,机智还有什么光荣呢?要是没了丑陋,漂亮又怎么维系自己的幸运?要是没有了恶劣和卑下,善良与高尚又将如何界定自己又如何成为美德呢?要是没有了残疾,健全会否因其司空见惯而变得腻烦和乏味呢?我常梦想着在人间彻底消灭残疾,但可以相信,那时将由患病者代替残疾人去承担同样的苦难。如果能够把疾病也全数消灭,那么这份苦难又将由(比如说)相貌丑陋的人去承担了。就算我们连丑陋、连愚昧和卑鄙和一切我们所不喜欢的事物和行为,也都可以统统消灭掉,所有的人都一样健康、漂亮、聪慧、高尚,结果会怎样呢?怕是人间的剧目就全要收场了,一个失去差别的世界将是一团死水,是一块没有感觉没有肥力的沙漠。

看来差别永远是要有的。看来就只好接受苦难——人类的全部剧目需要它,存在的本身需要它。看来上帝又一次对了。

于是就有一个最令人绝望的结论等在这里:由谁去充任那些苦难的角色?又由谁去体现这世间的幸福,骄傲和快乐?只好听凭偶然,是没有道理好讲的。

就命运而言,休论公道。

那么,一切不幸命运的救赎之路在哪里呢?

设若智慧或悟性可以引领我们去找到救赎之路,难道所有的人都能够获得这样的智慧和悟性吗?

我常以为是丑女造就了美人。我常以为是愚氓举出了智者。我常以为是懦夫衬照了英雄。我常以为是众生度化了佛祖。

六

设若有一位园神,他一定早已注意到了,这么多年我在这园里坐着,有时候是轻松快乐的,有时候是沉郁苦闷的,有时候优哉游哉,有时候惝惶落寞,有时候平静而且自信,有时候又软弱,又迷茫。其实总共只有三个问题交替着来骚扰我,来陪伴我。第一个是要不要去死?第二个是为什么活?第三个,我干嘛要写作?

现在让我看看,它们迄今都是怎样编织在一起的吧。

你说,你看穿了死是一件无需乎着急去做的事,是一件无论怎样耽搁也不会错过的事,便决定活下去试试?是的,至少这是很关键的因素。为什么要活下去试试呢?好像仅仅是因为不甘心,机会难得,不试白不试,腿反正是完了,一切仿佛都要完了,但死神很守信用,试一试不会额外再有什么损失。说不定倒有额外的好处呢是不是?我说过,这一来我轻松多了,自由多了。为什么要写作呢?作家是两个被人看重的字,这谁都知道。为了让那个躲在园子深处坐轮椅的人,有朝一日在别人眼里也稍微有点光彩,在众人眼里也能有个位置,哪怕那时再去死呢也就多少说得过去了。开始的时候就是这样想,这不用保密,这些现在不用保密了。

我带着本子和笔,到园中找一个最不为人打扰的角落,偷偷地写。那个爱唱歌的小伙子在不远的地方一直唱。要是有人走过来,我就把本子合上把笔叼在嘴里。我怕写不成反落得尴尬。我很要面子。可是你写成了,而且发表了。人家说我写的还不坏,他们甚至说:真没想到你写得这么好。我心说你们没想到的事还多着呢。我确实有整整一宿高兴得没合眼。我很想让那个唱歌的小伙子知道,因为他的歌也毕竟是唱得不错。我告诉我的长跑家朋友的时候,那个中年女工程师正优雅地在园中穿行;长跑家很激动,他说好吧,我玩命跑,你玩命写。这一来你中了魔了,整天都在想哪一件事可以写,哪一个人可以让你写成小说。是中了魔了,我走到哪儿想到哪儿,在人山人海里只寻找小说,要是有一种小说试剂就好了,见人就滴两滴看他是不是一篇小说,要是有一种小说显影液就好了,把它泼满全世界看看都是哪儿有小说,中了魔了,那时我完全是为了写作活着。结果你又发表了几篇,并且出了一点小名,可这时你越来越感到恐慌。我忽然觉得自己活得像个人质,刚刚有点像个人了却又过了头,像个人质,被一个什么阴谋抓了来当人质,不定哪天被处决,不定哪天就完蛋。你担心要不了多久你就会文思枯竭,那样你就又完了。凭什么我总能写出小说来呢?凭什么那些适合作小说的生活素材就总能送到一个截瘫者跟前来呢?人家满世界跑都有枯竭的危险,而我坐在这园子里凭什么可以一篇接一篇地写呢?你又想到死了。我想见好就收吧。当一名人质实在是太累了太紧张了,太朝不保夕了。我为写作而活下来,要是写作到底不是我应该干的事,我想我再活下去是不是太冒傻气了?你这么想着你却还在绞尽脑汁地想写。我好歹又拧出点水来,从一条快要晒干的毛巾上。恐慌日甚一日,随时可能完蛋的感觉比完蛋本身可怕多了,所谓不怕贼偷就怕贼惦记,我想人不如死了好,不如不出生的好,不如压根儿没有这个世界的好。可你并没有去死。我又想到那是一件不必着急的事。可是不必着急的事并不证明是一件必要拖延的事呀?你总是决定活下来,这说明什么?是的,我还是想活。人为什么活着?因为人想活着,说到底是这么回事,人真正的名字叫作:欲望。可我不怕死,有时候我真的不怕死。有时候,——说对了。不怕死和想去死是两回事,有时候不怕死的人是有的,一生下来就不怕死的人是没有的。我有时候倒是怕活。可是怕活不等于不想活呀?可我为什么还想活呢?因为你还想得到点什么,你觉得你还是可以得到点什么的,比如说爱情,比如说,价值感之类,人真正的名字叫欲望。这不对吗?我不该得到点什么吗?没说不该。可我为什么活得恐慌,就像个人质?后来你明白了,你明白你错了,活着不是为了写作,而写作是为了活着。你明白了这一点是在一个挺滑稽的时刻。那天你又说你不如死了好,你的一个朋友劝你:你不能死,你还得写呢,还有好多好作品等着你去写呢。这时候你忽然明白了,你说:只是因为我活着,我才不得不写作。或者说只是因为你还想活下去,你才不得不写作。是的,这样说过之后我竟然不那么恐慌了。就像你看穿了死之后所得的那份轻松?一个人质报复一场阴谋的最有效的办法是把自己杀死。我看出我得先把我杀死在市场上,那样我就不用参加抢购题材的风潮了。你还写吗?还写。你真的不得不写吗?人都忍不住要为生存找一些牢靠的理由。你不担心你会枯竭了?我不知道,不过我想,活着的问题在死前是完不了的。

这下好了,您不再恐慌了不再是个人质了,您自由了。算了吧你,我怎么可能自由呢?别忘了人真正的名字是:欲望。所以您得知道,消灭恐慌的最有效的办法就是消灭欲望。可是我还知道,消灭人性的最有效的办法也是消灭欲望。那么,是消灭欲望同时也消灭恐慌呢?还是保留欲望同时也保留人生?

我在这园子里坐着,我听见园神告诉我:每一个有激情的演员都难免是一个人质。每一个懂得欣赏的观众都巧妙地粉碎了一场阴谋。每一个乏味的演员都是因为他老以为这戏剧与自己无关。每一个倒霉的观众都是因为他总是坐得离舞台太近了。

我在这园子里坐着,园神成年累月地对我说:孩子,这不是别的,这是你的罪孽和福祉。

七

要是有些事我没说,地坛,你别以为是我忘了,我什么也没忘,但是有些事只适合收藏。不能说,也不能想,却又不能忘。它们不能变成语言,它们无法变成语言,一旦变成语言就不再是它们了。它们是一片朦胧的温馨与寂寥,是一片成熟的希望与绝望,它们的领地只有两处:心与坟墓。比如说邮票,有些是用于寄信的,有些仅仅是为了收藏。

如今我摇着车在这园子里慢慢走,常常有一种感觉,觉得我一个人跑出来已经玩得太久了。有一天我整理我的旧相册,看见一张十几年前我在这园子里照的照片——那个年轻人坐在轮椅上,背后是一棵老柏树,再远处就是那座古祭坛。我便到园子里去找那棵树。我按着照片上的背景找很快就找到了它,按着照片上它枝干的形状找,肯定那就是它。但是它已经死了,而且在它身上缠绕着一条碗口粗的藤萝。有一天我在这园子里碰见一个老太太,她说:"哟,你还在这儿哪?"她问我:"你母亲还好吗?""您是谁?""你不记得我,我可记得你。有一回你母亲来这儿找我,她问我您看没看见一个摇轮椅的孩子?……"我忽然觉得,我一个人跑到这世界上来玩真是玩得太久了。有一天夜晚,我独自坐在祭坛边的路灯下看书,忽然从那漆黑的祭坛里传出一阵阵唢呐声;四周都是参天古树,方形祭坛占地几百平米空旷坦荡独对苍天,我看不见那个吹唢呐的人,唯唢呐声在星光寥寥的夜空里低吟高唱,时而悲怆时而欢快,时而缠绵时而苍凉,或许这几个词都不足以形容它,我清清醒醒地听出它响在过去,响在现在,响在未来,回旋飘转亘古不散。

必有一天,我会听见喊我回去。

那时您可以想象一个孩子,他玩累了可他还没玩够呢,心里好些新奇的念头甚至等不及到明天。也可以想象是一个老人,无可置疑地走向他的安息地,走得任劳任怨。还可以想象一对热恋中的情人,互相一次次说"我一刻也不想离开你",又互相一次次说"时间已经不早了",时间不早了可我一刻也不想离开你,一刻也不想离开你可时间毕竟是不早了。

我说不好我想不想回去。我说不好是想还是不想,还是无所谓。我说不好我是像那个孩子,还是像那个老人,还是像一个热恋中的情人。很可能是这样:我同时是他们三个。我来的时候是个孩子,他有那么多孩子气的念头所以才哭着喊着闹着要来,他一来一见到这个世界便立刻成了不要命的情人,而对一个情人来说,不管多么漫长的时光也是稍纵即逝,那时他便明白,每一步每一步,其实一步步都是走在回去的路上,当牵牛花初开的时节,葬礼的号角就已吹响。

但是太阳,他每时每刻都是夕阳也都是旭日。当他熄灭着走下山去收尽苍凉残照之际,正是他在另一面燃烧着爬上山巅布散烈烈朝辉之时。那一天,我也将沉静着走下山去,扶着我的拐杖。有一天,在某一处山洼里,势必会跑上来一个欢蹦的孩子,抱着他的玩具。

当然,那不是我。

但是,那不是我吗?

宇宙以其不息的欲望将一个歌舞炼为永恒。这欲望有怎样一个人间的姓名,大可忽略不计。

1989 年 5 月 11 日　1990 年 1 月 7 日改

原载《上海文学》1991 年第 1 期

王小波

沉默的大多数

一

　　君特·格拉斯在《铁皮鼓》里,写了一个不肯长大的人。小奥斯卡发现周围的世界太过荒诞,就暗下决心要永远做小孩子。在冥冥之中,有一种力量成全了他的决心,所以他就成了个侏儒。这个故事太过神奇,但很有意思。人要永远做小孩子虽办不到,但想要保持沉默是能办到的。在我周围,像我这种性格的人特多——在公众场合什么都不说,到了私下里则妙语连珠,换言之,对信得过的人什么都说,对信不过的人什么都不说。起初我以为这是因为经历了严酷的时期"文革",后来才发现,这是中国人的通病。龙应台女士就大发感慨,问中国人为什么不说话。她在国外住了很多年,几乎变成了个心直口快的外国人。她把保持沉默看做怯懦,但这是不对的。沉默是一种生活方式,不但是中国人,外国人中也有选择这种生活方式的。

　　我就知道这样一个例子:他是前苏联的大作曲家萧斯塔科维奇。有好长一段时间他写自己的音乐,一声也不吭。后来忽然口授了一厚本回忆录,并在每一页上都签了名,然后他就死掉了。据我所知,回忆录的主要内容,就是谈自己在沉默中的感受,阅读那本书时,我得到了很大的乐趣——当然,当时我在沉默中。把这本书借给一个话语圈子里的朋友去看,他却得不到任何的乐趣,还说这本书格调低下,气氛阴暗。那本书里有一段讲到了苏联 30 年代,有好多人忽然就不见了,所以大家都很害怕,人们之间都不说话。邻里之间起了争纷都不敢吵架,所以有了另一种表达感情的方式,就是往别人烧水的壶里吐痰。顺便说一句,苏联人盖过一些宿舍式的房子,有公用的卫生间、盥洗室和厨房,这就给吐痰提供了方便。我觉得有趣,是因为像萧斯塔科维奇那样的大音乐家,戴着夹鼻眼镜,留着山羊胡子,吐起痰来一定多有不便。可以想见,他必定要一手抓住眼镜,另一手护住胡子,探着头去吐。假如就这样被人逮住揍上一顿,那就更有趣了。其实萧斯塔科维奇长得什么样,我也不知道。我只是想象他是这个样子,然后就哈哈大笑。我的朋友看了这一段就不笑,他以为这样吐痰动作不美,境界不高,思想也不好。这使我不敢与他争辩——再争辩就要涉入某些话语的范畴,而这些话语,就是阴阳两界的分界线。

看过《铁皮鼓》的人都知道,小奥斯卡后来改变了他的决心,也长大了。我现在已决定了要说话,这样我就不是小奥斯卡,而是大奥斯卡。我现在当然能同意往别人的水壶里吐痰是思想不好,境界不高。不过有些事继续发生在我身边,举个住楼的人都知道的例子:假设有人常把一辆自行车放在你门口的楼道上,挡了你的路,你可以开口去说——打电话给居委会;或者直接找到车主,说道:同志,五讲四美,请你注意。此后他会用什么样的语言来回答你,我就不敢保证。我估计他最起码要说你"事儿",假如你是女的,他还会说你"事儿妈",不管你有多大岁数,够不够做他妈。当然,你也可以选择沉默的方式来表达自己对这种行为的厌恶之情:把他车胎里的气放掉。干这件事时,当然要注意别被车主看见。还有一种更损的方式,不值得推荐,那就是在车胎上按上个图钉。有人按了图钉再拔下来,这样车主找不到窟窿在哪儿,补带时更困难。假如车子可以搬动,把它挪到难找的地方去,让车主找不着它,也是一种选择。这方面就说这么多,因为我不想教坏。这些事使我想到了福柯先生的话:话语即权力。这话应该倒过来说:权力即话语。就以上面的例子来说,你要给人讲"五讲四美",最好是戴上个红箍。根据我对事实的了解,红箍还不大够用,最好穿上一身警服。五讲四美虽然是些好话,讲的时候最好有实力或者说是身份作为保证。话说到这个地步,可以说说当年和朋友讨论萧斯塔科维奇,他一说到思想、境界等等,我为什么就一声不吭——朋友倒是个很好的朋友,但我怕他挑我的毛病。

一般人从 7 岁开始走进教室,开始接受话语的熏陶。我觉得自己还要早些,因为从我记事时开始,外面总是装着高音喇叭,没黑没夜的乱嚷嚷。从这些话里我知道了土平炉可以炼钢,这种东西和做饭的灶相仿,装了一台小鼓风机,嗡嗡地响着,好像一窝飞行的屎克螂。炼出的东西是一团团火红的粘在一起的锅片子,看起来是牛屎的样子。有一位手持钢钎的叔叔说,这就是钢。那一年我只有 6 岁,以后有好长一段时间,一听到钢铁这个词,我就会想到牛屎。从那些话里我还知道了一亩地可以产 30 万斤粮;然后我们就饿得要死。总而言之,从小我对讲出来的话就不大相信,越是声色俱厉,嗓门高亢,我越是不信,这种怀疑态度起源于我饥饿的肚肠。和任何话语相比,饥饿都是更大的真理。除了怀疑话语,我还有一个恶习,就是吃铅笔。上小学时,在课桌后面一坐定就开始吃。那种铅笔一毛三一支,后面有橡皮头。我从后面吃起,先吃掉柔软可口的橡皮,再吃掉柔韧爽口的铁皮,吃到木头笔杆以后,软糟糟的没什么味道,但有一点香味,诱使我接着吃。终于把整支铅笔吃得只剩了一支铅芯,用橡皮膏缠上接着使。除了铅笔之外,课本、练习本、甚至课桌都可以吃。我说到的这些东西,有些被吃掉了,有些被啃得十分狼藉。这也是一个真理,但没有用话语来表达过:饥饿可以把小孩子变成白蚁。

  这个世界上有个很大的误会,那就是以为人的种种想法都是由话语教出来的。假设如此,话语就是思维的样板。我说它是个误会,是因为世界还有阴的一面。除此之外,同样的话语也可能教出些很不同的想法。从我懂事的年龄,就常听人们说:我们这一代,生于一个神圣的时代,多么幸福;而且肩负着解放天下 2/3 受苦人的神圣使命,等等。同年龄的人听了都很振奋,很爱听;但我总有点疑问,这么多美事怎么都叫我赶上了。除此之外,我以为这种说法不够含蓄。而含蓄是我们的家教。在 3 年困难时期,有一天开饭时,每人碗里有一小片腊肉。我弟弟见了以后,按捺不住心中的狂喜,冲上阳台,朝全世界放声高呼:我们家吃大鱼大肉了!结果是被我爸爸拖回来臭揍了一顿。经过这样的教育,我一直比较深沉。所以听到别人说我们多么幸福、多么神圣,别人在受苦,我们没有受等等,心里老在想着:假如我们真遇上了这么多美事,不把它说出来会不会更好。当然,这不是说,我不想履行自己的神圣职责。对于天下 2/3 的受苦人,我是这么想的:与其大呼小叫说要去解放他们、让人家苦等,倒不如一声不吭,忽然有一天把他们解放,给他们一个意外惊喜。总而言之,我总是从实际的方面去考虑,而且考虑得很周到。幼年的经历、家教和天性谨慎,是我变得沉默的起因。

二

  在我小时候,话语好像是一池冷水。它使我一身一身起鸡皮疙瘩,但不管怎么说吧,人来到世间,仿佛是来游泳的,迟早要跳进去。我可没有想到自己会保持沉默直到 40 岁,假如想到了,未必有继续生活的勇气。不管怎么说吧,我听到的话也不总是那么疯,是一阵疯,一阵不疯。所以在 14 岁之前,我并没有终身沉默的决心。

  小的时候,我们只有听人说话的分儿。当我的同龄人开始说话时,给我一种极恶劣的印象。有位朋友写了一本书,写的是自己在文革中的遭遇,书名为《血统》。可以想见,她出身不好。她要我给她的书写个序。这件事使我想起来自己在那些年的所见所闻。文革开始时,我 14 岁,正上初中一年级。有一天,忽然发生了惊人的变化,班上的一部分同学忽然变成了红五类,另一部分则成了黑五类。我自己的情况特殊,还说不清是哪一类。当然,这红和黑的说法并不是我们发明出来的,这个变化也不是由我们发起的。在这方面我们毫无责任。只是我们中间的一些人,该负一点欺负同学的责任。

照我看来,红的同学忽然得到了很大的好处,这是值得祝贺的。黑的同学忽然遇上了很大的不幸,也值得同情。我不等对他们一一表示祝贺和同情,一些红的同学就把脑袋刮光,束上了大皮带,站在校门口,问每一个想进来的人:你什么出身?他们对同班同学问得格外仔细,一听到他们报出不好的出身,就从牙缝里迸出3个字:"狗崽子!"当然,我能理解他们突然变成了红五类的狂喜,但为此非要使自己的同学在大庭广众下变成狗崽子,未免也太过分。当年我就这么想,现在我也这么想:话语教给我们很多,但善恶还是可以自明。话语想要教给我们,人与人生来就不平等。在人间,尊卑有序是永恒的真理,但你也可以不听。

我上小学六年级时,暑期布置的读书作业是《南方来信》。那是一本记述越南人民抗美救国斗争的读物,其中充满了处决、拷打和虐杀。看完以后,心里充满了怪怪的想法。那时正在青春期的前沿,差一点要变成个性变态了。总而言之,假如对我的那种教育完全成功,换言之,假如那些园丁、人类灵魂的工程师对我的期望得以实现,我就想象不出现在我怎能不嗜杀成性、怎能不残忍,或者说,在我身上,怎么还会保留了一些人性。好在人不光是在书本上学习,还会在沉默中学习。这是我人性尚存的主因。至于话语,它教给我的是:要横扫一切牛鬼蛇神,把文化革命进行到底。当时话语正站在人性的反面上。假如完全相信它,就不会有人性。

三

现在我来说明自己为什么人性尚存:"文化革命"刚开始时,我住在一所大学里。有一天,我从校外回来,遇上一大伙人,正在向校门口行进。走在前面的是一伙大学生,彼此争论不休,而且嗓门很大;当然是在用时髦话语争吵,除了毛主席的教导,还经常提到"十六条"。所谓十六条,是中央颁布的展开文化革命的十六条规定,其中有一条叫做"要文斗、不要武斗",制定出来就是供大家违反之用。在那些争论的人之中,有一个人居于中心地位。但他双唇紧闭,一声不吭,唇边似有血迹。在场的大学生有一半在追问他,要他开口说话,另一半则在维护他,不让他说话。文化革命里到处都有两派之争,这是个具体的例子。至于队伍的后半部分,是一帮像我这么大的男孩子,一个个也是双唇紧闭,一声不吭,但唇边没有血迹,阴魂不散地跟在后面。有几个大学生想把他们拦住,但是不成功,你把正面拦住,他们就从侧面绕过去,但保持着一声不吭的态度。这件事相当古怪,因为我们院里的孩子相当的厉害,不但敢吵敢骂,而且动起手来,大学生还未必是个儿,那天真是令人意外的老实。我立刻投身其中,问他们出了什么事,怪的是这些孩子都不理我,继续双唇紧闭,两眼发直.显出一种坚忍的态度,继续向前行进——这情形好像他们发了一种集体性的癔症。

有关癔症,我们知道,有一种一声不吭,只顾扬尘舞蹈;另一种喋喋不休,就不大扬尘舞蹈。不管哪一种,心里想的和表现出来的完全不是一回事。我在北方插队时,村里有几个妇女有癔症,其中有一位,假如你信她的说法,她其实是个死去多年的狐狸,成天和丈夫(假定此说成立,这位丈夫就是个兽奸犯)吵吵闹闹,以狐狸的名义要求吃肉。但肉割来以后,她要求把肉煮熟,并以大蒜佐餐。很显然,这不合乎狐狸的饮食习惯。所以,实际上是她,而不是它要吃肉。至于文化革命,有几分像场集体性的癔症,大家闹的和心里想的也不是一回事。当然,这要把世界阴的一面考虑在内。只考虑阳的一面,结论就只能是:当年大家胡打乱闹,确实是为了保卫毛主席,保卫党中央。

但是我说的那些大学里的男孩子其实没有犯癔症。后来,我揪住了一个和我很熟的孩子,问出了这件事的始末:原来,在大学生宿舍的盥洗室里,有两个学生在洗脸时相遇,为各自不同的观点争辩起来。争着争着,就打了起来。其中一位受了伤,已被送到医院。另一位没受伤,理所当然地成了打人凶手,就是走在队伍前列的那一位。这一大伙人在理论上是前往某个机构(叫做校革委还是筹委会,我已经记不得了)讲理,实际上是在校园里做无目标的布朗运动。这个故事还有另一个线索:被打伤的学生血肉模糊,有一只耳朵(是左耳还是右耳已经记不得,但我肯定是两者之一)的一部分不见了,在现场也没有找到。根据一种安加莎·克里斯蒂式的推理,这块耳朵不会在别的地方,只能在打人的学生嘴里,假如他还没把它吃下去的话;因为此君不但脾气暴躁,急了的时候还会咬人,而且咬了不止一次了。我急于交待这件事的要点,忽略了一些细节,比方说,受伤的学生曾经惨叫了一声,别人就闻声而来,使打人者没有机会把耳朵吐出来藏起来,等等。总之,此君现在只有两个选择,或是在大庭广众之中把耳朵吐出来,证明自己的品行恶劣,或者把它吞下去。我听到这些话,马上就加入了尾随的行列,双唇紧闭,牙关紧咬,并且感觉到自己嘴里仿佛含了一块咸咸的东西。

现在我必须承认,我没有看到那件事的结局;因为天晚了,回家太晚会有麻烦。但我的确关心着这件事的进展,几乎失眠。这件事的结局是别人告诉我的:最后,那个咬人的学生把耳朵吐了出来,并且被人逮住了。不知你会怎么看,反正当时我觉得如释重负:不管怎么说,人性尚存。同类不会相食,也不会把别人的一部分吞下去。当然,这件事可能会说明一些别的东西:比方说,咬掉的耳朵块太大,咬人的学生嗓子眼太细,但这些可能性我都不愿意考虑。我说到这件事,是想说明我自己曾在沉默中学到了一点东西,你可以说,这些东西还不够,但这些东西是好的,虽然学到它的方式不值得推广。

  我把一个咬人的大学生称为人性的教师,肯定要把一些人气得发狂。但我有自己的道理:一个脾气暴躁、动辄使用牙齿的人,尚且不肯吞下别人的肉体,这一课看起来更有力量。再说,在文化革命的那一阶段里,人也不可能学到更好的东西了。

  有一段时间常听到年长的人说我们这一代人不好,是文革中的红卫兵,品格低劣。考虑到红卫兵也不是孤儿院里的孩子,他们都是学校教育出来的,对于这种低劣品行,学校和家庭教育应该负一定的责任。除此之外,对我们的品行,大家也过虑了。这是因为,世界不光有阳的一面,还有阴的一面。后来我们这些人就去插队。在插队时,同学们之间表现得相当友爱,最起码这是可圈可点的。我的亲身经历就可证明:有一次农忙时期我生了重病,闹得实在熬不过去了,当时没人来管我,只有一个同样在生病的同学,半搀半拖,送我涉过了南宛河,到了医院。那条河虽然不深,但当时足有5公里宽,因为它已经泛滥得连岸都找不着了。假如别人生了病,我也会这样送他。因为有这些表现,我以为我们并不坏,不必青春无悔,留在农村不回来;也不必听从某种暗示而集体自杀,给现在的年轻人空出位子来。而我们的人品的一切可取之处,都该感谢沉默的教诲。

四

  有一件事大多数人都知道:我们可以在沉默和话语两种文化中选择。我个人经历过很多选择的机会,比方说,插队的时候,有些插友就选择了说点什么,到"积代会"上去"讲用",然后就会有些好处。有些话年轻的朋友不熟悉,我只能简单地解释道:积代会是"活学活用毛主席著作积极分子代表大会",讲用是指讲自己活学活用毛主席著作的心得体会。参加了积代会,就是积极分子。而积极分子是个好意思。另一种机会是当学生时,假如在会上积极发言,再积极参加社会活动,就可能当学生干部,学生干部又是个好意思。这些机会我都自愿地放弃了。选择了说话的朋友可能不相信我是自愿放弃的,他们会认为,我不会说话或者不够档次,不配说话。因为话语即权力,权力又是个好意思,所以的确有不少人挖空心思要打进话语的圈子,甚至在争夺"话语权"。我说我是自愿放弃的,有人会不信——好在还有不少人会相信,主要的原因是进了那个圈子就要说那种话,甚至要以那种话来思索,我觉得不够有意思。据我所知,那个圈子里常常犯着贫乏症。

  二十多年前,我在云南当知青。除了穿着比较干净、皮肤比较白皙之外,当地人怎么看待我们,是个很费猜的问题。我觉得,他们以为我们都是台面上的人,必须用台面上的语言和我们交谈——最起码在我们刚去时,他们是这样想的。这当然是一个误会,但并不讨厌。还有个讨厌的误会是:他们以为我们很有钱,在集市上死命地朝我们要高价,以致我们买点东西,总要比当地人多花一两倍的钱。后来我们就用一种独特的方法买东西:不还价,甩下一沓毛票让你慢慢数,同时把货物抱走。等你数清了毛票,连人带货都找不到了。起初我们给的是公道价,后来有人就越给越少,甚至在毛票里杂有些分票。假如我说自己洁身自好,没干过这种事,你一定不相信;所以我决定不争辩。终于有一天,有个学生在这样买东西时被老乡扯住了——但这个人决不是我。那位老乡决定要说该同学一顿,期期艾艾地憋了好半天,才说出:哇!不行啦!思想啦!斗私批修啦!后来我们回家去,为该老乡的话语笑得打滚。可想而知,在今天,那老乡就会说:哇!不行啦!五讲啦!四美啦!三热爱啦!同样也会使我们笑得要死。从当时的情形和该老乡的情绪来看,他想说的只是一句很简单的话,那一句话的头一个字发音和洗澡的澡有些似。我举这个例子,绝不是讨了便宜又要卖乖,只是想说明一下话语的贫乏。用它来说话都相当困难,更不要说用它来思想了。话语圈子里的朋友会说,我举了一个很恶劣的例子——我记住这种事,只是为了丑化生活;但我自己觉得不是的。

我在沉默中过了很多年:插队、当工人、当大学生,后来又在大学里任过教。当教师的人保持沉默似不可能,但我教的是技术性的课程,在讲台上只讲技术性的话,下了课我就走人。照我看,不管干什么都可以保持沉默。当然,我还有一个终身爱好,就是写小说。但是写好了不拿去发表,同样也保持了沉默。至于沉默的理由,很是简单。那就是信不过话语圈。从我短短的人生经历来看,它是一座声名狼藉的疯人院。当时我怀疑的不是说过亩产30万斤粮、炸过精神原子弹的那个话语圈,而是一切话语圈子。假如在今天能证明我当时犯了一个以偏概全的错误,我会感到无限的幸福。

五

我说自己多年以来保持了沉默,你可能会不信;这说明你是个过来人。你不信我从未在会议上"表过态",也没写过批判稿。这种怀疑是对的:因为我既不能证明自己是哑巴,也不能证明自己不会写字,所以这两件事我都是干过的。但是照我的标准,那不叫说话,而是上着一种话语的捐税。我们听说,在过去的年代里,连一些伟大的人物都"讲过一些违心的话",这说明征税面非常的宽。因为有征话语捐的事,不管我们讲过什么,都可以不必自责:话是上面让说的嘛。但假如一切话语都是征来的捐税,事情就不很妙。拿这些东西可以干什么？它是话，不是钱，既不能用来修水坝，也不能拿来修电站；只能搁在那里臭掉，供后人耻笑。当然，拿征募来的话语干什么，不是我该考虑的事；也许它还有别的用处我没有想到。我要说的是：征收话语捐的事是古而有之。说话的人往往有种输捐纳税的意识，融化在血液里，落实在口头上。在这方面有个例子，是古典名著《红楼梦》。在那本书里，有两个姑娘在大观园里联句，联着联着，冒出了颂圣的词句。这件事让我都觉得不好意思：两个十几岁的小姑娘，躲在后花园里，半夜三更做几句诗，都忘不了颂圣，这叫什么事？仔细推敲起来，毛病当然出在写书人的身上，是他有这种毛病。这种毛病就是：在使用话语时总想交税的强迫症。

我认为，可以在话语的世界里分出两极。一极是圣贤的话语，这些话是自愿的捐献。另一极是沉默者的话语，这些话是强征来的税金。在这两极之间的话，全都暧昧难明：既是捐献，又是税金。在那些说话的人心里都有一个税吏。中国的读书人有很强的社会责任感，就是交纳税金，做一个好的纳税人——这是难听的说法。好听的说法就是以天下为己任。

我曾经是个沉默的人，这就是说，我不喜欢在各种会议上发言，也不喜欢写稿子。这一点最近已经发生了改变，参加会议时也会发言，有时也写点稿。对这种改变我有种强烈的感受，有如丧失了童贞。这就意味着我违背了多年以来的积习，不再属于沉默的大多数了。我还不至为此感到痛苦，但也有一点轻微的失落感。开口说话并不意味着恢复了交纳税金的责任感，假设我真是这么想，大家就会见到一个最大的废话篓子。我有的是另一种责任感。

几年前，我参加了一些社会学研究，因此接触了一些"弱势群体"，其中最特别的就是同性恋者。做过了这些研究之后，我忽然猛省到：所谓弱势群体，就是有些话没有说出来的人。就是因为这些话没有说出来，所以很多人以为他们不存在或者很遥远。在中国，人们以为同性恋者不存在。在外国，人们知道同性恋者存在，但不知他们是谁。有两位人类学家给同性恋者写了一本书，题目就叫做 Word is out。然后我又猛省到自己也属于古往今来最大的一个弱势群体，就是沉默的大多数。这些人保持沉默的原因多种多样，有些人没能力或者没有机会说话；还有人有些隐情不便说话；还有一些人，因为种种原因，对于话语的世界有某种厌恶之情。我就属于这最后一种。作为最后这种人，也有义务谈谈自己的所见所闻。

六

我现在写的东西大体属于文学的范畴，所谓文学，在我看来就是：先把文章写好看了再说，别的就管他妈的。除了文学，我想不到有什么地方可以接受我这些古怪想法。赖在文学上,可以给自己在圈子中找到一个立脚点。有这样一个立脚点,就可以攻击这个圈子,攻击整个阳的世界。

几年前,我在美国读书。有个洋鬼子这样问我们:你们中国那个阴阳学说,怎么一切好的东西都属阳,一点不给阴剩下。当然,她这样发问,是因为她正是一个五体不全之阴人。但是这话也有些道理。话语权属于阳的一方,它当然不会说阴的一方任何好话。就是夫子也未能免俗,他把妇女和小人攻击了一通。这句话几千年来总被人引用,但我就没听到受攻击一方有任何回应。人们只是小心提防着不要做小人,至于怎样不做妇人,这问题一直没有解决。就是到了现代,女变男的变性手术也是一个难题,而且也不宜推广——这世界上假男人太多,真男人就会找不到老婆。简言之,话语圈里总是在说些不会遇到反驳的话。往好听里说,这叫做自说自话;往难听里说,就让人想起了一个形容缺德行为的顺口溜:打聋子骂哑巴扒绝户坟。仔细考较起来,恐怕聋子、哑巴、绝户都属阴的一类,所以遇到种种不幸也是活该——笔者的国学不够精深,不知这样理解对不对。但我知道一个确定无疑的事实:任何人说话都会有毛病,圣贤说话也有毛病,这种毛病还相当严重。假如一般人犯了这种病,就会被说成精神分裂症。在现实生活里,我们就是这样看待自说自话的人。

如今我也挤进了话语圈子。这只能说明一件事:这个圈子已经分崩离析。基于这种不幸的现实,可以听到各种要求振奋的话语:让我们来重建中国的精神结构,等等。作为从另一个圈子里来的人,我对新圈子里的朋友有个建议:让我们来检查一下自己,看看傻不傻,疯不疯?各种各样的镜子可供检查自己之用:中国的传统是一面镜子,外国文化是另一面镜子。还有一面更大的镜子,就在我们身边,那就是沉默的大多数。这些议论当然是有感而发的。几年前,我刚刚走出沉默,写了一本书,送给长者看。他不喜欢这本书,认为书不能这样来写。照他看来,写书应该能教育人民,提升人的灵魂。这真是金玉良言。但是在这世界上的一切人之中,我最希望予以提升的一个,就是我自己。这话很卑鄙,很自私,也很诚实。

选自《浪漫骑士——记忆王小波》,
中国青年出版社1997年版

张　炜

融入野地

一

　　城市是一片被肆意修饰过的野地,我最终将告别它。我想寻找一个原来,一个真实。这纯稚的想念如同一首热烈的歌谣,在那儿引诱我。市声如潮,淹没了一切,我想浮出来看一眼原野、山峦,看一眼丛林、青纱帐。我寻找了,看到了,挽回的只是没完没了的默想。辽阔的大地,大地边缘是海洋。无数的生命在腾跃、繁衍生长,升起的太阳一次次把它们照亮……当我在某一瞬间睁大双目时,突然看到了眼前的一切都变得簇新。它令人惊愕、感动、诧异,好像生来第一遭发现了四周遍布奇迹。

　　我极想抓住那个"瞬间感受",心头充溢着阵阵狂喜。我在其中领悟:万物都在急剧循环,生生灭灭,长久与暂时都是相对的;但在这纷纭无绪中的确有什么永恒的东西。我在捕捉和追逐,而它又绝不可能属于我。这是一个悲剧,又是一个喜剧。暂且抑制了一个城市人的伤感,面向旷野追问一句:为什么会是这样?这些又到底来自何方?已经存在的一切是如此完美,完美得让人不可思议;它又是如此地残缺,残缺得令人痛心疾首。我们面对的不仅是一个熟知的世界,还有一个完全陌生的世界;原来那种悲剧感或是喜剧感都来自一种无可奈何。

　　心弦紧绷,强抑下无尽的感慨。生活的浪涌照例扑面而来,让人一拍三摇。做梦都想像一棵树那样抓牢一小片泥土。我拒绝这种无根无定的生活,我想追求的不过是一个简单、真实和落实。这永远只能停留在愿望里。寻找一个去处成了大问题,安慰自己这颗成年人的心也成了大问题。默默踟蹰,一个人总是先学会承受,再设法拒绝。承受,一直承受,承受你的自尊所无法容许的混浊一团。也就在这无边的踟蹰中,真正的拒绝开始了。

　　这条长路犹如长夜。在漫漫夜色里,谁在长思不绝?谁在悲天悯人?谁在知心认命?心界之内,喧嚣也难以渗入,它们只在耳畔化为了夜色。无光无色的域内,只需伸手触摸,而不以目视。在这儿,传统的知与见已经失去了原有的意义。神游的脚步磨得夜气发烫,心甘情愿一意追踪。承受、接受、忍受……一个人真的能够忍受吗?有时回答能,有时回答不,最终还是不能。我于是只剩下了最后的拒绝。

二

当我还一时无法表述"野地"这个概念时,我就想到了融入。因为我单凭直觉就知道,只有在真正的野地里,人可以漠视平凡,发现舞蹈的仙鹤。泥土滋生一切;在那儿,人将得到所需的全部,特别是百求不得的那个安慰。野地是万物的生母,她子孙满堂却不会衰老。她的乳汁汇流成河,涌入海洋,滋润了万千生灵。

我沿了一条小路走去。小路上脚印稀罕,不闻人语,它直通故地。谁没有故地?故地连接了人的血脉,人在故地长出第一绺根须。可是谁又会一直心系故地?直到今天我才发现,一个人长大了,走向远方,投入闹市,足迹印上大洋彼岸,他还会固执地指认:故地处于大地的中央。他的整个世界都是那一小片土地生长延伸出来的。

我又看到了山峦,平原,一望无边的大海。泥沼的气息如此浓烈,土地的呼吸分明可辨。稼禾、草、丛林;人、小蚁、骏马;主人、同类、寄生者……搅缠共生于一体。我渐渐靠近了一个巨大的身影……

故地指向野地的边缘,这儿有一把钥匙。这里是一个入口。一个门。满地藤蔓缠住了手足,丛丛灌木挡住了去路,它们挽留的是一个过客,还是一个归来的生命?我伏下倾听,贴紧,感知脉动和体温。此刻我才放松下来,因为我获得了真正的宽容。

一个人这时会被深深地感动。他像一棵树一样,在一方泥土上萌生。他的一切最初都来自这里,这里是他一生探究不尽的一个源路。人实际上不过是一棵会移动的树。他的激动、欲望,都是这片泥地给予的。他曾经与四周的丛绿一起成长。多少年过去了,回头再看旧时景物,会发现时间改变了这么多,又似乎一点也没变。绿色与裸土并存,枯树与长藤纠扯。那只熟悉的红点颏与巨大的石碾一块儿找到了;还有荒野芜草中百灵的精制小窝……故地在我看来真是妙迹处处。

一个人只要归来就会寻找,只要寻找就会如愿。多么奇怪又多么素朴的一条原理,我一弯腰将它拣了起来。匍匐在泥土上,像一棵欲要扎根的树——这种欲求多次被鹦鹉学舌者给弄脏。我要将其还回原来。我心灵里那个需求正像童年一样热切纯洁。

我像个熟练的取景人,眯起双目遥视前方。这样我就眯矇了画面,闪去了很多具体的事物。我看到的不是一棵或一株,而是一派绿色;不是一个老人一个少女,而是密挤的人的世界。所有的声息都撒落在泥土上,混和一起涌过,如蜂鸣如山崩。

我蹲在一棵壮硕的玉米下,长久地看它大刀一样的叶片上面的银色丝络;我特别注意了它如爪如须、紧撑泥土的根。它长得何等旺盛,完美无损,英气逼人。与之相似的无语生命比比皆是,它们一块儿忽略了必将来临的死亡。它们有个精神,秘而不宣。我就这样仰望着一棵近在咫尺的玉米。

时至今天,似乎更没有人愿意重视知觉的奥秘。人仿佛除了接受再没有选择。语言和图画携来的讯息堆积如山,现代传递技术可以让人蹲在一隅遥视世界。谬误与真理掺拌一起抛洒,人类像挨了一场陨石雨。它损伤的是人的感知器官。失去了辨析的基本权力,剩下的只是一种苦熬。一个现代人即便大睁双目,还是拨不开无形的眼障。错觉总是缠住你,最终使你臣服。传统的"知"与"见"给予了我们,也蒙蔽了我们。于是我们要寻找新的知觉方式,警惕自己的视听。

我站在大地中央,发现它正在生长躯体,它负载了江河和城市,让各色人种和动植物在腹背生息。令人无限感激的是,它把正中的一块留给了我的故地。我身背行囊,朝行夜宿,有时翻山越岭,有时顺河而行;走不尽的一方土,寸土寸金。有个异国师长说它像邮票一般大。我走近了你、挨上了你吗?一种模模糊糊的幸运飘过心头。

三

大概不仅仅是职业习惯,我总是急于寻觅一种语言。语言对于我从来就有一种神秘的感觉。人生之路上遭逢的万事万物之所以缄口沉默,主要是失却了语言。语言是凭证、是根据,是继续前行的资本。我所追求的语言是能够通行四方、源于山脉和土壤的某种东西,它活泼如生命,坚硬如顽石,有形无形,有声无声。它就撒落在野地上,潜隐在万物间。河水汩汩流淌,大海日夜喧嚷,鸟鸣人呼——这都是相互隔离的语言;那么通行四方的语言藏在哪里?

它犹如土中金子,等待人们历尽辛苦之后才跃出。我的力气耗失的那天,即便如愿以偿了又有什么意义?我像所有人一样犹豫、沮丧、叹息,不知何方才是目的,既空空荡荡又心气高远。总之无语的痛苦难以忍受,它是真实的痛苦。我的希冀不大,无非就想讨一句话。很可惜也很残酷,它不发一言。

让人亲近、心头灼热的故地,我扑入你的怀抱就痴话连篇,说了半晌才发觉你仍是一个默默。真让人尴尬。我知道无论是秋虫的鸣响或人的欢语,往往都隐下了什么。它们的无声之声才道出真谛,我收拾的是声音底层的回响。

在一个废弃的村落旧址上,我发现了遗落在荒草间的碾盘。它上面满是磨钝了的齿沟。它曾经被忙于生计的人团团围住,它当刻下滔滔话语。还有,茅草也遮不住的破碎瓦砾,该留下被击碎那一刻的尖利吧? 我对此坚信无疑,只是我仍然不能将其破译。脚下是一道道地裂,是在草叶间偷窥的小小生灵。太阳欲落,金红的火焰从天边一直烧到脚下;在这引人怀念和追忆的时刻,我感到了凄凉,更感到了蕴含于天地自然中的强大的激情。可是我们仍然相对无语。

刚刚接近故地的那种熟悉和亲切逐渐消失,代之而来的是深深的陌生感。我认识到它们的表层之下,有着我以往完全不曾接近过的东西。多少次站在夕阳西下的郊野,默默观望,像等候一个机会。也就在这时,偶尔回想起流逝的岁月,会勾起一丝酸疼。好在这会儿我已没有了书生那样的忏悔,而且充满了爱心和感激,心甘情愿地等待、等待。我回想了童年,不是那时的故事,而是那时的愉快心情。令人惊讶的是那种愉悦后来再也没有出现。我多少领悟了:那时还来不及掌握太多的俗词儿,因而反倒能够与大自然对话;那愉悦是来自交流和沟通,那时的我还未完全从自然的母体上剥离开来。世俗的词儿看上去有斤有两,在自然万物听来却是一门拙劣的外语。使用这种词儿操作的人就不会有太大希望。解开了这个谜我一阵欣慰,长舒一口。

田野上有很多劳作的人,他们趴在地上,沾满土末。禾绿遮着铜色的躯体,掩成一片。土地与人之间用劳动沟通起来,人在劳动中就忘记了世俗的词儿。那时人与土地以及周围的生命结为一体。看上去,人也化进了朦胧。要倾听他们的语言吗? 这会儿真的掺入了泥中,长成了绿色的茎叶。这是劳动和交流的一场盛会,我怀着赶赴盛宴的心情投入了劳动。我想将自己融入其间。

人若丢弃了劳动就会陷于蒙昧。我有个细致难忘的观察:那些劳动者一旦离开了劳动,立刻操起了世俗的词儿。这就没有了交流的工具,与周遭的事物失去了联系,因而毫无力量。语言,不仅仅是表,而是里;它有自己的生命、质地和色彩,它是幻化了的精气。仅以声音为标志的语言已经是徒有其表,魂魄飞走了。我崇拜语言,并将其奉为神圣和神秘之物。

四

生活中无数次证明:忍受是困难的。一个人无论多么达观,最终都难以忍受。逃避、投诚、撞碎自己,都不是忍受。拒绝也不是忍受。不能忍受是人性中刚毅纯洁的一面,是人之所以可爱的一个原因。偶有忍受也为了最终的拒绝。拒绝的精神和态度应该得到赞许。但是,任何一种选择都是通过一个形式去完成的,而形式可以是多种多样的。

一个人如果因爱而痴,形似懵懂,也恰恰是找到了自己的门径。别人都忙于拒绝时,他却进入了忘我的状态。忘我也是不能忍受的结果。他穿越激烈之路,烧掉了愤懑,这才有痴情。爱一种职业、一朵花、一个人,爱的是具体的东西;爱一份感觉、一个意愿、一片土地、一种状态,爱的是抽象的东西。只要从头走过来,只要爱得真挚,就会痴迷。迷了心窍,就有了境界。

当我投入一片茫茫原野时,就明白自己背向了某种令我心颤的、滚烫烫的东西。我从具体走向了抽象。站在荒芜间举目四望,一个问质无法回避。我回答仍旧爱着。尽管头发已经蓬乱,衣衫有了破洞,可我自知这会儿已将内心修葺得工整洁美。我在迎送四季的田头壑底徘徊,身上只负了背囊,没有矛戟。我甘愿心疏志废、自我放逐。冷热悲欢一次次织成了网,我更加明白我"不能忍受"。扔掉小欣喜,走入故地,在秋野禾下满面欢笑。

但愿截断归途,让我永远呆在这里。美与善有时需要独守,需要眼睁睁地看着它生长。我处于沉静无声的一个世界,享受安谧;我听到挚友在赞颂坚韧,同志在歌唱牺牲,而我却仅仅是不能忍受。故地上的一棵红果树、一株缬草,都让我再三吟味。我不能从它们身边走开,它们深深地吸引了我。我在它们的淡淡清香中感动不已。它们也许只是简单明了、极其平凡的一树一花,荒野里的生物,可它们活得是何等真实。

我消磨了时光,时光也恩惠了我。风霜洗去了轻薄的热情,只留住了结结实实的冷漠。站在这辽远开阔的平畴上,再也嗅不到远城炊烟。四处都是去路,既没人挽留,也没人催促。时空在这儿变得旷敞了,人性也自然松弛。我知道所有的热闹都挺耗人,一直到把人耗贫。我爱野地,爱遥远的那一条线。我痴迷得不可救药,像入了玄门;我在忘情时已是口不能语,手不能书;心远手粗,有时提笔忘字。我顺着故地小径走入野地,在荒村陋室里勉强记下野歌。这些歪歪扭扭的墨迹没有装进昨天的人造革皮夹,而是用一块土纺花布包了,背在肩上。

土纺花布包裹了我的痴唱,携上它继续前行。一路上我不断地识字;如果说象形文字源于实物,它们之间要一一对应;那么现在是更多地指认实物的时候了。这是一种可以保持长久的兴趣,也只有在广大的土地上才做得到。琐细迷人的辨识中,时光流逝不停,就这样过起了自己的日子。我满足于这种状态和感觉、这其间难以言传的欢愉。这欢愉真像是窃来的一样。

我知道不能忍受的东西终会消失;但我也明白一个人有多么执拗。因此,历史上的智者一旦放逐了自己就乐不思蜀。一切都平平淡淡地过下来,像太阳一样重复自己。这重复中包含了无尽的内容。

五

在一些质地相当纯正的著作里,我注意到它一再地提请我们注意如下的意思:孤独有多么美。在这儿,孤独这个概念多少有些含混。大概在精神的驻地、在人的内心,它已经无法给弄得更准确了。它大约在指独自一人——当然无论是肉体方面还是精神方面的状态。一只动物,一棵树,都可以孤独。孤独是难以归类的结果。它是美的吗?果真如此,人们也就无须慌悚逃离了。它起码不像幻想的那么美;如果有一点点,也只是一种苍凉的美。

一个人处于那样的情状只会是被迫的。现代人之所以形单影只,还因为有一个不断生长的"精神"。要截断那种恐惧,就要截断根须。然而这是徒劳的,因为只要活着,它总要生长。伪装平庸也许有趣,但要真的将一个人扔还平庸,必然遭到他的剧烈抵抗。

独自低徊富于诗意,但极少有人注意其中的痛苦。孤独往往是心与心的通道被堵塞。人一生下来就要面对无数隐秘,可是对于每个人而言,这隐秘后来不是减少而是成倍地增加了。它来自各个方面,也来自人本身。于是被嘲弄被困扰的尴尬就始终相伴,于是每个人都在自觉不自觉地挣脱——说不出的恐惶使他们丢失了优雅。

在我眼里,孤独是可怕的,但更可怕的是放弃自尊。怎样既不失去后者又能葆住心灵上的润泽?也许真的"鱼与熊掌不可得兼",也许它又是一个等待破解的隐秘。在漫漫的等待中,有什么能替代冥想和自语?我发现心灵可以分解,它的不同的部分甚至能够对话。可是不言而喻,这样做需要一份不同寻常的宁静,使你能够倾听。

正像一籽抛落就要寻下裸土,我凭直感奔向了土地。它产生了一切,也就能回答一切,圆满一切。因为被饥困折磨久了,我远投野地的时间选在了九月,一个五谷丰登的季节。这时候的田野上满是结果。由于丰收和富足,万千生灵都流露出压抑不住的欢喜,个个与人为善。浓绿的植物、没有衰败的花、黑土黄沙,无一不是新鲜真切。呆在它们中间,被侵犯和伤害的忧虑空前减弱,心头泛起的只是依赖和宠幸……

这是一个喃喃自语的世界,一个我所能找到的最为慷慨的世界。这儿对灵魂的打扰最少。在此我终于明白:孤独不仅是失去了沟通的机缘,更为可怕的是频频侵扰下失去了自语的权力。这是最后的权力。

就为了这一点点,我不惜千里跋涉,甚至一度变得"能够忍受"。我安定下来,驻足入驿,这才面对自己的幸运。我简直是大喜过望了。在这里我弄懂一个切近的事实:对于我们而言,山脉土地是千万年不曾更移的背景;我们正被一种永恒所衬托。与之相依,尽可以沉入梦呓,黎明时总会被久长悠远的呼鸣给唤醒。

世上究竟有哪里可以与此地比拟?这里处于大地的中央。这里与母亲心理上的距离最近。在这里,你尽可述说昨日的流浪。凄冷的岁月已经过去,一个男子终于迎来了双亲。你没有哭泣,只是因为你学会了掩泪入心。在怀抱中的感知竟如此敏锐,你只需轻轻一瞥就看透了世俗。长久和短暂、虚无与真实,罗列分明。你发现寻求同类也并非想象那么艰苦,所有朴实的、安静的、纯真的,都是同类。它们或他们大可不必操着同一种语言,也不一定要以声传情。同类只是大地母亲平等照料的孩子,饮用同样的乳汁,散发着相似的奶腥。

在安怡温和的长夜,野香薰人。追思和畅想赶走了孤单,一腔柔情也有了着落。我变得谦让和理解,试着原谅过去不曾原谅的东西,也追究着根性里的东西。夜的声息繁复无边,我在其间想象;在它的启示之下,我甚至又一次探寻起词语的奥秘。我试过将音节和发声模拟野地上的事物,并同时传递出它的内在神采。如小鸟的"啾啾",不仅拟声极准,"啾"字竟是让我神往的秋、秋天秋野;口、嘴巴歌喉——它们组成的。还有田野的气声、回响,深夜里游动的光。这些又该如何模拟出一个语词并汇入现代人的通解?这不仅是饶有兴趣的实验,它同时也接近了某种意义和目的。我在默默夜色里找准了声义及它们的切口,等于是按住万物突突的脉搏。

一种相依相伴的情感驱逐了心理上的不安。我与野地上的一切共存共生,共同经历和承受。长夜尽头,我不止一次听到了万物在诞生那一刻的痛苦嘶叫。我就这样领受了凄楚和兴奋交织的情感,让它磨砺。

好在这些不仅仅停留于感受之中。臆想的极限超越之后,就是实实在在的触摸了。

六

因为我在很大程度上摆脱了生命的寂寥,所以我能够走出消极。我的歌声从此不仅为了自慰,而且还用以呼唤。我越来越清楚这是一种记录,不是消遣,不是自娱,甚至也来不及伤感。如若那样,我做的一切都会像朝露一样蒸掉。我所提醒人们注意的只是一些最普通的东西,因为它们之中蕴含的因素使人惊讶,最终将被牢记。我关注的不仅仅是人,而是与人不可分剥的所有事物。我不曾专注于苦难,却无法失去那份敏感。我所提供的,仅仅是关于某种状态的证词。

这大概已经够了。这是必要的。我在这儿仅仅遵循了质朴的原则,自然而然地藐视乖巧。真实伴我左右,此刻无须请求指认。我的声音混同于草响虫鸣,与原野的喧声整齐划一。这儿不需一位独立于世的歌手;事实上也做不到。我竭尽全力只能仿个真,以获取在它们身侧同唱的资格。

来时两手空空,野地认我为贫穷的兄弟。我们肌肤相摩,日夜相依。我隐于这浑然一片,俗眼无法将我辨认。我们的呼吸汇成了风,气流从禾叶和河谷吹过,又回到我们中间。这风洗去了我的疲惫和倦怠,裹携了我们的合唱。谁能从中分析我的嗓音?我化为了自然之声。我生来第一次感受这样的骄傲。

我所投入的世界生机勃勃,这儿有永不停息的蜕变、消亡以及诞生。关于它们的讯息都覆于落叶之下,渗进了泥土。新生之物让第一束阳光照个通亮。这儿瞬息万变,光影交错,我只把心口收紧,让神思一点点溶解。喧哗四起,没有终结的躁动——这就是我的故地。我跟紧了故地的精灵,随它游遍每一道沟坎。我的歌唱时而荡在心底,时而随风飘动。精灵隐隐左右了合唱,或是合声催生了精灵。我充任了故地的劣等秘书,耳听口念手书,痴迷恍惚,不敢稍离半步。

眼看着四肢被青藤绕裹,地衣长上额角。这不是死,而是生。我可以做一棵树了,扎下根须,化为了故地上的一个器官。从此我的吟哦不是一己之事,也非我能左右。一个人消逝了,一棵树诞生了。生命仍在,性质却得到了转换。

这样,自我而生的音响韵节就留在了另一个世界。我寻求同类因为我爱他们、爱纯美的一切,寻求的结果却使我化为了一棵树。风雨将不断梳洗我,霜雪就是膏脂。但我却没有了孤独。孤独是另一边的概念,洋溢着另一种气味。从此尽是树的阅历,也是它的经验和感受。有人或许听懂了树的歌吟,注目枝叶在风中相摩的声响,但树本身却没有如此的期待。一棵棵树就是这样生长的,它的最大愿望大概就是一生抓紧泥土。

七

随着年龄的增长,我越来越注意到艺术的神秘的力量。只有艺术中凝结了大自然那么多的隐秘。所以我认为光荣从来属于那些最激动人心的诗人。人类总是通过艺术的隧道去触摸时间之谜,去印证生命的奥秘。自然中的全部都可通过艺术之手拨动而进入人的视野。它与人的关系至为独特,人迷于艺术,是因为他迷于人本身、迷于这个世界昭示他的一切。一个健康成长着的人对于艺术无法选择。

但实际上选择是存在的。我认为自己即有过选择。对于艺术可以有多种解释,这是必然的。但我始终认为将艺术置于选择的位置,是一次堕落。

我曾选择过,所以我也有过堕落。补救的方法也许就是紧紧抱定这个选择结果,以求得灵魂的升华。这个世界的物欲愈盛,我愈从容。对于艺术,哪怕给我一个独守的机会才好。我交织着重重心事:一方面希望所有人的投入,另一方面又怕玷污了圣洁,在我看来它只该继续走向清冷,走到一个极端。留下我来默祷,为了我的守护,和我认准了的那份神圣。当然这是不可能的。

我梦见过在烛光下操劳的银匠,特别记住了他头顶闪烁的那一团白发。深不见底的墨夜,夜的中间是掬得起的一汪烛晖……什么是艺术?什么是劳动?它们共生共长吗?我在那个清晨叮咛自己:永远不要离开劳动——虽然我从未想过、也从未有过离去的念头。

艺术与宗教的品质不尽相同,但二者都需要心怀笃诚。当贪婪和攫取的狂浪拍碎了陆地,你不得不划一叶独舟时,怀中还剩下了什么?无非是一份热烈和忠诚。饥饿和死亡都不能剥夺的东西才是真正珍贵的。多少人歌颂物欲,说它创造了世界。是的,它创造了一个世界;它也毁灭了一个世界,那是一个宁静的世界。我渐渐明白:要始终葆有富足,积累的速度并不重要,重要的是能够积累。

人的岁月也极像循环不止的四季,时而斑斓,时而被洗得光光。一切还得从头开始。为了寻觅永久的依托,人们还是找到站立的这片土地。千万年的秘史糅在泥中,生出鲜花和毒菇。这些无法言喻的事物靠什么去洞悉和揭示?哪怕是仅仅获取一个接近的权力,靠什么?仍然是艺术,是它的神秘的力量。

滋生万物的野地接纳了艺术家。野地也能够拒绝,并且做得毅然彻底。强加于它的东西最终就不能立足。泥土像好的艺术家,看上去沉静,实际上怀了满腔热情。艺术家可以像绿色火焰,像青藤,在土地上燃烧。

最后也只能剩下一片灰烬。多么短暂,连这点也像青藤。不过他总算用这种方式挨紧了热土。

八

我曾询问:一个知识分子的精神源自何方?他的本源?很久以来,一层层纸页将这个本来浅显的问题给覆盖了。当然,我不会否认渍透了心汁的书林也孕育了某种精神。可我还是发现了那种悲天的情怀来自大自然,来自一个广漠的世界。也许在任何一个时世里都有这样的哀叹——我们缺少知识分子。它的标志不仅是学历和行当上的造就,因为最重要的依据是一个灵魂的性质。真正的"知"应该达于"灵"。那些弄科技艺术以期成功者,同时要使自己成长为一个知识分子。

将"知识分子"这个概念俗化有伤人心。于是你看到了逍遥的骗子、昏聩的学人,卖了良心的艺术家。这些人有时并非厌恶劳动,却无一例外地极度害怕贫困。他们注重自己的仪表,却没有内在的严整性,最善于尾随时风。谁看到一个意外?谁找到一个稀罕?在势与利面前一个比一个更乖,像临近了末日。我宁可一生泡在汗尘中,也要远离它们。

我曾经是一个职业写作者,但我一生的最高期望是:成为一个作家。

人需要一个遥远的光点,像渺渺的星斗。我走向它,节衣缩食,收心敛性。愿冥冥中的手为我开启智门。比起我的目标,我追赶的修行,我显得多么卑微。苍白无力,琐屑庸懒,经不住内省。就为了精神上的成长,让诚实和朴素、让那份好德行,永远也不要离我,让勇敢和正义变得愈加具体和清晰。那么,漫长的消磨和无声的侵蚀,我也能够陪伴。

在我投入的原野上,在万千生灵之间,劳作使我沉静。我获得了这样的状态:对工作和发现的意义坚信不疑。我亲手书下的只是一片稚拙,可这份作业却与俗眼无缘。我的这些文字是为你、为他和她写成的,我爱你们。我恭呈了。

九

就因为那个瞬间的吸引,我出发了。我的希求简明而又模糊:寻找野地。我首先踏上故地,并在那里迈出了一步。我试图抚摸它的边缘,望穿雾幔;我舍弃所有奔向它,为了融入其间。跋涉、追赶、寻问——野地到底是什么?它在何方?野地是否也包括我浑然苍茫的感觉世界?

我无法停止寻求……

1992年8月26日于八里洼

原载《上海文学》1993年第1期

扎西达娃

聆听西藏

太　阳

　　冬天的上午,西藏高原万里无云,蔚蓝色的天空阳光炽烈。一群群的人在屋外坐着晒太阳,无论你形容他们呆若木鸡也罢,昏昏沉沉也罢,憨头憨脑也罢,他们并不理会外人的评价。重要的是,你别站在他们面前挡住了阳光。

　　沐浴在阳光下,人们的脾气个个都很好,心平气和地交谈,闲聊,默默地朗诵着六字真言,整个上午处在一种和平宁静的状态中。这个时候似乎不太可能发生暴力凶杀交通事故婚变什么的要紧事,那一切都是黄昏和深夜留下的故事。现在只是晒太阳,个个脸上都那么的安详、平和、闲暇和宁静,仿佛昨夜的痛苦和罪恶变成了一缕神话,遥远得像悠久的历史,而面对一轮初升的太阳,整个民族在同一时刻集体进入了冥想。

　　西藏人,这个离太阳最近所以被阳光宠坏了的民族,在创造出众多的诸神中,却没有创造出一个辉煌的太阳神,这使他们的后代迷惑不解。

　　坐在太阳下静止地冥想,没有动感,没有故事情节,然而却包含着灵魂巨大的力量和在冥想中达到的境界。也许他们并没有去思索命运,但命运却思索他们的存在。梅特林克在《卑微者的财富》一文中阐述了在宁静状态下呈现出的悲剧性远比激情中的冒险和戏剧冲突要深刻得多。然而西藏人对于悲剧的意义远不是从日常生活而是从神秘莫测的大自然中感悟出来的。在严酷无情的大自然以恶魔的形式摧残着弱小的人类的同时,大自然宝贵的彩色投在海拔很高空气透明的高原上又奇妙地烘托出一种美和欢乐之善;这种大自然的光明与黑暗,善与恶的强烈对比,是形成西藏佛教的重要因素之一。西藏人在冥想中听见了宇宙的呼吸声,他们早已接受人类并不伟大这一事实,人类的实现并不是最终目的,不过是在通往涅槃的道路上注定要成为一个不算高级的生灵。

　　我相信这个非人类的伟大思想是我们的祖先在晒太阳时面对神秘的宇宙聆听到的神的启示。

也许是神秘主义倾向作祟,晒太阳这种静止的状态使西藏作家对这一题材颇感兴趣。青年女作家央珍和白玛娜珍写了《晒太阳》和《阳光下的对话》,我也曾写过一个短篇叫《阳光下》(瞧瞧,连题目都那么不约而同),但这些小说更多的都是些情趣性的东西,还没能够从中发掘出更深层的意义。不过这一领域显然已被作家们注意到,相信有一天他们能真正走进去并发现一个奇妙的天地。

在 路 上

这是一个没有什么特色的题目,却有一部以此为题目的小说成了经典名著,那是美国作家克鲁亚克写的一本60年代嬉皮士们的故事。一切故事都在路上发生。

由于历史的变迁,西藏人从一个在马背上勇猛好战的游牧民族变成了整天坐着念经坐着干手工活坐着冥想并且一有机会就坐下来的好静的民族。这一动一静的气质在今天的西藏人身上奇妙地混合在一起。一个草原牧人经过数月艰辛跋涉来到拉萨后,却能一连几个星期寄宿在亲戚家一动不动。我的祖先是西藏东部人,被人称为康巴人,他们剽悍好斗,憎爱分明,只有幽默,没有含蓄,天性喜爱流浪,是西藏的"吉卜赛人"。直到今天,在西藏各地还能看见他们流浪的身影。我觉得他们是最自由也是最痛苦的一群人;也许由于千百年沿袭下来的集体无意识使得他们在流浪的路上永远不停地寻找什么,却永远也找不到。他们在路上发生的故事令我着迷,令我震撼,令我迷惘。我也写过康巴人在路上的故事,《朝佛》、《去拉萨的路上》、《系在皮绳扣上的魂》等等,我还将继续写下去,有朝一日我会以《康巴人》这个平凡而又响亮的名字来命名我的一个小说集。

在我的血液中,也流淌着这种动与静的气质。闲来无事,除了偶尔写点东西,我会非常自觉非常惬意地作茧自缚把自己封闭在家中,有时一个月也不迈出大门,时间却飞速地流逝。我习惯于深夜写作,写得出写不出也要坐上一个通宵,轻松地迎接黎明的到来。这个臭毛病是在剧团养成的,那时从事舞台美术工作,常常深夜在剧院装台,熬夜便成了家常便饭,在十八岁以前就过早地修炼出来了。现在,坐在深夜的灯光下,面对万籁俱静的黑夜,有一种唯我独醒的超然。长年与黑夜为伴,渐渐进入了一个鲜为人知的时空,黑夜有它独特的声音和气浪,它像一具有生命的躯体在悄悄蠕动;它给我灵感和启示,我总是能聆听到一个神秘的圣歌在天际的一隅喃喃低语。当我进入写作状态时,这个声音像魔法一般笼罩我的整个身心,使我在脑海中涌现出的刻在岩石上的咒语,在静谧的微风中拂动的五色经幡旗,黄昏下金色的寺庙缓缓走过一队步态庄重的绛红色的喇嘛,一个在现代城市和古老的村庄中间迷失方位的年轻人⋯⋯一切发生了怪诞的变形。什么是真?什么是假?时间是怎样发生的?空间是怎样呈现的?我进入了一个扑朔迷离的世界。

黑夜是我灵感的源泉。

有时也破门而出到外面的世界走上一遭,没有动机没有功利没有目的地走向村庄,走向草原,走向戈壁,走向森林和海滨,回来后不写任何游记散文。仿佛梦游一般地回来了。一路上所见所闻,感受到的激情和想象出的情节通通抛在脑后。我相信一个人眼睛和其他器官接收到的任何信息都被储在容量无限的大脑中了,忘记是不存在的,它无非是潜藏在记忆库的深处,如果需要它随时会蹦出来,如果蹦不出来就表明你其实并不真的需要它,尽管你有时自以为很需要而干着急,但这不过暗示着这种需要并不是灵魂中所真实的需要。

像深藏在地窖里的酒一样,将外部世界的感受储藏在大脑中,时间一长就会发生质的变化。有时灵感赋予出的一个个栩栩如生的细节和奇妙的人物甚至不可思议的情节,我已无法辨认出究竟是出自生活的原型还是想象虚构的产物。总之,真实和幻想被混合被浓缩而变形了。

小说源于生活,但并不高于生活,它只是另一种意义上的生活。

有时,一走就走得很远,去了德国,去了美国。在那个陌生的国度却有一种似曾相见的熟悉,一个神秘的声音在暗示我:我曾在这里存在过。我没有修习过密宗,我不知道我的灵魂是否曾经来到这个国家一游过。走在摩天大楼林立的曼哈顿街头,融会进各种肤色的人流中,心中坦然,我就是纽约人中的一员。熟悉并不意味着漠然,只有在熟悉中才会发现更多的新奇,所以我忘记了旅馆卫生间里那些奇特的装置、麦迪逊广场耸立着什么内容的广告牌,联合航空公司的班机上供应什么样的午餐和饮料⋯⋯但我却无法忘记林肯纪念堂的看门老人跟我闲聊起有关三、六、九这些数字的意义,芝加哥的艾维宾丝夫人戴着一只西藏的铜手镯开着她那辆红色的丰田汽车说起她年轻时当一位好莱坞明星的梦想,依利诺州一个小城的麦瑞给她的两个三四岁的孩子和我在汽车快餐店里每人买了一份冰激凌后大家一齐发出莫名其妙的欢乐的吼叫⋯⋯他们并不是我在美国小说中读到的人物,也不是我有一天来到他们身边,在我心中他们很早就存在,我们在另外一个世界里早就相识,这一切不过是老朋友的再次相见。所以,我没有伤感没有惆怅和失落,而是平静地转眼间又回到了西藏。有一天,我梦见了自己来到南美洲的一个印第安人小镇,梦中提醒我这是真的,绝不是马尔克斯鲁尔佛卡彭铁尔富恩特斯等人小说中的小镇。我对梦说：你别多嘴，我当然知道这是真的。我至今还能看见一个棕色皮肤的老太婆坐在一棵树下嚼着槟榔手搭凉篷似乎在等待她的儿子，我甚至还能闻到从那幢白色房子里散发出的令人窒息的腐烂的玫瑰花和来苏水的气味。

南美洲有没有这么一座小镇并不重要。对我来说，重要的是我体验到了一种完全的真实。

时　　间

是一个永恒的圆圈。

夏 日 辉 煌

我发现冬天是个写作的好季节。寒冷的天气使人头脑清醒、思维活跃。在过去的一年即将结束和准备迎接新的一年来临的冬季，会使人产生许多新的想法。

冬夜里，一阵阵狂风呼啸而过。到半夜，又变得很谧静。风疲倦了，人们也进入了梦乡，我开始缅怀夏日，向往夏日，那是一个躁动的季节，一个辉煌的季节；在那个季节发生的故事最让人难忘，随着时间的流逝，这些故事渐渐凸现出来，显示出它的意义。《夏天酸溜溜的日子》、《夏天蓝色的棒球帽》、《谜样的黄昏》、《泛音》、《巴桑和她的弟妹们》……这一系列夏天的故事，都是在漫长的冬天里写成的。

西藏的冬天，最令人振奋的是一年一度的祈愿大法会，万人空巷，场面壮观，弥漫着浓烈的宗教气氛。这个被西方人称之为"西藏的狂欢节"的盛大节日，是为了迎接未来佛的早日降临。根据西藏的经书记载：只有当一千零八尊佛（又称千佛）全部降临后，人类才能得到最后的解脱，到那时世界将是一片和平的净土，再也不会有六道轮回，不再有转生无趣（畜牲道、饿鬼、地狱）之事。佛经释迦牟尼不过是千佛中的第四位，在他之后的五亿七千万年时，第五尊佛慈尊弥勒佛（即这个时代所呼唤的未来佛）降临人间。那么到第六尊、第七尊……第一千零八尊最后的名叫人类导师遍照佛（又称燃灯佛）的全部降临，还需要多长时间呢？这是一个无限庞大的天文数字，是一个无限漫长令人绝望的过程。然而西藏人是乐观的，他们对人类的未来充满了信心而从来没有丧失信仰，满怀虔诚地在每年的祈愿大法会上一遍遍呼唤着未来佛的早日诞生。当法会结束，人们离开圣城拉萨上路返回远远近近的家乡的时候，你可以听见人们充满自信地不断重复这样的口头禅："拉萨的祈愿法会结束了，慈爱之王（未来佛）也请来了。"西藏人，这个居位在地球之巅的民族，是正在被人类神往还是正在被人类遗忘?

我的笔能够写出一个民族的历程和光荣的梦想么?

我感到迷惘。

原载《中华儿女》海外版 1991 年第 3 期

苇 岸

大地上的事情

  我观察过蚂蚁营巢的三种方式。小型蚁筑巢,将湿润的土粒吐在巢口,垒成酒盅状、灶台状、坟冢状、城堡状或松疏的蜂房状,高耸在地面;中型蚁的巢口,土粒散得均匀美观,围成喇叭口或泉心的形状,仿佛大地开放的一只黑色花朵;大型蚁筑巢像北方人的举止,随便、粗略、不拘细节,它们将颗粒远远地衔到什么地方,任意一丢,就像大步奔走撒种的农夫。

  下雪时,我总想到夏天,因成熟而褪色的榆荚被风从树梢吹散。雪纷纷扬扬,给人间带来某种和谐感,这和谐感正来自于纷纭之中。雪也许是更大的一棵树上的果实,被一场世界之外的大风刮落。它们漂泊到大地各处,它们携带的纯洁,不久蕃衍成春天动人的花朵。

  写《自然与人生》的日本作家德富芦花,观察过落日。他记录太阳由衔山到全然沉入地表,需要三分钟。我观察过一次日出,日出比日落缓慢。观看落日,大有守待圣哲临终之感;观看日出,则像等待伟大英雄辉煌的诞生。太阳从露出一丝红线,到伸缩着跳上地表,用了约五分钟。

  世界上的事物在速度上,衰落胜于崛起。

  我看到一具熊蜂的尸体,它是自然死亡,还是因疾病或敌害而死,不得而知。它偃卧在那里,翅零乱地散开,肢蜷曲在一起。它的尸身僵硬,很轻,最小的风能将它推动。我见过胡蜂巢、土蜂巢、蜜蜂巢和别的蜂巢,但从没有见过熊蜂巢。熊蜂是穴居者,它们将巢蛀在房屋的立柱、檩木、横梁、椽子或枯死的树干上。熊蜂从不集群活动,它们个个都是英雄,单枪匹马到处闯荡。熊蜂是昆虫世界当然的王,它们身着的黑黄斑纹,是大地上最怵目的图案,高贵而恐怖。老人们告诉过孩子,它们能蜇死牛马。

  麻雀在地面的时间比在树上的时间多。它们只是在吃足食物后,才飞到树上。它们将短硬的喙像北方农妇在缸沿砺刀那样,在枝上反复擦拭。麻雀蹲在枝上啼鸣,如孩子骑在父亲的肩上高声喊叫,这声音蕴含着依赖、信任、幸福和安全感。麻雀在树上就和孩子们在地上一样,它们的蹦跳就是孩子们的奔跑。树木伸展的愿望,是给鸟儿送来一个个广场。

  穿越田野的时候,我看到一只鹞子。它静静地盘旋,长久浮在空中。它好像看到了什么,径直俯冲下来,但还未触及地面又迅疾飞起。我想象它看到一只野兔,因人类的扩张在平原上已近绝迹的野兔,梭罗在《瓦尔登湖》中预言过的野兔:"要是没有兔子和鹧鸪,一个田野还成什么田野呢?它们是最简单的土生土长的动物,与大自然同色彩、同性质,和树叶、和土地是最亲密的联盟。看到兔子和鹧鸪跑掉的时候,你不觉得它们是禽兽,它们是大自然的一部分,仿佛飒飒的木叶一样。不管发生怎么样的革命,兔子和鹧鸪一定可以永存,像土生土长的人一样。不能维持一只兔子的生活的田野一定是贫瘠无比的。"

看到一只在田野上空徒劳盘旋的鹞子,我想起田野往昔的繁荣。

在我的住所前面,有一块空地,它的形状像一只盘子,被四周的楼群围起。它盛过田园般安详的雪,盛过赤道般热烈的雨,但它盛不住孩子们的欢乐。孩子们把欢乐撒在里面,仿佛一颗颗珍珠滚到我的窗前。我注视着男孩和女孩在一起做游戏,这游戏是每个从他们身边匆匆走过的大人都做过的。大人告别了童年,就将游戏像玩具一样丢在了一边。但游戏在孩子们手里,依然一代代传递。

在一所小学教室的墙壁上,贴着孩子们写自己家庭的作文。一个孩子写道:他的爸爸是工厂干部,妈妈是中学教师,他们很爱自己的孩子,星期天常常带他去山边玩,他有许多玩具,有自己的小人书库,他感到很幸福。但是妈妈对他管教很严,命令他放学必须直接回家,回家第一件事是用肥皂洗手。为此他感到非常不幸,恨自己的妈妈。

每一匹新驹都不会喜欢给它套上羁绊的人。

黎明,我常常被麻雀的叫声惊醒。日子久了,我发现它们总在日出前二十分钟开始啼叫。冬天日出较晚,它们叫的也晚;夏天日出早,它们叫的也早。麻雀在日出前和日出后的叫声不同,日出前它们发出"鸟、鸟、鸟"的声音,日出后便改成"喳、喳、喳"的声音。我不知它们的叫法和太阳有什么关系。

在山岗小径上,我看到一只蚂蚁在拖蜣螂的尸体。蜣螂可能被人踩过,尸体已经变形,渗出的体液粘着两粒石子,使它更加沉重。蚂蚁紧紧咬住蜣螂,它用力扭动身躯,想把蜣螂拖走。蜣螂微微摇晃,但丝毫没有向前移动。我看了很久,直到我离开时,这个可敬的勇士仍在不懈地努力。没有其他蚁来帮它,它似乎也没有回巢去请援军的想法。

麦子是土地上最优美、最典雅、最令人动情的庄稼。麦田整整齐齐摆在辽阔大地上,仿佛一块块耀眼的黄金。麦田是五月最宝贵的财富,大地蓄积的精华。风吹麦田,麦田摇荡,麦浪把幸福送到外面的村庄。到了六月,农民抢在雷雨之前,把麦田搬走。

在我窗外阳台的横栏上,落了两只麻雀。那里是一个阳光的海湾,温暖、平静、安全。这是两只老雀,世界知道它们为它哺育了多少雏鸟。两只麻雀蹲在辉煌的阳光里,一副丰衣足食的样子。它们眯着眼睛,脑袋转来转去,毫无顾忌。它们时而啼叫几声,声音朴实而亲切。它们的体态肥硕,羽毛蓬松,头缩进厚厚的脖颈里,就像冬天穿着羊皮袄的马车夫。

下过雪许多天了,地表的阴面还残留着积雪。大地斑斑点点,仿佛一头在牧场垂首吃草的花斑母牛。积雪收缩,并非因为气温升高了,而是大地的体温在吸收它们。

冬天,一次在原野上,我发现一个奇异的现象,它纠正了我原有关于火的观念。我没有见到这个人,他点起火走了。火像一头牲口,已将枯草吞噬很大一片。北风吹着,风头很硬,火紧贴在地面上,火首却逆风而行,这让我吃惊。为了再次证实,我把火种引到另一片草上,火依旧溯风烧向北方。

我时常忆起一个情景,它发生在午后时分。如大兵压境,滚滚而来的黑云,很快占据了整面天空。随后,闪电迸绽,雷霆轰鸣,豆大的雨砸在地上,烟雾四起。骤雨是一个丧失理性的对人间复仇的巨人。在这万物偃息的时刻,我看到一只衔虫的麻雀从远处飞回,雷雨没能拦住它,它的儿女在雨幕后面的屋檐下。在它从空中降落飞进檐间的一瞬,它的姿势和蜂鸟在花丛前一样美丽。

五月,在尚未插秧的稻田里,闪动着许多小鸟。我叫不出它们的名字,它们神态机灵,体型比麻雀娇小。它们走动的样子,非常庄重。麻雀行走用双足蹦跳,它们行走像公鸡那样迈步。它们飞得很低,从不落到树上。它们是田亩的精灵。它们停在田里,如果不走动,便认不出它们。

秋收后,田野如新婚的房间,被农民拾掇得干干净净。一切要发生的,一切已经到来的,它都将容纳。在人类的身旁,落叶悲壮地诀别它们的母亲。树木养育了它们,为了大地上呈现的勇士形象。

在冬天空旷的原野上,我听到过啄木鸟敲击树干的声音。它的速度很快,仿佛弓的颤响,我无法数清它的频率。冬天鸟少,鸟的叫声也被藏起。听到这声音,我感到很幸福。我忽然觉得,这声音不是来自啄木鸟,也不是来自光秃的树木,它来自一种尚未命名的鸟,这只鸟,是这声音创造的。

一九八八年一月十六日,我看见了日出。我所以记下这次日出,因为有生以来我从没有见过这样大的太阳。好像发生了什么奇迹,它使我惊得目瞪口呆,久久激动不已。哥伦比亚作家加西亚·马尔克斯在《百年孤独》中这样描述马贡多连续下了四年之久的雨后日出:"一轮憨厚、鲜红、像破砖碎末般粗糙的红日照亮了世界,这阳光几乎像流水一样清新。"我所注视的这次日出,我不想用更多的话来形容它,红日的硕大,让我首先想到乡村的磨盘。如果你看到了这次日出,你会相信。

已经一个月了,那窝蜂依然伏在那里,气温渐渐降低,它们似乎已预感到什么,紧紧挤在一起,等待最后一刻的降临。只有太阳升高。阳光变暖的时候,它们才偶尔飞起。它们的巢早已失去,它们为什么不在失去巢的那一天飞走呢?每天我看见它们,心情都很沉重。在它们身上,我看到了某种大于生命的东西。

太阳的道路是弯曲的。我注意几次了。在立夏前后,朝阳能够照到北房的后墙,夕阳也能够照到北房的后墙。其他时间,北房拖着浓重的影子。

立春一到,便有冬天消逝、春天降临的迹象。整整过了一冬的北风,已经从天涯返回。看着旷野,我有一种庄稼满地的幻觉。踩在松动的土地上,我感到肢体在伸张,血液在涌动。我想大声喊叫或疾速奔跑,想拿起锄头拼命劳动一场。爱默生认为,每一个人都应当与这世界上的劳作保持着基本关系。劳动是上帝的教育,它使我们自己与泥土和大自然发生基本的联系。

但是,在这个世界上,有一部分人,一生从未踏上土地。

捕鸟人天不亮就动身,鸟群天亮开始飞翔。捕鸟人来到一片果园,他支起三张大网,呈三角状。一棵果树被围在里面。捕鸟人将带来的鸟笼,挂在这棵树上,然后隐在一旁。捕鸟人称笼鸟为"游子",它们的作用是呼喊。游子在笼里不懈地转动,每当鸟群从空中飞过,它们便急切地扑翅呼应。它们凄怆的悲鸣,使飞翔的鸟群回转。一些鸟撞到网上,一些鸟落在网外的树上,稍后依然扑向鸟笼。鸟像树叶一般,坠满网片。

丰子恺先生把诱引羊群走向屠场的老羊,称作"羊奸"。我不称这些游子为"鸟奸",人类制造的任何词语,都仅在它自己身上适用。

平常,我们有"北上"和"南下"的说法。向北行走,背离光明,称作向上;向南行走,接近光明,称作向下。不知这种上下之分依据什么而定(纬度或地势?)。在大地上旅行时,我们的确有这种内心感觉。像世间称做官为上,还民为下一样。

麻雀和喜鹊,是北方常见的留鸟。它们的存在,使北方的冬天格外生动。民间有"家雀跟着夜猫子飞"的说法,它的直接意思,指小鸟盲目追随大鸟的现象。我留意过麻雀尾随喜鹊的情形,并由此发现了鸟类的两种飞翔方式。它们具有代表性。喜鹊飞翔,姿态镇定、从容,两翼像树木摇动的叶子,体现着在某种基础上的自信。麻雀敏感、慌忙,它们的飞法类似蛙泳,身体总是朝前一耸一耸的,并随时可能转向。

这便是小鸟和大鸟的区别。

一次,我穿越田野。一群农妇,蹲在田里薅苗。在我凝神等待远处布谷鸟再次啼叫时,我听到了两个农妇的简短对话:

农妇甲:"几点了?"

农妇乙:"该走了,十二点多了。"

农妇甲:"十二点了,孩子都放学了,还没做饭呢。"

无意听到的两句很普通的对话,竟震撼了我。认识词易,比如"母爱"或"使命",但要完全懂得它们的意义难。原因在于我们不常遇到隐在这些词后面的、能充分体现这些词涵义的事物本身;在于我们正日渐远离原初意义上的"生活"。我想起曾在美术馆看过的美国女画家爱迪娜·米博尔画展,前言有画家这样一段话,我极赞同:"美的最主要表现之一是,肩负着重任的人们的高尚与责任感。我发现这一特点特别地表现在世界各地生活在田园乡村的人们中间。"

栗树大都生在山里。秋天,山民爬上山坡,收获栗实。他们先将树下杂草,刈除干净。然后环树刨出一道道沟垄,为防敲下的栗实四处滚动。栗实包在毛森森的壳里,像蜷缩一团的幼小刺猬。栗实成熟时,它们黄绿色壳斗便绽开缝隙,露出乌亮的栗核。如果没有人采集,栗树会和所有植物一样,将自己漂亮的孩子自行还给大地。

进入冬天,便怀念雪。一个冬天,迎来几场大雪,本是平平常常的事情,如今已成为一种奢求(谁剥夺了我们这个天定的权利?)。冬天没有雪,就像土地上没有庄稼,森林里没有鸟儿。雪意外地下起来时,人间一片喜悦。雪赋予大地神性;雪驱散了那些平日隐匿于人们体内,禁锢与吞噬着人们灵性的东西。我看到大人带着孩子在旷地上堆雪人,在我看不到的地方,一定同样进行着许多欢乐的与雪有关的事情。

可以没有风,没有雨,但不可以没有雪。在人类美好愿望中发生的事情,都是围绕雪进行的。

一只山路上的蚂蚁,它衔着一具比它大数倍的蚜虫尸体,正欢快地朝家走去。它似乎未费太多的力气,从不放下猎物休息。在我粗暴地半路打劫时,它并不惊慌逃走。它四下寻着它的猎物,两只触角不懈地探测。它放过了土块,放过了石子和瓦砾,当它触及那只蚜虫时,便再次衔起。仿佛什么事情也未发生,它继续去完成自己庄重的使命。

我把麻雀看作鸟类中的"平民",它们是鸟在世上的第一体现者。它们的淳朴和生气,散布在整个大地。它们是人类卑微的邻居,在无视和伤害的历史里,繁衍不息。它们以无畏的献身精神,主动亲近莫测的我们。没有哪一种鸟,肯与我们建立如此密切的关系:"有一次,我在锄地,一只麻雀飞来停落到我肩上,我觉得佩戴任何的肩章,都比不上我这一次光荣。"①在我对鸟类作了多次比较后,我发现我还是最喜爱它们。我刻意为它们写过这样的文字:它们很守诺言　每次都醒在太阳前面　它们起得很早　在半道上等候太阳　然后一块儿上路　它们仿佛是太阳的孩子　每天在太阳身边玩耍　它们习惯于睡觉前聚在一起　把各自在外面见到的新鲜事情　讲给大家听听　由于不知什么叫秩序　它们给外人的印象　好像在争吵一样　它们的肤色使我想到土地的颜色　它们的家族　一定同这土地一样古老　它们是留鸟　从出生起　便不远离自己的村庄(《麻雀》)

下面的内容,是我在一所小学见到的,为众多的学生保证书之一。原文抄录如下:

1. 老师留的作业要认真按时完成。
2. 下课不追跑打闹。
3. 不管是不是低声日都不大声说话。
4. 不管什么时候都不能骂人。
5. 学校举行什么活动都要听老师的。
6. 老师提问要积极举手发言。
7. 不逃学,积极参加课外活动为班争光。
8. 不管上什么课都不搞小动作,在考试上得到九十分以上。
9. 自己的事要自己做。

(三〈四〉班　孙蕊)

我把这20世纪末中国少年的誓言记在这里,但不想多说什么。惟愿我们的少年长大后,不再写出类似鲁迅先生曾写过的话:"长辈的训诲于我是这样的有力,所以我也很遵从读书人家的家教。屏息低头,毫不轻举妄动。两眼下视黄泉,看天就是傲慢,满脸装出死相,说笑就是放肆。"

(鲁迅《忽然想到》)

一架直升飞机,从小镇的上空呼啸而过。我看到街上三个孩子蹦跳着高喊:"飞机、飞机,你下来,带我们上动物园。"

孩子们不说去别的什么地方,这是缘于生命的,在因袭与指导之外的选择。

世界上的事物,往往有两种以上的称呼。

这里讲的,不指西方分类学上物种的"二名法"(用两个拉丁字构成某一

---

① 梭罗:《瓦尔登湖》,徐迟译。

物种名称的命名法,第一字是属名,第二字是种加词),或"三名法"(用三个拉丁字表示生物亚种或变种的命名法,由属名、种加词和变种加词构成)。而指我们认识的事物,大多拥有数个名称,分别称作学名、别名和俗名。它们各自有着神秘的来历,在不同的场所,体现自己独特的作用。比如太阳、亦称日,我还知道北方的农民称之"老爷儿";鸱鸮,亦称枭,民间则称之"猫头鹰"或"夜猫子"。

学名是文明的、科学的、抽象的,它们用于研究和交流,但难于进入生活。它们由于在特征和感性上与其所指示的事物分离,遭到泥土和民间的抵触;它们由于缺少血液和活力,而死在学者与书卷那里。

别名是学名的变称,与学名具有同一命运。

俗名是事物的乳名或小名,它们是祖先的、民间的、土著的、亲情的。它们出自民众无羁的心,在广大土地上自发地世代相沿。它们既体现事物自身的原始形象或某种特性,又流露出一地民众对故土百物的亲昵之意与随意心理。如车前草,因其叶子宽大,在我的故乡,称作"猪耳朵";地黄,花冠钟状、甘甜,可摘下吮吸,故称"老头喝酒"。俗名和事物仿佛与生俱来,诗意,鲜明,富于血肉气息。它们在现代文明不可抵御的今天,依然活跃在我们的庭院和大地。它们的蕴意,丰富、动人,饱含情感因素。无论什么时候,无论走到哪里,只要我们听到这样的称呼,眼前便会浮现我们遥远的童年、故乡与土地。那里是我们的母体和出发点。

俗名对人类,永远具有"情结"意义。

在北方的林子里,我遇到过一种彩色蜘蛛。它的罗网,挂在树干之间,数片排列,杂乱联结。这种蜘蛛,体大、八足纤长,周身浅绿与桔黄相间,异常艳丽。在我第一次猛然撞见它的时候,我感觉它刹那带来的恐怖,超过了世上任何可怕的事物。

相同的色彩,在一些事物那里,令我们赞美、欢喜;在另一些事物那里,却令我们怵目、悚然、成了我们的恐怖之源。

每次新月出现,只要你注意,你会在它附近看到一颗亮星。有时它们挨得极近,它们各自的位置,身处的背景,密切的情形,都让我将它们看做大海上的船与撑船人。可是不久,撑船人便会弃船而去。后来,我查阅了天文方面的书,始知这个撑船人原来是大名鼎鼎的金星,我们熟悉的太阳系第二位行星,地球最近的邻居。由于金星是地内行星,因而它的行踪往往漂泊不定。黄昏在西方最早显现,凌晨在东方最迟隐去的星,就是这个活跃的"撑船人"。在古代,中国人给它起了很优雅的名字:黄昏称它"长庚",凌晨称它"启明"。希腊人比较粗爽,他们本能地,形象地,诗化地,亲昵地,直截了当叫它"流浪者"。

尽管我很喜欢鸟类,但我无法近距离观察它们。每当我从鸟群附近经过,无论它们在树上,还是在地面,我都不能停下来,不能盯着它们看,我只能侧耳听听它们兴高采烈的声音。否则,它们会马上警觉,马上做出反应,终止议论或觅食,一哄而起,迅即飞离。

我的发现,对我,只是生活的一个普通认识;鸟的反应,对鸟,则是生命的一个重要经验。

在樗树(臭椿)上,有一种甲虫,体很小,花背,象形,生物学称它为象鼻虫或象甲,乡下的孩子自己叫它"老锁"。它们通常附在樗树的干上,有时很低,伸手可及。只要有人轻轻一碰,它们便迅速蜷起六足,象鼻状的长喙紧贴胸前,全身抱在一起。此时,孩子们抓起一只,对着它不断呼唤:"老锁,老锁,开门!"情真意切,永不生厌。仿佛精诚所至,它最终总会松开肢身,然后谨慎地,像一头小象,开始在孩子们的手上四下走动。

秋天,大地上到处都是果实,它们露出善良的面孔,等待着来自任何一方的采取。每到这个季节,我便难于平静,我不能不为在这世上永不绝迹的崇高所感动,我应当走到土地里面去看看,我应该和所有的人一道去得到陶冶和启迪。

太阳的光芒普照原野,依然热烈。大地明亮,它敞着门,为一切健康的生命。此刻,万物的声音都在大地上汇聚,它们要讲述一生的事情,它们要抢在冬天到来之前,把心内深藏已久的歌全部唱完。

第一场秋风已经刮过去了,所有结满籽粒和果实的植物都把丰足的头垂向大地,这是任何成熟者必至的谦逊之态,也是对孕育了自己的母亲一种无语的敬祝和感激。手脚粗大的农民再次忙碌起来,他们清理了谷仓和庭院,他们拿着家什一次次走向田里,就像是去为一头远途而归的牲口卸下背上的重负。

看着生动的大地,我觉得它本身也是一个真理。它叫任何劳动都不落空,它让所有的劳动者都能看到成果,它用纯正的农民在暗示我们:土地最宜养育勤劳、厚道、朴实,所求有度的人。

选自《散文百家》1991 年 3 期

小说

Novel

孙　犁

山地回忆

　　从阜平乡下来了一位农民代表,参观天津的工业展览会。我们是老交情,已经快有十年不见面了。我陪他去参观展览,他对于中纺的织纺,对于那些改良的新农具,特别感到兴趣。临走的时候,我一定要送点东西给他,我想买几尺布。

　　为什么我偏偏想起买布来?因为他身上穿的还是那样一种浅蓝的土靛染的粗布裤褂。这种蓝的颜色,不知道该叫什么蓝,可是它使我想起很多事情,想起在阜平穷山恶水之间度过的三年战斗的岁月,使我记起很多人。这种颜色,我就叫它"阜平蓝"或是"山地蓝"吧。

　　他这身衣服的颜色,在天津是很显得突出,也觉得土气。但是在阜平,这样一身衣服,织染既是不容易,穿上也就觉得鲜亮好看了。阜平土地很少,山上都是黑石头,雨水很多很暴,有些泥土就冲到冀中平原上来了——冀中是我的家乡。阜平的农民没有见过大的地块,他们所有的,只是像炕台那样大,或是像锅台那样大的一块土地。在这小小的、不规整的、有时是尖形的、有时是半圆形的、有时是梯形的小块土地上,他们费尽心思,全力经营。他们用石块垒起,用泥土包住,在边沿栽上枣树,在中间种上玉黍。

　　阜平的天气冷,山地不容易见到太阳。那里不种棉花,我刚到那里的时候,老大娘们手里搓着线锤。很多活计用麻代线,连袜底也是用麻纳的。

　　就是因为袜子,我和这家人认识了,并且成了老交情。那是个冬天,该是一九四一年的冬天,我打游击打到了这个小村庄,情况缓和了,部队决定休息两天。

　　我每天到河边去洗脸,河里结了冰,我登在冰冻的石头上,把冰砸破,浸湿毛巾,等我擦完脸,毛巾也就冻挺了。有一天早晨,刮着冷风,只有一抹阳光,黄黄的落在河对面的山坡上。我又登在那块石头上去,砸开那个冰口,正要洗脸,听见在下水流有人喊:

　　"你看不见我在这里洗菜吗?洗脸到下边洗去!"

　　这声音是那么严厉,我听了很不高兴。这样冷天,我来砸冰洗脸,反倒妨碍了人。心里一时挂火,就也大声说:

"离着这么远,会弄脏你的菜!"

我站在上风头,狂风吹送着我的愤怒,我听见洗菜的人也恼了,那人说:

"菜是下口的东西呀!你在上流洗脸洗屁股,为什么不脏?"

"你怎么骂人!"我站立起来转过身去,才看见洗菜的是个女孩子,也不过十六七岁。风吹红了她的脸,像带霜的柿叶,水冻肿了她的手,像上冻的红萝卜。她穿的衣服很单薄,就是那种蓝色的破袄裤。

十月严冬的河滩上,敌人往返烧毁过几次的村庄的边沿,在寒风里,她抱着一篮子水沤的杨树叶,这该是早饭的食粮。

不知道为什么,我一时心平气和下来。我说:

"我错了,我不洗了,你在这块石头上来洗吧!"

她冷冷地望着我,过了一会才说:

"你刚在那石头上洗了脸,又叫我站上去洗菜!"

我笑着说:

"你看你这人,我在上水洗,你说下水脏,这么一条大河,哪里就能把我脸上的泥土冲到你的菜上去?现在叫你到上水来,我到下水去,你还说不行,那怎么办哩?"

"怎么办,我还得往上走!"

她说着,扭着身子逆着河流往上去了。登在一块尖石上,把菜篮浸进水里,把两手插在袄襟底下取暖,望着我笑了。

我哭不的,也笑不的,只好说:

"你真讲卫生呀!"

"我们是真卫生,你们是装卫生!你们尽笑话我们,说我们山沟里的人不讲卫生,住在我们家里,吃了我们的饭,还刷嘴刷牙,我们的菜饭再不干净,难道还会弄脏了你们的嘴?为什么不连肠子肚子都刷刷干净!"说着就笑的弯下腰去。

我觉得好笑。可也看见,在她笑着的时候,她的整齐的牙齿洁白的放光。

"对,你卫生,我们不卫生。"我说。

"那是假话吗?你们一个饭缸子,也盛饭,也盛菜,也洗脸,也洗脚,也喝水,也尿泡,那是讲卫生吗?"她笑着用两手在冷水里刨抓。

"这是物质条件不好,不是我们愿意不卫生。等我们打败了日本,占了北平,我们就可以吃饭有吃饭的家伙,喝水有喝水的家伙了,我们就可以一切齐备了。"

"什么时候,才能打败鬼子?"女孩子望着我,"我们的房,叫他们烧过两三回了!"

"也许三年,也许五年,也许十年八年。可是不管三年五年,十年八年,我们总是要打下去,我们不会悲观的。"我这样对她讲,当时觉得这样讲了以后,心里很高兴了。

"光着脚打下去吗?"女孩子转脸望了我脚上一下,就又低下头去洗菜了。

我一时没弄清是怎么回事,就问:

"你说什么?"

"说什么?"女孩子也装没有听见,"我问你为什么不穿袜子,脚不冷吗?也是卫生吗?"

"咳!"我也笑了,"这是没有法子么,什么卫生!从九月里就反'扫荡',可是我们八路军,是非到十月底不发袜子的。这时候,正在打仗,哪里去找袜子穿呀?"

"不会买一双?"女孩子低声说。

"哪里去买呀,尽住小村,不过镇店。"我说。

"不会求人做一双?"

"哪里有布呀?就是有布,求谁做去呀?"

"我给你做。"女孩子洗好菜站起来,"我家就住在那个坡子上,"她用手一指,"你要没有布,我家里有点,还够做一双袜子。"

她端着菜走了,我在河边上洗了脸。我看了看我那只穿着一双"踢倒山"的鞋子,冻的发黑的脚,一时觉得我对于面前这山,这水,这沙滩,永远不能分离了。

我洗过脸,回到队上吃了饭,就到女孩子家去。她正在烧火,见了我就说:

"你这人倒实在,叫你来你就来了。"

我既然摸准了她的脾气,只是笑了笑,就走进屋里。屋里蒸气腾腾,等了一会,我才看见炕上有一个大娘和一个四十多岁的大伯,围着一盆火坐着。在大娘背后还有一位雪白头发的老大娘。一家人全笑着让我炕上坐。女孩子说:

"明儿别到河里洗脸去了,到我们这里洗吧,多添一瓢水就够了!"

大伯说:

"我们妞儿刚才还笑话你哩!"

白发老大娘瘪着嘴笑着说:

"她不会说话,同志,不要和她一样呀!"

"她很会说话!"我说,"要紧的是她心眼儿好,她看见我光着脚,就心疼我们八路军!"

大娘从炕角里扯出一块白粗布,说:

"这是我们妞儿纺了半年线赚的,给我做了一条棉裤,下剩的说给他爹做双袜子,现在先给你做了穿上吧。"

我连忙说:

"叫大伯穿吧!要不,我就给钱!"

"你又装假了,"女孩子烧着火抬起头来,"你有钱吗?"

大娘说:

"我们这家人,说了就不能改移。过后再叫她纺,给她爹赚袜子穿。早先,我们这里也不会纺线,是今年春天,家里住了一个女同志,教会了她。还说再过来了,还教她织布哩!你家里的人,会纺线吗?"

"会纺!"我说,"我们那里是穿洋布哩,是机器织纺的。大娘,等我们打败日本……"

"占了北平,我们就有洋布穿,就一切齐备!"女孩子接下去,笑了。

可巧,这几天情况没有变动,我们也不转移。每天早晨,我就到女孩子家里去洗脸。第二天去,袜子已经剪裁好,第三天去她已经纳底子了,用的是细细的麻线。她说:

"你们那里是用麻用线?"

"用线。"我摸了摸袜底,"在我们那里,鞋底也没有这么厚!"

"这样坚实。"女孩子说,"保你穿三年,能打败日本不?"

"能够。"我说。

第五天,我穿上了新袜子。

和这一家人熟了,就又成了我新的家。这一家人身体都健壮,又好说笑。女孩子的母亲,看起来比女孩子的父亲还要健壮。女孩子的姥姥九十岁了,还那么结实,耳朵也不聋,我们说话的时候,她不插言,只是微微笑着,她说:她很喜欢听人们说闲话。

女孩子的父亲是个生产的好手,现在地里没活了,他正计划贩红枣到曲阳去卖,问我能不能帮他的忙。部队重视民运工作,上级允许我帮老乡去作运输,每天打早起,我同大伯背上一百多斤红枣,顺着河滩,爬山越岭,送到曲阳去。女孩子早起晚睡给我们做饭,饭食很好,一天,大伯说:

"同志,你知道我是沾你的光吗?"

"怎么沾了我的光?"

"往年,我一个人背枣,我们妞儿是不会给我吃这么好的!"

我笑了。女孩子说:

"沾他什么光,他穿了我们的袜子,就该给我们做活了!"

又说:

"你们跑了快半月,赚了多少钱?"

"你看,她来查账了,"大伯说,"真是,我们也该计算计算了!"他打开放在被垒底下的一个小包袱,"我们这叫包袱账,赚了赔了,反正都在这里面。"

我们一同数了票子,一共赚了五千多块钱,女孩子说:

"够了。"

"够干什么了?"大伯问。

"够给我买张织布机子了! 这一趟,你们在曲阳给我买架织布机子回来吧!"

无论姥姥、母亲、父亲和我,都没人反对女孩子这个正义的要求。我们到了曲阳,把枣卖了,就去买了一架机子。大伯不怕多花钱,一定要买一架好的,把全部盈余都用光了。我们分着背了回来,累的浑身流汗。

这一天,这一家人最高兴,也该是女孩子最满意的一天。这像要了几亩地,买回一头牛;这像制好了结婚前的陪送。

以后,女孩子就学习纺织的全套手艺了:纺、拐、浆、落、经、镶、织。

当她卸下第一匹布的那天,我出发了。从此以后,我走遍山南塞北,那双袜子,整整穿了三年也没有破绽。一九四五年,我们战胜了日本强盗,我从延安回来,在碛口地方,跳到黄河里去洗了一个澡,一时大意,奔腾的黄水,冲走了我的全部衣物,也冲走了那双袜子。黄河的波浪激荡着我关于敌后几年生活的回忆,激荡着我对于那女孩子的纪念。

开国典礼那天,我同大伯一同到百货公司去买布,送他和大娘一人一身蓝士林布,另外,送给女孩子一身红色的。大伯没见过这样鲜艳的红布,对我说:

"多买上几尺,再买点黄色的。"

"干什么用?"我问。

"这里家家门口挂着新旗,咱那山沟里准还没有哩! 你给了我一张国旗的样子,一块带回去,叫妞儿给做一个,开会过年的时候,挂起来!"

他说妞儿已经有两个孩子了,还像小时那样,就是喜欢新鲜东西,说什么也要学会。

1949 年 12 月

王　蒙

组织部新来的青年人

一

三月,天空中纷洒着似雨似雪的东西。三轮车在区委会门口停住,一个年青人跳下来。车夫看了看门口挂着的大牌子,客气地对乘客说:"您到这儿来,我不收钱。"传达室的工人,复员荣军老吕微跛着脚走出,问明了那年青人的来历后,连忙帮他搬下微湿的行李,又去把组织部的秘书赵慧文叫出来。赵慧文紧握着林震的两只手,说:"我们等你好久了。"林震在小学教师支部的时候,就与赵慧文认识。她的苍白而美丽的脸上,两只大眼睛闪着友善亲切的光亮,只是下眼皮上有着因疲倦而现出来的青色。她带林震到男宿舍,把行李放好,解开,把湿了的毡子晾上,再铺被褥。在她料理这些事情的时候,常常撩一撩自己的头发,正像那些能干而漂亮的女同志们一样。

她说:"我们等了你好久!半年前就要调你来,区人民委员会文教科死也不同意,后来区委书记直接找区长要人,又和教育局人事室吵了一回,这才把你调了来。"

"可我前天才知道,"林震说,"听说调我到区委会,真不知怎么好。咱们区委会净干什么呀?"

"什么都干。"

"组织部呢?"

"组织部就作组织工作。"

"工作忙不忙?"

"有时候忙,有时候不忙。"

赵慧文端详着林震的床铺,摇摇头,大姐姐似的不以为然地说:"小伙子,真不讲卫生!瞧那枕头布,已经由白变黑;被头呢,吸饱了你脖子上的油;还有床单,那么多折子,简直成了泡泡纱……"

林震觉得,他一走进区委会的门,他的新生活刚一开始,就碰到了一个很亲切的人。

他带着一种节日的兴奋心情跑着到组织部第一副部长的办公室去报到。

副部长有一个古怪的名字:刘世吾。在林震心跳着敲门的时候,他正仰着脸衔着烟考虑组织部的工作规划。他热情而得体地接待林震,让林震坐在沙发上,自己坐在办公桌边,推一推玻璃板上叠得高高的文件,从容地问:

"怎么样?"他的左眼微眨,右手弹着烟灰。

"支部书记通知我后天搬来,我在学校已经没事,今天就来了。叫我到组织部工作,我怕干不了,我是个新党员,过去作小学教师,小学教师的工作与党的组织工作有些不同……"

林震说着他早已准备好的话,说得很不自然,正像小学生第一次见老师一样。于是他感到这间屋子很热。三月中旬,冬天就要过去,屋里还生着火,玻璃上的霜花溶解成一条条的污道子。他的额头沁出了汗珠,他想掏出手绢擦擦,在衣袋里摸索了半天没有找到。

刘世吾机械地点着头,看也不看地从那一大叠文件中抽出一个牛皮纸袋,打开纸袋,拿出林震的党员登记表,锐利的眼光迅速掠过,宽阔的前额上出现了密密的皱纹,闭了一下眼,手扶着椅子背站起来,披着的棉袄从肩头滑落了,然后用熟练的毫不费力的声调说:

"好,对,好极了,组织部正缺干部,你来得好。不,我们的工作并不难做,学习学习就会作的,就那么回事。而且你原来在下边工作的……相当不错嘛,是不是?"

林震觉得这种称赞似乎有某种嘲笑意味,他惶恐地摇头:"我工作作得并不好……"

刘世吾的不太整洁的脸上现出隐约的笑容,他的眼光聪敏地闪动着,继续说:"当然也可能有困难,可能。这是个了不起的工作。中央的一位同志说过,组织工作是给党管家的,如果家管不好,党就没有力量。"然后他不等问就加以解释:"管什么家呢? 发展党和巩固党,壮大党的组织和增强党组织的战斗力,把党的生活建立在集体领导、批评和自我批评、与密切联系群众的基础上。这样作好了,党组织就是坚强的,活泼的,有战斗力的,就足以团结和指引群众,完成和更好地完成社会主义建设与社会主义改造的各项任务……"

他每说一句话,都干咳一下,但说到那些惯用语的时候,快得像说一个字。譬如他说:"把党的生活建立在……上",听起来就像:"把生活建在登登登上",他纯熟地驾驭那些林震觉得是相当深奥的概念,像拨弄算盘子一样的灵活。林震集中最大的注意力,仍然不能把他讲话全部把握住。

接着,刘世吾给他分配了工作。

当林震推门要走的时候,刘世吾又叫住他,用另一种全然不同的随意神情问:

"怎么样,小林,有对象了没有?"

"没……"林震的脸刷地红了。

"大小伙子还红脸?"刘世吾大笑了,"才二十二岁,不忙。"他又问:"口袋里装着什么书?"

林震拿出书,说出书名:《拖拉机站站长和总农艺师》。

刘世吾拿过书去,从中间打开看了几行,问:"这是他们团中央推荐给你们青年看的吧?"

林震点头。

"借我看看。"

"您有时间看小说吗?"林震看着副部长桌上的大叠材料,惊异了。

刘世吾用手托了托书,试了试分量,微皱着左眼说:"怎么样?这么一薄本有半个夜车就开完啦。四本《静静的顿河》我只看了一个星期,就那么回事。"

当林震走向组织部大办公室的时候,天已经放晴,残留的几片云现出了亮晶晶的边缘。太阳照亮了区委会的大院子。人们都在忙碌:一个穿军服的同志挟着皮包匆匆走过,传达室的老吕提着两个大铁壶给会议室送茶水,可以听见一个女同志顽强地对着电话机子说:"不行,最迟明天早上!不行……"还可以听见忽快忽慢的"框哧、框哧"声——是一只生疏的手使用着打字机,"她也和我一样,是新调来的吧?"林震不知凭什么理由,猜打字员一定是个女的。他在走廊上站了一站,望着耀眼的区委会的院子,高兴自己新生活的开始。

二

组织部的干部算上林震一共二十四个人,其中三个人临时调到肃反办公室去了,一个人半日工作准备考大学,一个人请产假。能按时工作的只剩下十九个人。四个人作干部工作,十五个人按工厂、机关、学校分工管理建党工作,林震被分配与工厂支部联系组织发展党的工作。

组织部部长由区委副书记李宗秦兼任,他并不常过问组织部的事,实际工作是由第一副部长刘世吾掌握。另一个副部长负责干部工作。具体指导林震工作的是工厂建党组组长韩常新。

韩常新的风度与刘世吾迥然不同。他二十七岁,穿蓝色海军呢制服,干净得抖都抖不下土。他有高大的身材,配着英武的只因为粉刺太多而略有瑕疵的脸。他拍着林震的肩膀,用嘹亮的噪音讲解工作,不时发出豪放的笑声,使林震想:"他比领导干部还像领导干部。"特别是第二天韩常新与一个支部的组织委员的谈话,加强了他给林震的这种印象。

"为什么你们只谈了半小时?我在电话里告诉你,至少要用两小时讨论'发展计划'!"

那个组织委员说:"这个月生产任务太忙……"

韩常新打断了他的话,富有教训意味地说:"生产任务忙就不认真研究发展工作了?这是把中心工作与经常工作对立起来,也是党不管党的一种表现……"

林震弄不明白什么叫"中心工作与经常工作对立起来"和"党不管党",他熟悉的是另外一类名词:"课堂五环节"与"直观教具"。他很钦佩韩常新的这种气魄与能力——迅速地提高到原则上分析问题和指示别人。

他转过头,看见正伏在桌上复写材料的赵慧文,她皱着眉怀疑地看一看韩常新,然后扶正头上的假琥珀发卡,用微带忧郁的目光看向窗外。

晚上,有的干部去参加街道上基层组织生活,有的休息了,赵慧文仍然赶着复写"税务分局培养、提拔干部的经验",累了一天,手腕酸痛,不时在写的中间撂下笔,摇摇手,往手上吹口气。林震自告奋勇来帮忙,她拒绝了,说:"你抄,我不放心。"于是林震帮她把抄过的美浓纸叠整齐,站在她身旁,起一点精神支援作用。她一边抄,一边时时抬头看林震,林震问:"干吗老看我?"赵慧文咬了一下复写笔,调皮地笑了笑。

三

林震是一九五三年秋天由师范学校毕业的,当时是候补党员,被分配到这个区的中心小学当教员。作了教师的他,仍然保持中学生的生活习惯:清晨练哑铃,夜晚记日记,每个大节日——五一、七一……以前到处征求人们对他的意见。曾经有人预言,过不了三个月他就会被那些生活不规律的成年人"同化"。但,不久以后,许多教师夸奖他也羡慕他了,说:"这孩子无忧无虑,无牵无挂,除了工作,就是工作……"

他也没有辜负这种羡慕,一九五四年寒假,由于教学上的成绩,他受到了教育局的奖励。

人们也许以为,这位年轻的教师就会这样平稳地、满足而快乐地度过自己的青年时代。但是不,孩子般单纯的林震,也有自己的心事。

一年以后,他更经常焦灼地鞭策自己。是因为社会主义高潮的推动,全国青年社会主义积极分子会议的召开,还是因为年龄的增长?

他已经二十二岁了,记得在初中一年级时作过一篇文,题目是"当我××岁的时候",他写成"当我二十二岁的时候,我要……"现在二十二岁,他的生命史上好像还是白纸,没有功勋,没有创造,没有冒险,也没有爱情——连给某个姑娘写一封信的事都没有做过。他努力工作,但是他作的少、慢,和青年积极分子们比较,和生活的飞奔比较,难道能安慰自己吗?他订规划,学这学那,作这作那,他要一日千里!

这时,接到调动工作的通知,"当我二十二岁的时候,我成了党工作者……"也许真正的生活在这里开始了?他抑制住对于小学教育工作和孩子们的依恋,燃烧起对新的工作的渴望。支部书记和他谈话的那个晚上,他想了一夜。

就这样,林震口袋里装着《拖拉机站站长和总农艺师》,兴高采烈地登上区委会的石阶,对于党工作者(他是根据电影里全能的党委书记的形象来猜测他们的)的生活,充满了神圣的憧憬。但是,等他接触到那些忙碌而自信的领导同志,看到来往的文件和同时举行的会议,听到那些尖锐争吵与高深的分析,他眨眨那有些特别的淡褐色眼珠的眼睛,心里有点怯……

到区委会的第四天,林震去通华麻袋厂了解第一季度发展党员工作的情况,去以前,他看了有关的文件和名叫《怎样进行调查研究》的小册子,再三地请教了韩常新,他密密麻麻地写了一篇提纲,然后飞快地骑着新领到的自行车,向麻袋厂驶去。

工厂门口的警卫同志听说他是委员会的干部,没要他签名,信任地请他进去了。穿过一个大空场,走过一片放麻的露天仓库与机器隆隆响的厂房,他心神不安地去敲厂长兼支部书记王清泉办公室的门,得到了里面"进来"的回答后,他慢慢地走进去,怕走快了显得没有经验,他看见一个阔脸、粗脖子、身材矮小的男人正与一个头发上抹了许多油的驼背的男人下棋。小个子的同志抬起头,右手玩着棋子,问清了林震找谁以后,不耐烦地挥一挥手:"你去西跨院党支部办公室找魏鹤鸣,他是组织委员。"然后低下头继续下棋。

林震找着了红脸的魏鹤鸣,开始按提纲发问了:"一九五六年第一季度,你们发展了几个人?"

"一个半。"魏鹤鸣粗声粗气地说。

"什么叫'半'?"

"有一个通过了,区委拖了两个多月还没有批下来。"

林震掏出笔记本记了下来。又问:

"发展工作是怎么样进行的,有什么经验?"

"进行过程和向来一样——和党章的规定一样。"

林震看了看对方,为什么他说出的话像搁了一个星期的窝窝头一样干巴?魏鹤鸣托着腮,眼睛看着别处,心里也像在想别的事。

林震又问:"发展工作的成绩怎么样?"

魏鹤鸣答:"刚才说过了,就是那些。"他好像应付似的希望快点谈完。

林震不知道应该再问什么了,预备了一下午的提纲,和人家只谈上五分钟就用完了。他很窘。

这时门被一只有力的手推开了。那个小个子的同志进来,匆匆忙忙地问魏鹤鸣:"来信的事你知道吗?"

魏鹤鸣无精打采地点了点头。

小个子的同志来回踱着步子,然后劈开腿站在房中央:"你们要想办法!质量问题去年就提出来了,为什么还等着合同单位给纺织工业部写信?在社会主义高潮当中我们的生产迟迟不能提高,这是耻辱!"

魏鹤鸣冷冷地看着小个子的脸,用颤抖的声音问:"您说谁?"

"我说你们大家!"小个子手一挥,把林震也包括在里面了。

魏鹤鸣因为抑制着的愤怒的爆发而显得可怕,他的红脸更红了,他站起来问:"那么您呢?您不负责任?"

"我当然负责。"小个子的同志却平静了,"对于上级,我负责,他们怎么处分我,我也接受。对于我,你得负责,谁让你作生产科长呢?你得小心……"说完,他威胁地看了魏鹤鸣一眼,走了。

魏鹤鸣坐下,把棉袄的扣子全解开了,喘着气。林震问:"他是谁?"魏鹤鸣讽刺地说:"你不认识?他就是厂长王清泉。"

于是魏鹤鸣向林震详细地谈起了王清泉的情况。王清泉原来在中央某部工作,因为在男女关系上犯错误受了处分,一九五一年调到这个厂子作副厂长,一九五三年厂长他调,他就被提拔作厂长。他一向是吃饱了转一转,躲在办公室批批文件下下棋,然后每月在工会大会、党支部大会、团总支大会上讲话批评工人群众竞赛没搞好,对质量不关心,有经济主义思想……魏鹤鸣没说完,王清泉又推门进来了。他看着左腕上的表,下令说:"今天中午十二点十分,你通知党、团、工会和行政各科室的负责人到厂长室开会。"然后把门乒地一带,走了。

魏鹤鸣嘟哝着:"你看他怎么样?"

林震说:"你别光发牢骚,你批评他,也可以向上级反映,上级决不允许有这样的厂长。"

魏鹤鸣笑了,问林震:"老林同志,你是新来的吧?"

"老林"同志脸红了。

魏鹤鸣说:"批评不动!他根本不参加党的会议,你上哪儿批评去?偶尔参加一次,你提意见,他说:'提意见是好的,不过应该掌握分寸,也应该看时间,场合。现在,我们不应该因为个人意见侵占党支部讨论国家任务的宝贵时间。'好,不占用宝贵时间,我找他个别提,于是我们俩吵成了现在这个样子。"

"向上级反映呢?"

"一九五四年我给纺织工业部和区委写了信,部里一位张同志与你们那儿的老韩同志下来检查了一回。检查结果是:'官僚主义较严重,但主要是作风问题,任务基本上完成了,只是完成任务的方法有缺点。'然后找王清泉'批评'了一下,又找我鼓励了一下开展自下而上的批评的精神,就完事了。此后,王厂长有一个来月对工作比较认真,不久他得了肾病,病好以后他说自己是'因劳致疾',就又成了这个样子。"

"你再反映呀!"

"哼,后来与韩常新也不知说过多少次,老韩也不答理,反倒向我进行教育说,应该尊重领导,加强团结。也许我不该这样想,但我觉得也许要等到王厂长贪污了人民币或者强奸了妇女,上级才会重视起来!"

林震出了厂子再骑上自行车的时候,车轮旋转的速度就慢多了。他深深地把眉头皱起来。他发现他的工作的第一步就有重重的困难,但他也受到一种刺激甚至是激励——这正是发挥战斗精神的时候啊!他想着想着,直到因为车子溜进了急行线而受到交通民警的申斥。

四

吃完午饭,林震迫不及待地找韩常新汇报情况。韩常新有些疲倦地靠着沙发背,高大的身体显得笨重,从身上掏出火柴匣,拿起一根火柴剔牙。

林震杂乱地叙述他去麻袋厂的见闻,韩常新脚尖打着地不住地说:"是的,我知道。"然后他拍一拍林震的肩膀,愉快地说:"情况没了解上来不要紧,第一次下去嘛。下次就好了。"

林震说:"可是我了解了关于王清泉的情况。"他把笔记本打开。

韩常新把他的笔记本合上,告诉他:"对,这个情况我早知道。前年区委让我处理过这个事情,我严厉地批评过他,指出他的缺点和危险性,我们谈了至少有三四个钟头⋯⋯"

"可是并没有效果呀,魏鹤鸣说他只好一个月⋯⋯"林震插嘴说。

"一个月也是效果,而且决不止一个月。魏鹤鸣那个人思想上有问题,见人就告厂长的状⋯⋯"

"他告的状是不是真的?"

"很难说不真,也很难说全真。当然这个问题是应该解决的,我和区委副书记李宗秦同志谈过。"

"副书记的意见是什么？"

"副书记同意我的意见，王清泉的问题是应该解决也是可能解决的……不过，你不要一下子就陷到这里边去。"

"我？"

"是的。你第一次去一个工厂，全面情况也不了解，你的任务又不是去解决王清泉的问题，而且，直爽地说，解决他的问题也需要更有经验的干部；何况我们并不是没有管过这件事……你要是一下陷到这个里头，三个月也出不来，第一季度的建党总结还了解不了解？上级正催我们交汇报呢！"

林震说不出话。

韩常新又拍拍林震的肩膀："不要急躁嘛，咱们区三千个党员，百十几个支部，你一来就什么问题都摸还行？"他打了个哈欠，有倦意的脸上的粉刺涨红了："啊——哈，该睡午觉了。"

"那，发展工作怎么再去了解？"林震没有办法地问。

韩常新又去拍林震的肩膀，林震不由得躲开了。韩常新有把握地说："明天咱们俩一齐去，我帮你去了解，好不好？"然后他拉着林震一同到宿舍去。

第二天，林震很有兴趣观察韩常新如何了解情况。三年前，林震在北京师范上学的时候，出去作过见习教师，老教师在前面讲，林震和学生一起听，学了不少东西。这次，他也抱着见习的态度，打开笔记本，准备把韩常新的工作过程详细记录下来。

韩常新问魏鹤鸣："发展了几个党员？"

"一个半。"

"不是一个半，是两个，我是检查你们的发展情况，不是检查区委批没批。"韩常新纠正他，又问："这两个人本季度生产计划完成的怎么样？"

"很好，他们一个超额百分之七，一个超额百分之四，厂里黑板报还表扬……"

谈起生产情况，魏鹤鸣似乎起劲了些，但是韩常新打断了他的话："他们有些什么缺点？"

魏鹤鸣想了半天，空空洞洞地说了些缺点。

韩常新叫他给所举的缺点提一些例子。

提完例子，韩常新再问他党的积极分子完成本季度生产任务的情况，他特别感兴趣的是一些数字和具体事例，至于这些先进的工人克服困难、钻研创造的过程，他听都不要听。

回来以后，韩常新用流利的行书示范地写了一个"麻袋厂发展工作简

况",内容是这样的:

"……本季度(一九五六年一月——三月)麻袋厂支部基本上贯彻了积极慎重发展新党员的方针,在建党工作上取得了一定的成绩,新通过的党员朱××与范××受到了共产党员的光荣称号的鼓舞,增强了主人翁的观念,在第一季度繁重的生产任务中各超额百分之七,百分之四。广大积极分子,围绕在支部周围,受到了朱××与范××模范事例的教育,并为争取入党的决心所推动,发挥了劳动的积极性与创造性,良好地完成或者超额完成了第一季度的生产任务……(下面是一系列数字与具体事例)这说明:一、建党工作不仅与生产工作不会发生矛盾,而且大大推动了生产,任何借口生产忙而忽视建党工作的作法是错误的。二、……但同时必须指出,麻袋厂支部的建党工作,也仍然存在着一定的缺点……例如……"

林震把写着"简况"的片艳纸捧在手里看了又看,他有一刹那甚至于怀疑自己去没去过麻袋厂,还是上次与韩常新同去时自己睡着了,为什么许多情况他根本不记得呢?他迷惑地问韩常新:

"这,这是根据什么写的?"

"根据那天魏鹤鸣的汇报呀。"

"他们在生产上取得的成绩是因为建党工作么?"林震口吃起来。

韩常新抖一抖裤角,说:"当然。"

"不吧?上次魏鹤鸣并没有这样讲。他们的生产提高了,也可能是由于开展竞赛,也许由于青年团建立了监督岗,未必是建党工作的成绩……"

"当然,我不否认。各种因素是统一起来的,不能形而上学地割裂地分析这是甲项工作的成绩,那是乙项工作的成绩。"

"那,譬如我们写第一季度的捕鼠工作总结,是不是也可以用这些数字和事例呢?"

韩常新沉着地笑了,他笑林震不懂"行",他说:"那可以灵活掌握……"

林震又抓住几个小问题问:

"你怎么知道他们的生产任务是繁重的呢?"

"难道现在会有一个工厂任务很轻闲吗?"

林震目瞪口呆了。

五

区委会的工作是紧张而严肃的,在区委书记办公室,连日开会到深夜。从汉语拼音到预防大脑炎,从劳动保护到政治经济学讲座,无一不经过区委会的讨论。林震有一次去收发室取报纸,看见一份厚厚的材料,第一页上写着"区人民委员会党组关于调整公私合营工商业的分布、管理、经营方法及贯彻市委关于公私合营工商业工人工资问题的报告的请示"。他怀着敬畏的心情看着这份厚得像一本书的材料和它的长题目。有时,又觉得区委干部们的精神状态是随意而松懈的,他们在办公时间聊天,看报纸,大胆地拿林震认为最严肃的题目开玩笑,例如,青年监督岗开展工作,韩常新半嘲笑地说:"吓,小青年们脑门子热起来啦……"林震参加的组织部一次部务会议也很有意思,讨论市委布置的一个临时任务,大家抽着烟,说着笑话,打着岔,开了两个钟头,拖拖沓沓,没有什么结果。这时,皱着眉思索了好久的刘世吾提出了一个方案,马上热烈地展开了讨论,很多人发表了使林震惊佩的精彩意见。林震觉得,这最后的三十多分钟的讨论要比以前的两个钟头有效十倍。某些时候,譬如说夜里,各屋亮着灯:第一会议室,出席座谈会的胖胖的工商业者愉快地与统战部长交换意见;第二会议室,各单位的学习辅导员们为"价值"与"价格"的关系争得面红耳赤;组织部坐着等待入党谈话的激动的年青人,而市委的某个严厉的书记出其不意地出现在书记办公室,找区委正副书记汇报贯彻工资改革的情况……这时,人声嘈杂,人影交错,电话铃声断断续续,林震仿佛从中听到了本区生活的脉搏的跳动,而区委会这座不新的、平凡的院落,也变得辉煌壮观起来。

在一切印象中,最突出和新鲜的印象是关于刘世吾的:刘世吾工作极多,常常同一个时间好几个电话催他去开会,但他还是一会儿就看完了《拖拉机站站长和总农艺师》,把书转借给了韩常新;而且,他已经把前一个月公布的拼音文字草案学会了,开始在开会时用拼音文字作记录了。某些传阅文件刘世吾拿过来看看题目和结尾就签上名送走,也有的不到三千字的指示他看上一下午,密密麻麻地划上各种符号。刘世吾有时一面听韩常新汇报情况,一面漫不经心地查阅其他的材料,听着听着却突然指出:"上次你汇报的情况不是这样!"韩常新不自然地笑着,刘世吾的眼睛捉摸不定地闪着光;但刘世吾并不深入追究,仍然查他的材料,于是韩常新恢复了常态,有声有色地汇报下去。

赵慧文与韩常新的关系也被林震看出了一些疑窦;韩常新对一切人都是拍着肩膀,称呼着"老王""小李",亲热而随便。独独对赵慧文,却是一种礼貌的"公事公办"的态度。这样说话:"赵慧文同志,党刊第一百○四期放在哪里?"而赵慧文也用警戒的神情对待他。

奇怪得很,林震说不清他的这个新环境是好是坏。他还是像在小学时一样,每天照样很早就起来玩哑铃,还是照常地给人以"单纯"的甚至"天真"的印象。但是,他的内心活动却比小学的时候多得多。他必须学会判断一切事情和一切人。

　　……四月,东风悄悄地刮起,不再被人喜爱的火炉蜷缩在阴暗的贮藏室,只有各房间薰黑了的屋顶还存留着严冬的痕迹。往年,这个时候,林震就会带着活泼的孩子们去卧佛寺或者西山八大处踏青,在早开的桃李与混浊的溪水中寻找春天的消息……区委会的生活却丝毫不受季节的影响,继续以那种紧张的节奏和复杂的色彩流转着。当林震从院里的垂柳上摘下一颗多汁的嫩芽时,他稍微有点怅惘,因为春天来得那么快,而他,却没作出什么有意义的事情来迎接这个美妙的季节……

　　晚上九点钟,林震走进了刘世吾办公室的门。赵慧文正在这里,她穿着紫黑色的毛衣,脸儿在灯光下显得越发苍白。听到有人进来,她迅速地转过头来,林震仍然看见了她略略突出的颧骨上的泪迹。他回身要走,低着头吸烟的刘世吾作手势止住他:"坐在这儿吧,我们就谈完了。"

　　林震坐在一角,远远地隔着灯光看报,刘世吾用烟卷在空中划着圆圈,诚恳地说:

　　"相信我的话吧,没错。年青人都这样,最初互相美化,慢慢发现了缺点,就觉得都很平凡。不要作不切实际的要求,没有遗弃,没有虐待,没有发现他政治上、品质上的问题,怎么能说生活不下去呢?才四年嘛。你的许多想法是从苏联电影里学来的,实际上,就那么回事……"

　　赵慧文没说话,她撩一撩头发,临走的时候,对林震惨然地一笑。

　　刘世吾走到林震旁边,问:"怎么样?"他丢下烟蒂,又掏出一支来点上火,紧接着贪婪地吸了几口,缓缓地吐着白烟,告诉林震:"赵慧文跟她爱人又闹翻了……"接着,他开开窗户,一阵风吹掉了办公桌上的几张纸,传来了前院里散会以后人们的笑声,招呼声和自行车铃响。

　　刘世吾把只抽了几口的烟扔出去,伸了个懒腰,扶着窗户,低声说:"真的是春天了呢!"

　　"我想谈谈来区委工作的情况,我有一些问题不知道怎么解决。"林震用一种坚决的神气说,同时把落在地上的纸页拾起来。

　　"对,很好。"刘世吾仍然靠着窗户框子。

　　林震从去麻袋厂说起:"……我走到厂长室,正看见王清泉同志……"

　　"下棋呢还是打扑克?"刘世吾微笑着问。

　　"您怎么知道?"林震惊骇了。

　　"他老兄什么时候干什么我都算得出来,"刘世吾慢慢地说,"这个老兄棋瘾很大,一次在咱这儿开了半截会,他出去上厕所,半天不回来,我出去一找,原来他看见老吕和区委书记的儿子下棋,他在旁边'支'上'招儿'了。"

林震不顾对方老是不在意地打断他的话,坚持着把自己所知道的情况说了一遍。

刘世吾关上窗户,拉一把椅子坐下,用两个手扶着膝头支持着身体,轻轻地摆动着头:

"魏鹤鸣是个直性子,他一来就和王清泉吵得面红耳赤……你知道,王清泉也是个特殊人物,不太简单。抗日胜利以后,王清泉被派到国民党军队里工作,他作过国民党军的副团长,是个刮刮叫的情报人员。一九四七年以后他与我们的联系中断,直到解放以后才接上线。他是去瓦解敌人的,但是他自己也染上国民党军官的一些习气,改不过来,其实是个英勇的老同志。"

"这样……"

"是啊。"刘世吾严肃地点点头,接着说,"当然,这不能为他辩护,党是派他去战胜敌人而不是与敌人同流合污,所以他的错误是不可原谅的。"

"怎么去解决呢?魏鹤鸣说,这个问题已经拖了好久。他到处写过信……"

"是啊。"刘世吾又干咳了一会,作着手势说:"现在下边支部里各类问题很多,你如果一一的用手工业的方法去解决,那是事倍功半的。而且,上级布置的任务追着屁股,完成这些任务已经感到很吃力。作为领导,必须掌握一种把个别问题与一般问题结合起来,把上级分配的任务与基层存在的问题结合起来的艺术。再者,王清泉工作不努力是事实,但还没有发展到消极怠工的地步;作风有些生硬,也不是什么违法乱纪;显然,这不是组织处理问题而是经常教育的问题。从各方面看,解决这个问题的时机目前还不成熟。"

林震沉默着,他判断不清究竟哪样对:是娜斯嘉的"对坏事决不容忍"对呢,还是刘世吾的"条件成熟论"对。他一想起王清泉那样的厂长就觉得难受,但是,他驳不倒刘世吾的"领导艺术"。刘世吾又告诉他:"其实,有类似毛病的干部也不只一个……"这更加使得林震睁大了眼睛,觉得这跟他在小学时所听的党课的内容不是一个味儿。

后来,林震又把看到的韩常新如何了解情况与写简报的事说了说,他说,他觉得这样整理简报不太真实。

刘世吾大笑起来,说:"老韩……这家伙……。真高明……"笑完了,又长出一口气,告诉林震:"对,我把你的意见告诉他。"

林震犹豫着,刘世吾问:"还有别的意见么?"

于是林震勇敢地提出:"我不知道为什么,来了区委以后发现了许许多多缺点,过去我想象的党的领导机关不是这样……"

刘世吾把茶杯一放:"当然,想象总是好的,实际呢,就那么回事。问题不在有没有缺点,而在什么是主导的。我们区委的工作,包括组织部的工作,成绩是基本的呢还是缺点是基本的?显然成绩是基本的,缺点是前进中的缺点。我们伟大的事业,正是由这些有缺点的组织和党员完成着的。"

走出办公室以后,林震有一种奇怪的感觉:和刘世吾谈话似乎可以消食化气,而他自己的那些肯定的判断,明确的意见,却变得模糊不清了。他更加惶惑了。

六

不久,在党小组会上,林震受到了一次严厉的批评。

事情是这样:有一次,林震去麻袋厂,魏鹤鸣说,由于季度生产质量指标没有达到,王厂长狠狠地训了一回工人,工人意见很大,魏鹤鸣打算找些人开个座谈会,搜集意见,准备向上反映。林震很同意这种作法,以为这样也许能促进"条件的成熟"。过了三天,王清泉气急败坏地到区委会找副书记李宗秦,说魏鹤鸣在林震支持下搞小集团进行反领导的活动,还说参加魏鹤鸣主持的座谈会的工人都有历史问题……最后说自己请求辞职。李宗秦批评了他的一些缺点,同意制止魏鹤鸣再开座谈会,"至于林震,"他对王清泉说,"我们会给以应有的教育的。"

批评会上,韩常新分析道:"林震同志没有和领导上商量,擅自同意魏鹤鸣召集座谈会,这首先是一种无组织无纪律行为……"

林震不服气,他说:"没有请示领导,是我的错。但是我不明白为什么我们不但不去主动了解群众的意见,反而制止基层这样作!"

"谁说我们不了解?"韩常新翘起一只腿,"我们对麻袋厂的情况统统掌握……"

"掌握了而不去解决,这正是最痛心的!党章上规定着,我们党员应该向一切违反党的利益的现象作斗争……"林震的脸变青了。

富有经验的刘世吾开始发言了,他向来就专门能在一定的关头起扭转局面的作用。

"林震同志的工作热情不错,但是他刚来一个月就给组织部的干部讲党章,未免仓促了些。林震以为自己是支持自下而上的批评,是作一件漂亮事,他的动机当然是好的喽;不过,自下而上的批评必须有领导地去开展,譬如这回事,请林震同志想一想:第一,魏鹤鸣是不是对王清泉有个人成见呢?很难说没有。那么魏鹤鸣那样积极地去召集座谈会,可不可能有什么个人目的呢?我看不一定完全不可能。第二,参加会的人是不是有一些历史复杂别有用心的分子呢?这也应该考虑到。第三,开这样一个会,会不会在群众里造成一种王清泉快要挨整了的印象因而天下大乱了呢？等等。至于林震同志的思想情况，我愿意直爽地提出一个推测：年轻人容易把生活理想化，他以为生活应该怎样，便要求生活怎样，作一个党工作者，要多考虑的却是客观现实，是生活可能怎样。年轻人也容易过高估计自己，抱负甚多，一到新的工作岗位就想对缺点斗争一番，充当个娜斯嘉式的英雄。这是一种可贵的，可爱的想法，也是一种虚妄……"

林震像被打中了一拳似的颤了一下，他紧咬住下嘴唇忍住了心里的气愤和痛苦。

他鼓起勇气再问："那么王清泉……"刘世吾把头一扬："我明天找他谈话，有原则性的并不仅是你一个人。"

七

星期六晚上，韩常新举行婚礼。林震走进礼堂，他不喜欢那迷漫的呛人的烟气，还有地上杂乱的糖果皮与空中杂乱的哄笑；没等婚礼开始他就退了出来。

组织部的办公室黑着，他拉开灯，看见自己桌上的信，是小学的同事们写来的，其中还夹着孩子们用小手签了名的信：

"林老师：您身体好吗？我们特别特别想您，女同学都哭了，后来就不哭了，后来我们作算术，题目特别特别难，我们费了半天劲，中于算出来了……"

看着信，林震不禁独自笑起来了，他拿起笔把"中于"改成"终于"，准备在回信时告诉他们下次要避免别字。他仿佛看见了系蝴蝶结的李琳琳，爱画水彩画的刘小毛和常常把铅笔头含在嘴里的孟飞……他猛把头从信纸上抬起来，所看见的却是电话、吸墨纸和玻璃板。他所熟悉的孩子的世界已经离他而去了，现在是到了一个有些陌生的环境里来了……他想起前天党小组会上人们对他的批评。难道自己真的错了？真的是莽撞和幼稚，再加几分年青人的廉价的勇气？也许真的应该切实估量一下自己，把分内的事作好，过两年，等到自己"成熟"了以后再干预一切吧？

礼堂里传来爆发的掌声和笑声。

一只柔软的手落在肩上，他吃惊地回过头来，灯光显得刺眼，赵慧文没声响地站在他的身边，女同志走路都有这种不声不响的本事。

赵慧文问："怎么不去玩？"

"我懒得去。你呢？"

"我该回家了，"赵慧文说，"到我家坐坐好吗？省得一个人在这儿想心事。"

"我没有心事，"林震分辩着，但他接受了赵慧文的好意。

赵慧文住在离区委会不远的一个小院落里。

孩子睡在浅蓝色的小床里，幸福地含着指头。赵慧文吻了儿子，拉林震到自己房间里来。

"他父亲不回来吗？"林震小心地问。

赵慧文摇摇头。

这间卧室好像是布置得很仓促，墙壁因为空无一物而显得过分洁白，盆架孤单地缩在一角，窗台上的花瓶傻气地张着口；只有床头小桌上的收音机，好像还能扰乱这卧室的安静。

林震坐在藤椅上，赵慧文靠墙站着。林震指着花瓶说："应该插枝花，"又指着墙壁说："为什么不买几张画挂上？"

赵慧文说："经常也不在，就没有管它。"然后她指着收音机问："听不听？星期六晚上，总有好的音乐。"

收音机亮了，一种梦幻的柔美的旋律从远处飘来，慢慢变得热情激荡。提琴奏出的诗一样的主题立即揪住了林震的心。他托着腮，屏住了气。他的青春，他的追求，他的碰壁，似乎都能与这乐曲相通。

赵慧文背着手靠在墙上，不顾衣服蹭上了石灰粉，等这段乐曲过去，她用和音乐一样的声音说："这是柴可夫斯基的意大利随想曲，让人想到南国，想到海……我在文工团的时候常听它，慢慢觉得，这调子不是别人演奏出的，而是从我心里钻出来的……"

"在文工团？"

"参加军事干部学校以后被分配去的，在朝鲜，我用我的蹩脚的嗓子给战士唱过歌，我是个哑嗓子的歌手。"

林震像第一次见面似的又重新打量赵慧文。

"怎么？不像了吧？"这时电台改放"剧场实况"了，赵慧文把收音机关了。

"你是文工团的，为什么很少唱歌？"林震问。

她不回答，走到床边，坐下。她说："我们谈谈吧，小林，告诉我，你对咱们区委的印象怎么样？"

"不知道，我是说，还不明确。"

"你对韩常新和刘世吾有点意见吧，是不？"

"也许。"

"当初我也这样，从部队转业到这里，和部队的严格准确比较，许多东西我看不惯。我给他们提了好多意见，和韩常新激动地吵过一回，但是他们笑我幼稚，笑我工作没作好意见倒一大堆，慢慢地我发现，和区委的这些缺点作斗争是我力不胜任的……"

"为什么力不胜任?"林震像刺痛了似地跳起来,他的眉毛拧在一起了。

"这是我的错,"赵慧文抓起一个枕头,放在腿上,"那时我觉得自己水平太低,自己也很不完美,却想纠正那些水平比自己高得多的同志,实在不量力。而且,刘世吾、韩常新还有别人,他们确实把有些工作作得很好。他们的缺点散布在咱们工作的成绩里边,就像灰尘散布在美好的空气中,你嗅得出来,但抓不住,这正是难办的地方。"

"对!"林震把右拳头打在左手掌上。

赵慧文也有些激动了,她把枕头抛开,话说得更慢,她说:"我作的是事务工作,领导同志也不大过问,加上个人生活上的许多牵扯,我沉默了,于是,上班抄抄写写,下班给孩子洗尿布,买奶粉。我觉得我老得很快,参加军干校时候那种热情和幻想,不知道哪里去了。"她沉默着,一个一个地捏着自己那白白的好看的手指,接着说:"两个月以前,北京市进入社会主义高潮,工人、店员还有资本家,放着鞭炮,打着锣鼓到区委会报喜,工人、店员把入党申请书直接送到组织部,大街上一天一变,整个区委会彻夜通明,吃饭的时候,宣传部、财经部的同志滔滔不绝地讲着社会主义高潮中的各种气象;可我们组织部呢?工作改进很少!打电话催催发展数字,按前年的格式添几条新例子写写总结……最近,大家检查保守思想,组织部也检查,拖拖沓沓开了三次会,然后写个材料完事……哎,我说乱了,社会主义高潮中,每一声鞭炮都刺着我,当我复写批准新党员通知的时候,我的手激动得发抖,可是我们的工作就这样依然故我地下去吗?"她喘了一口气,来回踱着,然后接着说:"我在党小组会上谈自己的想法,韩常新满足地问:'难道我们发展数字的完成比例不是各区最高的?难道市委组织部没要我们写过经验?'然后他进行分析,说我情绪不够乐观,是因为不安心事务工作……"

"开始的时候,韩常新给人一个了不起的印象,但是实际一接触……"林震又说起那次写汇报的事。

赵慧文同意地点头:"这一二年,虽然我没提什么意见,但我无时无刻不在观察。生活里的一切,有表面也有内容,做到金玉其外,并不是难事。譬如韩常新,充领导他会拉长了声音训人,写汇报他会强拉硬扯生动的例子,分析问题,他会用几个无所不包的概念;于是,俨然成了个少壮有为的干部,他漂浮在生活上边,悠然得意。"

"那么刘世吾呢?"林震问,"他决不像韩常新那样浅薄,但是他的那些独到的见解,精辟的分析,好像包含着一种可怕的冷漠,看到他容忍王清泉这样的厂长,我无法理解,而当我想向他表示什么意见的时候,他的议论却使人越绕越糊涂,除了跟着他走,似乎没有别的路……"

"刘世吾有一句口头禅:就那么回事。他看透了一切,以为一切就那么回事。按他自己的说法,他知道什么是'是',什么是'非',还知道'是'一定战胜'非',又知道'是'不是一下子战胜'非',他什么都知道,什么都见过——党的工作给人的经验本来很多;于是他不再操心,不再爱也不再恨。他取笑缺陷,仅仅是取笑,欣赏成绩,仅仅是欣赏。他满有把握地应付一切,再也不需要虔诚地学习什么,除了拼音文字之类的具体知识。一旦他认为条件成熟需要干一气,他一把把事情抓在手里,教育这个,处理那个,俨然是一切人的上司。凭他的经验和智慧,他自然可以作好一些事,于是他更加自信。"赵慧文毫不容情地说着。这些话曾经在多少个不眠的夜晚萦绕在她的心头……

"我们的区委副书记兼部长呢?他不管么?"

赵慧文更加兴奋了,她说:"李宗秦身体不好,他想去作理论研究工作,嫌区的工作过于具体。他作组织部长只是挂名,把一切事情推给刘世吾。这也是一种相当普遍的不正常的现象,有一批老党员,因为病、因为文化水平低,或者因为是首长爱人,他们挂着厂长、校长和书记的名,却由副厂长、教导主任、秘书或者某个干事作实际工作。"

"我们的正书记——周润祥同志呢?"

"周润祥同志工作太多,他忙着肃反,私营企业的改造……各种带有突击性的任务,我们组织部的工作呢,一般说永远成不了带突击性的中心任务,所以他管的也不多。"

"那……怎么办呢?"林震直到现在,才开始明白了事情的复杂性,一个缺点,仿佛粘在从上到下的一系列的缘故上。

"是啊。"赵慧文沉思地用手指弹着自己的腿,好像在弹一架钢琴,然后她向着远处笑了,她说:"谢谢你……"

"谢我?"林震以为自己听错了。

"是的,见到你,我好像又年轻了。你常常把眼睛盯在一个地方不动,老是在想,像个爱幻想的孩子。你又挺容易兴奋起来,动不动就红脸。可是,你又天不怕地不怕,敢于和一切坏现象作斗争,于是我有一种婆婆妈妈的预感:你……一场风波要起来了。"

林震又真的脸红了。他根本没想到这些,他正为自己的无能而十分羞耻。他嘟囔着说:"但愿是真正的风波而不是瞎胡闹。"然后他问,"你想了这么多,分析得这么清楚,为什么只是憋在心里呢?"

"我老觉得没有把握,"赵慧文把手放在自己的胸前:"我看了想,想了又看,我有时候想得一夜都睡不好,我问自己:'你的工作是事务性的,你能理解这些吗?'"

"你怎么会这样想?我觉得你刚才说的对极了!你应该把你刚才说的对区委书记谈,或者写成材料给'人民日报'……"

"瞧,你又来了。"赵慧文露出润湿的牙齿笑了。

"怎么叫又来了?"林震不高兴地站起来,使劲搔着头皮,"我也想过多少次,我觉得,人要在斗争中使自己变正确,而不能等到正确了才去作斗争!"

赵慧文突然推门出去了,把林震一个人留在这空旷的屋子里。他嗅见了肥皂的香气。马上,赵慧文回来了,端着一个长柄的小锅,她跳着进来,像一个梳着三只辫子的小姑娘。她打开锅盖,戏剧性地向林震说:

"来,我们吃荸荠,煮熟了的荸荠,我没有找到别的好吃的。"

"我从小就喜欢吃熟荸荠,"林震愉快地把锅接过来,他挑了一个大的没剥皮就咬了一口,然后他皱着眉吐了出来,"这是个坏的,又酸又臭。"赵慧文大笑了。林震气愤地把捏烂了的酸荸荠扔到地上。

临走的时候,夜已经深了,纯净的天空上布满了畏怯的小星星。有一个老头儿吆喝:"炸丸子开锅!"推车走过。林震站在门外,赵慧文站在门里,她的眼睛在黑暗中闪光,她说:"下次来的时候,墙上就有画了。"

林震会心地笑着:"而且希望你把丢下的歌儿唱起来!"他摇了一下她的手。

林震用力地呼吸着春夜的清香之气,一股温暖的泉水在心头涌了上来。

八

韩常新最近被任命为组织部副部长。新婚和被提拔,使他愈益精神焕发和朝气勃勃。他每天刮一次脸,在参观了服装展览会以后又做了一套凡尔丁料子的衣服。不过,最近他亲自出马下去检查工作少了,主要是在办公室听汇报,改文件和找人谈话。刘世吾仍然那么忙……

一天,晚饭以后,韩常新把《拖拉机站站长和总农艺师》还给林震,他用手弹一弹那书,点点头说:"很有意思,也很荒唐。当个作家倒不坏,编得天花乱坠。赶明儿我得了风湿性关节炎或者犯错误受了处分,就也写小说去。"

林震接过书,赶快拉开抽屉,把它压在最底下。

刘世吾坐在另一边的沙发上正出神地研究一盘象棋残局,听了韩常新的话,刻薄地说:"老韩将来得关节炎或者受处分倒不见得不可能,至于小说,我们可以放心,至少在这个行星上不会看到您的大作。"他说的时候一点不像开玩笑,以至韩常新尴尬地转过头,装没听见。

这时刘世吾又把林震叫过去,坐在他旁边,问:"最近看什么书了?有没有好的借我看看？"

林震说没有。

刘世吾挪动着身体，斜躺在沙发上，两手托在脑后，半闭着眼，缓慢地说："最近在《译文》上看了《被开垦的处女地》第二部的片段，人家写得真好，活得很……"

"您常看小说？"林震真不大相信。

"我愿意荣幸地表示，我和你一样地爱读书：小说、诗歌，包括童话。解放以前，我最喜欢屠格涅夫，小学五年级，我已经读《贵族之家》，我为伦蒙那个德国老头儿流泪，我也喜欢叶琳娜；英沙罗夫写得却并不好……可他的书有一种清新的、委婉多情的调子。"他忽地站起来，走近林震，扶着沙发背，弯着腰继续说，"现在也爱看，看的时候很入迷，看完了又觉得没什么，你知道，"他紧挨林震坐下，又半闭起眼睛，"当我读一本好小说的时候，我梦想一种单纯的、美妙的、透明的生活。我想去作水手，或者穿上白衣服研究红血球，或者作一个花匠，专门培植十样锦……"他笑了，从来没这样笑过，不是用机智，而是用心。"可还是得作什么组织部长。"他摊开了手。

"为什么您把现在的工作看得和小说那么不一样呢？党的工作不单纯，不美妙，也不透明么？"林震友好而关切地问。

刘世吾接连摇头，咳嗽了一会，又站起来，靠到远一点的地方，嘲笑地说："党工作者不适合看小说。……譬如，"他用手在空中一划，"拿发展党员来说，小说可以写：'在壮丽的事业里，多少名新战士参加了无产阶级的先锋行列，万岁！'而我们呢，组织部呢，却正在发愁：第一，某支部组织委员工作马大哈，谈不清新党员的历史情况。第二，组织部压了百十几个等着批准的新党员，没时间审查。第三，新党员需经常委会批准，常委委员一听开会批准党员就请假。第四，公安局长参加常委会批准党员的时候老是打瞌睡……"

"您不对！"林震大声说，他像本人受了侮辱一样地难以忍耐，"真奇怪！……"他说不下去了。

刘世吾笑了笑，叫韩常新："来，看看报上登的这个象棋残局，该先挪车呢还是先跳马？"

九

魏鹤鸣告诉林震，他要求回到车间作工人，他说："这个支部委员和生产科长我干不了。"林震费尽唇舌，劝他把那次座谈会搜集的意见写给党报，并且质问他："你退缩了，你不信任党和国家了，是吗？"后来魏鹤鸣和几个意见较多的工人写了一封长信，偷偷地寄给报纸，连魏鹤鸣本人都对自己有些怀疑:"也许这又是'小集团活动'？那就处罚我吧!"他是带着有罪的心情把大信封扔进邮箱的。

五月中旬,《北京日报》以显明的标题登出揭发王清泉官僚主义作风的群众来信。署名"麻袋厂一群工人"的信,愤怒地要求领导上处理这一问题。《北京日报》编者也在按语中指出:"……有关领导部门应迅速作认真的检查……"

赵慧文首先发现了,她叫林震来看。林震兴奋得手发抖,看了半天连不成句子,他想:"好！终于揭出来了！时机总算成熟了吧？"

他把报纸拿给刘世吾看,刘世吾仔细地看了几遍,然后抖一抖报纸,客观地说:"好,开刀了!"

这时,区委书记周润祥走进来,他问:"王清泉的情况你们了解不？"

刘世吾不慌不忙地说:"麻袋厂支部的一些不健康的情况那是确实存在的。过去,我们就了解过,最近我亲自找王清泉谈过话,同时小林同志也去了解过。"他转身向林震:"小林,你谈谈王清泉的情况吧。"

有人敲门。魏鹤鸣紧张地撞进来,他的脸由红色变成了青色,他说,王厂长在看到《北京日报》以后非常生气,现在正追查写信的人。

……经过党报的揭发与区委书记的过问,刘世吾以出乎林震意料之外的雷厉风行的精神处理了麻袋厂的问题。刘世吾一下决心,就可以把工作作得很出色。他把其他工作交代给别人,连日与林震一起下到麻袋厂去。他深入车间,详细调查了王清泉工作的一切情况,征询工人群众的一切意见。然后,与各有关部门进行了联系,只用了一个多星期的时间,就对王清泉作了处理,——党内和行政都予以撤职处分。

处理王清泉的大会一直开到深夜,开完会,外面下起雨,雨忽大忽小,久久地不停息。风吹到人脸上有些凉。刘世吾与林震到附近的一个小铺子去吃馄饨。

这是新近公私合营的小铺子,整理得干净而且舒适。由于下雨,顾客不多。他们避开热气腾腾的馄饨锅,在墙角的小桌旁坐下来。

他们要了馄饨,刘世吾还要了白酒,他呷了一口酒,捎着手指,有些感触地说:"我这是第六次参加处理犯错误的负责干部的问题了,头几次,我的心很沉重。"由于在大会上激昂地讲过话,他的嗓音有些嘶哑,"党工作者是医生,他要给人治病,他自己却是并不轻松的。"他用无名指轻轻敲着桌子。

林震同意地点头。

刘世吾忽然问:"今天是几号？"

"五月二十,"林震告诉他。

"五月二十,对了。九年前的今天,青年军二〇八师打坏了我的腿。"

"打坏了腿?"林震对刘世吾的过去历史还不了解。

刘世吾不说话,雨一阵大起来,他听着那哗啦哗啦的单调的响声,嗅着潮湿的土气。一个被雨淋透的小孩子跑进来避雨,小孩的头发在往下滴水。

刘世吾招呼店员:"切一盘肘子。"然后告诉林震:"一九四七年,我在北大作自治会主席。参加五·二〇游行的时候,二〇八师的流氓打坏了我的腿。"他挽起裤子,可以看到一道弧形的疤痕,然后他站起来:"看,我的左腿是不是比右腿短一点?"

林震第一次以深深的尊敬和爱戴的眼光看着他。

喝了几口酒,刘世吾的脸微微发红,他坐下,把肉片夹给林震,然后斜着头说:"那时候……我是多么热情,多么年青啊!我真恨不得……"

"现在就不年青,不热情么?"林震试探着问。他想了解一下这个人,想逗得他多说几句。

"当然不,"刘世吾玩着空酒杯,"可是我真忙啊!忙得什么都习惯了,疲倦了。解放以来从来没睡够过八小时觉。我处理这个人和那个人,却没有时间处理处理自己。"他托起腮,用最质朴的人对人的态度看着林震,"是啊,一个布尔什维克,经验要丰富,但是心要单纯。……再来一两!"刘世吾举起酒杯,向店员招手。

这时林震已经开始被他深刻而真诚的抒发所感动了。刘世吾接着闷闷地说:"据说,炊事员的职业病是缺少良好食欲,饭菜是他们做的,他们整天和饭菜打交道。我们,党的工作者,我们创造了新生活,结果,生活反倒不能激动我们。……"

林震的嘴动了动,刘世吾摆摆手,表示希望不要现在就和他辩论。他不说话,独自托着腮发愣。

"雨小多了,这场雨对麦子不错,"过了半天,刘世吾叹了口气,忽然又说:"你这个干部好,比韩常新强。"

林震在慌乱中赶紧喝汤。

刘世吾盯着他,亲切地笑着,问他:"赵慧文最近怎么样?"

"她情绪挺好。"林震随口说。他拿起筷子去夹熟肉,看见了他熟悉的刘世吾的闪烁的目光。

刘世吾把椅子拉近他,缓缓地说:"原谅我的直爽,但是我有责任告诉你……"

"什么?"林震停止了夹肉。

"据我看,赵慧文对你的感情有些不……"

林震颤抖着手放下了筷子。

离开馄饨铺,雨已经停了,星光从黑云下面迅速地露出来,风更凉了,积水潺潺地从马路两边的泄水池流下去。林震迷惘地跑回宿舍,好像喝了酒的不是刘世吾,倒是他。同宿舍的同志都睡得很甜,粗短的和细长的鼾声此起彼伏。林震坐在床上,摸着湿了的裤角,难过,难过,说不清为什么要难过。眼前浮现了赵慧文的苍白而美丽的脸。……他还是个毛小伙子,他什么也没经历过,什么都不懂。难过,难过,……他走近窗子,把脸紧贴在外面沾满了水珠的冰冷的玻璃上。

十

区委常委开会讨论麻袋厂的问题。

林震列席参加。他坐在一角,心跳,紧张,手心里出了汗。他的衣袋里装着好几千字的发言提纲,准备在常委会上从麻袋厂事件扯出组织部工作中的问题。他觉得麻袋厂问题的揭发和解决,造成了最好的机会,可以促请领导从根本上考虑一下组织部的工作。时候到了!

刘世吾正在条理分明地汇报情况。书记周润祥显出沉思的神色,用左拳托着士兵式的粗壮而宽大的脸,右腕子压着一张纸,时而在上面写几个字。李宗秦用食指在空中写划着。韩常新也参加了会,他专心地把自己的鞋带解开又系上。

林震几次想说话,但是心跳得使他喘不上气。第一次参加常委会,就作这种大胆的发言,未免过于莽撞吧?不怕,不怕!他鼓励自己。他想起八岁那年在青岛学跳水,他也一边听着心跳,一边生气地对自己说:"不怕,不怕!"

区委常委批准了刘世吾对于麻袋厂问题提出的处理意见,马上就要进行下面一项议程了,林震霍地举起了手。

"有意见吗?不举手就可以发言的。"周书记笑着说。

林震站起来,碰响了椅子,掏出笔记本看着提纲,他不敢看大家。

他说:"王清泉个人是作了处理了,但是如何保证不再有第二、第三个王清泉出现呢?我们应该检查一下区委组织工作中的缺点:第一,我们只抓了建党,对于巩固党没给以应有的注意,但基层的党内斗争处于自流状态。第二,我们明知有问题却拖延着不去解决,王清泉来厂里整整五年,问题一直存在而且愈发展愈严重。……具体的说,我认为韩常新同志与刘世吾同志有责任……"

会场起了轻微的骚动,有人咳嗽,有人放下了烟卷,有人打开笔记本,有人挪了一下椅子。

韩常新耸了一下肩,用舌头舔了一下扭动着的牙床,讽刺地说:"往往听到一种事后诸葛亮的意见:'为什么不早一点处理呢?'当然是愈早愈好喽……高饶事件发生了,有人问为什么不早一点,贝利亚,也有人问为什么不早一点。再者,组织部并不能保证第二、三个王清泉不会出现,林震同志也未尝能保证这一点。……"

林震抬起头,用激怒的目光看韩常新。韩常新却只是冷冷地笑。林震压抑着自己,他说:"老韩同志知道缺点的存在是规律,但他不知道克服缺点前进更是规律。老韩同志和刘部长,就是抱住了头一个规律,因而对各种严重的缺点采取了容忍乃至于麻木的态度!"说完,他用手抹了抹头上的汗,他也不知道自己怎么敢说得这样尖锐,但是终究说出来了,他有一种如释重负的感觉。

李宗秦在空中划着的食指停住了。周润祥转头看看林震又看看大家,他的沉重的身躯使木椅发出了吱吱声。他向刘世吾示意:"你的意见?"

刘世吾点点头:"小林同志的意见是对的,他的精神也给了我一些启发……"然后他悠闲地蹓到桌子边去倒茶水,用手抚摸着茶碗沉思地说:"不过具体到麻袋厂事件,倒难说了。组织部门巩固党的工作抓的不够,是的,我们干部太少,建党还抓不过来。麻袋厂王清泉的处理,应该说还是及时而有效的。在宣布处理的工人大会上,工人的情绪空前高涨,有些落后的工人也表示更认识到了党的大公无私,有一个老工人在台上一边讲话一边落泪,他们口口声声说着感谢党,感谢区委……"

林震小声说:"是的,正因为这样,我才觉得我们工作中的麻木、拖延、不负责任,是对群众犯罪。"他提高了声音,"党是人民的、阶级的心脏,我们不允许心脏上有灰尘,就不允许党的机关有缺点!"

李宗秦把两手交插起来放在膝头,他缓缓地说,像是一边说一边思索着如何造句:"我认为林震、韩常新、刘世吾同志的主要争论有两个症结,一个是规律性与能动性的问题,……一个是……"

林震以不知从哪儿来的勇气对李宗秦说:"我希望不要只作冷静而全面的分析……"他没有说下去,他怕自己掉下眼泪来。

"为什么?"周润祥问林震,他严厉地说:"冷静而全面的分析比急躁而片面的冲动好得多。同志,你太容易激动了,背诵着抒情诗去作组织工作是不相宜的!"然后他对大家说:"讨论下一项议程吧。"

散会后,林震气恼得没有吃下饭。区委书记的态度他没想到。他不满甚至有点失望。韩常新与刘世吾找他一齐出去散步,就像根本没理会他对他们的不满意,这使林震更意识到自己和他们力量的悬殊。他苦笑着想:"你还以为常委会上发一席言就可以起好大的作用呢!"他打开抽屉,拿起那本被韩常新嘲笑过的苏联小说,翻开第一篇,上面写着:"按娜斯嘉的方式生活!"他自言自语:"真难啊!"

十一

第二天下班以后,赵慧文告诉林震:"到我家吃饭去吧,我自己包饺子。"他想推辞,赵慧文已经走了。

林震犹豫了好久,终于在食堂吃了饭再到赵慧文家去。赵慧文的饺子刚刚煮熟。她第一次穿上暗红色的旗袍,系着围裙,手上沾满面粉,像一个殷勤的主妇似地对林震说:"新下来的豆角做的馅子……"

林震嗫嚅地说:"我吃过了。"

赵慧文不信,跑出去给他拿来了筷子,林震再三表示确实吃过,赵慧文不满意地一个人吃起来。林震不安地坐在一旁,一会儿看看这,一会儿看看那,一会儿搓搓手,一会儿晃一晃身体。那种说不出来的温暖和难过的感觉又一齐涌上了他的心头。他的心在痛,好像失掉了什么。他简直不敢看赵慧文那张被红衣裳映红了的美丽的脸儿。

"小林,有什么事么?"赵慧文停止了吃饺子。

"没……有。"

"告诉我吧。"赵慧文目不转睛地看着他。

"昨天在常委会上我把意见都提了,区委书记睬都不睬……"

赵慧文咬着筷子端想了想,她坚决地说:"不会的,周润祥同志也许只是不轻易发表意见……"

"也许,"林震半信半疑地说,他低下头,不敢正面接触赵慧文关切的目光。

赵慧文吃了几个饺子,又问:"还有呢?"

林震的心跳起来了。他抬起头,看见了赵慧文那同情他和鼓励他的眼睛,他轻轻地叫:"赵慧文同志……"

赵慧文放下筷子,靠在椅子背上,有些吃惊了。

"我很想知道,你是否幸福。"林震用一种粗重的完全像大人一样的声音说,"我看见过你的眼泪,在刘世吾的办公室,那时候春天刚来……后来忘记了。我自己马马虎虎地过日子,也不会去关心人。你幸福吗?"

赵慧文略略疑惑地看着他,摇头,"有时候我也忘记……"然后点头,"会的,会幸福的。你为什么问它呢?"她安详地笑着。

林震把刘世吾对他讲的告诉了她:"……请原谅我,把刘世吾同志随便讲的一些话告诉了你,那完全是瞎说……我很愿意和你一起说话或者听交响乐,你好极了,那是自然而然的,……也许这里边有什么不好的、不合适的东西,马马虎虎的我忽然多虑了,我恐怕我扰乱谁。"林震抱歉地结束了。

赵慧文安详地笑着,接着皱起了眉尖儿,又抬起了细瘦的胳臂,用力擦了一下前额,然后她甩了一下头,好像甩掉什么不愉快的心事似地转过身去了。

她慢慢地走到墙壁上新挂的油画前边,默默地看画。那幅画的题目是《春》,莫斯科,太阳在春天初次出现,母亲和孩子到街头去……

一会,她又转过身来,迅速地坐在床上,一只手扶着床栏杆,异常平静地说:"你说了些什么呀?真是!我不会作那些不经过考虑的事。我有丈夫,有孩子,我还没和你谈过我的丈夫,"她不用常说的"爱人",而强调地说着"丈夫","我们在五二年结的婚,我才十九,真不该结婚那么早。他从部队里转业,在中央一个部里作科长,他慢慢地染上了一种'油条'劲儿,争地位、争待遇,和别人不团结。我们之间呢,好像也只剩下了星期六晚上回来和星期一走。他的理论是:或者是崇高的爱情,或者什么都没有。我们争吵了……但我仍然等待着……他最近出差去上海,等回来,我要和他好好谈一谈。可你说了些什么呢?"她又一次问,"小林,你是我所尊敬的顶好的朋友,但你还是个孩子——这个称呼也许不对,对不起。我们都希望过一种真正的生活,我们希望组织部成为真正的党的工作机构,我觉着你像是我的弟弟,你盼望我振作起来,是吧?生活是应该有互相支援和友谊的温暖,我从来就害怕冷淡。就是这些了,还有什么呢?还能有什么呢?"

林震惶恐地说:"我不该受刘世吾话的影响……"

"不,"赵慧文摇头,"刘世吾同志是聪明人,他的警告也许并不是完全没有必要,然后……"她深深地吐一口气:"那就好了。"

她拾起碗筷,出去了。

林震茫然地站起,来回踱着步子,他想着,想着,好像有许多话要说,慢慢地,又没有了。他要说什么呢?本来什么都没有发生。生活有时候带来某种情绪的波流,使人激动也使人困扰,然后波流流过去,没有一点痕迹……真的没有痕迹吗?它留下对于相逢者的纯洁和美好的记忆,虽然淡淡,却难忘……

赵慧文又进来了,她领着两岁的儿子,还提着一个书包。小孩已经与林震见过几次面,亲热地叫林震"夫夫"——他说不清"叔叔"。

林震用强健的手臂把他举了起来。空旷的屋子里顿时充满了孩子的笑闹声。

赵慧文打开书包,拿出一叠纸,翻着,说:"今天晚上,我要让你看几样东西。我已经把三年来看到的组织部工作中的一些问题和自己的意见写了一个草稿。这个……"她不好意思地摸了一下一张橡皮纸:"大概这是可笑的,我给自己规定了一个竞赛的办法。让今天的自己和昨天的自己竞赛。我划了表,如果我的工作有了失误——写入党批准通知的时候抄错了名字或者统计错了新党员人数,我就在表上划一个黑叉子,如果一天没有错,就画一个小红旗。连续一个月都是红旗,我就买一条漂亮的头巾或者别的什么奖励自己……也许,这像幼儿园的作法吧?你笑吗?"

林震入神地听着,他严肃地说:"决不,我尊敬你对你自己的……"

临走的时候,夜已经深了,林震站在门外,赵慧文站在门里,她的眼睛在黑暗中闪着光,她说:"今天的夜色非常好,你同意吗?你嗅见槐花的香气了没有?平凡的小白花,它比牡丹清雅,比桃李浓馥,你嗅不见?真是!再见。明天一早就见面了,我们各自投身在伟大而麻烦的工作里边。然后晚上来找我吧,我们听美丽的意大利随想曲。听完歌,我给你煮荸荠,然后我们把荸荠皮扔得满地都是……"

……林震靠着组织部门前的大柱子好久好久地呆立着,望着夜的天空。初夏的南风吹拂着他——他来时是残冬,现在已经是初夏了。他在区委会度过了第一个春天。

一阵莫名其妙的情绪涌上了他的心头,仿佛是失掉了什么宝贵的东西,仿佛是由于想起了自己几个月来工作得太少而进步也太慢……不,他仿佛是第一次尝到了爱情的痛苦的滋味。

在这以前,他并没有想到自己会对赵慧文发生什么特别的感情,他不过是把她当做一位朋友,一位大姐;不过是,偶然想起她对他的友谊时,心里有一股温暖的、然而又有些难过的和惭愧的味儿。他一直并没有好好地去想一想为什么会有这样的心情。但正因为有这样的心情,再加上刘世吾的点破,他才更加不安,好像是担心会有什么不幸的事情要发生,因此他才有了刚才那样一段坦率的表白。却没有想到,当赵慧文也作了同样坦率的表白以后,当她仍然把他当做亲密的朋友,当她说出人与人之间需要热情,当她宣布了自己今后力求进步的计划以后,她的一举一动,她的心灵,反而显得更加可爱了,一股真正的爱情的滋味反而从他的内心深处涌出来了!……不,她是有丈夫的人,不会爱他,他也不应该爱她……人,是多么复杂啊!一切一切事情,决不会像刘世吾所说的:"就那么回事。"不,决不是就那么回事。正因为不是就那么回事,所以人应该用正直的感情严肃认真地去对待一切。正因为这样,所以看见了不合理的事情,不能容忍的事情,就不要容忍,就要一次两次三次地斗争到底,一直到事情改变了为止。所以决不要灰心丧气……至于爱情呢,既是……,那就咬咬牙,把这热情悄悄地压在自己心里吧!

"我要更积极,更热情,但是一定要更坚强……"最后,林震低声对自己说了这么两句,挺起胸脯来深深地吸了一口夜的凉气。

隔着窗子,他看见绿色的台灯和夜间办公的区委书记的高大侧影,他坚决地、迫不及待地敲响领导同志办公室的门。

1956年5月—7月

原载《人民文学》1956年第9期

宗 璞

红 豆

　　天气阴沉沉的,雪花成团地飞舞着。本来是荒凉的冬天的世界,铺满了洁白柔软的雪,仿佛显得丰富了,温暖了。江玫手里提着一只小箱子,在×大学的校园中一条弯曲的小道上走着。路旁的假山,还在老地方。紫藤萝架也还是若隐若现的躲在假山背后。还有那被同学戏称为阿木林的枫树林子,这时每株树上都积满了白雪,真是"忽如一夜春风来,千树万树梨花开"了。雪花迎面扑来,江玫觉得又清爽又轻快。她想起六年以前,自己走着这条路,离开学校,走上革命的工作岗位时的情景,她那薄薄的嘴唇边,浮出一个微笑。脚下不觉愈走愈快,那以前住过四年的西楼,也愈走愈近了。

　　江玫走进了西楼的大门,放下了手中的箱子,把头上紫红色的围巾解下来,抖着上面的雪花。楼里一点声音也没有,静悄悄地。江玫知道这楼已作了单身女教职员宿舍,比从前是学生宿舍时,自然不同。只见那间门房,从前是工友老赵住的地方,门前挂着一个牌子,写着"传达室"三个字。

　　"有人么?"江玫环顾着这熟悉的建筑,还是那宽大的楼梯,还是那阴暗的甬道,吊着一盏大灯。只是墙边布告牌上贴着"今晚团员大会"的布告,又是工会基层选举的通知,用红纸写着,显得喜气洋洋的。

　　"谁呀?"一个苍老的声音从传达室里发出来。传达室门开了,一个穿着干部服的整洁的老头儿,站在门口。

　　"老赵!"江玫叫了一声,又高兴又惊奇,跑过去一把抱住了他。"你还在这儿!"

　　"是江玫!"老赵几乎不相信自己昏花的老眼,揉了揉眼睛,仔细看着江玫。"是江玫! 打前几个总务处就通知我,说党委会新来了个干部,叫给预备一间房,还说这干部还是咱们学校的学生呢,我可再也没想到是你! 你离开学校六年啦,可一点没变样,真怪,现时的年轻人,怎么再也长不老哇! 走! 领你上你屋里去,可真凑巧,那就是你当学生时住的那间房!"

　　老赵絮絮叨叨领着江玫上楼。江玫抚着楼梯栏杆,好像又接触到了六年以前的大学生生活。

　　这间房间还是老样子,只是少了一张床,有了些别的家具。窗外可以看到阿木林,还有阿木林后面的小湖,在那里,夏天时,是要长满荷花的。江玫四面看着,眼光落到墙上嵌着的一个耶稣苦像上。那十字架的颜色,显然深了许多。

好像是有一个看不见的拳头,重重地打了江玫一下。江玫觉得一阵头昏,问老赵:"这个东西怎么还在这儿?"

"本来说要取下来,破除迷信,好些房间都取下来了。后来又说是艺术品让留着,有几间屋子就留下了。"

"为什么要留下?为什么要留下这一间的?"江玫怔怔地看着那十字架,一歪身坐在还没有铺好的床上。

"那也是凑巧呗!"老赵把桌上的一块破抹布捡在手里。"这屋子我都给收拾好啦,你归置归置,休息休息。我给你张罗点开水去。"

老赵走了。江玫站起身来,伸手想去摸那十字架,却又像怕触到使人疼痛的伤口似的,伸出手又缩回手,怔了一会儿,后来才用力一撅耶稣的右手,那十字架好像一扇门一样打开了。墙上露出一个小洞。江玫踮起脚尖往里看,原来被冷风吹得绯红的脸色刷的一下变得惨白。她低声自语:"还在!"遂用两个手指,钳出了一个小小的有象牙托子的黑丝绒盒子。

江玫坐在床边,用发颤的手揭开了盒盖。盒中露出来血点儿似的两粒红豆,镶在一个银丝编成的指环上,没有耀眼的光芒,但是色泽十分匀净而且鲜亮。时间没有给它们留下一点痕迹——。

江玫知道这里面有多少欢乐和悲哀。她拿起这两粒红豆,往事像一层烟雾从心上升起,泪水遮住了眼睛——。

那已经是八年以前的事了。那时江玫刚二十岁,上大学二年级。那正是一九四八年,那动荡的翻天覆地的一年,那激动,兴奋,流了不少眼泪,决定了人生的道路的一年。

在这一年以前,江玫的生活像是山岩间平静的小溪流,一年到头潺潺的流着,从来也没有波浪。她生长于小康之家,父亲做过大学教授,后来做了几年官。在江玫五岁时,有一天,他到办公室去,就再没有回来过。江玫只记得自己被送到舅母家去住了一个月,回家时,看见母亲如画的脸庞消瘦了,眼睛显得惊人的大,看去至少老了十年。据说父亲是患了急性肠炎去世了。以后,江玫上了小学上中学,上了中学上大学。在中学时,有一些密友常常整夜叽叽喳喳地谈着知心话。上大学后,因为大家都是上课来,下课走,不参加什么活动的人简直连同班同学也不认识,只认识自己的同屋。江玫白天上课弹琴,晚上坐图书馆看参考书,礼拜六就回家。母亲从摆着夹竹桃的台阶上走下来迎接她,生活就像那粉红色的夹竹桃一样与世隔绝。

一九四八年春天,新年刚过去,新的学期开始了。那也是这样一个下雪天,浓密的雪花安安静静地下着。江玫从练琴室里走出来,哼着刚弹过的调子。那雪花使她感到非常新鲜,她那年青的心充满了欢快。她走在两排粉妆玉琢的短松墙之间,简直想去弹动那雪白的树枝,让整个世界都跳起舞来。她伸出了右手,自己马上觉得不好意思,连忙缩了回来,掠了掠鬓发,按了按母亲从箱子底下找出来的一个旧式发夹,发夹是黑白两色发亮的小珠串成的,还托着两粒红豆,她的新同屋萧素说好看,硬给她戴在头上的。

在这寂静的道路上,一个青年人正急速地向练琴室走来。他身材修长,穿着灰绸长袍,罩着蓝布长衫,半低着头,眼睛看着自己前面三尺的地方,世界对于他,仿佛并不存在。也许是江玫身上活泼的气氛,脸上鲜亮的颜色搅乱了他,他抬起头来看了她一眼。江玫看见他有着一张清秀的象牙色的脸,轮廓分明,长长的眼睛,有一种迷惘的做梦的神气。江玫想,这人虽然抬起头来,但是一定并没有看见我。不知为什么,这个念头,使她觉得很遗憾。

晚上,江玫躺在床上,久久不能入睡。许多片断在她脑中闪过。她想着母亲,那和她相依为命的老母亲,这一生欢乐是多么少。好像有什么隐秘的悲哀在过早地染白她那一头丰盛的头发。她非常嫌恶那些做官的和有钱的人,江玫也从她那里承袭了一种清高的气息。那与世隔绝的清高,江玫想想,忽然好笑了起来。

江玫自己知道,觉得那种清高好笑是因为想到萧素的缘故。萧素是江玫这一学期的新同屋。同屋不久,可是两人已经成为很要好的朋友。萧素说江玫像是从另一个世界来的,清高这个词儿也是萧素说的,她还说:"当然,这也有好处也有不好处"。这些,江玫并不完全了解。只不知为什么,乱七八糟的一些片断都在脑海中浮现出来。

这屋子多么空!萧素还不回来。江玫很想看见她那白中透红的胖胖的面孔,她总是给人安慰、知识和力量。学物理的人总是聪明的,而且她已经四年级了,江玫想。但是在萧素身上,好像还不只是学物理和上到大学四年级,她还有着更丰富的东西,江玫还想不出是什么。

正乱想着,萧素推门进来了。

"哦!小鸟儿!还没有睡!"小鸟儿是萧素给江玫起的绰号。

"睡不着。直希望你快点回来。"

"为什么睡不着?"萧素带回来一个大萝卜,切了一片给江玫。

"等着吃萝卜,——还等着你给讲点什么。"江玫望着萧素坦白率真的脸,又想起了母亲。上礼拜她带萧素回家去,母亲真喜欢萧素,要江玫多听萧姐姐的话。

"我会讲什么？你是幼儿园？要听故事？努，给你本小书看看。"江玫接过那本小书，书面上写着"方生未死之间"。

两人静静地读起书来了。这本书很快就把江玫带进了一个新的天地。它描写着中国人民受的苦难，在血和泪中，大家在为一种新的生活——真正的丰衣足食，真正的自由——奋斗，这种生活，是大家所需要的。

"大家？——"江玫把书抱在胸前，沉思起来。江玫的二十年的日子，可以说全是在那粉红色的夹竹桃后面度过的。但她和母亲一样，憎恶权势，憎恶金钱。母亲有时会流着泪说："大家都该过好日子，谁也不该屈死。"母亲的"大家"在这本小书里具体化了。是的，要为了大家。

"萧素，"江玫靠在枕上说："我这简单的人，有时也曾想过人活着是为了什么，但想不通。你和你的书使我明白了一些道理。"

"你还会明白得更多。"萧素热切地望着她。"你真善良——。你让我忘记刚才的一场气了。刚刚我为我们班上的齐虹真发火——。"

"齐虹？他是谁？"

"就是那个常去弹琴，老像在做梦似的那个齐虹，真是自私自利的人，什么都不能让他关心。"

萧素又拿起书来看了。

江玫也拿起书来，但她觉得那清秀的象牙色的脸，不时在她眼前晃动。

雪不再下了。坚硬的冰已经逐渐变软。江玫身上的黑皮大衣换成了灰呢子的，配上她习惯用的红色的围巾，洋溢着春天的气息。她跟着萧素生活渐渐忙起来。她参加了"大家唱"歌咏团和"新诗社"。她多么欢喜那"你来我来他来她来大家一齐来唱歌"的热情的声音，她因为"黄河大合唱"刚开始时万马奔腾的鼓声兴奋得透不过气来。她读着艾青、田间的诗，自己也悄悄写着什么"飞翔，飞翔，飞向自由的地方"的句子。"小鸟"成了大家对她的爱称。她和萧素也更接近，每天早上一醒来，先要叫一声"素姐"。

她还是天天去弹琴，天天碰见齐虹，可是从没有说过话。本来总在那短松夹道的路上碰见他。后来常在楼梯上碰见他，后来江玫弹完了琴出来时，总看见他站在楼梯栏杆旁，仿佛站了很久了似的，脸上的神气总是那样漠然。

有一天天气暖洋洋的，微风吹来，丝毫不觉得冷，确实是春天来了。江玫在练琴室里练习贝多芬的月光曲，总弹也弹不会，老要出错，心里烦躁起来，没到时间就不弹了。她走出琴室，一眼就看见齐虹站在那里。他的神色非常柔和，劈头就问：

"怎么不弹了?"

"弹不会,"江玫多少带了几分诧异。

"你大概太注意手指的动作了。不要多想它,只记着调子,自然会弹出来。"

他在钢琴旁边坐下了,冰冷的琴键在他的弹奏下发出了那样柔软热情的声音。换上别的人,脸上一定会带上一种迷醉的表情,可是齐虹神采飞扬,目光清澈,仿佛现实这时才在他眼前打开似的。

"这是怎么样的人?"江玫问着自己。"学物理,弹一手好钢琴,那神色多么奇怪!"

齐虹停住了,站起来,看着倚在琴边的江玫,微微一笑。

"你没有听?"

"不,我听了。"江玫分辩道,"我在想——。"想什么,她自己也不知道。

"我送你回去,好么?"

"你不练琴么?"

"不想练。你看天气多么好!"

就这样,他们开始了第一次的散步,就这样,他们散步,散步,看到迎春花染黄了柔软的嫩枝,看到亭亭的荷叶铺满了池塘。他们曾迷失在荷花清远的微香里,也曾迷失在桂花浓酽的甜香里,然后又是雪花飞舞的冬天。哦!那雪花,那阴暗的下雪天!——

齐虹送她回去,一路上谈着音乐,齐虹说:"我真喜欢贝多芬,他真伟大,丰富,又那样朴实。每一个音符上都充满了诗意。"江玫懂得他的"诗意"含有一种广义的意思。她的眼睛很快地表露了她这种懂得。

齐虹接着说,"你也是喜欢贝多芬的。不是吗?据说萧邦最不欢喜贝多芬,简直不能容忍他的音乐。"

"可我也喜欢萧邦。"江玫说。

"我也喜欢。那甜蜜的忧愁——。人和人之间是有很多相同的也有很多不相同的东西。——"那漠然的表情又来到他的脸上。"物理和音乐能把我带到一个真正的世界去,科学的、美的世界,不像咱们活着的这个世界,这样空虚,这样紊乱,这样丑恶!"

他送她到西楼,冷淡地点了一个头就离开了,根本没有问她的姓名。江玫又一次感到有些遗憾。

晚上,江玫从图书馆里出来,在月光中走回宿舍。身后有一个声音轻轻唤她:"江玫!"

"哦!是齐虹。"她回头看见那修长的身影。

"你怎么知道我的名字?"齐虹问。月光照出他脸上热切的神气。

"你怎么知道我的名字?"江玫反问。她觉得自己好像认识齐虹很久了,齐虹的问题可以不必回答。

"我生来就知道,"齐虹轻轻地说。

两人都不再说话。月光把他们的影子投在地上。

以后,江玫出来时,只要是一个人,就总会听到温柔的一声"江玫"。他们愈来愈熟。不知从什么时候起,从图书馆到西楼的路就无限度地延长了。走啊,走啊,总是走不到宿舍。江玫并不追究路为什么这样长,她甚至希望路更长一些,好让她和齐虹无止境地谈着贝多芬和萧邦,谈着苏东坡和李商隐,谈着济慈和勃朗宁。他们都很喜欢苏东坡的那首江城子:"十年生死两茫茫,不思量,自难忘,千里孤坟、无处话凄凉。"他们幻想着十年的时间会在他们身上留下怎样的痕迹。他们谈时间,空间,也谈论人生的道理——

齐虹说:"人活着就是为了自由。自由,这两个字实在好极了。自就是自己,自由就是什么都由自己,自己爱做什么就做什么。这解释好吗?"他的语气有些像开玩笑,其实他是认真的。

"可是我在书里看见,认识必然才是自由。"江玫那几天正在看《大众哲学》。"人也不能只为自己,一个人怎么活?"

"呀!"齐虹笑道:"我倒忘了,你的同屋就是萧素。"

"我们非常要好。"

因为看到路旁的榆叶梅,齐虹说用热闹两字形容这种花最好。江玫很赞赏这两个字。就把自由问题搁下了。

江玫隐约觉得,在某些方面,她和齐虹的看法永远也不会一致。可是她并没有去多想这个,她只喜爱和他在一起,遏止不住地愿意和他在一起。

一个礼拜天,江玫第一次没有回家。她和齐虹商量好去颐和园。春天的颐和园真是花团锦簇,充满了生命的气息。来往的人都脱去了臃肿的冬装,显得那样轻盈可爱。江玫和齐虹沿着昆明湖畔向南走去,那边简直没有什么人,只有和暖的春风和他们作伴。绿得发亮的垂柳直向他们摆手。他们一路赞叹着春天,赞叹着生命,走到玉带桥旁。

"这水多么清澈,多么丰满啊。"江玫满心欢喜地向桥洞下面跑去。她笑着想要摸一摸那湖水。齐虹几步就追上了她,正好在最低的一层石阶上把她抱住。

"你呀!你再走一步就掉到水里去了!"齐虹掠着她额前的短发,"我救了你的命,知道么?小姑娘,你是我的。"

"我是你的。"江玫觉得世界上什么都不存在了。她靠在齐虹胸前,觉得这样撼人的幸福渗透了他们。在她灵魂深处汹涌起伏着潮水似的柔情,把她和齐虹一起溶化。

齐虹抬起了她的脸,"你哭了?"

"是的。我不知为什么,为什么这样感动——"

齐虹也感动地望着她,在清澈的丰满的春天的水面上,映出了一双倒影。

齐虹喃喃地说:"我第一次看见你,就是那个下雪天,你记得么?我看见了你,当时就下了决心,一定要永远和你在一起,就像你头上的那两粒红豆,永远在一起,就像你那长长的双眉和你那双会笑的眼睛,永远在一起。"

"我还以为你没有看见我——。"

"谁能不看见你!你像太阳一样发着光,谁能不看见你!"齐虹的语气是这样热烈,他的脸上真的散发出温暖的光辉。

他们循着没有人迹的长堤走去,因为没有别人而感到自由和高兴。江玫抬起她那双会笑的眼睛,悄声说:"齐虹,咱们最好去住在一个没有人的岛上,四面是茫茫的大海,只有你是唯一的人,——"

齐虹快乐地喊了一声,用手围住她的腰。"那我真愿意!我恨人类!只除了你!"

对于江玫来说,正是由于深切的爱,才想到这样的念头,她不懂齐虹为什么要联想到恨,未免有些诧异地望着他。她在齐虹光亮的眼睛里读到了热情,但在热情后面却有一些冰冷的东西,使她发抖。

齐虹注意到她的神色,改了话题:

"冷吗?我的小姑娘。"

"我只是奇怪,你怎么能恨——"

"你甜蜜的爱,就是珍宝,我不屑把处境跟帝王对调。"齐虹顺口念着莎士比亚的两句诗,他确是真心的。可是江玫听来,觉得他对那两句诗的情感,更多于对她自己。她并没有多计较,只说是真有些冷,柔顺地在他手臂中,靠得更紧一些。

江玫的温柔的衰弱的母亲不大喜欢齐虹。江玫问她:"他怎么不好?他哪里不好?"母亲忧愁地微笑着,说他是聪明极了,也称得起漂亮,但作为一个人,他似乎少些什么,究竟少些什么,母亲也说不出。在江玫充满爱情的心灵里,本来有着一个奇怪的空隙,这是任何在恋爱中的女孩子所不会感到的。而在江玫,这空隙是那样尖锐,那样明显,使她在夜里痛苦得睡不着。她想马上看见他,听他不断地诉说他的爱情。但那空隙,是无论怎样的诉说也填不满的罢。母亲的话更增加了江玫心上的阴影。更何况还有萧素。

红五月里,真是热闹非凡。每天晚上都有晚会。五月五日,是诗歌朗诵会。最后一个朗诵节目是艾青的《火把》。江玫担任其中的唐尼。她本来是再也不肯去朗诵诗的,她正好是属于一听朗诵诗就浑身起鸡皮疙瘩的那种人。萧素只问了她两句话:"喜欢这首诗不?""喜欢。""愿意多有一些人知道它不?""愿意。""那好了。你去念罢。"江玫拂不过她,最后还是站到台上来了。她听到自己清越的声音飘在黑压压的人群上,又落在他们心里。她觉得自己就是举着火把游行的唐尼,感觉到了一种完全新的东西、陌生的东西。而萧素正像是指导着唐尼的李茵。她愈念愈激动,脸上泛着红晕。她觉得自己在和上千的人共同呼吸,自己的情感和上千的人一同起落。"黑夜从这里逃遁了,哭泣在遥远的荒原。"那雄壮的齐诵好像是一种无穷的力量,推着她,江玫想要奔跑,奔跑——。

回到房间里,她对萧素说:"我今天忽然懂得了大伙儿在一起的意思,那就是大家有一样的认识,一样的希望,爱同样的东西,也恨同样的东西。"

萧素直看着她,问道:"你和齐虹有一样的认识,一样的期望么?"

江玫很怪萧素这时提到齐虹,打断了她那些体会,她那双会笑的眼睛严肃起来:"我真不知道怎样告诉你,我和齐虹,照我看,有很多地方,是永远也不会一致的。"

萧素也严肃地说:"本来是不会一致。小鸟儿,你是一个好女孩子,虽然天地窄小,却纯洁善良。齐虹憎恨人,他认为无论什么人彼此都是互相利用。他有的是疯狂的占有的爱,事实上他爱的还是自己。我和他已经同学四年——"

"你怎么能这样说他!我爱他!我告诉你我爱他!"江玫早忘了她和齐虹之间的分歧,觉得有一团火在胸中烧,她斩钉截铁地说,砰的一声关上房门,到走廊里去了。

"回来!回来。"第一声是严厉的、第二声是温柔的。萧素打开房门,看见她站在走廊里,眼睛像星星般亮。"你这礼拜天回家吗?有点事要你做。"

江玫是从不拒绝萧素的任何要求的。她隐约觉得萧素正在为一个伟大的事业做着工作,萧素的生活是和千百万人联系在一起的,非常炽热,似乎连石头也能温暖。她望着萧素,慢慢走了回来。

"什么事?交给我办好了。"

"你不回家么?"

"原来想回去看看。听说面粉已经涨到三百万一袋了。前几天《大公报》登了几首小诗,有一点稿费,想去送给母亲。"江玫一下子觉得疲倦得要命,坐在椅子上。

萧素本来想说"不食人间烟火的江玫也知道关心物价了",又一想,就没有说。只说:

"这里有几篇壁报稿子,礼拜一要出,你来把它们修改一遍,文字上弄通顺些,抄写清楚。我明天进城,可以把钱送给伯母。"她把稿子递给江玫,关心地看着她,说:"这两天,咱们还要好好谈一谈。"

礼拜天,江玫吃过早饭就坐在桌旁看那些稿子。为什么这些短短的文字并不怎么通顺的文章这样有说服力?要民主反饥饿,像钟声一样在江玫耳边敲着。参加新诗朗诵会的兴奋心情又升起来了。《火把》中的唐尼的形象仿佛正站在窗帘上。

有人敲门。

"江玫!"是齐虹的声音。

江玫转过头去,正是齐虹站在门口,一脸温柔的笑意,在看着江玫。

"哦!你来了!"

"昨天晚上到你家里去了,伯母说你没有回来。我连家也没有回,就回学校来了。"他走上来握住江玫的手。

一提起齐虹的家,江玫眼前就浮现出富丽堂皇的大厅,老银行家在数着银元,叮叮当当响,这和江玫手上的那些文章很不调合。甚至齐虹,这温文尔雅的齐虹,也和它们很不调合,但江玫看见他,还是很高兴的。

"在干什么?要出壁报么?听说你还朗诵诗?你怎么?也参加民主运动了?我的女诗人!"

江玫不太喜欢他那说话的语气,颔首要他坐下。

"我是来找你出去玩的。你看天气多么好!转眼就是夏天了。我来接你到'绝域'去做春季大扫除。"

"绝域"是他们两个都喜欢的一个童话"潘彼得"中的神仙领域。他们的爱情就建筑在这些并不存在的童话,终究要萎谢的花朵,要散的云,会缺的月上面。

"今天不行呀,齐虹。"江玫抱歉地说。抽回了自己的手,理了理放在桌上的稿子。"萧素要我——"

"萧素!又是萧素!你怎么这么听她的话!"齐虹不耐烦地说。

"她的话对么!"

"可是你知道我多么想和你在一起,去听那新生的小蝉的叫唤,去看那新长出来的小小的荷叶——我想要怎样,就要做到!"齐虹脸上温柔的笑意不见了,好像江玫是他的一本书,或者一件仪器。

江玫惊诧地望着他。

"也许,你还会去参加游行罢!你真傻透了!就知道一个萧素!"愤怒的阴云使他的脸变得很凶恶。但他马上又换上一副温和的腔调:"跟我去吧,我的小姑娘。"

　　江玫咬着自己的嘴唇,几乎咬出血来。

　　门外有人叫:"小鸟儿!江玫!快来看看这幅漫画,合适不合适。"

　　江玫想要出去。齐虹却站在桌前不放她走。江玫绕到桌子这边,齐虹也绕了过来,照旧拦住她。江玫又急又气,怎么推他也推不动,不一会儿,江玫的头发散乱,那红豆发夹落在地下。马上就被齐虹那穿着两色镶皮鞋的脚踩碎了,满地散着黑白两色的小珠。江玫觉得自己整个的灵魂正像那个发夹一样给压碎了。她再没有一点力气,屈辱地伏在桌上哭起来。

　　齐虹需要的正是这样的哭泣。他捡起那两粒红豆,极其体贴地抚着她的肩:"原谅我,原谅我!我太任性,我只是说不出的要和你在一起,我需要你——"

　　"别哭了,别哭了,我的小姑娘。"齐虹真的着急起来,"我再也不惹你生气了,再也不——再也不——"

　　江玫觉得这一切真没意思。她很快就抬起头来,擦干了眼泪。她看出来壁报是编不成了,但她也下定决心不跟他出去。只呆呆地坐着,望着窗外。

　　"好了,好了,不要生气。我来做个盒子把这两粒红豆装起来罢。做个纪念,以后决不会再惹你。咱们该把这两粒红豆藏在哪儿?"

　　以后,这两粒红豆就被装在一个精致的盒子里面,放在耶稣像后面的小洞里了。那小洞是齐虹偶然发现的。江玫睡在床上看见耶稣的像,总觉得他太累,因为他负荷着那么多人世间的痛苦。

　　这一次争吵以后,齐虹和江玫并不是再也不,而是把争吵哭泣,变成了他们爱情中的一部分。他们每次见面总有一阵风波,有时大有时小,但如有一天不见面,不看到听到对方的音容笑貌,在他们却又是受不了的事。他们的爱情正像鸦片烟一样,使人不幸,而又断绝不了。江玫一天天的消瘦了,苍白了,母亲望着她忍不住哭。齐虹脸上那种漠不关心的神气消失了,换上的是提心吊胆的急躁和忧愁。因为他对人生不信任,他对爱情也不信任,他监视着爱情,监视着幸福,监视着江玫——。

　　就在这个时候,江玫也一天天明白了许多事。她知道少数人剥削多数人的制度该被打倒。她那善良的少女的心,希望大家都过好的生活。而且物价的飞涨正影响着江玫那平静温暖的小天地。母亲存着一些积蓄的那家银行忽然关了门。江玫和母亲一下子变成舅舅的负担了。江玫是决不愿意成为别人的负担的。她渴望着新的生活,新的社会秩序。共产党在她心里,已经成为一盏导向幸福自由的灯,灯光虽还模糊,但毕竟是看得见的了。

也就在这时候,江玫的母亲原有的贫血症愈来愈严重,医生说必须加紧治疗,每天注射肝精针,再拖下去的话,后果不堪设想。但是这一笔医药费用筹办起来谈何容易!舅舅已经是自顾不暇了,难道还去麻烦他?本来和齐虹一提也可以,但是江玫决不愿求他。江玫只自己发愁,夜里直睡不着觉。

萧素很快就看出来江玫有心事。一盘问,江玫就一五一十告诉了她。

"那可不能拖下去。"萧素立刻说,她那白白的脸上的神色总是那样果断。"我输血给她!小鸟儿,你看,我这样胖!"她含笑弯起了手臂。

江玫感动地抱住了她:"不行,萧素。你和我的血型一样,和母亲不一样,不能输血。"

"那怎么办?我们总得想办法去筹一笔款子——。"

第三天,晚上萧素兴高采烈地冲进房间。一进来就喊:"江玫!快看!"江玫吃惊地看她,她大笑着,扬起了一叠钞票。

"素!哪里来的?你怎么这样有本事!"江玫也笑了,笑得那样放心。这种笑,是齐虹极想要听而听不到的。

"你别管,明天快拿去给伯母治病吧。"萧素眨眨眼睛,故作神秘的说。

"非要知道不可!不然我不安心!"

"别说了。我要睡觉了。"萧素笑过了,一下子显得很是疲倦。她脱去了朴素的蓝外套,只穿着短袖竹布旗袍,坐在床边上。

江玫上下打量她,忽然看见她的臂弯里贴着一块橡皮膏。江玫过去拉起她的手,看看橡皮膏,又看看她的脸。

"有什么好打量的?"萧素微笑着抽回了手,盖上了被。

"你——抽了血?"

萧素满不在乎的说:"我卖了血。不只我一个人,还有几个伙伴。"

人常常会在一刹那间,也许只是因为一个眼神一个手势,伤透了心,破坏了友谊。人也常常会在一刹那间,也许就因为手臂上的一点针孔,建立了死生不渝的感情。江玫这时什么话也说不出来。她一下子跪在床边,用两只手遮住了脸。

礼拜六,江玫一定要萧素自己送钱去给母亲。萧素答应了和江玫一道回家,江玫也答应了萧素不告诉母亲钱的来源。两人欢欢喜喜回家去了。到了家,江玫才发现母亲已经病倒在床,这几天饭都是舅母那边送过来的。她站在衰老病弱的母亲床边,一阵心酸,眼泪夺眶而出。萧素也拿出了手绢。但她不只是看见这一位母亲躺在床上,她还看见千百万个母亲形销骨立心神破碎地被压倒在地下。

这一晚,两人自己做了面,端在母亲床边一同吃了。母亲因为高兴,精神也好了起来。她吃过了面,笑着说:"我真是病得老了,今天你舅母来,问我有火没有,我听成有狗没有:直告诉她从前咱们养了一只狗,名叫斐斐。——"萧素和江玫听了笑得不得了。江玫正笑着,想起了齐虹。她想:这种生活和感情是齐虹永远不会懂的。她也没有一点告诉给他的欲望。

六月,反对美国扶植日本的运动达到了高潮。江玫比以前更关心当前的政治局势。她感到美国正在筹谋着什么坏主意。很明显,扶植压迫中国人民八年之久的日本,在每一个中国人心上都会引起抑止不住的愤怒。

有一天,萧素和江玫坐在窗前,读着当时美驻华大使司徒雷登在报上发表的声明,一面读一面生气。声明中说:"如使日人成为饥饿不安之人民,则日人亦将续为和平之威胁,此种情形适为共产主义所需。如吾人诚意为一般之利益计,必须消灭鼓励共产主义之因素。"这很可以看清楚美国的目的究竟何在了。读完报纸,江玫愤愤地说:

"要不要共产主义,是我们自己的事!"

萧素微笑道:"你知道共产主义是什么?"

江玫坦率地说:"我不知道。不过我想那种生活总不会比现在坏。那时的人,都像你一样——"

萧素又笑道:"现在哪里不够好? 你吃着大米饭,穿的花布旗袍,还坏么?"

江玫倚在萧素身上,一面想,一面说:"这个人吃人的社会,不只在物质上,也在精神上。"她出了一会儿神,又说:"萧素,要知道,我是多么寂寞呵。"

萧素抚着她的肩,说:"人生的道路,本来不是平坦的。要和坏人斗争,也要和自己斗争——"以后江玫在最困难的时候,总会想起这几句话。

六月九日,北京学生举行反美扶日大游行,江玫也参加了。

那天早上,窗外还黑得像老鸦的翅膀,江玫就起来收拾医药包,她是救护队的。她看看萧素空了一夜的床,又看看救护包上的红十字,心想萧素这一夜不知忙得怎样了,也许今天就会用这包里的绷带纱布来救护她吧。不知为什么,江玫特别为萧素和几个社团里的同学担心,江玫摸摸碘酒,和红药水的药瓶,心中又兴奋,又不安。

"小鸟儿快走呀!"同学在门外叫起来了。

她们跑到操场上,夏天的太阳刚在东柳村那边村庄的屋顶上射出一片红光。萧素正在人丛里,她分明是一夜没有睡,胖胖的面庞有些苍白,但精神还是那样好。她看见江玫和同学们跑来,脸上闪过一个嘉许的微笑:

"江玫!"

"萧素!"江玫悄悄地塞给她一个大苹果,那是齐虹昨天送来的。对于齐虹不断向西楼运来的各式各样的礼物,江玫只偶而接受一点水果和糖食。

长长的队伍出发了,举着各种标语,沉默地走在郊外的大道上。愈走天愈亮,愈走路愈分明,一个男同学问江玫:"药包重吗?我代你拿。"江玫微笑,说:"一个兵士的枪,能让人家代他背着吗?"那男同学也微笑,看着她穿着白衬衫蓝长裤红背心的雄赳赳的样子,问:"你永远都要做一个兵?"江玫严肃地睁大眼睛,略想了一想,她回答:"是的,永远。"

队伍七点钟就到了西直门,可是城门关了,进不去。人群中有的喊着:"不开城门,决不回校!"有的喊着:"大家冲呵,冲进去!"一时群情激昂,人声嘈杂,那些标语牌子忽高忽低地起伏着。萧素在队伍里跑来跑去叫着:"别嚷!别乱!已经去交涉了。"江玫忽然很希望自己是一个手执拂尘的仙女,用拂尘一指,城门马上便开——自己这样想想,又觉得好笑,还是等萧素他们交涉,萧素比仙女有用得多。

果然,到九点钟时,城门开了,队伍涌进城去,正遇到城里几个大学的同学拥在门前迎接他们。"同学们,你好!""兄弟们,你好!"热情的呼声,此起彼落,江玫觉得泪水已冲到了眼睛里,她连忙低下头,看着自己的鞋尖。

游行开始了,大家一步步的走着,一声声地喊着。"反对美国扶植日本!""要自由!""要独立!"口号像炸弹一样在空中炸了开来,路旁的有些军警脸上带了惊慌的神色。江玫几乎来不及想喊了些什么,只觉得每一步路每一声喊都使大家更接近光明——

队伍走过了西四西单天安门,绕南池子到北京大学的民主广场。走过天安门的时候,江玫望着那宏伟的建筑,心里升起一种怜悯而又惭愧的心情。天安门在不肖的子孙手里,蒙受了多少耻辱。江玫觉得那剥落的红墙也在盼望着:新的社会快点来,让中华民族站起来,让天安门也站起来!

在民主广场举行了群众大会,有几个教授讲演。也许是累了,也许是别的原因,江玫觉得思想很不集中,那种兴奋和激动已经过去了。她惦记着那黄昏笼罩了的初夏的校园,惦记着自己住的西楼,说得更确切些,她是惦记着那在西楼窗下徘徊的那个年轻人。天知道他会急成什么样子,会发多么大的脾气,会做出怎样的事来! 她把肩上挎的药包紧了一紧,感觉到一阵头昏。

萧素走过来了,低声问:"你不舒服么?"

"没有,一点儿都没有!"江玫连忙振起了精神。自己暗暗责骂自己,在这样的场合,偏会想到他!

大队回到学校时,灯光已经缀满校园。江玫回到房间里,两腿再也抬不起来,像是绑上了两块大石头。这时有人敲门,江玫心中一紧,感到一场风暴就要发生了,她靠在床栏杆上,默默地啜着热水。门开了,进来的是老赵。他的眉头皱得打了结,手里拿着一个破碎的糖盒子,往桌上一放说:

"哎哟江小姐!可真不得了啦!我活了这么大年纪也没见过脾气这么火暴的人!你们这位齐先生别是用公鸡血喂大的吧?他要死了,准得下冰冻地狱把人镇凉了才行,要不然连阎王殿都给烧啦!"

"什么'你们齐先生'?别这么说。他怎么了。你快说呀。"江玫放下了手中的杯子。

"今儿个下午他来找您,我说江小姐游行去了。他一听,就把他带来的这盒糖扔到大门外台阶上了,像是扔球似的!盒子破了,糖都滚了出来,我看这盒糖呀,值一袋面的钱,心里怪舍不得,我说,'齐先生,江小姐不在,你给东西留下得了,干吗发这大的火呀?'他一听更急了,一张脸煞红煞白,抄起门房的一个茶杯就摔在玻璃窗上,哗啦!你瞧这满地的玻璃碴子!我看他是有点儿疯病!摔完了拔腿就走,还扔在台阶上三百万的票子,那是让我们修玻璃买茶杯?您说是不是?"

"别说了。"江玫无力地挥手。"就补块玻璃买个茶杯罢。"

"这糖,我看怪可惜了的,给您捡了来了。"

"你带回家去,那不是我的,我不要。"

这时萧素已经进来了,把这一段话都听了去。她一回来就洗脸洗脚,都收拾好了就伏在桌上写什么。而江玫还靠在床栏杆上,一动也不动。

萧素停下笔来,"你干什么?小鸟儿?你这样会毁了自己的。看出来了没有?齐虹的灵魂深处是自私残暴和野蛮,干吗要折磨自己?结束了吧,你那爱情!真的到我们中间来,我们都欢迎你,爱你——"萧素走过来,用两臂围着江玫的肩。

"可是,齐虹——"江玫没有完全明白萧素在说什么。

"什么齐虹!忘掉他!"萧素几乎是生气地喊了起来,"你是个好孩子,好心肠,又聪明能干,可是这爱情会毒死你!忘掉他!答应我!小鸟儿。"

江玫还从没有想到要忘掉齐虹。他不知怎么就闯入了她的生命,她也永不会知道该如何把他赶出去。她迟钝地说:"忘掉他——忘掉他——我死了,就自然会忘掉。"

萧素真生她的气:"怎么这样说话!好好儿要说到死!我可想活呢,而且要活得有价值!"她说着,颜色有些凄然。

"怎么了?素姐!"细心而体贴的江玫一眼就看出有什么不平常的事。对萧素的关心一下子把她自己的痛苦冲了开去。

萧素望着窗外,想了一会儿,说:"危险得很。小鸟儿。我离开你以后,你还是要走我们的路,是不是?千万不要跟着齐虹走,他真会毁了你的。"

"离开我!"江玫一把抱住了萧素。"离开我!为什么!我要跟你在一起!"

"我要毕业了呀,家里要我回湖南去教书。"萧素似真似假地回答。她是湖南人,父亲是个中学教员。

"毕业?"

"是毕业呀。"

可是萧素并没有能毕业,当然也没有回湖南去教书。她去参加毕业考试的最后一项科目,就没有回来。

同学们跑来告诉江玫时,江玫正在为"英国小说选"这一门课写读书报告,读的书是英国女作家艾米莱·勃朗特的《咆哮山庄》。江玫和齐虹常常谈论这本书。齐虹对这本书有那么多精辟的见解,了解得那样透彻,他真该是最懂得人生最热爱人生的,但是竟不然——

萧素被捕的消息一下子就把江玫从《咆哮山庄》里拉出来了。江玫跳起来夺门而出,不顾那精心写作的读书报告撒得满地。好些同学跟她一起跑出了西楼,一直跑到学校门口,只看见一条笔直的马路,空荡荡的,望不到头。路边的洋槐上发散着淡淡的香气。江玫手扶着一棵洋槐树,连声问:"在哪儿?在哪儿?"一个同学痛心地说:"早装上闷子车,这会子到了警察局了。"江玫觉得天旋地转,两腿再没有一点力气,一下子就坐在地上了。大家都拥上来看她,有的同学过来搀扶她。

"你怎么了?"

"打起精神来,江玫!"

大家喊喊喳喳在说着。是谁愤愤的声音特别响:"流血,流泪,逮捕,更教人睁开了眼睛!"

是呀!江玫心里说:"逮走一个萧素,会让更多的人都长成萧素。"

江玫弄不清楚人群怎样就散开了,而自己却靠在齐虹的手臂上,缓缓走着。

齐虹对她说:"我们系里那些进步同学嚷嚷着江玫晕倒了,我就明白是为了那萧素的缘故,连忙赶来。"

"对了。你们不是一起考高等数学吗?听说她是在课堂上被抓走的。"江玫这时多么希望谈谈萧素。

"是在考试时被抓走的。你看,干那些民主活动,有什么好下场!你还要跟着她跑!我劝你多少次——"

"什么!你说什么!"江玫叫了起来,她那会笑的眼睛射出了火光。"你!你真是没有心肝!"她把齐虹扶着她的手臂用力一推,自己向宿舍跑去了。跑得那么快,好像后面有什么妖魔鬼怪在追着她。

她好容易跑到自己房间,一下子扑在床上,半天喘不过气来。这时齐虹的手又轻轻放在她肩上了。齐虹非常吃惊,他不懂江玫为什么会发这么大的脾气,他曲着一膝伏在床前说:

"我又惹了你吗?玫!我不过忌妒着萧素罢了,你太关心她了。你把我放在什么地方?我常常恨她,真的,我觉得就是她在分开咱们俩——"

"不是她分开我们,是我们自己的道路不一样。"江玫抽咽着说。

"什么?为什么不一样?我们有些看法不同,我们常常打架,我的脾气,确实不好。不过,那有什么关系,反正我只知道,没有你就不行。我还没有告诉你,玫,我家里因为近来局势紧张,预备搬到美国去,他们要我也到美国去留学。"

"你!到美国去?"江玫猛然坐了起来。

"是的。还有你,玫。我已经和父亲说到了你,虽然你从来не拒绝到我家里去,他们对你都很熟悉。我常给他们看你的相片。"齐虹得意地拿出他随身携带的小皮夹子,那里面装着江玫的一张照片,是齐虹从她家里偷去的。那是江玫十七岁时照的,一双弯弯的充满了笑意的眼睛,还有那深色的嘴唇微微翘起,像是在和谁赌气。"我对他们说,你是一首最美的诗,一只最美的乐曲——"若说起赞美江玫的话来,那是谁也比不上齐虹的。

"不要说了。"江玫辛酸地止住了他。"不管是什么,也不能把你留在你的祖国呵。"

"可是你是要和我一块儿去的,玫,你可以接着念大学,我们要永远在一起,没有任何东西能分开我们。"

"不要说了,不要说了。"这是江玫唯一能说的话。

心上的重压逼得江玫走投无路。她真怕看萧素留下的那张空床,那白被单刺得她眼睛发痛。

没有到礼拜六,她就回家去了。那晚正停电,母亲坐在摇曳的烛光下面缝着什么,在阴影里,她显得那样苍老而且衰弱,江玫心里一阵发痛,无声地唤着"心爱的母亲,可怜的母亲",眼泪不由自主地流了下来。

"玫儿!"母亲丢了手中的活计。

"妈妈!萧素被捉走了。"

"她被捉走了?"母亲对女儿的好朋友是熟悉的。她也深深爱着那坦率纯朴的姑娘,但她对这个消息竟有些漠然,她好像没有知觉似的沉默着,坐在阴影里。

"萧素被捉走了。"江玫又重复了一遍。她眼前仿佛看见一个殷红的圆圆的面孔。

"早想得到呵。"母亲喃喃地说。

江玫把手中的书包扔到桌上,跑过来抱住母亲的两腿。"您知道!"

"我不知道但我想得到。"母亲叹了一口气,用她枯瘦的手遮住自己的脸,停了一下,才说:"要知道你的父亲,十五年前,也是这样不明不白地就再没有回来。他从来也没有害过什么肠炎胃炎,只是那些人说他思想有毛病。他脾气倔,不会应酬人,还有些别的什么道理,我不懂,说不明白。他反正没有杀人放火,可我们就这样糊里糊涂地再也看不见他了——"母亲说着,失声痛哭起来。

原来父亲并不是死于什么肠炎!无怪母亲常常说不该有一个人屈死。屈死!父亲正是屈死的!江玫几乎要叫出来。她也放声哭了。母亲抚着她的头,眼泪浇湿了她的头发——

从父亲死后,江玫只看见母亲无言流泪,还从没有看见她这样激动过。衰弱的母亲,心底埋藏了多少悲痛和仇恨!江玫觉得母亲的眼泪滴落在她头上,这眼泪使得她逐渐平静下来了。是的,难道还该要这屈死人的社会么?彷徨挣扎的痛苦离开了她,仿佛有一种大力量支持着她走自己选择的路。她把母亲粗糙的手搁在自己被泪水浸湿的脸颊上,低声唤着:"父亲——我的父亲——"

门轻轻开了,烛光把齐虹的修长的影子投在墙上,母亲吃惊地转过头去。江玫知道是齐虹,仍埋着头不作声。齐虹应酬地唤了一声"伯母",便对江玫说:

"你怎么今天回家来了?我到处找你找不着。"

江玫没有理他,抬头告诉母亲:"他要到美国去。"

"是要和江玫一块儿去,伯母。"齐虹抢着加了一句。

"孩子,你会去吗?"母亲用颤抖的手摸着女儿的头。

"您说呢?妈妈!"江玫抱住母亲的双膝,抬起了满是泪痕的脸。

"我放心你。"

"您同意她去了,伯母?"人总是照自己所期待的那样理解别人的话,齐虹惊喜万分地走过来。

"母亲放心我自己做决定。她知道我不会去。"江玫站起来,直望着齐虹那张清秀的象牙色的脸。齐虹浑身上下都滴着水,好像他是游过一条大河来到她家似的。

可是齐虹自己一点不觉得淋湿了,他只看见江玫满脸泪痕,连忙拿出手帕来给她擦,一面说:"咱们别再闹别扭了,玫,老打架,有什么意思?"

"是下雨了吗?"母亲包起她的活计,"你们商量罢,玫儿,记住你的父亲。"

"我不知道下雨了没有。"齐虹心不在焉地回答,他没有看见江玫的母亲已经走出房去,他的眼睛一刻都没有离开江玫。

江玫呆呆地瞪着他,尽他拭去了脸上的泪,叹了一口气,说:"看来竟不能不分手了。我们的爱情还没有能让我们舍弃自己的一生。"

"我们一定会过得非常舒适而且快活——为什么提到舍弃,为什么提到分手?"齐虹狂热地吻着他最熟悉的那有着粉红色指甲的小手。

"那你留下来!"江玫还是呆呆地看着他。

"我留下来?我的小姑娘,要我跟着你满街贴标语,到处去游行么?我们是特殊的人,难道要我丢了我的物理音乐,我的生活方式,跟着什么群众瞎跑一气,扔开智慧,去找愚蠢!傻心眼的小姑娘,你还根本不懂生活,你再长大一点,就不会这样天真了。"

"傻心眼?人总还是傻点好!"

"你一定得跟我走!"

"跟你走,什么都扔了。扔开我的祖国,我的道路,扔开我的母亲,还扔开我的父亲!"江玫的声音细若游丝,她自己都听不见自己在说什么。说到父亲两字,她的声音猛然大起来,自己也吃了一惊。

"可是你有我。玫!"齐虹用责备的语气说。他看见江玫眼睛里闪耀一种亮得奇怪的火光,不觉放松了江玫的手。紧接着一阵遏止不住的渴望和激怒,使他抓住了江玫的肩膀。他压低了声音,一字一字的说:"我恨不得杀了你!把你装在棺材里带走!"

江玫回答说:"我宁愿听说你死了,不愿知道你活得不像个人。"

风呼啸着,雨滴急速地落着。疾风骤雨,一阵比一阵紧,忽然哗啦一声响,是什么东西摔碎了。齐虹把江玫搂在胸前,借着闪电的惨白的光辉,看见窗外阶上的夹竹桃被风刮到了阶下。江玫心里又是一阵疼痛,她觉得自己的爱情,正像那粉碎了的花盆一样,像那被吹落的花朵一样,永远不能再重新完整起来,永远不能再重新开在枝头。

这种爱情,就像碎玻璃一样割着人。齐虹和江玫,虽然都把话说得那样决绝,却还是形影相随。花池畔,树林中,不断地增添着他们新的足迹。他们也还是不断地争吵,流泪。——

十月里东北局势紧张，解放军排山倒海地压来，解放了好几个城市。当时蒋介石提出的方针是："维持东北，确保华北，肃清华中"。虽然对华北是确保，但华北的"贵人"们还是纷纷南迁，齐虹的家在秋初就全部飞南京转沪赴美了，只有齐虹一个人留在北京。他告诉家里说论文还有点尾巴没写好，拿不到毕业文凭，而实际上，他还在等着江玫回心转意。他根本不相信江玫可能不跟他走。他，齐虹，这样的齐虹，又在发疯地爱着的齐虹！在那执拗的江玫面前，他不只一次想，若真能把她包扎起来带走该有多好！他脸上的神色愈来愈焦愁，紧张，眼神透露着一种凶恶。这些都常在黑夜里震荡着江玫的梦。

江玫的梦现在已不是那种透明的、颜色非常鲜亮的少女的梦了。局势的变化，萧素的被捕，齐虹的爱以及她自己的复杂的感情，使她多懂了许多事。在抗议"七五"事件(国民党屠杀东北来的青年学生)的游行里，她已经不再当救护队，而打着"反剿民，要活命，要请愿"的大标语走在队伍的前列了。她领头喊着"为死者申冤，为生者请命"的口号，她奇怪自己的声音竟会这样响。她想到，在死者里面有她的父亲；在生者里面有母亲、萧素和她自己。她渴望着把青春贡献给为了整个人类解放的事业，她渴望着生活来一次翻天覆地的变动。

后来据萧素说(萧素在解放后出狱，在广播电台做播音员，向全世界广播北京的声音)，那时的地下组织原打算发展江玫参加地下民主青年联盟的，只是她和齐虹的感情，让人闹不清她究竟爱什么，憎恶什么，就搁下来了。江玫听说这话，只轻轻叹了口气。

一九四八年冬天，北京已经到了解放前夕。城里流传着这样的民谣："家家挂红灯，迎接毛泽东。"最沉得住气的反动官员们大亨们都纷纷逃走了。齐虹家里几乎是一天一封电报催他走，并且代他订了飞机座位。那时江玫的中心工作是和同学们一起讨论怎样应"变"，宣传护校。她为即将到来的解放，感到兴奋，好像等待着一件期待已久的亲人的礼物，满怀着感情，幻想解放后的日子。而同时，她和齐虹那注定了的无可挽回的分别啮咬着她的心。她觉得自己的心一面在开着花，同时又在萎缩。

一天，齐虹进城去了，直到晚上还没有露面。江玫坐在图书馆里，一页书也没有看，进来一个人她就抬头，可是直到电灯开了，齐虹还是不见。她忽然想，很可能他已经走了。走了，永远再也见不到他了。可是江玫一定还要再看他一眼，最后一眼！"齐虹！齐虹！"江玫几乎要叫出来，叫得全图书馆都听见。她连忙紧咬着嘴唇，快步走出了图书馆。

那是那一年冬天的第一个下雪天。路上的雪还没有上冻，灯光照在雪花上，闪闪刺人的眼。江玫一直向北楼走去，她想看一看那正对着一棵白杨树梢的窗子,有没有灯光。那个房间她从没有去过,可是那窗口她却十分熟悉。齐虹常对她讲窗口的白杨树叶的沙沙声怎样伴着他度过多少不眠的夜。透过飞舞着的迷乱的雪花,她一下子就找到那棵白杨树,而那白杨树梢的窗口,漆黑一片,没有灯光。

江玫的心沉了下去。她两腿发软,站在北楼前,一动也不动。

也许他从城里回来太累,已经去睡了?也许他还没有回来?江玫快步走进了北楼,走到齐虹的房间,她敲门又推门,门是锁着的。

"难道再见不着他了!真见不着他了!"江玫走出北楼,心里在大声哭泣。她完全没有看见新诗社的一个同学从她身边走过,也没有听见人家在唤着"小鸟儿"。

好容易走到西楼,江玫真是一点力气都没有了。她想找个地方靠一靠再上楼,一眼看见自己房间里有灯光。那房间,自从萧素被抓去以后,是那样空,那样冷,晚上进去总是黑洞洞的。这时竟点着灯,这灯光温暖了江玫,她三步两步跑上去,在门外就叫着"虹!"

果然是齐虹在房间里等她,满脸的焦急使他看上去苍老了许多。他一看见江玫,连忙迎上来握着她的手,疲倦地、也多少有些安心地说:"你到底回来了!我以为我再也见不着你了。"

江玫没有回答。她怕自己会把刚才那一番焦急向他倾吐,会让他明白她多离不开他。而他却就要走了,永远地走了。

"明天一早的飞机,今晚就要去机场。"齐虹焦躁地说:"一切都已经定了,怎么样?咱们就得分别么?"

"分别?——永远不能再见你——"江玫看着那耶稣受难的像,她仿佛看见那像后的两粒红豆。

"完全可以不分别,永不分别!玫!只要你说一声同我一道走,我的小姑娘。"

"不行。"

"不行!你就不能为我牺牲一点!你说过只愿意跟我在一起!"

"你自己呢?"江玫的目光这样说。

"我么!我走的路是对的。我绝不能忍受看见我爱的人去过那种什么'人民'的生活!你该跟着我!你知道么!我从来没有这样求过人!玫!你听我说!"

"不行。"

"真的不行么?你就像看见一个临死的人而不肯去救他一样,可他一死去就再也不会活转来了。再也不会活了!走开的人永远也不会再回来。你会后悔的,玫!我的玫!"他摇着江玫的肩,摇得她骨头直响。

"我不后悔。"

齐虹看着她的眼睛,还是那亮得奇怪的火光。他叹了一口气,"好,那么,送我下楼罢。"

江玫温柔地代他系好围巾,拉好了大衣领子,一言不发,送他下楼。

纷飞的雪花在无边的夜里飘荡,夜,是那样静,那样静。他们一出楼门,马上开过来一辆小汽车,从车里跳出一个魁梧的司机。齐虹对司机摇摇手,把江玫领到路灯下,看着她,摇头,说:"我原来预备抢你走的。你知道么?你看,我预备了车。飞机票也买好了。不过,我看了出来,那样做,你会恨我一辈子。你会的,不是么?"他拿出一张飞机票,也许他还希望江玫会忽然同意跟他走,迟疑了一下,然后把它撕成几半。碎纸片混在飞舞的雪花中不见了。"再见!我的玫。我的女诗人!我的女革命家!"他最后几句话,语气非常尖刻。江玫看见他的脸因为痛苦而变了形,他的眼睛红肿,嘴唇出血,脸上充满了烦躁和不安。江玫忽然想起,第一次看见他时,他脸上那种漠不关心,什么都没看见的神气。

江玫想说点什么,但说不出来,好像有千把刀子插在喉头。她心里想:"我要撑过这一分钟,无论如何要撑过这一分钟。"她觉得齐虹冰凉的嘴唇落在她的额上,然后汽车响了起来。周围只剩了一片白,天旋地转的白,淹没了一切的白——

她最后对齐虹说的一句话就是"我不后悔"。

江玫果然没有后悔。那时称她革命家是一种讽刺,这时她已经真的成长为一个好的党的工作者了。解放后又渐渐健康起来的母亲骄傲地对人说:"她父亲有这样一个女儿,死得也不算冤了。"

雪还在下着。江玫手里握着的红豆已经被泪水滴湿了。

"江玫!小鸟儿!"老赵在外面喊着。"有多少人来看你啦!史书记,老马,郑先生,王同志,还有小耗子——"

一阵笑语声打断了老赵不伦不类的通报。江玫刚流过泪的眼睛早已又充满了笑意。她把红豆和盒子放在一旁,从床边站了起来。

1956 年 12 月

原载于《人民文学》1957 年第 7 期

茹志鹃

百 合 花

一九四六年的中秋。

这天打海岸的部队决定晚上总攻。我们文工团创作室的几个同志,就由主攻团的团长分派到各个战斗连去帮助工作。大概因为我是个女同志吧!团长对我抓了半天后脑勺,最后才叫一个通讯员送我到前沿包扎所去。

包扎所就包扎所吧!反正不叫我进保险箱就行。我背上背包,跟通讯员走了。

早上下过一阵小雨,现在虽放了晴,路上还是滑得很,两边地里的秋庄稼,却给雨水冲洗得青翠水绿,珠烁晶莹。空气里也带有一股清鲜湿润的香味。要不是敌人的冷炮,在间歇地盲目地轰响着,我真以为我们是去赶集的呢!

通讯员撒开大步,一直走在我前面。一开始他就把我撩下几丈远。我的脚烂了,路又滑,怎么努力也赶不上他。我想喊他等等我,却又怕他笑我胆小害怕;不叫他,我又真怕一个人摸不到那个包扎所。我开始对这个通讯员生起气来。

嗳!说也怪,他背后好像长了眼睛似的,倒自动在路边站下了。但脸还是朝着前面。没看我一眼。等我紧走慢赶地快要走近他时,他又蹬蹬蹬地自个向前走了,一下又把我摔下几丈远。我实在没力气赶了,索性一个人在后面慢慢晃。不过这一次还好,他没让我撩得太远,但也不让我走近,总和我保持着丈把远的距离。我走快,他在前面大踏步向前;我走慢,他在前面就摇摇摆摆。奇怪的是,我从没见他回头看我一次,我不禁对这通讯员发生了兴趣。

刚才在团部我没注意看他,现在从背后看去,只看到他是高挑挑的个子,块头不大,但从他那副厚实实的肩膀看来,是个挺棒的小伙,他穿了一身洗淡了的黄军装,绑腿直打到膝盖上。肩上的步枪筒里,稀疏地插了几根树枝,这要说是伪装,倒不如算作装饰点缀。

没有赶上他,但双脚胀痛得像火烧似的。我向他提出了休息一会后,自己便在做田界的石头上坐了下来。他也在远远的一块石头上坐下,把枪横搁在腿上,背向着我,好像没我这个人似的。凭经验,我晓得这一定又因为我是个女同志的缘故。女同志下连队,就有这些困难。我着恼的带着一种反抗情绪走过去,面对着他坐下来。这时,我看见他那张十分年轻稚气的圆脸,顶多有十八岁。他见我挨他坐下,立即张惶起来,好像他身边埋下了一颗定时炸弹,局促不安,掉过脸去不好,不掉过去又不行,想站起来又不好意思。我拼命忍住笑,随便地问他是哪里人。他没回答,脸涨得像个关公,讷讷半响,才说清自己是天目山人。原来他还是我的同乡呢!

"在家时你干什么?"

"帮人拖毛竹。"

我朝他宽宽的两肩望了一下,立即在我眼前出现了一片绿雾似的竹海,海中间,一条窄窄的石级山道,盘旋而上。一个肩膀宽宽的小伙,肩上垫了一块老蓝布,扛了几枝青竹,竹梢长长的拖在他后面,刮打得石级哗哗作响。……这是我多么熟悉的故乡生活啊!我立刻对这位同乡,越加亲热起来。我又问:

"你多大了?"

"十九。"

"参加革命几年了?"

"一年。"

"你怎么参加革命的?"我问到这里自己觉得这不像是谈话,倒有些像审讯。不过我还是禁不住地要问。

"大军北撤时①我自己跟来的。"

"家里还有什么人呢?"

"娘,爹,弟弟妹妹,还有一个姑姑也住在我家里。"

"你还没娶媳妇吧?"

"……"他飞红了脸,更加忸怩起来,两只手不停地数摸着腰皮带上的扣眼;半响他才低下了头,憨憨地笑了一下,摇了摇头。我还想问他有没有对象,但看到他这样子,只得把嘴里的话,又咽了下去。

两人闷坐了一会,他开始抬头看看天,又掉过来扫了我一眼,意思是在催我动身。

当我站起来要走的时候,我看见他摘了帽子,偷偷地在用毛巾拭汗。这是我的不是,人家走路都没出一滴汗,为了我跟他说话,却害他出了这一头大

---

① 1945年鬼子投降后,共产党为了全国人民实现和平的愿望,和国民党进行和平谈判,并忍痛撤出江南。但时隔不久,国民党竟背信撕毁协定,又向我中原、苏中等解放区大举进攻。

汗,这都怪我了。

我们到包扎所,已是下午两点钟了。这里离前沿有三里路,包扎所设在一个小学里,大小六个房子组成品字形,中间一块空地长了许多野草,显然,小学已有多时不开课了。我们到时屋里已有几个卫生员在弄着纱布棉花,满地上都是用砖头垫起来的门板,算作病床。

我们刚到不久,来了一个乡干部,他眼睛熬得通红,用一片硬拍纸插在额前的破毡帽下,低低地遮在眼睛前面挡光。他一肩背枪,一肩挂了一杆秤;左手挎了一篮鸡蛋,右手提了一口大锅,呼哧呼哧的走来。他一边放东西,一边对我们又抱歉又诉苦,一边还喘息地喝着水,同时还从怀里掏出一包饭团来嚼着。我只见他迅速地做着这一切,他说的什么我就没大听清。好像是说什么被子的事,要我们自己去借。我问清了卫生员,原来因为部队上的被子还没发下来,但伤员流了血,非常怕冷,所以就得向老百姓去借。哪怕有一二十条棉絮也好。我这时正愁工作插不上手,便自告奋勇讨了这件差事,怕来不及就顺便也请了我那位同乡,请他帮我动员几家再走。他踌躇了一下,便和我一起去了。

我们先到附近一个村子,进村后他向东,我往西,分头去动员。不一会,我已写了三张借条出去,借到两条棉絮、一条被子,手里抱得满满的,心里十分高兴,正准备送回去再来借时,看见通讯员从对面走来,两手还是空空的。

"怎么,没借到?"我觉得这里老百姓觉悟高,又很开通,怎么会没有借到呢? 我有点惊奇地问。

"女同志,你去借吧!……老百姓死封建。……"

"哪一家? 你带我去。"我估计一定是他说话不对,说崩了。借不到被子事小,得罪了老百姓影响可不好。我叫他带我去看看。但他执拗地低着头,像钉在地上似的,不肯挪步,我走近他,低声地把群众影响的话对他说了。他听了,果然就松松爽爽地带我走了。

我们走进老乡的院子里,只见堂屋里静静的,里面一间房门上,垂着一块蓝布红额的门帘,门框两边还贴着鲜红的对联。我们只得站在外面向里"大姐大嫂"地喊,喊了几声,不见有人应,但响动是有了。一会,门帘一挑,露出一个年轻媳妇来。这媳妇长得很好看,高高的鼻梁,弯弯的眉,额前一绺蓬松松的留海。穿的虽是粗布,倒都是新的。我看她头上已硬挠挠的挽了髻,便大嫂长大嫂短地对她道歉,说刚才这个同志来,说话不好别见怪等等。她听着,脸扭向里面,尽咬着嘴唇笑。我说完了,她也不作声,还是低头咬着嘴唇,好像忍了一肚子的笑料没笑完。这一来,我倒有些尴尬了,下面的话怎么说呢! 我看通讯员站在一边,眼睛一眨不眨的看着我,好像在看连长做示范动作似的。我只好硬了头皮,讪讪的向她开口借被子了,接着还对她说了一遍共产党的部队,打仗是为了老百姓的道理。这一次,她不笑了,一边听着,一边不断向房里瞅着。我说完了,她看看我,看看通讯员,好像在掂量我刚才那些话的斤两。半晌,她转身进去抱被子了。

通讯员乘这机会,颇不服气地对我说道:

"我刚才也是说的这几句话,她就是不借,你看怪吧!……"

我赶忙白了他一眼,不叫他再说。可是来不及了,那个媳妇抱了被子,已经在房门口了。被子一拿出来,我方才明白她刚才为什么不肯借的道理了。这原来是一条里外全新的新花被子,被面是假洋缎的,枣红底,上面撒满白色百合花。她好像是在故意气通讯员,把被子朝我面前一送,说:"抱去吧。"

我手里就捧满了被子,就一努嘴,叫通讯员来拿。没想到他竟扬起脸,装作没看见。我只好开口叫他,他这才绷了脸,垂着眼皮,上去接过被子,慌慌张张地转身就走。不想他一步还没有走出去,就听见"嘶"的一声,衣服挂住了门钩,在肩膀处,挂下一片布来,口子撕得不小。那媳妇一面笑着,一面赶忙找针拿线,要给他缝上。通讯员却高低不肯,挟了被子就走。

刚走出门不远,就有人告诉我们,刚才那位年轻媳妇,是刚过门三天的新娘子,这条被子就是她唯一的嫁妆。我听了,心里便有些过意不去,通讯员也皱起了眉,默默地看着手里的被子。我想他听了这样的话一定会有同感吧!果然,他一边走,一边跟我嘟哝起来了。

"我们不了解情况,把人家结婚被子也借来了,多不合适呀!……"我忍不住想给他开个玩笑,便故作严肃地说:

"是呀!也许她为了这条被子,在做姑娘时,不知起早熬夜,多干了多少零活,才积起了做被子的钱,或许她曾为了这条花被,睡不着觉呢。可是还有人骂她死封建。……"

他听到这里,突然站住脚,呆了一会,说:

"那!……那我们送回去吧!"

"已经借来了,再送回去,倒叫她多心。"我看他那副认真、为难的样子,又好笑,又觉得可爱。不知怎么的,我已从心底爱上了这个傻呼呼的小同乡。

他听我这么说,也似乎有理,考虑一下,便下了决心似的说:

"好,算了。用了给她好好洗洗。"他决定以后,就把我抱着的被子,统统抓过去,左一条、右一条的披挂在自己肩上,大踏步地走了。

回到包扎所以后,我就让他回团部去。他精神顿时活泼起来了,向我敬了礼就跑了。走不几步,他又想起了什么,在自己挂包里掏了一阵,摸出两个馒头,朝我扬了扬,顺手放在路边石头上,说:

"给你开饭啦!"说完就脚不点地的走了。我走过去拿起那两个干硬的馒头,看见他背的枪筒里不知在什么时候又多了一枝野菊花,跟那些树枝一起,在他耳边抖抖地颤动着。

他已走远了,但还见他肩上撕挂下来的布片,在风里一飘一飘。我真后悔没给他缝上再走。现在,至少他要裸露一晚上的肩膀了。

包扎所的工作人员很少。乡干部动员了几个妇女,帮我们打水,烧锅,作些零碎活。那位新媳妇也来了,她还是那样,笑眯眯的抿着嘴,偶然从眼角上看我一眼,但她时不时的东张西望,好像在找什么。后来她到底问我说:

"那位同志弟到哪里去了?"我告诉她同志弟不是这里的,他现在到前沿去了。她不好意思地笑了一下说:"刚才借被子,他可受我的气了!"说完又抿了嘴笑着,动手把借来的几十条被子、棉絮,整整齐齐的分铺在门板上、桌子上(两张课桌拼起来,就是一张床)。我看见她把自己那条白百合花的新被,铺在外面屋檐下的一块门板上。

天黑了,天边涌起一轮满月。我们的总攻还没发起。敌人照例是忌怕夜晚的,在地上烧起一堆堆的野火,又盲目地轰炸,照明弹也一个接一个地升起,好像在月亮下面点了无数盏的汽油灯,把地面的一切都赤裸裸地暴露出来了。在这样一个"白夜"里来攻击,有多困难,要付出多大的代价啊!我连那一轮皎洁的月亮,也憎恶起来了。

乡干部又来了,慰劳了我们几个家做的干菜月饼。原来今天是中秋节了。

啊,中秋节,在我的故乡,现在一定又是家家门前放一张竹茶几,上面供一副香烛、几碟瓜果月饼。孩子们急切地盼那柱香快些焚尽,好早些分摊给月亮娘娘享用过的东西,他们在茶几旁边跳着唱着:"月亮堂堂,敲锣买糖,……"或是唱着:"月亮嬷嬷,照你照我,……"我想到这里,又想起我那个小同乡,那个拖毛竹的小伙,也许,几年以前,他还唱过这些歌呢!……我咬了一口美味的家做月饼,想起那个小同乡大概现在正趴在工事里,也许在团指挥所,或者是在那些弯弯曲曲的交通沟里走着哩!……

一会儿,我们的炮响了,天空划过几颗红色的信号弹,攻击开始了。不久,断断续续地有几个伤员下来,包扎所的空气立即紧张起来。

我拿着小本子,去登记他们的姓名、单位,轻伤的问问,重伤的就得拉开他们的符号,或是翻看他们的衣襟。我拉开一个重彩号的符号时,"通讯员"三个字使我突然打了个寒战,心跳起来。我定了下神才看到符号上写着×营的字样。啊!不是,我的同乡他是团部的通讯员。但我又莫名其妙地想问问谁,战地上会不会漏掉伤员。通讯员在战斗时,除了送信,还干什么,——我不知道自己为什么要问这些没意思的问题。

战斗开始后的几十分钟里,一切顺利,伤员一次次带下来的消息,都是我们突击第一道鹿砦,第二道铁丝网,占领敌人前沿工事打进街了。但到这里,消息忽然停顿了,下来的伤员,只是简单地回答说:"在打。"或是"在街上巷战。"但从他们满身泥泞,极度疲乏的神色上,甚至从那些似乎刚从泥里掘出来的担架上,大家明白,前面在进行着一场什么样的战斗。

包扎所的担架不够了,好几个重彩号不能及时送后方医院,耽搁下来。我不能解除他们任何痛苦,只得带着那些妇女,给他们拭脸洗手,能吃得的喂他们吃一点,带着背包的,就给他们换一件干净衣裳,有些还得解开他们的衣服,给他们拭洗身上的污泥血迹。

做这种工作,我当然没什么,可那些妇女又羞又怕,就是放不开手来,大家都要抢着去烧锅,特别是那新媳妇。我跟她说了半天,她才红了脸,同意了。不过只答应做我的下手。

前面的枪声,已响得稀落了。感觉上似乎天快亮了,其实还只是半夜。外边月亮很明,也比平日悬得高。前面又下来一个重伤员。屋里铺位都满了,我就把这位重伤员安排在屋檐下的那块门板上。担架员把伤员抬上门板,但还围在床边不肯走。一个上了年纪的担架员,大概把我当做医生了,一把抓住我的膀子说:"大夫,你可无论如何要想办法治好这位同志呀!你治好他,我……我们全体担架队员给你挂匾……"他说话的时候,我发现其他的几个担架员也都睁大了眼盯着我,似乎我点一点头,这伤员就立即会好了似的。我心想给他们解释一下,只见新媳妇端着水站在床前,短促地"啊"了一声。我急拨开他们上前一看,我看见了一张十分年轻稚气的圆脸,原来棕红的脸色,现已变得灰黄。他安详地合着眼,军装的肩头上,露着那个大洞,一片布还挂在那里。

"这都是为了我们,……"那个担架员负罪地说道,"我们十多副担架挤在一个小巷子里,准备往前运动,这位同志走在我们后面,可谁知道狗日的反动派不知从哪个屋顶上撂下颗手榴弹来,手榴弹就在我们人缝里冒着烟乱转,这时这位同志叫我们快趴下,他自己就一下扑在那个东西上了。……"

新媳妇又短促地"啊"了一声。我强忍着眼泪,给那些担架员说了些话,打发他们走了。我回转身看见新媳妇已轻轻移过一盏油灯,解开他的衣服,她刚才那种扭怩羞涩已经完全消失,只是庄严而虔诚地给他拭着身子,这位高大而又年轻的小通讯员无声地躺在那里。……我猛然醒悟地跳起身,磕磕绊绊地跑去找医生,等我和医生拿了针药赶来,新媳妇正侧着身子坐在他旁边。

她低着头,正一针一针地在缝他衣肩上那个破洞。医生听了听通讯员的心脏,默默地站起身说:"不用打针了。"我过去一摸,果然手都冰冷了。新媳妇却像什么也没看见,什么也没听到,依然拿着针,细细地、密密地缝着那个破洞。我实在看不下去了,低声地说:

　　"不要缝了。"她却对我异样地瞟了一眼,低下头,还是一针一针地缝。我想拉开她,我想推开这沉重的氛围,我想看见他坐起来,看见他羞涩的笑。但我无意中碰到了身边一个什么东西,伸手一摸,是他给我开的饭,两个干硬的馒头。……

　　卫生员让人抬了一口棺材来,动手揭掉他身上的被子,要把他放进棺材去。新媳妇这时脸发白,劈手夺过被子,狠狠地瞪了他们一眼。自己动手把半条被子平展展地铺在棺材底,半条盖在他身上。卫生员为难地说:"被子……是借老百姓的。"

　　"是我的——"她气汹汹地嚷了半句,就扭过脸去。在月光下,我看见她眼里晶莹发亮,我也看见那条枣红底色上洒满白色百合花的被子,这象征纯洁与感情的花,盖上了这位平常的、拖毛竹的青年人的脸。

1958年3月

选自茹志鹃小说集《百合花》,
人民文学出版社1978年版

赵树理

"锻炼锻炼"

"争先"农业社,地多劳力少,
动员女劳力,作得不够好:
有些妇女们,光想讨点巧,
只要没便宜,请也请不到——
有说小腿疼,床也下不了,
要留儿媳妇,给她送屎尿;
有说四百二,她还吃不饱,
男人上了地,她却吃面条。
她们一上地,定是工分巧,
做完便宜活,老病就犯了;
割麦请不动,拾麦起得早,
敢偷又敢抢,脸面全不要;
开会常不到,也不上民校,
提起正经事,啥也不知道,
谁给提意见,马上跟谁闹,
没理占三分,吵得天塌了。
这些老毛病,赶紧得改造,
快请认字人,念念大字报!

——杨小四写

这是一九五七年秋末"争先农业社"整风时候出的一张大字报。在一个吃午饭的时间,大家正端着碗到社办公室门外的墙上看大字报,杨小四就趁这个热闹时候把自己写的这张快板大字报贴出来,引得大家丢下别的不看,先抢着来看他这一张,看着看着就轰隆轰隆笑起来。倒不因为杨小四是副主任,也不是因为他编得顺溜写得整齐才引得大家这样注意,最引人注意的是他批评的两个主要对象是"争先社"的两个有名人物——一个外号叫"小腿疼",那一个外号叫"吃不饱"。

小腿疼是五十来岁一个老太婆,家里有一个儿子一个儿媳还有个小孙孙。本来她瞧着孙孙做做饭媳妇是可以上地的,可是她不,她一定要让媳妇照她当日伺候婆婆那个样子伺候她——给她打洗脸水、送尿盆、扫地、抹灰尘、做饭、端饭……不过要是地里有点便宜活的话也不放过机会。例如夏天拾麦子,在麦子没有割完的时候她可去,一到割完了她就不去了。按她的说法是"拾东西全凭偷,光凭拾能有多大出息"。后来社里发现了这个秘密,又规定拾的麦子归社,按斤给她记工她就不干了。又如摘棉花,在棉桃盛开每天摘的能超过定额一倍的时候她也能出动好几天,不用说刚能做到定额她不去,就是只超过定额三分她也不去。她的小腿上,在年轻时候生过臁疮,不过早在二十多年前就治好了。在生疮的时候,她的丈夫伺候她;在治好之后,为了容易使唤丈夫,她说她留下了个腿疼根。"疼"是只有自己才能感觉到的。她说"疼"别人也无法证明真假,不过她这"疼"疼得有点特别:高兴时候不疼,不高兴了就疼;逛会、看戏、游门、串户时候不疼,一做活儿就疼;她的丈夫死后儿子还小的时候有好几年没有疼,一给孩子娶过媳妇就又疼起来;入社以后是活儿能大量超过定额时候不疼,超不过定额或者超过的少了就又要疼。乡里的医务站办得虽说还不错,可是对这种腿疼还是没有办法的。

"吃不饱"原名"李宝珠",比"小腿疼"年轻得多——才三十来岁,论人材在"争先社"是数一数二的,可惜她这个优越条件,变成了她自己一个很大的包袱。她的丈夫叫张信,和她也算是自由结婚。张信这个人,生得也聪明伶俐,只是没有志气,在恋爱期间李宝珠跟他提出的条件,明明白白就说是结婚以后不上地劳动,这条件在解放后的农村是没有人能答应的,可是他答应了。在李宝珠看来,她这位丈夫也不能算最满意的人,只能说是"比上不足比下有余"——因为不是个干部——所以只把他作为个"过渡时期"的丈夫,等什么时候找下了最理想的人再和他离婚。在结婚以后,李宝珠有一个时期还在给她写大字报这位副主任杨小四身上打过主意,后来打听着她自己那个"吃不饱"的外号原来就是杨小四给她起的,这才打消了这个念头。她既然只把张信当成她"过渡时期"的丈夫,自然就不能完全按"自己人"来对待他,因此她安排了一套对待张信的"政策"。她这套政策:第一是要掌握经济全权,在社里张信名下的账要朝她算,家里一切开支要由她安排,张信有什么额外收入全部缴她,到花钱时候再由她批准、支付。第二是除做饭和针线活以外的一切劳动——包括担水、和煤、上碾、上磨、扫地、送灰渣一切杂事在内——都要由张信负担。第三是吃饭穿衣的标准要由她规定——在吃饭方面她自己是想吃什么就做什么,对张信是她做什么张信吃什么;同样,在穿衣方面,她自己是想穿什么买什么,对张信自然又是她买什么张信穿什么。她这一套政策是她暗自规定暗自执行的,全面执行之后,张信完全变成了她的长工。自从实行粮食统购以来,她是时常喊叫吃不饱的。她的吃法是张信上了地她先把面条煮得吃了,再把汤里下几颗米熬两碗糊糊粥让张信回来吃,另外还做些火烧干饼锁在箱里,张信不在的时候几时想吃几时吃。队里动员她参加劳动的时候,她却说"粮食不够吃,每顿只能等张信吃完了刮个空锅,实在劳动不了。"时常做假的人,没有不露马脚的。张信常发现床铺上有干饼星星(碎屑),也不断见着糊糊粥里有一两根没有捞尽的面条,只是因为一提就得生气,一生气她就先提"离婚",所以不敢提,就那样睁只眼合只眼吃点亏忍忍饥算了。有一次张信端着碗在门外和大家一齐吃饭,第三队(他所属的队)的队长张太和发现他碗里有一根面条。这位队长是个比较爱说俏皮话的青年。他问张信说:"吃不饱大嫂在哪里学会这单做一根面条的本事哩?"从这以后,每逢张信端着糊糊粥到门外来吃的时候,爱和他开玩笑的人常好夺过他的筷子来在他碗里找面条,碰巧的是时常不落空,总能找到那么一星半点。张太和有一次跟他说:"我看'吃不饱'这个外号给你加上还比较正确,因为你只能吃一根面条。"在参加生产方面,"吃不饱"和"小腿疼"的态度完全一样。她既掌握着经济全权,就想利用这种时机为她的"过渡"以后多弄一点积蓄,因此在生产上一有了取巧的机会她就参加,绝不受她自己所定的政策第二条的约束;当便宜活做完了她就仍然喊她的"吃不饱不能参加劳动"。

杨小四的快板大字报贴出来一小会,吃不饱听见社房门口起了哄,就跑出来打听——她这几天心里一直跳,生怕有人给她贴大字报。张太和见她来了,就想给她当个义务读报员。张太和说:"大家不要起哄,我来给大家从头念一遍!"大家看见吃不饱走过来,已经猜着了张太和的意思,就都静下来听张太和的。张太和说快板是很有工夫的。他用手打起拍子有时候还带着表演,跟流水一样马上把这段快板说了一遍,只说得人人鼓掌、个个叫好。吃不饱就在大家鼓掌鼓得起劲的时候,悄悄溜走了。

不过吃不饱可没有回了家,她马上到小腿疼家里去了。她和小腿疼也不算太相好,只是有时候想借重一下小腿疼的硬牌子。小腿疼比她年纪大、闯荡得早,又是正主任王聚海、支书王镇海、第一队队长王盈海的本家嫂子,有理没理常常敢到社房去闹,所以比吃不饱的牌子硬。吃不饱听张太和念过大字报,气得直哆嗦,本想马上在当场骂起来,可是看见人那么多,又没有一个是会给自己说话的,所以没有敢张口就悄悄溜到小腿疼家里。她一进门就说:"大婶呀!有人贴着黑帖子骂咱们哩!"小腿疼听说有人敢骂她好像还是第一次。她好像不相信地问:"你听谁说的?""谁说的?多少人都在社房门口吵了半天了,还用听谁说?""谁写的?""杨小四那个小死材!""他这小死材都写了些什么?""写的多着哩:说你装腿疼,留下儿媳妇给你送屎尿;说你偷麦子;说你没理占三分,光跟人吵架……"她又加油加醋添了些大字报上没有写上去的话,一顿把个小腿疼说得腿也不疼了,挺挺挺挺就跑到社房里去找杨小四。

这时候,主任王聚海、副主任杨小四、支书王镇海三个人都正端着碗开碰头会,研究整风与当前生产怎样配合的问题,小腿疼一跑进去就把个小会给他们扰乱了。在门外看大字报的人们,见小腿疼的来头有点不平常,也有些人跟进去看。小腿疼一进门一句话也没有说,就伸开两条胳膊去扑杨小四,杨小四从座上跳起来闪过一边,主任王聚海趁势把小腿疼拦住。杨小四料定是大字报引起来的事,就向小腿疼说:"你是不是想打架?政府有规定,不准打架。打架是犯法的。不怕罚款、不怕坐牢你就打吧!只要你敢打一下,我就把你请得到法院!"又向王聚海说:"不要拦她!放开叫她打吧!"小腿疼一听说要出罚款要坐牢,手就软下来,不过嘴还不软。她说:"我不是要打你!我是要问问你政府规定过叫你骂人没有?""我什么时候骂过你?""白纸黑字贴在墙上你还昧得了?"王聚海说:"这老嫂!人家提你的名来没有?"小腿疼马上顶回来说:"只要不提名就该骂是不是?要可以骂我可就天天骂哩!"杨小四说:"问题不在提名不提名,要说清楚的是骂你来没有!我写的有哪一句不实,就算我是骂你!你举出来!我写的是有个缺点,那就是不该没有提你们的名字。我本来提着的,主任建议叫我去了。你要嫌我写得不全,我给你把名字加上好了!""你还嫌骂得不痛快呀?加吧!你又是副主任,你又会写,还有我这不识字的老百姓活的哩?"支书王镇海站起来说:"老嫂,你是说理不说理?要说理,等到辩论会上找个人把大字报一句一句念给你听,你认为哪里写得不对许你驳他!不能这样满脑一把抓来派人家的不是!谁不叫你活了?""你们都是官官相卫,我跟你们说什么理?我要骂!谁给我出大字报叫他死绝了根!叫狼吃得他不剩个血盆儿,叫……"支书认真地说:"大字报是毛主席叫贴的!你实在要不说理要这样发疯,这么大个社也不是没有办法治你!"回头向大家说:"来两个人把她送乡政府!"看的人们早有几个人忍不住了,听支书一说,马上跳出五六个人来把她围上,其中有两个人拉住她两条胳膊就要走。这时候,主任王聚海却拦住说:"等一等!这么一点事哪里值得去麻烦乡政府一趟?"大家早就想让小腿疼去受点教训,见王聚海一拦,都觉得泄气,不过他是主任,也只好听他的。小腿疼见真要送她走,已经有点胆怯,后来经主任这么一拦就放了心。她定了定神,看到局势稳定了,就强鼓着气说了几句似乎是光荣退兵的话:"不要拦他们!让他们送吧!看乡政府能不能拔了我的舌头!"王聚海认为已经到了收场的时候,就拉长了调子向小腿疼说:"老嫂!你且回去呢!没有到不了底的事!我们现在要布置明天的生产工作,等过两天再给你们解释解释!""什么解释解释?一定得说个过来过去!""好好好!就说个过来过去!"杨小四说:"主任你的话是怎么说着的?人家闹到咱的会场来了,还要给人家赔情是不是?"小腿疼怕杨小四和支书王镇海再把王聚海说倒了弄得自己不得退场,就赶紧抢了个空子和王聚海说:"我可走了!事情是你承担着的!可不许平白白地拉倒啊!"说完了抽身就走,跑出门去才想起来没有装腿疼。

　　主任王聚海是个老中农出身,早在抗日战争以前就好给人和解个争端,人们常说他是个会和稀泥的人;在抗日战争中八路军来了以后他当过村长,作各种动员工作都还有点办法;在土改时候,地主几次要收买他,都被他拒绝了,村支部见他对斗争地主还坚决,就吸收他入了党;"争先农业社"成立时候,又把他选为社主任,好几年来,因为照顾他这老资格,一直连选连任。他好研究每个人的"性格",主张按性格用人,可惜不懂得有些坏性格一定得改造过来。他给人们平息争端,主张"和事不表理",只求得"了事"就算。他以为凡是懂得他这一套的人就当得了干部,不能照他这一套来办事的人就都还得"锻炼锻炼"。例如在一九五五年党内外都有人提出可以把杨小四选成副主任,他却说"不行不行,还得好好锻炼几年",直到本年(一九五七年)改选时候他还坚持他的意见,可是大多数人都说杨小四要比他还强,结果选举的票数和他得了个平。小四当了副主任之后,他可是什么事也不靠小四做,并且常说:"年轻人,随在管委会里'锻炼锻炼'再说吧!"又如社章上规定要有个妇女副主任,在他看来那也是多余的。他说:"叫妇女们闹事可以,想叫她们办事呀,连门都找不着!"因为人家别的社里每社都有那么一个人,他也没法坚持他的主张,结果在选举时候还是选了第三队里的高秀兰来当女副主任。他对高秀兰和对杨小四还有区别,以为小四还可以"锻炼锻炼",秀兰连"锻炼"也没法"锻炼",因此除了在全体管委会议的时候按名单通知秀兰来参加以外,在其他主干碰头的会上就根本想不起来还有秀兰那么个人。不过高秀兰可没有忘了他。就在这次整风开始,高秀兰给他贴过这样一张大字报:

　　　　争先社,难争先,因为主任太主观;
　　　　只信自己有本事,常说别人欠锻炼;
　　　　大小事情都包揽,不肯交给别人干,
　　　　一天起来忙到晚,办的事情很有限。
　　　　遇上社员有争端,他在中间陪笑脸,
　　　　只求说个八面圆,谁是谁非不评断,
　　　　有的没理沾了光,感谢主任多照看,

有的有理受了屈,只把苦水往下咽。
正气碰了墙,邪气遮了天,
有力没处使,谁还肯争先?
希望王主任,来个大转变:
办事靠集体,说理分长短,
多听群众话,免得耍光杆!

——高秀兰写

他看了这张大字报,冷不防也吃了一惊,不过他的气派大,不像小腿疼那样马上唧唧喳喳乱吵,只是定了定神仍然摆出长辈的口气来说:"没想到秀兰这孩子还是个有出息的,以后好好'锻炼锻炼'还许能给社里办点事。"王聚海就是这样一个人。

杨小四给小腿疼和吃不饱出的那张大字报,在才写成稿子没有誊清以前,征求过王聚海的意见。王聚海坚决主张不要出。他说:"什么病要吃什么药,这两个人吃软不吃硬。你要给她们出上这么一张大字报,保证她们要跟你闹麻烦;实在想出的话,也应该把她们的名字去了。"杨小四又征求支书王镇海的意见,并且把主任的话告诉了支书,支书说:"怕麻烦就不要整风!至于名字写不写都行,一贴出去谁也知道指的是谁!"杨小四为了照顾王聚海的老面子,又改了两句,只把那两个人的名字去了,内容一点也没有变,都贴出去了。

当小腿疼一进社房来扑杨小四,王聚海一边拦着她,一边暗自埋怨杨小四:"看你惹下麻烦了没有?都只怨不听我的话!"等到大家要往乡政府送小腿疼,被他拦住用好话把小腿疼劝回去之后,他又暗自夸奖他自己的本领:"试试谁会办事?要不是我在,事情准闹大了!"可是他没有想到当小腿疼走出去、看热闹的也散了之后,支书批评他说:"聚海哥!人家给你提过那么多意见,你怎么还是这样无原则?要不把这样无法无天的人的气焰打下去,这整风工作还怎么往下做呀?"他听了这几句批评觉着很伤心。他想:"你们闯下了事自己没法了局,我给你们做了开解,倒反落下不是了?"不过他摸得着支书的"性格"是"认理不认人、不怕不了事"的,所以他没有把真心话说出来,只勉强承认:"算了算了!都算我的错!咱们还是快点布置一下明后天的生产工作吧!"

一谈起布置生产来,支书又说:"生产和整风是分不开的。现在快上冻了,妇女大半不上地,棉花摘不下来,花秆拔不了,牲口闲站着,地不能犁,要不整风,怎么能把这种情况变过来呢?"主任王聚海说:"整风是个慢工夫,一两天也不能转变个什么样子;最救急的办法,还是根据去年的经验,把定额减一减——把摘八斤籽棉顶一个工,改成六斤一个工,明天马上就能把大部分人动员起来!"支书说:"事情就坏到去年那个经验上!现在一天摘十斤也摘得够,可是你去年改过么一下,把那些自私自利的人改得心高了,老在家里等那个便宜。这种落后思想照顾不得!去年改成六斤,今年她们会要求改成五斤,明年又会要求改成四斤!"杨小四说:"那样也就对不住人家进步的妇女!明天要减了定额,这几天的工分你怎么给人家算?一个多月以前定额是二十斤,实际能摘到四十斤,落后的抢着摘棉花,叫人家进步的去割谷,就已经亏了人家;如今摘三遍棉花,人家又按八斤定额摘了十来天了,你再把定额改小了让落后的来抢,那像话吗?"王聚海说:"不改定额也行,那就得个别动员。会动员的话,不论哪一个都能动员出来,可惜大家在作动员工作方面都没有'锻炼',我一个人又只有一张嘴,所以工作不好作……"接着他就举出好多例子,说哪个媳妇爱听人夸她的手快,哪个老婆爱听人说她干净……只要摸得着人的"性格",几句话就能说得她愿意听你的话。他正唠唠叨叨举着例子,支书打断他的话说:"够了够了!只要克服了资本主义思想,什么'性格'的人都能动员出来!"

话才说到这里,乡政府来送通知,要主任和支书带两天给养马上到乡政府集合,然后到城关一个社里参观整风大辩论。两个人看了通知,主任说:"怎么办?"支书说:"去!""生产?""交给副主任!"主任看了看杨小四,带着讽刺的口气说:"小四!生产交给你!支书说过,'生产和整风分不开,'怎样布置都由你!""还有人家高秀兰哩!""你和她商量去吧!"

主任和支书走后,杨小四去找高秀兰和副支书,三个人商量了一下,晚上召开了个社员大会。

人们快要集合齐了的时候,向来不参加会的小腿疼和吃不饱也来了。当她们走近人群的时候,吃不饱推着小腿疼的脊背说:"快去快去!凑他们都还没有开口!"她把小腿疼推进了场,她自己却只坐在圈外。一队的队长王盈海看见她们两个来得不大正派,又见小腿疼被推进场去以后要直奔主席台,就趁了两步过来拦住她说:"你又要干什么?""干什么?今天响午的事你又不是不知道!先得把小四骂我的事说清楚,要不今天晚上的会开不好!"前边提过,王盈海也是小腿疼的一个本家小叔子,说话要比王聚海、王镇海都尖刻。王盈海当了队长,小腿疼虽然能借着个叔嫂关系跟他耍无赖,不过有时候还怕他三分。王盈海见小腿疼的话头来得十分无理,怕她再把会场搅乱了,就用话顶住她说:"你的兴就还没有败透?人家什么地方屈说了你?你的腿到底疼不疼?""疼不疼你管不着!""编在我队里我就要管你!说你腿疼哩,闹起事来你比谁跑得也快;说你不疼哩,你却连饭也不能做,把个媳妇拖得上不了地！人家给你写了张大字报，你就跟被蝎子螫了一下一样，唧唧喳喳乱叫喊！叫吧！越叫越多！再要不改造，大字报会把你的大门上也贴满了！"这样一顶，果然有效，把个小腿疼顶得关上嗓门慢慢退出场外和吃不饱坐到一起去。杨小四看见小腿疼息了虎威，悄悄和高秀兰说："咱们主任对小腿疼的'性格'摸得还是不太透。他说小腿疼是'吃软不吃硬'，我看一队长这'硬'的比他那'软'的更有效些。"

宣布开会了，副支书先讲了几句话说："支书和主任今天走得很急促，没有顾上详细安排整风工作怎样继续进行。今天下午我和两位副主任商议了一下，决定今天晚上暂且不开整风会，先来布置明天的生产。明天晚上继续整风，开分组检讨会。谁来检讨、检讨什么，得等到明天另外决定。我不说什么了，请副主任谈生产吧！"副支书说了这么几句简单的话就坐下了。有个人提议说："最好是先把检讨人和检讨什么宣布一下，好让大家准备准备！"副支书又站起来说："我们还没有商量好，还是等明天再说吧！"

接着就是杨小四讲话。他说："咱们现在的生产问题，大家都看得很清楚：棉花摘不下来，花秆拔不了，牲口闲站着，地不能犁，再过几天地一冻，秋杀地就算误了。摘完了的棉花秆，断不了还要丢下一星半点，拔在秆上熏了肥料，觉着很可惜；要让大家自由拾一拾吧，还有好多三遍花没有摘，说不定有些手不干净的人要偷偷摸摸的。我们下午商量了一下，决定明后两天，由各队妇女副队长带领各队妇女，有组织地自由拾花；各队队长带领男劳力，在拾过自由花的地里拔花秆，把这一部分地腾清以后，先让牲口犁着，然后再摘那没有摘过三遍的花。为了防止偷花的毛病，现在要宣布几条纪律：第一，明天早晨各队正副队长带领全队队员到村外南池边犁过的那块地里集合，听候分配地点。第二，各队妇女只准到指定地点拾花，不许乱跑。第三，谁要不到南池边集合，或者不往指定地点，拾的花就算偷的，还按社里原来的规定，见一斤扣除五个劳动日的工分，不愿叫扣除的送到法院去改造。完了！散会！"

大会没有开够十分钟就散了，会后大家纷纷议论：有的说："青年人究竟没有经验！就定一百条纪律，该偷的还是要偷！"有的说："队长有什么用？去年拾自由花，有些妇女队长也偷过！"有的说："年轻人可有点火气，真要处罚几个人，也就没人敢偷了！"有的说："他们不过替人家当两天家，不论说得多么认真，王聚海回来还不是平塌塌地又放下了！"准备偷花的妇女们，也互相交换着意见："他想的倒周全，一分开队咱们就散开，看谁还管得住谁？""分给咱们个好地方咱们就去，要分到没出息的地方，干脆都不要跟上队长走！""他一只手拖一个，两只手拖两个，还能把咱们都拖住？""我们的队长也不那么老实！"……

"新官上任,不摸秉性",议论尽管议论,第二天早晨都还得到村外南池边那块犁过的地里集合。

要来的人都来到犁耙得很平整的这块地里来坐下,村里再没有往这里走的人了,小四、秀兰和副支书一看,平常装病、装忙、装饿的那些妇女们这时候差不多也都到齐,可是小腿疼和吃不饱两个有名人物没有来。他们三个人互相看了看,秀兰说:"大概是一张大字报真把人家两个人惹恼了!"大家又稍微等了一下,小四说:"不等她们了,咱们就按咱们的计划来吧!"他走到面向群众那一边说:"各队先查点一下人数,看一共来了多少人!男女分别计算!"各个队长查点了一遍,把数字报告上来。小四又说:"请各队长到前边来,咱们先商量一下!"各队长都集中到他们三个人跟前来。小四和各队长低声说了几句话,各个队长一听都大笑起来,笑过之后,依小四的吩咐坐在一边。

小四开始讲话了。小四说:"今天大家来得这样齐楚,我很高兴。这几天,队长每天去动员人摘花,可是说来说去,来的还是那几个人,不来的又都各有理由:有的说病了,有的说孩子病了,有的说家里忙得离不开……指东划西不出来,今天一听说自由拾花大家就什么事也没有了!这不明明是自私自利思想作怪吗?摘头遍花能超过定额一倍的时候,大家也是这样来得整齐。你们想想:平常活叫别人做,有了便宜你们讨,人家长年在地里劳动的人吃你们多少亏?你们真是想'拾'花吗?一个人一天拾不到一斤籽棉,值上两三毛钱,五天也赚不够一个劳动日,谁有那么傻瓜?老实说:愿意拾花的根本就是想偷花!今年不能像去年,多数人种地让少数人偷!花秆上丢的那一点棉花不拾了,把花秆拔下来堆在地边让每天下午小学生下了课来拾一拾,拾过了再熏肥。今天来了的人一个也不许回去!妇女们各队到各队地里摘三遍花,定额不动,仍是八斤一个劳动日;男人们除了往麦地担粪的还去担粪,其余到各队摘尽了花的地里拔花秆!我的话讲完了!副支书还要讲话!"有一个媳妇站起来说:"副主任!我不说瞎话!我今天不能去!我孩子的病还没有好!不信你去看看!"小四打断她的话说:"我不看!孩子病不好你为什么能来?""本来就不能来,因为……""因为听说要自由拾花!本来不能来你怎么来的?天天叫也叫不到地,今天没有人去叫你,你怎么就来了?副支书马上就要跟你们讲这些事!"这个媳妇再没有说的,还有几个也想找理由请假,见她受了碰,也都没有敢开口。她们也想到悄悄溜走,可是坐在村外一块犁过的地里,各个队长又都坐在通到村里去的路上,谁动一动都看得见,想跑也跑不了。

副支书站起来讲话了。他说:"我要说的话很简单:有人昨天晚上要我把今天的分组检讨会布置一下,把检讨人和检讨什么告大家说,让大家好准备。

现在我可以告大家说了：检讨人就是每天不来今天来的人，检讨的事就是'为什么只顾自己不顾社'。现在先请各队的记工员把每天不来今天来的人开个名单。"

一会，名单也开完了，小四说："谁也不准回村去！谁要是半路偷跑了，或者下午不来了，把大字报给她出到乡政府！"秀兰插话说："我们三队的地在村北哩，不回村怎么过去？"小四向三队队长张太和说："太和！你和你的副队长把人带过村去，到村北路上再查点一下，一个也不准回去！各队干各队的事！散会！"

在散会中间又有些小议论："小四比聚海有办法！""想得出来干得出来！""这伙懒婆娘可叫小四给整住了！""也不止小四一个，他们三个人早就套好了！""聚海只学过内科，这些年轻人能动手术！""聚海的内科也不行，根本治不了病。""可惜小腿疼和吃不饱没有来！"……说着就都走开了。

第三队通过了村，到了村北的路上，队长查点过人数，就往村北的杏树底地里来。这地方有两丈来高一个土岗，有一棵老杏树就长在这土岗上，围着这土岗南、东、北三面有二十来亩地在成立农业社以后连成了一块，这一年种的是棉花，东南两面向阳地方的棉花已经摘尽了，只有北面因为背阴一点，第三遍花还没有摘。他们走到这块地里，把男劳力和高秀兰那样强一点的女劳力留在南头拔花秆，让妇女队长带着软一点的女劳力上北头去摘花。

妇女们绕过了南边和东边快要往北边转弯了，看见有四个妇女早在这块地里摘花，其中有小腿疼和吃不饱两个人。大家停住了步，妇女队长正要喊叫，有个妇女向她摆摆手低声说："队长不要叫她们！你一叫她们不拾了！咱们也装成自由拾花的样子慢慢往那边去！到那里咱们摘咱们的，她们拾她们的！让她们多拾一点处理起来也有个分量！"妇女队长说："我说她们怎么没有出来？原来早来了！"另一个不常下地的妇女说："吃不饱昨天夜里散会以后，就去跟我商量过不要到南池边去集合，早一点社地里去，我没有敢听她的话。"大家都想和小腿疼她们开开玩笑，就都装作拾花的样子，一边在摘过的空花秆上拾着零花，一边往北边走。

原来头天晚上开会时候，小腿疼没有闹起事来，不是就退出场外和吃不饱坐在一起了吗？她们一听到第二天叫自由拾花，吃不饱就咬住小腿疼的耳朵说："大婶！咱明天可不要管他那什么纪律！咱们叫上几个天不明就走，赶她们到地，咱们就能弄他好几斤！她们到南池边集合，咱们到村北杏树底去，谁也碰不上谁；赶她们也到杏树底来咱们跟她们一块儿拾。拾东西谁也不能不偷，她们一偷，就不敢去告咱们的状了！"小腿疼说："我也是这么想！

什么纪律？犯纪律的多哩！处理过谁？光咱们两人去多好！不要叫别人！""要叫几个人，犯了也有个垫背的；不过也不要叫得太多，太多了轮到一个人手里东西就不多了！"她们一共叫上五个人，不过有三个没有敢来，临出发只来了两个，就相跟着到杏树底来了。她们正在五六亩大的没有摘过三遍花的地里偷得起劲，听见有人说话，抬头一看，见三队的妇女都来了，就溜到摘过的这一边来；后来见三队的人也到没有摘过的那边去了，她们就又溜回去。三队的人都哈哈大笑起来。小腿疼说："笑什么？许你们偷不许我们偷？"有个人说："你们怎么拾了那么多？""谁不叫你们早点来？"三队的人都是挨着摘，小腿疼她们四个人可是满地跑着捡好的。三队有个人说："要偷也该挨住片偷呀！"小腿疼说："自由拾花你管我们怎么拾哩？要说是偷，你们不也是偷吗？"大家也不认真和她辩论，有些人隔一阵还忍不住要笑一次。

妇女队长悄悄和一个队员说："这样一直开玩笑也不大好。我离开怕她们闹起来，请你跑到南头去和队长、副主任说一声，叫他们看该怎么办！"那个队员就去了。

队长张太和更是个开玩笑大王。他一听说小腿疼和吃不饱那两个有名人物来了，好像有点幸灾乐祸的样子说："来了才合理！我早就想到这些人物碰上这些机会不会不出马！你先回去摘花，我马上就到！"他又向高秀兰说："副主任！你先不要出面，等我把她们整住了请你你再去！你把你的上级架子扎得硬硬地！"可是高秀兰不愿意那样做。高秀兰说："咱们都是才学着办事，还是正正经经来吧！咱们一同去！"他们走到北头，队员们看见副主任和队长都来了，又都大笑起来。张太和依照高秀兰的意见，很正经地说："大家不要笑了！你们那几位也不要满地跑了！"小腿疼又耍她的厉害："自由拾花！你管不着！""就算自由拾花吧！你们来抢我三队的花，我就要管！都先把篮子缴给我！"吃不饱说："我可是三队的！三队的花许别人偷就得许我偷！要缴大家都缴出来！"张太和说："谁也得缴！"说着就先把她们四个人的篮子夺下来，然后就问她们说："你们为什么不到南池边集合？"吃不饱说："你且不要问这个！你不是说'谁也得缴'吗？为什么不缴她们的？""她们是给社里摘！""我们也是给社里摘！""谁叫你们摘的？""谁叫她们摘的？""对！现在就先要给你们讲明是谁叫她们摘的！"接着就把在南池边集合的时候那一段事给她们四个讲述了一遍，讲得她们都软下来。小腿疼说："不叫拾不拾算了！谁叫你们不先告我们说？""不告说为什么还叫到南池边集合？告你说你不去听，别人有什么办法？"小腿疼说："算我们白拾了一趟！你们把花倒下，给我们篮子我们走！"

这时候，高秀兰说话了。她说："事情不那么简单：事前宣布纪律，为的是让大家不犯,犯了可就不能随便了事!这棉花分明是偷的。太和同志!把这些棉花送回社里,过一过秤,让保管给她们每一个篮子上贴上个条子,写明她们的姓名和棉花的分量,连篮子一同保存起来,等以后开个社员大会,让大家商量一个处理办法来处理!"张太和把四个篮子拿起来走了,小腿疼说:"秀兰呀!你可不能说我们是偷的!我们真正不知道你们今天早上变了卦!"秀兰说:"我们一点也没有变卦!昨天晚上杨小四同志给大家说得明白:'谁要不到南池边集合,拾的花就都算偷',何况你们明明白白在没有摘过的地里来抢哩?这是妨害全社利益的事,我们不能自作主张,准备交给群众讨论个处理办法!你们有什么话到社员大会上说去吧!"

小腿疼和吃不饱偷了棉花的事,等到吃早饭的时候,就传遍了全村。上午,各队在做活的时候提起这事,差不多都要求把整风的分组检讨会推迟一天,先在本天晚上开个社员大会处理偷花问题——因为大多数人都想叫在王聚海回来之前处理了,免得他回来再来个"八面圆"把问题平放下来。两个副主任接受了大家的要求,和副支书商量把整风会推迟一天,晚上就召开了处理偷花问题的社员大会。

大会开了。会议的项目是先由高秀兰报告捉住四个偷花贼的经过,再要她们四个人坦白交代,然后讨论处理办法。

在她们四个人坦白交代的时候,因为篮子和偷的棉花都还在社里,爱"了事"的主任又不在家,所以除了小腿疼还想找一点巧辩的理由外,一般都还交代得老实。前头是那两个垫背的交代的。一个说是她头天晚上没有参加会,小腿疼约她去她就去了,去到杏树底见地里没有人,根本没有到已经摘尽了的地里去拾,四个人一去,就跑到北头没摘过的地里去了。另一个说得和第一个大体相同,不过她自己是吃不饱约她的。这两个人交代过之后,群众中另有三个人插话说,小腿疼和吃不饱也约过她们,她们没有敢去。第三个就叫吃不饱交代。吃不饱见大风已经倒了,老老实实把她怎样和小腿疼商量、怎样去拉垫背的、计划几时出发、往哪块地去……详细谈了一遍。有人追问她拉垫背的有什么用处,她说根据主任处理问题的习惯,犯案的人越多了处理得越轻,有时候就不处理;不过人越多了,每个人能偷到的东西就太少了,所以最好是少拉几个,既不孤单又能落下东西。她可以算是摸着主任的"性格"了。

最后轮着小腿疼作交代了。主席杨小四所以把她排在最后,就是因为她好倚老卖老来巧辩,所以让别人先把事实摆一摆来减少她一些巧辩的机会。可是这个小老太婆真有两下子,有理没理总想争个盛气。她装作很受屈的样子说:"说什么?算我偷了花还不行?"有人问她:"怎么'算'你偷了?你究竟偷了没有?""偷了!偷也是副主任叫我偷的!"主席杨小四说:"哪个副主任叫你偷的?""就是你!昨天晚上在大会上说叫大家拾花,过了一夜怎么就不算了?你是说话呀是放屁哩?"她一骂出来,没有等小四答话,群众就有一半以上的人"哗"地一下站起来:"你要造反!""叫你坦白呀叫你骂人?"……三队长张太和说:"我提议:想坦白也不让她坦白了!干脆送法院!"大家一齐喊"赞成"。小腿疼着了慌,头像货郎鼓一样转来转去四下看。她的孩子、媳妇见说要送她也都慌了。孩子劝她说:"娘你快交代呀!"小四向大家说:"请大家稍静一下!"然后又向小腿疼说:"最后问你一次:交代不交代?马上答应,不交代就送走!没有什么客气的!""交交交代什么呀?""随你的便!想骂你就再骂!""不不不那是我一句话说错了!我交代!"小四问大家说:"怎么样?就让她交代交代看吧!""好吧!"大家答应着又都坐下了。小腿疼喘了几口气说:"我也不会说什么!反正自己做错了!事情和宝珠说的差不多:昨天晚上快散会的时候,宝珠跟我说:'咱明天可不要管他那什么纪律!咱们叫上几个人……'"

这时候忽然出了点小岔子:城关那个整风辩论会提前开了半天,支书和主任摸了几里黑路赶回来了。他们见场里有灯光,预料是开会,没有回家就先到会场上来。主任远远看见小腿疼先朝着小四说话然后又转向群众,以为还是争论那张大字报的问题,就赶了几步赶进场里,根本也没有听小腿疼正说什么,就拦住她说:"回去吧老嫂!一点点小事还值得追这么紧?过几天给你们解释解释就完了……"大家初看见他进到会场时候本来已经觉得有点泄气,赶听到他这几句话,才知道他还根本不了解情况,"轰隆"一声都笑了。有个年纪老一点的人说:"主任!你且坐下来歇歇吧!'没有调查就没有发言权'!"支书也拉住他说:"咱们打听打听再说话吧!离开一天多了,你知道人家的工作是怎样安排的?"主任觉得很没意思,就和支书一同坐下。

小腿疼见主任王聚海一回来,马上长了精神。她不接着往下交代了。她离开自己站的地方走到王聚海面前说:"老弟呀!你走了一天,人家就快把你这没出息嫂嫂摆弄死了!"她来了这一下,群众马上又都站起来:"你不用装蒜!""你犯了法谁也替不了你!""……"主任站起来走到小四旁边面向大家说:"大家请坐下!我先给大家谈谈!没有了不了的事……"有人说:"你请坐下!我们今天没有选你当主席!""这个事我们会'了'!"……支书急了,又把主任拉住说:"你为什么这么肯了事?先打听一下情况好不好?让人家开会,我们到社房休息休息吧!"又向副支书说:"你要抽得出身来的话,抽空子到社房给我们谈谈这两天的事!"副支书说:"可以!现在就行!"

他们三个离了会场到社房,副支书把他和杨小四、高秀兰怎样设计把那些光想讨巧不想劳动的妇女调到南池边,怎样批评了她们,怎样分配人力摘花、拔花秆,怎样碰上小腿疼她们偷花……详细谈了一遍,并且说:"棉花明天就可以摘完,今天下午犁地的牲口就全都出动了,花秆拔得赶得上犁,剩下的男劳力仍然往准备冬浇的小麦地里运粪。"他报告完了情况,就先赶回会场去。

副支书走了,支书想了一想说:"这些年轻人还是有办法!做法虽说有点开玩笑,可是也解决了问题!"主任说:"我看那种动员办法不可靠!不捉摸每个人的'性格',勉强动员到地里去,能做多少活哩?""再不要相信你摸得着人的'性格'了!我看人家几个年轻同志非常摸得着人的'性格'。那些不好动员的妇女有她们的共同'性格',那就是'偷懒''取巧'。正因为摸透了她们这种性格,才把她们都调动出来。人家不止'摸得着'这种性格,还能'改变'这种性格。你想:开了那么一个'思想展览会',把她们的坏思想抖出来了,她们还能原封收回去吗?你说人家动员的人不能做活,可是棉花是靠那些人摘下来的。用人家的办法两天就能摘完,要仍用你那'摸性格'的老办法,恐怕十天也摘不完——越摘人越少。在整风方面,人家一来就找着两个自私自利的头子,你除不帮忙,还要替人家'解释解释'。你就没有想到全社的妇女你连一半人数也没有领导起来,另一半就咱那个小腿疼嫂嫂和李宝珠领导着的!我的老哥!我看你还是跟那几位年轻同志在一块'锻炼锻炼'吧!"主任无话可说了,支书拉住他说:"咱们去看看人家怎么处理这偷花问题。"

他们又走到会场时候,小腿疼正向小四求情。小腿疼说:"副主任!你就让我再交代交代吧!"原来自她说了大家"捉弄"了她以后,大家就不让她再交代,只讨论了对另外三个人的处分问题,留下她准备往法院送。有个人看见主任来了,就故意讽刺小腿疼说:"不要要求交代了!那不是?主任又来了!"主任说:"不要说我!我来不来你们该怎么办还怎么办!刚才怨我太主观,不了解情况先说话!"小腿疼也抢着说:"只要大家准我交代,不论谁来了我也交代!"小腿疼看了看群众,群众不说话,看了看副支书和两个副主任,这三个人也不说话。群众看了看主任,主任不说话;看了看支书,支书也不说话。全场冷了一下以后,小腿疼的孩子站起来说:"主席!我替我娘求个情!还是准她交代好不好?"小四看了看这青年,又看了看大家说:"怎么样?大家说!"有个老汉说:"我提议,看到孩子的面上还让她交代吧!"又有人接着说:"要不就让她说吧!"小四又问:"大家看怎么样?"有些人也答应:"就让她说吧!""叫她说说试试!"……小腿疼见大家放了话,因为怕进法院,恨不得把她那些对不起大家的事都说出来,所以坦白得很彻底。她说完了,大家决定也按一斤籽棉五个劳动日处理,不过也跟给吃不饱规定的条件一样,说这工一定得她做,不许用孩子的工分来顶。

散会以后,支书走在路上和主任说:"你说那两个人'吃软不吃硬',你可算没有摸透她们的'性格'吧?要不是你的认识给她们掌了腰,她们早就不敢那么猖狂了!所以我说你还是得'锻炼锻炼'!"

1958年7月14日

原载《火花》1958年第8期

周立波

山那面人家

　　踏着山边月映出来的树影,我们去参加山那面一家人家的婚礼。
　　我们为什么要去参加婚礼呢？如果有人这样问,下边是我们的回答:有的时候,人是高兴参加婚礼的,为的是看着别人的幸福,增加自己的欢喜。
　　有一群姑娘在我们的前头走着。姑娘成了堆,总是爱笑。她们嘻嘻哈哈地笑个不断线。有一位索性蹲在路边上,一面含笑骂人家,一面用手揉着自己笑痛了的小肚子。她们为什么笑呢？我不晓得。对于姑娘们,我了解不多。问过一位了解姑娘的专家,承他相告:"她们笑,就是因为想要笑。"我觉得这句话很有学问。但又有人告诉我:"姑娘们笑,虽说不明白具体的原因,总之,青春,康健,无挂无碍的农业社里的生活,她们劳动过的肥美的、翡青的田野,和男子同工同酬的满意的工分,以及这迷离的月色,清淡的花香,朦胧的、或是确实的爱情的感觉,无一不是她们快活的源泉。"
　　我想这话也似乎有理。
　　翻过山顶,望见新郎的家了。那是一个大瓦屋的两间小横屋。大门上挂着一个小小的古旧的红灯。姑娘们蜂拥进去了。按照传统,到了办喜事的人家,她们有种流传悠久的特权。从前,我们这带的红花姑娘们,在同伴新婚的初夜,总要偷偷跑到新房的窗子外面、板壁下边去听壁脚,要是听到类似这样的私房话:"喂,困着了吗？"她们就会跑开去,哈哈大笑；第二天,还要笑几回。但也有可能,她们什么也听不到手。有经验的、也曾听过人家壁脚的新人,在这幸福的头一天夜里,可能半句话也不说,使窗外的人们失望地走开。
　　走在我们前头的那一群姑娘,急急忙忙跑进门去了,他们也是来听壁脚的吗？
　　我在山里摘了几枝茶子花,准备送给新贵人和新娘子。到了门口,我们才看见,木门框子的两边,贴着一副大红纸对联,红灯影里,显出八个端正的字样:

　　　　歌声载道
　　　　喜气盈门

我们走进门,一个青皮后生子满脸堆笑,赶出来欢迎。他是新郎邹麦秋,农业社的保管员。他生得矮矮墩墩,眉清目秀,好多的人都说他老实,但也有少数的人说他不老实,那理由是新娘很漂亮,而漂亮的姑娘,据说是不爱老实的男人的。谁知道呢,看看新娘子再说。

把茶子花献给了新郎,我们往新房走去。那里的木格窗子上糊上了皮纸,当中贴着一个红纸剪的大囍字,四角是玲珑精巧的窗花,有鲤鱼、兰草,还有两只美丽的花瓶,花瓶旁边是两只壮猪。

我们攀开门帘子,进了新娘房。姑娘们早在,还是在轻声地笑,在讲悄悄话。我们才落座,她们一哄出去了,门外是一路的笑声。

等清静一点,我们才过细地端详房间。四围坐着好多人,新娘和送亲娘子坐在床边上。送亲娘子就是新娘的嫂嫂。她把一个三岁伢子带来了,正在教他唱:

> 三岁伢子穿红鞋,
> 摇摇摆摆上学来,
> 先生莫打我,
> 回去吃口汁子①又来。

我偷眼看了看新娘卜翠莲。她不蛮漂亮,但也不丑,脸模子,衣架子,都还过得去,由此可见,新郎是个又老实又不老实的角色。房间里的人都在看新娘。她很大方,一点也没有害羞的样子。她从嫂嫂怀里接过侄儿来,搔他胳肢,逗起他笑,随即抱出房间去,操了一泡尿,又抱了回来,从我身边擦过去,留下一阵淡淡的香气。

人们把一盏玻璃罩子煤油灯点起,昏黄的灯光照亮了房里的陈设。床是旧床,帐子也不新;一个绣花的红缎子帐荫子也半新不旧。全部铺盖,只有两只枕头是新的。

窗前一张旧的红漆书桌上,摆了一对插蜡烛的锡烛台,还有两面长方小镜子,此外是贴了红纸剪的囍字的瓷壶和瓷碗。在这一切摆设里头最出色的是一对细瓷半裸的罗汉。他们挺着胖大的肚子,在哈哈大笑。他们为什么笑呢?既是和尚,应该早已看破红尘,相信色即是空了,为什么要来参加人家的婚礼,并且这样欢喜呢?他们都戴了红星帽子,我想,他们一定已经改造了。

新房里,坐在板凳上谈笑的人们中有乡长、社长、社里的兽医和他的堂

---

① 汁子:奶汁。

客。乡长是个一本正经的男子,听见人家讲笑话,他不笑,自己的话引得人笑了,他也不笑。他非常忙,对于婚礼,本不想参加,但是邹麦秋是社里的干部,又是邻居,他不好不来。一跨进门,邹家翁妈迎上来说道:

"乡长来得好,我们正缺一个为首主事的。"意思是要他主婚。

当了主婚人,他只得不走,坐在新娘房里抽烟,谈讲,等待仪式的开始。

社长也是个忙人,每天至少要开两个会,谈三次话,又要劳动;到夜里,回去迟了,还要挨堂客的骂。任劳任怨,他是够辛苦的了。但这一对人的结合,他不得不来。邹麦秋是他得力的助手,他来道贺,也来帮忙,还有一个并不宣布的目的,就是要来监督他们的开销。他支给邹家五块钱现款,叫他们连茶饭,带红纸红烛,带一切花销,就用这一些,免得变成超支户。

来客当中,只有兽医的话多。他天南地北,扯了一阵,话题转到婚姻制度上。

"包办也好,免得自己去操心。"兽医说。他的漂亮堂客是包办来的,他很满意。他的脸是酒糟脸,红通通的,还有个疤子,要不靠包办,很难讨到这样的堂客。

"当然是自由好嘛。"社长的堂客是包办来的,时常骂他,引起他对包办婚姻的不满。

"社长是对的,包办不如自由好。"乡长站在社长这一边,"有首民歌,单道旧式婚姻的痛苦。"

"你念一念。"社长催他。

"旧式婚姻不自由,女的哭来男的愁,哭的长江涨了水,愁的青山白了头。"

"那也没有这样的厉害。"社长笑笑说。

"我们不哭也不愁。"兽医得意地看看他堂客。

"你是瞎子狗吃屎,瞎碰上的。"乡长说,"提起哭,我倒想起津市那边的风俗。"乡长低头吧口烟,没有马上说下去。

"什么风俗?"社长催问。

"那边兴哭嫁,嫁女的人家,临时要请好多人来哭,阔的请好几十个。"

"请来的人不会哭,怎么办?"兽医发问。

"就是要请会哭的人嘛。在津市,有种专门替人哭嫁的男女,他们是干这行业的专家,哭起来,一数一落,有板有眼,好像唱歌,好听极了。"

窗外爆发一阵姑娘们的笑声,好久不见的她们,原来已经在练习听壁脚了。新房里的人,连新娘在内,都笑了,乡长照例没有笑。没有笑的,还有兽医的堂客。她枯起了眉毛。

"你怎么样了?"兽医连忙低头小声问。

"胸壳有点昏,心里像要呕。"漂亮堂客说。

"有喜了吧?"乡长说。

"找郎中没有?"送亲娘子问。

"她还要找?夜夜跟郎中睡一挺床。"社长笑笑说。

"看你这个老不正经的,还当社长呢。"兽医堂客说。

外边有人说:"都布置好了,请到堂屋去。"大家拥到了堂屋,送亲娘子抱着孩子,跟在新人的背后。姑娘们也都进来了。她们倚在板壁上,肩挨着肩,手拉着手,看着新娘子,咬一会耳朵,又低低地笑一阵。

堂屋上首放着扮桶,箩筐和晒簟,这些都是农业社里的东西。正当中的长方桌上,摆起两枝点亮的红烛,烛光里,还可以清楚地看见两只插了茶子花枝的瓷瓶,靠里边墙上挂一面五星红旗,贴一张毛主席肖像。

仪式开始了,主婚人就位,带领大家,向国旗和毛主席行了一个礼,又念了县长的证书,略讲了几句,退到一边,和社长坐在一条高凳上。司仪姑娘宣布下面一项是来宾演说。不知道是哪个排定的程序,把大家最感兴味的一宗——新娘子讲话放在末尾,人们只好怀着焦急的心情来听来宾的演说。

被邀上去演讲的本来是社长,但是他说:

"还是叫新娘子讲吧。我们结婚快二十年了,新婚是什么味儿,都忘记了,有什么说的?"

大家都笑了,接着是一阵鼓掌。掌声里,人们一看,走到桌边准备说话的,不是新娘,而是酒糟脸上有个疤子的兽医。他咬字道白,先从解放前后国内的形势谈起,慢慢吞吞地,带着不少的术语,把辞锋转到了国际形势。听到这里,乡长小声地跟社长说道:

"我还约了一个人谈话,要先走一步,你在这里主持一下子。"

"我也有事,要走。"

"你不能走。都走了不好。"乡长说罢,向邹家翁妈抱歉似地点点头,起身走了。社长只得留下来,听了一会,实在忍不住,就跟旁边一个办社干部说:

"人家结个婚,跟国际国内的形势有什么关系?"

"你不晓得呀,这叫八股;才谈两股,下边还长呢。"办社干部说。

"将来,应该发明一种通电的机器,安在讲台上,爱讲空话的人一踏上去,就遍身作痒,只顾用手去搔痒,口里讲不下去了。"社长说。

"顶好把电过到膀胱里,刺激他,叫他隔不两分钟就要尿泡尿,非得尿不行,这样一来,空话决不会多了。"

隔了半点钟,掌声又起。新娘子已经上去,兽医不见了。发辫扎着红绒

绳子的新人,虽说大方,脸也通红了。她说:

"各位同志,各位父老,今天晚上,我快活极了,高兴极了。"

姑娘们哧哧地笑着,口说"快活极了,高兴极了"的新娘,却没有笑容,紧张极了。她接着讲道:

"我们是一年以前结婚的。"

大家起初愣住了,以后笑起来,但过了一阵,平静地一想,知道她由于兴奋,把订婚说做了结婚。新娘子又说:

"今天我们结婚了,我高兴极了。"她从新蓝制服口袋里掏出一本红封面的小册子,摊给大家看一看,"我把劳动手册带来了。今年我有两千工分了。"

"真不儿戏。"一个青皮后生子失声叫好。

"真是乖孩子。"一个十几岁的后生子这样地说。他忘了自己真是个孩子。

"这才是真正的嫁妆。"老社长也不禁叹服。

"我不是来吃闲饭依靠人的,我是过来劳动的。我在社里一定要好好生产,和他比赛。"

"好呀,把邹家里比下去吧。"一个青皮后生子笑着拍手。

"我的话完了。"新娘子满脸通红,跑了下来。

"没有了吗?"有人还想听。

"说得太少了。"有人还嫌不过瘾。

"送亲娘子,请。"司仪姑娘说。

送亲娘子搂着三岁的孩子,站起来说:

"我没学习,不会讲话。"说完就坐下去了,脸模子也涨得鲜红。

"要新郎公讲讲,敢不敢比?"有人提议。

"新郎公呢?"

"没有影子了。"有人发现。

"跑了。"有人断定。

"跑了?为什么?"

"跑到哪里去了?"

"太不像话,这叫什么新郎公?"

"他一定是怕比赛。"

"快去找去,太不像话了,人家那边的送亲娘子还在这里。"社长说。

好几十个人点着火把,拧亮手电,分几路往山里,塅里,小溪边,水塘边,到处去寻找。社长领头,寻到山里的一路,看见储藏红薯的地窖露出了灯光。

"你在这里呀,你这个家伙,你……"一个后生子差点要骂他。

"你为什么开溜?怕比赛吗?"老社长问他。

邹麦秋提着一盏小方灯,从地窖里爬了出来,拍拍身上的泥土,抬抬眉毛,平静地,用低沉的声音说道:

"我与其坐冷板凳,听那牛郎中空口说白话,不如趁空来看看我们社里的红薯种,看烂了没有。"

"你呀,算是一个好的保管员,可不是一位好的新郎公。不怕爱人多心吗?"社长的话,一半是夸奖,一半是责备。

把新郎送回去以后,我们先后告辞了。踏着山边斜月映出的树影,我们各自回家去。同路来的姑娘们还没有动身。

漂满茶子花香的一阵阵初冬月夜的微风,送来姑娘们一阵阵欢快的、放纵的笑闹。她们一定开始在听壁脚了,或者已经有了收获吧?

1957 年 11 月

原载《人民文学》1958 年第 11 期

陈翔鹤

陶渊明写《挽歌》

一

  在六朝时候宋文帝元嘉四年,陶渊明已经满过六十二岁,快达六十三岁的高龄了。近三、四年来,由于田地接连丰收,今年又是一个平年,陶渊明家里的生活似乎比以前要好过一些。尤其是在去年颜延之被朝廷任命去做始安郡太守,路过浔阳时,给他留下了二万钱,对他生活也不无小补。虽说陶渊明叫儿子把钱全拿去寄存到镇上的几家酒店,记在账上,以便随时取酒来喝,其实那个经营家务的小儿子阿通,却并未照办,只送了半数前去,其余的便添办了些油盐和别的家常日用物;这种情形,陶渊明当然知道,不过在向来不以钱财为意的陶渊明看来,这也算不得什么,因此并不再加过问。

  在身体健康方面,虽说陶渊明自四十一岁归田以后,即"躬耕自资,遂抱羸疾",但在六十岁以前,他却仍然不断地参加部分劳动。只是当他满过六十岁之后,他才把锄头交给儿子,说:"不成不成,手脚骨头都松了,使用不得力,这些事只好交给你们来作了!"此后即很少自己动手,只于早晚间负手到田垄间去看看桑麻禾黍,一面温习温习自己心爱的诗篇。

  这一年浔阳的秋天,来得似乎比哪年都早;每到早晚间,八月里的瑟瑟秋风便使人倍加有畏缩之感。这一天早晨,天刚一放亮,陶渊明便起来了。昨夜他在床上翻腾了一整夜。昨天在庐山东林寺给他的不愉快的印象实在太深了,这不能不逼使他去思考一些问题。因为他去庐山,本来是想同慧远法师谈谈,同时也想在庙里住上三几天,静静脑筋,换换空气。却不料一到东林寺,就遇见那里正在大办法事,来烧香的人真有如穿梭一般,进进出出,十分闹杂。而尤其令他不愉快的,便是那盘腿打坐在大雄宝殿正中的慧远和尚的那种近于傲慢、淡漠而又装腔作势的态度。这与他平时的为人是完全两样的。他头戴毗卢帽,身披绯色罗袈裟,前后左右还围着有一大群年轻俊美的小和尚,手中各持着铜唾盂、白玉柄麈尾、紫丝布巾帨等类的东西,俨然是另一种达官贵人的派头。只见他半闭着眼睛,两手合十,让香客们在他座前四礼八拜,脸上纹风不动,连一点表情都没有;真不知他是在睡觉呢还是在闭目养神。法会一会儿正式开始了,首先由僧徒们高声唪诵一通《无量寿佛经》,然后又由刘遗民来大念一遍他自己作的所谓"发愿文",次即是由白莲神社中的社友们一齐向慧远和尚顶礼膜拜;然后又由会众大声宣扬一阵"南无阿弥陀佛,观世音菩萨,大势至菩萨"的佛号,便算散会。这时他才微微地动了一下眼皮,在钟鼓齐鸣中,喃喃念道:"揭谛揭谛,波罗揭谛,波罗僧揭谛,菩提萨婆诃!"念毕这种神秘而又令人难懂的咒语之后,他什么也没有说,便下得座来起身入内了。对于那些匍匐在地面上的会众,连正眼都不曾看一眼,更不用说和气地来同大家打个招呼了!这种毫不理会大家的态度,给陶渊明以一种大有"我慢"之概的印象。而这种"我慢",又正是慧远本人对陶渊明所时常提起,认为是违反佛理的。

"渊明公,你看这个念佛法会怎样?"到禅堂里坐下喝茶时,刘遗民对他这样的问。还不等他回答,周续之接着便说:"真正是名山胜会,世间少有啊!我看渊明公还是加入我们白莲社的好。慧远法师不是说你加入之后,还是特许可以喝酒吗?""对,对!还是加入的好。'浔阳三隐'中有两位都已经加入,渊明公再一加入,那便算是全数了!"只听得张野、张铨、宗炳、雷次宗等陶渊明儒学中的朋友,当时所谓知名之士的,都一齐异口同声地来劝说。"让我再想想看。人生本来就很短促,并且活着也多不容易啊!在我个人想,又何必用敲钟敲鼓来增加它的麻烦呢?"陶渊明边说边立起身来,打算出去。"你不坐坐,吃过午斋,去同法师谈谈再走吗?"大家齐声说。"不用啦,今天人多,他也很忙,改天再来。"陶渊明记得自己昨天正是这样起身回家的。

虽说"背负炉峰(香炉峰),旁带瀑布"的东林寺离陶渊明的住处柴桑山的栗里只不过二十多里地,可是陶渊明这次走起来却觉得比往常任何一次都吃力。他停停走走地一直到将近黄昏时候才回到了家。在喝过一碗稀粥之后,他便上床睡觉了。他一方面虽然觉得自己腿酸腰疼,疲乏不堪,但一方面想睡却又睡不着。而更可恶的是那种"铛、铛、铛、铛"的东林寺的钟声,于朦胧半睡中,还不住阴一下阳一下地在他耳边鸣响。"看来东林寺以后是不能再去啦,这些和尚真会装,总是想拿敲钟敲鼓来吓唬人。最可笑的还有刘遗民、周续之那一般人,平时连朝廷的征辟也都不应,可是一见了慧远和尚就那样的磕头礼拜,五体投地!是不是这可以说明,他们对于生死道理还有所未达呢?死,死了便了,一死百了,又算得什么!哪值得那样敲钟敲鼓地大惊小怪!佛家说超脱,道家说羽化,其实这些都是自己仍旧有解脱不了的东西。"陶渊明就像这样的想着想着,直翻腾了一整夜。

二

　　此刻,陶渊明是坐在他茅屋前面过道间的靠背胡床上面了。这还是他大儿子阿舒十多年前,在修盖这所草屋时替他出的主意:即是把房檐尽量放得宽些,简直有堂屋一般的宽,目的是好招待来拜访的客人。不想这样一来,陶渊明却得到受用了,因为他近年来除了爱在床上躺躺之外,就喜欢斜倚在这过道间的胡床上,有时读读书,想想诗,望望南山,听听松涛和想想心事;有时也同来找他谈天的邻居们研究研究收成,话话桑麻;如果当家酿秫酒新熟时,就同他们和和融融、喜笑颜开地喝上几杯。

　　昨天夜晚刚下过一点小雨。屋檐下的几棵柳树,虽然在中秋的微寒里已经不再茁长了,而且叶子已有点发黄,但早晨乡间的空气还是那般清新,简直分辨不出哪是篱边黄菊的芬芳,哪是田野间残稻的谷香。陶渊明情不自禁地深深呼吸了几口长气。他因昨晚不曾睡好,虽然觉得头有些发晕、口有些发苦、腰也有些发痛,但这一派远远近近的山光树影,薄雾流云,仍不能不使这位饱经忧患的老诗人,很自然地想要去停止一切不愉快的思考,好让自己安静一下。但秋天清晨的寒气又使得陶渊明不得不把身上的灰布单袍往紧里裹了一裹。"真正是秋天了呀!'良辰在何许,凝霜霑衣襟。'阮嗣宗的《咏怀诗》可真正得不错。还有呢,'感物怀殷忧,悄悄令心悲。多言焉所告,繁辞将诉谁。'像这样的好诗,恐怕只有他一人才能写得出来啦。我的诗似乎可以不必再写了,只消读读他的《咏怀诗》也满够味的。"陶渊明不自禁地想起了他平时所最心爱的阮诗来。他念着,念着,轻轻地频频地摇着头,好像是要把那些使人瑟缩的秋气赶跑似的。

　　就在这时候,一个身穿白布小褂,青布裤子的小孩,八岁左右,皮肤黑黑的,全身胖乎乎的,一蹦一跳地从后面跑出来了。"呀,我知道,我知道,爷爷昨天又去庐山来着。总不带我去,我不答应。"他边说边扑到陶渊明的怀里来,用手去摸摸陶渊明的灰白胡子。"你走得动吗?我去的时候还是西头的王家叔叔用篮舆抬我去的,回来自己走,可就不行啦,二十多里地就一直走到天黑。"陶渊明边说边抓住孙儿的两只小手,不让他去弄乱他的胡须。"我走得动,走得动,等下一回,你一定要带我去,我跟着你篮舆走,一大步一大步地跨。""小牛,你等不到。以后恐怕我就不会再去庐山啦。哎,不会再去啦!""干什么不?我就一个人也要去。庐山真好玩儿。我就喜欢摸小和尚的脑袋。我摸他们,他们也摸我。上回我还同他们捉蜻蜓来着。真好玩儿。""嗯……"陶渊明觉得对孩子简直无理可说,便只得这样嗯了一声。

"哎,小牛,快下来! 我不告诉过你,爷爷乘不起你吗? 还是那样不听话!"这时那个陶渊明的小儿媳妇已托着一个茶盘走了出来。她约有三十岁左右,身体壮健,足穿草履,身着青衣,发髻绾得高高的,眉间颇带一点秀气。她一面嚷着,将茶盘放到矮矮的小白木几上,便动手去拉那个淘气的小孩。"不要紧,还乘得起,就让他这样吧!"陶渊明摸着小孙儿头上的两个丫角爱抚地说,同时又抬起头去望了儿媳妇一眼,在他黑瘦清秀的方脸上不觉已露出了一点笑容。"这是南山上刚才折下来的秋茶,昨天夜晚才炒好,请爷爷尝尝,看可合口味?"好恭顺地说了,随即斟出一杯碧绿的茶水递给陶渊明。"给我喝,给我喝……"孩子又在撒娇了。"好,好。我们大家都喝。媳妇,你辛苦,也来喝上一杯。"陶渊明一面给孩子喝茶一面要媳妇去取个杯子。"我不忙。昨天爷爷那样晚才回来,可把您累着了? 要早知道您在庙里只坐一会儿就走,那便不该把篮舆打发回来了,老年人哪里走得了这样多的路!""不,不,还可以。阿通呢,下田去了吗?""哪里,他还睡着呢。稻子一收上坡,他就该睡懒觉啦。有事吗? 我去喊他。""没事,没事,让他睡着吧。年轻人能睡得着觉总是好的。"陶渊明说到这里蹙起眉,轻轻叹了一口气,看来他又是觉得腰有些发痛了。

这个媳妇仍然在陶渊明身边站着没有走,似乎尚有所待。陶渊明又抬起头来疑问地望了她一眼。"昨天下午爹来啦,他还等了你老人家半天呢。"她关心地说。"找我可有事情?""他把您的诗稿都拿走了。"听到这里,陶渊明在心内不禁也为之一惊。他间歇了一会才追问:"他这是什么意思,拿去作什么用呢?""据他老人家说,他找到一个什么字写得不错的书手,打算把您的诗拿去重抄一遍,装订起来,以留作传家之宝。等再过两天,我一定去把稿子要回来……本来嘛,我就有点不大放心,怕有遗失。"她说罢将头低了下去,仿佛做了一件什么错事似的。"哦,原来这样! 那就让它去吧。当然,如果把稿子失掉了也是可惜的。""不! 过两天我一定自己去要回来!""好媳妇,你又何必这样性急呢,等过些时候再说吧。稿子又不比可以吃得的东西,你还怕些什么!""哎,我本来就不愿意给的,可是他老人家执意要拿去,真是叫人为难。""给了就算了吧。不用去管它。写着玩的东西,本来就不值得什么,哪用得着这样担心!"陶渊明说毕,又望了儿媳一眼,同时有一种暖乎乎的感觉袭上心来。他简直没想到在自己的家里,竟有人会这样的珍视他的诗篇。随着,这个少妇便拿起一个竹耙,走到篱笆外面去了。

至于说到对这位小儿媳妇的选择,陶渊明起初还是有所考虑的,因为新娘的父亲庞遴之曾经作过江州刺史刘弘的后军功曹,家里又广有田产,他恐怕她过得门来不能吃苦安贫。何况阿通又有一种粗声粗气的戆脾气。可是他的那个以爱管闲事著名的故人庞通之,却竭力向他担保说:"行!我说行就行。难道我自己的亲侄女儿都不了解?她念的《列女传》、《论语》、《诗经》,都还是我一手教出来的呢。姑娘是个不多言多语的好姑娘,平时又很喜欢诗,你的许多诗她都能背得过来。……固然,老头儿有些俗气、讨厌,贪财好名。不过我们娶的是姑娘,而不是那个老头儿。"

过门后,问题果然出来了。首先是大哥阿舒的老婆对新娘感情不好,不肯再管家;等庞家姑娘动手管家了,她又嫌别人管得不好,太费;接着就吵着要分家(陶渊明的其他三个儿子,因为小孩多,早就自立门户了);这时庞迷之也出来说了话。于是,平素就很不喜欢生活关系闹得复杂的陶渊明,才决定让他们各自东西,而自己仍同阿通夫妇一同过日子。所幸他所租得庞迷之的三十多亩田,近三四年来收成也还不错,而阿通在庄稼上又是个全把式,孩子也只有小牛一个,再加上陶渊明和儿媳妇两个帮着薅薅锄锄,他们的日子总算勤巴苦做地度过去了。

陶渊明是从三十岁起就开始过独身生活的。他的两个妻室都早已前后亡故,只有那个"夫耕于前,妻锄于后"的继室翟氏,他对她始终保持着一种优美和崇高的柔情。而阿通又正是翟氏所生的(老二、老三、老四也都与阿通同母),因此他对于这个有点戆脾气的小儿子便更加爱惜,不愿同他离开。一个独身生活过得太久的人,常常是有许多怪脾气的。比如说,不大注意室内清洁,不许别人动用他的东西之类,陶渊明也不例外。可是这种独身汉的生活习惯,到他五十六岁的那年,却被一场严重的痢疾破除了。这时陶渊明病倒床上,看看已入危境,于是这个庞家姑娘才不避嫌疑,大胆地前去看护他,亲自替他换洗衣衾,侍奉汤药。等到病慢慢好了,这个少妇才真正成为这一家之主。而陶渊明也才重新感到有人照顾他生活的家庭之乐。

近几年来,陶渊明又一连遇见了一些就连他自己也不大能理解的事情——那即是他不懂得为甚么像本州(江州)刺史那样的大官儿总爱来同他攀亲论友。首先是刺史王弘,接着又是刺史檀道济。而最使他不高兴的便要数檀道济来拜访的那一次了。他带有许多兵马前来,吆吆喝喝,简直把一个栗里村闹得天翻地覆;老乡们家家关门闭户,一直等他走了以后才敢探出头来。

陶渊明对于这个一州之长,自然是待之以礼。而檀刺史呢,在他高谈阔论了一阵什么贤者处世应当"天下无道则隐,有道则至"之后,竟至又说起打算要送他几百斛粳米和多少口猪羊这类的话来了。这使得"逃禄归耕",一向不肯轻易接受人钱财的陶渊明,不禁觉得登时两颊有些发烧起来。因此他才拱了拱手,断然决然地说:"这决不敢当,决不敢当,粳米猪羊之类一定不能接受！我陶潜（这是他在刘裕夺取了晋朝政权以后所取的新名字）哪里够得上称什么'贤者'呢！这并不是我故意装腔作势，只是由于个人的夙愿，不敢妄与那些借归隐为高，一心取得高官厚禄的'贤者'高攀，如此而已！"话不投机半句多。知道谈不下去了，于是这个聪明的檀刺史便拿出起赳武夫的派头，立起身来大声地说："到州里来坐坐吧。我一定大张筵席地招待你！""好，再见。改天一定来拜访。"这样才结束了这次颇为不愉快的会谈。事过之后，陶渊明又不得不再三去向邻里们解释。说檀刺史是他自己来的，而不是由于他的招请。"真正对不起得很，惊动了大家，惹起这许多麻烦。""还好，还好，幸喜那些兵大爷们没有去捉我们的鸡鸭，"一个老乡说。"近几年来，催收赋税的衙役们好像对我们都要客气得多啦，想来是沾了你老人家的光！"另一个深谙世故的老人说。"哎，老邻居，我们都已经是白发苍苍的老人了啊，哪里还禁得起这样的吵闹。我不图别的，只希望那些豪门大官儿们不要再到这儿来，让我们安安静静的过日子就求之不得啦！看来诗还是作不得的，诌了几句诗，就会引起一些无聊的人前来麻烦！"像这样，陶渊明才算结束了他的"善后工作"。

三

就在从庐山回来第二天的当晚，经过一整天躺着休息之后，陶渊明的心情似乎已经平静得多了，腰虽然还有点疼，但头却已经不再发晕了。到用晚饭的时候，陶渊明又看见他儿媳端出两大盘风鸡和糟鱼来。"嘿，了不起，哪里来的这许多好东西？"陶渊明惊疑而又奇怪地问。"还不是爹带来的。两边都是老人家，真是收下不好，不收下也不好。"因为这个摸熟了陶渊明脾气的聪敏儿媳妇知道，如果公公一不高兴，他是连筷子也都不会去动的，于是她才这样惴惴然地解释说，同时更借着灯光去窥探陶渊明的脸色。近些年来，特别是在有了孙儿小牛以后，陶渊明对于儿媳的神态不觉已经变得柔和、温存得多了，有时还可以说有意去揣摩和投合她的心意。"总是这样时常的道谢他老人家。好，有了好菜，我们大家都来喝上几杯。阿通，你用大碗喝我的菊花酒，我喝糯米酒。媳妇儿也不能不喝。只有一个人喝酒就太没意思啦！"陶渊明的这种兴致，显然是为了要投合他儿媳的心意。

他们父、子、儿媳三人围着一张黑漆矮饭桌，席地坐下了。阿通平时不大爱开口，但喝起酒来，正同他种庄稼一样是个能手。他大口大口地喝着，在他晒得黧黑的圆脸上，也不时露出一种开朗的笑容来。

"你爸爸老啦，下不得田啦。不知道现刻家里可还有甚么困难没有？你大哥三哥孩子多，想来一定是有困难的。你爸爸没本领，脾气又怪，不能够去升官发财,让你们弟兄书都读得很少,阿通尤其识字不多,这不能不算是我当爸爸的人的一种不到之处!"在喝过两杯之后,陶渊明不禁又发起平日所时常爱发的感慨来了。"干吗爸爸总爱说这一些,读书有个屁用!你看颜延之叔叔作了一辈子官,到头还不充军似的到始安郡去作个什么太守。依我看,还是地不哄人,你挖多少锄就能有多少锄的收成!我就不喜欢读书,也不喜欢读书人。大哥因为多读了几句书,说起话来就总有些酸溜溜的,让大家听不懂。我不高兴和他说话,好多人都不高兴和他说话。"阿通说罢,大大地喝了一口酒,咂了一咂嘴,又用他粗大的手掌去把嘴唇抹了一下。

"爸爸说话,你好好的听着不好吗?"那个知书识礼的媳妇正想制止丈夫的说话。

"不,不。他说得对,说得很对,颜延之是个好人,就是名利心重,官瘾大了点。上回他来,还同我吵架呢。他把自己诗写得不好,归罪于公务太忙,没有时间去推敲。其实哪里是这样。他一天到晚都在同甚么庐陵王、豫章公这一些人搞在一起,侍宴啦,陪乘啦,应诏赋诗啦,俗务萦心,患得患失,哪还有甚么诗情画意? 没有诗情,又哪里来的好诗! 你看,我所认为好的他的那几首《五君咏》,还不是他官作得不如意的时候写的。除此之外,可就不大高明啦。不过他人总是个好人。讲义气,重朋友。一喝起酒来,便把什么俗情都忘却了。这不能不说他是颇懂得一点酒中真味的。哎,人一老了,就净爱去想些莫名其妙的事情,说不定他从始安郡回来,就不大可能再看见我了!"陶渊明用手理了理胡须,又满满地干了一杯。"因此,在这两天,我很想把那几首《挽歌》和那篇《自祭文》写完,好留给如像颜延之那样的故友们看看。"言下似乎不胜感慨。

"爸爸昨天上庐山见着那个慧远和尚没有? 你不是说要在那里住上两天吗,干吗当天就回来了呢?"庞家姑娘担心地问。

"见是见着啦,只是没有得着机会说话,他们正在做什么念佛法会。这位大法师,就欢喜装腔作势,净拿些什么'三界不安犹如火宅',生啦死啦的大道理来吓唬人。我就不喜欢听这些。"

"'未知生,焉知死?'还是孔老夫子说的对呀。"儿媳妇又在运用她的《论语》知识了。其实这一句也正是陶渊明所时常引用的。

"简直乌七八糟,可恶得很! 其实,眼睛里恐怕还是在望着那几个大钱上!"阿通在喝过两大碗酒之后,话也多起来了。

"话不能那样说。慧远和尚倒是戒律很严,不爱钱财的。我所看重他的就在于三件事情:第一,他写过五篇《沙门不敬王者论》,而且又博通六经,更懂得老庄的道理,讲起经来也还不是那样干巴巴的;第二,他不许可那个架子很大,拿富贵来骄人的谢灵运加入白莲社;第三,他竟敢去同那个杀人不眨眼的贼头儿卢循'欢然道旧',一点也不怕得附逆之罪的名声。这些都是要有点胆量、修养、本领的人才能作得到的。不过我同他究竟还是两路人。关于生死的看法,我同他就有很大的不同,当然我平时也不是不去思考这些。但说来说去还是二十多年前我在《归去来辞》里面说过的那两句话,'聊乘化以归尽,乐乎天命复奚疑'。慧远和尚再想同我辩论也辩论不出什么道理来。他写过一篇《形尽神不灭论》,我也写过三首《形影神》诗来回答他。我主要的意见就在'纵浪大化中,不喜亦不惧。应尽便须尽,无复独多虑'这四句当中。尽,就是完结。凡事有头就有尾,有开头就得有个完结。这不是很自然的吗?何况人活在世上又多么的不容易啊。即以咱们家里的事来作个比喻吧,你们死过两个母亲,一个堂叔叔(敬远),一个堂姑姑(程氏妹),在我四十四岁的时候大火又烧掉了我们的房子,简直烧得精光,在这段时间,几乎大半要靠向别人借贷口粮过日子。你们弟兄也挨过饥、受过苦。像这样,没个完结,行吗?从反面讲,再以你爹为例吧,好媳妇,你说说看,如果每个人都像你爹那样,养得肥胖肥胖的,终日忙着见官见府,买田置地,没个了结,恐怕也不见得就行吧。"陶渊明说罢便不自禁哈哈的大笑了起来,在他黑瘦的脸上不觉泛起了一层薄薄的酒晕。接着陶渊明又说:"我讲个笑话给你听好吗?这还是前两天羊松龄告诉我的,可能是出于他自己的瞎编。不过也真有趣,这很能说明一些道理,说明佛家道理的不大能说得通。"接着陶渊明又说。

"爸爸,讲,讲吧!我就爱听爸爸讲笑话。"

"好多人都说爸爸讲的笑话有意思。"

阿通和他的媳妇都异口同声地要求着。

"那就说一个吧。据说,有个寒门素士去找一位有名的和尚谈道。那和尚爱理不理的,待他非常傲慢。碰巧一个大官儿到庙里来了,而那个老和尚接待他时,却亦步亦趋非常谦恭。等到官儿走了之后,这士子便责问他,为什么接待客人竟会有两种不同的面孔?老和尚就用禅语来回答说,'接是不接,不接是接!'这个士子听了实在不胜其愤,于是就在他秃头上狠狠揍了几巴掌,说,'打是不打,不打是打!'打过后便飘然而去了。你们说有意思没意思?……"陶渊明讲完后,大家都哄堂地笑了起来。阿通笑得更其痛快,接连说:"该打,该打,打得好,打得好!"这时陶渊明早已经有些醉意阑珊了,他立起身来,而那个庞家姑娘就赶忙上前去搀扶着他,把他送入室内。

四

依照陶渊明平时的生活习惯,他总是爱在睡醒一觉之后又动手去作点事情,或者就斜靠在床上去想想在白天他所不大能弄得明白的事情；他这种爱躺在床上沉思默想的习惯,简直可以说已经成为几十年来的顽固习惯了。

今天夜晚,因为大家酒都喝得很高兴,风鸡和糟鱼的味道又很不错,所以隔壁阿通夫妇以及那个早就睡着了的小牛孙儿都睡得很香。等陶渊明一觉醒来,估计时间只不过三更左右。他感觉这几间草房似乎比任何时候都要显得清静,清静得几乎连窗外飞虫的展翅声全都可以听得出来。同时,那桌上的一盏黯淡的菜油灯也更衬托出这秋夜的萧索和静寂。秋夜是那样的静,静得简直有些令人难受。他半夜起身来,把灯芯拨亮了一下。本来打算下得床来,将自己早已打好腹稿的三首《挽歌》和那篇《自祭文》用纸笔记了下来的,可是从牛肋巴的窗孔间所吹进来的阵阵秋风,却使他接连打了两个喷嚏。同时他又感觉自己四肢无力,实在站立不起来。"果然人一到秋天便大大的不同了啊。脚软,站不起来,这不正表明我所有的时间不会太多了么?"他心里这样的嘀咕着,于是便放弃了要下床去动纸笔的念头,决定只斜靠在床上,依旧去思索他那不知思索过多少遍了的诗篇。

他从"有生必有死,早终非命促"起,在心内一直默念到"亲戚或余悲,他人亦已歌"止,本来这三首诗写到这里,他认为便可完结了的,可是庐山法会的钟鼓齐鸣,慧远和尚在会上的那种淡漠自傲和专门拿死来吓唬人的情景,蓦地又在他的脑子里闪现出来了。"嗨,不能够这样就算完结,还得同慧远辩论下去。再在这篇诗里面表示一下我对于生死大事的最终看法吧!"于是他在诗的末尾又加上了"死去何所道,托体同山阿"这两句。"'死去何所道,托体同山阿'。不错,死又算得个什么! 人死了,还不是与山阿草木同归于朽。不想那个赌棍刘裕竟会当了皇帝,而能征惯战的刘牢之反而被背叛朝廷的桓玄破棺戮尸。活在这种尔虞我诈、你砍我杀的社会里,眼前的事情实在是无聊之极;一旦死去,归之自然,真是没有什么值得留恋的!……'死去何所道,托体同山阿',好,这首诗,就该这样结束,不必再作什么添改的啦。"

陶渊明结束了《挽歌》之后,在他心里又默默地去推敲他那篇《自祭文》。这篇东西,因为酝酿时间相当的久,所以在他反复地吟诵了几遍,却仍然不曾发现有什么需得改动的地方。只是当他念到"……匪贵前誉,孰重后歌,人生实难,死之如何? 呜呼哀哉!"这最后五句时,一种湿漉漉、热乎乎的东西便不自觉地漫到了他的眼睫前来。这时他引为感慨的不仅是眼前的生活,而且还有他整个艰难坎坷的一生。

"'人生实难,死之如何'! 难道这不是我对于生死一事的素常看法吗? 哎,脚都站不起来,老了,看来是真正的老了啊! 凡事得有个结束。明天得叫庞家儿媳妇回娘家去,请那位书手将我的诗稿多抄两份,好捡一份送给颜延之。他上回送我的二万钱,数目可真不算少呀。他不肯轻易送人,我也不是那种轻易收下赠物的人。"

想到这里,窗外的雄鸡,拍了拍翅膀,已高声啼唱起来了。

原载《人民文学》1961年第11期

张　洁

爱,是不能忘记的

　　我和我们这个共和国同年。三十岁,对于一个共和国来说,那是太年轻了。而对一个姑娘来说,却有嫁不出去的危险。
　　不过,眼下我倒有一个正儿八经的求婚者。看见过希腊伟大的雕塑家米伦所创造的"掷铁饼者"那座雕塑么?乔林的身躯几乎就是那尊雕塑的翻版。即使在冬天,臃肿的棉衣也不能掩盖住他身上那些线条的优美的轮廓。他的面孔黝黑,鼻子、嘴巴的线条都很粗犷。宽阔的前额下,是一双长长的眼睛。光看这张脸和这个身躯,大多数的姑娘都会喜欢他。
　　可是,倒是我自己拿不准主意要不要嫁给他。因为我闹不清楚我究竟爱他的什么,而他又爱我的什么?
　　我知道,已经有人在背地里说长道短:"凭她那些条件,还想找个什么样的?"
　　在他们的想象中,我不过是一头劣种的牲畜,却变着法儿想要混个肯出大价钱的冤大头。这使他们感到气恼,好像我真的干了什么伤天害理的、冒犯了众人的事情。
　　自然,我不能对他们过于苛求。在商品生产还存在的社会里,婚姻,也像其它的许多问题一样,难免不带着商品交换的烙印。
　　我和乔林相处将近两年了,可直到现在我还摸不透他那缄默的习惯到底是因为不爱讲话,还是因为讲不出来什么?逢到我起意要对他来点智力测验,一定逼着他说出对某事或某物的看法时,他也只能说出托儿所里常用的那种词汇:"好!"或"不好!"就这么两档,再也不能换别的花样儿了。
　　当我问起:"乔林,你为什么爱我"的时候,他认真地思索了好一阵子。对他来说,那段时间实在够长了。凭着他那宽阔的额头上难得出现的皱纹,我知道,他那美丽的脑壳里面的组织细胞,一定在进行着紧张的思维活动。我不由地对他生出一种怜悯和一种歉意,好像我用这个问题刁难了他。
　　然后,他抬起那双儿童般的、清澈的眸子对我说:"因为你好!"
　　我的心被一种深刻的寂寞填满了。"谢谢你,乔林!"
　　我不由地想:当他成为我的丈夫,我也成为他的妻子的时候,我们能不能把妻子和丈夫的责任和义务承担到底呢？也许能够。因为法律和道义已经紧紧地把我们拴在一起。而如果我们仅仅是遵从着法律和道义来承担彼此的责任和义务，那又是多么悲哀啊！那么，有没有比法律和道义更牢固、更坚实的东西把我们联系在一起呢？

逢到我这样想着的时候，我总是有一种古怪的感觉，好像我不是一个准备出嫁的姑娘，而是一个研究社会学的老学究。

也许我不必想这么许多，我们可以照大多数的家庭那样生活下去：生儿育女，厮守在一起，绝对地保持着法律所规定的忠诚……虽说人类社会已经进入了二十世纪七十年代，可在这点上，倒也不妨像几千年来人们所做过的那样，把婚姻当成一种传宗接代的工具，一种交换、买卖，而婚姻和爱情也可以是分离着的。既然许多人都是这么过来的，为什么我就偏偏不可以照这样过下去呢？

不，我还是下不了决心。我想起小的时候，我总是没缘没故地整夜啼哭，不仅闹得自己睡不安生，也闹得全家睡不安生。我那没有什么文化却相当有见地的老保姆说我"贼风入耳"了。我想这带有预言性的结论，大概很有一点科学性，因为直到如今我还依然如故，总好拿些不成问题的问题不但搅扰得自己不得安宁，也搅扰得别人不得安宁。所谓"禀性难移"吧！

我呢，还会想到我的母亲，如果她还活着，她会对我的这些想法，对乔林，对我要不要答应他的求婚说些什么？

我之所以习惯地想到她，绝不因为她是一个严酷的母亲，即使已经不在人世也依然用她的阴魂主宰着我的命运。不，她甚至不是母亲，而是一个推心置腹的朋友。我想，这多半就是我那么爱她，一想到她已经离我远去便悲从中来的原因吧！

她从不教训我，她只是用她那没有什么女性温存的低沉的嗓音，柔和地对我谈她一生中的过失或成功，让我从这过失或成功里找到我自己需要的东西。不过，她成功的时候似乎很少，一生里总是伴着许许多多的失败。

在她最后的那些日子里，她总是用那双细细的、灵秀的眼睛长久地跟随着我，仿佛在估量着我有没有独立生活下去的能力，又好像有什么重要的话要叮嘱我，可又拿不准主意该不该对我说。准是我那没心没肺，凡事都不大有所谓的派头让她感到了悬心。她忽然冒出了一句："珊珊，要是你吃不准自己究竟要的是什么，我看你就是独身生活下去，也比糊里糊涂地嫁出去要好得多！"

照别人看来，作为一个母亲对女儿讲这样的话，似乎不近情理。而在我看来，那句话里包含着以往生活里的极其痛苦的经验。我倒不觉得她这样叮咛我是看轻我或是低估了我对生活的认识。她爱我,希望我生活得没有烦恼,是不是?

"妈妈,我不想嫁人!"我这么说,绝不是因为害臊或是在忸怩作态。说真的,我真不知道一个姑娘什么时候需要做出害臊或忸怩的姿态,一切在一般人看来应该对孩子隐讳的事情,母亲早已从正面让我认识了它。

"要是遇见合适的,还是应该结婚。我说的是合适的!"

"恐怕没有什么合适的!"

"有还是有,不过难一点——因为世界是这么大,我担心的是你会不会遇上就是了!"她并不关心我嫁得出去还是嫁不出去,她关心的倒是婚姻的实质。

"其实,您一个人过得不是挺好吗?"

"谁说我过得挺好?"

"我这么觉得。"

"我是不得不如此……"她停住了说话,沉思起来。一种淡淡的,忧郁的神情来到了她的脸上。她那忧郁的、满是皱纹的脸,让我想起我早年夹在书页里的那些已经枯萎了的花。

"为什么不得不如此呢?"

"你的为什么太多了。"她在回避我。她心里一定藏着什么不愿意让我知道的心事。我知道,她不告诉我,并不是因为她耻于向我披露,而多半是怕我不能准确地估量那事情的深浅而扭曲了它,也多半是因为人人都有一点珍藏起来的、留给自己的东西。想到这里,我有点不自在。这不自在的感觉迫使我没有礼貌,没有教养地追问下去:"是不是您还爱着爸爸?"

"不,我从没有爱过他。"

"他爱您吗?"

"不,他也不爱我!"

"那你们当初为什么结婚呢?"

她停了停,准是想找出更准确的字眼来说明这令人费解和反常的现象,然后显出无限悔恨的样子对我说:"人在年轻的时候,并不一定了解自己追求的、需要的是什么,甚至别人的起哄也会促成一桩婚姻。等到你再长大一些、更成熟一些的时候,你才会明白你真正需要的是什么。可那时,你已经干了许多悔恨得让你感到锥心的蠢事。你巴不得付出任何代价,只求重新生活一遍才好,那你就会变得比较聪明了。人说'知足者常乐',我却享受不到这样的快乐。"说着,她自嘲地笑了笑。"我只能是一个痛苦的理想主义者。"

莫非我那"贼风入耳"的毛病是从她那里来的?大约我们的细胞中主管

"贼风入耳"这种遗传性状的是一个特别尽职尽责的基因。

"您为什么不再结婚呢?"

她不大情愿地说:"我怕自己还是吃不准自己到底要什么。"她明明还是不肯对我说真话。

我不记得我的父亲。他和母亲在我很小的时候便分手了。我只记得母亲曾经很害羞地对我说过他是一个相当漂亮的、公子哥儿似的人物。我明白她准是因为自己也曾追求过那种浅薄而无聊的东西而感到害臊。她对我说过:"晚上睡不着觉的时候,我常常迫使自己硬着头皮去回忆青年时代所做过的那些蠢事、错事!为的是使自己清醒。固然,这是很不愉快的,我常会羞愧地用被单蒙上自己的脸,好像黑暗里也有许多人在盯着我瞧似的。不过这种不愉快的感觉里倒也有一种赎罪似的快乐。"

我真对她不再结婚感到遗憾。她是一个很有趣味的人,如果她和一个她爱着的人结婚,一定会组织起一个十分有趣味的家庭。虽然她生得并不漂亮,可是优雅,淡泊,像一幅淡墨的山水画。文章写得也比较美,和她很熟悉的一位作家喜欢开这样的玩笑:"光看你的作品,人家就会爱上你的!"

母亲便会接着说:"要是他知道他爱的竟是一个满脸皱纹、满头白发的老太婆,他准会吓跑了。"

到了这样年龄,她绝不会是还不知道自己到底要什么。这分明是一句遁词。我之所以这么说,是因为她有些引起我生出许多疑问的怪毛病。

比如,不论她上哪儿出差,她必得带上那二十七本一套的、一九五〇年到一九五五年出版的契诃夫小说选集中的一本。并且叮咛着我:"千万别动我这套书。你要看,就看我给你买的那一套。"这话明明是多余的。我有自己的一套,干嘛要去动她的那套呢?况且这话早已三令五申地不知说过多少遍了。可她还是怕有个万一的时候。她爱那套书爱得简直像是得了魔症一般。

我们家有两套契诃夫小说选集。这也许说明对契诃夫的爱好是我们家的家风,但也许更多的是为了招架我和别的喜欢契诃夫的人。逢到有人想要借阅的时候,她便拿了我房间里的那套给人。有一次,她不在家的时候,一位很熟的朋友拿了她那套里的一本。她知道了之后,急得如同火烧了眉毛,立刻拿了我的一本去换了回来。

从我记事的那天起,那套书便放在她的书橱里了。别管我多么钦佩伟大的契诃夫,我也不能明白,那套书就那么百看、千看、万看不厌,二十多年来有什么必要天天非得读它一读不可?

有时,她写东西写累了,便会端着一杯浓茶,坐在书橱对面,瞅着那套契诃夫小说选集出神。要是这个时候我突然走进了她的房间,她便会显得慌乱不安,不是把茶水泼了自己一身,便是像初恋的女孩子、头一次和情人约会便让人撞见似地羞红了脸。

我便想:她是不是爱上了契诃夫?要是契诃夫还活着,没准真会发生这样的事。

当她神志不清,就要离开这个世界的时候,她对我说的最后一句话是:"那套书——"她已经没有力气说出"那套契诃夫小说选集"这样一个长句子。不过我明白她指的就是那一套。"……还有,写着,'爱,是不能忘记的'……笔记本,和我,一同火葬。"

她最后叮咛我的这句话,有些,我为她做了,比如那套书。有些,我没有为她做,比如那些题着"爱,是不能忘记的"笔记本子。我舍不得。我常想,要是能够出版,那一定是她写过的那些作品里最动人的一篇,不过它当然是不能出版的。

起先,我以为那不过是她为了写东西而积累的一些素材。因为它既不像小说,也不像札记;既不像书信,也不像日记。只是当我从头到尾把它们读了一遍的时候,渐渐地,那些只言片语与我那支离破碎的回忆交织成了一个形状模糊的东西。经过久久的思索,我终于明白,我手里捧着的,并不是没有生命、没有血肉的文字,而是一颗灼人的、充满了爱情和痛苦的心,我还看见那颗心怎样在这爱情和痛苦里挣扎、熬煎。二十多年啦,那个人占有着她全部的情感,可是她却得不到他。她只有把这些笔记本当做是他的替身,在这上面和他倾心交谈。每时,每天,每月,每年。

难怪她从没有对任何一个够意思的求婚者动过心,难怪她对那些说不出来是善意的愿望或是恶意的闲话总是淡然地一笑付之。原来她的心已经填得那么满,任什么别的东西都装不进去了。我想起"曾经沧海难为水,除却巫山不是云"的诗句,想到我们当中多半人不会这样去爱,而且也没有人会照这个样子来爱我的时候,我便感到一种说不出的怅惘。

我知道了三十年代末,他在上海做地下工作的时候,一位老工人为了掩护他而被捕牺牲,撇下了无依无靠的妻子和女儿。他,出于道义,责任,阶级情谊和对死者的感念,毫不犹豫地娶了那位姑娘。逢到他看见那些由于"爱情"而结合的夫妇又因为"爱情"而生出无限的烦恼,他便会想:"谢天谢地,我虽然不是因为爱情而结婚,可是我们生活得和睦、融洽,就像一个人的左膀右臂。"几十年风里来、雨里去,他们可以说是患难夫妻。

他一定是她那机关里的一位同志。我会不会见过他呢?从到过我家的客人里,我看不出任何迹象,他究竟是谁呢?

大约一九六二年的春天,我和母亲去听音乐会。剧场离我们家不太远,我们没有乘车。

一辆黑色的小轿车悄无声息地停在人行道旁边。从车上走下来一个满头白发、穿着一套黑色毛呢中山装的，上了年纪的男人。那头白发生得堂皇而又气派！他给人一种严谨的、一丝不苟的、脱俗的、明澄得像水晶一样的印象。特别是他的眼睛，十分冷峻地闪着寒光，当他急速地瞥向什么东西的时候，会让人联想起闪电或是舞动着的剑影。要使这样一对冰冷的眼睛充满柔情，那必定得是特别强大的爱情，而且得为了一个确实值得爱的女人才行。

他走过来，对母亲说："您好！钟雨同志，好久不见了。"

"您好！"母亲牵着我的那只手突然变得冰凉，而且轻轻地颤抖着。

他们面对面地站着，脸上带着凄厉的、甚至是严峻的神情，谁也不看着谁。母亲瞧着路旁那些还没有抽出嫩芽的灌木丛。他呢，却看着我："已经长成大姑娘了。真好，太好了，和妈妈长得一样。"

他没有和母亲握手，却和我握了握手。而那手也和母亲的手一样，也是冰冷的，也是轻轻地颤抖着的。我好像变成了一路电流的导体，立刻感到了震动和压抑。我很快地从他的手里抽出我的手，说道："不好，一点也不好！"

他惊讶地问我："为什么不好？"或许我以为他故作惊讶。因为凡是孩子们说了什么直率得可爱的话的时候，大人们都会显出这副神态的。

我看了看妈妈的面孔。是，我真像她。这让我有些失望："因为她不漂亮！"

他笑了起来，幽默地说："真可惜，竟然有个孩子嫌自己的母亲不漂亮。记得吗？五三年你妈妈刚调到北京，带你来机关报到的那一天？她把你这个小淘气留在了走廊外面，你到处串楼梯，扒门缝，在我房间的门上夹疼了手指头。你哇啦哇啦地哭着，我抱着你去找妈妈？"

"不，我不记得了。"我不大高兴，他竟然提起我穿开裆裤时代的事情。

"啊，还是上了年纪的人不容易忘记。"他突然转身向我的母亲说："您最近写的那部小说我读过了。我要坦率地说，有一点您写得不准确。您不该在作品里非难那位女主人公……要知道，一个人对另一个人产生感情原没有什么可以非议的地方，她并没有伤害另一个人的生活……其实，那男主人公对她也会有感情的。不过为了另一个人的快乐，他们不得不割舍自己的爱情……"

这时，有一个交通民警走到停放小汽车的地方，大声地训斥着司机车停的不是地方。司机为难地解释着。他停住了说话，回头朝那边望了望，匆匆地说了声："再见！"便大步走到汽车旁边，向那民警说："对不起，这不怪司机，是我……"

我看着这上了年纪的人,也俯首贴耳地听着民警的训斥,觉得很是有趣。当我把顽皮的笑脸转向母亲的时候,我看见她是怎样地窘迫呀!就像小学校里一个一年级的小女孩,凄凄惶惶地站在那严厉的校长面前一样,好像那民警训斥的是她而不是他。

汽车开走了,留下了一道轻烟。很快地,就连这道轻烟也随风消散了,好像什么都没有发生过,而我,不知道为什么却没有很快地忘记。

现在分析起来,他准是以他那强大的精神力量引动了母亲的心。那强大的精神力量来自他那成熟而坚定的政治头脑,他在动荡的革命时代里出生入死的经历,他活跃的思维,工作上的魄力,文学艺术上的素养……而且——说起来奇怪,他和母亲一样喜欢双簧管。对了,她准是崇拜他。她说过,要是她不崇拜那个人,那爱情准连一天也维持不下。

至于他爱不爱我的母亲,我就猜不透了。要是他不爱她,为什么笔记本里会有这样一段记载呢?

"这礼物太厚重了。不过您怎么知道我喜欢契诃夫呢?"

"你说过的!"

"我不记得了。"

"我记得。我听到你有一次在和别人闲聊的时候说起过。"

原来那套契诃夫小说选集是他送给母亲的。对于她,那几乎就是爱情的信物。

没准儿,他这个不相信爱情的人,到了头发都白了的时候才意识到他心里也有那种可以称为爱情的东西存在,这可真够凄惨的。

关于他,能够回到我的记忆里来的就是这么一小点。

她那么迷恋他,却又得不到他的心情有多么苦呀!为了看一眼他乘的那辆小车、以及从汽车的后窗里看一眼他的后脑勺,她怎样煞费苦心地计算过他上下班可能经过那条马路的时间;每当他在台上做报告,她坐在台下,隔着距离、烟雾、昏暗的灯光、攒动的人头,看着他那模糊不清的面孔,她便觉得心里好像有什么东西凝固了,泪水会不由地充满她的眼眶。为了把自己的泪水瞒住别人,她使劲地咽下它们。逢到他咳嗽得讲不下去,她就会揪心地想到为什么没人阻止他吸烟?担心他又会犯了气管炎。她不明白为什么他离她那么近而又那么遥远?

他呢,为了看她一眼,天天,从小车的小窗里,眼巴巴地瞧着自行车道上流水一样的自行车,闹得眼花缭乱,担心着她那辆自行车的闸灵不灵,会不会出车祸;逢到万一有个不开会的夜晚,他会不乘小车,自己费了许多周折来到我们家的附近,不过是为了从我们家的大院门口走这么一趟;他在百忙中也不会忘记注意着各种报刊,为的是看一看有没有我母亲发表的作品。他不能明白,为什么生活偏偏是这样安排着的?

可是,临到他们难得地在机关大院里碰了面,他们又竭力地躲避着对方,匆匆地点个头便赶紧地走开去。即使这样,也足以使我母亲失魂落魄,失去听觉、视觉和思维的能力,世界立刻会变成一片空白……如果那时她遇见一个叫老王的同志,她一定会叫人家老郭,对人家说些连她自己也听不懂的话。

她一定死死地挣扎过,因为她写道:——

我们曾经相约:让我们互相忘记。可是我欺骗了你,我没有忘记。我想,你也同样没有忘记。我们不过是在互相欺骗着,把我们的苦楚深深地隐藏着。不过我并不是有意要欺骗你,我曾经多么努力地去实行它。有多少次我有意地滞留在远离北京的地方,把希望寄托在时间和空间上,我甚至觉得我似乎忘记了。可是等到我出差回来,火车离北京越来越近的时候,我简直承受不了冲击得使我头晕眼花的心跳。我是怎样急切地站在月台上张望,好像有什么人在等着我似的。不,当然不会有。我明白了,什么也没有忘记,一切都还留在原来的地方。年复一年,就跟一棵大树一样,它的根却越来越深地扎下去,想要拔掉这生了根的东西实在太困难了,我无能为力。

每当一天过去,我总是觉得忘记了什么重要的事情,或是夜里突然从梦中惊醒:发生了什么事情!不,什么也没有发生,我清清楚楚地意识到:没有你!于是什么都显得是有缺陷的,不完满,而且是没有任何东西可以弥补的。我们已经到了这一生快要完结的时候了,为什么还要像小孩子一样地忘情?为什么生活总是让人经过艰辛的跋涉之后才把你追求了一生的梦想展现在你的眼前?而这梦想因为当初闭着眼睛走路,不但在岔道上错过了,而且这中间还隔着许多不可逾越的沟壑。

对了,每每母亲从外地出差回来,她从不让我去车站接她,她一定愿意自己孤零零地站在月台上,享受他去接她的那种幻觉。她,头发都白了的、可怜的妈妈,简直就像个痴情的女孩子。

那些文字并没有多少是叙述他们的爱情的,而多半记载的都是她生活里的一些琐事:她的文章为什么失败,她对自己的才能感到了惶惑和猜疑;珊珊(就是我)为什么淘气,该不该罚她;因为心神恍惚她看错了戏票上的时间,错过了一场多么好的话剧;她出去散步,忘了带伞,淋得像个落汤鸡……她的精神明明日日夜夜都和他在一起,就像一对恩爱的夫妻。其实,把他们这一辈子接触过的时间累计起来计算,也不会超过二十四小时。而这二十四小时,大约比有些人一生享受到的东西还深、还多。莎士比亚笔下的朱丽叶说过:"我不能清算我财富的一半。"大约,她也不能清算她的财富的一半。

似乎他在文化大革命中死于非命。也许因为当时那种特定的历史条件，这一段的文字记载相当含糊和隐晦。我奇怪我那因为写文章而受着那么厉害的冲击的母亲，是用什么办法把这习惯坚持下来的？从这隐晦的文字里，我还是可以猜得出，他大约是对那位红极一世，权极一时的"理论权威"的理论提出了疑问，并且不知对谁说过，"这简直就是右派言论。"从母亲那沾满泪痕的纸页上可以看出，他被整得相当惨，不过那老头子似乎十分坚强，从没有对这位有大来头的人物低过头，直到死的时候，留下来的最后一句话还是："就是到了马克思那里，这个官司也非打下去不可。"

这件事一定发生在一九六九年的冬天，因为在那个冬天里，还刚近五十岁的母亲一下子头发全白了。而且，她的臂上还缠上了一道黑纱。那时，她的处境也很难。为了这条黑纱，她挨了好一顿批斗，说她坚持四旧，并且让她交代这是为了谁？

"妈妈，这是为了谁？"我惊恐地问她。

"为一个亲人！"然后怕我受惊似地解释着，"一个你不熟悉的亲人！"

"我要不要戴呢？"她做了一个许久都没有对我做过的动作，用手拍了拍我的脸颊，就像我小的时候她常做的那样。她好久都没有显出过这么温柔的样子了。我常觉得，随着她的年龄和阅历的增长，特别是那几年她所受过的折磨，那种温柔的东西似乎离她越来越远了，也或许是被她越藏越深了，以致常常让我感到她像个男人。

她恍惚而悲凉地笑了笑，说："不，你不用戴。"

她那双又干又涩的眼睛显得没有一点水份，好像已经把眼泪哭干了。我很想安慰她，或做点什么使她高兴的事。她却对我说："去吧！"

我当时不知为什么生出了一种恐怖的感觉，我觉得我那亲爱的母亲似乎有一半已经随着什么离我而去了。我不由地叫了一声："妈妈！"

我的心情一定被我那敏感的妈妈一览无余地看透了。她温和地对我说："别怕，去吧！让我自己呆一会儿。"

我没有错，因为她的确这样地写着：——

你去了。似乎我灵性里的一部分也随你而去了。

我甚至不能知道你的下落，更谈不上最后看你一眼。我也没有权利去向他们质询，因为我既不是亲眷又不是生前友好……我们便这样地分离了。我恨不能为你承担那非人间的折磨，而应该让你活下去！为了等到昭雪的那一天，为了你将重新为这个社会工作，为了爱你的那些个人们，你都应该活着啊！我从不相信你是什么三反分子，你是被杀害的、最优秀者中间的一个。假如不是这样，我怎么会爱你呢？我已经不怕说出这三个字。

纷纷扬扬的大雪不停地降落着。天呐,连上帝也是这样地虚伪,他用一片洁白覆盖了你的鲜血和这谋杀的丑恶。

我从没有拿我自己的存在当成一回事。可现在,我无时不在想,我的一言一行会不会惹得你严厉地皱起你那双浓密的眉毛?我想到我要好好地活着,好好地生活,像你那样,为我们这个社会——它不会总像现在这样,惩罚的利剑已经悬在那帮狗男女的头上——真正地做一点工作。

我独自一人,走在我们唯一一次曾经一同走过的那条柏油小路上,听着我一个人的脚步声在沉寂的夜色里响着、响着……我每每在这小路上徘徊、流连,哪一次也没有像现在这样使我肝肠寸断。那时,你虽然也不在我身边,但我知道,你还在这个世界上,我便觉得你在伴随着我,而今,你的的确确不在了,我真不能相信。

我走到了小路的尽头,又折回去,重新开始,再走一遍。

我弯过那道栅栏,习惯地回头望去,好像你还站在那里,向我挥手告别。我们曾淡淡地、心不在焉地微笑着,像两个没有什么深交的人,为的是尽力地掩饰我们心里那镂骨铭心的爱情。那是一个没有一点诗意的初春夜晚,依然在刮着冷峭的风。我们默默地走着,彼此离得很远。你因为长年害着气管炎,微微地喘息着。我心疼你,想要走得慢一点,可不知为什么却不能。我们走得飞快,好像有什么重要的事情在等着我们去做,我们非得赶快走完这段路不可。我们多么珍惜这一生中唯一的一次"散步",可我们分明害怕,怕我们把持不住自己,会说出那可怕的、折磨了我们许多年的那三个字:"我爱你"。除了我们自己,大概这个世界上没有一个活着的人会相信我们连手也没有握过一次!更不要说到其它!

不,妈妈,我相信,再没有人能像我那样眼见过你敞开的灵魂。

啊,那条柏油小路,我真不知道它是那样充满了辛酸的回忆的一条小路。我想,我们切不可忽略世界上任何一个最不起眼的小角落,谁知道呢?那些意想不到的小角落会沉默地缄藏着多少隐秘的痛苦和欢乐呢?

当她写东西写得疲倦了的时候,她还会沿着我们窗后的那条柏油小路慢慢地踱来踱去。有时是彻夜不眠后的清晨,有时甚至是月黑风高的夜晚,哪怕是在冬天,哪怕峭厉的风像发狂的野兽似地吼叫,卷着沙石噼里叭啦地敲打着窗棂……那时,我只以为那不过是她的一种怪癖,却不知她是去和他的灵魂相会。

她还喜欢站在窗前,瞅着窗外的那条柏油小路出神。有一次,她显出那样奇特的神情,以致我以为柏油小路上走来了我们最熟悉的、最欢迎的客人。我连忙凑到窗前,在深秋的傍晚,只有冷风卷着枯黄的落叶,飘过那空荡荡的小路的路面。

　　好像他还活着一样,用文字和他倾心交谈的习惯并没有因为他的去世而中断。直到她自己拿不起来笔的那一天。在最后一页上,她对他说了最后的话:——

　　我是一个信仰唯物主义的人,现在我却希冀着天国。倘若真有所谓天国,我知道,你一定在那里等待着我。我就要到那里去和你相会,我们将永远在一起,再也不会分离。再也不必怕影响另一个人的生活而割舍我们自己。亲爱的,等着我,我就要来了——

　　我真不知道,妈妈,在她行将就木的这一天,还会爱得那么沉重。像她自己所说的,那是镂骨铭心的。我觉得那简直不是爱,而是一种疾痛,或是比死亡更强大的一种力量。假如世界上真有所谓不朽的爱,这也就是极限了。她分明至死都感到幸福:她真正地爱过。她没有半点遗憾。

　　如今,他们的皱纹和白发早已从碳水化合物变成了其它的什么元素。可我知道,不管他们变成什么,他们仍然在相爱着。尽管没有什么人间的法律和道义把他们拴在一起,尽管他们连一次手也没有握过,他们却完完全全地占有着对方。那是什么都不能分离的。哪怕千百年过去,只要有一朵白云追逐着另一朵白云;一棵青草傍依着另一棵青草;一层浪花打着另一层浪花;一阵轻风紧跟着另一阵轻风,相信我,那一定就是他们。

　　每每我看着那些题着"爱,是不能忘记的"笔记本,我就不能抑制住自己的眼泪。我哭,这不止一次地痛哭,仿佛遭了这凄凉而悲惨的爱情的是我自己。这要不是大悲剧就是大笑话。别管它多么美,多么动人,我可不愿意重复它!

　　英国大作家哈代说过:"呼唤人的和被呼唤的很少能互相应答。"我已经不能从普通意义上的道德观念去谴责他们应该或是不应该相爱。我要谴责的却是:为什么当初他们没有等待着那个呼唤着自己的灵魂?

　　如果我们都能够互相等待,而不糊里糊涂地结婚,我们会免去多少这样的悲剧哟!

　　到了共产主义,还会不会发生这种婚姻和爱情分离着的事情呢?既然世界是这么大,互相呼唤的人也就可能有互相不能应答的时候,那么说,这样的事情还会发生?可是,那是多么悲哀啊!可也许到了那时,便有了解脱这悲哀的办法!

　　我为什么要钻牛角尖呢?

　　说到底,这悲哀也许该由我们自己负责。谁知道呢?也说不定还得由过去的生活所遗留下来的那种旧意识负责。因为一个人要是老不结婚,就会变成对这种意识的一种挑战。有人就会说你的神经出了毛病,或是你有什么见不得人的隐私,或是你政治上出了什么问题,或是你刁钻古怪,看不起凡人,不尊重千百年来的社会习惯,你准是个离经叛道的邪人。总之,他们会想出种种庸俗无聊的玩意儿来糟蹋你。于是,你只好屈从于这种意识的压力,草草地结婚了事。把那不堪忍受的婚姻和爱情分离着的镣铐套到自己的脖子上去,来日又会为这不能摆脱的镣铐而受苦终身。

我真想大声疾呼地说:"别管人家的闲事吧!让我们耐心地等待着,等着那呼唤我们的人,即使等不到也不要糊里糊涂地结婚!不要担心这么一来独身生活会成为一种可怕的灾难。要知道,这兴许正是社会生活在文化、教养、趣味……等等方面进化的一种表现!"

选自《当代作家选集丛书·张洁》,
人民文学出版社 1993 年 5 月

高晓声

陈奂生上城

一

"漏斗户主"①陈奂生,今日悠悠上城来。

一次寒潮刚过,天气已经好转,轻风微微吹,太阳暖烘烘,陈奂生肚里吃得饱,身上穿得新,手里提着一个装满东西的干干净净的旅行包,也许是气力大,也许是包儿轻,简直像拎了束灯草,晃荡晃荡,全不放在心上。他个儿又高、腿儿又长,上城三十里,经不起他几晃荡;往常挑了重担都不乘车,今天等于是空身,自更不用说,何况太阳还高,到城嫌早,他尽量放慢脚步,一路如游春看风光。

他到城里去干啥?他到城里去做买卖。稻子收好了,麦垄种完了,公粮余粮卖掉了,口粮柴草分到了,乘这个空当,出门活动活动,赚几个活钱买零碎。自由市场开放了,他又不投机倒把,卖一点农副产品,冠冕堂皇。

他去卖什么?卖油绳。自家的面粉,自家的油,自己动手做成的。今天做好今天卖,格啦嘣脆,又香又酥,比店里的新鲜,比店里的好吃,这旅行包里装的尽是它;还用小塑料袋包装好,有五根一袋的,有十根一袋的,又好看,又干净。一共六斤,卖完了,稳赚三元钱。

赚了钱打算干什么?打算买一顶簇新的、刮刮叫的帽子。说真话,从三岁以后,四十五年来,没买过帽子。解放前是穷,买不起;解放后是正当青年,用不着;文化大革命以来,肚子吃不饱,顾不上穿戴,虽说年纪到把,也怕脑后风了。正在无可奈何,幸亏有人送了他一顶"漏斗户主"帽,也就只得戴上,横竖不要钱。七八年决分以后,帽子不翼而飞,当时只觉得头上轻松,竟不曾想到冷。今年好像变娇了,上两趟寒流来,就缩头缩颈,伤风打喷嚏,日子不好过,非买一顶帽子不行。好在这也不是大事情,现在活路大,这几个钱,上一趟城就赚到了。

① "漏斗户主":系作者写的另一篇小说《漏斗户主》(发表于《钟山》一九七九年第二期)主人公陈奂生的外号。漏斗户,意指常年负债的穷苦人家。——编者。

陈奂生真是无忧无虑,他的精神面貌和去年大不相同了。他是过惯苦日子的,现在开始好起来,又相信会越来越好,他还不满意么?他满意透了。他身上有了肉,脸上有了笑;有时候半夜里醒过来,想到囤里有米、橱里有衣,总算像家人家了,就兴致勃勃睡不着,禁不住要把老婆推醒了陪他聊天讲闲话。

提到讲话,就触到了陈奂生的短处,对着老婆,他还常能说说,对着别人,往往默默无言。他并非不想说,实在是无可说。别人能说东道西,扯三拉四,他非常羡慕。他不知道别人怎么会碰到那么多新鲜事儿,怎么会想得出那么多特别的主意,怎么会具备那么多离奇的经历,怎么会记牢那么多怪异的故事,又怎么会讲得那么动听。他毫无办法,简直犯了死症毛病,他从来不会打听什么,上一趟街,回来只会说"今天街上人多"或"人少"、"猪行里有猪"、"青菜贱得卖不掉"……之类的话。他的经历又和村上大多数人一样,既不特别,又是别人一目了然的,讲起来无非是"小时候娘常打我的屁股,爹倒不凶"、"也算上了四年学,早忘光了"、"三九年大旱,断了河底,大家捉鱼吃"、"四九年改朝换代,共产党打败了国民党"、"成亲以后,养了一个儿子、一个小女"……索然无味,等于不说。他又看不懂书;看戏听故事,又记不牢。看了《三打白骨精》,老婆要他讲,他只会说:"孙行者最凶,都是他打死的。"老婆不满足,又问白骨精是谁,他就说:"是妖怪变的。"还是儿子巧,声明"白骨精不是妖怪变的,是白骨精变成的妖怪。"才算没有错到底。他又想不出新鲜花样来,比如种田,只会讲"种麦要用锄头捭碎泥块"、"蒔秧一蔸蒔六棵",……谁也不要听。再如这卖油绳的行当,也根本不是他发明的,好些人已经做过一阵了,怎样用料?怎样加工?怎样包装?什么价钱?多少利润?什么地方、什么时间买客多、销路好?都是向大家学来的经验。如果他再向大家夸耀,岂不成了笑话!甚至刻薄些的人还会吊他的背筋:"嗳!连'漏斗户主'也有油、粮卖油绳了,还当新闻哩!"还是不开口也罢。

如今,为了这点,他总觉得比别人矮一头。黄昏空闲时,人们聚拢来聊天,他总只听不说,别人讲话也总不朝他看,因为知道他不会答话,所以就像等于没有他这个人。他只好自卑,他只有羡慕。他不知道世界上有"精神生活"这一个名词,但是生活好转以后,他渴望过精神生活。哪里有听的,他爱去听,哪里有演的,他爱去看,没听没看,他就觉得没趣。有一次大家闲谈,一个问题专家出了个题目:"在本大队你最佩服哪一个?"他忍不住也答了腔,说:"陆龙飞最狠。"人家问:"一个说书的,狠什么?"他说:"就为他能说书,我佩服他一张嘴。"引得众人哈哈大笑。

于是,他又惭愧了,觉得自己总是不会说,又被人家笑,还是不说为好。他总想,要是能碰到一件大家都不曾经过的事情,讲给大家听听就好了,就神气了。

二

  当然,陈奂生的这个念头,无关大局,往往蹲在离脑门三四寸的地方,不大跳出来,只是在尴尬时冒一冒尖,让自己存个希望罢了。比如现在上城卖油绳,想着的就只是新帽子。

  尽管放慢脚步,走到县城的时候,还只下午六点不到。他不忙做生意,先就着茶摊,出一分钱买了杯热茶,啃了随身带着当晚餐的几块僵饼,填饱了肚子,然后向火车站走去。一路游街看店,遇上百货公司,就弯进去侦察有没有他想买的帽子,要多少价钱?三爿店查下来,他找到了满意的一种。这时候突然一拍屁股,想到没有带钱。原先只想卖了油绳赚了利润再买帽子,没想到油绳未卖之前商店就要打烊;那么,等到赚了钱,这帽子就得明天才能买了。可自己根本不会在城里住夜,一无亲,二无眷,从来是连夜回去的,这一趟分明就买不成,还得光着头冻几天。

  受了这点挫折,心情挺不愉快,一路走来,便感得头上凉嗖嗖,更加懊恼起来。到火车站时,已过八点了。时间还早,但既然来了,也就选了一块地方,敞开包裹,亮出商品,摆出摊子来。这时车站上人数不少,但陈奂生知道难得会有顾客,因为这些都是吃饱了晚饭来候车的,不会买他的油绳,除非小孩嘴馋吵不过,大人才会买。只有火车上下车的旅客到了,生意才会忙起来。他知道九点四十分、十点半,各有一班车到站,这油绳到那时候才能卖掉,因为时近半夜,店摊收歇,能买到吃的地方不多,旅客又饿了,自然争着买。如果十点半卖不掉,十一点二十分还有一班车,不过太晏了,陈奂生宁可剩点回去也不想等,免得一夜不得睡,须知跑回去也是三十里啊。

  果然不错,这些经验很灵,十点半以后,陈奂生的油绳就已经卖光了。下车的旅客一拥而上,七手八脚,伸手来拿,把陈奂生搞得昏头昏脑,卖完一算账,竟少了三角钱,因为头昏,怕算错了,再认真算了一遍,还是缺三角,看来是哪个贪小利拿了油绳未付款。他叹了一口气,自认晦气。本来他也晓得,人家买他的油绳,是不能向公家报销的,那要吃而不肯私人掏腰包的,就会要一点魔术,所以他总是特别当心,可还是丢失了,真是双拳不敌四手,两眼难顾八方。只好认了吧,横竖三块钱赚头,还是有的。

  他又叹了口气,想动身凯旋回府。谁知一站起来,双腿发软,两膝打颤,竟是浑身无力。他不觉大吃一惊,莫非生病了吗?刚才做生意,精神紧张,不曾觉得,现在心定下来,才感浑身不适,原先喉咙嘶哑,以为是讨价还价喊哑的,现在连口腔上爿都像冒烟,鼻息火热;一摸额头,果然滚烫,一阵阵冷风吹得头皮好不难受。他毫无办法,只想先找杯热茶解渴。那时茶摊已无,想起车站上有个茶水供应地方,便强撑着移步过去。到了那里,打开龙头,热水倒有,只是找不到茶杯。原来现在讲究卫生,旅客大都自带茶缸,车站上落得省劲,就把杯子节约掉了。陈奂生也顾不得卫生不卫生,双手捧起龙头里流下的水就喝。那水倒也有点烫,但陈奂生此时手上的热度也高,还忍得住,喝了几口,算是好过一点。但想到回家,竟是千难万难;平常时候,那三十里路,好像经不起脚板一颠,现在看来,真如隔了十万八千里,实难登程。他只得找个位置坐下,耐性受痛,觉得此番遭遇,完全错在忘记了带钱先买帽子,才受凉发病。一着走错,满盘皆输;弄得上不上、下不下,进不得、退不得,卡在这儿,真叫尴尬。万一严重起来,此地举目无亲,耽误就医吃药,岂不要送掉老命?可又一想,他陈奂生是个堂堂男子汉,一生干净,问心无愧,死了也口眼不闭;活在世上多种几年田,有益无害,完全应该提供宽裕的时间,没有任何匆忙的必要。想到这里,陈奂生高兴起来,他嘴巴干燥,笑不出声,只是两个嘴角,向左右同时嘻开,露出一个微笑。那扶在椅上的右手,轻轻提了起来,像听到了美妙的乐曲似的,在右腿上赏心地拍了一拍,松松地吐出口气,便一头横躺在椅子上卧倒了。

三

一觉醒来,天光已经大亮,陈奂生体肢瘫软,头脑不清,眼皮发沉,喉咙痒痒地咳了几声;他懒得睁眼,翻了一个身便又想睡。谁知此身一翻,竟浑身颤了几颤,一颗心像被绳穿着吊了几吊,牵肚挂肠。他用手一摸,身下贼软;连忙一个翻身,低头望去,证实自己猜得一点不错,是睡在一张棕绷大床上。陈奂生吃了一惊,连忙平躺端正,闭起眼睛,要弄清楚怎么会到这里来的。他好像有点印象,一时又糊涂难记,只得细细琢磨,好不容才想出了县委吴书记和他的汽车,一下子理出头绪,把一串细关节脉都拉了出来。

原来陈奂生这一年真交了好运,逢到急难,总有救星。他发高烧昏睡不久,候车室门口就开来一部吉普车,载来了县委书记吴楚。他是要乘十二点一刻那班车到省里去参加明天的会议。到火车站时,刚只十一点四十分,吴楚也就不忙,在候车室徒步起来,那司机一向要等吴楚进了站台才走,免得他临时有事找不到人,这次也照例陪着。因为是半夜,候车室旅客不多,吴楚转过半圈,就发现了睡着的陈奂生。吴楚不禁笑了起来,他今秋在陈奂生的生产队里蹲了两个月,一眼就认出他来,心想这老实肯干的忠厚人,怎么在这儿睡着了?若要乘车,岂不误事。便走去推醒他;推了一推,又发现那屁股底下,垫着个瘪包,心想坏了,莫非东西被偷了?就着紧推他,竟也不醒。这吴楚原和农民玩惯了的,一时调皮起来,就去捏他的鼻子;一摸到皮肤热辣辣,才晓得他病倒了,连忙把他扶起,总算把他弄醒了。

这些事情,陈奂生当然不晓得。现在能想起来的,是自己看到吴书记之后,就一把抓牢,听到吴书记问他:"你生病了吗?"他点点头。吴书记问他:"你怎么到这里来的?"他就去摸了摸旅行包。吴书记问他:"包里的东西呢?"他就笑了一笑。当时他说了什么?究竟有没有说?他都不记得了;只记得吴书记好像已经完全明白了他的意思,便和驾驶员一同扶他上了车,车子开了一段路,叫开了一家门(机关门诊室),扶他下车进去,见到了一个穿白衣服的人,晓得是医生了。那医生替他诊断片刻,向吴书记笑着说了几句话(重感冒,不要紧),倒过半杯水,让他吃了几片药,又包了一点放在他口袋里,也不曾索钱,便代替吴书记把他扶上了车,还关照说:"我这儿没有床,住招待所吧,安排清静一点的地方睡一夜就好了。"车子又开动,又听吴书记说:"还有十三分钟了,先送我上车站,再送他上招待所,给他一个单独房间,就说是我的朋友……"

陈奂生想到这里,听见自己的心扑扑跳得比打钟还响,合上的眼皮,流出晶莹的泪珠,在眼角膛里停留片刻,便一条线挂下来了。这个吴书记真是大好人,竟看得起他陈奂生,把他当朋友,一旦有难,能挺身而出,拔刀相助,救了他一条性命,实在难得。

陈奂生想,他和吴楚之间,其实也谈不上交情,不过认识罢了。要说有什么私人交往,平生只有一次。记得秋天吴楚在大队蹲点,有一天突然闯到他家来吃了一顿便饭,听那话音,像是特地来体验体验"漏斗户"的生活改善到什么程度的。还带来了一斤块块糖,给孩子们吃。细算起来,等于两顿半饭钱。那还算什么交情呢!说来说去,是吴书记做了官不曾忘记老百姓。

陈奂生想罢,心头暖烘烘,眼泪热辣辣,在被口上拭了拭,便睁开来细细打量这住的地方,却又吃了一惊。原来这房里的一切,都新堂堂、亮澄澄,平顶(天花板)白得耀眼,四周的墙,用青漆漆了一人高,再往上就刷刷白,地板暗红闪光,照出人影子来;紫檀色五斗橱,嫩黄色写字台,更有两张出奇的矮凳,比太师椅还大,里外包着皮,也叫不出它的名字来。再看床上,垫的是花床单,盖的是新被子,雪白的被底,崭新的绸面,刮刮叫三层新。陈奂生不由自主地立刻在被窝里缩成一团,他知道自己身上(特别是脚)不大干净,生怕弄脏了被子……随即悄悄起身,悄悄穿好了衣服,不敢弄出一点声音来,好像做了偷儿,被人发现就会抓住似的。他下了床,把鞋子拎在手里,光着脚跑出去;又眷顾着那两张大皮椅,走近去摸一摸,轻轻捺了捺,知道里边有弹簧,却不敢坐,怕压瘪了弹不饱。然后才真的悄悄开门,走出去了。

到了走廊里,脚底已冻得冰冷,一瞧别人是穿了鞋走路的,知道不碍,也套上了鞋。心想吴书记照顾得太好了,这哪儿是我该住的地方!一向听说招待所的住宿费贵,我又没处报销,这样好的房间,不知要多少钱,闹不好,一夜天把顶帽子钱住掉了,才算不来呢。

他心里不安,赶忙要弄清楚。横竖他要走了,去付了钱吧。

他走到门口柜台处,朝里面正在看报的大姑娘说:"同志,算账。"

"几号房间?"那大姑娘恋着报纸说,并未看他。

"几号不知道。我住在最东那一间。"

那姑娘连忙丢了报纸,朝他看看,甜甜地笑着说:"是吴书记汽车送来的?你身体好了吗?"

"不要紧,我要回去了。"

"何必急,你和吴书记是老战友吗?你现在在哪里工作?……"大姑娘一面软款款地寻话说,一面就把开好的发票交给他。笑得甜极了。陈奂生看看她,真是绝色!

但是,接到发票,低头一看,陈奂生便像给火钳烫着了手。他认识那几个字,却不肯相信。"多少?"他忍不住问,浑身燥热起来。

"五元。"

"一夜天?"他冒汗了。

"是一夜五元。"

陈奂生的心,忑忑忑忑大跳。"我的天!"他想:"我还怕困掉一顶帽子,谁知竟要两顶!"

"你的病还没有好,还正在出汗呢!"大姑娘惊怪地说。

千不该,万不该,陈奂生竟说了一句这样的外行语:"我是半夜里来的呀!"

大姑娘立刻看出他不是一个人物,她不笑了,话也不甜了,像菜刀剁着砧板似的笃笃响说:"不管你什么时候来,横竖到今午十二点为止,都收一天钱。"这还是客气的,没有嘲笑他,是看了吴书记的面子。

陈奂生看着那冷若冰霜的脸,知道自己说错了话,得罪了人,哪里还敢再开口,只得抖着手伸进袋里去摸钞票,然后细细数了三遍,数定了五元;交给大姑娘时,那外面一张人民币,已经半湿了,尽是汗。

这时大姑娘已在看报,见递来的钞票太零碎,更皱了眉头。但她还有点涵养,并不曾说什么,收进去了。

陈奂生出了大价钱,不曾讨得大姑娘欢喜,心里也有点忿忿然。本想一走了之,想到旅行包还丢在房间里,就又回过来。

推开房间,看看照出人影的地板,又站住犹豫:"脱不脱鞋?"一转念,忿忿想道:"出了五块钱呢!"再也不怕弄脏,大摇大摆走了进去,往弹簧太师椅上一坐:"管它,坐瘪了不关我事,出了五元钱呢。"

他饿了,摸摸袋里还剩一块僵饼,拿出来啃了一口,看见了热水瓶,便去倒一杯开水和着饼吃。回头看刚才坐的皮凳,竟没有瘪,便故意立直身子,扑嗵坐下去……试了三次,也没有坏,才相信果然是好家伙。便安心坐着啃饼,觉得很舒服。头脑清爽,热度退尽了,分明是刚才出了一身大汗的功劳。他是个看得穿的人,这时就有了兴头,想道:"这等于出晦气钱——譬如买药吃掉!"

啃完饼,想想又肉痛起来,究竟是五元钱哪!他昨晚上在百货店看中的帽子,实实在在是二元五一顶,为什么睡一夜要出两顶帽钱呢?连沈万山都要住穷的;他一个农业社员,去年工分单价七角,困一夜做七天还要倒贴一角,这不是开了大玩笑!从昨半夜到现在,总共不过七八个钟头,几乎一个钟头要做一天工,贵死人!真是阴错阳差,他这副骨头能在那种床上躺尸吗!现在别的便宜捞不着,大姑娘说可以住到十二点,那就再困吧,困到足十二点走,这也是捞着多少算多少。对,就是这个主意。

这陈奂生确是个向前看的人,认准了自然就干,但刚才出了汗,吃了东西,脸上嘴上,都不惬意,想找块毛巾洗脸,却没有。心一横,便把提花枕巾捞起来干擦了一阵,然后衣服也不脱,就盖上被头困了,这一次再也不怕弄脏了什么,他出了五元钱呢。——即使房间弄成了猪圈,也不值!

可是他睡不着,他想起了吴书记。这个好人,大概只想到关心他,不曾想到他这个人经不起这样高级的关心。不过人家忙着赶火车,哪能想得周全!千怪万怪,只怪自己不曾先买帽子,才伤了风,才走不动,才碰着吴书记,才住招待所,才把油绳的利润搞光,连本钱也蚀掉一块多……那么,帽子还买不买呢?他一狠心:买,不买还要倒霉的!

想到油绳,又觉得肚皮饿了。那一块僵饼,本来可填不饱,可惜昨夜生意太好,油绳全卖光了,能剩几袋倒好;现在懊悔已晚,再在这床上困下去,会越来越饿,身上没有粮票,中饭到哪里去吃!到时候饿得走不动,难道再在这儿住一夜吗?他慌了,两脚一踹,把被头踢开,拎了旅行包,开门就走。此地虽好,不是久恋之所,虽然还剩得有二三个钟点,又带不走,忍痛放弃算了。

他出得门来,再无别的念头,直奔百货公司,把剩下来的油绳本钱,买了一顶帽子,立即戴在头上,飘然而去。

一路上看看野景,倒也容易走过;眼看离家不远,忽然想到这次出门,连本搭利,几乎全部搞光,马上要见老婆,交不出账,少不得又要受气,得想个主意对付她。怎么说呢？就说输掉了；不对,自己从不赌。就说吃掉了；不对,自己从不死吃。就说被扒掉了；不对,自己不当心,照样挨骂。就说做好事救济了别人；不对,自己都要别人救济。就说送给一个大姑娘了,不对,老婆要犯疑……那怎么办？

陈奂生自问自答,左思右想,总是不妥。忽然心里一亮,拍着大腿,高兴地叫道:"有了。"他想到此趟上城,有此一番动人的经历,这五块钱花得值透。他总算有点自豪的东西可以讲讲了。试问,全大队的干部、社员,有谁坐过吴书记的汽车？有谁住过五元钱一夜的高级房间？他可要讲给大家听听,看谁还能说他没有什么讲的！看谁还能说他没见过世面？看谁还能瞧不起他,唔！……他精神陡增,顿时好像高大了许多。老婆已不在他眼里了；他有办法对付,只要一提到吴书记,说这五块钱还是吴书记看得起他,才让他用掉的,老婆保证服帖。哈,人总有得意的时候,他仅仅花了五块钱就买到了精神的满足,真是拾到了非常的便宜货,他愉快地划着快步,像一阵清风荡到了家门……

果然,从此以后,陈奂生的身份显著提高了,不但村上的人要听他讲,连大队干部对他的态度也友好得多,而且,上街的时候,背后也常有人指点着他告诉别人说:"他坐过吴书记的汽车。"或者"他住过五块钱一夜的高级房间。"……公社农机厂的采购员有一次碰着他,也拍拍他的肩胛说:"我就没有那个运气,三天两头住招待所,也住不进那样的房间。"

从此,陈奂生一直很神气,做起事来,更比以前有劲得多了。

1980 年 1 月
原载《人民文学》1980 年第 2 期

汪曾祺

受　　戒

　　明海出家已经四年了。
　　他是十三岁来的。
　　这个地方的地名有点怪,叫庵赵庄。赵,是因为庄上大都姓赵。叫做庄,可是人家住得很分散,这里两三家,那里两三家。一出门,远远可以看到,走起来得走一会,因为没有大路,都是弯弯曲曲的田埂。庵,是因为有一个庵。庵叫菩提庵,可是大家叫讹了,叫成荸荠庵。连庵里的和尚也这样叫。"宝刹何处?"——"荸荠庵。"庵本来是住尼姑的。"和尚庙"、"尼姑庵"嘛。可是荸荠庵住的是和尚。也许因为荸荠庵不大,大者为庙,小者为庵。
　　明海在家叫小明子。他是从小就确定要出家的。他的家乡不叫"出家",叫"当和尚"。他的家乡出和尚。就像有的地方出劁猪的,有的地方出织席子的,有的地方出箍桶的,有的地方出弹棉花的,有的地方出画匠,有的地方出婊子,他的家乡出和尚。人家弟兄多,就派一个出去当和尚。当和尚也要通过关系,也有帮。这地方的和尚有的走得很远。有到杭州灵隐寺的、上海静安寺的、镇江金山寺的、扬州天宁寺的。一般的就在本县的寺庙。明海家田少,老大、老二、老三,就足够种的了。他是老四。他七岁那年,他当和尚的舅舅回家,他爹、他娘就和舅舅商议,决定叫他当和尚。他当时在旁边,觉得这实在是在情在理,没有理由反对。当和尚有很多好处。一是可以吃现成饭。哪个庙里都是管饭的。二是可以攒钱。只要学会了放瑜伽焰口,拜梁皇忏,可以按例分到辛苦钱。积攒起来,将来还俗娶亲也可以;不想还俗,买几亩田也可以。当和尚也不容易,一要面如朗月,二要声如钟磬,三要聪明记性好。他舅舅给他相了相面,叫他前走几步,后走几步,又叫他喊了一声赶牛打场的号子:"格当嘚——",说是"明子准能当个好和尚,我包了!"要当和尚,得下点本,——念几年书。哪有不认字的和尚呢!于是明子就开蒙入学,读了《三字经》、《百家姓》、《四言杂字》、《幼学琼林》、《上论、下论》、《上孟、下孟》,每天还写一张仿。村里都夸他字写得好,很黑。
　　舅舅按照约定的日期又回了家,带了一件他自己穿的和尚领的短衫,叫明子娘改小一点,给明子穿上。明子穿了这件和尚短衫,下身还是在家穿的紫花裤子，赤脚穿了一双新布鞋，跟他爹、他娘磕了一个头，就随舅舅走了。

他上学时起了个学名，叫明海。舅舅说，不用改了。于是"明海"就从学名变成了法名。

过了一个湖。好大一个湖！穿过一个县城。县城真热闹：官盐店，税务局，肉铺里挂着成边的猪，一个驴子在磨芝麻，满街都是小磨香油的香味，布店，卖茉莉粉、梳头油的什么斋，卖绒花的，卖丝线的，打把式卖膏药的，吹糖人的，耍蛇的，……他什么都想看看。舅舅一个劲地推他："快走！快走！"

到了一个河边，有一只船在等着他们。船上有一个五十来岁的瘦长瘦长的大伯，船头蹲着一个跟明子差不多大的女孩子，在剥一个莲蓬吃。明子和舅舅坐到舱里，船就开了。

明子听见有人跟他说话，是那个女孩子。

"是你要到荸荠庵当和尚吗？"

明子点点头。

"当和尚要烧戒疤呕！你不怕？"

明子不知道怎么回答，就含含糊糊地摇了摇头。

"你叫什么？"

"明海。"

"在家的时候？"

"叫明子。"

"明子！我叫小英子！我们是邻居。我家挨着荸荠庵。——给你！"

小英子把吃剩的半个莲蓬扔给明海，小明子就剥开莲蓬壳，一颗一颗吃起来。

大伯一桨一桨地划着，只听见船桨泼水的声音：

"哗——许！哗——许！"

············

荸荠庵的地势很好，在一片高地上。这一带就数这片地高，当初建庵的人很会选地方。门前是一条河。门外是一片很大的打谷场。三面都是高大的柳树。山门里是一个穿堂。迎门供着弥勒佛。不知是哪一位名士撰写了一副对联：

    大肚能容容天下难容之事
    开颜一笑笑世间可笑之人

弥勒佛背后，是韦驮。过穿堂，是一个不小的天井，种着两棵白果树。天井两边各有三间厢房。走过天井，便是大殿，供着三世佛。佛像连龛才四尺来高。

大殿东边是方丈,西边是库房。大殿东侧,有一个小小的六角门,白门绿字,刻着一副对联:

  一花一世界
  三藐三菩提

进门有一个狭长的天井,几块假山石,几盆花,有三间小房。

  小和尚的日子清闲得很。一早起来,开山门,扫地。庵里的地铺的都是筜底方砖,好扫得很,给弥勒佛、韦驮烧一炷香,正殿的三世佛面前也烧一炷香、磕三个头,念三声"南无阿弥陀佛",敲三声磬。这庵里的和尚不兴做什么早课、晚课,明子这三声磬就全部代替了。然后,挑水,喂猪。然后,等当家和尚,即明子的舅舅起来,教他念经。

  教念经也跟教书一样,师父面前一本经,徒弟面前一本经,师父唱一句,徒弟跟着唱一句。是唱哎。舅舅一边唱,一边还用手在桌上拍板。一板一眼,拍得真响,就跟教唱戏一样。是跟教唱戏一样,完全一样哎。连用的名词都一样。舅舅说,念经:一要板眼准,二要合工尺。说:当一个好和尚,得有条好嗓子。说:民国二十年闹大水,运河倒了堤,最后在清水潭合龙,因为大水淹死的人很多,放了一台大焰口,十三大师——十三个正座和尚,各大庙的方丈都来了,下面的和尚上百。谁当这个首座?推来推去,还是石桥——善因寺的方丈!他往上一坐,就跟地藏王菩萨一样,这就不用说了;那一声"开香赞",围看的上千人立时鸦雀无声。说:嗓子要练,夏练三伏,冬练三九,要练丹田气!说:要吃得苦中苦,方为人上人!说:和尚里也有状元、榜眼、探花!要用心,不要贪玩!舅舅这一番大法要说得明海和尚实在是五体投地,于是就一板一眼地跟着舅舅唱起来:

  "炉香乍爇——"
  "炉香乍爇——"
  "法界蒙薰——"
  "法界蒙薰——"
  "诸佛现金身……"
  "诸佛现金身……"
  …………

  等明海学完了早经,——他晚上临睡前还要学一段,叫做晚经,——荸荠庵的师父们就都陆续起床了。

  这庵里人口简单,一共六个人。连明海在内,五个和尚。

  有一个老和尚,六十几了,是舅舅的师叔,法名普照,但是知道的人很少,因为很少人叫他法名,都称之为老和尚或老师父,明海叫他师爷爷。这是个很枯寂的人,一天关在房里,就是那"一花一世界"里。也看不见他念佛,只是那么一声不响地坐着。他是吃斋的,过年时除外。

下面就是师兄弟三个,仁字排行:仁山、仁海、仁渡。庵里庵外,有的称他们为大师父、二师父;有的称之为山师父、海师父。只有仁渡,没有叫他"渡师父"的,因为听起来不像话,大都直呼之为仁渡。他也只配如此,因为他还年轻,才二十多岁。

仁山,即明子的舅舅,是当家的。不叫"方丈",也不叫"住持",却叫"当家的",是很有道理的,因为他确确实实干的是当家的职务。他屋里摆的是一张账桌,桌子上放的是账簿和算盘。账簿共有三本。一本是经账,一本是租账,一本是债账。和尚要做法事,做法事要收钱——要不,当和尚干什么?常做的法事是放焰口。正规的焰口是十个人。一个正座,一个敲鼓的,两边一边四个。人少了,八个,一边三个,也凑合了。荸荠庵只有四个和尚,要放整焰口就得和别的庙里合伙。这样的时候也有过。通常只是放半台焰口。一个正座,一个敲鼓,另外一边一个。一来找别的庙里合伙费事;二来这一带放得起整焰口的人家也不多。有的时候,谁家死了人,就只请两个,甚至一个和尚咕噜咕噜念一通经,敲打几声法器就算完事。很多人家的经钱不是当时就给,往往要等秋后才还。这就得记账。另外,和尚放焰口的辛苦钱不是一样的。就像唱戏一样,有份子。正座第一份。因为他要领唱,而且还要独唱。当中有一大段"叹骷髅",别的和尚都放下法器休息,只有首座一个人有板有眼地曼声吟唱。第二份是敲鼓的。你以为这容易呀?哼,单是一开头的"发擂",手上没功夫就敲不出迟疾顿挫!其余的,就一样了。这也得记上:某月某日,谁家焰口半台,谁正座,谁敲鼓……省得到年底结账时赌咒骂娘。……这庵里有几十亩庙产,租给人种,到时候要收租。庵里还放债。租、债一向倒很少亏欠,因为租佃借钱的人怕菩萨不高兴。这三本帐就够仁山忙的了。另外香烛灯火、油盐"福食",这也得随时记账呀。除了账簿之外,山师父的方丈的墙上还挂着一块水牌,上漆四个红字:"勤笔免思"。

仁山所说当一个好和尚的三个条件,他自己其实一条也不具备。他的相貌只要用两个字就说清楚了:黄,胖。声音也不像钟磬,倒像母猪。聪明么?难说,打牌老输。他在庵里从不穿袈裟,连海青直裰也免了。经常是披着件短僧衣,袒露着一个黄色的肚子。下面是光脚趿拉着一双僧鞋,——新鞋他也是趿拉着。他一天就是这样不衫不履地这里走走,那里走走,发出母猪一样的声音:"呣——呣——"。

二师父仁海。他是有老婆的。他老婆每年夏秋之间来住几个月,因为庵里凉快。庵里有六个人,其中之一,就是这位和尚的家眷。仁山、仁渡叫她嫂子,明海叫她师娘。这两口子都很爱干净,整天的洗涮。傍晚的时候,坐在天井里乘凉。白天,闷在屋里不出来。

三师父是个很聪明精干的人。有时一笔账大师兄扒了半天算盘也算不清,他眼珠子转两转,早算得一清二楚。他打牌赢的时候多,二三十张牌落地,上下家手里有些什么牌,他就差不多都知道了。他打牌时,总有人爱在他后面看歪头胡。谁家约他打牌,就说"想送两个钱给你。"他不但经忏俱通(小庙的和尚能够拜忏的不多),而且身怀绝技,会"飞铙"。七月间有些地方做盂兰会,在旷地上放大焰口,几十个和尚,穿绣花袈裟,飞铙。飞铙就是把十多斤重的大铙钹飞起来。到了一定的时候,全部法器皆停,只几十副大铙紧张急促地敲起来。忽然起手,大铙向半空中飞去,一面飞,一面旋转。然后,又落下来,接住。接住不是平平常常地接住,有各种架势,"犀牛望月"、"苏秦背剑"……这哪是念经,这是耍杂技。也许是地藏王菩萨爱看这个,但真正因此快乐起来的是人,尤其是妇女和孩子。这是年轻漂亮的和尚出风头的机会。一场大焰口过后,也像一个好戏班子过后一样,会有一个两个大姑娘、小媳妇失踪,——跟和尚跑了。他还会放"花焰口"。有的人家,亲戚中多风流子弟,在不是很哀伤的佛事——如做冥寿时,就会提出放花焰口。所谓"花焰口"就是在正焰口之后,叫和尚唱小调,拉丝弦,吹管笛,敲鼓板,而且可以点唱。仁渡一个人可以唱一夜不重头。仁渡前几年一直在外面,近二年才常住在庵里。据说他有相好的,而且不止一个。他平常可是很规矩,看到姑娘媳妇总是老老实实的,连一句玩笑话都不说,一句小调山歌都不唱。有一回,在打谷场上乘凉的时候,一伙人把他围起来,非叫他唱两个不可。他却情不过,说:"好,唱一个。不唱家乡的。家乡的你们都熟。唱个安徽的。"

　　姐和小郎打大麦,
　　一转子讲得听不得。
　　听不得就听不得,
　　打完了大麦打小麦。

唱完了,大家还嫌不够,他就又唱了一个:

　　姐儿生得漂漂的,
　　两个奶子翘翘的,
　　有心上去摸一把,
　　心里有点跳跳的。

　　…………

这个庵里无所谓清规,连这两个字也没人提起。

仁山吃水烟,连出门做法事也带着他的水烟袋。

他们经常打牌。这是个打牌的好地方。把大殿上吃饭的方桌往门口一搭,斜放着,就是牌桌。桌子一放好,仁山就从他的方丈里把筹码拿出来,哗啦一声倒在桌上。斗纸牌的时候多,搓麻将的时候少。牌客除了师兄弟三人,常来的是一个收鸭毛的,一个打兔子兼偷鸡的,都是正经人。收鸭毛的担一副竹筐,串乡串镇,拉长了沙哑的声音喊叫:

"鸭毛卖钱——!"

偷鸡的有一件家什——铜蜻蜓。看准了一只老母鸡,把铜蜻蜓一丢,鸡婆子上去就是一口。这一啄,铜蜻蜓的硬簧绷开,鸡嘴撑住了,叫不出来了。正在这鸡十分纳闷的时候,上去一把薅住。

明子曾经跟这位正经人要过铜蜻蜓看看。他拿到小英子家门前试了一试,果然!小英的娘知道了,骂明子:

"要死了!儿子!你怎么到我家来玩铜蜻蜓了!"

小英子跑过来:

"给我!给我!"

她也试了试,真灵,一个黑母鸡一下子就把嘴撑住,傻了眼了!

下雨阴天,这二位就光临荸荠庵,消磨一天。

有时没有外客,就把老师叔也拉出来,打牌的结局,大都是当家和尚气得鼓鼓的:"×妈妈的!又输了!下回不来了!"

他们吃肉不瞒人。年下也杀猪。杀猪就在大殿上。一切都和在家人一样,开水、木桶、尖刀。捆猪的时候,猪也是没命地叫。跟在家人不同的,是多一道仪式,要给即将升天的猪念一道"往生咒",并且总是老师叔念,神情很庄重:

"……一切胎生、卵生、息生,来从虚空来,还归虚空去。往生再世,皆当欢喜。南无阿弥陀佛!"

三师父仁渡一刀下去,鲜红的猪血就带着很多沫子喷出来。

…………

明子老往小英子家里跑。

小英子的家像一个小岛,三面都是河,西面有一条小路通到荸荠庵。独门独户,岛上只有这一家。岛上有六棵大桑树,夏天都结大桑椹,三棵结白的,三棵结紫的;一个菜园子,瓜豆蔬菜,四时不缺。院墙下半截是砖砌的,上半截是泥夯的。大门是桐油油过的,贴着一副万年红的春联:

　　向阳门第春常在

积善人家庆有余

门里是一个很宽的院子。院子里一边是牛屋、碓棚；一边是猪圈、鸡窠，还有个关鸭子的栅栏。露天地放着一具石磨。正北面是住房，也是砖基土筑，上面盖的一半是瓦，一半是草。房子翻修了才三年，木料还露着白茬。正中是堂屋，家神菩萨的画像上贴的金还没有发黑。两边是卧房。隔扇窗上各嵌了一块一尺见方的玻璃，明亮亮的——这在乡下是不多见的。房檐下一边种着一棵石榴树，一边种着一棵栀子花，都齐房檐高了。夏天开了花，一红一白，好看得很。栀子花香得冲鼻子。顶风的时候，在荸荠庵都闻得见。

这家人口不多。他家当然是姓赵。一共四口人：赵大伯、赵大妈，两个女儿，大英子、小英子。老两口没有儿子。因为这些年人不得病，牛不生灾，也没有大旱大水闹蝗虫，日子过得很兴旺。他们家自己有田，本来够吃的了，又租种了庵上的十亩田。自己的田里，一亩种了荸荠——这一半是小英子的主意，她爱吃荸荠，一亩种了茨菇。家里喂了一大群鸡鸭，单是鸡蛋鸭毛就够一年的油盐了。赵大伯是个能干人。他是一个"全把式"，不但田里场上样样精通，还会罩鱼、洗磨、凿碓、修水车、修船、砌墙、烧砖、箍桶、劈篾、绞麻绳。他不咳嗽，不腰疼，结结实实，像一棵榆树。人很和气，一天不声不响。赵大伯是一棵摇钱树，赵大娘就是个聚宝盆。大娘精神得出奇。五十岁了，两个眼睛还是清亮亮的。不论什么时候，头都是梳得滑滴滴的，身上衣服都是格挣挣的。像老头子一样，她一天不闲着。煮猪食，喂猪，腌咸菜——她腌的咸萝卜干非常好吃，春粉子，磨小豆腐，编蓑衣，织芦箔。她还会剪花样子。这里嫁闺女，陪嫁妆，瓷坛子、锡罐子，都要用梅红纸剪出吉祥花样，贴在上面，讨个吉利，也才好看："丹凤朝阳"呀、"白头到老"呀、"子孙万代"呀、"福寿绵长"呀。二三十里的人家都来请她："大娘，好日子是十六，你哪天去呀？"——"十五，我一大清早就来！"

"一定呀！"——"一定！一定！"

两个女儿，长得跟她娘像一个模子里托出来的。眼睛长得尤其像，白眼珠鸭蛋青，黑眼珠棋子黑，定神时如清水，闪动时像星星。浑身上下，头是头，脚是脚。头发滑滴滴的，衣服格挣挣的。——这里的风俗，十五六岁的姑娘就都梳上头了。这两个丫头，这一头的好头发！通红的发根，雪白的簪子！娘女三个去赶集，一集的人都朝她们望。

姐妹俩长得很像，性格不同。大姑娘很文静，话很少，像父亲。小英子比她娘还会说，一天叽叽呱呱地不停。大姐说：

"你一天到晚叽叽呱呱——"

"像个喜鹊！"

"你自己说的！——吵得人心乱！"

"心乱？"

"心乱！"

"你心乱怪我呀！"

二姑娘话里有话。大英子已经有了人家。小人她偷偷地看过，人很敦厚，也不难看，家道也殷实，她满意。已经下过小定，日子还没有定下来。她这二年，很少出房门，整天赶她的嫁妆。大裁大剪，她都会。挑花绣花，不如娘。她可又嫌娘出的样子太老了。她到城里看过新娘子，说人家现在绣的都是活花活草。这可把娘难住了。最后是喜鹊忽然一拍屁股："我给你保举一个人！"

这人是谁？是明子。明子念"上孟下孟"的时候，不知怎么得了半套《芥子园》，他喜欢得很。到了荸荠庵，他还常翻出来看，有时还把旧账簿子翻过来，照着描。小英子说：

"他会画！画得跟活的一样！"

小英子把明海请到家里来，给他磨墨铺纸，小和尚画了几张，大英子喜欢得了不得：

"就是这样！就是这样！这就可以乱孱！"——所谓"乱孱"是绣花的一种针法：绣了第一层，第二层的针脚插进第一层的针缝，这样颜色就可由深到淡，不露痕迹，不像娘那一代绣的花是平针，深浅之间，界限分明，一道一道的。小英子就像个书童，又像个参谋：

"画一朵石榴花！"

"画一朵栀子花！"

她把花掐来，明海就照着画。

到后来，凤仙花、石竹子、水蓼、淡竹叶、天竺果子、腊梅花，他都能画。

大娘看着也喜欢，搂住明海的和尚头：

"你真聪明！你给我当一个干儿子吧！"

小英子捺住他的肩膀，说：

"快叫！快叫！"

小明子跪在地下磕了一个头，从此就叫小英子的娘做干娘。

大英子绣的三双鞋，三十里方圆都传遍了。很多姑娘都走路坐船来看。看完了，就说："啧啧啧，真好看！这哪是绣的，这是一朵鲜花！"她们就拿了纸来央大娘央了小和尚来画。有求画帐檐的，有求画门帘飘带的，有求画鞋头花的。每回明子来画花，小英子就给他做点好吃的，煮两个鸡蛋，蒸一碗芋头，煎几个藕团子。

因为照顾姐姐赶嫁妆,田里的零碎生活小英子就全包了。她的帮手,是明子。

这地方的忙活是栽秧、车高田水、薅头遍草、再就是割稻子、打场了。这几茬重活,自己一家是忙不过来的。这地方兴换工。排好了日期,几家顾一家,轮流转。不收工钱,但是吃好的。一天吃六顿,两头见肉,顿顿有酒。干活时,敲着锣鼓,唱着歌,热闹得很。其余的时候,各顾各,不显得紧张。

薅三遍草的时候,秧已经很高了,低下头看不见人。一听见非常脆亮的嗓子在一片浓绿里唱:

　　栀子哎开花哎六瓣头哎……
　　姐家哎门前哎一道桥哎……

明海就知道小英子在哪里,三步两步就赶到,赶到就低头薅起草来。傍晚牵牛"打汪",是明子的事。——水牛怕蚊子。这里的习惯,牛卸了轭,饮了水,就牵到一口和好泥水的"汪"里,由它自己打滚扑腾,弄得全身都是泥浆,这样蚊子就咬不透了。低田上水,只要一挂十四轧的水车,两个人车半天就够了。明子和小英子就伏在车杠上,不紧不慢地踩着车轴上的拐子,轻轻地唱着明海向三师父学来的各处山歌。打场的时候,明子能替赵大伯一会,让他回家吃饭。——赵家自己没有场,每年都在荸荠庵外面的场上打谷子。他一扬鞭子,喊起了打场号子:

"格当嘚——"

这打场号子有音无字,可是九转十三弯,比什么山歌号子都好听。赵大娘在家,听见明子的号子,就侧起耳朵:

"这孩子这条嗓子!"

连大英子也停下针线:

"真好听!"

小英子非常骄傲地说:

"一十三省数第一!"

晚上,他们一起看场。——荸荠庵收来的租稻也晒在场上。他们并肩坐在一个石磙子上,听青蛙打鼓,听寒蛇唱歌,——这个地方以为蝈蝈叫是蚯蚓叫,而且叫蚯蚓叫"寒蛇",听纺纱婆子不停地纺纱,"嗡——",看萤火虫飞来飞去,看天上的流星。

"呀!我忘了在裤带上打一个结!"小英子说。

这里的人相信,在流星掉下来的时候在裤带上打一个结,心里想什么好事,就能如愿。

....

"捂"荸荠,这是小英最爱干的生活。秋天过去了,地净场光,荸荠的叶子枯了,——荸荠的笔直的小葱一样的圆叶子里是一格一格的,用手一捋,哔哔地响,小英子最爱捋着玩,——荸荠藏在烂泥里。赤了脚,在凉浸浸滑溜溜的泥里踩着,——哎,一个硬疙瘩!伸手下去,一个红紫红紫的荸荠。她自己爱干这生活,还拉了明子一起去。她老是故意用自己的光脚去踩明子的脚。

她挎着一篮子荸荠回去了,在柔软的田埂上留了一串脚印。明海看着她的脚印,傻了。五个小小的趾头,脚掌平平的,脚跟细细的,脚弓部缺了一块。明海身上有一种从来没有过的感觉,他觉得心里痒痒的。这一串美丽的脚印把小和尚的心搞乱了。

....

明子常搭赵家的船进城,给庵里买香烛,买油盐。闲时是赵大伯划船;忙时是小英子去,划船的是明子。

从庵赵庄到县城,当中要经过一片很大的芦花荡子。芦苇长得密密的,当中一条水路,四边不见人。划到这里,明子总是无端端地觉得心里很紧张,他就使劲地划桨。

小英子喊起来:

"明子!明子!你怎么啦?你发疯啦?为什么划得这么快?"

....

明海到善因寺去受戒。

"你真的要去烧戒疤呀?"

"真的。"

"好好的头皮上烧十二个洞,那不疼死啦?"

"咬咬牙。舅舅说这是当和尚的一大关,总要过的。"

"不受戒不行吗?"

"不受戒的是野和尚。"

"受了戒有啥好处?"

"受了戒就可以到处云游,逢寺挂褡。"

"什么叫'挂褡'?"

"就是在庙里住。有斋就吃。"

"不把钱?"

"不把钱。有法事,还得先尽外来的师父。"

"怪不得都说'远来的和尚会念经'。就凭头上这几个戒疤?"

"还要有一份戒牒。"

"闹半天,受戒就是领一张和尚的合格文凭呀!"

"就是!"

"我划船送你去。"

"好。"

小英子早早就把船划到荸荠庵门前。不知是什么道理,她兴奋得很。她充满了好奇心,想去看看善因寺这座大庙,看看受戒是个啥样子。

善因寺是全县第一大庙,在东门外,面临一条水很深的护城河,三面都是大树,寺在树林子里,远处只能隐隐约约看到一点金碧辉煌的屋顶,不知道有多大。树上到处挂着"谨防恶犬"的牌子。这寺里的狗出名的厉害。平常不大有人进去。放戒期间,任人游看,恶狗都锁起来了。

好大一座庙!庙门的门坎比小英子的肐膝都高。迎门蠹着两块大牌,一边一块,一块写着斗大两个大字:"放戒",一块是:"禁止喧哗"。这庙里果然是气象庄严,到了这里谁也不敢大声咳嗽。明海自去报名办事,小英子就到处看看。好家伙,这哼哈二将、四大天王,有三丈多高,都是簇新的,才装修了不久。天井有二亩地大,铺着青石,种着苍松翠柏。"大雄宝殿",这才真是个"大殿"! 一进去,凉嗖嗖的。到处都是金光耀眼。释迦牟尼佛坐在一个莲花座上。单是莲座,就比小英子还高。抬起头来也看不全他的脸,只看到一个微微闭着的嘴唇和胖墩墩的下巴。两边的两根大红蜡烛,一搂多粗。佛像前的大供桌上供着鲜花、绒花、绢花,还有珊瑚树、玉如意、整棵的大象牙。香炉里烧着檀香。小英子出了庙,闻着自己的衣服都是香的。挂了好些幡。这些幡不知是什么缎子的,那么厚重,绣的花真细。这么大一口磬,里头能装五担水!这么大一个木鱼,有一头牛大,漆得通红的。她又去转了转罗汉堂,爬到千佛楼上看了看。真有一千个小佛!她还跟着一些人去看了看藏经楼。藏经楼没有什么看头,都是经书!妈吔!逛了这么一圈,腿都酸了。小英子想起还要给家里打油,替姐姐配丝线,给娘买鞋面布,给自己买两个坠围裙飘带的银蝴蝶,给爹买旱烟,就出庙了。

等把事情办齐,晌午了。她又到庙里看了看,和尚正在吃粥。好大一个"膳堂",坐得下八百个和尚。吃粥也有这样多讲究:正面法座上摆着两个锡胆瓶,里面插着红绒花,后面盘膝坐着一个穿了大红满金绣袈裟的和尚,手里拿了戒尺。这戒尺是要打人的。哪个和尚吃粥吃出了声音,他下来就是一戒尺。不过他并不真的打人,只是做个样子。真稀奇,那么多的和尚吃粥,竟然不出一点声音!她看见明子也坐在里面,想跟他打个招呼又不好打。想了想,管他禁不禁止喧哗,就大声喊了一句:"我走啦!"她看见明子目不斜视地微微点了点头,就不管很多人都朝自己看,大摇大摆地走了。

第四天一大清早小英子就去看明子。她知道明子受戒是第三天半夜,——烧戒疤是不许人看的。她知道要请老剃头师傅剃头,要剃得横摸顺摸都摸不出头发茬子,要不然一烧,就会"走"了戒,烧成了一片。她知道是用枣泥子先点在头皮上,然后用香头子点着。她知道烧了戒疤就喝一碗蘑菇汤,让它"发",还不能躺下,要不停地走动,叫做"散戒"。这些都是明子告诉她的。明子是听舅舅说的。

她一看,和尚真在那里"散戒",在城墙根底下的荒地里。一个一个,穿了新海青,光光的头皮上都有十二个黑点子。——这黑疤掉了,才会露出白白的、圆圆的"戒疤"。和尚都笑嘻嘻的,好像很高兴。她一眼就看见了明子。隔着一条护城河,就喊他:

"明子!"

"小英子!"

"你受了戒啦?"

"受了。"

"疼吗?"

"疼。"

"现在还疼吗?"

"现在疼过去了。"

"你哪天回去?"

"后天。"

"上午?下午?"

"下午。"

"我来接你!"

"好!"

....

小英子把明海接上船。

小英子这天穿了一件细白夏布上衣,下边是黑洋纱的裤子,赤脚穿了一双龙须草的细草鞋,头上一边插着一朵栀子花,一边插着一朵石榴花。她看见明子穿了新海青,里面露出短褂子的白领子,就说:"把你那外面的一件脱了,你不热呀!"

他们一人一把桨。小英子在中舱,明子扳艄,在船尾。

她一路问了明子很多话,好像一年没有看见了。

她问,烧戒疤的时候,有人哭吗?喊吗?

明子说,没有人哭。有个山东和尚骂人:

"俺日你奶奶！俺不烧了！"

她问善因寺的方丈石桥是相貌和声音都很出众吗？

"是的。"

"说他的方丈比小姐的绣房还讲究？"

"讲究。什么东西都是绣花的。"

"他屋里很香？"

"很香。他烧的是伽楠香，贵得很。"

"听说他会做诗，会画画，会写字？"

"会。庙里走廊两头的砖额上，都刻着他写的大字。"

"他是有个小老婆吗？"

"有一个。"

"才十九岁？"

"听说。"

"好看吗？"

"都说好看。"

"你没看见？"

"我怎么会看见？我关在庙里。"

明子告诉她，善因寺一个老和尚告诉他，寺里有意选他当沙弥尾，不过还没有定，要等主事的和尚商议。

"什么叫'沙弥尾'？"

"放一堂戒，要选出一个沙弥头，一个沙弥尾。沙弥头要老成，要会念很多经。沙弥尾要年轻，聪明，相貌好。"

"当了沙弥尾跟别的和尚有什么不同？"

"沙弥头，沙弥尾，将来都能当方丈。现在的方丈退居了，就当。石桥原来就是沙弥尾。"

"你当沙弥尾吗？"

"还不一定哪。"

"你当方丈，管善因寺？管这么大一个庙？！"

"还早呐！"

划了一气，小英子说："你不要当方丈！"

"好，不当。"

"你也不要当沙弥尾！"

"好，不当。"

又划了一气，看见那一片芦花荡子了。

小英子忽然把桨放下,走到船尾,趴在明子的耳朵旁边,小声地说:
"我给你当老婆,你要不要?"
明子眼睛鼓得大大的。
"你说话呀!"
明子说:"嗯。"
"什么叫'嗯'呀!要不要,要不要?"
明子大声地说:"要!"
"你喊什么!"
明子小小声说:"要——!"
"快点划!"
英子跳到中舱,两只桨飞快地划起来,划进了芦花荡。

芦花才吐新穗。紫灰色的芦穗,发着银光,软软的,滑溜溜的,像一串丝线。有的地方结了蒲棒,通红的,像一枝一枝小蜡烛。青浮萍,紫浮萍。长脚蚊子,水蜘蛛。野菱角开着四瓣的小白花。惊起一只青桩(一种水鸟),擦着芦穗,扑鲁鲁鲁飞远了。

············

一九八〇年八月十二日,写四十三年前的一个梦。

选自《汪曾祺文集·小说卷(上)》,
江苏文艺出版社1994年版

汪曾祺

异　　秉

　　王二是这条街的人看着他发达起来的。
　　不知从什么时候起,他就在保全堂药店廊檐下摆一个熏烧摊子。"熏烧"就是卤味。他下午来,上午在家里。
　　他家在后街濒河的高坡上,四面不挨人家。房子很旧了,碎砖墙,草顶泥地,倒是不仄逼,也很干净,夏天很凉快。一共三间。正中是堂屋,在"天地君亲师"的下面便是一具石磨。一边是厨房,也就是作坊。一边是卧房,住着王二的一家。他上无父母,嫡亲的只有四口人,一个媳妇,一儿一女。这家总是那么安静,从外面听不到什么声音。后街的人家总是吵吵闹闹的。男人揪着头发打老婆,女人拿火叉打孩子,老太婆用菜刀剁着砧板诅咒偷了她的下蛋鸡的贼。王家从来没有这些声音。他们家起得很早。天不亮王二就起来备料,然后就烧煮。他媳妇梳好头就推磨磨豆腐——王二的熏烧摊每天要卖出很多回卤豆腐干,这豆腐干是自家做的。磨得了豆腐,就帮王二烧火。火光照得她的圆盘脸红红的(附近的空气里弥漫着王二家飘出的五香味)。后来王二喂了一头小毛驴,她就不用围着磨盘转了,只要把小驴牵上磨,不时往磨眼里倒半碗豆子,注一点水就行了。省出时间,好做针线。一家四口,大裁小剪,很费工夫。两个孩子,大儿子长得像妈,圆乎乎的脸,两个眼睛笑起来一道缝。小女儿像父亲,瘦长脸,眼睛挺大。儿子念了几年私塾,能记账了,就不念了。他一天就是牵了小驴去饮,放它到草地上去打滚。到大了一点,就帮父亲洗料备料做生意,放驴的差事就归了妹妹了。
　　每天下午,在上学的孩子放学、人家淘晚饭米的时候,他就来摆他的摊子。他为什么选中保全堂来摆他的摊子呢?是因为这地点好,东街西街和附近几条巷子到这里都不远;因为保全堂的廊檐宽,柜台到铺门有相当的余地;还是因为这是一家药店,药店到晚上生意就比较清淡,——很少人晚上上药铺抓药的,他摆个摊子碍不着人家的买卖,都说不清。当初还一定是请人向药店的东家说了好话,亲自登门叩谢过的。反正,有年头了。他的摊子的全副"生财"——这地方把做买卖的用具叫做"生财",就寄放在药店店堂的后面过道里,挨墙放着,上面就是悬在二梁上的赵公元帅的神龛,这些"生财"包括两块长板,两条三条腿的高板凳(这种高凳一边两条腿,在两头;一边一条腿在当中),以及好几个一面装了玻璃的匣子。他把板凳支好,长板放平,玻璃匣子排开。这些玻璃匣子里装的是黑瓜子、白瓜子、盐炒豌豆、油炸豌豆、兰花豆、五香花生米,长板的一头摆开"熏烧"。"熏烧"除回卤豆腐干之外,主要是牛肉、蒲包肉和猪头肉。这地方一般人家是不大吃牛肉的。吃,也极少红烧、清炖,只是到熏烧摊子去买。这种牛肉是五香加盐煮好,外面染了通红的红曲,一大块一大块的堆在那里。买多少,现切,放在送过来的盘子里,抓一把青蒜,浇一勺辣椒糊。蒲包肉似乎是这个县里特有的。用一个三寸来长直径寸半的蒲包,里面衬上豆腐皮,塞满了加了粉子的碎肉,封了口,拦腰用一道麻绳系紧,成一个葫芦形。煮熟以后,倒出来,也是一个带有蒲包印迹的葫芦。切成片,很香。猪头肉则分门别类地卖,拱嘴、耳朵、脸子,——脸子有个专门名词,叫"大肥"。要什么,切什么。到了上灯以后,王二的生意就到了高潮。只见他拿了刀不停地切,一面还忙着收钱,包油炸的、盐炒的豌豆、瓜子,很少有歇一歇的时候。一直忙到九点多钟,在他的两盏高罩的煤油灯里煤油已经点去了一多半,装熏烧的盘子和装豌豆的匣子都已经见了底的时候,他媳妇给他送饭来了。他才用热水擦一把脸,吃晚饭。吃完晚饭,总还有一些零零星星的生意,他不忙收摊子,就端了一杯热茶,坐到保全堂店堂里的椅子上,听人聊天,一面拿眼睛瞟着他的摊子,见有人走来,就起身切一盘,包两包,他的主顾都是熟人,谁什么时候来,买什么,他心里都是有数的。

　　这一条街上的店铺、摆摊的,生意如何,彼此都很清楚,近几年,景况都不大好。有几家好一些,但也只是能维持。有的是逐渐地败落下来了。先是货架上的东西越来越空,只出不进,最后就出让"生财",关门歇业。只有王二的生意却越做越兴旺,他的摊子越摆越大,装炒货的匣子,装熏烧的洋瓷盘子,越来越多。每天晚上到了买卖高潮的时候,摊子外面有时会拥着好些人。好天气还好,遇上下雨下雪(下雨下雪买他的东西的比平常更多),叫主顾在当街打伞站着,实在很不过意。于是经人说合,出了租钱,他就把他的摊子搬到隔壁源昌烟店的店堂里去了。

　　源昌烟店是个老名号,专卖旱烟,做门市,也做批发。一边是柜台,一边是刨烟的作坊。这一带抽的旱烟是刨成丝的。刨烟师傅把烟叶子一张一张立着叠在一个特制的木床子上,用皮绳木楔卡紧,两腿夹着床子,用一个刨刀有半尺宽的大刨子刨。烟是黄的。他们都穿了白布套裤。这套裤也都变黄了。下了工,脱了套裤,他们身上也到处是黄的。头发也是黄的。——手艺人都带着他那个行业特有的颜色。染坊师傅的指甲缝里都是蓝的,碾米师傅的眉毛总是白蒙蒙的。原来,源昌号每天有四个师傅、四副床子刨烟。每天总有一些大人孩子站在旁边看。后来减成三个,两个,一个。最后连这一个也辞了。这家的东家就靠卖一点纸烟、火柴、零包的茶叶维持生活,也还卖一点过来的旱烟、皮丝烟。不知道为什么,原来挺敞亮的店堂变得黑暗了,牌匾上的金字也都无精打采了。那座柜台显得特别的大。大,而空。

王二来了,就占了半边店堂,就是原来刨烟师傅刨烟的地方。他的摊子原来在保全堂廊檐是东西向横放着的,迁到源昌,就改成南北向,直放了。所以,已经不能算是一个摊子,而是半爿店铺了。他在原有的板子之外增加了一块,摆成一个曲尺形,俨然也就是一个柜台。他所卖的东西的品种也增加了。即以熏烧而论,除了原有的回卤豆腐干、牛肉、猪头肉、蒲包肉之外,春天,卖一种叫做"鵽"的野味,——这是一种候鸟,长嘴长脚,因为是桃花开时来的,不知是哪位文人雅士给它起了一个名称叫"桃花鵽";卖鹌鹑;入冬以后,他就挂起一个长条形的玻璃镜框,里面用大红蜡笺写了泥金字:"即日起新添美味羊糕五香兔肉"。这地方人没有自己家里做羊肉的;都是从熏烧摊上买。只有一种吃法:带皮白煮,冻实,切片,加青蒜、辣椒糊,还有一把必不可少的胡萝卜丝(据说这是最能解膻气的)。酱油、醋,买回来自己加。兔肉,也像牛肉似的加盐和五香煮,染了通红的红曲。

这条街上过年时的春联是各式各样的。有的是特制嵌了字号的。比如保全堂,就是由该店拔贡出身的东家拟制的"保我黎民,全登寿域",有些大字号,比如布店,口气很大,贴的是"生涯宗子贡,贸易效陶朱",最常见的是"生意兴隆通四海,财源茂盛达三江";小本经营的买卖则很谦虚地写出:"生意三春草,财源雨后花"。这么一副春联,用于王二的超摊子准铺子,真是再贴切不过了,虽然王二并没有想到贴这样一副春联,——他也没处贴呀,这铺面的字号还是"源昌"。他的生意真是三春草、雨后花一样地起来了。"起来"最显眼的标志是他把长罩煤油灯撤掉,挂一盏呼呼作响的汽灯。须知,汽灯这东西只有钱庄、绸缎庄才用,而王二,居然在一个熏烧摊子的上面,挂起来了。这白白亮亮的汽灯,越显得源昌柜台里的一盏煤油灯十分地暗淡了。

王二的发达,是从他的生活也看得出来的。第一,他可以自由地去听书。王二最爱听书。走到街上,在形形色色招贴告示中间,他最注意的是说书的报条。那是三寸宽,四尺来长的一条黄颜色的纸,浓墨写道:"特聘维扬×××先生在×××(茶馆)开讲××(三国、水浒、岳传……)是月×日起风雨无阻"。以前去听书都要经过考虑。一是花钱,二是费时间,更主要的是考虑这于他的身份不大相称:一个卖熏烧的,常常听书,怕人议论。近年来,他觉得可以了,想听就去。小蓬莱、五柳园(这都是说书的茶馆),都去,三国、水浒、岳传,都听。尤其是夏天,天长,穿了竹布的或夏布的长衫,拿了一吊钱,就去了。下午的书一点开书，不到四点钟就"明日请早"了（这里说书的规矩是在说书先生说到预定的地方，留下一个扣子，跑堂的茶房高喝一声"明日请早——！"听客们就纷纷起身散场），这耽误不了他的生意。他一天忙到晚，只有这一段时间得空。第二，过年推牌九，他在下注时不犹豫。王二平常绝不赌钱，只有过年赌五天。过年赌钱不犯禁，家家店铺里都可赌钱。初一起，不做生意，铺门关起来，里面黑洞洞的。保全堂柜台里身，有一个小穿堂，是供神农祖师的地方，上面有个天窗，比较亮堂。拉开神农画像前的一张方桌，哗啦一声，骨牌和骰子就倒出来了。打麻将多是社会地位相近的，推牌九则不论，谁都可以来。保全堂的"同仁"（除了陶先生和陈相公），替人家收房钱的抡元，卖活鱼的疤眼——他曾得外症，治愈后左眼留一大疤，小学生给他起了个外号叫"巴颜喀拉山"，这外号竟传开了，一街人都叫他巴颜喀拉山，虽然有人不知道这是什么意思——，王二。输赢说大不大，说小可也不小。十吊钱推一庄。十吊钱相当于三块洋钱。下注稍大的是一吊钱三三四，一吊钱分三道：三百、三百、四百。七点赢一道，八点赢两道，若是抓到一副九点或是天地杠，庄家赔一吊钱。王二下"三三四"是常事。有的竟会下到五吊钱一注孤丁，把五吊钱稳稳地推出去，心不跳，手不抖（收房钱的抡元下到五百钱一注时手就抖个不住）。赢得多了，他也能上去推两庄。推牌九这玩意，财越大，气越粗，王二输的时候竟不多。

王二把他的买卖乔迁到隔壁源昌去了，但是每天九点以后他一定还是端了一杯茶到保全堂店堂里来坐个点把钟。儿子大了，晚上再来的零星生意，他一个人就可以应付了。

且说保全堂。

这是一家门面不大的药店。不知为什么，这药店的东家用人，不用本地人，从上到下，从管事的到挑水的，一律是淮城人。他们每年有一个月的假期，轮流回家，去干传宗接代的事。其余十一个月，都住在店里。他们的老婆就守十一个月的寡。药店的"同仁"，一律称为"先生"。先生里分为几等。一等的是"管事"，即经理。当了管事就是终身职务，很少听说过有东家把管事辞了的。除非老管事病故，才会延聘一位新管事。当了管事，就有"身股"，或称"人股"，到了年底可以按股分红。因此，他对生意是兢兢业业，忠心耿耿的。东家从不到店，管事负责一切，他照例一个人单独睡在神农像后面的一间屋子里，名叫"后柜"。总账、银钱、贵重的药材如犀角、羚羊、麝香，都锁在这间屋子里，钥匙在他身上，——人参、鹿茸不算什么贵重东西。吃饭的时候，管事总是坐在横头末席，以示代表东家奉陪诸位先生。熬到"管事"能有几人？全城一共才有那么几家药店。保全堂的管事姓卢。二等的叫"刀上"，管切药和"跌"丸药。药店每天都有很多药要切,"饮片"切得整齐不整齐,漂亮不漂亮,直接影响生意好坏。内行人一看,就知道这药是什么人切出来的。"刀上"是个技术人员,薪金最高,在店中地位也最尊。吃饭时他照例坐在上首的二席,——除了有客,头席总是虚着的。逢年过节,药王生日(药王不是神农氏,却是孙思邈),有酒,管事的举杯,必得"刀上"先喝一口,大家才喝。保全堂的"刀上"是全县头一把刀,他要是闹脾气辞职,马上就有别家抢着请他去。好在此人虽有点高傲,有点倔,却轻易不发脾气。他姓许。其余的都叫"同事"。那读法却有点特别,重音在"同"字上。他们的职务就是抓药,写账。"同事"是没有什么了不起的,每年都有被辞退的可能。辞退时"管事"并不说话,只是在腊月有一桌辞年酒,算是东家向"同仁"道一年的辛苦,只要是把哪位"同事"请到上席去,该"同事"就二话不说,客客气气地卷起铺盖另谋高就。当然,事前就从旁漏出一点风声的,并不当真是打一闷棍。该辞退"同事"在八月节后就有预感。有的早就和别家谈好,很潇洒地走了;有的则请人斡旋,留一年再看。后一种,总要作一点"检讨",下一点"保证"。"回炉的烧饼不香",辞而不去,面上无光,身价就低了。保全堂的陶先生,就已经有三次要被请到上席了。他咳嗽痰喘,人也不精明。终于没有坐上席,一则是同行店伙纷纷来说情:辞了他,他上谁家去呢?谁家会要这样一个痰篓子呢?这岂非绝了他的生计?二则,他还有一点好处,即不回家。他四十多岁了,却没有传宗接代的任务,因为他没有娶过亲。这样,陶先生就只有更加勤勉,更加谨慎了。每逢他的喘病发作时,有人问:"陶先生,你这两天又不大好吧?"他就一面喘咳着一面说:"啊不,很好,很(呼噜呼噜)好!"

以上,是"先生"一级。"先生"以下,是学生意的。药店管学生意的却有一个奇怪称呼,叫做"相公"。

因此,这药店除煮饭挑水的之外,实有四等人:"管事"、"刀上"、"同事"、"相公"。

保全堂的几位"相公"都已经过了三年零一节,满师走了。现有的"相公"姓陈。

陈相公脑袋大大的,眼睛圆圆的,嘴唇厚厚的,说话声气粗粗的——呜噜呜噜地说不清楚。

他一天的生活如下:起得比谁都早。起来就把"先生"们的尿壶都倒了涮干净控在厕所里。扫地、擦桌椅、擦柜台。到处掸土。开门。这地方的店铺大都是"铺闼子门",——一列宽可一尺的厚厚的门板嵌在门框和门槛的槽子里。陈相公就一块一块卸出来,按"东一"、"东二"、"东三"、"东四"、"西一"、"西二"、"西三"、"西四"次序,靠墙竖好。晒药,收药。太阳出来时,把许先生切好的"饮片"、"跌"好的丸药,——都放在匾筛里,用头顶着,爬上梯子,到屋顶的晒台上放好;傍晚时再放下来。这是他一天最快乐的时候。他可以登高四望。看得见许多店铺和人家的房顶,都是黑黑的。看得见远处的绿树,绿树后面缓缓移动的帆。看得见鸽子,看得见飘动摇摆的风筝。到了七月,傍晚,还可以看巧云。七月的云多变幻,当地叫做"巧云"。那是真好看呀:灰的、白的、黄的、橘红的,镶着金边,一会一个样,像狮子的,像老虎的,像马、像狗的。此时的陈相公,真是古人所说的"心旷神怡"。其余的时候,就很刻板枯燥了。碾药。两脚踏着木板,在一个船形的铁碾槽子里碾。倘若碾的是胡椒,就要不停地打喷嚏。裁纸。用一个大弯刀,把一沓一沓的白粉连纸裁成大小不等的方块,包药用。刷印包装纸。他每天还有两项例行的公事。上午,要搓很多抽水烟用的纸媒子。把装铜钱的钱板翻过来,用"表心纸"一根一根地搓。保全堂没有人抽水烟,但不知什么道理每天都要搓许多纸媒子,谁来都可取几根,这已经成了一种"传统"。下午,擦灯罩。药店里里外外,要用十来盏煤油灯。所有灯罩,每天都要擦一遍。晚上,摊膏药。从上灯起,直到王二过店堂里来闲坐,他一直都在摊膏药。到十点多钟,把先生们的尿壶都放到他们的床下,该吹灭的灯都吹灭了,上了门,他就可以准备睡觉了。先生们都睡在后面的厢屋里,陈相公睡在店堂里。把铺板一放,铺盖摊开,这就是他一个人的天地了。临睡前他总要背两篇《汤头歌诀》,——药店的先生总要懂一点医道。小户人家有病不求医,到药店来说明病状,先生们随口就要说出:"吃一剂小柴胡汤吧","服三副藿香正气丸","上一点七厘散"。有时,坐在被窝里想一会家,想想他的多年守寡的母亲,想想他家房门背后的一张贴了多年的麒麟送子的年画。想不一会,困了,把脑袋放倒,立刻就响起了很大的鼾声。

  陈相公已经学了一年多生意了。他已经给赵公元帅和神农爷烧了三十次香。初一、十五,都要给这二位烧香,这照例是陈相公的事。赵公元帅手执金鞭,身骑黑虎,两旁有一副八寸长的黑地金字的小对联:"手执金鞭驱宝至,身骑黑虎送财来。"神农爷虬髯披发,赤身露体,腰里围着一圈很大的树叶,手指甲、脚趾甲都很长,一只手捏着一棵灵芝草,坐在一块石头上。陈相公对这二位看得很熟,烧香的时候很虔敬。

  陈相公老是挨打。学生意没有不挨打的,陈相公挨打的次数也似稍多了一点。挨打的原因大都是因为做错了事:纸裁歪了,灯罩擦破了。这孩子也好像不大聪明,记性不好,做事迟钝。打他的多是卢先生。卢先生不是暴脾气,打他是为他好,要他成人。有一次可挨了大打。他收药,下梯一脚踩空了,把一匾筛泽泻翻到了阴沟里。这回打他的是许先生。他用一根闩门的木棍没头没脸的把他痛打了一顿,打得这孩子哇哇地乱叫:"哎呀!哎呀!我下回不了!下回不了!哎呀!哎呀!我错了!哎呀!哎呀!"谁也不能去劝,因为知道许先生的脾气,越劝越打得凶,何况他这回的错是不小(泽泻不是贵药,但切起来很费工,要切成厚薄一样,状如铜钱的圆片)。后来还是煮饭的老朱来劝住了。这老朱来得比谁都早,人又出名的忠诚耿直。他从来没有正经吃过一顿饭,都是把大家吃剩的残汤剩水泡一点锅巴吃。因此,一店人都对他很敬畏。他一把夺过许先生手里的门闩,说了一句话:"他也是人生父母养的!"

陈相公挨了打,当时没敢哭。到了晚上,上了门,一个人呜呜地哭了半天。他向他远在故乡的母亲说:"妈妈,我又挨打了!妈妈,不要紧的,再挨两年打,我就能养活你老人家了!"

王二每天到保全堂店堂里来,是因为这里热闹。别的店铺到九点多钟,就没有什么人,往往只有一个管事在算账,一个学徒在打盹。保全堂正是高朋满座的时候。这些先生都是无家可归的光棍,这时都聚集到店堂里来。还有几个常客,收房钱的抡元,卖活鱼的巴颜喀拉山,给人家熬鸦片烟的老炳,还有一个张汉。这张汉是对门万顺酱园连家的一个亲戚兼食客,全名是张汉轩,大家却都叫他张汉。大概是觉得已经沦为食客,就不必"轩"了。此人有七十岁了,长得活脱像一个伏尔泰,一张尖脸,一个尖尖的鼻子。他年轻时在外地做过幕,走过很多地方,见多识广,什么都知道,是个百事通。比如说抽烟,他就告诉你烟有五种:水、旱、鼻、雅、潮,"雅"是鸦片。"潮"是潮烟,这地方谁也没见过。说喝酒,他就能说出山东黄、状元红、莲花白……说喝茶,他就告诉你狮峰龙井、苏州的碧螺春、云南的"烤茶"是在怎样一个罐里烤的,福建的功夫茶的茶杯比酒盅还小,就是吃了一只炖肘子,也只能喝三杯,这茶太酽了。他熟读《子不语》、《夜雨秋灯录》,能讲许多鬼狐故事。他还知道云南怎样放蛊,湘西怎样赶尸。他还亲眼见到过旱魃、僵尸、狐狸精,有时间,有地点,有鼻子有眼。三教九流,医卜星相,他全知道。他读过《麻衣神相》、《柳庄神相》,会算"奇门遁甲"、"六壬课"、"灵棋经"。他总要到快九点钟时才出现(白天不知道他干什么),他一来,大家精神为之一振,这一晚上就全听他一个人刮划。他很会讲,起承转合,抑扬顿挫,有声有色。他也像说书先生一样,说到筋节处就停住了,慢慢地抽烟,急得大家一劲地催他:"后来呢?后来呢?"这也是陈相公一天比较快乐的时候。他一边摊着膏药,一边听着。有时,听得太入神了,摊膏药的扦子停留在油纸上,会废掉一张膏药。他一发现,赶紧偷偷塞进口袋里。这时也不会被发现,不会挨打。

有一天,张汉谈起人生有命。说朱洪武、沈万山、范丹是同年同月同日时,都是丑时建生,鸡鸣头遍。但是一声鸡叫,可就命分三等了:抬头朱洪武,低头沈万山,勾一勾就是穷范丹。朱洪武贵为天子,沈万山富甲天下,穷范丹冻饿而死。他又说凡是成大事业,有大作为,兴旺发达的,都有异相,或有特殊的禀赋。汉高祖刘邦,股有七十二黑子——就是屁股上有七十二颗黑痣,谁有过?明太祖朱元璋,生就是五岳朝天,——两额、两颧、下巴,都突出,状如五岳,谁有过?樊哙能把一条整猪腿生吃下去,燕人张翼德,睡着了也睁着眼睛。就是市井之人,凡有走了一步好运的,也莫不有与众不同之处。必有非常之人,乃成非常之事。大家听了,不禁暗暗点头。

张汉猛吸了几口旱烟,忽然话锋一转,向王二道:

"即以王二而论,他这些年飞黄腾达,财源茂盛,也必有其异禀。"

"……?"

王二不解何为"异禀"。

"就是与众不同,和别人不一样的地方。你说说,你说说!"

大家也都怂恿王二:"说说!说说!"

王二虽然发了一点财,却随时不忘自己的身份,从不僭越自大,在大家敦促之下,只有很诚恳地欠一欠身说:

"我呀,有那么一点:大小解分清。"他怕大家不懂,又解释道:"我解手时,总是先解小手,后解大手。"

张汉一听,拍了一下手,说:"就是说,不是屎尿一起来,难得!"

说着,已经过了十点半了,大家起身道别。该上门了。卢先生向柜台里一看,陈相公不见了,就大声喊:"陈相公!"

喊了几声,没有应声。

原来陈相公在厕所里。这是陶先生发现的。他一头走进厕所,发现陈相公已经蹲在那里。本来,这时候都不是他们俩解大手的时候。

一九四八年旧稿
一九八〇年五月二十日重写

选自《汪曾祺短篇小说选》,
北京出版社 1982 年版

林斤澜

短凳桥风情(选一)

蛋

这是个六十年代初期的故事。

有一个小干部,那年下放到山头角,担了大半年的粪尿——那时候粪和尿不分,因为一天喝两顿番薯粥。有一天叫他回机关来,走到半路走不动了,弯到一个熟人土郎中家里寻吃的。寻不着,看见桌面上放着几粒桑菊感冒丸,乌鸡调经丸,杜仲降压丸,都柔软有油性,如元宵点心的可爱,抓过来统统吃下,才走回机关。

过两天汇报情况,他想想吃药丸讲不得,什么也不讲舌头根又痒痒的,那就讲讲大丰收吧。他说乡下有一爿柿山,去年高桩柿一个个和寿桃一样,乡下人说:成爿山好比王母娘娘的后花园。这句话他都写到诗里,诗也写到山岩上。可惜劳动力都调去大跃进,高桩柿自生自落,今年走过柿山,诗还在,不过高桩柿落地过了个冬,一堆堆比牛屎还黑,还臭。

过两天领导问他户口转回来没有?他说正在转着。

"先不用转了,学习学习还回去吧。"

"???"

"你劳动不错,也吃得苦,这回下去,首先要抓世界观改造。高桩柿怎么好比牛屎呢?这叫什么世界观!"

小干部当然不能随便嘴痒,元帅胡乱开口,也会一撸到底。那老百姓呢,却又好笑。

有个小学堂,请来一位贫农老大娘。在操场上摆下两张书桌,铺上床单,放几把靠背椅。校长、主任陪着老大娘坐靠背椅,也就是坐主席台。全体师生整队进场,学生席地而坐,老师站在学生后边,用大小声压住阵脚,真是要阵势有阵势,要气氛有气氛。

校长先讲话,讲"忆苦思甜",是当时当饭吃的题目。讲完,自己先拍巴掌,全场师生跟着拍巴掌,接着欢迎贫农老大娘"开诉"。

老人家本来只把小学当做隔壁邻舍,小学生肚子里有三瓶墨水也还是孙儿孙女,走来和他们诉诉苦还不是喝口茶一样。没有料到是这么个场面,一时张不开嘴。

小学生里有咪咪的声响,站在后边的老师嗷嗷的镇压,这可怎么得了!幸好地上坐在第一排正当中的,正好是老大娘屋对面的小姑娘。一年级学生,真是眉清目秀,文文静静,她身后坐着个光头眯眯眼的小淘气,不知道做了个什么小动作,小姑娘倏地一扭头,龇牙咧嘴,挤眉瞪眼,凶得来好比小狗小猫相打。倏地又回过头来,立刻又是清秀文静,变来变去都如闪电。老人家心里一动,这个样子和孙女儿娟娟一模一样。

老人家开口了:

"你几岁了……"

大家都不知道这是问谁,没有人答应。老大娘也不等人说话,她心里自有回答:

"……我娟娟若是在,也背书包上学了。也一样秀气,也淘气。那张脸变过来变过去,比做猴儿戏戴假脸儿,还快。三岁时候,还一身肉圆鼓隆冬的。五岁那年,下巴尖了,面黄肌瘦了,皮包骨头了。没有吃的,清汤照得见人影,小人儿顶不过山。我看她青空白日,眼珠散了神。我叫她娟娟,娟娟,你想吃什么?吃什么?娘娘(奶奶)去寻,去讨,去买、买、买来给你。我娟娟说:花生。伸出三个手指头,自己又缩回去一个,只要两夹花生。我走隔壁走对门走个团团圈圈,一粒花生仁也没有,真没有,米缸柴仓都和水洗了一样……"

校长听着听着,一想,这说的是眼面前的事,文不对题呀,就歪过身体,斜起屁股说:

"老人家,老人家,讲讲老地主那时候……"

"老地主那时候,我心里也想呀,那时候若舍得这张老面皮,朝老太太告诉,我孙女儿饿得七分八厘三了,只怕馒头也讨得出来……"

校长再斜屁股,若不是主任在身边挡着,椅子也会斜翻了。

"……走回家来看我娟娟,出的气粗,吸的气细,我抱她起来坐坐,把棉被垫在她背后。这个小人只剩一张皮,和风筝一样。还晓得趣笑,说:娘娘,我靠在花生囤,花生囤,花生囤上呢,说着还扭个头来,朝我做个鬼脸。我还没有笑出来,看见鬼脸一闪,眼皮一落,我伸手去摸,断气了,真和风筝断线一样飞走了……"

校长怎样收拾场面,全体老师总动员起来消毒,都不细说。

只是把这个贫农老大娘怎么办呢?什么"怎么"也没有,镇里生产队里连句响话也懒得说。从元帅到小干部都可以一撸到底,这些老贫农本来就在"底"上,还有什么地方好撸!若还有地方调调口味,巴不得。

娟娟爸爸爱做点小头生意,人也是个讲究和气生财的,就是在小头生意上有股子犟脾气。干部们偏偏爱抓他的生意经,吓他说:

"有地方放你。"

这个和气生财的人犟得来,竟随口答应:

"好道,有地方开饭了。"

到了这种地步,那"地方"不吓人了,土地爷儿真真不好当了。

有一天黄昏前,将黑未黑。矮凳桥街上西头独家经营的供销社,本来就"乌秋",这时候和暗洞洞一样。推门闪进来一个人,柜台里的定睛一看,叫了声:

"李老师。"

进来的是李地,她下放在锯齿山林场劳动改造不知道多少年了,反正来时一个人,现在带着三个女孩子。个个好看和面人儿一样,街上的人都说罪过,偏偏三朵花开在"暗角落头"里。不过李地究竟戴着什么帽子,连林场的人也说不清。有年冬天,李地帮着街上办过扫盲班,从此街上的人,明公正道叫她李老师了。

李地闪到柜台前边,微微气喘,没事,这年月后生家也出气不匀。李地双手插兜,左右看看没人,倏地伸出右手,把个鸡蛋放在秤盘上。站柜台的不动,等着第二个。李地微微一笑,伸出左手一摊,空的。站柜台的看看那一个鸡蛋,花皮,潮湿。想是一路捏在手心里,手心一路出汗,不知是人虚还是心虚……站柜台的不多问,低头仔细慎重轻轻拨动秤锤……

正在毫厘计较的时候,李地飞快抓起鸡蛋,捏在拳头里,拳头插到衣兜里,人也退后两步,坐到凳子上。

站柜台的先也一惊,立刻听见门响,看见一前一后走进来两个人。前边的骨骼粗大,壮人新瘦,眼似青绿铜铃。后边的那位看不出来年纪,弯腰佝背像一朵虾米。这个样子跟着人走,街上的人说好拾个屁吃。

站柜台的年约三十,衣着整齐,招呼前边的道:"队长,开完会了?"

队长要了一碗烧酒,端到靠街窗下方桌旁坐下,袖口里掉下一块番薯在桌面上。虾米觉着仿佛店堂里一亮,脚下不觉朝桌边蹭蹭。站柜台的也开了口:"队长今天高兴。"

队长拿指甲一小片一小片抠下番薯皮,喝一口烧酒,接上和虾米一路进来的话头:

"我不是和你说,人要知足,老古话说:知足福禄……"一般是说知足常乐,"……知足就是福,好比高桩柿……"

指的是站柜台的。原来这一位就是因高桩柿倒了霉的小干部,街上的人竟顺手拿来做了名号,这一位也答应如常。

"……高桩柿我们看他表现不错,担粪桶也担了有年数了,调他到供销社来帮帮忙。晒,也晒不着。淋,也淋不到身上。这就不用去想城里了,坐机关七长八短头发也白得快……"

队长抠下一小片一小片番薯皮,堆在桌板上,咬一小口番薯下一大口烧酒。

虾米一双眼睛不看酒,也不看番薯,那都是天鹅肉。只是盯着番薯皮,一边点头说:

"娟娟爸爸若是学学高桩柿就好了,嗨,哪里学得来呢,高桩柿有肚才,娟娟爸爸两眼墨黑……人倒还'条直',只是爱做点小头生意,叫他不做偏偏做,偏偏犟……"

"犟是犟,人要吃饭也是'真生活'。我给他敲警钟:'有地方放你。'他随口答应:'有地方开饭了。'我嘴上不说,心里想:你做梦!真有地方开饭轮不着你,我先去了。我还和他说,你老娘在小学里放了屁,我们连句响话也不说,总不能把人家撸到外国去。你若是老实坐着喝番薯粥,多放几个屁也撸不着你。你做生意,好了,有得撸了,好了,生意生意,这回做出政治问题来了。娟娟断气的时候说:花生囤,花生囤。偏偏这个小人儿叫人心疼,满街传说花生囤,花生囤。我们听上去也就听过去了,乡下地方只晓得大老美土名叫做花旗,是个番邦。晓不得花旗也有个首都,首都就叫做花生囤……"

老古话说:听话听音。听音实是华盛顿。若争辩说音同字不同,好了,别人本来就是译音,什么字不字。这种事情本地倒有句土话,叫做"冤生孽结"。

队长嘬了口烧酒,扭扭头,说:

"李老师,花旗的花生囤,你们是晓得的。"

正好李地发现裤脚管上有泥星,弯下腰来拍拍,不出声。虾米点着腰——本来应当是点头,他代替回答:

"晓得的,晓得的。"

"只怕高桩柿也心里有数。"

又正好这位站柜台的,回身擦着空空的货架。也是虾米点腰回答。

"有数的,有数的。"

队长咬块番薯在嘴里,嚼着说:

"上面问,你们那里打击自发势力,怎么一边打还一边发呢。缘故是你们没有大批判开路,典型材料摊山来一样多,你们只会推不晓得。花生囤华盛顿,你们当干部的都不晓得那是个什么地方,他们家才五岁的小丫头,临断气还要靠着华盛顿。五岁的孩子有什么脑筋,脑是有的,豆腐一样幼嫩,还没有生筋。这些歪藤八翘都是大人的缘故。娟娟的爸爸是个老牌自发势力,你们割过他几回尾巴?割一回长一回,比先还毛蓬蓬。不挖挖立场,挖不出自发根子,你们的'心气功'就都泡汤了。"

虾米立刻答应道:

"对,对,泡汤了泡汤了……"两眼朝李地高桩柿那里一溜,改口说道,"上面说的,上面的时辰准……"

队长三口酒下肚,一问一答学一段对话,问话的讲的是"正音",答的是本地土话:

"'华盛顿,交代华盛顿。'

'没有花生囤,这又不能藏不能瞒的……'

'你没有?'

'没有。'

'真没有?'

'有,有,我卖过熬炒花生。'

'什么肮脏花生!'

'不肮脏,熬炒,卫生还是晓得的。'

'狡赖!'

'交代,交代。'

'扯淡!'

'茶蛋,茶叶蛋吧?'

'花旗!'

'花皮?花皮一角六,白皮一角三,把茶叶一煮,白皮也当花皮卖,这是有的……'"

队长喝一大口,笑一大笑,青绿铜铃眼睛都闪出光来,说:

"这下好了,有救了。我们这些人做梦也梦不着花旗,华盛顿朝南朝北也不晓得,怎么批,翻过来倒过去也只有两句半。批判会又不能早散,总要开到太阳落山才像个样子。他交代出来卖茶叶蛋,我心里两百斤石头落了地。眼前正好收不着鸡蛋,大家守着鸡屁股,出来一半就伸手去接,藏起来私下卖了买油、盐、酱、醋。上面催任务和逼命一样。一说到蛋,这个会半天也开不完。闹闹热热眼见天黑下来了,我心里念声阿弥陀佛,好了,功德圆满了。开这个会,比担两百斤重担爬锯齿山还吃力,还不抿两口酒,散散筋骨。……"

队长喝干了酒,看见虾米一直盯着桌板上的番薯皮,一边站起来一边问道:

"你要?你吃?"

虾米连忙伸手去"掸"到手心里，解释说：

"喂鸡喂鸡，不喂不肯下蛋。"

一边又把肉头厚点的塞到自己嘴里。

队长说声酒钱过一会儿拿来，朝外走。虾米也弯着腰拾屁吃那样跟着走了。

屋里十分清静，高桩柿也不说话，只拿眼睛望着李地。

李地稍微静默一会儿，轻悄悄走到柜台前边，衣兜里伸出手来，再把那个鸡蛋放在秤盘上，只是更加潮湿。

高桩柿慎重拨动秤锤，又拨算盘珠，不多说一个字，只说：

"六分。"

说罢，拿起鸡蛋放进抽屉，静静望着李地。李地轻悄悄，但清清楚楚说：

"两分盐。"

高桩柿包一小包盐递给李地，在算盘上拨掉两个算盘珠，又静静等着李地再说话。

"两分——一分黑线一分白线好卖吗？"

高桩柿稍稍犹豫一下，回头在线圈里抽出三根黑线三根白线，拿张裁得巴掌大的旧报纸包了。李地说：

"难为你。"

高桩柿动动嘴唇，没有出声，只在算盘上又拨下两个珠子。

"一分石笔。"

高桩柿在石笔匣里拣了一支粗点的，也包了。这一笔小到不能再小的生意，在静悄悄中进行。本来这个数目用不着算盘，可是要严肃，要庄重，就要算盘在寂静中嗒嗒地帮衬着。

又拨掉一个，算盘上只剩下一个珠子。

"一分冰糖。"

高桩柿没有动手，望了李地一眼，说：

"冰糖是成块的，稍微动动凿子，五分也不止。"

"难为你包点末末吧。"

高桩柿望着李地，还是不动手。李地不再说话，也没有改变主意的样子。高桩柿认真开动脑筋，说：

"刚才鸡蛋是六分四厘，四舍五入，四就抹掉了。不过秤杆稍微软一软，就是六分五厘，五就入，一入就是七分。"

说着"啪"的一声真叫清脆，李地眼见，算盘上多了一个珠子。高桩柿宣布：

"现在还有两分,你拿个糖球走吧。"

"我要冰糖。"

高桩柿顺下眼睛看着柜台,不动手也不看李地。

李地轻悄悄地说出一番话来:

"我大女儿笑翼四岁的时候,看一本小人书叫做冰糖甜瓜,是一个童话故事。我们在屋边种过甜瓜,笑翼知道甜瓜是什么样子,就是不知道冰糖。我说是成块的、白的、半透明的、甜的,她要一块尝一尝,我没有办法,只好说,等你上学时候,给你。以后她把小人书翻烂了,也没有再提起过。三年过去了,上学那天,我给她整理了书包,背上。她说:妈妈,冰糖呢?原来都还记在小脑筋里。我只给她一个手指头,捏着,领她到学堂去。她眼光光跟着走,我只寻些别的话来岔开。现在上学也大半个学期了,昨天放学回来,说,妈妈,大家都吃过冰糖。说着,眼睛里渗出来两泡泪水,禽着。原来老师讲到童话故事冰糖甜瓜,问了一声同学们,吃过冰糖吗?一片连声回答:吃过……"

高桩柿失声叫道:"娟娟……"立刻又改口骂道,"该死!"立刻又解释说:"我骂我自己。"又说,"我是说笑翼也是个好孩子。"

说着回身到货架上,在冰糖糖盘上,在碎末里挑了一片指甲盖般大,指甲盖般薄的,拿报纸包起来,小小心心,不可捏碎,还要包得四方整齐……

这时,听见门响,两个人都从眼角里看见了骨胳粗大的身影,高桩柿提高嗓门,说:

"李老师,你的孩子读书一定是好的,只怕你自己,比学堂里的老师还会教呢。"

李地也笑起来答应道:

"我还会教什么呢,认得的字都拌饭吃了。"

笑着和进来的队长点点头,朝外走了。

队长睁着青绿铜铃眼睛,走到柜台前边,把一个粗大拳头落在秤盘上。高桩柿脑筋飞转,准备应对。

那拳头收回去,秤盘上却是三个鸡蛋——娇小玲珑,倒像是鸽子蛋,不过的确是鸡蛋。高桩柿心里放下一块石头,用不着为李地编两句什么话了,朝着鸡蛋笑道:

"好秀气的小母鸡,叫人心疼。"

选自《矮凳桥风情:系列小说》,
浙江文艺出版社 1987 年版

史铁生

我的遥远的清平湾

　　北方的黄牛一般分为蒙古牛和华北牛。华北牛中要数秦川牛和南阳牛最好,个儿大,肩峰很高,劲儿足。华北牛和蒙古牛杂交的牛更漂亮,犄角向前弯去,顶架也厉害,而且皮实、好养。对北方的黄牛,我多少懂一点。这么说吧:现在要是有谁想买牛,我担保能给他挑头好的。看体形,看牙口,看精神儿,这谁都知道;光凭这些也许能挑到一头不坏的,可未能挑到一头真正的好牛。关键是得看脾气。拿根鞭子,一甩,"嗖"的一声,好牛就会瞪圆了眼睛,左蹦右跳。这样的牛干起活来下死劲,走得欢。疲牛呢?听见鞭子响准是把腰往下一塌,闭一下眼睛。忍了。这样的牛,别要。
　　我插队的时候喂过两年牛,那是在陕北的一个小山村儿——清平湾。
　　我们那个地方虽然也还算是黄土高原,却只有黄土,见不到真正的平坦的塬地了。由于洪水年年吞噬,塬地总在塌方,顺着沟、渠、小河,流进了黄河。从洛川再往北,全是一座座黄的山峁或一道道黄的山梁,绵延不断。树很少,少到哪座山上有几棵什么树,老乡们都记得清清楚楚;只有打新窑或是做棺木的时候,才放倒一两棵。碗口粗的柏树就稀罕得不得了。要是谁能做上一口薄柏木板的棺材,大伙儿就都佩服,方圆几十里内都会传开。
　　在山上拦牛的时候,我常想,要是那一座座黄土山都是谷堆、麦垛,山坡上的胡蒿和沟壑里的狼牙刺都是柏树林,就好了。和我一起拦牛的老汉总是"唏溜唏溜"地抽着旱烟,笑笑说:"那可就一股劲儿吃白馍馍了。老汉儿家、老婆儿家都睡一口好材。"
　　和我一起拦牛的老汉姓白。陕北话里,"白"发"破"的音,我们都管他叫"破老汉"。也许还因为他穷吧,英语中的"poor"就是"穷"的意思。或者还因为别的:那几颗零零碎碎的牙,那几根稀稀拉拉的胡子,尤其是他的嗓子——他爱唱,可嗓子像破锣。傍晚赶着牛回村的时候,最后一缕阳光照在崖畔上,红的。破老汉用镢把挑起一捆柴,扛着,一路走一路唱:"崖畔上开花崖畔上红,受苦人①过得好光景……"声音拉得很长,虽不洪亮,但颤巍巍的,悠扬。碰巧了,崖顶上探出两个小脑瓜,竖着耳朵听一阵,跑了:可能是狐狸,也可能是野羊。不过,要想靠打猎为生可不行,野兽很少。我们那地方突出的特点是穷,穷山穷水,"好光景"永远是"受苦人"的一种盼望。天快黑的时候,进山寻野菜的孩子们也都回村了,大的拉着小的,小的扯着更小的,每人的臂弯里都扛着个小篮儿,装的苦菜、苋菜、或者小蒜、蘑菇……孩子们跟在牛群后面,"叽叽嘎嘎"地吵,争抢着把牛粪撮回窑里②去。

越是穷地方,农活也越重。春天播种;夏天收麦;秋天玉米、高粱、谷子都熟了,更忙;冬天打坝、修梯田,总不得闲。单说春种吧,往山上送粪全靠人挑。一担粪六七十斤,一早上就得送四五趟;挣两个工分,合六分钱。在北京,才够买两根冰棍儿的。那地方当然没有冰棍儿,在山上干活渴急了,什么水都喝。天不亮,耕地的人们就扛着木犁、赶着牛上山了。太阳出来,已经耕完了几垧地。火红的太阳把牛和人的影子长长地印在山坡上,扶犁的后面跟着撒粪的,撒粪的后头跟着点籽的,点籽的后头是打土坷拉的,一行人慢慢地、有节奏地向前移动,随着那悠长的吆牛声。吆牛声有时疲惫、凄婉;有时又欢快、诙谐,引动一片笑声。那情景几乎使我忘记自己是生活在哪个世纪,默默地想着人类遥远而漫长的历史。人类好像就是这么走过来的。

清明节的时候我病倒了,腰腿疼得厉害。那时只以为是坐骨神经疼,或是腰肌劳损,没想到会发展到现在这么严重。陕北的清明前后爱刮风,天都是黄的。太阳白蒙蒙的。窑洞的窗纸被风沙打得"唰啦啦"响。我一个人躺在土炕上……

那天,队长端来了一碗白馍……

陕北的风俗,清明节家家都蒸白馍,再穷也要蒸几个。白馍被染得红红绿绿的,老乡管那叫"zìchuī"。开始我们不知道是哪两个字,也不知道什么意思,跟着叫"紫锤"。后来才知道,是叫"子推",是为纪念春秋时期一个叫介子推的人的。破老汉说,那是个刚强的人,宁可被人烧死在山里,也不出去作官。我没有考证过,也不知史学家们对此作何评价。反正吃一顿白馍,清平湾的老老少少都很高兴。尤其是孩子们,头好几天就喊着要吃子推馍了。春秋距今两千多年了,陕北的文化很古老,就像黄河。譬如,陕北话中有好些很文的字眼:"喊"不说"喊",要说"呐喊";香菜,叫芫荽;"骗人"也不说"骗人",叫作"玄谎"……连最没文化的老婆儿也会用"酝酿"这词儿。开社员会

---

① 受苦人:即庄稼人的意思。陕北方言。
② 窑里:即家里之意。陕北方言。

时,黑压压坐了一窑人,小油灯冒着黑烟,四下里闪着烟袋锅的红光。支书念完了文件,喊一声:"不敢睡!大家讨论个一下!"人群中于是息了鼾声,不紧不慢地应着:"酝酿酝酿了再……"这"酝酿"二字使人想到那儿确是革命圣地,老乡们还记得当年的好作风。可在我们插队的那些年里,"酝酿"不过是一种习惯了的口头语罢了。乡亲们说"酝酿"的时候,心里也明白:尿事不顶!可支书让发言,大伙总得有个说的;支书也是难,其实那些政策条文早已经定了。最后,支书再喊一声:"同意啊不?"大伙回答:"同意——"然后回窑睡觉。

那天,队长把一碗"子推"放在炕沿上,让我吃。他也坐在炕沿上,"吧嗒吧嗒"地抽烟。"子推"浮头用的是头两茬面,很白;里头都是黑面,麸子全磨了进去。队长看着我吃,不言语。临走时,他吹吹烟锅儿,说:"唉!'心儿'家不容易,离家远。""心儿"就是孩子的意思。

队里再开会时,队长提议让我喂牛。社员们都赞成。"年轻后生家,不敢让腰腿作下病,好好价把咱的牛喂上!"老老小小见了我都这么说。在那个地方,担粪、砍柴、挑水、清明磨豆腐、端午做凉粉、出麻油、打窑洞……全靠自己动手。腰腿可是劳动的本钱;唯一能够代替人力的牛简直是宝贝。老乡把喂牛这样的机要工作交给我,我心里很感动,嘴上却说不出什么。农民们不看嘴,看手。

我喂十头,破老汉喂十头,在同一个饲养场上。饲养场建在村子的最高处,一片平地,两排牛棚,三眼堆放草料的破石窑。清平河水整日价"哗哗啦啦"的,水很浅,在村前拐了一个弯,形成了一个水潭。河湾的一边是石崖,另一边是一片开阔的河滩。夏天,村里的孩子们光着屁股在河滩上折腾,往水潭里"扑通扑通"地跳,有时候捉到一只鳖,又笑又嚷,闹翻了天。破老汉坐在饲养场前面的窑顶上看着,一袋接一袋地抽烟。"'心儿'家不晓得愁,"他说,然后就哑着个嗓子唱起来:"提起那家来,家有名,家住在绥德三十里铺村……"破老汉是绥德人,年轻时打短工来到清平湾,就住下了。绥德出打短工的,出石匠,出说书的,那地方更穷。

绥德还出吹手。农历年夕前后,坐在饲养场上,常能听到那欢乐的唢呐声。那些吹手也有从米脂、佳县来的,但多数是从绥德。他们到处串,随便站在谁家窑前就吹上一阵。如果碰巧那家要娶媳妇,他们就被推上,"呜哩哇啦"地吹一天,吃一天好饭。要是运气不好,吹完了,就只能向人家要一点吃的或钱。或多或少,家家都给,破老汉尤其给得多。他说:"谁也有难下的时候"。原先,他也干过那营生,吃是能吃饱,可是常要受冻,要是没人请,夜里就得住寒窑。"揽工人儿难,哎哟,揽工人儿难;正月里上工十月里满,受的牛马苦,吃的猪狗饭……"他唱着,给牛添草。破老汉一肚子歌。

小时候就知道陕北民歌。到清平湾不久,干活歇下的时候我们就请老乡唱,大伙都说破老汉爱唱,也唱得好。"老汉的日子熬煎咧,人愁了才唱得好山歌。"确实,陕北的民歌多半都有一种忧伤的调子。但是,一唱起来,人就快活了。有时候赶着牛出村,破老汉憋细了嗓子唱《走西口》,"哥哥你走西口,小妹妹也难留,手拉着哥哥的手,送哥到大门口。走路你走大路,再不要走小路,大路上人马多,来回解忧愁……"场院的婆姨、女子们嘻嘻哈哈地冲我嚷,"让老汉儿唱个《光棍哭妻》嘛,老汉儿唱得可美!"破老汉只做没听见,调子一转,唱起了《女儿嫁》:"一更里叮当响,小哥哥进了我的绣房,娘问女孩儿什么响,西北风刮得门栓响嘛哎哟……"往下的歌词就不宜言传了。我和老汉赶着牛走出很远了,还听见婆姨、女子们在场院上骂。老汉冲我眨眨眼,撅一根柳条,赶着牛,唱一路。

破老汉只带着个七八岁的小孙女过。那孩子小名儿叫"留小儿"。两口人的饭常是她做。

把牛赶到山里。正是响午。太阳把黄土烤得发红,要冒火似的。草丛里不知名的小虫子"嗞——嗞——"地叫。群山也显得疲乏,无精打采地互相挨靠着。方圆十几里内只有我和破老汉,只有我们的吆牛声。哪儿有泉水,破老汉都知道:几镢头挖成一个小土坑,一会儿坑里就积起了水。细珠子似的小气泡一串串地往上冒,水很小,又凉又甜。"你看下我来,我也看下你……"老汉喝口水,抹抹嘴,扯着嗓子又唱一句。不知他又想起了什么。

夏天拦牛可不轻闲,好草都长在田边,离庄稼很近。我们东奔西跑地吆喝着,骂着。破老汉骂牛就像骂人,爹、娘、八辈祖宗,骂得那么亲热。稍不留神,哪个狡猾的家伙就会偷吃了田苗。最讨厌的是破老汉喂的那头老黑牛,称得上是"老谋深算"。它能把野草和田苗分得一清二楚。它假装吃着田边的草,慢慢接近田苗,低着头,眼睛却溜着我。我看着它的时候,田苗离它再近它也不吃,一副廉洁奉公的样儿;我刚一回头,它就趁机啃倒一棵玉米或高粱,调头便走。我识破了它的诡计,它再接近田苗时,假装不看它,等它确信无虞把舌头伸向禁区之际,我才大吼一声。老家伙趔趔趄趄地后退,既惊慌又懊悔,那样子倒有点可怜。

陕北的牛也是苦,有时候看着它们累得草也不想吃,"呼蚩呼蚩"喘粗气,身子都跟着晃,我真害怕它们趴架。尤其是当那些牛争抢着去舔地上渗出的盐碱的时候,真觉得造物主太不公平。我几次想给它们买些盐,但自己嘴又馋,家里寄来的钱都买鸡蛋吃了。

每天晚上,我和破老汉都要在饲养场上呆到十一二点,一遍遍给牛添草。

草添得要勤,每次不能太多。留小儿跟在老汉身边,寸步不离。她的小手绢里总包两块红薯或一把玉米粒。破老汉用牛吃剩下的草疙节打起一堆火,干的"噼噼啪啪"响,湿的"嗞嗞"冒烟。火光照亮了饲养场,照着吃草的牛,四周的山显得更高,黑魆魆的。留小儿把红薯或者玉米埋在烧尽的草灰里;如果是玉米,就得用树枝拨来拨去,"啪"地一响,爆出了一个玉米花。那是山里娃最好的零嘴儿了。

留小儿没完没了地问我北京的事。"真个是在窑里看电影?""不是窑,是电影院。""前回你说是窑里。""噢,那是电视。一个方匣匣,和电影一样。"她歪着头想,大约想象不出,又问起别的。"啥时想吃肉,就吃。""嗯。""玄谎!""真的。""成天价想吃呢?""那就成天价吃。"这些话她问过好多次了,也知道我怎么回答,但还是问。"你说北京人都不爱吃白肉?"她觉得北京人不爱吃肥肉,很奇怪。她仰着小脸儿,望着天上的星星;北京的神秘,对她来说,不亚于那道银河。

"山里的娃娃什么也解①不开",破老汉说。破老汉是见过世面的,他1937年就入了党,跟队伍一直打到广州。他常常讲起广州:霓虹灯成宿地点着、广州人连蛇也吃、到处是高楼、楼里有电梯……留小儿听得觉也不睡。我说:"城里人也不懂得农村的事呢。""城里人解开个狗吗?"留小儿问,"咯咯"地笑。她指的是我们刚到清平湾的时候,被狗追得满村跑。"学生价连犍牛和生牛也解不开,"留小儿说着去摸摸正在吃草的牛,一边数叨:"红犍牛、猴②犍牛、花生牛……爷! 老黑牛怕是难活③下了,不肯吃!""它老了,熬了④。"老汉说。山里的夜晚静极了,只听得见牛吃草的"沙沙"声,蛐蛐叫,有时远处还传来狼嗥。破老汉有把破胡琴,"嗞嗞嘎嘎"地拉起来,唱:"一九头上才立冬,阎王领兵下河东,幽州困住杨文广,年太平,金花小姐领大兵……"把历史唱了个颠三倒四。

留小儿最常问的还是天安门。"你常去天安门?""常去。""常能照着⑤毛主席?""哪的来,我从来没见过。""咦?! 他就生⑥在天安门上,你去了会照不着?"她大概以为毛主席总站在天安门上,像画上画的那样。有一回她扒在我耳边说:"你冬里回北京把我引上行不?"我说:"就怕你爷爷不让。""你跟他说

---

① 解:陕北方言中读 hǎi。
② 猴:小。
③ 难活:病。
④ 熬:累。
⑤ 照着:望见。
⑥ 生:住。

说嘛,他可相信你说的了。盘缠我有。""你哪儿来的钱?""卖鸡蛋的钱,我爷爷不要,都给了我,让我买裥裥儿的。""多少?""五块!""不够。""嘻——我哄你,看,八块半!"她掏出个小布包,打开,有两张一块的,其余全是一毛、两毛的。那些钱大半是我买了鸡蛋给破老汉的。平时实在是饿得够呛想解解馋,也就是买几个鸡蛋。我怎么跟留小儿说呢?我真想冬天回家时把她带上。可就在那年冬天,我病厉害了。

其实,喂牛没什么难的,用破老汉的话说,只要勤谨,肯操心就行。喂牛,苦不重①,就是熬人,夜里得起来好几趟,一年到头睡不成个囫囵觉。冬天,半夜从热被窝里爬出来的滋味可不是好受的。尤其五更天给牛拌料,牛埋头吃得香,我坐在牛槽边的青石板上能睡好几觉。破老汉在我耳边叨唠:黑市的粮价又涨了、合作社来了花条绒、留小儿的袄烂得露了花……我"哼哼哈哈"地应着,刚梦见全聚德的烤鸭,又忽然掉进了什刹海的冰窟窿,打了个冷颤醒了,破老汉还没唠叨完。"要不回窑睡去吧,二次料我给你拌上,"老汉说。天上划过一道亮光,是流星。月亮也躲进了山谷。星星和山峦,不知是谁望着谁,或者谁忘了谁。"这营生不是后生家做的,后生家正是好睡觉的时候,"破老汉说,然后"唉,唉——"地发着感慨。我又迷迷糊糊地入了梦乡。

碰上下雨下雪,我们俩就躲进牛棚。牛棚里尽是粪尿,连打个盹的地方也没有。那时候我的腿和腰就总酸疼。"倒运的天!"破老汉骂,然后对我说:"北京够咋美,偏来这山沟沟里作什么嘛!""您那时候怎么没留在广州?"我随便问。他抓抓那几根黄胡子,用烟锅儿在烟荷包里不停地剜,瞪着眼睛愣半天,说:"咋!让你把我问着了,我也不晓屎咋价日鬼的。"然后又愣半天,似乎回忆着到底是什么原因。"唉,屎毛擀不成个毡,山里人当不成个官。"他说,"我那辰儿要是不回来,这辰儿也住上洋楼了,也把警卫员带上了。山里人憨着咧,只要打罢了仗就回家,哪搭儿也不胜窑里好。屎!要不,我的留小儿这辰儿还愁穿不上个条绒袄儿?"

每回家里给我寄钱来,破老汉总嚷着让我请他抽纸烟。"行!"我说:"'牡丹'的怎么样?""唏——'黄金叶'的就拔尖了!""可有个条件,"我凑到他耳边,"得给'后沟里的'送几根去。""憨娃娃!"他骂。"后沟里的"指的是住在后沟里的一个寡妇,比破老汉小十几岁,村里人都知道那寡妇对破老汉不错。老汉抽着纸烟,望着远处。我也唱一句:"你看下来,我也看下你……"递给他几根纸烟,向后沟的方向示意。他不言传,笑眯眯地不知想着什么。末了,他把几根纸烟装进烟荷包,说:"留小儿大了嫁到北京去呀!"说罢笑笑,知道

---

① 苦不重:活儿不重。

那是不沾边儿的事。

在后山上拦牛的时候,远远地望着后沟里的那眼土窑洞,我问破老汉:"那婆姨怎么样?""亮亮妈,人可好。"他说。我问:"那你干吗不跟她过?""唏——老了老了还……"他打岔,"算了吧!"我说:"那你夜里常往她窑里跑。"我其实是开玩笑。"咦!不敢瞎说!"他装得一本正经。我诈他:"我都看见了,你还不承认!"他不言传了,尴尬地笑着。其实我什么也没看见。

破老汉望着山脚下的那眼窑洞。窑前,亮亮妈正费力地劈着一疙瘩树根;一个男孩子帮着她劈,是亮亮。"我看你就把她娶了吧,她一个人也够难的。再说,也就有人给你缝衣裳了。""唉,丢下留小儿谁管?""一搭里过嘛!""她的亮亮也娇惯得危险①,留小儿要受气呢。后妈总不顶亲的。""什么后妈,留小儿得管她叫奶奶了。""还不一样?"山里没人,我们敞开了说。亮亮家的窑顶上冒起了炊烟。老汉呆呆地望着,一缕蓝色的轻烟在山沟里飘绕。小学校放学的钟声"当当"地敲响了。太阳下山了,收工的人们扛着锄头在暮霭中走。拦羊的也吆喝着羊群回村了,大羊喊,小羊叫"咩咩"地响成一片。老汉还是呆呆地坐着,闷闷地抽烟。他分明是心动了,可又怕对不起留小儿。留小儿的大②死得惨,平时谁也不敢向破老汉问起这事,据说,老汉一想起就哭,自己打自己的嘴巴。听说,都是因为破老汉舍不得给大夫多送些礼,把儿子的病给耽误了;其实,送十来斤米或者面就行。那些年月啊!

秋天,在山里拦牛简直是一种享受。庄稼都收完了,地里光秃秃的,山洼、沟掌里的荒草却长得茂盛。把牛往沟里一轰,可以躺在沟门上睡觉;或是把牛赶上山,在下山的路口上坐下,看书。秋山的色彩也不再那么单调:半崖上小灌木的叶子红了,杜梨树的叶子黄了,酸枣棵子缀满了珊瑚珠似的小酸枣……尤其是山坡上绽开了一丛丛野花,淡蓝色的,一丛挨着一丛,雾蒙蒙的。灰色的小田鼠从黄土坷垃后面探头探脑;野鸽子从悬崖上的洞里钻出来,"扑棱棱"飞上天;野鸡"咕咕嘎嘎"地叫,时而出现在崖顶上,时而又钻进了草丛……我很奇怪,生活那么苦,竟然没人捕食这些小动物。也许是因为没有枪,也许是因为这些鸟太小也太少,不过多半还是因为别的。譬如:春天燕子飞来时,家家都把窗户打开,希望燕子到窑里来作窝;很多家窑里都住着一窝燕儿,没人伤害它们。谁要是说燕子的肉也能吃,老乡们就会露出惊讶的神色,瞪你一眼:"咦!燕儿嘛!"仿佛那无异于亵渎了神灵。

种完了麦子,牛就都闲下了,我和破老汉整天在山里拦牛。老汉不闲着,

---

① 危险:严重、厉害之意。
② 大:爹。

把牛赶到地方,跟我交待几句就不见了。有时忽然见他出现在半崖上,奋力地劈砍着一棵小灌木。吃的难,烧的也难,为了一小把柴,常要爬上很高很陡的悬崖。老汉说,过去不是这样,过去人少,山里的好柴砍也砍不完,密密匝匝的,人也钻不进去。老人们最怀恋的是红军刚到陕北的时候,打倒了地主,分了地,单干。"才红了①那辰儿,吃也有得吃,烧也有得烧,这咋会儿,做过啦②!"老乡们都这么说。真是,"这咋会儿",迷信活动倒死灰复燃。有一回,传说从黄河东来了神神,有些老乡到十几里外的一个破庙去祷告,许愿。破老汉不去。我问他为什么,他皱着眉头不说,又哼哼起《山丹丹开花红艳艳》。那是才红了那辰儿的歌。过了半天,使劲磕磕烟袋锅,叹了口气:"都是那号婆姨闹的!""哪号?"我有点明知故问。他用烟袋指指天,摇摇头,撇撇嘴:"那号婆姨,我一照就晓得……"如此算来,破老汉反"四人帮"要比"四五"运动早好几年呢!

  在山里,有那些牛作伴即便剩我一个人,也并不寂寞。我半天半天地看着那些牛,它们的一举一动都意味着什么,我全懂。平时,牛不爱叫,只有奶着犊子的生牛才爱叫。太阳一偏西,奶着犊儿的生牛就急着要回村了,你要是不让它回,它就"哞——哞——"地叫个不停,急得团团转,无心再吃草。有一回,我在山洼洼里,睡着了,醒来太阳已经挨近山顶。我和破老汉吆起牛回村,忽然发现少了一头。山里常有被雨水冲成的暗洞,牛踩上就会掉下去摔坏。破老汉先也一惊,但马上看明白了,说:"没麻搭,它想儿了,回去了。"我才发现,少了的是一头奶犊儿的生牛。离村老远,就听见饲养场上一声声牛叫了,儿一声,娘一声,似乎一天不见,母子间有说不完的贴心话。牛不老③在母亲肚子底下一下一下地撞,吃奶,母牛的目光充满了温柔、慈爱,神态那么满足、平静。我喜欢那头母牛,喜欢那只牛不老。我最喜欢的是一头红犍牛,高高的肩峰,腰长腿壮,单套也能拉得动大步犁。红犍牛的犄角长得好,又粗又长,向前弯去;几次碰上邻村的牛群,它都把对方的首领顶得败阵而逃。我总是多给它拌些料,犒劳它。但它不是首领。最讨厌的还是那头老黑牛,不仅老奸巨猾,而且专横跋扈,双套它也会气喘吁吁,却占着首领的位置。遇到外"部落"的首领,它倒也勇敢,但不下两个回合,便跑得比平时都快了。那头老生牛就好,虽然比老黑牛还老,却和蔼得很,再小的牛冲它伸伸脉子,它也会耐心地为之舔毛……和牛在一起,也可谓其乐无穷了,不然怎么办

---

  ① 才红了:指红军刚到陕北。
  ② 做过啦:弄糟了。
  ③ 牛不老:牛犊。

呢？方圆十几里内看不见一个人,全是山。偶尔有拦羊的从山梁上走过,冲我呐喊两声。黑色的山羊在陡峭的岩壁上走,如走平地,远远看去像是悬挂着的棋盘;白色的绵羊走在下边,是白棋子。山沟里有泉水,渴了就喝,热了就脱个精光,洗一通。那生活倒是自由自在,就是常常饿肚子。

破老汉有个弟弟,我就是顶替了他喂牛的。据说那人奸猾,偷牛料;头几年还因为投机倒把坐过县大狱。我倒不觉得那人有多坏,他不过是蒸了白馍跑到几十里外的车站上去卖高价,从中赚出几升玉米、高粱米。白面自家舍不得吃。还说他捉了乌鸦,做熟了当鸡卖,而且白馍里也掺了假。破老汉看不上他弟弟,破老汉佩服的是老老实实的受苦人。

一阵山歌,破老汉担着两捆柴回来了。"饿了吧?"他问我。"我把你的干粮吃了,"我说。"吃得下那号干粮?"他似乎感到快慰。他"哼哼唉唉"地唱着,带我到山背洼里的一棵大杜梨树下。"咋吃!"他说着爬上树去。他那年已经五十六岁了,看上去还要老,可爬起树来却比我强。他站在树上,把一杈杈结满了杜梨的树枝撅下来,扔给我。那果实是古铜色的,小指盖儿大小,上面有黄色的碎斑点,酸极了,倒牙。老汉坐在树杈上吃,又唱起来:"对面价沟里流河水,横山里下来些游击队……"那是《信天游》。老汉大约又想起了当年。他说他给刘志丹抬过棺材,守过灵。别人说他是吹牛。破老汉有时是好吹吹牛。"牵牛牛开花羊跑春,二月里见罢到如今……"还是《信天游》。我冲他喊:"不是夜来里喽①才见罢吗?""憨娃娃,你还不赶紧寻个婆姨?操心把'心儿'耽误下!"他反唇相讥。"'后沟里的'可会迷男人?""咦!亮亮妈,人可好!""这两捆柴,敢是给亮亮妈砍的吧?""谁情愿要,谁扛去。"这话是真的,老汉穷,可不小气。

有一回我半夜起来去喂牛,借着一缕淡淡的月光,摸进草窑。刚要揽草,忽然从草堆里站起两个人来,吓得我头皮发麻,不禁喊了一声,把那两个人也吓得够呛。一个岁数大些的连忙说:"别怕,我们是好人。"破老汉提着个马灯跑了来,以为是有了狼。那两个人是瞎子说书的,从绥德来。天黑了,就摸进草窑,睡了。破老汉把他们引回自家窑里,端出剩干粮让他们吃。陕北有句民谣:"老乡见老乡,两眼泪汪汪。"老汉和两个瞎子长吁短叹,唠了一宿。

第二天晚上,破老汉操持着,全村人出钱请两个瞎子说了一回书。书说得乱七八糟,李玉和也有,姜太公也有,一会是伍子胥一夜白了头,一会又是主席语录。窑顶上,院墙上,磨盘上,坐得全是人,都听得入神。可说的是什么,谁也含糊。人们听的是那么个调调儿。陕北的说书实际是唱,弹着三弦

---

① 夜来里喽:昨天晚上。

儿,艾艾怨怨地唱,如泣如诉,像是村前汩汩而流的清平河水。河水上跳动着月光。满山的高粱、谷子被晚风吹得"沙沙"响,时不时传来一阵响亮的驴叫。破老汉搂着留小儿坐在人堆里,小声跟着唱。亮亮妈带着亮亮坐在窑顶上,穿得齐齐整整。留小儿在老汉怀里睡着了,她本想是听完了书再去饲养场上爆玉米花的,手里攥着那个小手绢包儿。山村里难得热闹那么一回。

我倒宁愿去看牛顶架,那实在也是一项有益的娱乐,给人一种力量的感受,一种拼搏的激励。我对牛打架颇有研究。二十头牛(主要是那十几头犍牛、公牛)都排了座次,当然不是以姓氏笔画为序,但究竟根据什么,我一开始也糊涂。我喂的那头最壮的红犍牛却敬畏破老汉喂的那头老黑牛。红犍牛正是年轻力壮的时候,肩峰上的肌肉像一座小山,走起路来步履生风;而老黑牛却已显出龙钟老态,也瘦,只剩了一副高大的骨架。然而,老黑牛却是首领。遇上有哪头母牛发了情,老黑牛便几乎不吃不喝地看定在那母牛身旁,绝不允许其他同性接近。我几次怂恿红犍牛向它挑战,然而只要老黑牛晃晃犄角,红犍牛便慌忙躲开。我实在憎恨老黑牛的狂妄、专横,又为红犍牛的怯懦而生气。后来我才知道,牛的排座次是根据每年一度的角斗,谁夺了魁,便在这一年中被尊崇为首领,享有"三宫六院"的特权,即便它在这一年中变得病弱或衰老,其他的牛也仍为它当年的威风所震慑,不敢贸然不恭。习惯势力到处在起作用。可是,一开春就不同了,闲了一冬,十几头犍牛、公牛都积攒了气力,是重新较量、争魁的时候了。"男子汉"们各自权衡了对手和自己的实力,自然地推举出一头(有时是两头)体魄最大,实力最强的新秀,与前冠军进行决赛。那年春天,我的红犍牛正处在新秀的位置上,开始对老黑牛有所怠慢了。我悄悄促成它们决斗,把它们引到开阔的河滩上去(否则会有危险)。这事不能让破老汉发觉,否则他会骂。一开始,红犍牛仍有些胆怯,老黑牛尚有余威。但也许是春天的母牛们都显得愈发俊俏吧,红犍牛终于受不住异性的吸引或是轻蔑,"哞——哞——"地叫着向老黑牛挑战了。它们拉开了架势,对峙着,用蹄子刨土,瞪红了眼睛,慢慢地接近,接近……猛地扭打到一起。这时候需要的是力量,是勇气。犄角的形状起很大作用,倘是两支粗长而向前弯去的角,便极有利,左右一晃就会顶到对方的虚弱处,然而,红犍牛和老黑牛都长了这样两支角。这就要比机智了。前冠军毕竟老朽了,过于相信自己的势力和威风,新秀却认真、敏捷。红犍牛占据了有利地形(站在高一些的地方比较有利),逼得老黑牛步步退却,只剩招架之功。红犍牛毫不松懈,瞧准机会把头一低,一晃一冲,顶到了对方的脖子。老黑牛转身败走,红犍牛追上去再给老首领的屁股上加一道失败的标记。第一回合就此结束。这样的较量通常是五局三胜制或九局五胜制。新秀连胜几局,元老便自愿到一旁回忆自己当年的骁勇去了。

为了这事,破老汉阴沉着脸给我看。我笑嘻嘻地递过一根纸烟去。他抽着烟,望着老黑牛屁股上的伤痕,说:"它老了呀!它救过人的命……"

据说,有一年除夕夜里,家家都在窑里喝米酒、吃油馍,破老汉忽然听见牛叫、狼嗥。他想起一头出生不久的牛不老,赶紧跑到牛棚。好家伙,就见这黑牛把一只狼顶在墙旮儿里。黑牛的脸被狼抓得流着血,但它一动不动,把犄角牢牢地插进了狼的肚子。老汉打死了那只狼,卖了狼皮,全村人抽了一回纸烟。

"不,不是这。"破老汉说,"那一年村里的牛死的死,杀的杀(他没说是哪年),快光了。全凭好歹留下来的这头黑牛和那头老生牛,村里的牛才又多起来。全靠了它,要不全村人倒运吧!"破老汉摸摸老黑牛的犄角。他对它分外敬重。"这牛死了,可不敢吃它的肉,得埋了它。"破老汉说。

可是,老黑牛最终还是被人拖到河滩上杀了。那年冬天,老黑牛不小心踩上了山坡上的暗洞,摔断了腿。牛被杀的时候要流泪,是真的。只有破老汉和我没吃它的肉。那天村里处处飘着肉香。老汉呆坐在老黑牛空荡荡的槽前,只是一个劲抽烟。

我至今还记得这么件事:有天夜里,我几次起来给牛添草,都发现老黑牛站着,不卧下。别的牛都累得早早地卧下睡了,只有它喘着粗气,站着。我以为它病了,走进牛棚,摸摸它的耳朵,这才发现,在它肚皮底下卧着一只牛不老。小牛犊正睡得香,响着均匀的鼾声。牛棚很窄,各有各的"床位",如果老黑牛卧下,就会把小牛犊压坏。我把小牛犊赶开(它睡的是"自由床位"),老黑牛"噗通"一声卧倒了。它看着我,我看着它。它一定是感激我了,它不知道谁应该感激它。

那年冬天我的腿忽然用不上劲儿了,回到北京不久,两条腿都开始萎缩。

住在医院里的时候,一个从陕北回京探亲的同学来看我,带来了乡亲们捎给我的东西:小米、绿豆、红枣儿、芝麻……我认出了一个小手绢包儿,我知道那里头准是玉米花。

那个同学最后从兜里摸出一张十斤的粮票,说是破老汉让他捎给我的。粮票很破,渍透了油污,中间用一条白纸相连。

"我对他说这是陕西省通用的,在北京不能用,破老汉不信,说:'咦!你们北京就那么高级?我卖了十斤好小米换来的,咋啦不能用?!'我只好带给你。破老汉说你治病时会用得上。"

唔,我记得他儿子的病是怎么耽误了的,他以为北京也和那儿一样。

十年过去了。前年留小儿来了趟北京,她真的自个儿攒够了盘缠!她说这两年农村的生活好多了,能吃饱,一年还能吃好多回肉。她说,黑肉①真的还是比白肉好吃些。

"清平河水还流吗?"我糊里巴涂地这样问。

"流哩嘛!"留小儿"咯咯"地笑。

"我那头红犍牛还活着吗?"

"在哩!老下了。"

我想象不出我那头浑身是劲儿的红犍牛老了会是什么样,大概跟老黑牛差不多吧,既专横又慈爱……

留小儿给他爷爷买了把新二胡。自己想买台缝纫机,可没买到。

"你爷爷还爱唱吗?"

"一天价瞎唱。"

"还唱《走西口》吗?"

"唱。"

"《揽工调》呢?"

"什么都唱。"

"不是愁了才唱吗?"

"咦?!谁说?"

关于民歌产生的原因,还是请音乐家和美学家们去研究吧。我只是常常记起牛群在土地上舔食那些渗出的盐的情景,于是就又想起破老汉那悠悠的山歌:"崖畔上开花崖畔上红,受苦人过得好光景……"如今,"好光景"已不仅仅是"受苦人"的一种盼望了。老汉唱的本也不是崖畔上那一缕残阳的红光,而是长在崖畔上的一种野花,叫山丹丹,红的,年年开。

哦,我的白老汉,我的牛群,我的遥远的清平湾……

原载《青年文学》1983 年 1 期

---

① 黑肉:瘦肉或精肉。白肉:肥肉。

韩少功

爸爸爸

一

他生下来时,闭着眼睛睡了两天两夜,不吃不喝,一个死人相,把亲人们吓坏了,直到第三天才哇地哭出一声来。

能在地上爬来爬去的时候,他就被寨子里的人逗来逗去,学着怎样做人。很快学会了两句话,一是"爸爸",二是"×妈妈"。后一句粗野,但出自儿童,并无实在意义,完全可以把它当作一个符号,比方当作"×吗吗"也是可以的。

三五年过了,七八年也过去了,他还是只能说这两句话,而且眼目无神,行动呆滞,畸形的脑袋倒很大,像个倒竖的青皮葫芦,以脑袋自居,装着些古怪的物质。吃饱了的时候,他嘴角沾着一两颗残饭,胸前油水光光一片,摇摇晃晃地四处访问,见人不分男女老幼,亲切地喊一声"爸爸"。要是你大笑,他也很开心。要是你生气,冲他瞪一眼,他也深谙其意,朝你头顶上的某个位置眼皮一轮,翻上一个慢腾腾的白眼,咕噜一声"×吗吗",掉头颠颠地跑开去。

他轮眼皮是很费力的,似乎要靠胸腹和颈脖的充分准备,运上一口长气,才能翻上一个白眼。掉头也是很费力的,软软的颈脖上,脑袋像个胡椒碾锤摇来晃去,须甩出一个很大的弧度,才能稳稳地旋到位。他跑起路来更费力,深一脚浅一脚找不到重心,靠整个上身尽量前倾,才能划开步子,靠目光扛着眉毛尽量往上顶,才能看清方向。他一步步跨度很大,像赛跑冲线的动作在屏幕上慢速放映。

都需要一个名字,上红帖或墓碑,于是他就成了"丙崽"。

丙崽有很多"爸爸",却没见过真正的爸爸。据说父亲不满意婆娘的丑陋,不满意她生下了这么个孽障,觉得自己很没面子,很早就贩鸦片出山,再也没有回来。有人说他已经被土匪裁了,有人说他还在岳州开豆腐坊,有人则说他拈花惹草,把几个钱都嫖光了,某某曾亲眼看见他在辰州街上讨饭。他是否存在,说不清楚,成了个不太重要的谜。

丙崽他娘种菜喂鸡,还是个接生婆。常有些妇女上门来,在她耳边叽叽咕咕一阵,然后她带上剪刀什么的,跟着来人交头接耳地出门去。那把剪刀剪鞋样,剪酸菜,剪指甲,也剪出山寨一代人,一个未来。她剪下了不少活脱脱的生命,自己身上落下的这团肉却长不成个人样。她遍访草医,求神拜佛,对着木头人或泥巴人磕头,还是没有使儿子学会第三句话。有人悄悄传说,多年前她在灶房里码柴,曾打死一只蜘蛛。那蜘蛛绿眼赤身,有瓦罐大,织的网如一匹布,拿到火塘里一烧,气味臭满一山三日不绝。那当然是蜘蛛精了。冒犯神明,现世报应,有什么奇怪的呢?

不知她听说过这些没有,反正她发过一次疯病,被人灌了一嘴大粪,病好了,还胖了些,胖得像个禾场滚子,腰间一轮轮肉往下垂。只是像儿子一样,间或也翻一个白眼。

母子住在寨口边一栋木屋里,同别的人家一样,木屋在雨打日晒之下微微发黑,木柱木梁都毫无必要地粗大厚重——这里的树反正不值钱。门前有引水竹管,有猪屎狗粪,有经常晾晒着的红红绿绿的小孩衣裤以及被褥,上面荷叶般的尿痕当然是丙崽的成果。丙崽呢,在门前戳蚯蚓,搓鸡粪,抓泥巴,玩腻了,就挂着鼻涕打望人影。碰到一些后生倒树归来或上山去"赶肉"——就是去打野猪,他被那些红扑扑的脸所感动,会友好地喊一声"爸爸——"

哄然大笑。

被他眼睛盯住了的后生,往往会红着脸气呼呼地上来,骂几句粗话,对他晃一晃拳头。要不,干脆在他的葫芦脑袋上敲一丁公。

有时,后生们也互相逗耍。某个后生笑嘻嘻地拉住他,指着另一位开始教唆:"喊爸爸,快喊爸爸。"见他犹疑,或许还会塞一把红薯片子或炒板栗。当他照办之后,照例会有一阵旁人的开心大笑,照例会有丁公或耳光落在他头上。如果他愤怒地回敬一句"×吗吗",昏天黑地中,头上就火辣辣地更痛了。

两句话似乎是有不同意义的,可对于他来说,效果都一样。

他会哭,哇的一声哭出来。

妈妈赶过来,横眉瞪眼地把他拉走,有时还拍着巴掌,拍着大腿,蓬头散发地破口大骂。如果骂一句,在胯里抹一下,据说就更能增强语言的恶毒。"黑天良的,遭瘟病的,要砍脑壳的!渠是一个宝崽,你们欺侮一个宝崽,几多毒辣呀。老天爷你长眼呀,你视呀,要不是吾,这些家伙何事会从娘肚子里拱出来?他们吃谷米,还没长成个人样,就烂肝烂肺,欺侮吾娘崽呀……"

"视"是看的意思。"渠"是他的意思。"吾"是我的意思。"宝崽"是"呆子"的意思。她是山外嫁进来的,口音古怪,有点好笑和费解。但只要她不咒"背时鸟"——据说这是绝后的意思,后生们一般不会怎么计较,笑一阵,散开去。

　　骂着,哭着,哭着又骂着,日子还热闹,似乎还值得边抱怨边过下去。后生们在门前来来往往,一个个冒出胡桩和皱纹,背也慢慢弯了,直到又一批挂鼻涕的奶崽长成门长树大的后生。只有丙崽凝固不动,长来长去还是只有背篓高,永远穿着开裆的红花裤。母亲说他只有"十三岁",说了好几年,但他的脸相明显见老,额上叠着不少抬头纹。

　　夜晚,母亲常常关起门来,把他稳在火塘边,坐在自己的膝下,膝抵膝地对他喃喃说话。说的词语,说的腔调,说话时悠悠然摇晃着竹椅的模样,都像其他母亲对待自己的孩子:"你这个奶崽,往后有什么用呵?你不听话,你教不变,吃饭吃得多,穿衣最费布,又不学好样。养你还不如养条狗,狗还可以守屋。养你还不如养头猪,猪还可以杀肉呢。呵呵呵,你这个奶崽,有什么用啊,眯眯大的用也没有,长了个鸡鸡,往后哪个媳妇愿意上门?……"

　　丙崽望着这个颇像妈妈的妈妈,望着那死鱼般眼睛里的光辉,觉得这些嗡嗡的声音一点也不新鲜,舔舔嘴唇,兴冲冲地顶撞:"×吗吗。"

　　母亲也习惯了,不计较,还是悠悠然地前后摇着身子,把竹椅摇得吱呀呀地响。

　　"你收了亲以后,还记得娘么?"

　　"×吗吗。"

　　"你生了娃崽以后,还记得娘么?"

　　"×吗吗。"

　　"你当了官发了财,会把娘当狗屎嫌吧?"

　　"×吗吗。"

　　"一张嘴只晓得骂人,好厉害咧。"

　　丙崽娘笑了,笑得眼小脖子粗。对于她来说,这种关起门来的对话,是一种谁也无权夺去的亲情享受。

二

　　寨子落在大山里和白云上,人们常常出门就一脚踏进云里。你一走,前面的云就退,后面的云就跟,白茫茫云海总是不远不近地团团围着你,留给你脚下一块永远也走不完的小孤岛,托你浮游。

　　小岛上并不寂寞。有时可见树上一些铁甲子鸟,黑如焦炭,小如拇指,叫得特别清脆和洪亮,有金属的共鸣声。它们好像从远古一直活到现在,从没变什么样。有时还可见白云上飘来一片硕大的黑影,像打开了的两页书,粗看是鹰,细看是蝶,粗看是黑灰色的,细看才发现黑翅上有绿色、黄色、橘红色等复杂的纹络斑点,隐隐约约,似有非有,如同不能理解的文字。

行人对这些看也不看,毫无兴趣,只是认真地赶路。要是觉得迷路了,赶紧撒尿,赶紧骂娘,据说这是对付"岔路鬼"的办法。

点点滴滴一泡热尿,落入白云中去了。云下面发生了一些什么事情,似与寨里的人没有多大关系。秦时设过郡,汉时也设过郡,到明代"改土归流"……这都是听一些进山来的牛皮商和鸦片贩子说的。说就说了,山里却一切依旧,吃饭还是靠自己种粮。官家人连千家坪都不常涉足,从没到山里来过。

种粮是实在的,蛇虫瘴疟也是实在的。山中多蛇,蛇粗如水桶,蛇细如竹筷,常在路边草丛嗖嗖地一闪,对某个牛皮商的满心喜悦抽上黑黑的一鞭。据说蛇好淫,即便被装入笼子里,见到妖娆妇女,还会在笼中上下顿跌,躁动不已,几近气绝。取蛇胆也不易,据说击蛇头则胆入尾,击蛇尾则胆入头,耽搁久了,蛇胆化水,也就没用了。人们的办法是把草扎成妇人形,涂饰彩粉,引淫蛇抱缠游戏之,再割其胸取胆,那色胆包天的家伙在这一过程中竟陶陶然毫无感觉。还有一种挑生虫,春夏两季多见,人一旦染上虫毒,就会眼珠青黄,十指发黑,嚼生豆不腥,含黄连不苦,吃鱼会腹生活鱼,吃鸡会腹生活鸡。在这种情况下,解毒办法就是赶快杀一头白牛,让患者喝下生牛血,对满盆牛血学三声公鸡叫。

至于满山密密的林木,同大家当然更有关系了。大雪封山时,寄命一塘火。大木无须砍断,从门外直接插入火塘,一截截烧完便算完事。以至这里的火塘都直接对着大门,可减少劈柴的劳累。有一种柚木,长得很直,质地紧密,却虫防蚁,有微香,长至几丈或十几丈才撑开枝叶。古代常有采官进山,催调徭役倒伐这种树,去给州府做宫室的楹栋,支撑官僚们生前的威风。山民们则喜欢用它打造舟船,远travel行至辰州、岳州、乃至江浙,由那些"下边人"拆船取材,移作它用,琢磨成花窗或妆匣。下边人把这种树木称为香柚。

人们出山当然有危险。木船或木排循溪水下行,遇到急流险滩,稍不留神就会船毁排散,尸骨不存。这是第一条。碰上祭谷神的,可能取了你的人头。碰上剪径的,可能钩了你的车船,刮了你的钱财。这是第二条。还有些妇人,用公鸡血掺和几种毒虫,干制成粉,藏于指甲缝中,趁你不留意时往你茶杯中轻轻一弹,令你饮茶之后暴死于途。这叫"放蛊"。据说放蛊者由此而益寿延年,至少也要攒下一些留给来世的阴寿。当然是害怕蛊祸,此地的青壮后生一般不会轻易远行,远行也不敢随便饮水,实在干渴难忍,视潭中或井中有活鱼游动,才敢前去捧喝两口。

有一次,两个汉子身上衣单,去一个石洞避风雨,摸索到洞里,发现那里有一大堆骷髅,石壁上还有刀砍出来的一些花纹,如鸟兽,如地图,似蝌蚪文,全不可解。谁知道这是怎么回事?谁知道这是不是一次放蛊的后果?

　　加上大岭深坑,山路崎岖,大树实在不易外运,于是长了也是白长,派不上多大用场,雄姿英发地长起来,又在阳光雨露下默默老死山中。枝叶腐烂,年年厚积,若有人软软地踏上去,腐积层就冒出几注黑汁和一些水泡,冒出阴湿浓烈的酸臭,浸染着一代代山猪和野豹的嚎叫。这些叫声总是凄厉而悠长。

　　村村寨寨所以都变黑了。

　　这些村寨不知来自何处。有的说来自陕西,有的说来自广西,说不太清楚。他们的语言和山下的千家坪的就很不相同。比如把"说"说成"话",把"站立"说成"倚",把"睡觉"说成"卧",把近指的"他"与远指的"渠"严格区分,颇有点古风。人际称呼也特别古怪,好像是很讲究大团结,故意混淆远近和亲疏,于是父亲被称为"叔叔",叔叔被称作"爹爹",姐姐成了"哥哥",嫂嫂成了"姐姐",如此等等。"爸爸"一词,还是人们从千家坪带进山来的,暂时算不上流行。所以,按照这里的老规矩,丙崽家那个离家远走杳无音信的人,应该是丙崽的"叔叔"。

　　这当然与他没太大关系。叫爹爹也好,叫叔叔也罢,丙崽反正从未见过那人。就像山寨里有些孩子一样,丙崽无须认识父亲,甚至不必从父姓。如果不是母亲吐露往事,他们可能永远不知自己的骨血与哪一个汉子有关。

　　但人们还是有认祖归宗的强烈冲动。对祖先较为详细的解释,是古歌里唱的。山里太阳落得早,夜晚长得无聊,大家就懒懒散散地串门,唱歌,摆古,说农事,说匪患,打瞌睡,毫无目的也行。坐得最多的地方,当然是那些灶台和茶柜都被山猪油抹得清清亮亮的殷实人家。壁上有时点着山猪油灯壳子,发出淡蓝色的光,幽幽可怖。有时人们还往铁丝编成的灯篮里添块松膏,待松膏烧得噼叭一炸,铜色火光惶惶一闪,灯篮就睡意浓浓地抽搐几下。火塘里的青烟冒出来,冬天可用来取暖,夏天可用来驱蚊。栋梁壁顶都被烟火熏得黑如焦炭,浑然黑色中看不清什么线条和界限,只有一股清冽的烟味戳鼻。要是火烧得太旺,气流上冲,梁上一根根灰线子不断摇晃,点点烟屑从天而降,翻舞飞腾,最后飘到人们的头上、肩上、或者膝头上,不被人们注意。

　　德龙最会唱歌,包括唱古歌。他没有胡子,眉毛也淡,平时极风流,妇女们一提起他就含笑切齿咒骂。他天生的娘娘腔,嗓音尖而细,憋住鼻腔一起调,一句句像刀子在你脑门顶里剜着,刮着,挤着,让你一身皮肉发紧。大家紧惯了,还紧出了满心的佩服:德龙的喉咙真是个喉咙呵!

　　他揣着一条敲掉了毒牙的青蛇,跨进门来,嬉皮笑脸,被大家取笑一番以

后,不劳多劝就会盯住木梁,捏捏喉头,认真地开唱:

> 辰州县里好多房?
> 好多柱来好多梁?
> 鸡公岭上好多鸟?
> 好多窝来好多毛?

这类"十八扯"相当于开场白或定场诗,是些不打紧的铺垫。唱得气顺了,身子热了,眼里有邪邪的光亮进出,风流情歌就开始登场:

> 思郎猛哎,
> 行路思来睡也思,
> 行路思郎留半路,
> 睡也思郎留半床。

德成风流,最愿意唱风流歌,每次都唱得女人们面红耳赤地躲避,唱得主妇用棒棒打他出门。当然,如果寨里有红白喜事,或是逢年过节祈神祭祖,那么照老规矩,大家就得表情肃然地唱"简",即唱历史,唱死去的人。歌手一个个展开接力唱,可以一唱数日不停,从祖父唱到曾祖父,从曾祖父唱到太祖父,一直唱到远古的姜凉。姜凉是我们的祖先,但姜凉没有府方生得早。府方又没有火牛生得早。火牛又没有优耐生得早。优耐是他爹妈生的,谁生下优耐他爹呢?那就是刑天——也许就是晋人陶潜诗中那个"猛志固常在"的刑天吧?刑天刚生下来的时候,天像白泥,地像黑泥,叠在一起,连老鼠也住不下。他举起斧头奋力大砍,天地才得以分开。可是他用劲用得太猛啦,把自己的头也砍掉了,于是以后成了个无头鬼,只能以乳头为眼,以肚脐为嘴,长得很难看。但幸亏有了这个无头鬼,他挥舞着大斧,向上敲了三年,天才升上去;向下敲了三年,地才降下来。这才有了世界。

刑天的后代怎么来到这里呢?——那是很早以前,很早很早以前,很早很早很早以前,五支奶和六支祖住在东海边上,发现子孙渐渐多了,家族渐渐大了,到处都住满了人,没有晒席大一块空地。怎么办呢?五家嫂共一个舂房,六家姑共一担水桶,这怎么活下去呵?于是,在凤凰的提议下,大家带上犁耙,坐上枫木船和楠木船,向西山迁移。他们以凤凰为前导,找到了黄泱泱的金水河,金子再贵也是淘得尽的。他们找到了白花花的银水河,银子再贵也是挖得完的。他们最后才找到了青幽幽的稻米江。稻米江,稻米江,有稻米才能养育子孙。于是大家唱着笑着来了。

> 奶奶离东方兮队伍长,

公公离东方兮队伍长。
走走又走走兮高山头,
回头看家乡兮白云后。
行行又行行兮天坳口,
奶奶和公公兮真难受。
抬头望西方兮万重山,
越走路越远兮哪是头?

据说,曾经有个史官到过千家坪,说他们唱的根本不是事实。那人说,刑天是争夺帝位时被黄帝砍头的。此地彭、李、麻、莫四大姓,原来住在云梦泽一带,也不是什么"东海边"。后因黄帝与炎帝大战,难民才沿着五溪向西南方向逃亡,进了夷蛮山地。奇怪的是,这些难民居然忘记了战争,古歌里没有一点战争逼迫的影子。

鸡头寨的人不相信史官,更相信他们的德龙——尽管对德龙的淡眉毛看不上眼。眉淡如水,完全是孤贫之相。

德龙唱了十几年,带着那条小青蛇出山去了。

他似乎就是丙崽的父亲。

三

丙崽对陌生人最感兴趣。碰上匠人或商贩进寨,他都会迎上去大喊一声"爸爸",吓得对方惊慌不已。

碰到这种情况,丙崽娘半是害羞,半是得意,对儿子又原谅又责怪地呵斥:"你乱喊什么?要死呵?"

呵斥完了,她眉开眼笑。

窑匠来了,丙崽也要跟着上窑去看,但窑匠说老规矩不容。传说烧窑是三国时的诸葛亮南征时路过这里教给山民们的,所以现在窑匠动土,先要挂一太极图顶礼膜拜。点火也极有讲究,须焚香燃炮在先,南北两处点火在后,窑匠念念有词地轻摇鹅毛扇——诸葛亮不就是用的鹅毛扇吗?

女人和小孩不能上窑,后生去担泥坯也得禁恶言秽语。这些规矩,使大家对窑匠颇感神秘。歇工时,后生就围着他,请他抽烟,恭敬地讨教技艺,顺便也打听点山外的事。这其中,最为客气的可能要数石仁,他一见窑匠就喊"哥"喊"叔",第二句就热情问候"我嫂""我婶"——指窑匠的女人。有时候对方反应不过来,不知道他是扯上了谁。三言两语说亲热了,石仁还会盛情邀请窑匠到他家去吃肉饭,吃粑粑,去"卧夜"。

石仁对窑匠最讨好,但一再讨好的同时也经常添乱,不是把堆码的窑坯撞垮了,就是把桶模踩烂了,把弓线拉断了,气得窑匠大骂他"圆手板"和"花脚乌龟",后来干脆不准他上窑来——权当他是另一个丙崽。

这使他多少有些沮丧和寞落。他外号仁宝,是个老后生,虽至今没有婚娶,但自认为是人才,常与外来的客人攀攀关系。无所事事的时候,他溜进林子里,偷看女崽们笑笑闹闹的溪边洗澡,被那些白色影子弄得快快活活的心痛。但他眼睛不好,看不大清楚,作为补偿,就常常去看小女崽撒尿,看母狗母猪母牛的某个部位。有一次,他用木棍对一头母牛进行探究,被丙崽娘看见了。这婆娘爱拨弄是非,回头就找这个嘀咕几句,找那个嘀咕几句,眉头跳跳的,见仁宝来了才镇定自若地走开。后来仁宝上山挖个笋子,刮点松膏,或是到牛栏房去加点草料,也总看见那婆娘探头探脑,装着在寻草药什么的,死鱼般的眼睛充满信心地往这边瞥一瞥,瞥得仁宝心里发毛。

仁宝没理由发作,骂了阵无名娘,还是不解恨,只好在丙崽身上出气,一见到他,注意到周围没什么旁人,就狠狠地在他脸上扇耳光。

小老头被打惯了,经得打,嘴巴歪歪地扯了几下,没有痛苦的表情。

石仁再来几下,直到手指有些痛。

"×吗吗,×吗吗……"小老头这才感到形势不妙,稳稳地逃跑。

仁宝追上去,捏紧他的后颈皮,逼着他给自己磕了几个响头,直到他额上有几颗陷进皮肉的沙粒。

他哇哇哭起来。但哭没有用,等那婆娘来了,他一张哑巴嘴说不清谁是凶手,只能眼睛翻成全白,额上青筋一根根暴出来,愤怒地揪自己的头发,咬自己的手指,朝着天大喊大叫,疯了一样。

丙崽娘在他身上找了找,没发现什么伤痕,"哭,哭死呵?走不稳,要出来野,摔痛了,怪哪个?"

丙崽气绝,把自己的指头咬出血来。

就这样,仁宝报复了一次又一次,婆娘欠下的债,让小崽子加倍偿还,他自己躲在远处暗笑。不过,丙崽后来也多了心眼。有一次再次惨遭欺凌,待母亲赶过来,他居然止住哭泣,手指地上的一个脚印:"×吗吗"。那是一个皮鞋底印迹,让丙崽娘一看就真相大白。"好你个仁宝臭肠子哎,你鼻子里长蛆,你耳朵里流脓,你眼睛里生霉长毛呵?你欺侮我不成,就来欺侮一个蠢崽,你枯胸心毒裔心不得好死呀——"她一把鼻涕一把泪,拉着丙崽去寻找凶手,"贼娘养的你出来,你出来!老娘今天把丙崽带来了,你不拿刀子杀了他,老娘就同你没完!你不拿锤子锤瘪他,老娘就一头撞死在你面前……"

这一夜,据说仁宝吓得没敢回家。

不过,后来仁宝同她并没有结仇,一见到她还"婶娘"前"婶娘"后的喊得特别甜。帮她家舂个米,修个桶,找窑匠讨点废砖瓦,都是挽起袖子轰轰烈烈地干。摘了几个南瓜或几个包谷,也忙着给她家送去。有人说,他是同丙崽娘打过一架,但打着打着就搂到一起去了,搂着搂着就撕裤子了——这件事就发生在他们去千家坪告官的路上,就发生在林子里,不知是真是假。还有人说,当时丙崽"×吗吗×吗吗"地骑到仁宝的头上揪打,反而被他娘一巴掌扇开,被赶到一边去,也不知是真是假。

反正结果有点蹊跷。看见仁宝有时给呆子一把杨梅或者红薯片,妇女们免不了更多指指点点:真的吗? 不会吧? 诸如此类。

丙崽对红薯片并不领情,一把掷回仁宝。"×吗吗。"

"你疯呵? 好吃的。"

"×吗吗!"

"我×你妈妈呢。"

丙崽一口浓痰吐到仁宝的身上。

妇女们大笑:仁宝伢子,这下知道了吧? 要×吗吗还不容易呵……她们没说完,差点笑得气岔,羞得仁宝一脸涨红夺路而逃。大概是受到笑声的鼓舞,丙崽左右看看,更加猖狂起来,把自己拉的屎抓了个满手,偏斜着脑袋,轮出一个白眼,继续追击仁宝,一路"×吗吗×吗吗×吗吗",竟把一条汉子追得满山跑。

仁宝跑下山去了。直到半个多月以后,他才重新出现在人们眼前。他头发剪短了,胡桩刮光了,还带回了一些新鲜玩意儿,一个玻璃瓶子,一盏破马灯,一条能长能短的松紧带子,一张旧报纸或一张不知是何人的小照片。他踏着一双更不合脚的旧皮鞋壳子,在石板路上嘎嘎咯咯地响,很有新时代气象。"你好!"他逢人便招呼,招呼的方式很怪异,让大家听不大懂。你什么好呢? 又没生病,能不好么?

仁宝的父亲仲满是个裁缝,看见菜园里杂草深得可以藏一头猪,气不打一处来,对儿子脚下的皮鞋最感到戳眼:"畜生! 死到哪里去了? 有本事就莫回来!"

"你以为我想回来? 我一进门就脔心冲。"

"你还想跑? 看老子不剁了你的脚!"

"剁就要剁死,老子好投胎到千家坪去。"

"到千家坪,吃金子屙银子是吧?"

"千家坪的王先生穿皮鞋,鞋底还钉了铁掌子,走起来当当地响,你视过?"

仲满没见过什么钉铁掌的皮鞋,不便吭声,停了片刻才说:"皮鞋子上不得坡,下不得河,不透气,穿起来脚臭,有什么稀奇?"

"铁掌子,我是说铁掌子。"

"只有骡马才钉掌子,你不做人,想做畜生?"

仁宝觉得父亲侮辱了自己的同志,十分恼怒,狠狠地报复了一句:"辣椒秧子都干死了,晓得么?"

叭——裁缝一只鞋摔过来,正打中仁宝的脑袋。他不允许儿子如此不遵孝道。

"哼!"

仁宝怕第二只鞋子,但坚强地不去摸脑袋,冲冲地走进楼上自己的房间,继续戳他的旧马灯罩子。

听说他挨了打,后生们去问他,他总是否认,并且严肃地岔开话题:"这鬼地方,太保守了,太落后了,不是人活的地方。"

后生们不明白"保守"是什么意思,更不明白玻璃瓶子和马灯罩子有何用途,于是新名词就更有价值,能说新名词的仁宝也更可敬。人们常见他愤世嫉俗,对什么也看不顺眼,又见他忙忙碌碌,很有把握地在家里研究着什么。有时研究对联,有时研究松紧带子,有时研究烧石灰窑。有一回,还神秘地告诉后生们:他在千家坪学会了挖煤,现在他要在山里挖出金子来。金子!黄泱泱的金子哩!

他真的提着山锄,在山里转了好几天。有几个想沾光的后生,偷偷地跟着看,看了几天,发现他并没有真正动手。

对付同伴们的疑惑,他宽容地笑一笑,然后拍拍对方的肩,贴心地作些勉励:"就要开始了,听说没有?上面来人了,已经到了千家坪,真的。"

或者说:"就要开始啦,真的,明天就会落雪,秧都靠不住。"说完回头望一望什么,似乎总有个无形的人在跟着他。

有时甚至干脆只有一句:"你等着吧,可能就在明天。"

这些话赫赫有威,使同伴们好奇和崇敬,但大家不解其中深意,仍是一头雾水。要开始,当然好,要开始什么呢?要怎么开始呢?是要开始烧石灰窑,还是要开始挖金子,还是像他曾经说过的那样——下山去做上门女婿?不过众人觉得他踏着皮鞋壳子,总有沉思的表情,想必有深谋远虑。邀伴去犁田、倒树、或者砍茅草,干这一类庸俗的事,不敢叫他了。

仁宝从此渐渐有了老相,人瘦毛长一脸黑。他两眼更加眯,没看清人的时候,一脸戳戳的怒气。看清了,就可能迅速地堆出微笑。尤其是对待一些不凡人士:窑匠、木匠、界(锯)匠、商贩、读书人、阴阳先生等等,他总是顺着对方的言语,及时表示出惊讶、愤慨、惜惋、欢喜,乃至悲天悯人的庄严。随着他一个劲地点头,后颈上一点黑壳也有张有弛。当然,奉承一阵以后,他也会巧妙地暗示自己到过千家坪,见识过那里的官道和酒楼。有时他还从衣袋摸出一块纸片,谦虚谨慎地考一考外来人,看对方能否记得瓦岗寨的一条好汉到六条好汉,能否懂一点对联的平仄。

这一天,寨子里照例祭谷神,男女老少都聚集在祠堂。仁宝大不以为然,不过受父亲鞋底的威胁,还是不得不去应付一下。只是他脸上一直充满冷笑。可笑呵,年年祭谷神,也没祭出个好年成,有什么意思?不就是落后么?他见过千家坪的人作阳春,那才叫真正的作家,所谓作田的专家。哪像这鬼地方,一年只一道犁,甚至不犁不耙,不开水圳也不铲田埂,更不打粪凼,只是见草就烧一把火,还想田里结谷?再说就算田里结了谷,与他的雄图大志有何关系?他看到大家在香火前翘起屁股下拜,更觉得气愤和鄙夷。为什么不行帽沿礼?什么年月了,怎么就不能文明和进步?他在千家坪见过帽沿礼的,那才叫振奋人心!

他自信地对身边一个后生说:"会开始的。"

"开始?"后生不解地点点头。

"你要相信我的话。"

"相信,当然相信。"

他觉得对方并非知音,没什么意思。于是目光往左边的女人们投过去。有个媳妇,晃着耳环,不停地用衣袖擦着汗珠。跪下去时没注意,侧边的裤缝胀开了,露出了里面的白肉。仁宝眯着眼睛,看不太清楚,不过这已经足够,可以让他发挥想象,似乎目光已像一条蛇,从那窄窄的缝里钻了进去,曲曲折折转了好几个弯,上下奔蹿,恢恢乎游刃有余。他在脑子里已经开始亲热那位女人的肩膀、膝盖,乃至脚上每个趾头,甚至舌尖有了点酸味和咸味……直到叭的一声,他感觉脑门顶遭到重重一击才猛醒过来。回头一看,是丙崽娘两只冒火的大圆眼,"你娘的×,借走老娘的板凳,还不还回来?"

"我……什么时候借过板凳?"

"你还装蒜?就不记得了?"丙崽娘又一只鞋子举起来了。

四

女人们白天爱串人家,偷偷地沿着屋檐溜进东家或西家,凑在火塘边叽叽咕咕,茶水喝干了几吊壶,尿桶里涨了好几寸,直说得个个面色发白,汗毛倒竖,才拿起竹篮或捣衣的木棰,罢休而去。

一般来说,她们谈得最多的是婚嫁之事。比如说,哪个男人暗取了哪个女子的一根头发,念上七十二遍"花咒",就把那女子迷住了。又比如说,哪个女子未婚先孕,用大凉的蓝靛打胎,居然打出了一个满身长毛的猴子。如此等等。有时候,她们也讨论一些不祥之兆:某家的鸡叫起来像鸭;腊月里居然没下一场雪;还有丙崽娘去岭那边接生带回的消息,说鸡尾寨的三阿公坐在屋里被一条大蜈蚣咬死,死了两天还没有人知道,结果有只脚被老鼠吃去一半——这些事端是不是有些不吉?

但后来又有人说,三阿公并没有死,前两天还看见他在坡上扳笋子。这样一说,三阿公又变得恍恍惚惚,有无都成为一个问题了。

像要印证这些兆头,后来一阵倒春寒,下了一阵冰雹,田里大部分禾苗都冻成了黑水,只剩下稀稀拉拉几根,像没有拔尽的鸡毛。几天后暴热,田里又多虫,稻谷都长成了草。粮食立刻就成了焦心的话题。家家都觉得奶崽太多,太能吃,又觉得米桶太浅,一舀就见底。有人开始借谷,一借就有了连锁反应,不管桶里有谷没谷的,都踊跃地借,大张旗鼓地借,以示自己也会盘算别人。丙崽娘也借得要死要活的,其实她这几年大模大样地积德,义务照看祠堂,偷偷省下了不少猫粮。祠堂里不能没有猫,不然老鼠啃了族谱和牌位怎么办?搅了祖宗的安宁怎么办?养猫也不能没有猫粮。丙崽娘每年从公田收成里分得两担谷,每天拿瓦罐盛半罐饭,吱吱喝喝从一些门户前经过,说是去送猫食,其实一进祠堂就自己吃了。只可怜那只饿猫,只吃点糠粉野菜,饿得皮包骨,成天蚊子一样尖叫。

靠这只老猫,娘崽两个居然混过了春荒。大家似乎知道这个中机巧,有人在她背后指指点点。她横眉横眼,装着没听见就是。

一直借到寨子里人心惶惶,女人们又开始谈起杀人祭谷神。丙崽娘有点兴高采烈,积极投入了这场对谷神的议论。得闲的时候,就带上针线鞋底,拉上丙崽,矮胖的身子左一顿,右一顿,屁股磨进一家家高大的门槛。对一些没听说过谷神的女崽,她谆谆教导:这可是个老规矩呐。不杀人是不能祭谷神的,要杀人就要杀个男的,选头发最密的杀,肉块都分给狗吃。杀到哪一家,就叫哪一家"吃天粮"……说得女子睁大眼睛,脸色发白,相互挤靠得越来越紧,她又笑起来,神秘地压低声音:"你屋里不会吃天粮的,放心。你男人头发胡子都稀么……不过,也不蛮稀。"或者说:"你屋里不会吃天粮的,放心。你竹哥太瘦了,没有几斤肉,不过……也不蛮瘦。嗯啦。"

她圆睁双眼,把一户户女人都安慰得心惊肉跳之后,才弯着一个指头,把碗里的茶叶扒起来,嚼得吱吱响,严肃认真地告别:"吾去视一下。"

"视一下"有很多含混的意思,包括我去打听一下,我去说说情,有我做主,或者是我去看看我的鸡斗什么的,都通。但在女人们的恐慌中,这种含混也很温暖,似乎也值得寄予希望。

实在是割野葱去了。

然后是看鸡坨去了。

鸡坨那边就是仁宝父子的家。丙崽娘看完鸡坨,总是朝那边望一眼。这一眼的意思也很模糊,似乎是招呼,似乎是警惕,似乎是窥探隐私,似乎是不示弱地挑战:看你能把我怎么样?每天都这样偷偷地望几眼,叫仲裁缝心里猫抓似的。

仲裁缝恨女人,尤恨丙崽他娘,那个圆不圆瘪不瘪的家伙。说起来,她还算他的弟媳,又与他为邻,两家地坪相连树荫相接,要是拆了墙壁,大家会发现对方也不过是吃饭、睡觉、训儿子,没什么两样。但越接近就越看得清楚,看出些不一样来。丙崽娘常常挑起一竹篙女人的衣裤,显眼地晒在地坪里,正冲着裁缝的大门,使他一出门就觉得晦气,这不是有辱斯文么?她还经常在地坪里摊晒一些胞衣,作为大补佳药拿去吃,或卖钱。那些婆娘们腹中落下来的肉囊,有血腥气,在晒席上翻来滚去的,晒出一条条皱纹,恰似一个个鬼魂,令人须发倒竖。

不过,这一切都不如那眼光可恶。似乎是心不在焉地瞅一眼,有毫无理由的理由,有毫不关心的关心,像投来一条无形的毒蛇。堂堂仲满的儿子就是被这样的毒蛇缠住,乱了辈分,毁了伦常,闹出一些恶浊不堪的闲言,岂不是往他仲满耳朵里灌脓?

"妖怪!"

有一天,仲裁缝在大门口怒骂。

地坪里没有他人,只有丙崽娘。她架起一条腿撕剥脚皮,哼了一声,吐出一口痰,又恨恨剥下两大块茧皮。

就这样交了恶。

但仲裁缝从来不对丙崽做手脚。有一回,小老头怯怯地来到他家门口,研究了一下他脸上的麻子,吐了两个痰泡,把一团绿色鼻涕抹在布料上。裁缝忍无可忍,但还是没有恶语,只是横了一眼,旋即把布料塞进灶口,烧了。

避女人与小子,乃有君子之风。仲裁缝算不算君子,不好说。但他从不与女人交道,从不同后生笑闹,在寨子里是个颇有"话份"的长者。话份在这里也是一个含糊概念,初到这里来的人许久还弄不明白。似乎有钱,有一门技术,有一把胡须,有一个很出息的儿子或女婿,就有了所谓话份。后生们都以毕生精力来争取话份。

有话份,就意味着有人来听你说话。仲裁缝粗通文墨,自婆娘早死之后,孤独度日,晴耕雨读,翻破了几本六叔留下来的线装书,知道不少似真似假的旧事。晋公子重耳、吕洞宾、马伏波,还有他最为崇拜的贤相诸葛亮,都常在他嘴中出入。尤其是坐在火塘边的时候,他把竹烟管喝得嘶嘶的响,慢条斯理说一句,停半天再说一句,三个字一顿,五个字一断,间或夹上一声"哎",久久没有下文,目光茫茫然,不像是在同听者说话,而是在同死去的先人禅对。后生们望着他脸上几颗冷峻的阴麻子,不敢催促他。

"汽车算个卵。"他说,"卧龙先生,造了木牛流马,逢山过山,逢水过水。只怪后人太蠢,就失传了。"

他还说:"先人一个个身高八尺,力敌千钧,日行三百。哪像现在,生出那号小杂种,茄子不是茄子,豆角不是豆角。"

大家知道他是说丙崽。

"先人真有那么高大?"有个后生表示怀疑,"上次我们挖坟砖,挖出来的骨头同我们的差不多,没长到哪里去呵。"

"晓得什么!"仲满哼了一声,"人死了,骨头就缩了。"

"那年千家坪唱戏,诸葛亮还是个矮子。"

"书真戏假,戏台上的事能信么?"

他越这样崇敬古人,越觉得日子不顺心。摇着蒲扇,还是感到闷,鼻尖上直冒汗——呸,妖怪,先前哪有这么热呢?那时候六月天的夜里也要盖被子呵。他觉得椅子也很不合意,吱吱呀呀叫得真阴险——妖怪,如今的手艺也真是哄鬼呵,哪像先前一张椅子,从出嫁坐到做外婆,还是紧紧实实的。想来想去,觉得没有了卧龙先生,这世道恐怕是要败了,这鸡头寨怕是要绝人了。

眼下,听人们都在议论天灾,议论杀人祭谷神,听得让人烦。他坐在家里不知要如何才好。好像出了点问题,仔细思量,才知是自己肚子饿。近来很少有人接他去做衣,即使接他去做上门工,主家的饭食也越来越稀软——此事最不可容忍。人是铁,饭是钢么,人吃饭怎么成了猪吃潲?如果米饭不是粒粒如铁砂,他情愿不摸筷子。当然,更让他寒心的是,今天是什么日子?是他五十岁大寿。想想看,寿星佬居然饿着,这日子还能过?

"仁拐子!"他叫喊。

没有人回答。

"仁拐子,要舂米啦!"

他又喊了一声,上楼去找,还是没有找到米,只有半箩瘪壳谷,充其量只能拿来喂喂鸡。还有去年攒下来一担包谷和几十个南瓜,竟然也不翼而飞。他往儿子的房间看看,发现那铺盖上全是灰土,还有老鼠屎,看来很久没有人睡过,使他不免吃了一惊。

他明白了什么,一句话也没说,只是啪啪两下,狠抽自己的耳光。"家门不幸,家门不幸呵。老子前世作了什么孽?……"

他看见墙边几个大瓦坛子,很久没有装酸菜了,倒立在那里,像几个囚犯受着大刑,永远倒栽在那里。他还看见一具棺木,不知是仁宝为谁准备的,横霸中央,不可一世。有一只老鼠钻出棺材,在墙根一晃即逝,更让他明白了什么。妖怪!对了,就是这个妖怪——他梦见过的,这家伙眼红足赤,抹了胭脂一般,拱手而立,眼睛滴溜溜地转,还同情地冲他一笑。这不就是古书上说的红眼媚鼠吗?不就是德龙家那妖婆附体的精怪吗?仁拐子一定是被它媚住的,是被它勾了魂魄的。

仲裁缝气喘吁吁,下楼找到铁尺,回头找媚鼠算账。一铁尺打过去,咣地破了个坛子,老鼠尾巴又缩进壁缝去了。他跑到另一房间,撬破一个木柜,捅烂两只箩篓,还是没有成功诛杀。他咚咚咚地蹿到楼下,对可疑之处一律给予惊天动地的检查。一瞬间,碗钵烂了,吊壶也倒了,桌椅板凳都苦苦地跪倒或趴下,尘灰到处飞扬。当他引火大烧鼠洞的时候,一不小心,黑油油的帐子又接上火,燎起热爆爆的一片金黄色光亮。

幸亏老黑狗前来相助,媚鼠总算被他找到,被他戳死,六只肉溜溜的乳鼠也被他斩首,拿到火塘中烧出了一股奇臭。他听见地坪中有脚步声,回过头,没看见儿子,只有丙崽娘蓬头散发,半掩胸襟,朝这边瞄了一眼。

大概是闻到了奇臭,不知这里发生了什么事。

他更加冒火,一咬牙,把老鼠的尸灰泡在水里,喝了下去。

他脸发黑,感到丹田之气已尽,默坐一阵之后出门而去。此时公鸡正在叫午,寨子里静得像没有人,只有两只蝴蝶在无声飞绕。对面是鸡公岭一片狰狞石壁,斑斓石纹有的像刀枪,有的像旗鼓,有的像兜鍪铠甲,有的像战马长车。还有些石脉不知含了什么东西,呈深深赭色,如淋漓鲜血劈头劈脑地从山顶泻下来,一片惨烈的兵家气象。仲裁缝突然觉得,他听到了来自那里的轰隆隆声浪,听到了先人们正在对自己召唤。

路过瓜棚时,见绿叶丛中冒出一张老人的脸。

"仲爷,吃了?"

"吃了。"他淡淡一笑。

"要祭谷神了?"

"要祭的吧?"

"轮到谁的脑袋?"

"听说……摇签。"

"摇签?"

"摇到我就好了。"

"活着是没什么意思。"

"我都活过了五十,该回去了。"

"谁说不是呢?"

"省得饿肚皮,省得挑担子。"

"还省得蚊子蚂蟥咬。"

"省得日晒雨淋。"

"省得受儿孙的气。"

双方不再说话。

山上的树漫天生长。从茶子坡过去,大木就多了。有些树上扎了篾条,那都是寿木。寨里的人很小就要上山给自己看寿木,看中了,留个记号,以后每年检查一两次,直到自己最终躺进寿木做成的棺材。但仲裁缝很少进山,也一直没选过寿木,而且憎恶这一棵棵居心不良的鸟树。君子坐有坐相,站有站相,死也要有个死威,死得顶天立地,还用得着准备什么?他提着弯刀进山来,就是要选一处好风景,砍出一个尖尖的树桩,然后桩尖对准粪门,一声嘿,坐桩而死,死出个慷慨激昂。他见过这种死法。前些年马子洞的龙拐子就是一个。他咳痰,咳得不耐烦了,就昂首挺胸地坐死在桩上。后来人们发现血流满地,桩前的草皮都被他抓破,抓出了两个坑,翻出了一堆堆浮土,可见他死得惨烈、死得好,不仅上了族谱的忠烈篇,还在四乡八里传为美谈。

他选定了一棵松树,用裁缝的手,不熟练地砍削起来。

五

为什么祭谷神不用猪羊而要用人肉,为什么杀人得杀个男人,最好是须发茂密的男人……这些道理从来无人深究。

有些寨子祭谷神,喜欢杀其它寨子的人,或者去路上劫杀过往的陌生商客,但鸡头寨似乎民风朴实,从不对神明弄虚作假,要杀就杀本寨人。抽签是确定对象的公道办法,从此以后每年对死者亲属补三担公田稻谷,算是补偿和抚恤。这一次,一签摇出来,摇到了丙崽的名下,让很多男人松了口气,一致认为丙崽真是幸运:这就对了,一个活活受罪的废物,天天受嘲笑和挨耳光,死了不就是脱离苦海?今后不再折磨他娘,还能每年给他娘赚回几担口粮,岂不是无本万利的好事?

听到这消息,丙崽娘两眼翻白,当场晕了过去。几个汉子不由分说,照例放一挂鞭炮以示祝贺,把昏昏入睡的丙崽塞入一只麻袋,抬着往祠堂而去。不料只走到半道,天上劈下一个炸雷,打得几个汉子脚底发麻,晕头转向,齐刷刷倒在泥水里。他们好半天才醒来,吓得赶快对天叩拜,及时反省自己的罪过:莫非谷神大仙嫌丙崽肉少,对这个祭品很不满意,怒冲冲给出一警告?

这样,丙崽娘哭着闹着赶上来,把麻袋打开,把咕咕噜噜的丙崽抱回家去,汉子们也就没怎么拦阻。

重新商议,重新摇签,杀了另一个短命鬼,是后来的事。不过像很多寨子一样,鸡头寨这次祭过谷神以后还是灾厄未除,地上依然大旱,下种的秋玉米没怎么出苗,稻田里的虫子也没退去。人们更恐慌了,不仅把周边山上的野菜挖了个遍,不仅把镯子耳环都拿去换粮食,而且鬼鬼祟祟张惶失措摩拳擦掌准备炸掉鸡头峰——这是一位巫师的主意。据这位巫师一边揪鼻涕一边说,流年不利,年成不好,主要是叫鸡精在作怪。你们没看见么?鸡头峰正冲着寨子里的田土,把五谷收成都啄进肚子里去啦。

巫师抓狂时发出的大声鸡叫,给人们印象很深。

风声传出去,七里路以外的鸡尾寨立刻炸了锅。道理是这样:若斩了鸡头,鸡尾还如何出粪?没有鸡尾出粪,鸡尾寨还拿什么丰收五谷?要知道,鸡尾寨是个大寨,有几百号人口,在寨前的石头大牌坊下进进出出,全靠叫鸡精一个粪门的照顾,近年来比较富足。那寨子出了一些读书人,据说有的在新疆带兵,回乡省亲都是坐八人大轿。每逢过年,那寨子里家家宰牛,牛叫声此起彼落,牛皮商也最喜欢往那里钻。

不仅鸡头吃谷鸡尾出粪的说法,一直在暗暗流传使两寨生隙,而且鸡尾寨去年一连几胎都生女崽,还生了什么葡萄胎,也是两寨不和的原因。有人说,鸡尾寨路口的一口水井和一棵樟树,就是保佑全寨的阳根和阴穴,是寨子里发人的保障。一年前有鸡头寨的某后生路过那里,上树摸鸟蛋,弄断一根枝桠,不就伤了鸡尾寨的命根?那后生还往井里丢了一只烂草鞋,不就是闹出什么葡萄胎的根由?……眼下,旧恨未消新仇又起,贼坯子们还要炸掉鸡头峰,也太歹毒了吧?

双方初次交手,是在两寨交界处吵了一架,还动起了手脚。鸡尾寨有人受伤,脑袋上留下一条深沟,嘴里大冒白色泡沫。鸡头寨也有人挂彩,肠子溜到肚皮外,带血带水地拖了两丈多远,被旁人捡起来,理成一小堆重新塞回肚囊。

不得了啦,不得了啦。寨子里锣声大震,人人头上都缠着白布条,家家大门上都倒挂着一条长裤,祖宗牌位前还有人们咬破手指洒下的血迹。这都是决一死战的表示。看着大人们忙着扛树木去寨前堵路设障,或是在阶前霍霍地磨刀,丙崽倒是显得很兴奋,大概把热闹当成了过年的景象。他到处喊"爸爸",摇摇摆摆地敲着一面小铜锣,口袋里装有红薯丝,掏出来一两根,就撒落了三四根,引来两条狗跟着他转。他对仲裁缝家的老黑狗会意地一笑,又朝两棵芭蕉树哇地叫嚣了一声,看见前面有一条牛,又低压着脑袋,朝那边一顿一顿地慢跑。

几个娃崽也在路口疯玩,看见了他。

"视,宝崽来了。"

"他没有叔叔,是个野崽。"

"吾晓得,渠是蜘蛛变的。"

"根本不是,渠的妈妈是蜘蛛变的。"

"要渠磕头,好不好!"

"不,要渠吃牛屎,吃最臭最臭的!啊呀,臭死人!"

……

丙崽朝他们敲了一下锣,舔舔鼻涕,兴奋地招呼:"爸爸爸——"

"哪个是你爸爸?呸,矮下来!"

娃崽们围上去,捏他的耳朵,把他揪到一堆牛屎前,逼他跪下去,鼻尖就要顶着牛粪堆了。"张嘴,你张嘴!"他们大喊。

幸好来了一群大人,才使娃崽们停止胡闹,遗憾地一哄而散。但丙崽还在那里久久地跪着,发现周围已无人影,才爬起来朝四下看看,咕咕哝哝,阴险地把一个小娃崽的斗笠狠狠踩上几脚,再若无其事地跟上人群,去看热闹。

大人们牵来了一头牛,牛身上的泥片已被洗刷干净了,须毛清晰,屁股头的胯骨显得十分突出。湿滑的牛嘴一挪一磨,散发出来自胃里的一种草料臭。

一个汉子提着大刀走过来,把刀插在地上,脱光上衣,大碗喝酒。那刀也令丙崽感到新奇。刀被磨得铮亮,刀口一道银光,柔顺而清凉,十分诱人。有花纹的刀柄被桐油擦得黄澄澄的,看来很合手,好像就要跳到你手上来,不用你费什么气力,就会嚓嚓嚓地朝什么东西砍去。"吉辰已到,太上显灵——"随着有人一声大呼,锣鼓齐鸣,鞭炮炸响,那汉子已经喝完酒,叭的一声,砸了酒碗,拔起刀来,一跺脚,一声嘿,手起刀落,牛头就在地动山摇之间离开了牛身,像一块泥土慢慢垮下来。牛角戳地之时,牛眼还圆圆地睁着,牛颈则像一个西瓜的剖面,皮层裹着鲜鲜的红肉——没有头的牛身还稳稳站了片刻。

娃崽们吓了一跳。他们不知道,为什么当牛身最终向前扑倒的时候,大人们都会一齐欢呼起来:

"赢了!"

"我们赢了!"

"我们赢定了!"

"拍死姓罗的那些臭杂种——"

……

其实这是一种战前预测方式。据说当年马伏波将军南征,每次战斗之前都要砍牛头问凶吉,如牛向前倒,就是预示胜利,若牛向后倒,就得赶快撤兵。

人们的欢呼太响亮了,吓得丙崽上嘴唇跳了一下,咕咕哝哝。他看见有一缕红红的东西,从大人们的腿下流出来,一条赤蛇般地弯弯曲曲急蹿。他蹲下去捏了捏,感到有些滑手,往衣上一抹,倒是很好看。不一会,他满身满脸就全是牛血。大概弄到嘴里的牛血有些腥,小老头翻了个白眼。

丙崽娘也提了个篮子来,想看看牛肉怎么分。听人家说,没人上阵的人家没有肉吃,正撅着嘴巴生气。一眼瞥见丙崽这血污污的全身,更把脸盘气大了。"你要死,要死呵?"她上前揪住小老头的嘴巴,揪得他眼皮往下扯,黑眼珠转不过来,似乎还望着祠堂那边。

"×吗吗。"

"又要老子洗,又要老子洗,你这个催命鬼要磨死我呵?还不如拿你去祭了谷神,也让老娘的手歇上几天呵。"

"×吗吗×吗吗。"

她把丙崽像提猫一样提回家去。

整整一天,丙崽没有衣穿,全身赤条条。他似乎还知道点羞耻,没有出门去巡游,只是听到远处急促地敲锣,也敲几下自己的小铜锣。看见妇女们哭哭泣泣燃着香火去祠堂,他也在水沟边插上一排树枝,把一堆牛粪当作叩拜的对象。不知什么时候,他倒在地上睡了一觉。醒来时觉得寨子里特别安静,就再睡了一觉,直到斜斜的夕阳投照在他身上,把他全身抹出了一片金色。

他醒来的时候,发现自己在祠堂的大瓦盖下,嘈杂的脚步声,叫骂声,哭嚎声,铁器碰撞声,响在他的周围。借着闪闪烁烁的松明子,他看不清这里的全景,只见男女老幼全是头缠白布,一眼望去,密密的白点起起伏伏飘移游动。好些女人互相搀扶着,依靠着,搂抱着,哭得捶胸顿足,泪水湿了袖口和肩头。丙崽娘一屁股坐在地上,不时用袖口去擦眼睛,也把眼圈哭红了,显得一张娃娃脸很纯真了。她坐在二满家的媳妇旁,用力收缩鼻孔,捉住对方的手,用外乡口音说:"人生一世,草木一秋,去也就去了。你要往开处想,呵?你还有后,有兄弟,有爷娘。吾呢,那死鬼不知是死是活,一个丙崽也当不得正人用的,比你还苦十倍呵。"

她劝别人莫哭,自己却带头大哭,使对方更加泪水横飞。

"打冤家总是有个三长两短。早死也是死,晚死也是死。早死早投胎,说不定投个富贵人家,还强了。呵?"

对方还是哭出奇怪声调,听上去是剪刀在玻璃上划出的尖声。

大概想到了什么伤心事,丙崽娘拍着双膝更加大放悲声,哭得自己头上的白布条在胸前滑上去,又滑下来。"吾那娘老子哎,你做的好事呀。你疼大姐,疼二姐,疼三姐,就是不疼吾呀。你做的好事呀,马桶脚盆都没有哇……"

这就不知道是什么意思了。

正堂里烧了一堆柴火,噼噼啪啪炸出些火光。靠三根大树支着,一口大铁锅架在火上,冒出咕咕嘟嘟的沸腾声,还有腾腾热气冲得屋梁上的蝙蝠四处乱窜。人们闻到了肉香,但人们也知道,锅里不光有猪肉,还有人肉。按照打冤家的老规矩,对敌人必须食肉寝皮,取尸体若干,切成了一块块,与猪肉块混成一锅,最能让战士们吃出豪气与勇气。当然,猪肉油水厚一些,味道鲜一些。为了怕人们专挑猪肉,也为了避免抢食之下秩序混乱,肉块必须公平分配,由一个汉子站在木凳上,抄一杆梭标往锅里胡乱去戳,戳到什么就是什么,戳给谁谁就得吃。这叫吃"枪头肉"。

前面已经有人吃开了。有的吃到了肺,不知是猪肺还是人肺。有的吃到了肝,不知是猪肝还是人肝。有的吃到了猪脚,倒是吃得很安心。有的吃到了人手,当下就胸口作涌,哇的一声呕吐出来。

柴火的热气一浪浪袭来,把前排人的胸脯和胯裆都烤烫了,使他们不由自主往后挪。油浸浸的那杆梭标映着火光,油浸浸的发亮,不时从锅里带出一点汁水,就零零星星洒下三两火珠,落入身影后的暗处。一个赤膊大汉突然站起来,发疯般地大叫一声:"给老子上人肉!老子就是要吃罗老八的窝心肝肺……"

几个不甘示弱的汉子也站起来:

嚼罗老八的骨头!

嚼罗老八的脚筋!

老子要拿罗老八的鸡巴伴辣椒!

……

场面有点乱。人影错杂之际,火光把人影投射在四壁和屋顶,使那些比真人放大了几倍乃至十几倍的黑影,一下被拉长,一下被缩短,忽大忽小,忽胖忽瘦,扭曲成各种形状。

"德龙家的,过来!"

叫到丙崽娘的名字了。她哭得泪眼糊糊的,还在连连拍膝,"吾不要哇,吃命哇……"

"碗拿来。"

"罗老八是我接生的哇,他还喊我干娘哇……"

"德龙家的,你娘的×吃不吃?丙崽,你吃!"

丙崽穿着开裆裤,很不耐烦地被旁人推到前面,很不情愿地从旁人手里接过一个碗。他抓起碗里一块什么肺,被烫了一下,嗅了一嗅,大概觉得气味不好,翻了个白眼,连碗带肺都丢了,朝母亲怀里跑去。

"你要吃!"有人把肺块捡起来,重新放在碗里。

"你非吃不可!"很多油亮亮的大嘴都冲着他叫喊。

一位白胡子老人,对他伸出寸多长的指甲,响亮地咳了一声,激动地教诲:"同仇敌忾,生死相托,既是鸡头寨的儿孙,岂有不吃之理?"

"吃!"掌竹扦的那位汉子,把碗再次塞到他怀里,于是屋顶上出现了一个无比巨大的手影。

丙崽看着屋顶上黑影,哇地一声哭了。

六

仁宝下山要了几日,顺便想打打零工,交交朋友。要是机会好,找个机会做上门女婿也不错。他听说前几天有一队枪兵从千家坪过,觉得太好了。嘿,这不就是要开始了么?可枪兵过就过了,既没有往鸡头寨去改天换地,也没邀他去畅谈一下什么理想,使他相当失望。倒是有一个买炭的伙计从山里慌慌地出来,说鸡头寨与鸡尾寨行武了,还说马子溪漂下来了一具尸体,不知为什么脚朝上头朝下,泡得一张脸有砧板大,吓死人⋯⋯

仁宝吓了一跳:还果真打起来了么?

他在外面人缘很广,在鸡尾寨也有一位窑匠朋友,一位铜匠朋友,一位教书匠朋友,堪称莫逆,不可伤情面的。如今打什么冤家呢?同饮一溪水,同烧一山柴,大家坐拢来喝杯酒吃碗肉不就结了?

仁宝回到了寨子里,发现父亲脸色苍白,重伤在床——那天他去坐桩,被一个砍柴的发现,把他救了回来,但下体的伤口一时半刻封不了疤。

"不是渠不孝,仲爹何事会寻绝路?"

"坐桩没死成,兴怕也会被气死。"

"崽大爷难做,没得办法呵。"

"你看渠个脸相,吊眉吊眼的,是个克爹的种。"

"他娘故得那样早,恐怕也是被克的吧?"

⋯⋯这一类话,从耳后飘来,仁宝不可能没听到。他跪在老爹的床前,抽了自己几个耳光,在地上砸出几个响头,又去借谷米给仲裁缝做了一顿干饭。见裁缝还是不理他,便毫无意义地扫了扫地,毫无意义地踩死了几只蚂蚁,毫无意义地把马灯罩子再研究了片刻,快快地往祠堂而去。

祠堂门前一圈人,都头缠白布条,正谈论着打冤家的事。这似乎是仁宝重建形象的好机会,只是大家都红了眼,红得仁宝也有几分激动,一开腔竟完全忘了自己回寨子来的初衷。"鸡头峰嘛,这个,当然么,是可以不炸的。请个阴阳先生来,做点关口,什么邪气都是可以破掉的是不是?"他显出知书识礼的公允,"不过话说回来,说回来。他们姓罗的明火执仗打上门来,也欺人太甚不是?小事就不要争了,不争了——"他闭眼睛拖出长长的尾音,接着恶狠狠扫了众人一眼,"但我们要争口气,争个不受欺!"

"仁宝说得对,我们被他们欺侮太久了!"一个汉子说。

仁宝受到鼓舞,说得更为滔滔不绝:"人心都是肉长的,总得讲个天地良心吧?莫说是你们,我对鸡尾寨的人怎么样?他们来了,我冲豆子茶,豆子是要多抓一把的。到时候吃饭,我油盐是要多下一些的。怎么能翻脸不认人呢?树活一张皮,人活一口气,对这样不知好歹的畜牲,你还有什么道理可讲?……"

打冤家的正义性,由他以新的方式再次解说。众人如果不觉得他的道理有多新鲜,至少觉得那恶狠狠的扫视还是很感人。他眯着眼睛看出这一点,看到自己忤逆不孝和怕死躲战的恶名几乎消除,更为兴高采烈,把衣襟嚓地一下撕开,抡起一把山锄,朝地上狠狠砸出一个洞,"量小非君子,无毒不丈夫。呸!老子的命——就在今天了!"

他勇猛地扎了扎腰带,勇猛地在祠堂冲进冲出,又勇猛地上了一趟茅房,弄得众人都肃然起敬。

从这一天起,他似乎成了个预备烈士,总像要开始什么大事,在寨子内外无端地游来转去,好像在巡视哨卡,又好像在检查熬硝一类备战工作,无论看一棵树还是一块岩石,都锁着眉头目光凝重,有种出征临战之际壮士一去不复还的肃穆。转游完了,他见人就心情沉重地嘱托后事:"金哥,以后家父就拜托你了。我们从小就像嫡亲兄弟,不分彼此的。那次赶肉,要不是你,吾早就命归阴府了。你给吾的好处,吾都记得的……"

"二伯爷,腰子还阴痛么?你老要好好保重。以前很多事只怪吾没做好。吾本来要给你砍一屋柴禾,但来不及了。那次帮你垫楼板,也没垫得齐整。往后的日子里,你想吃就吃点,要穿就穿点,身子骨不灵便,就莫下田了。侄儿无用,服侍你的日子不多了,这几句还是烦请你把它往心里去……"

"庆嫂子,有件事早就想找你说一说。吾以前做了好些蠢事,有对不起你的地方,你千万莫记恨。有一次我偷了你的两个菜瓜,给窑匠师傅吃了,你不晓得。现在吾想起来,脔心蒂子都是痛的。吾今日特地来说声罪了,对不起呵。你要咒就咒,你要打就打……"

"幺姐……你……你在洗衣么？这一次实在是没办法了。你千万莫难过，千万莫伤身子。吾是个没用的人，文不得，武不得，连几丘田也做不肥。不过人生一世，总是要死的。这一点我明白。八尺男儿，报家报国，义不容辞。你话呢？好些事眼下也没法讲了。反正只要你心里还有一个石仁哥，我也就落心落意去了。你千万……硬朗点，形势总会好的。吾这就告辞了……"

他很能克制悲伤，不时缩缩鼻子。

弄得连最讨厌他的幺姐也都有些戚戚然，泪水夺眶而出。"石仁，你不要这样，我以前也不是真恨你……"

"不，吾决心已定。"他低着头，望着路边一块破瓦片。

"不是说不打了吗？"

"你也相信？"他悲壮地一笑。

几天下来，大家都不知道他要干什么，不知道他马上要干什么。听见他的皮鞋子还是在石阶上响来响去，发现他还没有去赴汤蹈火。好在寨子里这一段很乱，又是鸡上屋，又是牛吃禾，又是办丧事和操武艺，众人没顾上研究这位大英雄。甚至也慢慢习惯了。要是他不忙，众人还会觉得少了点什么，有什么地方不对劲。

这一天，从鸡尾寨传来消息：对方准备告官。这样鸡头寨也得有所准备，仁宝在外面的脚路广，更得有所作为才对。不过他并没有同官府打过交道，对文书款式没有太多把握。两位老人想了想，记起仲裁缝说过的什么，对提笔的那位：“兴许，叫禀帖吧？”

仁宝想起了什么，摇摇手：“不是不是，叫报告。”

“禀帖吧？”

“是报告。”

“总得有上有下，要讲点礼性。”

“要讲礼性，报告就最礼性了。”仁宝宽容地一笑，“没错的，没错的。”

“你去问你叔叔。”

“他只懂些老皇历，晓得个屁呵。”

“你读过好多书？他读过好多书？”

“现在还读什么书？下边人都看报纸了。”

“下边人打个屁也是香的？什么报告不报告，听起来太戆气了。”

"伯爷们，大哥们，听吾的，决不会错。昨天落了场大雨，难道老规矩还能用？我们这里也太保守了，真的。你们去千家坪视一视，既然人家都吃酱油，所以都照镜子，都穿皮鞋。你们晓不晓得？松紧带子是什么东西做的？

是橡筋,这是个好东西。马灯烧的是什么东西?是汽油,也是个好东西。你们想想,还能写什么禀帖么?正因为如此,我们就要赶紧决定下来,再不能犹豫了,所以你们视吧。"

众人被他"既然"、"因为"、"所以"了一番,似懂非懂,半天没答上话来。想想昨天确实落了雨,就在他"难道"般的严正感面前,勉强同意写成"报帖"。

接下来又发生一些问题。老班子要用文言写,他主张用什么白话写;老班子主张用农历,他主张用什么公历;老班子主张在报告后面盖马蹄印,他说马蹄印太保守了,太难看了,太污浊了,只能惹外人笑话,应该以什么签名代替。他时而沉思,时而宽容,时而谦虚地点头附和——但附和之后又要"把话说回来",介绍各种新章法和新理论,俨然一个通情达理的新党。

"仁麻拐,你耳朵里好多毛!"丙崽娘忍无可忍,突然大喊了一声,"你哪来这么多弯弯肠子?四处打锣,到处都有你,都有你这一坨狗屎!"

"婶娘……"仁宝嘿嘿一笑。

"哪个是你婶娘,呸呸呸……"丙崽娘抽了自己嘴巴一掌,眼眶一红,眼泪就流出来,"你晓得的,老娘的剪刀等着你!"

说完拉着丙崽就走。

人们不知丙崽娘为何这样悲愤,不免悄声议论起来。仁宝急了,说她是个神经病,从来就不说人话。然后忙掏出几皮烟叶,一皮皮分送给男人们,自己一点也不剩。加上一个劲的讨好,他鸡啄米似地点头哈腰,到处拍肩膀和送笑脸,慷慨英雄之态荡然无存。事后一个汉子揪住仁宝逼问:"你对德龙家的到底怎么样了?她硬是吃得下你。"仁宝捶胸顿足地说:"老天在上,我能怎么样?她是我婶娘,一个禾场滚子。我就是鸡巴再骚,不怕她碾死我?"汉子上下打量仁宝一眼,还是半信半疑。

七

告官的代表从千家坪回来,说官府收是收下了报贴,但还得派人上山来查勘事实,才能最终断案。不过从办案官的脸色来看,好像是凶多吉少。且不说鸡尾寨人脉广,在官场里有关系,就是说话这一条,鸡头寨也不占上风。他们的口音别出一格,办案官听着听着就发脾气:"你们说些什么话?把舌头扯直了再说好不好?"

爹妈给的舌头就是这样,还要怎么个直法?

"下次再在公堂上讲鸟语,先掌嘴三十!"办案官又说。

加上三位代表一到千家坪就水土不服,又是胸闷,又是头晕,又是呕吐拉稀,这官司看来是太不好打,也打不下去的。他们十张嘴顶不了仇家的一张嘴,这官司还能打么?难怪仲裁缝说过,先民有仇不动朝不告官,是祸是福从来都自己扛,那才是好汉。

告官叫作走"舌道",叫作文胜。行武叫作走"牙道",叫作武胜。到底是要用舌还是要用牙,寨子里分成两派意见,一时无法统一。有个后生突然想起了一件事,说那天杀牛以占胜败,结果并不灵。倒是丙崽当时在场咒了句"X妈妈",像是给了个坏兆头,却灵验了……这不十分可疑吗?这一想,大家都觉得丙崽神秘。丙崽有一次从山崖上滚下来,不但没有死,还毫发未损,不是神了吗?丙崽有一次被棋盘蛇咬了一口,不但没有倒地立毙,还活蹦乱跳手舞足蹈追着蛇要打,不是更神了吗?这样一件大神物,只会说"爸爸"和"X妈妈"两句话,莫非就是泄露天机的阴阳二卦?

大家都觉得是这个理,于是连忙取来一架滑竿,就是两根竹子夹一张椅子,把丙崽抬到祠堂前。香火也即刻点燃。

"丙相公……"

"丙大爷……"

"丙仙……"

汉子们伏拜在他面前,紧紧盯住他,对他额上的抬头纹充满希望。

丙崽刚坐过滑竿,十分快活,脸上笑纹舒展,鼻涕炸了一个泡。他把停止不动的滑竿踢了一脚,发现它还是不再动,翻了个白眼。

实在不好理解。

是不是他要高兴了才会显灵?有人狠狠心,把家里珍藏很久的一块粽粑找来,贡献给鸡头寨第一大高人。丙崽这才兴奋起来,急急地掰粽粑,没抓稳,掉了一块,其实就掉在他右脚边,但他脑袋转起来不灵便,轮着眼皮居然朝左边望去。这样个吃法,是吃一半掉一半。每掉一块,他照例去找,照例找错了方向。有时也能阴差阳错,发现了前几次掉下的碎粑,他捡起来就往嘴里塞。

他拍拍巴掌,听见了麻雀叫,仰头轮了个方向不够准确的白眼。最后指定了一个方向:"爸爸。"

好,终于有了结果。照事先的约定,他叫"爸爸"就意味着舌道,意味着官司还得继续打。主张用舌的一派因此欢欣鼓舞,一颗悬心总算落到实处。不过,主张牙道的一派还是犹疑,一再琢磨丙崽的其它意思。比方他手里的粽粑总是掉了一半,就没什么意味吗?嘴里吹了一个涎泡,又是什么含义?至于他的手指朝上,所指之处有祠堂一个尖尖的檐角,向上弯弯地翘起,像一只黑色老凤举翅欲飞。那不会是更重要的指点吧?

"渠是指麻雀,还是指树?"

"不,是指屋檐。"

"檐和言同音,是不是说要言和?"

"胡说,檐和炎同音,双火为炎么。他是说要用火攻。"

争了半天,天意又变得茫然难测。

不管是出于天意还是人意,这一天战端再起。鸡尾寨的人主动杀上山来。先是浓烟滚滚,大概是有人故意放火,大火顺着南风,很快就烧焦了鸡头寨的前山,直烧得鸟雀乱飞,一根根竹子炸得惊天动地,黑黑的烟灰到处降落。要不是侥幸碰上一场雨,整个寨子连同后山以及更多的山林,恐怕都得惨遭毒手。接下来,一伙满脸涂着血污的男女,据说嘴里念了刀枪不入的金刚咒,据说头上淋了祛邪避祸的狗血酒,越过大木横陈的路卡,操持刀枪哇哇哇往上冲,如同阎王殿开了大门。他们与迎战的壮丁们混成一团,又砍又劈,又戳又刺,又揍又踢,又咬又啃,经常分不清你我敌友。杀红了眼的时候,一锄头挖到自家人也是难免的。看花了眼的时候,对着一个树蔸大砍大杀也有可能。杀呵,杀呵,杀呵——杀你猪婆养的——杀你狗公奍的——在那一刻,一颗离开了身子的脑袋还在眨眼。一截离开了胳膊的手掌还在抓挠。一具没有脑袋的身子还在向前狂跑。很多人体就这样四分五裂和各行其是。

黑红色或淡红色的鲜血,迅速喷红了草坡和田土,汇入了干枯的沟渠……这一天夜里,特别安静。

活下来的人似乎被遍地鲜血吓懵了,震呆了,已经不知道哭泣,已经没有泪水。只有竹义家的媳妇疯了,在寨子里走一路就笑一路,唱一路戏文。

一些骨瘦如柴的狗异常活跃,被空气中的血腥味刺激得呜呜乱叫,须毛奋张,两耳竖立。它们也许太饿了,纷纷挤出门缝和跳越石墙,身体拉成一条直线,向血腥味狂射而去,在草坡上或溪沟里找到尸体,撕咬着,咀嚼着,咬得骨头咯咯脆响。一只只狗很快就吃得肚大肥圆,打着饱嗝,眼睛红红的,在茅草中蹿来蹿去时闹出很大动静。它们所到之处都会有血迹。肉块也被它们叼得满处都是。有时你去灶房,无意中搬开一捆柴禾,也许会发现柴弯里滚出一只陌生的手或者脚。

把人肉吃习惯以后,它们对活人也变得很有兴趣,总是心怀叵测地跟着人影。尤其是见到有人吵架,音容有些异样,它们就会盯住不放,大大方方地露出尖牙,长长的舌头活泼得像一条飘带,一片水波,等待着什么结果发生。据说竹义家的阿公有次在树下瞌睡,竟被狗误认成尸体,把它大咬了一口。

丙崽把一泡屎拉在椅子上了。

丙崽娘照例唤狗来舔:"呵哩——呵哩——呵哩——"

狗来了,嗅一嗅,又舔舔舌头走了,似乎对粪便已丧失热情。它们刚才听到召唤,不得不来敷衍一下,只是不想在主人面前过于趾高气昂,显得它们富贵并不忘旧情。

于是寨子里屎多了,苍蝇多了,到处都臭起来。丙崽娘遇到二满家的媳妇,缩了缩鼻子,"你身上怎么有股臭味?"

竹义家的瞪大眼,"怪事,是你身上臭。"

两人嗅了一阵,发现大家手都是臭的,袖口也都是臭的,连榧棒和竹篮也有股怪味,这才恍然大悟:原来空气早就臭了,连嘴里说出的话都像放屁。

丙崽娘一直自诩自己娘家是大户,最为干净整洁,因此她从来活得与众不同,即便时逢乱世,即便眼下差不多家家举丧,她还是贵人习惯依旧,带上草把和茶枯,把丙崽拉到水井边狠狠擦洗。但她腹中的米粮实在太少,以前吃下的胞衣也不管用,只是洗净了丙崽的屁股,裤子与椅子上的臭味却怎么也洗不掉。她喘着气,翻着白眼,两眼一黑便歪歪地倒下。

不知自己是怎样醒来的,是怎样摸回家的。没有被狗咬,恐怕就是万幸。她听着窗外的激情狗吠,望着蚊帐上和墙上密密麻麻的苍蝇,伤心地嚎啕大哭起来:"吾那娘老子哎,你做的好事呀。你疼大姐、疼二姐、疼三姐,就是不疼吾呀,你怎么把吾丢到这个黄连罐里来了,一丢就是几十年哇……"

丙崽怯怯地看着她,试探着敲了一下小铜锣,想使她高兴。

她望着儿子,手心朝上推了两把鼻涕,慈祥地点头:"来,坐到娘面前来。"

"爸爸。"儿子稳稳地坐下了。

"你一定不能死,你一定要活下去。伢呵,你要去找你那个砍脑壳的鬼!"

她咬着牙关,两眼像对对眼,黑眸子往鼻梁挤,眸子之外有一圈宽宽的眼白,让丙崽有些惊慌。

"×吗吗。"他轻声试了一句。

"你要去找你爸爸,他叫德龙,淡眉毛,细脑壳,会唱些瘟歌。"

"×吗吗。"

"你记住,他兴许在辰州,兴许在岳州,有人视过他的。"

"×吗吗。"

"你要告诉那个畜生,他害得吾娘崽好苦呵。你天天被人打,吾天天被人欺,人家哪个愿意正眼朝我们看一眼?要不是祠堂里一份猫粮,吾娘崽早就死了。要不是你娘不要脸,把一张脸皮任人踩,吾娘崽也早就死了。你要一五一十都告诉那个畜生——"

"×吗吗。"

"你要杀了他!"

丙崽不吭声了,上嘴唇跳了跳。

"吾晓得,你听懂了,听懂了的。你是娘的好崽。"丙崽娘笑了,眼中溢出一滴泪。

她轻轻拍着丙崽,把对方哄睡了,然后挽着个菜篮,一顿一顿地上山去,大概是去采野菜。但她再也没有回来。后来有各种传说,有的说她被蛇咬死了,有的说她被鸡尾寨的人裁了,还有的说她碰上岔路鬼,迷了路,丢了魂,最后摔到山崖下……据说有人看见过她的一只鞋子挂在树上。

这些都无关紧要。寨子里已经减少很多人,再减少一个,不是什么大不了的事。只是丙崽在一直等母亲归来。太阳下山,石蛙呱呱地叫,门前小道上的脚步声渐稀,他还没有见到那张熟悉的面孔。好像有很多蚊子,咬得他全身麻麻地直炸。小老头使劲地搔着,搔出了血,愤怒起来。他要报复蚊子,便把椅子推倒,把茶水泼在床上,把柴灰灌到吊壶里。一块石头砸过去,铁锅也叭的一声裂开。他颠覆了一个世界。

一切都沉入暗夜中,门外还是没有熟悉的脚步声。只有寨子里的隐隐哭声,有邻居木楼里麻子脸裁缝断断续续的呻吟。

小老头在蚊虫的包围下睡了一觉,醒来后觉得肚子饿,跟跟跄跄地走出寨子。月亮很圆,很白,浓浓的光雾照得遍地如白昼,连对面山上每棵树和每棵草,似乎也能看得一清二楚。溪那边,哗哗响处有一片银光灼灼的流水,大片银光中有几团黑影,像捅出了几个洞,其实是雄踞水中的巨石。石蛙已经沉寂,大概它们也睡了。但远处不知何处传来的密集狗吠,像传说着什么夜里发生的大事。

丙崽咬着指头继续走。妈妈曾带着他出外接生孩子。也许妈妈现在就在那些地方,他要去找。他在月光下走着,在笼罩大地的云雾之中走着,上身微微前倾,膝盖悠悠地一晃一晃,像随时可能折断。不知过了多久,不知走了多远,他踢到了一个斗笠,又踢到了一个藤编的盾牌,空落落地响。他咕噜了几声,撒了一泡尿,把盾牌狠踩了一脚。他发现前面躺着一个人,是女的,有散乱的长发,但丙崽从来没有见过。他摇了摇她的手,打她的耳光,扯她的头发,见她总是不能醒来。他手摸女人的乳房,知道这肥大的东西可以吃,便捧着它吸了几口,不过没吸到什么滋味,只好扫兴地撒手。他发现这个女人的腹部很柔软,有弹性,便骑上去,又是后仰又是上跳,感觉自己瘦尖尖的屁股十分舒服。

"爸爸。"小老头累了,靠着肥大乳房,靠着这个很像妈妈的女人睡了。两人的脸都被月光照得如同白纸。还有耳环一闪。

八

"爸爸。"

丙崽指着祠堂的檐角傻笑。

檐角确实没有什么奇怪,像伤痕累累的一只欲飞老凤。瓦是窑匠们烧制的,用山里的树,用山里的泥,烧出这只老凤的全身羽毛。也许一片片羽毛太沉重,它就飞不起来了,只能静听山里的斑鸠、鹧鸪、画眉以及乌鸦,静听一个个早晨和夜晚,于是听出了苍苍老态。但它还是昂着头,盯住一颗星星或一朵云。它肯定还想拖起整个屋顶腾空而去,像当年引导鸡头寨的祖先们一样,飞向一个美好的地方。

两个后生从祠堂里抬着大铁锅出来,见到丙崽不禁有些奇怪。

"那不是丙崽吗?"

"渠的娘都死了,渠还没死?"

"八字贱得好,死不到渠的头上。"

"怕是阎王老子忘记了。"

"听说渠从崖上跌下来,硬是跌不死。我就不信。"

"再让他跌一次,如何?"

"这个小杂种,上次还吃粽粑。"说话者是指丙崽曾经荣任大仙,享受过特殊优待,因此气不打一处来。

"就是,我们都吞糠咽菜,渠当了官呵?还可以吃粽粑,只怕还要八道酒席?"

两个后生放下锅,大步闯上前来,先把丙崽的全身搜了一遍,没发现红薯丝也没发现包谷粒。其中一位本就窝火,见丙崽坐瘪了他的斗笠更是火冒三丈,伸手一抹,根本没用什么气力,丙崽就像一棵草倒下了。另一位抽出尖刀顶住他的鼻尖,唾沫星飞到丙崽脸上:"快,抽自己的嘴巴!你不抽,老子剥了你,煮了你!"

"敢!"

身后冒出冷冰冰的声音,两个后生回头看,是铁青的一张麻脸。

仲裁缝是最讲辈分的,伸出两个指头,剑指两个后生的鼻子:"渠是你们叔爹,高了两个辈分,岂能无礼?"

后生立刻想到了自己的地位,想到仲裁缝还是丙崽的伯伯,立刻避开怒目交换了一个眼色,老老实实抬锅去。

仲裁缝向家里走去,想了想,又回转身对侄儿伸出巴掌:"手!"

丙崽往后躲,翻了个白眼,不像是看他,只是看他头上的一棵树。他全身紧张得直颤抖,上嘴唇跳了跳,是试图压住恐惧的勉强一笑。

他的手太冷,太瘦,太小,简直是只鸡爪。仲裁缝抓住它,如同抓住一块冰,不觉全身颤了一下。他帮丙崽抹了抹脸,赶走对方头上几只苍蝇,扣好对方两个衣扣。这件衣不知是谁做的——他从来没给亲侄儿做过衣。

"跟吾走。"

"爸爸。"

"听话。"

"爸爸。"

"谁是你爸爸?"

"×吗吗。"

"畜生!"

……

裁缝不再看他,只是牵着他,默默地走下坡。不知为什么,看着空空荡荡的寨子,裁缝突然想起自己做过的很多很多衣,长的,短的,肥的,瘦的,艳的,素的,一件件向他飘来,像一个无头鬼,在眼前摇来晃去。包括那天他看见鸡尾寨的一具尸体,上面的衣不也是出自他一双手?——他认得那针脚,认得那裁片。想到这里,他把丙崽的小爪子抓得更紧,"不要怕,吾就是你爸。你跟吾走。"

几条狗兴冲冲地跟着他们。

山里有一种草,叫雀芊,味甘,却很毒,传说鸟触即死,兽遇则僵。仲裁缝今天已采来雀芊半篮,熬了半锅汤水。事情看来只能这样了:寨里已多日断粮,几头牛和青壮男女,要留下来做旳春,繁衍子孙,传接香火,老弱病残就不用留了吧,就不要增加负担了吧?族谱上白纸黑字,列祖列宗们不也是这样干过吗?仲裁缝经常念及自己生不逢时,无功无业,愧对先人,今天总算以一锅毒药殉了古道,也算是稍稍有了些安慰。

裁缝先把丙崽带到药锅前,摸了摸对方的头,给他灌了半碗药汤。

"爸爸。"大概觉得味道还不错,丙崽笑了。

仲裁缝拍拍丙崽的肩,也舒心地笑了,带着他走向其它人家。他们沿着一条石阶,弯弯曲曲地升高,走过路旁石块垒成的矮墙,走过路旁厚重的木柱和木梁。矮墙缝中伸出好些杂草和野花,招引着蜻蜓蝴蝶。有些家户还没有盖房,只有路边的屋基,立了些光溜溜的木柱和横梁。大梁上飘动着避邪的红纸。

几条狗还是跟着他们。

裁缝提着木桶,知道药汤应该送往哪些人家。那些人家似乎也早知约定。见到裁缝与丙崽来到门前,老人们都摆上空碗,在大门边静静等待。

"时辰到了?"

"到了。"

"多舀点吧。"

"小半碗就够。"

"我怕不牢靠。"

"你放心,放心。"

元贵老倌扶着拐杖上来请求:"仲满,吾还想去铡把牛草。"

裁缝说:"你去,不碍事的。"

老人颤颤抖抖地走了,铡完草,搓搓手,又颤颤抖抖地回来。接过大陶碗,喉头滚动了两下,就喝光了药汤。胡须上还挂着几点水珠。

"仲满,你坐。"

"不坐了。今天天气好燥热。"

"嗯啦,好燥热。"

另一位老人抱着一个瞎眼小奶崽,给仲裁缝看了看,眼里旋着一圈泪。"仲满,你视视,兴许要给渠换件裰子?你连的那件,渠还没上过身。"

裁缝眨了一下眼皮,表示赞同。

老人转身回屋,不一会儿,让瞎眼奶崽穿着新崭崭的裰子,还戴着发亮的长命锁。老人枯瘦的手在新布上摸着,划出嚓嚓的响声。"这下就好了,这下就好了。让我孙儿到了阴间,好歹有个体面呵。"

"还是蛮合身的。"裁缝说。

"娃崽就是费衣。"

老人先给瞎眼奶崽灌了药汤,自己接着一饮而尽。

木桶已经很轻了,仲裁缝想了想,记起最后一位——玉堂爹爹,实际上是玉堂婆婆。这位老妇人总是坐在门前晒太阳,日长月久,如一座门神,已经老得莫辨男女。她指甲长长的,用无齿的牙龈艰难地勾留口水,皮肤如一件宽大的衣衫,落在骨架上。她架起的一条瘦腿,居然可以和另一条腿同时着地。任何人上前问话,她都听不见,只是漠然地望你一眼,向你展示白蒙蒙的眸子。

裁缝走到她正前面,她才感觉到身边有了人,昏浊的眼里闪耀一丝微弱的光。她明白什么,牙龈勾一勾口水,指指裁缝,又指指自己。

裁缝知道她的意思,先向她跪下,磕了三个头,然后掰开对方的嘴巴,朝无牙的黑洞里灌下药汤。

老门神呛了两下,嘴角边挂着残汤。

在仲裁缝点燃的一挂鞭炮声中,在此起彼伏的狗吠声中,裁缝也喝下了药汤,然后抱着丙崽端坐在家门口。像其它老弱病残一样,他也面对东方。因为祖先是从那边来的,他们此刻要回到那边去了。在那里,一片云海,波涛凝结不动,被太阳光照射的一边晶莹闪亮,镶嵌着阴暗的另一边。几座山头从云海中探出头来,好像太寂寞,互相打打招呼。一只金黄色的大蝴蝶从云海中飘来,像一闪一闪的火花,飘过永远也飞不完的群山,最后飘落到鸡头寨,飘落在一头老黑牛的背上——似乎是世界上最大的一只蝴蝶。

两天之后,鸡尾寨的男人们上来了,还夹着一些女人和儿童。听说这边的人要"过山",迁往其它地方,他们想来捡点什么有用的东西。官府的什么人也来过了。在官家人主持之下,鸡尾寨作为胜利的一方操办"洗心酒",带来两只烤羊和两坛谷酒,让胜败双方都喝得脸红红的,互相交清人头,一起折刀为誓,表示永不报冤。

一座座木屋已经烧毁,冒出淡淡的青烟,只留下遍地焦土和一些破瓦坛,还暴露出各家各户无锅的灶台,一个个黑色的洞口。屋基窄狭得难以让人相信——人们原来就活在这样小的圈子里?酸甜苦辣的日子就交给了这样的洞穴?鸡头寨的青壮男女仍然头缠着白布条,目光黯淡,形容憔悴。他们准备上路了。一些外嫁的姑娘在这个时候也抛夫别子,回到娘家,决意跟随兄弟姊妹,今后要死要活都捆在一起。他们把犁耙、斧镰、锅盆、衣被、箱篓,都拴在牛背或马背上,错错落落形成一列长队。一个锈马灯壳子,咣咣地晃在牛屁股上。最后剩下来的十几只羊和几只狗,一声不吭地跟着主人,似乎也知道生活将重新开始。

作为临别仪式,他们在后山脚下的一排新坟前磕头三拜,各自抓一把故土,用一块布包上,揣入自己的襟怀。

在泪水一涌而出之际,他们齐声大喊"嘿哟喂"——开始唱"简":

……他们的祖先是姜凉。姜凉没有府方生得早。府方没有火牛生得早。火牛没有优耐生得早。优耐没有刑天生得早。他们原来住在东海边,后来子孙渐渐多了,家族渐渐大了,到处住满了人,没有晒席大一块空地。怎么办呢?五家嫂共一个春房,六家姑共一担水桶。这怎么活得下去呢?没有晒席大一块空地呵,于是大家带上犁耙,在凤凰的引导下,坐上了枫木船和楠木船。

奶奶离东方兮队伍长,
公公离东方兮队伍长。
走走又走走兮高山头,
回头看家乡兮白云后。

> 行行又行行兮天坳口,
> 奶奶和公公兮真难受。
> 抬头望西方兮万重山,
> 越走路越远兮哪是头?
> ……

男女都认真地唱着,或者说是卖力地喊着。尤其是外嫁归来的女人们,更是喊得泪流满面。声音不太整齐,很干,很直,很尖利,没有颤音和滑音,一句句粗重无比,喊得歌唱家们闭上眼,引颈塌腰,气绝了才留一个向下的小小转音,落下尾声,再连接下一句。他们喊出了满山回音,喊得巨石绝壁和茂密竹木都发出嗡嗡嗡声响,连鸡尾寨的人也在声浪中不无惊愕,只能一动不动。

一行白鹭被这种呐喊惊吓,飞出了树林,朝天边掠去。

> 抬头望西方兮万重山,
> 越走路越远兮哪是头?

还加花音,还加"嘿哟嘿"。仍然是一首描写金水河、银水河以及稻米江的歌,毫无对战争和灾害的记叙,一丝血腥气也没有。

一丝也没有。

远行人影微缩成黑点,折入青青的山谷,向更深远的深山里去了。但牛铃声和马铃声,还有关于稻米江的幸福歌唱,还从无边的绿色中淡淡透出,轻轻地飘来,在冷冽的溪流上跳荡。溪水边有很多石头,其中有几块特别平整和光滑,简直晶莹如镜,显然是女人们长期捣衣的结果。这几面深色大镜摄入山间万象却永远不再吐露。也许,当草木把这一片废墟覆盖之后,野猪会常来这里嚎叫,野鸡会常来这里结窝。路经这里的猎手或客商,会发现这个山谷与其它山谷没什么不同,只是溪边那几块深色石块有点奇异,似有些来历,藏着什么秘密。

丙崽不知从什么地方冒出来了——他居然没有死,而且头上的脓疮也褪了红,净了脓,结了壳,葫芦脑袋在脖子上摇得特别灵活。他赤条条地坐在一条墙基上,用树枝搅着半个瓦坛子里的水,搅起了一道道旋转的太阳光流。他听着远方的歌声,方位不准地拍了一下巴掌,用很轻很轻的声音,咕哝着他从来不知道是什么模样的那个人:

"爸爸。"

他虽然瘦小和苍老,但脐眼足有铜钱大,令旁边几个小娃崽十分惊奇和崇拜。他们争相观看那个伟大的脐眼,友好地送给他几块石头,学着他的样,拍拍巴掌,纷纷喊起来:

"爸爸爸爸爸——"

一位妇女走过来,对另一位妇女说:"这个装得潲水么?"于是,把丙崽面前那半坛子旋转的光流拿走了。

原载《人民文学》1985年第6期,2006年修订,
选自《中国当代作家·韩少功系列》,
人民文学出版社,2008年版

阿 城

棋　王

一

　　车站是乱得不能再乱,成千上万的人都在说话。谁也不去注意那条临时挂起来的大红布标语。这标语大约挂了不少次,字纸都折得有些坏。喇叭里放着一首又一首的语录歌儿,唱得大家心更慌。

　　我的几个朋友,都已被我送走插队,现在轮到我了,竟没有人来送。我虽无父无母,孤身一人,却算不得独子,不在留城政策之内。父母生前颇有些污点,运动一开始即被打翻死去。家具上都有机关的铝牌编号,于是统统收走,倒也名正言顺。我野狼似的转悠一年多,终于还是决定要走。此去的地方按月有二十几元工资,我便很向往,争了要去,居然就批了。因为所去之地与别国相邻,斗争之中除了阶级,尚有国际,出身孬一些,组织上不太放心。我争得这个信任和权利,欢喜是不用说的,更重要的是,每月二十几元,一个人如何用得完？只是没人来送,就有些不耐烦,于是先钻进车厢,想找个地方坐下,任凭站台上千万人话别。

　　车厢里靠站台一面的窗子已经挤满各校的知青,都探出身去说笑哭泣。另一面的窗子朝南,冬日的阳光斜射进来,冷清清地照在北边儿众多的屁股上。两边儿行李架上塞满了东西,令人担心。我走动着找我的座位号,却发现还有一个精瘦的学生孤坐着,手拢在袖管儿里,隔窗望着车站南边儿的空车皮。

　　我的座位恰与他在一个格儿里,是斜对面儿,于是就坐下了,也把手拢在袖里。那个学生瞄了我一下,眼里突然放出光来,问:"下棋吗？"倒吓了我一跳,急忙摆手说:"不会！"他不相信地看着我说:"这么细长的手指头,就是个捏棋子儿的,你肯定会。来一盘吧,我带着家伙呢。"说着就抬身从窗钩上取下书包,往里掏着。我说:"我只会马走日,象走田。你没人送吗？"他已把棋盒拿出来,放在茶几上。塑料棋盘却搁不下,他想了想,就横摆了,说:"不碍事,一样下。来来来,你先走。要不,让你车、马、炮？"我笑起来,说:"你没人送吗？这么乱,下什么棋？"他一边码好最后一个棋子,一边说:"我他妈要谁送？去的是有饭吃的地方,闹得这么哭哭啼啼的。来,你先走。"我奇怪了,可还是拈起炮,往当头上一移。我的棋还没移到,他的马却"啪"地一声跳好,比我还快。我就故意将炮移过当头的地方停下。他很快地看了一眼我的下巴,说:"你还说不会？这炮二平六的开局,我在郑州遇见一个人,就是这么走,险些输给他。炮二平五当头炮,是老开局,可有气势,而且是最稳的。嗯？你走。"我倒不知怎么走了,手在棋盘上游移着。他不动声色地看着整个棋盘,又把手袖起来。

就在这时,车厢乱了起来。好多人拥进来,隔着玻璃往外招手。我就站起身,也隔着玻璃往北看月台上。站上的人都拥到车厢前,都在叫,乱成一片。车身忽地一动,人群"嗡"地一下,哭声四起。我的背被谁捅了一下,回头一看,他一手护着棋盘,说:"没你这么下棋的,走哇！"我实在没心思下棋,而且心里有些酸。就硬硬地说:"我不下了。这是什么时候！"他很惊愕地看着我,忽然像明白了,身子软下去,不再说话。

车开了一会儿,车厢开始平静下来。有水送过来,大家就掏出缸子要水。我旁边的人打了水,说:"谁的棋？收了放缸子。"他很可怜的样子,问:"下棋吗？"要放缸子的人说:"反正没意思,来一盘吧。"他就很高兴,连忙码好棋子。对手说:"这横着算怎么回事儿？没法儿看。"他搓着手说:"凑合了。平常看棋的时候,棋盘不等于是横着的？你先走。"对手很老练地拿起棋子儿,嘴里叫着:"当头炮。"他跟着跳上马。对手马上把他的卒吃了,他也立刻用马吃了对方的炮。我看这种简单的开局没有大意思,又实在对象棋不感兴趣,就转了头。

这时一个同学走过来,像在找什么人,一眼望到我,就说:"来来来,四缺一,就差你了。"我知道他们是在打牌,就摇摇头。同学走到我们这一格,正待伸手拉我,忽然大叫:"棋呆子,你怎么在这儿？你妹妹刚才把你找苦了,我说没见啊。没想到你在我们学校这节车厢里,气儿都不吭一声儿。你瞧你瞧,又下上了。"

棋呆子红了脸,没好气儿地说:"你管天管地,还管我下棋？走,该你走了。"就又催促我身边的对手。我这时听出点音儿来,就问同学:"他就是王一生？"同学睁了眼,说:"你不认识他？唉呀,你白活了。你不知道棋呆子？"我说:"我知道棋呆子就是王一生,可不知道王一生就是他。"说着,就仔细看着这个精瘦的学生。王一生勉强笑一笑,只看着棋盘。

王一生简直大名鼎鼎。我们学校与旁边几个中学常常有学生之间的象棋厮杀,后来拼出几个高手。几个高手之间常摆擂台,渐渐地,几乎每次冠军就都是王一生了。我因为不喜欢象棋,也就不去关心什么象棋冠军,但王一生的大名,却常被班上几个棋篓子供在嘴上,我也就对其事迹略闻一二,知道王一生外号棋呆子,棋下得很神不用说,而且在他们学校那一年级里数理成绩总是前数名。我想棋下得好而有个数学脑子,这很合情理,可我又不信人们说的那些王一生的呆事,觉得不过是大家"寻逸闻鄙事,以快言论"罢了。后来运动起来,忽然有一天大家传说棋呆子在串连时犯了事儿,被人押回学校了。我对棋呆子能出去串连表示怀疑,因为以前大家对他的描述说明他不可能解决串连时的吃喝问题。可大家说呆子确实去串连了,因为老下棋,被人瞄中,就同他各处走,常常送他一点儿钱,他也不问,只是收下。后来才知道,每到一处,呆子必要挤地头看下棋。看上一盘,必要把输家挤开,与赢家杀一盘。初时大家看他其貌不扬,不与他下。他执意要杀,于是就杀。几步下来,对方出了小汗,嘴却不软。呆子也不说话,只是出手极快,像是连想都不想。待到对方终于闭了嘴,连一圈儿观棋的人也要慢慢思索棋路而不再支招儿的时候,与呆子同行的人就开始摸包儿。大家正看得紧张,哪里想到钱包已经易主?待三盘下来,众人都摸头。这时呆子倒成了棋主,连问可有谁还要杀?有哪位不服,就坐下来杀,最后仍是无一盘得利。后来常常是众人齐做一方,七嘴八舌与呆子对手。呆子也不忙,反倒促众人快走,因为师傅多了,常为一步棋如何走自家争吵起来。就这样,在一处呆子可以连杀上一天。后来有那观棋的人发觉钱包丢了,闹嚷起来。慢慢有几个有心计的人暗中观察,看见有人掏包,也不响,之后见那人晚上来邀呆子走。就发一声喊,将扒手与呆子一齐绑了,由造反队审。呆子糊糊涂涂,只说别人常给他钱,大约是可怜他,也不知钱如何来,自己只是喜欢下棋。审主看他呆相,就命人押了回来,一时各校传为轶事。后来听说呆子认为外省马路棋手高手不多,不能长进,就托人找城里名手近战。有个同学就带他去见自己的父亲,据说是国内名手。名手见了呆子,也不多说,只摆一副据说是宋时留下的残局,要呆子走。呆子看了半晌,一五一十道来,替古人赢了。名手很惊奇,要收呆子为徒。不料呆子却问:"这残局你可走通了?"名手没反应过来,就说:"还未通。"呆子说:"那我为什么要做你的徒弟?"名手只好请呆子开路,事后对自己的儿子说:"你这个同学倨傲不逊,棋品连着人品,照这样下去,棋品必劣。"又举了一些最新指示,说若能好好学习,棋锋必健。后来呆子认识了一个捡烂纸的老头儿,被老头儿连杀三天而仅赢一盘。呆子就执意要替老头儿去撕大字报纸,不要老头儿劳动。不料有一天撕了某造反团刚贴的"檄文",被人拿获,又被这造反团栽诬于对立派,说对方"施阴谋,弄诡计",必讨之,而且是可忍,孰不可忍!对立派又阴使人偷出呆子,用了呆子的名义,对先前的造反团反戈一击。一时呆子的大名"王一生"贴得满街都是,许多外省来取经的革命战士许久才明白王一生原来是个棋呆子,就有人请了去外省会一些江湖名手。交手之后,各有胜负,不过呆子的棋据说是越下越精了。只可惜全国忙于革命,否则呆子不知会有什么造就。

这时我旁边的人也明白对手是王一生,连说不下了。王一生便很沮丧。我说:"你妹妹来送你,你也不知道和家里人说说话儿,倒拉着我下棋!"王一生看着我说:"你哪儿知道我们这些人是怎么回事儿?你们这些人好日子过惯了,世上不明白的事儿多着呢!你家父母大约是舍不得你走了?"我怔了怔,看着手说:"哪儿来父母,都死屄了。"我的同学就添油加醋地叙了我一番,我有些不耐烦,说:"我家死人,你倒有了故事了。"王一生想了想,对我说:"那你这两年靠什么活着?"我说:"混一天算一天。"王一生就看定了我问:"怎么混?"我不答。呆了一会儿,王一生叹一声,说:"混可不易。一天不吃饭,棋路都乱。不管怎么说,你父母在时,你家日子还好过。"我不服气,说:"你父母在,当然要说风凉话。"我的同学见话不投机,就岔开说:"呆子,这里没有你的对手,走,和我们打牌去吧。"呆子笑一笑,说:"牌算什么,瞌睡着也能赢你们。"我旁边儿的人说:"据说你下棋可以不吃饭?"我说:"人一迷上什么,吃饭倒是不重要的事。大约能干出什么事儿的人,总免不了有这种傻事。"王一生想一想,又摇摇头,说:"我可不是这样。"说完就去看窗外。

一路下去,慢慢我发觉我和王一生之间,既开始有互相的信任和基于经验的同情,又有各自的疑问。他总是问我与他认识之前是怎么生活的,尤其是父母死后的两年是怎么混的。我大略地告诉了他,可他又特别在一些细节上详细地打听,主要是关于吃。例如讲到有一次我一天没有吃到东西,他就问:"一点儿也没吃到吗?"我说:"一点儿也没有。"他又问:"那你后来吃到东西是在什么时候?"我说:"后来碰到一个同学。他要用书包装很多东西,就把书包翻倒过来腾干净,里面有一个干馒头,掉在桌上就碎了。我一边儿和他说话,一边儿就把这些碎馒头吃下去。不过,说老实话,干烧饼比干馒头解饱得多,而且顶时候儿。"他同意我关于干烧饼的见解,可马上又问:"我是说,你吃到这个干馒头的时候是几点?过了当天夜里十二点吗?"我说:"噢,不。是晚上十点吧。"他又问:"那第二天你吃了什么?"我有点儿不耐烦。讲老实话,我不太愿意复述这些事情,尤其是细节。我觉得这些事情总在腐蚀我,它们与我以前对生活的认识太不合辙,总好像是在嘲笑我的理想。我说:"当天晚上我睡在那个同学家。第二天早上。同学买了两个油饼,我吃了一个。上午我随他去跑一些事,中午他请我在街上吃。晚上嘛,我不好意思再在他那儿吃,可另一个同学来了,知道我没什么着落,硬拉了我去他家,当然吃得还可以。怎么样?还有什么不清楚?"他笑了,说:"你才不是你刚才说的什么'一天没吃东西',你十二点以前吃了一个馒头,没有超过二十四小时。更何况第二天你的伙食水平不低,平均下来,你两天的热量还是可以的。"我说:"你恐怕还是有些呆!要知道,人吃饭,不但是肚子的需要,而且是一种精神需要。不知道下一顿在什么地方,人就特别想到吃,而且,饿得快。"他说:"你家道尚好的时候,有这种精神压力吗?恐怕没有什么精神需求吧?有,也只不过是想好上再好,那是馋。馋是你们这些人的特点。"我承认他说得有些道理,禁不住问他:"你总在说你们、你们,可你是什么人?"他迅速看着其他地方,只是不看我,说:"我当然不同了。我主要是对吃要求得比较实在。唉,不说这些了,你真的不喜欢下棋?'何以解忧?惟有象棋'。"我瞧着他说:"你有什么忧?"他仍然不看我,"没有什么忧,没有。'忧'这玩意儿,是他妈文人的作料儿。我们这种人,没有什么忧,顶多有些不痛快。何以解不痛快?惟有象棋。"

  我看他对吃很感兴趣,就注意他吃的时候。列车上给我们这几节知青车厢送饭时,他若心思不在下棋上,就稍稍有些不安。听见前面大家拿饭时铝盒的碰撞声,他常常闭上眼,嘴巴紧紧收着,倒好像有些恶心。拿到饭后,马上就开始吃,吃得很快,喉节一缩一缩的,脸上绷满了筋。常常突然停下来,很小心地将嘴边或下巴上的饭粒儿和汤水油花儿用整个儿食指抹进嘴里。若饭粒儿落在衣服上,就马上一按,拈进嘴里。若一个没按住,饭粒儿由衣服上掉下地,他也立刻双脚不再移动。转了上身找。这时候他若碰上我的目光,就放慢速度。吃完以后,他把两只筷子吮净,拿水把饭盒冲满,先将上面一层油花吸净,然后就带着安全到达彼岸的神色小口小口地呷。有一次,他在下棋,左手轻轻地叩茶几。一粒干缩了的饭粒儿也轻轻地小声跳着。他一下注意到了,就迅速将那个干饭粒儿放进嘴里,腮上立刻显出筋络。我知道这种干饭粒儿很容易嵌到槽牙里,巴在那儿,舌头是赶它不出的。果然,呆了一会儿,他就伸手到嘴里去抠。终于嚼完,和着一大股口水,"咕"地一声儿咽下去,喉节慢慢移下来,眼睛里有了泪花。他对吃是虔诚的,而且很精细。有时你会可怜那些饭被他吃得一个渣儿都不剩,真有点儿惨无人道。我在火车上一直看他下棋,发现他同样是精细的,但就有气度得多。他常常在我们还根本看不出已是败局时就开始重码棋子,说:"再来一盘吧。"有的人不服输,非要下完,总觉得被他那样暗示死刑存些侥幸。他也奉陪,用四五步棋逼死对方,略带嘲讽地说:"给你棋脸,非要听'将',有瘾?"

  我每看到他吃饭,就回想起杰克·伦敦的《热爱生命》,终于在一次饭后他小口呷汤时讲了这个故事。我因为有过饥饿的经验,所以特别渲染了故事中的饥饿感觉。他不再喝汤,只是把饭盒端在嘴边儿,一动不动地听我讲。我讲完了,他呆了许久,凝视着饭盒里的水,轻轻吸了一口,才很严肃地看着我说:"这个人是对的。他当然要把饼干藏在褥子底下。照你讲,他是对失去食物发生精神上的恐惧,是精神病?不,他有道理,太有道理了。写书的人怎么可以这么理解这个人呢?杰……杰什么?嗯,杰克·伦敦,这个小子他妈真是饱汉子不知饿汉子饥。"我马上指出杰克·伦敦是一个如何如何的人。他说:"是呀,不管怎么样,像你说的,杰克·伦敦后来出了名,肯定不愁吃的,他当然会叼着根烟,写些嘲笑饥饿的故事。"我说:"杰克·伦敦丝毫也没有嘲笑饥饿,他是……"他不耐烦地打断我说:"怎么不是嘲笑?把一个特别清楚饥饿是怎么回事儿的人写成发了神经,我不喜欢。"我只好苦笑,不再说什么。可是一没人和他下棋了,他又问我:"嗯?再讲个吃的故事?其实杰克·伦敦那个故事挺好。"我有些不高兴地说:"那根本不是个吃的故事,那是一个讲生命的故事。你不愧为棋呆子。"大约是我脸上有种表情,他于是不知怎么办才好。我心里有一种东西升上来,我还是喜欢他的,就说:"好吧,巴尔扎克的《邦斯舅舅》听过吗?"他摇摇头。我就又好好儿描述了一下邦斯这个老饕。不料他听完,马上就说:"这个故事不好,这是一个馋的故事,不是吃的故事。邦斯这个老头儿若只是吃而不馋,不会死。我不喜欢这个故事。"他马上意识到这最后一句话,就急忙说:"倒也不是不喜欢。不过洋人总和咱们不一样,隔着一层。我给你讲个故事吧。"我马上感了兴趣:棋呆子居然也有故事!他把身体靠得舒服一些,说:"从前哪,"笑了笑,又说:"老是他妈从前,可这个故事是我们院儿的五奶讲的。嗯——老辈子的时候,有这么一家子,吃喝不愁。粮食一囤一囤的,顿顿想吃多少吃多少,嘿,可美气了。后来呢,娶了个儿媳妇。那真能干,就没说把饭做糊过,不干不稀,特解饱。可这媳妇,每做一顿饭,必抓出一把米藏好……"听到这儿,我忍不住插嘴:"老掉牙的故事了,还不是后来遇了荒年,大家没饭吃,媳妇把每日攒下的米拿出来,不但自家有了,还分给穷人?"他很惊奇地坐直了,看着我说:"你知道这个故事?可那米没有分给别人,五奶没有说分给别人。"我笑了,说:"这是教育小孩儿要节约的故事,你还拿来有滋有味儿地讲,你真是呆子。这不是一个吃的故事。"他摇摇头,说:"这太是吃的故事了。首先得有饭,才能吃,这家子有一囤一囤的粮食。可光穷吃不行,得记着断顿儿的时候,每顿都要欠一点儿。老话儿说'半饥半饱日子长'嘛。"我想笑但没笑出来,似乎明白了一些什么。为了打消这种异样的感触,就说:"呆子,我跟你下棋吧。"他一下高兴起来,紧一紧手脸,啪啪啪就把棋码好,说:"对,说什么吃的故事,还是下棋。下棋最好,何以解不痛快?惟有下象棋。啊?哈哈哈!你先走。"我又是当头炮,他随后把马跳好。我随便动了一个子儿,他很快地把兵移前一格儿。我并不真心下棋,心想他念到中学,大约是读过不少书的,就问:"你读过曹操的《短歌行》?"他说:"什么《短歌行》?"我说:"那你怎么知道'何以解忧,惟有杜康'?"他愣了,问:"杜康是什么?"我说:"杜康是一个造酒的人,后来也就代表酒,你把杜康换成象棋,倒也风趣。"他摆了一下头,说:"啊,不是。这句话是一个老头儿说的,我每回和他下棋,他总说这句。"我想起了传闻中的捡烂纸的老头儿,就问:"是捡烂纸的老头儿吗?"他看了我一眼,说:"不是。不过,捡烂纸的老头儿棋下得好,我在他那儿学到不少东西。"我很感兴趣地问:"这老头儿是个什么人?怎么下得一手儿好棋还捡烂纸?"他很轻地笑了一下,说:"下棋不当饭。老头儿要吃饭,还得捡烂纸。可不知他以前是什么人。有一回,我抄的几张棋谱不知怎么找不到了,以为当垃圾倒出去了,就到垃圾站去翻。正翻着,这个老头儿推着筐过来了,指着我说,'你个大小伙子,怎么抢我的买卖?'我说不是,是找丢了的东西,他问什么东西,我没搭理他。可他问个不停,'钱?存折儿?结婚帖子?'我只好说是棋谱,正说着,就找着了。他说叫他看看。他在路灯底下挺快就看完了,说'这棋没根哪'。我说这是以前市里的象棋比赛。可他说,'哪儿的比赛也没用,你瞧这,这叫棋路?狗脑子。'我心想怕是遇上异人了,就问他当怎么走。老头儿哗哗说了一通谱儿,我一听,真的不凡,就提出要跟他下一盘。老头儿让我先说。我们俩就在垃圾站下盲棋,我是连输五盘。老头儿棋路猛听头几步,没什么,可着子真阴真狠,打闪一般,网得开,收得又紧又快。后来我们见天儿在垃圾站下盲棋,每天回去我就琢磨他的棋路,以后居然跟他平过一盘,还赢过一盘。其实赢的那盘我们一共才走了十几步。老头儿用铅丝扒子敲了半天地面,叹一声,'你赢了。'我高兴了,直说要到他那儿去看看。老头儿白了我一眼,说,'撑的?!'告诉我明天晚上再在这儿等他。第二天我去了,见他推着筐远远来了。到了跟前,从框里取出一个小布包,递到我手上,说这也是谱儿,让我拿回去,看瞧得懂不。又说哪天有走不动的棋,让我到这儿来说给他听听,兴许他就走动了。我赶紧回到家里,打开一看,还真他妈看不懂。这是本异书,也不知是哪朝哪代的,手抄,边边角角儿,补了又补。上面写的东西,不像是说象棋,好像是说另外的什么事儿。我第二天又去找老头儿,说我看不懂,他哈哈一笑,说他先给我说一段儿,提个醒儿。他一开讲,把我吓了一跳。原来开宗明义,是讲男女的事儿。我说这是四旧。老头儿叹了,说什么是旧?我这每天捡烂纸是不是在捡旧?可我回去把它们分门别类,卖了钱,养活自己,不是新?又说咱们中国道家讲阴阳,这开篇是借男女讲阴阳之气。阴阳之气相游相交,初不可太胜,太胜则折,折就是'折断'的'折'。"我点点头。"'太胜则折,太弱则泻'。老头儿说我的毛病是太胜。又说,若对手胜,则以柔化之。可要在化的同时,造成克势。柔不是弱,是容,是收,是含。含而化之,让对手入你的势。这势要你造,需无为而无不为。无为即是道,也就是棋运之大不可变,你想变,就不是象棋,输不用说了,连棋边儿都沾不上。棋运不可悖,但每局的势要自己造。棋运和势既有,那可就无所不为了。玄是真玄,可细琢磨,是那么个理儿。我说,这么讲是真提气,可这下棋,千变万化,怎么才能准赢呢?老头儿说这就是造势的学问了。造势妙在契机。谁也不走子儿,这棋没法儿下。可只要对方一动,势就可入,就可导。高手你入他很难,这就要损。损他一个子儿,损自己一个子儿,先导开,或找眼钉下,止住他的入势,铺排下自己的入势。这时你万不可死损,势式要相机而变。势势有相因之气,势套势,小势导开,大势含而化之,根连根,别人就奈何不得。老头儿说我只有套,势不太明。套可以算出百步之远,但无势,不成气候。又说我脑子好,有琢磨劲儿,后来输我的那一盘,就是大势已破,再下,就是玩了。老头儿说他日子不多了,无儿无女,遇见我,就传给我吧。我说你老人家棋道这么好,怎么还干这种营生呢?老头儿叹了一口气,说这棋是祖上传下来的,但有训——'为棋不为生',为棋是养性,生会坏性,所以生不可太胜。又说他从小没学过什么谋生本事,现在想来,倒是训坏了他。"我似乎听明白了一些棋道,可很奇怪,就问:"棋道与生道难道有什么不同吗?"王一生说:"我也是这么说,而且魔症起来,问他天下大势。老头儿说,棋就是这么几个子儿,棋盘就这么大,无非是道同势不同,可这子儿你全能看在眼底。天下的事,不知道的太多。这每天的大字报,张张都新鲜,虽看出点道儿,可不能究底。子儿不全摆上,这棋就没法儿下。"

我就又问那本棋谱。王一生很沮丧地说:"我每天带在身上,反复地看。后来你知道,我撕大字报被造反团捉住,书就被他们搜了去,说是四旧,给毁了,而且是当着我的面儿毁的。好在书已在我脑子里,不怕他们。"我就又和王一生感叹了许久。

火车终于到了。所有的知识青年都又被用卡车运到农场。在总场,各分场的人上来领我们。我找到王一生,说:"呆子,要分手了,别忘了交情,有事儿没事儿,互相走动。"他说当然。

二

这个农场在大山林里,活计就是砍树,烧山,挖坑,再栽树。不栽树的时候,就种点儿粮食。交通不便,运输不够,常常就买不到煤油点灯。晚上黑灯瞎火,大家凑在一起臭聊,天南地北。又因为常割资本主义尾巴,生活就清苦得很,常常一个月每人只有五钱油,吃饭钟一敲,大家就疾跑如飞。落在后边,常常就只能吃清水南瓜或清水茄子。大锅菜是先煮后搁油,油又少,只在汤上浮几个大花儿。米倒是不缺,国家供应商品粮,每人每月四十二斤。可没油水,挖山又不是松活,肚子就越吃越大。我倒是没什么,毕竟强似讨吃。每月又有二十几元工薪,家里没有人惦记着,又没有找女朋友,就买了烟学抽,不料越抽越凶。

山上活儿紧时,常常累翻,就想:呆子不知怎么干?那么精瘦的一个人。晚上大家闲聊,多是精神会餐。我又想,呆子的吃相可能更恶了。我父亲在时,炒得一手好菜,母亲都比不上他。星期天常邀了同事,专事品尝,我自然精于此道。因此聊起来,常常是主角,说得大家个个儿腮胀,常常发一声喊,将我按倒在地上,说像我这样的人实在是祸害,不如宰了炒吃。下雨时节,大家都慌忙上山去挖笋,又到沟里捉田鸡,无奈没有油,常常吃得胃酸。山上总要放火,野兽们都惊走了,极难打到。即使打到,野物们走惯了,没有膘,熬不得油。尺把长的老鼠也捉来吃,因鼠是吃粮的,大家说鼠肉就是人肉,也算吃人吧。我又常想,呆子难道不馋?好上加好,固然是馋,其实饿时更馋。不馋,吃的本能不能发挥,也不得寄托。又想,呆子不知还下不下棋。我们分场与他们分场隔着近百里,来去一趟不容易,也就见不着。

转眼到了夏季。有一天,我正在山上干活儿,远远望见山下小路上有一个人。大家觉得影儿生,就议论是什么人。有人说是小毛的男的吧。小毛是队里一个女知青,新近在外场找了一个朋友,可谁也没见过。大家就议论可能是这个人来找小毛,于是满山喊小毛,说她的汉子来了。小毛丢了锄,跌跌撞撞跑过来,伸了脖子看。还没等小毛看好,我却认出来人是王一生——棋呆子。于是大叫,别人倒吓了一跳,都问:"找你的?"我很得意。我们这个队有四个省市的知青,与我同来的不多,自然他们不认识王一生。我这时正代理一个管三四个人的小组长,于是对大家说:"散了,不干了。大家也别回去,帮我看看山上可有什么吃的弄点儿。到钟点儿再下山,拿到我那儿去烧。你们打了饭,都过来一起吃。"大家于是就钻进乱草里去寻了。

我跳着跑下山,王一生已经站住,一脸高兴的样子,远远地问:"你怎么知道是我?"我到了他跟前说:"远远就看你呆头呆脑,还真是你。你怎么老也不来看我?"他跟我并排走着,说:"你也老不来看我呀!"我见他背上的汗浸出衣衫,头发已是一绺一绺的,一脸的灰土,只有眼睛和牙齿放光,嘴上也是一层土,干得起皱,就说:"你怎么摸来的?"他说:"搭一段儿车,走一段儿路,出来半个月了。"我吓了一跳,问:"不到百里,怎么走这么多天?"他说:"回去细说。"

说话间已经到了沟底队里。场上几头猪跑来跑去,个个儿瘦得赛狗。还不到下班时间,冷冷清清的,只有队上伙房隐隐传来叮叮当当的声音。

到了我的宿舍,就直进去。这里并不锁门,都没有多余东西可拿,不必防谁。我放了盆,叫他等着,就提桶打热水来给他洗。到了伙房,与炊事员讲,我这个月的五钱油全数领出来,以后就领生菜,不再打熟菜。炊事员问:"来客了?"我说:"可不!"炊事员就打开锁了的柜子,舀一小匙油找了个碗盛给我,又拿了三只长茄子,说:"明天还来打菜吧,从后天算起,方便。"我从锅里舀了热水,提回宿舍。

王一生把衣裳脱了,只剩一条裤衩,呼噜呼噜地洗。洗完后,将脏衣服按在水里泡着,然后一件一件搓,洗好涮好,拧干晾在门口绳上。我说:"你还挺麻利的。"他说:"从小自己干,惯了。几件衣服,也不费事。"说着就在床上坐下,弯过手臂,去挠后背,肋骨一根根动着。我拿出烟来请他抽。他很老练地敲出一支,舔了一头儿,倒过来叼着。我先给他点了,自己也点上。他支起肩深吸进去,慢慢地吐出来,浑身荡一下,笑了,说:"真不错。"我说:"怎么样?也抽上了?日子过得不错呀。"他看看草顶,又看看在门口转来转去的猪,低下头,轻轻拍着净是绿筋的瘦腿,半响才说:"不错,真的不错。还说什么呢?粮?钱?还要什么呢?不错,真不错。你怎么样?"他透过烟雾问我。我也感叹了,说:"钱是不少,粮也多,没错儿,可没油哇。大锅菜吃得胃酸。主要是没什么玩儿的,没书、没电、没电影儿。去哪儿也不容易,老在这个沟儿里转,闷得无聊。"他看看我,摇一下头,说:"你们这些人哪!没法儿说,想的净是锦上添花。我挺知足,还要什么呢?你呀,你就是叫书害了。你在车上给我讲的两个故事,我琢磨了,后来挺喜欢的。你不错,读了不少书。可是,归到底,解决什么呢?是呀,一个人拼命想活着,最后都神经了,后来好了,活下来了,可接着怎么活呢?像邦斯那样?有吃,有喝,好收藏个什么,可有个馋的毛病,人家不请吃就活得不痛快。人要知足,顿顿饱就是福。"他不说了,看着自己的脚趾动来动去,又用后脚跟去擦另一只脚的背,吐出一口烟,用手在腿上掸了掸。

我很后悔用油来表示我对生活的不满意,还用书和电影儿这种可有可无的东西表示我对生活的不满足,因为这些在他看来,实在是超出基准线之上的东西,他不会为这些烦闷。我突然觉得很泄气,有些同意他的说法。是呀,还要什么呢?我不是也感到挺好了吗?不用吃了上顿惦记着下顿,床不管怎么烂,也还是自己的,不用窜来窜去找别夜的地方。可我常常烦闷的是什么呢?为什么就那么想看看随便什么一本书呢?电影儿这种东西,灯一亮就全醒过来了,图个什么呢?可我隐隐有一种欲望在心里,说不清楚,但我大致觉出是关于活着的什么东西。

我问他:"你还下棋吗?"他就像走棋那么快地说:"当然,还用说?"我说:

"是呀，你觉得一切都好，干吗还要下棋呢？下棋不多余吗？"他把烟卷儿停在半空，摸了一下脸，说："我迷象棋。一下棋，就什么都忘了。呆在棋里舒服。就是没有棋盘、棋子儿，我在心里就能下，碍谁的事儿啦？"我说："假如有一天不让你下棋，也不许你想走棋的事儿，你觉得怎么样？"他挺奇怪地看着我说："不可能，那怎么可能？我能在心里下呀！还能把我脑子挖了？你净说些不可能的事儿。"我叹了一口气，说："下棋这事儿看来是不错。看了一本儿书，你不能老在脑子里过篇儿，老想看看新的。可棋不一样了，自己能变着花样儿玩。"他笑着对我说："怎么样，学棋吧？咱们现在吃喝不愁了，顶多是照你说的，不够好，又活不出个大意思来。书你哪儿找去？下棋吧，有忧下棋解。"我想了想，说："我实在对棋不感兴趣。我们队倒有个人，据说下得不错。"他把烟屁股使劲儿扔出门外，眼睛又放出光来："真的？有下棋的？嘿，我真还来对了。他在哪儿？"我说："还没下班呢。看你急的，你还是来看我的吗？"他双手抱着脖子仰在我的被子上，看着自己松松的肚皮，说："我这半年，就找不到下棋的。后来想，天下异人多得很，这野林子里我就不信找不到个下棋下得好的。现在我请了事假，一路找人下棋，就找到你这儿来了。"我说："你不挣钱了？怎么活着呢？"他说："你不知道，我妹妹在城里分了工矿，挣钱啦，我也就不用给家寄那么多钱了。我就想，趁这功夫儿，会会棋手。怎么样？你一会儿把你说的那人找来下一盘？"我说当然，心里一动，就又问他："你家里到底是怎么个情况呢？"他叹了一口气，望着屋顶，很久才说："穷。困难啊！我们家三口人，母亲死了，只有父亲、妹妹和我。我父亲嘛，挣得少，按平均生活费的说法儿，我们一人才不到十块。我母亲死后，父亲就喝酒，而且越喝越多，手里有俩钱儿就喝，就骂人。邻居劝，他不是不听，就是一把鼻涕一把泪，弄得人家也挺难过。我有一回跟我父亲说，'你不喝就不行？有什么好处呢？'他说，'你不知道酒是什么玩意儿，它是老爷们儿的觉啊！咱们这日子挺不易，你妈去了，你们又小。我烦哪，我没文化，这把年纪，一辈子这点子钱算是到头儿了。你妈死的时候，嘱咐了，怎么着也要供你念完初中再挣钱。你们让我喝口酒，啊？对老人有什么过不去的，下辈子算吧。'"他看了看我，又说："不瞒你说，我母亲解放前是窑子里的。后来大概是有人看上了，做了人家的小，也算从良。有烟吗？"我扔过一根烟给他，他点上了，把烟头儿吹得红红的，两眼不错眼珠儿地盯着，许久才说："后来，我妈又跟人跑了，据说买她的那家欺负她，当老妈子不说，还打。后来跟的这个是什么人，我不知道，我只知道我是我妈跟这个人生的。刚一解放，我妈跟的那个人就不见了。当时我妈怀着我，吃穿无着，就跟了我现在这个父亲。我这个后爹是卖力气的，可临到解放的时候儿，身子骨儿不行了，又没文化，钱就挣得少。和我妈过了以后,原指着相帮着好一点儿,可没想到添了我妹妹后,我妈一天不如一天。那时候我才上小学,我脑筋好,老师都喜欢我。可学校春游、看电影我都不去,给家里省一点儿是一点儿。我妈怕委屈了我,拖累着个身子,到处找活。有一回,我和我母亲给印刷厂叠书页子,是一本讲棋的书。叠好了,我妈还没送去,我就一篇一篇对看看。不承想,就看出点儿意思来。于是有空儿就到街上看人家下棋。看了有些日子,就手痒痒,没敢跟家里要钱,自己用硬纸剪了一副棋,拿到学校去下。下着下着就熟了。于是又到街上和别人下。原先我看人家下得挺好,可我这一跟他们真下,还就赢了。一家伙就下了一晚上,饭也没吃。我妈找了来,把我打回去。唉,我妈身子弱,都打不疼我。到了家,她竟给我跪下了,说'小祖宗,我就指望你了!你若不好好儿念书,妈就死在这儿。'我一听这话吓坏了,忙说,'妈,我没不好好儿念书。您起来,我不下棋了。'我把我妈扶起来坐着。那天晚上,我跟我妈叠页子,叠着叠着,就走了神儿,想着一路棋。我妈叹一口气说,'你也是,看不上电影儿,也不去公园,就玩儿这么个棋。唉,下吧。可妈的话你得记着,不许玩儿疯了。功课要是拉下了,我不饶你。我和你爹都不识字儿,可我们会问老师。老师若说你功课跟不上,你再说什么也不行。'我答应了。我怎么会把功课拉下呢?学校的算术,我跟玩儿似的。这以后,我放了学,先做功课,完了就下棋,吃完饭,就帮我妈干活儿,一直到睡觉。因为叠页子不用动脑筋,所以就在脑子里走棋,有的时候,魔症了,会突然一拍书页,喊棋步,把家里人都吓一跳。"我说:"怨不得你棋下得这么好,小时候棋就都在你脑子里呢!"他苦笑笑说:"是呀,后来老师就让我去少年宫象棋组,说好好儿学,将来能拿大冠军呢!可我妈说,'咱们不去什么象棋组,要学,就学有用的本事。下棋下得好,还当饭吃了?有那点儿功夫,在学校多学点儿东西比什么不好?你跟你们老师说,不去象棋组,要是你们老师还有没教你的本事,你就跟老师说,你教了我,将来有大用呢。啊?专学下棋?这以前都是有钱人干的!妈以前见过这种人,那都是身份,他们不指着下棋吃饭。妈以前呆过的地方,也有女的会下棋,可要的钱也多。唉,你不知道,你不懂。下下玩儿可以,别专学,啊?'我跟老师说了,老师想了想,没说什么。后来老师买了一副棋送我,我拿给妈看,妈说,'唉,这是善心人哪!可你记住,先说吃,再说下棋。等你挣了钱,养活家了,爱怎么下就怎么下,随你。'"我感叹了,说:"这下儿好了,你挣钱了,你就能撒着欢儿地下了,你妈也就放心了。"王一生把脚搬上床,盘了坐,两只手互相捏着腕子,看着地下说:"我妈看不见我挣钱了。家里供我念到初一,我妈就死了。死之前,特别跟我说,'这一条街都说你棋下得好,妈信。可妈在棋上疼不了你。你在棋上怎么出息,到底不是饭碗。妈不能看你念完初中,跟你爹说了,怎么着困难,也要念完。高中,妈打听了,那是为上大学。咱们家用不着上大学,你爹也不行了,你妹妹还小,等你初中念完了就挣钱,家里就靠你了。妈要走了,一辈子也没给你留下什么,只捡人家的牙刷把,给你磨了一副棋。'说着,就叫我从枕头底下拿出一个小布包来,打开一看,都是一小点儿大的子儿,磨得是光了又光,赛象牙,可上头没字儿。妈说,'我不识字,怕刻不对。你拿了去,自己刻吧,也算妈疼你好下棋。'我们家多困难,我没哭过,哭管什么呢?可看着这副没字儿的棋,我绷不住了。"

我鼻子有些酸,就低了眼,叹道:"唉,当母亲的。"王一生不再说话,只是抽烟。

山上的人下来了,打到两条蛇。大家见了王一生,都很客气,问是几分场的,那边儿伙食怎么样。王一生答了,就过去摸一摸晾着的衣裤,还没有干。我让他先穿我的,他说吃饭要出汗,先光着吧。大家见他很随和,也就随便聊起来。我自然将王一生的棋道吹了一番,以示来者不凡。大家就都说让队里的高手"脚卵"来与王一生下。一个人跑去喊,不一刻,脚卵来了。脚卵是南方大城市的知识青年,个子非常高,又非常瘦。动作起来颇有些文气,衣服总要穿得整整齐齐,有时候走在山间小路上,看到这样一个高个儿纤尘不染,衣冠楚楚,真令人生疑。脚卵弯腰进来,很远就伸出手来要握,王一生糊涂了一下,马上明白了,也伸出手去,脸却红了。握过手,脚卵把双手捏在一起端在肚子前面,说:"我叫倪斌,人儿倪,文武斌。因为腿长,大家叫我脚卵。卵是很粗俗的话,请不要介意,这里的人文化水平是很低的。贵姓?"王一生比倪斌矮下去两个头,就仰着头说:"我姓王,叫王一生。"倪斌说:"王一生?蛮好,蛮好,名字蛮好的。一生是哪两个字?"王一生一直仰着脖子,说:"一二三的一,生活的生。"倪斌说:"蛮好,蛮好。"就把长臂曲着往外一摆,说:"请坐。听说你钻研象棋?蛮好,蛮好,象棋是很高级的文化。我父亲是下得很好的,有些名气,喏,他们都知道的。我会走一点点,很爱好,不过在这里没有对手。你请坐。"王一生坐回床上,很尴尬地笑着,不知说什么好。倪斌并不坐下,只把手虚放在胸前,微微向前侧了一下身子,说:"对不起,我刚刚下班,还没有梳洗,你候一下好了,我马上就来。噢,问一下,家父也是棋道里的人么?"王一生很快地摇头,刚要说什么,但只是喘了一口气。倪斌说:"蛮好。蛮好。好,一会儿我再来。"我说:"脚卵,洗了澡,来吃蛇肉。"倪斌一边退出去,一边说:"不必了,不必了。好的,好的。"大家笑起来,向外嚷:"你到底来是不来?什么'不必了,好的'!"倪斌在门外说:"蛇肉当然是要吃的,一会儿下棋是要动脑筋的。"

大家笑着脚卵,关了门,三四个人精着屁股,上上下下地洗,互相开着身体的玩笑。王一生不知在想什么,坐在床里边,让开擦身的人。我一边将蛇头撕下来,一边对王一生说:"别理脚卵,他就是这么神神道道的一个人。"有一个人对我说:"你的这个朋友要真是有两下子,今天有一场好杀。脚卵的父亲在我们市里,真是很有名气哩。"另外的人说:"爹是爹,儿是儿,棋还遗传了?"王一生说:"家传的棋,有厉害的。几代沉下的棋路,不可小看。一会儿下起来看吧。"说着就紧一紧手脸。我把蛇挂起来,将皮剥下,不洗,放在案板上,用竹刀把肉划开,并不切断,盘在一个大碗内,放进一个大锅里,锅底蓄上水,叫:"洗完了没有?我可开门了!"大家慌忙穿上短裤。我到外边地上摆三块土坯,中间架起柴引着,就将锅放在土坯上,把猪吆喝远了,说:"谁来看着?别叫猪拱了。开锅后十分钟端下来。"就进屋收拾茄子。

有人把脸盆洗干净,到伙房打了四五斤饭和一小盆清水茄子,捎回来一棵葱和两瓣野蒜、一小块姜,我说还缺盐,就又有人跑去拿来一块,捣碎在纸上放着。

脚卵远远地来了,手里抓着一个黑木盒子。我问:"脚卵,可有酱油膏?"脚卵迟疑了一下,又返身回去。我又大叫:"有醋精拿点儿来!"

蛇肉到了时间,端进屋里,掀开锅,一大团蒸气冒出来,大家并不缩头,慢慢看清了,都叫一声好。两大条蛇肉亮晶晶地盘在碗里,粉粉的冒鲜气。我嗖地一下将碗端出来,吹吹手指,说:"开始准备胃液吧!"王一生也挤过来看,问:"整着怎么吃?"我说:"蛇肉碰不得铁,碰铁就腥,所以不切,用筷子撕着蘸料吃。"我又将切好的茄块儿放进锅里蒸。

脚卵来了,用纸包了一小块儿酱油膏,又用一张小纸包了几颗白色的小粒儿,我问是什么,脚卵说:"这是草酸,去污用的,不过可以代替醋。我没有醋精,酱油膏也没有了,就这一点点。"我说:"凑合了。"脚卵把盒子放在床上,打开,原来是一副棋,乌木做的棋子,暗暗地发亮。字用刀刻出来,笔划很细,却是篆字,用金丝银丝嵌了,古色古香。棋盘是一幅绢,中间亦是篆字:楚河汉界。大家凑过去看,脚卵就很得意,说:"这是古董,明朝的,很值钱。我来的时候,我父亲给我的。以前和你们下棋,用不着这么好的棋。今天王一生来嘛,我们好好下。"王一生大约从来没有见过这么精彩的棋具,很小心地摸,又紧一紧手脸。

我将酱油膏和草酸冲好水,把葱末、姜末和蒜末投进去,叫声:"吃起来!"大家就乒乒乓乓地盛饭,伸筷撕那蛇肉蘸料,刚入嘴嚼,纷纷嚷鲜。

我问王一生是不是有些像蟹肉,王一生一边儿嚼着,一边儿说:"我没吃过螃蟹,不知道。"脚卵伸过头去问:"你没吃过螃蟹?怎么会呢?"王一生也不答话,只顾吃。脚卵就放下碗筷,说:"年年中秋节,我父亲就约一些名人到家里来,吃螃蟹,下棋,品酒,作诗。都是些很高雅的人,诗做得很好的,还要互相写在扇子上。这些扇子过多少年也是很值钱的。"大家并不理会他,只顾吃。脚卵眼看蛇肉渐少,也急忙捏起筷子夹,不再说什么。

不一刻,蛇肉吃完,只剩两副蛇骨在碗里。我又把蒸熟的茄块儿端上来,放少许蒜和盐拌了。再将锅里热水倒掉,续上新水,把蛇骨放进去熬汤。大家喘一口气,接着伸筷,不一刻,茄子也吃净。我便把汤端上来,蛇骨已经煮散,在锅底刷拉刷拉地响。这里屋外常有一二处小丛的野茴香,我就拔来几棵,揪在汤里,立刻屋里异香扑鼻。大家这时饭已吃净,纷纷舀了汤在碗里,热热的小口呷,不似刚才紧张,话也多起来了。

脚卵抹一抹头发,说:"蛮好,蛮好的。"就拿出一支烟,先让了王一生,又自己叼了一支,烟包正待放回衣袋里,想了想,便放在小饭桌上,摆一摆手说:"今天吃的,都是山珍,海味是吃不到的。我家里常吃海味的,非常讲究。据我父亲讲,我爷爷在时,专雇一个老太婆,整天就是从燕窝里拨脏东西。燕窝这种东西,是海鸟叼来小鱼小虾,用口水粘起来的,所以里面各种脏东西多得很,要很细心地一点一点清理,一天也就能搞清一个,再用小火慢慢地蒸。每天吃一点,对身体非常好。"王一生听呆了,问:"一个人每天就专门是管做燕窝的?好家伙!自己买来鱼虾,熬在一起,不等于燕窝吗?"脚卵微微一笑,说:"要不怎么燕窝贵呢?第一,这燕窝长在海中峭壁上,要舍命去挖。第二,这海鸟的口水是很珍贵的东西,是温补的。因此,舍命,费工时,又是补品;能吃燕窝,也是说明家里有钱和有身份。"大家就说这燕窝一定非常好吃。脚卵又微微一笑,说:"我吃过的,很腥。"大家就感叹了,说费这么多钱,吃一口腥,太划不来。

天黑下来,早升在半空的月亮渐渐亮了。我点起油灯,立刻四壁都是人影子。脚卵就说:"王一生,我们下一盘?"王一生大概还没有从燕窝里醒过来,听见脚卵问,只微微点一点头。脚卵出去了。王一生奇怪了,问:"嗯?"大家笑而不答。一会儿,脚卵又来了,穿得笔挺,身后随来许多人,进屋都看看王一生。脚卵慢慢摆好棋,问:"你先走?"王一生说:"你吧。"大家就上上下下围了看。

走出十多步,王一生有些不安,但也只是暗暗捻一下手指。走过三十几步,王一生很快地说:"重摆吧。"大家奇怪,看看王一生,又看看脚卵,不知是谁赢了。脚卵微微一笑,说:"一赢不算胜。"就伸手抽一颗烟点上。王一生没有表情,默默地把棋重新码好。两人又走。又走到十多步,脚卵半天不动,直到把一根烟吸完,又走了几步,脚卵慢慢地说:"再来一盘。"大家又奇怪是谁赢了,纷纷问。王一生很快地将棋码成一个方堆,看着脚卵问:"走盲棋?"脚卵沉吟了一下,点点头。两人就口述棋步。好几个人摸摸头,摸摸脖子,说下得好没意思,不知谁是赢家。就有几个人离开走出去,把油灯带得一明一暗。

我觉出有点儿冷,就问王一生:"你不穿点儿衣裳?"王一生没有理我。我感到没有意思,就坐在床里,看大家也是一会儿看看脚卵,一会儿看看王一生,像是瞧从来没见过的两个怪物。油灯下,王一生抱了双膝,锁骨后陷下两个深窝,盯着油灯,时不时拍一下身上的蚊虫。脚卵两条长腿抵在胸口,一只大手将整个儿脸遮了,另一只大手飞快地将指头捏来弄去。说了许久,脚卵放下手,很快地笑一笑,说:"我乱了,记不得。"就又摆了棋再下。不久,脚卵抬起头,看着王一生说:"天下是你的。"抽出一支烟给王一生,又说:"你的棋是跟谁学的?"王一生也看着脚卵,说:"跟天下人。"脚卵说:"蛮好,蛮好,你的棋蛮好。"大家看出是谁赢了,都高兴松动起来,盯着王一生看。

脚卵把手搓来搓去,说:"我们这里没有会下棋的人,我的棋路生了。今天碰到你,蛮高兴的,我们做个朋友。"王一生说:"将来有机会,一定见见你父亲。"脚卵很高兴,说:"那好,好极了,有机会一定去见见他。我不过是玩玩棋。"停了一会儿,又说:"你参加地区的比赛,没有问题。"王一生问:"什么比赛?"脚卵说:"咱们地区,要组织一个运动会,其中有棋类。地区管文教的书记我认得,他早年在我们市里,与我父亲认识。我到农场来,我父亲给他带过信,请他照顾。我找过他,他说我不如打篮球。我怎么会打篮球呢?那是很野蛮的运动,要伤身体的。这次运动会,他来信告诉我,让我争取参加农场的棋类队到地区比赛,赢了,调动自然好说。你棋下到这个地步,参加农场队,不成问题。你回你们场,去报名就可以了。将来总场选拔,肯定会有你。"王一生很高兴,起来把衣裳穿上,显得更瘦。大家又聊了很久。

将近午夜,大家都散去,只剩下宿舍里同住的四个人与王一生、脚卵。脚卵站起来,说:"我去拿些东西来吃。"大家都很兴奋,等着他。一会儿,脚卵弯腰进来,把东西放在床上,摆出六颗巧克力,半袋麦乳精,纸包的一斤精白挂面。巧克力大家都一口咽了,来回舔着嘴唇。麦乳精冲得稀稀的六碗,喝得满屋喉咙响。王一生笑嘻嘻地说:"世界上还有这种东西?苦甜苦甜的。"我又把火升起来,开了锅,把面下了,说:"可惜没有调料。"脚卵说:"我还有酱油膏。"我说:"你不是只有一小块儿了吗?"脚卵不好意思地说:"咳,今天不容易,王一生来了,我再贡献一些。"就又拿了来。

大家吃了,纷纷点起烟,打着哈欠,说没想到脚卵还有如许存货,藏得倒严实。脚卵急忙申辩这是剩下的全部了。大家吵着要去翻,王一生说:"不要闹,人家的是人家的,从来农场存到现在,说明人家会过日子。倪斌,你说,这比赛什么时候开始呢?"脚卵说:"起码还有半年。"王一生不再说话。我说:

"好了,休息吧。王一生,你和我睡在我的床上。脚卵,明天再聊。"大家就起身收拾床铺,放蚊帐。我和王一生送脚卵到门口,看他高高的个子在青白的月光下远远去了。王一生叹一口气,说:"倪斌是个好人。"

王一生又呆了一天,第三天早上,执意要走。脚卵穿了破衣服,肩着锄来送。两人握了手,倪斌说:"后会有期。"大家远远在山坡上招手。我送王一生出了山沟,王一生拦住,说:"回去吧。"我嘱咐他,到了别的分场,有什么困难,托人来告诉我,若回来路过,再来玩儿。王一生整了整书包带儿,就急急地顺公路走了,脚下扬起细土,衣裳晃来晃去,裤管儿前后荡着,像是没有屁股。

三

这以后,大家没事儿,常提起王一生,津津有味儿地回忆王一生光膀子大战脚卵。我说了王一生如何如何不容易,脚卵说:"我父亲说过的,'寒门出高士'。据我父亲讲,我们祖上是元朝的倪云林。倪祖很爱干净,开始的时候,家里有钱,当然是讲究的。后来兵荒马乱,家道败了,倪祖就卖了家产,到处走,常在荒村野店投宿,遇到一些高士。后来与一个会下棋的村野之人相识,学得一手好棋。现在大家只晓得倪云林是元四家里的一个,诗书画绝佳,却不晓道倪云林还会下棋。倪祖后来信佛参禅,将棋炼进禅宗,自成一路。这棋只我们这一宗传下来。王一生赢了我,不晓得他是什么路,总归是高手了。"大家都不知道倪云林是什么人,只听脚卵神吹,将信将疑,可也认定脚卵的棋有些来路,王一生既赢了脚卵,当然更了不起。这里的知青在城里都是平民出身,多是寒苦的,自然更看重王一生。

将近半年,王一生不再露面。只是这里那里传来消息,说有个叫王一生的,外号棋呆子,在某处与某某下棋,赢了某某。大家也很高兴,即使有输的消息,都一致否认,说王一生怎么会输呢?我给王一生所在的分场队里写了信,也不见回音,大家就催我去一趟。我因为这样那样的事,加上农场知青常常斗殴,又输进火药枪互相射击,路途险恶,终于没有去。

一天脚卵在山上对我说,他已经报名参加棋类比赛了,过两天就去总场,问王一生可有消息?我说没有。大家就说王一生肯定会到总场比赛,相约一起请假去总场看看。

过了两天,队里的活儿稀松,大家就纷纷找了各种借口请假到总场,盼着能见着王一生。我也请了假出来。

总场就在地区所在地,大家走了两天才到。这个地区虽是省以下的行政单位,却只有交叉的两条街,沿街有一些商店,货架上不是空的,即是"展品概不出售"。可是大家仍然很兴奋,觉得到了繁华地界,就沿街一个馆子一个馆子地吃,都先只叫净肉,一盘一盘地吞下去,拍拍肚子出来,觉得日光晃眼,竟有些肉醉,就找了一处草地,躺下来抽烟,又纷纷昏睡过去。

醒来后,大家又回到街上细细吃了一些面食,然后到总场去。

一行人高高兴兴到了总场,找到文体干事,问可有一个叫王一生的来报到。干事翻了半天花名册,说没有。大家不信,拿过花名册来七手八脚地找,真的没有,就问干事是不是搞漏掉了。干事说花名册是按各分场报上来的名字编的,都已分好号码,编好组,只等明天开赛。大家你望望我,我望望你,搞不清是怎么回事儿。我说:"找脚卵去。"脚卵在运动员们住下的草棚里,见了他,大家就问。脚卵说:"我也奇怪呢。这里乱糟糟的,我的号是棋类,可把我分到球类组来住,让我今晚就参加总场联队训练,说了半天也不行,还说主要靠我进球得分。"大家笑起来,说:"管他赛什么,你们的伙食差不了。可王一生没来太可惜了。"

直到比赛开始,也没有见王一生的影子。问了他们分场来的人,都说很久没见王一生了。大家有些慌,又没办法,只好去看脚卵赛篮球。脚卵痛苦不堪,规矩一点儿不懂,球也抓不住,投出去总是三不沾,抢得猛一些,他就抽身出来,瞪着大眼看别人争。文体干事急得抓耳挠腮,大家又笑得前仰后合。每场下来,脚卵总是嚷野蛮,埋怨脏。

赛了两天,决出总场各类运动代表队,到地区参加地区决赛。大家看看王一生还没有影子,就都相约要回去了。脚卵要留在地区文教书记家再待一两天,就送我们走一段。快到街口,忽然有人一指:"那不是王一生?"大家顺着方向一看,真是他。王一生在街另一面急急地走来,没有看见我们。我们一齐大叫,他猛地站住,看见我们,就横过街向我们跑来。到了跟前,大家纷纷问他怎么不来参加比赛?王一生很着急的样子,说:"这半年我总请事假出来下棋,等我知道报名赶回去,分场说我表现不好,不准我出来参加比赛,连名都没报上。我刚找了由头儿,跑上来看看赛得怎么样。怎么样?赛得怎么样?"大家一迭声儿地说早赛完了,现在是参加与各县代表队的比赛,夺地区冠军。王一生愣了半响,说:"也好,夺地区冠军必是各县高手,看看也不赖。"我说:"你还没吃东西吧?走,街上随便吃点儿什么去。"脚卵与王一生握过手,也惋惜不已。大家就又拥到一家小馆儿,买了一些饭菜,边吃边叹息。王一生说:"我是要看看地区的象棋大赛。你们怎么样?要回去了吗?"大家都说出来的时间太长了,要回去。我说:"我再陪你一两天吧。脚卵也在这里。"于是又有两三个人也说留下来再耍一耍。

脚卵就领留下的人去文教书记家,说是看看王一生还有没有参加比赛的可能。走不多久,就到了。只见一扇小铁门紧闭着,进去就有人问找谁,见了脚卵,不再说什么,只让等一下。一会儿叫进了,大家一起走进一幢大房子,只见窗台上摆了一溜儿花草,伺候得很滋润。大大的一面墙上只一幅毛主席诗词的挂轴儿,绫子黄黄的很浅。屋内只摆几把藤椅,茶几上放着几张大报与油印的简报。不一会儿,书记出来,胖胖的,很快地与每个人握手,又叫人把简报收走,就请大家坐下来。大家没见过管着几个县的人的家,头都转来转去地看。书记呆了一下,就问:"都是倪斌的同学吗?"大家纷纷回过头看书记,不知该谁回答。脚卵欠一欠身,说:"都是我们队上的。这一位就是王一生。"说着用手掌向王一生一倾。书记看着王一生说:"噢,你就是王一生?好。这两天,倪斌常提到你。怎么样,选到地区来赛了吗?"王一生正想答话,倪斌马上就说:"王一生这次有些事耽误了,没有报上名。现在事情办完了,看看还能不能参加地区比赛。您看呢?"书记用胖手在扶手上轻轻拍了两下,又轻轻用中指很慢地擦着鼻沟儿,说:"啊,是这样。不好办。你没有取得县一级的资格,不好办。听说你很有天才,可是没有取得资格去参加比赛,下面要说话的,啊?"王一生低了头,说:"我也不是要参加比赛,只是来看看。"书记说:"那是可以的,那欢迎。倪斌,你去桌上,左边的那个桌子,上面有一份打印的比赛日程。你拿来看看,象棋类是怎么安排的。"倪斌早一步跨进里屋,马上把材料拿出来,看了一下,说:"要赛三天呢!"就递给书记。书记也不看。把它放在茶几上,掸一掸手,说:"是啊,几个县嘛。啊?还有什么问题吗?"大家都站起来,说走了。书记与离他近的人很快地握了手,说:"倪斌,你晚上来,嗯?"倪斌欠欠身说好的,就和大家一起出来。大家到了街上,舒了一口气,说笑起来。

大家漫无目的地在街上走,讲起还要在这里呆三天,恐怕身上的钱支持不住。王一生说他可以找到睡觉的地方,人多一点恐怕还是有办法,这样就能不去住店,省下不少钱。倪斌不好意思地说他可以住在书记家。于是大家一起随王一生去找住的地方。

原来王一生已经来过几次地区,认识了一个文化馆画画儿的。王一生便带了我们投奔这位画家。到了文化馆,一进去,就听见远远有唱的,有拉的,有吹的,便猜是宣传队在演练。只见三四个女的,穿着蓝线衣裤,胸挺得不能再高,一扭一扭地走过来,近了,并不让路,直脖直脸地过去。我们赶紧闪在一边儿,都有点儿脸红。倪斌低低地说:"这几位是地区的名角。在小地方,有她们这样的功夫,蛮不容易的。"大家就又回过头去看名角。

画家住在一个小角落里,门口鸡鸭转来转去,沿墙摆了一溜儿各类杂物,草就在杂物中间长出来。门前又被许多晒着的衣裤布单遮住。王一生领我们从衣裤中弯腰过去,叫那画家。马上就乒乒乓乓出来一个人,见了王一生,说:"来了?都进来吧。"画家只是一间小屋,里面一张小木床,到处是书、杂志、颜色和纸笔。墙上钉满了画的画儿。大家顺序进去,画家就把东西挪来挪去腾地方,大家挤着坐下,不敢再动。画家又迈过大家出去,一会儿提来一个暖瓶,给大家倒水。大家传着各式的缸子、碗,都有了,捧着喝。画家也坐下来,问王一生:"参加运动会了吗?"王一生叹着将事情讲了一遍。画家说:"只好这样了。要待几天呢?"王一生就说:"正是为这事来找你。这些都是我的朋友。你看能不能找个地方,大家挤一挤睡?"画家沉吟半响,说:"你每次来,在我这里挤还凑合。这么多人,嗯——让我看看。"他忽然眼里放出光来,说:"文化馆有个礼堂,舞台倒是很大。今天晚上为运动会的人演出,演出之后,你们就在舞台上睡,怎么样?今天我还可以带你们进去看演出。电工与我很熟的,跟他说一声,进去睡没问题。只不过脏一些。"大家都纷纷说再好不过了。脚卵放下心的样子,小心地站起来,说:"那好,诸位,我先走一步。"大家要站起来送,却谁也站不起来。脚卵按住大家,连说不必了,一脚就迈出屋外。画家说:"好大的个子!是打球的吧?"大家笑起来,讲了脚卵的笑话。画家听了,说:"是啊,你们也都够脏的。走,去洗洗澡,我也去。"大家就一个一个顺序出去,还是碰得叮当乱响。

原来这地区所在地,有一条江远远流过。大家走了许久,方才到了。江面上不甚宽阔,水却很急,近岸的地方,有一些小洼儿。四处无人,大家脱了衣裤,都很认真地洗,将画家带来的一块肥皂用完。又把衣裤泡了,在石头上抽打,拧干后铺在石头上晒,除了游水的,其余便纷纷趴在岸上晒。画家早洗完,坐在一边儿,掏出个本子在画。我发觉了,过去站在他身后看。原来他在画我们几个人的裸体速写。经他这一画,我倒发现我们这些每日在山上苦的人,却矫健异常,不禁赞叹起来。大家又围过来看,屁股白白的晃来晃去。画家说:"干活儿的人,肌肉线条极有特点,又很分明。虽然各部分发展可能不太平衡,可真的人体,常常是这样,变化万端。我以前在学院画人体,女人体居多,太往标准处靠,男人体也常静在那里,感觉不出肌肉滚动,越画越死。今天真是个难得的机会。"有人说羞处不好看,画家就在纸上用笔把说的人的羞处涂成一个圪垯,大家就都笑起来。衣裤干了,纷纷穿上。

这时已近傍晚,太阳垂在两山之间,江面上金子一样滚动,岸边石头也如热铁般红起来。有鸟儿在水面上掠来掠去,叫声传得很远。对岸有人在拖长声音吼山歌,却不见影子,只觉声音慢慢小了。大家都凝了神看。许久,王一生长叹一声,却不说什么。

大家又都往回走,在街上拉了画家一起吃些东西,画家倒好酒量。天黑了,画家领我们到礼堂后台入口,与一个人点头说了,招呼大家悄悄进去,缩在边幕上看。时间到了,幕并不开,说是书记还未来。演员们都化了妆,在后台走来走去,抻一抻手脚,互相取笑着。忽然外面响动起来,我拨了幕布一看,只见胖书记缓缓进来,在前排坐下,周围空着,后面黑压压一礼堂人。于是开演。演出甚为激烈,尘土四起。演员们在台上泪光闪闪,退下来一过边幕,就喜笑颜开,连说怎么怎么错了。王一生倒很入戏,脸上时阴时晴,嘴一直张着,全没有在棋盘前的镇静。戏一结束,王一生一个人在边幕拍起手来,我连忙止住他,向台下望去,书记不知什么时候已经走了,前两排仍然空着。

大家出来,摸黑拐到画家家里,脚卵已在屋里,见我们来了,就与画家出来和大家在外面站着,画家说:"王一生,你可以参加比赛了。"王一生问:"怎么回事儿?"脚卵说。晚上他在书记家里,书记跟他叙起家常,说十几年前常去他家,见过不少字画儿,不知运动起来,损失了没有?脚卵说还有一些,书记就不说话了。过了一会儿书记又说,脚卵的调动大约不成问题,到地区文教部门找个位置,跟下面打个招呼,办起来也快,让脚卵写信回家讲一讲。于是又谈起字画古董,说大家现在都不知道这些东西的价值,书记自己倒是常在心里想着。脚卵就说,他写信给家里,看能不能送书记一两幅,既然书记帮了这么大忙,感谢是应该的。又说,自己在队里有一副明朝的乌木棋,极是考究,书记若是还看得上,下次带上来。书记很高兴,连说带上来看看。又说你的朋友王一生,他倒可以和下面的人说一说,一个地区的比赛,不必那么严格,举贤不避私嘛。就挂了电话,电话里回答说,没有问题,请书记放心,叫王一生明天就参加比赛。

大家听了,都很高兴,称赞脚卵路道粗。王一生却没说话。脚卵走后,画家带了大家找到电工,开了礼堂后门,悄悄进去。电工说天凉了,问要不要把幕布放下来垫盖着?大家都说好,就七手八脚爬上去摘下幕布铺在台上。一个人走到台边,对着空空的座位一敬礼,尖着嗓子学报幕员,说:"下一个节目——睡觉。现在开始。"大家悄悄地笑,纷纷钻进幕布躺下了。

躺下许久,我发觉王一生还没有睡着,就说:"睡吧,明天要参加比赛呢!"王一生在黑暗里说:"我不赛了,没意思。倪斌是好心,可我不想赛了。"我说:"咳,管它!你能赛棋,脚卵能调上来,一副棋算什么?"王一生说:"那是他父亲的棋呀!东西好坏不说,是个信物。我妈留给我的那副无字棋,我一直性命一样存着,现在生活好了,妈的话,我也忘不了。倪斌怎么就可以送人呢?"我说:"脚卵家里有钱,一副棋算什么呢?他家里知道儿子活得好一些了,棋是舍得的。"王一生说:"我反正是不赛了,被人作了交易,倒像是我沾了便宜。我下得赢下不赢是我自己的事,这样赛,被人戳脊梁骨。"不知是谁也没睡着,大约都听见了,咕噜一声:"你真是呆子。"

四

第二天一早儿,大家满身是土地起来,找水擦了擦,又约画家到街上去吃。画家执意不肯,正说着,脚卵来了,很高兴的样子。王一生对他说:"我不参加这个比赛。"大家呆了,脚卵问:"蛮好的,怎么不赛了呢?省里还下来人视察呢!"王一生说:"不赛就不赛了。"我说了说,脚卵叹道:"书记是个文化人,蛮喜欢这些的。棋虽然是家里传下的,可我实在受不了农场这个罪,我只想有个干净的地方住一住,不要每天脏兮兮的。棋不能当饭吃的,用它通一些关节,还是值的。家里也不很景气,不会怪我。"画家把双臂抱在胸前,抬起一只手摸了摸脸,看着天说:"理想没有了,只剩下目的。倪斌,不能怪你。你没有什么不得了的要求。我这两年,也常常犯糊涂,生活太具体了。幸亏我还会画画儿。何以解忧?惟有——唉。"王一生很惊奇地看着画家,慢慢转了脸对脚卵说:"倪斌,谢谢你。这次比赛决出高手,我登门去与他们下。我不参加这次比赛了。"脚卵忽然很兴奋,攥起大手一顿,说:"这样,这样!我呢,去跟书记说一下,组织一个友谊赛。你要是赢了这次的冠军,无疑是真正的冠军,输了呢,也不太失身份。"王一生呆了呆:"千万不要跟什么书记说,我自己找他们下。要下,就与前三名都下。"

大家也不好再说什么,就去看各种比赛,倒也热闹。王一生只钻在棋类场地外面,看各局的明棋。第三天,决出前三名。之后是发奖,又是演出,会场乱哄哄的,也听不清谁得的是什么奖。

脚卵让我们在会场等着,过了不久,就领来两个人,都是制服打扮。脚卵作了介绍,原来是象棋比赛的第二、三名。脚卵说:"这位是王一生,棋蛮厉害的,想与你们两位高手下一下,大家也是一个互相学习的机会。"两个人看了看王一生,问:"那怎么不参加比赛呢?我们在这里呆了许多天,要回去了。"王一生说:"我不耽误你们,与你们两人同时下。"两人互相看了看,忽然悟到,说:"盲棋?"王一生点一点头。两人立刻变了态度,笑着说:"我们没下过盲棋。"王一生说:"不要紧,你们看着明棋下。来,咱们找个地方儿。"话不知怎么就传了出去,立刻嚷动了,会场上各县的人都说有一个农场的小子没赛着,不服气,要同时与亚、季军比试。百十个人把我们围了起来,挤来挤去地看,大家觉得有了责任,便站在王一生身边儿。王一生倒低了头,对两个人说:"走吧,走吧,太扎眼。"有一个人挤了进来,说:"哪个要下棋?就是你吗?我们大爷这次是冠军,听说你不服气,叫我来请你。"王一生慢慢地说:"不必。你大爷要是肯下,我和你们三人同下。"众人都轰动了,拥着往棋场走去。到了街上,百十人走成一片。行人见了,纷纷问怎么回事,可是知青打架?待明白了,就都跟着走。走过半条街,竟有上千人跟着跑来跑去。商店里的店员和顾客也都站出来张望。长途车路过这里开不过,乘客们纷纷探出头来,只见一街人头攒动,尘土飞起多高,轰轰的,乱纸踏得嚓嚓响。一个傻子呆呆地在街中心,咿咿呀呀地唱,有人发了善心,把他拖开,傻子就倚了墙根儿唱。四五条狗窜来窜去,觉得是它们在引路打狼,汪汪叫着。

到了棋场,竟有数千人围住,土扬在半空,许久落不下来。棋场的标语标志早已摘除,出来一个人,见这么多人,脸都白了。脚卵上去与他交涉,他很快地看着众人,连连点头儿,半天才明白是借场子用,急忙打开门,连说"可以可以",见众人都要进去,就急了。我们几个,马上到门口守住,放进脚卵、王一生和两个得了荣誉的人。这时有一个人走出来,对我们说:"高手既然和三个人下,多我一个不怕,我也算一个。"众人又嚷动了,又有人报名。我不知怎么办好,只得进去告诉王一生。王一生咬一咬嘴说:"你们两个怎么样?"那两个人赶紧站起来,连说可以。我出去统计了,连冠军在内,对手共是十人。脚卵说:"十人是满数,不吉利的,九个人好了。"于是就九个人。冠军总不见来,有人来报,既是下盲棋,冠军只在家里,命人传棋。王一生想了想,说好吧。九个人就关在场里。墙外一副明棋不够用,于是有人拿来八张整开白纸,很快地画了格儿。又有人用硬纸剪了百十个方棋子儿,用红黑颜色写了,背后粘上细绳,挂在棋格儿的钉子上,风一吹,轻轻地晃成一片,街上人们也嚷成一片。

人是越来越多。后来的人拼命往前挤,挤不进去,就抓住人打听,以为是杀人的告示。妇女们也抱着孩子们,远远围成一片。又有许多人支了自行车,站在后架上伸脖子看,人群一挤,连着倒,喊成一团。半大的孩子们钻来钻去,被大人们用腿拱出去。数千人闹闹嚷嚷,街上像半空响着闷雷。

王一生坐在场当中一个靠背椅上,把手放在两条腿上,眼睛虚望着,一头一脸都是土,像是被传讯的歹人。我不禁笑起来,过去给他拍一拍土。他按住我的手,我觉出他有些抖。王一生低低地说:"事情闹大了。你们几个朋友看好,一有动静,一起跑。"我说:"不会。只要你赢了,什么都好办。争口气。怎么样?有把握吗?九个人哪!头三名都在这里!"王一生沉吟了一下,说:"怕江湖的不怕朝廷的,参加过比赛的人的棋路我都看了,就不知道其他六个人会不会冒出冤家。书包你拿着,不管怎么样,书包不能丢。书包里有……"王一生看了看我,"我妈的无字棋。"他的瘦脸上又干又脏,鼻沟儿也黑了,头发立着,喉咙一动一动的,两眼黑得吓人。我知道他拼了,心里有些酸,只说:"保重!"就离了他。他一个人空空地在场中央,谁也不看,静静的像一块铁。

棋开始了。上千人不再出声儿。只有自愿服务的人一会儿紧一会儿慢地用话传出棋步,外边儿自愿服务的人就变动着棋子儿。风吹得八张大纸哗哗地响,棋子儿荡来荡去。太阳斜斜地照在一切上,烧得耀眼。前几十排的人都坐下了,仰起头看,后面的人也挤得紧紧的,一个个土眉土眼,头发长长短短吹得飘,再没人动一下,似乎都把命放在棋里搏。

我心里忽然有一种很古的东西涌上来,喉咙紧紧地往上走。读过的书,有的近了,有的远了,模糊了。平时十分佩服的项羽、刘邦都在目瞪口呆,倒是尸横遍野的那些黑脸士兵,从地下爬起来,哑了喉咙,慢慢移动。一个樵夫,提了斧在野唱。忽然又仿佛见了棋呆子的母亲,用一双弱手一页一页地折书页。

我不由伸手到王一生的书包里去掏摸,捏到一个小布包儿,拽出来一看,是个旧蓝斜纹布的小口袋,上面用线绣了一只蝙蝠,布的四边儿都用线做了圈口,针脚很是细密。取出一个棋子,确实很小,在太阳底下竟是半透明的,像是一只眼睛,正柔和地瞧着。我把它攥在手里。

太阳终于落下去,立刻爽快了。人们仍在看着,但议论起来。里边儿传出一句王一生的棋步,外边儿的人就嚷动一下。专有几个人骑车为在家的冠军传送着棋步,大家就不太客气,笑话起来。

我又进去,看见脚卵很高兴的样子,心里就松开一些,问:"怎么样?我不懂棋。"脚卵抹一抹头发,说:"蛮好,蛮好。这种阵势,我从来也没见过,你想想看,九个人与他一个人下,九局连环!车轮大战!我要写信给我的父亲,把这次的棋谱都寄给他。"这时有两个人从各自的棋盘前站起来,朝着王一生一鞠躬,说:"甘拜下风。"就捏着手出去了。王一生点点头儿,看了他们的位置一眼。

王一生的姿势没有变,仍旧是双手扶膝,眼平视着,像是望着极远极远的远处,又像是盯着极近极近的近处,瘦瘦的肩挑着宽大的衣服,土没拍干净,东一块儿,西一块儿。喉节许久才动一下。我第一次承认象棋也是运动,而且是马拉松,是多一倍的马拉松!我在学校时,参加过长跑,开始后的五百米,确实极累,但过了一个限度,就像不是在用脑子跑,而像一架无人驾驶飞机,又像是一架到了高度的滑翔机,只管滑翔下去。可这象棋,始终是处在一种机敏的运动之中,兜捕对手,逼向死角,不能疏忽。我忽然担心起王一生的身体来。这几天,大家因为钱紧,不敢怎么吃,晚上睡得又晚,谁也没想到会有这么一个场面。看着王一生稳稳地坐在那里,我又替他赌一口气:死顶吧!我们在山上扛木料,两个人一根,不管路不是路,沟不是沟,也得咬牙,死活不能放手。谁若是顶不住软了,自己伤了不说,另一个也得被木头震得吐血可这回是王一生一个人过沟过坎儿,我们帮不上忙。我找了点儿凉水来,悄悄走近他,在他眼前一挡,他抖了一下,眼睛刀子似的看了我一下,一会儿才认出是我,就干干地笑了一下。我指指水碗,他接过去,正要喝,一个局号报了棋步。他把碗高高地平端着,水纹丝儿不动。他看着碗边儿,回报了棋步,就把碗缓缓凑到嘴边儿。这时下一个局号又报了棋步,他把嘴定在碗边儿,半晌,回报了棋步,才咽一口水下去,"咕"的一声儿,声音大得可怕,眼里有了泪花。他把碗递过来,眼睛望望我,有一种说不出的东西在里面游动,苦甜苦甜的。嘴角儿缓缓流下一滴水,把下巴和脖子上的土冲开一道沟儿。我又把碗递过去,他竖起手掌止住我,回到他的世界里去了。

我出来,天已黑了。有山民打着松枝火把,有人用手电照着,黄乎乎的,一团明亮。大约是地区的各种单位下班了,人更多了。狗也在人前蹲着,看人挂动棋子,不知是懂不懂,只是眼神凄凄的,像是在担忧。几个同来的队上知青,各被人围了打听。不一会儿"王一生"、"棋呆子"、"是个知青"、"棋是道家的棋",就在人们嘴上传。我有些发噱,本想到人群里说说,但又止住了,随人们传吧,我开始高兴起来。这时墙上只有三局在下了。

忽然人群发一声喊。我回头一看,原来只剩了一盘,恰是与冠军的那一盘。盘上只有不多几个子儿。王一生的黑子儿远远近近地峙在对方棋营格里,后方老帅稳稳地К着,尚有一"士"伴着,好像帝王与近侍在聊天儿,等着前方将士得胜回朝;又似乎隐隐看见有人在伺候酒宴,点起尺把长的红蜡烛,有人在悄悄地调整管弦,单等有人跪奏捷报,鼓乐齐鸣。我的肚子拖长了音儿在响,脚下觉得软了,就拣个地方坐下,仰头看最后的围猎,生怕有什么差池。

红子儿半天不动,大家不耐烦了,纷纷看骑车的人来没来,嗡嗡地响成一片。忽然人群乱起来,纷纷闪开。只见一老者,精光头皮,由旁人搀着,慢慢走出来,嘴嚅动着,上上下下看着八张定局残子。众人纷纷传着,这就是本届地区冠军,是这个山区的一个世家后人,这次"出山"玩玩儿棋,不想就夺了头把交椅,评了这次比赛的大势,直叹棋道不兴。老者看完了棋,轻轻抻一抻衣衫,跺一跺土,昂了头,由人搀进棋场。众人都一拥而起。我急忙抢进了大门,跟在后面。只见老者进了大门,立定,往前看去。

王一生孤身一人坐在大屋子中央,瞪眼看着我们,双手支在膝上,铁铸一个细树桩,似无所见,似无所闻。高高的一盏电灯,暗暗地照在他脸上,眼睛深陷进去,黑黑的似俯视大千世界,茫茫宇宙。那生命像聚在一头乱发中,久久不散,又慢慢弥漫开来,灼得人脸热。

众人都呆了,都不说话。外面传了半天,眼前却是一个瘦小黑魂,静静地坐着,众人都不禁吸了一口凉气。

半响,老者咳嗽一下,底气很足,十分洪亮,在屋里荡来荡去。王一生忽然目光短了,发觉了众人,轻轻地挣了一下,却动不了。老者推开搀的人,向前迈了几步,立定,双手合在腹前摩挲了一下,朗声叫道:"后生,老朽身有不便,不能亲赴沙场。命人传棋,实出无奈。你小小年纪,就有这般棋道,我看了,汇道禅于一炉,神机妙算,先声有势,后发制人,遣龙治水,气贯阴阳,古今儒将,不过如此。老朽有幸与你接手,感触不少,中华棋道,毕竟不颓,愿与你做个忘年之交。老朽这盘棋下到这里,权做赏玩,不知你可愿意平手言和,给老朽一点面子?"

王一生再挣了一下,仍起不来。我和脚卵急忙过去,托住他的腋下,提他起来。他的腿仍然是坐着的样子,直不了,半空悬着。我感到手里好像只有几斤的分量,就示意脚卵把王一生放下,用手去揉他的双腿。大家都拥过来,老者摇头叹息着。脚卵用大手在王一生身上,脸上,脖子上缓缓地用力揉。半响,王一生的身子软下来,靠在我们手上,喉咙嘶嘶地响着,慢慢把嘴张开,又合上,再张开,"啊啊"着。很久,才呜呜地说:"和了吧。"

老者很感动的样子,说:"今晚你是不是就在我那儿歇了?养息两天,我们谈谈棋?"王一生摇摇头,轻轻地说:"不了,我还有朋友。大家一起出来的,还是大家在一起吧。我们到、到文化馆去,那里有个朋友。"画家就在人群里喊:"走吧,到我那里去,我已经买好了吃的,你们几个一起去。真不容易啊。"大家慢慢拥了我们出来,火把一圈儿照着。山民和地区的人层层围了,争睹棋王丰采,又都点头儿叹息。

我搀了王一生慢慢走,光亮一直随着。幼时曾见过荷兰画家伦勃朗名作《夜巡》,恍惚觉得就是这般情景。进了文化馆,到了画家的屋子,虽然有人帮着劝散,窗上还是挤满了人,慌得画家急忙把一些画儿藏了。

人渐渐散了,王一生还有些木。我忽然觉出左手还攥着那个棋子,就张了手给王一生看。王一生呆呆地盯着,似乎不认得,可喉咙里就有了响声,猛然"哇"地一声儿吐出一些粘液,眼泪就流了下来,呜呜地哭着说:"妈,儿今天明白事儿了。人还要有点儿东西,才叫活着。妈——"大家都有些酸,扫了地下,打来水,劝了。王一生哭过,滞气调理过来,有了精神,就一起吃饭。画家竟喝得大醉,也不管大家,一个人倒在木床上睡去。电工领了我们,脚卵也跟着,一齐到礼堂台上去睡。

夜黑黑的,伸手不见五指。王一生已经睡死。我却还似乎耳边人声嚷动,眼前火把通明,山民们铁了脸,肩着柴火在林中走,咿咿呀呀地唱。我笑起来,想:不做俗人,哪儿会知道这般乐趣?家破人亡,平了头每日荷锄,却自有真人生在里面,识到了,即是幸,即是福。衣食是本,自有人类,就是每日在忙这个。可囿在其中,终于还不太像人。倦意渐渐上来,就拥了幕布,沉沉睡去。

原载《上海文学》1984 年第 7 期

贾平凹

黑　氏

一

　　黑氏的年龄比丈夫大,黑氏把什么都干了,喂猪,揽羊,上青崖头上砍柴火。一到晚上,小男人就缠她。男人是个小猴猴,看了许多书,学着许多新方法来折磨。她又气又恨,一肚子可以把他弹下炕去,"你是我的地!"小男人却说,他愿意怎么犁都可以。夜黑漆漆的,点点星辰,寒冷从窗棂里透进来。小男人压迫着她,口里却叫着别人的名字,黑氏知道那是些村里鲜嫩的女子,泪水潸然满面。等丈夫滚在一边大病一场的睡着去了,她硬咽出声,嗟啜不已。
　　这边厢房一动静,那边厢房就发恨声,公公骂道:"长声短叹地发什么贱气,好吃好喝得肚子鼓涨睡不着吗?"公公的脾气越来越暴躁,黑氏就不敢再出声,听得还在骂句:"在娘家吃什么了,穿什么了,跌到福窝里了还不顺心?"哗哩啪啦拨算盘。公公是镇上的信贷员,算盘上的功夫深,双手打得"狮子滚绣球"。这两年日胜一日富起来,家人就给她难看脸色,恶声败气,批点她的面粗,手脚肥胖,丑。黑氏是知足人,深山的娘家穷,茶饭是比以前好。哥哥的脸色黄蜡蜡的,十天半月来镇上赶集,拿些山货到这家,吃一顿饭要走了,总说:"我妹子有福!"她心里苦苦的。好哥哥,吃得好了就有福? 这话却倒不到人面前去,只是越发伏低伏小。私下里盼着养个儿来,有个贴己,送子娘娘却偏不光顾。如此睁着大的眼睛在黑暗里思想,窗外就没有了星星,淅淅沥沥落起雨来,倒熬煎这雨一下,坡上的红苕蔓子就要沿蔓生根,得去再一次翻锄了。
　　这当儿,院门很响地被人拍了一下,接着是门环"哐哐哐"三声摇动。那边厢房的公公立即应声:"来了,来了!"趿了鞋出去开门。是一个男人的声音,压声问:"又和谁喝酒?"公公说:"没外人,专等着你呢。"两人就骂了一阵天雨,进屋到那边厢房了,叽叽咕咕,鬼念经般说话。
　　婆婆已经起来了,拿那杆竹管烟袋敲打她的厢房门框,叫:"黑,起来! 你爹和客人要喝酒,你下厨炒几个菜去。你装什么呀,睡得这么深沉!"
　　家里时常来人,黑氏已经习惯了,她不解的是客人常要半夜里来,有时扛来好多东西,用木箱和麻袋装着,公公不让任何人动,她也就装个猫儿狗儿,不言语。厨房里炒得一盘鸡蛋,一碟变蛋,一碟臭豆腐,一碗熏肉。一箕盘端了进公公房里,瞧见客人是个极风流的人,正将桌上一沓钱推给公公说:"这些是你的,怎么样,只要……"公公用脚在桌下踏了客人的脚,抹下头上的帽子,随便一放,钱票盖住了。黑氏乖觉,全装混沌,怯怯地看着客人说:"黑漆半夜的,没好菜的。"客人便大胆地看她,看得生怪,黑氏慌得用手抚扣子,害怕扣子扣错了,惹人耻笑。

公公便说:"睡去吧,你还呆在这里干啥?"

黑氏放赦一般回来,坐在炕上了,小男人已经转醒,悄声间:"谁来了,是马乡长吗?"黑氏说:"马乡长鼻子大,这个人气派呢。"小男人说:"这是东村姓王的,他跑运输发了大财了,有了钱讨了个县城女子,嫩面得能弹出水!"黑氏嘿然无语。小男人又说:"他发了财了,敢不到咱家来,爹又落一笔钱了!"黑氏说:"人家跑运输,爹落的什么多钱?"男人说:"爹入股呀!"黑氏一直对这家人疑惑,就再问:"爹哪有钱入股?"小男人黑暗里眼里放光,说:"你以为你嫁给我平凡吗,我爹虽不是什么领导,我爹却是和什么打交道的?你丑人倒有丑福!"黑氏说:"我不稀罕那么多钱,当初嫁你,你也是没钱的光棍!"小男人说:"我知道你害怕我家发财哩,怕你越来越不配我哩!"黑氏咬了嘴唇,听那边厢房公公劝客人酒,喝得已经晕头,有盘子翻跌桌下,发着破裂的声响。小男人说:"怎的不说话?"黑氏说:"我不是为我想,我是为你想,钱来路不明,多了会瞎人的。"小男人说:"哟,你那么清高,结婚时你娘怎的要我出个棺材钱?隔壁的钱来路明,你跟他过活去?!"

黑氏拉过被子连身子带头裹严睡倒了。

眼睛闭着,心却睡不着,一股黑血在肚里翻腾。恨娘家人穷,不能门当户对,又恨小男人家有了钱,口大气粗……直挨到鸡叫三遍,窸窸窣窣又起来,得给猪熬食了。雨还在落着,院子里水汪汪一片白亮。忽见得隔壁那家院子上空红光一片,甚是吃惊,爬上院墙头的梯子看时,隔壁人家台阶上生着一堆篝火,一个人蹲在旁边,将一条新制的扁担一头支在门坎下,一头伸过火上,双手趁趁地往下压。八尺余长的桑木扁担就两头翘,翘得一张弓。黑氏便叫:"木犊,起得早?难得落了雨,也不蒙头睡个懒觉?"

木犊回过头来,倒是吓了一跳,火光映在脸上,红膛膛的像酱了猪血,瞧见是黑氏,笑,嗤嗤啦啦响。

黑氏又说:"一条扁担,还那么伺候?"

木犊说:"不收拾软和,它砍肩哩!"

黑氏说:"反正它是压人的,你也要去南山担龙须草吗?"

木犊说："南院秃子，三天一来回，赚得三块多钱的，我比他有力气。"

黑氏说："人家都出去跑大生意，千儿八百的挣哩……"

木犊说："咱没车，就是有车，没恁个本事的。"

黑氏在墙头上长长叹了一口气。黑氏可怜这木犊，家底缺乏，人又笨拙，和一个老爹过活，三十二三了，还娶不下个女人做针线，裤子破了，白线黑线揪疙瘩缭。本要说句"你哪有秃子灵活，担龙须草走山路，瓷脚笨手的可要小心"，话到口边又咽了，待要走下梯子，木犊却叫："黑，给你个热的！"手就在火堆里刨，刨出个黑乎乎的东西，两手那么倒着，大声吸溜，跑过墙根处了，踞脚尖往上递。黑氏看着是颗拳头大的洋芋。

黑氏说："我不吃，还没洗脸哩！"下了一节梯子。下去了，又上来，见木犊又换了一只手，还在努力往上递，黑黑的肚皮露在外边。她伸手接住了，烫得如炭火，掰开，黎明里白花花两半，窜一股热气，她咬了一口。

木犊问："面不面？"满足地想笑，又嗤啦一下。

黑氏已经走下梯子，头上让雨淋湿了，嘀嘀嗒嗒顺着头发往下流水。

二

到了冬天，木犊担折了两条扁担，肩头上隆了很大的肉包，指甲掐也不觉生痛。家里却并没见有大变样，顾住了油盐酱醋，和爹新做了一身棉衣，光景不宽展也不太寒酸。十一月初六，出了个大红日头，父子俩新做了一条更长的扁担，在火上烤了，用磁片刮磨，一遍又一遍上了豆油，能照出蓬头和垢脸。中午时分，于院中设了香案，将那扁担两头挂红横放案上，木犊跪倒在尘埃里磕头作揖，敬扁担神。木犊感念扁担使他家有了零用碎钱，他不再去担龙须草了，趁天寒地冷，去更深远的山里担木炭。祀奠之后，老爹将一口袋干粮缚在扁担头上，别六双草鞋在木犊的后腰带，送儿子出门。木犊反身退至院门口，转正身，齐足立于门内，叩齿三十六通，以右手大拇指在地上先划四纵，后划五横，毕，咒曰："四纵五横吾今出行禹王卫道蚩尤避兵盗贼不得起虎狼不侵行远归乡故当吾者死背吾者亡急急如九天玄女律令。"咒毕，再不反顾，大步而去。老爹望儿走远，捡一土块压在四纵五横上，倚在门上，热泪肆涌，遂听得隔壁院子里劈劈啪啪一阵鞭炮轰响。

黑氏一家是要搬迁了。

腊月里，信贷员又入了一股到镇上一家蘑菇厂，天晓得这厂子那么大的本钱，买了许多菌种，盖了许多作坊，培育成功，收入成倍成倍往上翻，他家就得了流水一般的钱路，便也就卖了旧屋，在镇上盖了一院房，一砖到顶，堂皇得似了爷庙。这家暴发，村人皆目瞪口呆，黑氏也惊魂落魄。好多人来帮忙搬家,黑氏把从娘家带来的一块石枕也放到拉车上,小男人将它搦了。

黑氏说:"这是我的枕头。"

小男人说:"到镇上住呀,你还学那野人?"

黑氏说:"我从小枕惯了,不枕,脑壳烧得疼哩!"

小男人骂道:"贱命!"还是把石枕搦了。

黑氏怔怔地立了一会,旁边的人都看她,她没有顶撞丈夫,也不哭,后来抱了石枕,油污污的,过来给了木犊爹。

她说:"伯,我们要走了,这块石枕给你留下,它是天星落下来的,我爷枕了一辈子,我爹枕,出嫁时娘陪给我。它好生凉,枕上从不害眼哩。"

从此黑氏住在镇上,她更忙累了,要做了家里老少吃的喝的,鸡、猪、狗、猫要她经管,地里的活也全是她,且公婆讲究起体面。日日强调屋里院外一星灰尘不要,一根麦秸不留,她睡得比以前更少了。小男人老嫌她多吃,要求不能再胖,人一瘦脸更黑,又骂她是黑豆皮。年终家里买给她一双鞋,人造革的,说是皮货,逢集便要她穿,黑氏脚肥,塞进去疼得难受,从集上回来,鞋脱到一边去就噙着眼泪哭。她知道小男人不是疼她,是嫌她丑,但娘生她丑样,也不是一双皮鞋能改变的!小男人就打她,用刀子吓唬她。打她打得太过分了,她一下子发了凶,反身一抱,小男人就脚手并作的端在怀里,丢粪筐一样丢在炕上。她说:"我是让你试试我的力气哩!"

这消息被外人得知,全都耻笑,黑氏在地里干活了,有人就问:"黑,又教训你男人了吗?"黑氏缄口不答。那人就又问:"黑,你怎的不穿皮鞋子?你们家那么富,你怎不向你公公要一个手表戴戴!"

这话说得多了,黑氏也嘀咕,怎的这家这般有钱,村里镇上做生意的人家多,也不见钱这么来得容易?夜里小男人回来,她问根底,小男人说:"这话我也听得多了,人都在发嫉恨哩!外边再有人问你,你就说:政策允许哩,怎么着?!"

黑氏越发奇怪的,夜里总有客来,和公公在卧房里说话,她一进去,那话就住了。白日里,却总是请乡上的干部来吃酒,乡长一次吃醉了,指着公公鼻子说:"你他娘地,活得倒比我乡长强,管一个信用社,什么都有了!我可告诉你呀,有人联名写信说你在贷款上有手脚!"公公顿时脸面煞白,忙扶乡长睡在他的炕上,供喝茶喝醋,结果吐得满炕皆是。不久,突然镇上有了风声,说是公公提出赞助办学,要拿出三万元扩建镇上小学。黑氏着实惊骇,公公能拿出这么多钱!这些钱平日放在哪里,家底拢共有多少?又不久,县上就来了人,召集了镇村大会,公公站在会台上,披红戴花,满面红光,从此,一面红底黄字的大锦旗就挂在了中堂,院门敞开,过路人老远便瞧见一片红堂堂。

再不久,学校焕然一新,公公做了名誉校长,小男人破例做了教师,教授体育,日日率领学生打篮球,快活得如做了神仙。

黑氏不明白公公那么吝啬的人竟又那么大方,黑氏现在是明白了。小男人夜里折磨她,说她现在不是农民的婆娘了,是公家干部的夫人。黑氏不知道干部的好处,她受的是更粗野的罪,不许点灯,他叫她是镇上最俏的一个女子的名字,要求叫一声,还让她应一声。她气愤不过:"她是她,我是我,你有本事寻她去。"

此话不幸言中,丈夫果然夜里不回来了。一日不回,两日不回,黑氏到学校去,丈夫的房里有一个女人。女人是镇上最俏的,小男人说,我们在谈学习哩。黑氏心下想:或许真是学习,那咱就无趣了。临走说:"你几夜不回了,这房子潮,晚上得买些炭烘烘。"

小男人一月两月不来缠她,她轻省了许多,夜里能睡囫囵觉,后来却感到了空落。小男人不是省油的灯,身子一日不济一日消瘦,她心上又犯了疑,去学校看时,人家又在学习哩,她没证没据的,闷闷地又转回来。

学校里有一个校工,是很远的西川人,给教师白日做一顿饭,夜里教师全回家了(这学校教师都是民办教师),他看守门户。黑暗里拿凳子坐在门口,一边明灭抽烟,一边放最大音量听一台收音机。黑氏到学校去,与这校工认识了,知道他叫来顺,眉心有一颗痣,人长的又老实又乖觉,却穷得可怜,脚上老是一双黄胶鞋,走路咕咕响,像是灌了水。

黑氏一来,来顺就叫,同时将屁股下的小矮凳让出来,让她听收音机里的女人唱。

黑氏说:"来顺,你那么会过日子,挣国家的钱,脚上老穿那黄胶鞋,你不嫌烧吗?"

来顺就把脚收了,老实得如一只猫,说:"我何不想穿得体面,月挣二十八块钱,我爷八十了,老得胡胡涂涂,我娘又是病身子,三个妹妹都在上学……我能像你男人那么有福?"

黑氏说:"你还有个爷?"下边话没有说出,意思是:上头三个老人,光三副棺材就够半辈还不清账了! 就又问:"来顺,你女人身体还好?"

来顺说:"我哪儿有女人? 前年订了一个,人家又退了,跟了个万元户的跛子儿子,我一气才到这里干了校工。"

黑氏为他叹了一口气。

三天后,黑氏从箱底取出一双布鞋来,拿给来顺穿。来顺以为是趣话,夸了一通针脚好,却是不敢收。黑氏说:"来顺你好争气! 嫌这料面不是灯心绒吗? 这可是新的,做给我那一口人,他穿了一天又去穿皮鞋了。你试试,合脚不?"来顺端盆子洗了脚,脚又长又厚,穿进去好夹。黑氏笑了一回,说用剪子铰开一点鞋口,将就穿几日是几日吧。来顺口里应着,却并未去铰,干完活了,就穿了新鞋,扭秧歌似地走。

　　小男人知道黑氏给了来顺鞋,并不恼,说:"来顺薄命,三十多了还是个童身子!"黑氏说:"没婆娘了想婆娘,有婆娘一月两月不回来!"小男人说:"你给他送鞋,你也给他个稀罕东西去!"黑氏说:"放你娘的屁!"塞给他个冷枕头。小男人却认真说:"我说的是真话,咱谁也不管谁。"黑氏问:"你这啥意思。让我给你放缰绳吗?我问你,你在学校玩着打球,和那些女的有多少习要学?"两人捣起嘴来,小男人就动了手,他力气不行,手脚却利索,一拳打在黑氏肚上,自个翻身却往学校睡去了。公公婆婆又一顿臭骂,气得黑氏一夜未合眼,天明起来眼圈都乌黑。她有心去学校闹一场,一到校门口,心却软了:小男人这不好那不好,毕竟现在是教师了,闹开来也太丢人。来顺见是她,热情招呼,问她眼圈怎的黑了,她泪水婆娑,拉来顺到没人处,说:"来顺,你是实诚人,你不要哄我了,我那口子在这里可本分?"来顺吓了一跳,半天没有作声。黑氏问得紧了,说:"这我不知道啊,这事要捉双,我怎能七说八道?他这等人物,光头整脸的,他还能作孽胡来?"黑氏想了想,也不再问:"你黑白在学校,你替我留神他。这事天知地知你知我知,不要对外人提起,人倒笑我没能耐。"来顺点头,看着她走了,发了许多感慨。

　　一日,吃罢晚饭,黑氏到河里去担水,河沿上蹲着来顺洗衣服。来顺似乎要对她说什么,欲言又止,黑氏狐疑,说:"你有事在瞒我?"来顺越发尴尬,口里含糊不知所云。黑氏就说:"常言道,人只可皮相,不能骨相。你也是这般角色!"来顺就放沉了脑袋,说了小男人如何如何长久同镇上一女人私通,那女的又翻了脸,新近又与乡长的小女子搭在一处,今日夜里,那女子又去学校了,也不避他,先是房里亮着灯,后来灯也灭了,如此云云。黑氏听罢,身闪了几闪有些不稳。来顺说:"这话我万不该对你说,可不说良心上又过不去……你不要生气,他反正是你的人,那女的她爹就是乡长,她也不能明打明……"黑氏没说一句话,挑了水回去了。

　　黑氏挑水到村口,一丢担子把水倒了。坐下来呜呜地哭,她料到小男人会走这一步,但真真正正知道这事了,却感到如此突然,受不了打击!当下只身跑到学校去,来顺还没有回来,校内一片漆黑,她却有些害怕了。这事是天下丑事,冷不了破门进去,那女的也是没结婚的货,再色胆包天,也是有脸面的,弄不好上吊投河,那也是出性命的祸事!黑氏想,罢了,罢了,只戳散他俩,男的怯胆,女的羞愧,囫囵自己一对夫妻罢。就立在院子里喊小男人的名字,小男人应了声,说他睡了,有事明日说。她说:"爹让我给你说件要紧事,你快起来,我先到茅房去一下!"她是让那女子趁机出门逃去,就故意放重脚步,真的到后院厕所去。

返回来,小男人的房子亮了灯。她进去,被子并没有叠,丈夫坐在床上吸烟,屋里燃着一炷香,香香的。小男人说:"什么事,等不到天明?"口气冷淡。黑氏说:"这地方我来不得吗?您多时不回去,这夫不夫妻不妻的……"小男人便说:"就说这些?说完了回去吧!"黑氏站起来要走,却听见柜子后有些微响动,低头看时,柜下有着一双脚,小小巧巧的。她无声地哼笑一下,又稳稳地坐下,直勾勾看起丈夫说:"我今日就不走了,我要你给我倒一杯水来。"小男人已经发觉她的用意了,脸上有了慌张,倒一杯水放在她面前。黑氏再说:"再倒一杯水。"又一杯倒上了。她平平静静地说:"来吧,喝口水吧,喝口热水不会伤了身子的。"柜子后旋闪出一个女子,粉红内衣,鬓发蓬松,一脸狐妖。黑氏看了,心下也惊叹,这骚货也真艳乍!那女子脸并不红,在床沿坐了,仰眼盯房上顶棚,全无羞愧之色,黑氏倒大惊,有这等厚脸的!气血顿时上脸,平静了半日,还是说:"我不打你们,也不骂你们,我是求你们,别使这个家活活拆散,事情闹大了,与我不好,与谁也不会好。去吧,喝了这水去吧。"那女子穿好衣服走出去了,从门口又转回来,带走了桌上的香脂盒。黑氏忽地嘴唇抖动,脸无血色,从凳子上跌下来,不省人事。

之后,小男人并不收敛,依旧同那女子如漆如胶,做出龌龌龊龊之事。黑氏倒后悔那夜自己的宽容,和小男人打闹过几次。小男人仗着爹的财力,乡长的权力,倒越发一意肆行,苦得黑氏常找着来顺哭诉,来顺也陪她掉两颗三颗热烫眼泪。

一日,逢集,天寒地冻,黑氏瑟瑟地在市场买炭。偏巧遇着木犊,木犊身脸乌黑,形如饿鬼,见黑氏却惊道:"黑,你病了,瘦得这样?"黑氏想起墙头送洋芋之事,肠肚皆软,不觉欷歔不已。木犊是善心人,当下也唏溜鼻子问道:"是不是你那口人欺辱你?村里人都在说……"如此这般问了情况,黑氏就哭得泪人一样,木犊劝了半日方止。

下半晌,木犊寻着来顺,将来顺骂了个狗血淋头,说是不该把事情告诉黑氏!来顺好委屈,说不告诉黑氏,他良心上不得下去。木犊说:"那起什么作用,信贷员的儿子是那路坯子,狗忘不了吃屎,你让黑知道了,只能让她人不人鬼不鬼!如今瘦成那个样子,你就良心安妥了?"噎得来顺无言以对。两个男人苦了半天,不知如何解救黑氏,木犊就骂信贷员父子钱瞎了眼也瞎了心,偏偏乡长对他们是好的,这信贷员暗中又给乡长使了多少黑钱!到底来顺脑子快,说:"锅底里抽柴火,咱收拾那女子去!那女子没了脸面再到学校。黑的男人就或许会安生!"当夜两人蒙了脸面,来顺放哨,木犊伏在路边,见那女子往学校去,木犊虎扑上去,擂拳便揪,末了五指在那嫩脸上抓出血道,骂:"你既不要脸,就抓了你这皮!"

乡长的女子被打,只有小男人和这女子明白为何被打,对人却无法说出,只告爹有人夜半拦路行奸。乡长责令乡派出所破案,这女子提供罪犯说话声像木犊,把木犊抓去,木犊供言不讳,却说了原委。派出所没有呈报县公安局,但也未放了他,以乡长旨意罚他十五天拘留。

三

但是,小男人却极快与黑氏离了婚;重结二婚,小男人娶的是乡长的女子。

黑氏离开了暴发户,并不远走高飞,她变得刚强起来,拒不要原夫家的一椽一瓦,回到村里,借居在早先生产队一间牛棚里。娘家的哥闻风赶来,叫一声:"妹子!"泪水涟涟。黑氏说:"你哭啥哩,你妹子做了什么丢人事体?!"哥不哭了。又埋怨妹子逢着好光景不过,落到这步田地,要领她回到娘家去。黑氏说:"我偏不走,我看着这家人能唱什么好戏!"

白日里精心伺候分得的一亩田地,样样都行,不比任何男人差半分。夜里自个烧锅做饭,用一把扫帚磨扫了路边枯草末末,将炕煨得烫热,躺下去,这边身子烙了翻那边,舒服而省心。她先前以为女人离了男人,就是没了树的藤,是断了线的筝,但如今看来,女人也是人,活得更旺实!来顺时常到她家里来,帮她劈一抱柴,挑一担水,陪着说说话,她也逢饭了让吃饭,没饭了泡杯茶,天一黄昏,就说:"你走吧,寡妇门前是非多哩!"

来顺不在乎这些,来顺照常来,说起信贷员那一家,又入了一家草袋厂的股,盈了许多大钱,两人就叹一阵世事。末了她突然问:"那两个男女过得好吧?"来顺说:"有钱使得鬼推磨!那女的肚皮子大了,年内怕要坐月子。"黑氏就痴眼看河对岸的山,她无意于天上的云,远村的烟,来顺不知道她想什么,她也说不清。末了,一个很轻的很淡的笑留在嘴边,打发来顺去了。

村子里却有了议论,说来顺要打这女人的主意。议论先是黑氏不晓,到后碎言断语捕捉了些,心里也扑扑腾腾跳动。早晨对着镜子梳头,镜子里有一张脸,脸黑是黑,却比先前光润得多。她惊奇自己并不老,甚至也并不丑恶,自言自语道:"我难道就剩下了不成?"双耳下也染上两点红晕,心里有一种说不出的意味。

当来顺再来,黑氏就留神他的眉里眼里,来顺果然说出许多话来,让她听了耳朵发烧。但每当这个时候,黑氏就想起一个人,木犊,顽强地在眼前晃。木犊为了她,被抓去受了十五天拘留,那驼子老爹日日送饭,竟一次绊了石头,罐子破了,稀饭泼了一地,老老的人坐在地上哭,她心里就惨惨地像刀子割! 放出木犊那天,她见着木犊了,他胡子很长,脸色寡白,见了她却说:"黑,没想我倒害了你,让你受寡了……"可她住到这牛棚里,木犊却再不闪面,他是还觉得对不住她,不来见面,还是天热了,不担炭了又去深山担了龙须草? 黑氏这般一走神,来顺就乖,就嗟叹数声,说:"那没良心的东西弃了你,也算他心坏了,眼也瞎了! 他说你丑,丑在哪里? 这般整齐的人物,你也不愁没个新窝的。"黑氏也便把脸弄成柔和样子,微笑一下,让来顺不必多说。来顺即刻回去,想入非非。自此衣衫破旧,却洗浆干净,脸子白白的,也有心和小男人在学校里说些闲话,笑过几回。

　　黑氏稍稍充足的精神又消乏了,最害怕的秋雨到来,她坐在炕头上,看门前水滩里明灭雨泡。再往远处,是田埂,是河流,是重重叠叠的山。黑氏文化浅,不懂得作诗之类,却全然有诗的意味,一种沉重的愁绪袭在心上,压迫着。她记起了在娘家做女儿的秋雨天,记起在小男人家的秋雨天,今日凄凄惨惨可怜样子,心中悲哀怫郁无处可泄,只在昏昏蒙蒙的暮色下,把头埋在两个手掌上,消磨了又消磨,听雨点喊喊嘈嘈急落过后,繁者减缓,屋檐水隔三减四地滴答,痴痴想起作寡以后事情,记出许多媒人和包括来顺在内的许多男人,觉得都不过一个当时无聊而一过去即难作合的幻梦罢了。

　　她突然操心河边的那一块地,地是她新拾的,种有萝卜,夜里涨水能否被冲掉呢? 雨已经衰竭,风势依然,黑氏察看萝卜无恙,河水并不怎么变化,水闪着镏光活活流着,像是很凶。忽然在极远的地方闪一下火亮,倏儿又灭了,定睛看去,河的对岸有了微微一点红,如狐的眼睛,忽儿不见了,忽儿又出现在下方,同时有了水波声,不久一切消失,响一种咯吱细音到了这边滩上。

　　黑氏以为是鬼,气全屏住,窥觑黑影走近,见是一个担龙须草的人蹚河过来,那结实的块头,拙笨的步姿,黑氏认出来,叫一声:"木犊!"

　　木犊骇绝,骤然如跌在地上,嘴上掉下一个烟蒂,划一道暗红不见了。等分辨面前是黑氏,黑暗里将裤子穿着好,就笑了,嗤啦声比以往重了许多。

　　黑氏说:"这风雨天,你还过河? 水涨会卷你到老河口去!"

　　木犊说:"草收齐了,不连夜回来,那我就困在山里饿死。你一个人不在家,敢到这里来?"

　　黑氏说:"我来看萝卜,担心被水冲了。"

　　木犊说:"你要没菜吃了,到我家去,今年我萝卜好哩,又白又长的,够你吃的!"

　　黑氏说:"我吃你做啥的?!"

　　这话使木犊若沉深渊,明白面对着一个女人,一个年纪轻轻的寡妇,热情仿佛骤然下沉,半天冒不出水面,略显粗鲁地问:"黑,你还没个男人?这年头,没有男人怎么过日子,要找了,你就看准准的,嫁一个疼你的!"

黑氏顿时觉得鼻子不通,见塞作热,身子只是怠懒,靠在一棵河柳上。

木犊说完,亦无别说,见女人不言传,慌得忐忑不安。两人皆陷入缄默,各把思想放在这看到的河水、柳树,以及对面而立的人物以外的一个地方去了。直待到远方一声野狗的嗥吠,方清醒过来,黑氏说:"回吧。"木犊方觉起肩上的担子的沉重,两人一路无话。

十天后,有媒人找黑氏,说有男人出三百元聘礼娶她,问是哪个,说是来顺,黑氏心里作念:果然是他,他是敢有这份主张的!慌了手脚。媒人说:"人穷是穷,皮相齐整,况且老家不在这里,成亲后他带你离开这里,眼不见那一家人,心里不生气!"黑氏却说:"我不在乎穷,我就是穷家女子。我拿定主意是不走的,我要争口气,比试着那一家人!"媒人倒着了恼,说道:"你也是不掂轻重!那一家人成了乡长的亲家,有钱有势,你能奈何人家?"黑氏说:"我不奈何,政策奈何哩!"媒人说:"你好瓜,落到这地步!政策是什么,政策是烤洋芋;人熟了,洋芋是软的;人生了,洋芋是硬的。"黑氏说:"像你说的,真没世事了?"媒人又说:"依你说是不悦意来顺?你和来顺眉里眼里都有情意,正经提了,却不愿意?"黑氏说:"这是谁说的,我和来顺有什么瓜葛?"两人言不投合,媒人走了,几天里再不闪面,黑氏倒窝了一肚子气。

忽一晚,又一媒人来家,提的是木犊。她倒噗地笑了,说:"光棍子都来寻上门了!"媒人说,这全是木犊老爹缠她不放,问及木犊,木犊只说黑氏好,却不敢配黑氏,夜里本是操着木犊一块来的,走到半路,抱住一棵树再拉不下来了。黑氏听着,又忍不住轻轻笑,笑着笑着,眼里噙一颗大的泪珠。黑氏一落泪,泣不成声,趴在炕上难受去了,媒人以为黑氏动心,说句:"木犊家境你知道,人穷却心正,你也是吃过钱多的亏。模样吗,虽除了忠厚没别的出色处,但人样光堂了,心里野,吃了五谷想六味……听说来顺出的是三百财礼,木犊这三百五放在柜上了。"媒人走了,黑氏抓了三百五十元追出来,没追上,回来痴痴坐了半夜。

种罢小麦,黑氏结婚了。木犊把头和下巴剃得铁青,腰里系了一节红绸子,戴了一顶新帽子,在院子里招呼众亲众邻喝酒。他不会喝酒,却陪着来客喝了几盅,头重脚轻,言语放浪。硬逼着来客多吃多喝,不相信别人肚饱,瓮着声说:"再吃呀,三碗能饱吗?我一顿饭都加两碗哩!"

黑氏坐在炕上,按规矩只能呆坐,听院子里吃声繁响,继之是笑语呐喊,全戏逗木犊。她从窗格往出看,看到那堵墙头,想起以前是院墙那边人,两个人隔墙头递洋芋吃,想不来人是什么动物,一生要闹出什么折腾?目光眺斜视来客，偏偏没见来顺，忽然心头又重新加上什么颇重的东西，气也屏住，呼吸不匀。木犊进来，说声"头痛"，倒在炕就醉了。驼背老爹后进来，连唤几声，木犊不醒，说道："这木犊，你要招呼客哩，客还没走，你倒醉了?!"去取了枕头让儿子枕，黑氏看时，枕是石枕，是她当年送的。

入夜，木犊醒来，见是黑氏穿了一身新衣，坐在灯下，那衣服把黑氏几年前的青春寻回来，心里万般涌动。叫声："黑！"却无下语，嗤啦一笑，又嗤啦一笑，欲近来又怯胆，搓手不已，可笑如顽童忸怩。黑氏知道他是童子身，人丑家穷又欠言辞，从没有安排女人的经验，可笑了顿生可怜，她梳理了光生生的头发，心想：今日嫁他，就是他的人……黑氏是过来的，偏也作几分羞色，眼角眉底漾一种风情。木犊噗地便吹灭了灯，像饿虎一样扑来。

天明醒来，气象一派更新，黑氏看压在身上的一对胳膊，强健如铁棒，筋络凸起，黄毛丛生。最后落眼到卧房门的桑木扁担上，漆锃锃发亮，就想这根扁担养活了两张口，今添一口，这蛮牛一样的丈夫将会日复一日，年复一年在她身上，更是在这扁担上耗去精力和生命，鼻子不觉发酸起来。他终于醒了，给她讲好多新的感觉和体验，讲他如何要疼她爱她，他可以一拳打死一条狗，拳头却绝不落到她身上，讲他只守这一个女人，一生就心满意足，决不采路旁的野花。他，木犊，似乎还说到他当光棍时的苦楚，在包谷地里看见一对狗……黑氏就说："木犊，你昨日怎的不请来顺来喝酒？"

木犊说："请了，他说来的，却没来。"

黑氏说："他也是个好人，你在他面前不要气盛，几时了，好好待他喝场酒。"

木犊说："嗯。"

第三天，木犊卖龙须草回来，才路过村前打麦场上，麦秸堆后走出来顺。来顺突然间瘦了许多，眼睛混浊无光，说："木犊，你好快活！有了婆娘，活成人物了！"木犊就拱手，埋怨那天为何不来？来顺说："那日没去，今日给喝喜酒吗？"木犊说："好的，才卖了龙须草，口袋有钱，你等着，我买酒去！"即刻返镇上提了一瓶酒风卷而至，央到家炒了菜喝，来顺说不必，就在这儿干喝。两人到麦秸堆后握瓶子你一口我一口喝将不止。

木犊是不善喝的人，陪了几来回，眼里就出双影，来顺还是自喝又劝喝，自个一口酒一声祝贺，就呜呜哭起来，说："木犊，你是我的朋友，你可以穿我的衣，不可占我的妻！"木犊吓了一跳，说他并不敢做这六畜不如勾当。来顺又说："黑，是你婆娘，也是我婆娘，这女人我比你提亲的早，我掏三百元，你掏三百五，你把她娶了！我没钱，我就是缺钱！"木犊知道来顺有心思，喝了酒说酒话，他也是听黑氏说过来顺让人提过亲，拿了三百元的事，当下说："来顺，你这冤枉我,也冤枉了黑,她不嫁你,不是你掏的钱比我少,她也没要我的钱!"来顺愣了半晌,打着酒嗝问:"这是真的?"木犊指天发咒。来顺就举着瓶子说:"我冤枉她了,我没有再去,我迟了一步。咱喝,我喝,你喝!"木犊这时倒觉得很过意不去,有些对不住了来顺,就强撑着再喝,不久天旋地转,身软如泥。当时有一孩子在旁边看到,急去报告驼子爹,老爹赶来时,木犊已醉得不省人事,来顺还在给他灌酒。当下夺了酒瓶,摔个粉碎,骂道:"来顺,你好没德行,你要不下女人,恨我儿子!你知木犊人瞎,心里没道数,你是要用酒央死他吗?"来顺也醉了八成,忙道没歹心。驼子老爹气上来扇他一个耳光,背木犊回家去,骂不绝口。

四

无端风波,来顺落得一片骂名,多久也不敢到黑氏家来。

黑氏倒时时悬念于他,认为来顺不至于那么心坏,说知给木犊,木犊却讷讷说不清个是非。驼子老爹却猫头鹰一般,老远一见来顺就骂,在家里也当着儿子和儿媳骂,骂毕了就说一通"咱家穷,家穷风正,哪个野猫也不能欺负了这门户"之话,木犊醒不开老爹的话,黑氏听得出,那意思全说给她,是:木犊配你是配不上,既然你做了他的婆娘,你就得把篱笆儿扎好,不敢有个三心二意!黑氏脸粗心不粗,她受过小男人吃里扒外的亏,将心比心,她是清白怎么做婆娘的。

但黑氏黎明醒来的时候,总听到镇子学校的铃声,铃声悠悠,钻进这屋里,钻入她耳中,她就想起那个白脸脸敲铃人,想不来此人夜里怎么睡得稳,敲完铃了,又独独一人坐在校房门门口在想什么,干什么?

木犊偏在这铃声敲响之后,便醒过来,已经成了习惯。他又要到地里去,光了脊梁刨地,那汗冲着尘土在背上弯曲流下,如爬一背蚯蚓。或者,他再往深山去担龙须草,担木炭,浑身黑得像烧出的瓷壶,大白着眼仁,在锯齿一样的过风梁上亍亍而行。极度的奔波,深沉的疲倦,木犊的支持能力已经到了极限,他似乎是忘却了炕上还有一个酥软软的女人,他睡去如死去一般。但是,家境并不为之起色。多了一个黑氏,衣服有人缝了,父子的肉露不到外边,茶饭有了滋味,可穷家深坑,那钱入不敷出,比较左邻右舍,没个出人头地可能。一家三人愁得不知如何为好。

黑氏说:"木犊,你一根扁担溜山,人把力出尽了,挣不来钱,信贷员那家钱却那么好赚,咱也得想想别的法子。"

木犊说:"你是不是又想那一家了?"

黑氏说:"我想那家作甚,那么不廉耻?我想别人能做赚钱的生意,咱就不行了？咱不说能像那家一样暴发,也不至于这么老穷下去。"

到底做些什么,木犊老虎吃天无处下爪,黑氏也两眼乌黑。木犊有一天到镇子上去,路过信贷员入股的草袋厂,齐刷刷一院子的绞绳机、织袋机,各色男女在手忙脚乱操作,阵势甚是气派。一时企羡,强烈的欲望恍恍惚惚摇动其心,似乎有些招架不住。便走进去,这儿看看,那儿动动,顿时攫住一个夸大的念头,见信贷员从大门进来,便说:"阿叔,这厂子还要人不要人?"信贷员有一副眼镜,半戴半挂在鼻梁上,用镜子上边的半圆眼睛看人,说:"当然要人!"木犊说:"那收下我吧,我也织草袋呀!"信贷员当着做工的人,倒笑笑,说:"墙边有个石础子,你提起来看能砸几下?"木犊脱了衫子,一口气运进肚,肚皮黑黑地凸一张鼓,提了石础子一下、两下,连砸了四十八下,已热得满头大汗了,做工的人全都匿笑不已。木犊说:"我肚子饥了,吃四碗饭,能砸六十下!"信贷员说:"好了,你就是干这一行的,你去镇上看谁家垒墙打根基,你去吧!"木犊方知人家戏谑了他,气得满脸黑红。

回家来对黑氏说了,黑氏浑身哆嗦,骂道:"谁叫你去找他？咱就是饿死,也不去他们上要饭!"木犊说:"他不让我在厂里做工,我也不做了,明日我再去找他,我去信用社贷款,咱有了本到镇上去做买卖。"黑氏说:"甭寻他！他能给你贷款？贷款的人谁不暗里送他东西！咱有东西送他不如撂到河里听个响!"两个人说来议去,到后来相对无言。

翌日,木犊灰沓沓出门,中午返回,却鼻里眼里透笑。黑氏问时,木犊说,他在镇上遇见王家老七了,老七也是本分人,无脚蟹,没钱少本事做生意,就到山外铜官煤矿上去下窑。下窑是和鬼打交道,到阎王殿去做客,但他却安安全全,三个月挣得一千三百元,回来买椽置瓦要盖新屋呀。黑氏没去过铜官,知不晓下窑是什么情景,出蛮力挣大钱,心里也颇高兴。两口筹备着出外的衣物、盘缠,驼子老爹回来得知了,头摇得如拨浪鼓,说:"旧社会我去过那儿,那钱是拿命换哩。听说好女子都不嫁那边人,嫁了要尿三年黑水,且差不多要做寡妇!"说寡妇,儿媳就是寡妇来的,驼子觉得失口。黑氏说:"凭力气挣钱,那钱都不好挣,咱把王家老七问问,看看那里情况到底如何?"结果老七叫来,问个仔细,老七说:"苦是苦,也不像你参说的可怕,钱确实挣得多,就看你命小命大?"木犊说:"我命好,三十三四了还能娶个婆娘,命还不好?"立意要去。黑氏和老爹也不强拦。

出门那天,这家人特意请吃了王家老七,叮咛一路承携,木犊人笨眼瓷,在外全靠他了。老七板了腔子。老爹便又是设了香案,要木犊拜天拜地拜列宗列祖,再退至门口。反身立于门内,念出门咒语,划四纵五横护身符,泪水婆婆送他上路。

木犊一走,偌大土炕上睡个黑氏。木犊在家打呼噜,她已经习惯在呼噜声中蒙头酣睡,如今没了雷打的轰响,她一夜要醒来数回。从窗子往外看夜空,星稀月明,银光泻炕,千声万声为丈夫祈祷,却每每在黎明之中,听得到学校的铃声,婉转凄凉,像是一首悲悲的歌。

地里的活全部留给黑氏了,她锄地,她挑粪,她收获,别人的秋已经种下了,她的地还没有刨完。月光底下,驼子老爹帮她,年迈人累得咯血,睡倒了。她只好又在家给老人请中医,在火炉上煎熬草药。

再到地里去,两天前刨的一半的地,却剩下了一小半。黑氏生疑:馍不吃有人会吃,地不刨也会有人来刨?这人是谁,如此亲善?夜里是二十九,乌云吞了月亮,黑氏再去刨地,地畔上有一个黑影,忽大忽小。她惊着过去,刨地人竟是来顺!

她没有叫他,立在他的身后,呼吸觉得不匀。来顺为这些微的特异的声息注了意,回过头来了,也没有说话,但眼睛放光,黑暗里看得清有奇异之色。

黑氏说:"谁叫你替我刨地?"口气倒有些愤怒。

来顺说:"我不能到家里去,我还不能到地里来?"

黑氏不知道再说些什么话,默了半天,拿了镢头刨地。来顺也刨地。两人离得很近,也不说话,各自的惶恐和茫然中两人又觉得距离得很远很远。

这夜里,天黑得涂炭,田野空无人影,连一只游狗也没有,土拨鼠,它悄悄扒土,不理人的事情。一直刨到鸡叫了,地刨完,虽不是处女地,但静夜里的新土在潮气和露水里散发出一股浓烈的清馨。黑氏和来顺坐在地头上,激动使他们并不感到疲劳,慌恐却更是在消失了繁重劳作之后陷于凝固的沉默中。黑氏压抑不住了,同时感到了一种不该的情绪,说:"来顺,多谢你了,你快回去睡吧。"

此话说得十分无劲,充满了柔情,夜色也有些冲淡了。来顺说:"我不要你谢我,我睡也睡不着。"

黑氏说:"那……到我家去,给你做了饭吃。"

来顺说:"你敢?!"

黑氏确实不敢。驼子老爹虽然病着,他的耳不聋眼不瞎,况且丈夫木犊不在家,三更半夜领一个壮实男人回去,别人不说,自己也害怕。她埋下了头,再一次说:"来顺,你再不要帮我家了。"

来顺却发疯地站起来说:"我就要帮,我不能看着你苦得这样!"黑暗里,来顺走近了,浓重的烟味和酸臭的男人汗味堵住了黑氏的鼻孔,她感觉到了一双抖颤的烫热的又是粗糙的手来抓她的手,她忽地触电般地跳开,随即挥打一下手,打在空里,夺原路跑走了。

第二天的中午,乡邮员送来了一封信,是远在千里的地下另一个属于黑暗的木犊来的。木犊的字认得并不比黑氏多,信是写在一张烟盒皮上的,寥寥数字,唯有一句:"天要冷了,夜里睡不好觉,把我的毛○○捎来。"

黑氏念了三遍,看不懂画○○是何意思?又是"夜里睡不好觉"的事,就想到不点灯的事情上,虽然恨木犊只忘不了那事,但毕竟在想着她,她想起了那一丑陋但还可爱的嘴脸来。就嗔怒骂一声:"这瞎人哟!"驼子老爹手捏着随信寄回的五十元,神情亢奋,专注看儿媳读信的表情。此时疑惑,问信上内容,黑氏又念了一遍,正羞正慌,驼子说:"噢,这是让捎他那件羊毛夹袄袄哩。这木犊,一定是不会写袄袄二字,就画了圆圈代替了。"说得黑氏登时面上无光。

于无人之处,黑氏倒为自己的猜想荒唐而窃笑,丈夫终是文墨不多的下苦人,写一封信,难如下一次窑,必是万不得已的事才写上,哪里会是有情趣有闲致写那逗情取骚的文字?黑氏吁一口长气,倒操心起那憨人远门在外,举目无亲,吃什么,睡什么地方,怎样在那地穴里不用眼睛又浑身得长眼睛地爬行拉煤?她庆幸昨天晚上没有被来顺拉住手,她对得住为她去挣钱的丈夫!

一想到来顺,黑氏就竭力以排外的警惕来完满自己对丈夫的忠诚,但是这种完满,于远在千里的木犊是最宜的,于这个正在疯狂如狼虎的少妇年纪而空守一面大炕的人是极不平衡的,她多少感觉到了一种内疚,对来顺不起,"他说到底是好人,"她暗中给自己说,或许,当初重嫁时,她极可能就是嫁给来顺。人生的婚姻实在无法估量,一个女人要不将身心交付这个男人,要不是那个男人,交付给这个了,他在家一尽享用,而那个在这个不在家之时却也无法占有,这也就是人生的命运吗?

当黑氏再一次在田野的地埂上采打蔓花菜。远远地看见来顺了,就主动打招呼。女人一高兴,来顺也就高兴了。他们站在暖洋洋的初冬的太阳下,说了许多话,来顺也让她注意到了田地那边一河活活的流水,注意到河对岸山崖下腾浮的一道蓝如火焰的雾霭,以及阳光云雾所致使远山呈现的虚幻的抛物线。黑氏三十多年里生在山里长在山里,山里的奇景妙色第一次领悟,她感到美如做梦。

她日益丰润,早先那一身黑瓷滚圆的肌肉,现在变得细腻绵软,口角边添上了细细皱纹,却愈发使嘴唇圆满如一颗沙果。木犊每月捎回的五十元钱,除了替老爹添置了一顶毡帽,她给自己也缝制了一件蓝底小白花的套衫。这衫子得体而大方。把头发光光地梳理贴在头上,提一篮萝卜到河里去洗,她显出几分风韵。有一次从小路上匆匆跑过,正背着出山的日头万道霞光,一个人在路头看了,大声叫了一下"美!"羞得她蹲下不动。那人是来顺,还在夸说她跑过来时,霞光在她的人体轮廓上幻出一层像绒毛一样的红晕,"是菩萨身上的灵光!"

使黑氏最沉重的负担,是驼子老爹的病情,老不见好,身子一日不济一日。家里粗茶淡饭尚有,吃荤啖肉却不敢奢侈。她就赤了脚到水渠淤泥里去打捞螺蛳,山地人称海巴牛的,回来热水烫了,剜出一点肉在铜勺中炒了奉爹。一日晌午,吃罢午饭,驼子老爹在炕上歇身,黑氏爬在院墙头上卸架杆上的红苕枝蔓下来捶猪糠,来顺在门前轻轻叫她。

来顺神色神秘,用嘴努努上屋,小声问:"老爹在?"

黑氏说:"睡了。"

来顺就跳进门限,站在一架纵横交错覆盖院子一角的葡萄架下,说:"睡了好,要不他看我是老虎豹子一样可怕!"

黑氏说:"你有事?"

来顺并不作答,脸诡诡笑,葡萄蔓筛下的光点落其全身,顽皮可笑如一童子,从怀里往外掏一个霜杀得朱红的蓖麻大叶包。

来顺说:"灶上今日改善伙食,每个人四块,我见你下水里捞海巴牛儿,知你胃里寡,我吃了一块。"

蓖麻叶里包着三块肥嘟嘟的酱赤赤的熟猪肉。

黑氏呼地有一股热东西冲在心口,双手接过来时,却说:"瞧你,孩子一样,我哪里嘴馋!你吃吧,我不吃的。"

来顺说:"怎么能不吃?"

黑氏说:"我这么胖的,越吃越胖了,你吃了吧,别让外人看见,倒碜眼!"

来顺说:"那我吃一块,你吃两块!"

黑氏吃了一块,满口油香,另一块却用蓖麻叶包了说要留给老爹,话未落点,驼子从门里走出来,两眼凶光,破口大骂:"我哪里少了这一块肉,木犊屋里的,你不怕那肉里有毒药?你把它吐了!"趔趔趄趄横过来,夺过肉摔在地上,用脚踩得一片油渍,那枯瘦的指头就戳在了来顺的鼻子上,吼:"来顺,你这不正经的东西,你送她什么肉?!她穷死饿死与你有何干系,亏你这份好心!木犊没在,你竟能欺负到我家门上,他是个能行角色,你到乡长的女儿那里耍骚去!"骂得来顺眼睁不开,灰溜溜夺门逃走。他自己还余怒未消,返回屋去时,却软坐在门限上,虚汗直冒,一口白沫。

黑氏立即便将院门关了,免得四邻知道,扶老爹上炕,作了许多解释,就到自己屋里痴痴呆坐。她怪这驼子太是多心,没事的事惹出事来,倒让她重新审视这来顺,愈觉让他委屈。女人之所以称为女人,自多了一份比男人所没有的柔水一般的同情心,她满足于男人对她的爱悦,一个动作,几句言语,就可以换得万般感念。而男人,若野蛮无赖式的一味施侵略政策,这感念就随之消灭,但乖觉的男人则来一种小技,装作受屈受辱,那女人的柔水就海一样深,四处溢流。来顺正是如此,在第二天黑氏主动去了放学后的学校房门,安慰一下来顺,来顺一脸苦相,黑氏就多呆了一会,在盆子里搓起泡好的衣服。

这夜里月光冰洁,蛐蛐鸣叫不是十分寒冷,亦不多少潮闷,正是心性勃发之良机。来顺见黑氏真心待他,愁情忧绪很快从心上退却,说了许多话,许多话说在一条既出线又未出线的边缘地带,常常是双关语,后来见黑氏双手搓衣,鬓角发动,飘飘飞飞,多几分娇媚,便自己把握不住自己,那一双饥渴的爪子就钳住了黑氏的腰。黑氏惊慌挣扎,但全无效,先是叫"来顺!来顺!你疯了?!"后来就一语不发,处于昏蒙状态,完全被放倒在了那张小床上。同情心是女人的优点,缺点却往往根源于这同情之心,今晚上黑氏吃了亏。

她清白过来,房子的灯,芯小如豆,忽而暗下来,要灭又不灭,焰浅蓝像雾,微漾不静。她记起刚才身子被放倒后,这个强有力的人却并没木犊那种粗暴,耐心抚爱,一派文明,明白他是处理女人的老手,或是初试,则无师自通,这是比木犊高明之处。但后来,脑子又一片空白,翻起床,也不看来顺,无言返回家去。

来顺也不明了她所思所想,寻不出一句安妥的话对她说,默默望她去了,她听见学校里突然有了收音机声,且音量颇大。

五

到了四月,木犊回来了,木犊原本面黑,粗而大的毛孔里嵌了煤屑,水洗不净,黑得如鬼如魔。羊毛袄袄已被磨成布絮,永远存之地下的另一世界,但那一件布做的裹兜里,有一个特大的口袋,缝得严严密密,内部有二千一百二十元。千里外坐火车,搭汽车,睡旅店,三天四夜未能脱衣,二千一百二十元的钱票在家取出时,汗水已经将其浸湿发软,臭不可闻。村人视木犊为英雄,数月光景,旋即获得这么多钱!木犊大讲铜官,犹如异国归来。钱使信贷员的儿子堕落,钱也使木犊喜欢得差点死去。只是夜里,他才如实说起地下那另一世界的黑暗和可怕,说一个班一天一夜,他带三十二个饼子下去,于坑道里狼虎一样地吃嚼。说从井下出来,井口站满了下井者的家属。一直愣愣瞧着亲人出现,他没有人等他,于阳光下刺激双眼寸步难行,蹲在那里半天适应,完全是一个黑蜘蛛,瞎眼狗熊。说他学会了敬神,买了护身桃木符,在一次塌方里,眼瞧着一个同班被石头砸死,血从头上喷水一样射流。黑氏听得毛骨悚然,捂了嘴,不让再说,扑上去把丈夫搂在怀里,用泪水萧萧的脸温存那发散汗臭的胸膛,手臂,头上的五官各部。绝然不愿提及和来顺的事。

木犊在镇集上遇见了信贷员,信贷员问:"木犊发财了?"木犊说:"比起你,小拇指头和腰了!"信贷员哈哈大笑,说:"我当初没收你做工,没贷你钱,也是激你去发愤,你还真的发财了!二千多元,你怎么处理呀,能不能存储到信用社,让生儿子生孙子取利息呢?"

木犊说知黑氏,黑氏坚持这二千元不必存,更不能乱花,有本钱了就干一项营生。结果选中开店,因为木犊除了下苦力外,别无所长,而镇子东街头有一间小门面,月租四十元,是合算的。自此,一家小小饭店开张,日里黄昏,店前的一株大柳,万千枝条迎风微漾,深绿浅绿之中就飘闪一面招旗。镇上不繁华,人皆没有白日在街面买吃习惯,而以镇为枢纽,南来北往东西复返的生意人,做工人,赶路人,却全在饭店用膳。吃客便是上帝,笑脸赔着在柳下的石凳上歇了,沏一壶茶过去,两口就烧水擀面,黑氏在案头上抖动着两颗硕大丰腴的垂奶,将面擀得薄纸一张,待木犊烧水未开之时,附身在窗台上,与吃客搭讪会话。吃客经见多,见了女人兴趣正好,也乐意说些老鼠成精,人妖结婚之类奇闻,惹得黑氏讶一通乐一通,表情丰富。女人的极有奇特趣味的印象就刻在吃客心上,到处扬说,这饭店生意倒日日兴隆,入夜,镇上人有喝烧酒之风,店里便顿时热闹。酒可以使山地的男人变成另一个种族,放肆地说粗言秽语,拉木犊入座,木犊不喝,就嚷黑氏陪酒,竟三个五个男人的胳膊按住她的手,要她陪喝不可,木犊就也劝黑氏喝,嗤嗤啦啦只是呆笑。酗酒者就不免骂一通木犊有艳福,守住这么一个中看的又能干的婆娘,木犊也自高自大,夸口几句自己做男人的气魄。如此,日复一日,月复一月,远近人皆知这家饭店,说饭店就说到店老板娘,少不得有些浮浪子弟,对着黑氏不三不四。

一日,店里过了饭辰,木犊去家照看驼子老爹,黑氏刷了案板正坐着歇息,小男人一透一透在店门往里看,见黑氏抬了头,忙一脸正经,便显出大有漫不经心之神气,用指甲刀噜噜地刮五个指头尖的骨片。黑氏说:"你来干啥,要吃饭这会不卖了!"小男人说:"别那么翻脸不认人,我也是你的男人哩!日子过得不错嘛!"黑氏说:"要不了饭的!"低头将刷过的案板又刷一次,以为小男人已经走了,一抬头,他还在,一条腿跨在门限上,软软地闪,专心看手里的一件东西,说:"这是什么呀?"黑氏没料到他竟未走,听了这话,不觉顺口说句:"什么东西?"小男人就走进来,手一展,一只蓝色的电子表,其显示面上有两个黑点不停变幻。小男人说:"要不要,给你吧?"黑氏"呸"地吐一口,将他掀出店口,门也随之关个严实。

但是,信贷员却有时到店来预备饭菜,招待来找他的客人。来了,黑氏当认他不得,平静着脸算账,一分不少,一文不赊。木犊去涎了脸让坐让茶,饭菜吃罢,便又拿自己的烟末匣子放在桌上,让人家来吸,信贷员问起行情,又无巨细说明,反复强调生意比不得信贷员的工厂收入。其恭敬卑怯,为黑氏所不齿,当面暗示,背后数说。木犊说:"人家毕竟是这地面的大人物!"黑氏平生第一口将唾沫喷在他的面上。

钱来路活泛,极有盈余,不幸的是驼子老爹却病情沉重卧炕半月之后,汤水不进,阳寿殆尽,伸腿升天去了。夫妇俩关店十天,痛哭一场,葬老人入土。驼子一生贫苦,性情刚硬,却死的清白,使这店家又少了一份后顾之忧,却苦了黑氏和木犊夜夜一人看守饭店,一人看守老屋。日久,木犊就将不点灯之事淡冷,后来一月两月竟似乎要忘却了。

来顺依旧在学校烧水做饭,敲铃打杂,每每看得小男人与乡长之女好时两件东西贴拢一起,唧哝有声,就如眼中钻沙痒痛不堪,恶时又桌翻椅倒,于窗口将枕头抛出,将茶壶和裤衩抛出,就又想起与黑氏交情。按捺不住一份心绪萦绕于另一个人身上。驼子老爹死后,他从心底里呼出一口长气,却买了纸去到驼子的灵前,点化了,哭了一场,木犊见他哭得伤心,大受感动,双手去扶,黑氏却说:"让他哭吧,哭一哭也好!"话中意思,只有她知道,来顺知道。

此后,木犊消除了对来顺的反感,来顺没事常踱到店来,热乎招待,逢吃也让吃,逢喝也让喝,这来顺是聪慧之极,眼中有水,手脚勤快,也帮这家刷碗收筷,门口应酬,介绍饭菜,招揽吃客倒确实比木犊强出十倍八倍。

但黑氏最明白来顺的心,见他殷勤,总是不安,好言好语要他一边歇去。愈是这样,木犊愈觉来顺人好,来顺愈要加劲为黑氏殷勤。黑氏私下对木犊说:"店是咱的店,要人家帮什么忙,他要再来,什么也不让他做!"木犊说:"他愿帮忙就帮忙,一片好心,硬要阻拦,倒显生分,冷他一个热肠!"黑氏只好不语。

一个晚上,月色朦胧,黑氏从饭店赶老屋来睡,正坐院里捶腿揉腰。院门敞着,门外的几棵老槐树下,新生了许多幼株,黑黝黝在风里摇曳。倏忽听得有细响,蛇样爬行的沙沙声音,好疑,槐树丛子里有一点烟火,暗红如萤,便惊起,询问:"谁在那儿?"那人走近来,却是来顺。

黑氏说:"你鬼鬼祟祟,以为是贼呢!"

来顺说:"你夜里有屋,木犊还睡在店里?"

黑氏说:"我们也分了班的!夜里他要剁肉馅。你是到哪儿去的,路过这里?"

来顺在月下说:"从学校来的,专到这里来的!"

黑氏腔子里的一颗心别地一跳,便说:"你坐吧。今夜月亮蛮好,你近日没回老家去吗?算黄算割是不是有叫了?"

女人的慌口慌心,来顺全觉察到,他要想办法稳住她的情绪,说道:"昨天夜里叫过两声,再过四天,就是小满。人过小满说大话,今年麦子成色要比往年好。我们山里麦才扬花,和川道差二十多天,到时候我来做你们家的麦客。"

黑氏轻轻笑了一下,说:"你也是,恁事也帮我们……"

来顺就说:"黑,我这几天尽是做梦,我也思想,我是不该到你家来,可梦里老做到你,醒来心就慌慌的……"

黑氏果然平静下来,问道:"做什么梦?"

来顺说:"有时梦你穿一身新衣,到镇上去,好多人给你吹奏唢呐,你唱起戏来,样子像十七、十八的一样。有时梦你坐在店前柳树下哭。梦到好的,心里就叽咕,说,梦是反做的,会不会有什么不好的兆征?梦到坏的,又担怕应了实际,就要来看看,你说好笑不好笑?"

黑氏就真的笑了,说:"来顺你嘴甜,说得中听哩!"

来顺正色道:"这可是真的,有半句假,让鬼摄了魂去!"

女人就看着来顺,瞧那一张白光光瘦脸,被瞧的也不回避,反以更加的勇敢用眼睛回敬,看出她的情味溢在眉里眼里,不觉神思荡漾,如升云头。

后来,这女人就偏过头去,看天上的月亮,看院墙根边的一株柳上栖息的一对鸟。鸟是夫妇,以爪平衡身子于细枝上,一只已经睡熟,一只朦胧复朦胧。想到人生如鸟类,白日比翼齐飞,夜来依偎而睡,这原本是活在世上的内容。可眼前的来顺,孤身独影,夜夜为别人的婆娘做梦,着实是活人的可怜!不觉气伤神黯,又轻轻叹息一声。

黑氏说:"来顺,你要闷得慌,就来我家坐坐。你也是这般年纪的人,无论如何,你还是找不下一个女人吗?"

此话触到痛处,来顺却没落泪,反倒笑了。

黑氏问:"你笑什么呀?"

来顺说:"我活该是光棍命!那时节,我本是再多找上你几回,事情就成了,可我没有……木犊命比我好。"

黑氏没有言语。

来顺又说:"黑,木犊待你还好?开店是好事,也实在累人,你要保重身子,月月到你们女人家身上有红的日子,你不要见冷水,你却还到河里挑那么满两桶水?!"

黑氏一惊,这些事他哪里知道?是观察她的脸色吗?这些,木犊也是从不知道的,陪自己吃喝睡觉的木犊不知,这一个来顺却看得出!黑氏突然觉得白脸汉子是将她完全装在心上的,就大为感动。

黑氏说:"他人呆,只是肯听我话。"

两人说此说彼,来顺忘了时间,黑氏也忘了时间。离开深山,嫁到这平川道来,她和小男人没有这么说过家常话。嫁给木犊,木犊虽不欺她打她,但木犊别的一点不会,甚至压根想不到,使她时觉寂寞袭心。人毕竟是人,除了被受尊重人格之外,还有接受抚爱的欲望,尤其是女人,说老虎时就是老虎,该小猫小狗就是小猫小狗啊!

说说话话,不知不觉,自自然然,来顺是把黑氏的手握住了,用软和的舌头舔,用牙轻轻地咬。黑氏没有吱出一声,事毕了,她送他出门,星月满空,夜更深沉,村外四面包围着的即将成熟的麦子,在清风中涌动,将月光漾出波般的亮闪,浓重的令人心醉的四月田野地气使黑氏饱饱地吸了几口,涨满了全部胸膛。

店日日开门,连麦收天也未停止,木犊像一头任重耐劳的牛,夜里割麦、碾场、翻地、播种,白日开店卖饭,人累得失了形体,一收拾完当日的工作,就如一条从树梢跌下来的死蛇一样,趴在炕上沉睡不醒。

黑氏夜半醒来,摇不起他,后来就等着学校的铃响。

这一家再不是往日的穷人了,他们也有钱,村人企羡,黑氏碰见信贷员和小男人了,也不远远避开,目光直直地走过去。一次逢集,一家私人经营的衣服铺里,小男人偕着乡长的女儿在问一条丝织围巾的价,大声吵闹,为五角钱论高论低,黑氏走近去,虎虎地问:"多少钱?"回答是:"十三块。"黑氏说:"取一条!"随手从口袋抽出钱来,拎围巾扬长走了,逊得小男人和乡长的女儿脸红不已,难堪不已。这围巾黑氏却没有系,冬天里也不系。木犊说:"那你何苦,买这干啥?"黑氏说:"为了啥,你还不明白?!"木犊见黑氏用钱大方,慢慢也手大起来,外人常捉弄他,动不动和他打赌,赌输了就罚他买酒买烟,或者到店里来啃几个猪蹄,吃两碗面条。到后,竟耍起钱来,打扑克赢输,一玩起性则通宵达旦,也不光顾黑氏一个人睡在偌大的土炕上。

黑氏很有一些意见了,吃饭时,炒两个小菜放在桌上,桌边安好两个椅子,一心让木犊一块吃,木犊却一只海碗里盛完饭,将菜夹在饭上,端着到门外找人,一边聊一边吃,晚饭过后,黑氏让木犊和她坐坐,木犊说:"店里的事,你安排,需要干啥你给我说!"黑氏说:"你不会说说别的话吗?"木犊说:"还有什么话? 没有啥了! 睡吧。"一躺下来就呼呼入睡。

这时节,来顺来了,黑氏就不让走,问这问那地说话。一夜,木犊又去耍钱,来顺和黑氏在家聊天,聊到夜深,说起木犊,黑氏长吁短叹,眼噙泪水。来顺劝慰,反倒愈劝慰愈使她伤心,后来伏在来顺腿上,竟低低抽泣不住。……

鸡叫二遍,门被拍响,木犊推门进来,屋里没点灯,倏忽间似有什么影子从后窗一闪,问道:"黑,窗外像有什么?"黑氏恐极,却说:"有什么有鬼?"木犊脱衣上炕,睡下了说:"我这眼睛不行了,还以为有个什么在窗外动!人都说有鬼,虽没见过,晚上还是早早把窗关了。"黑氏说:"你还这么想到我!让鬼来吧,屋里没人,鬼给我作作伴也好。"木犊说:"说有鬼,哪里就有鬼了?睡吧。"就鼾声顿起。

六

从来不曾预料的事,往往它就发生了,发生得突兀,当事的人和旁观的人皆措手不及。信贷员一夜之间陷入了困境,自从银铐入狱,一去十五年不能生还。

信贷员触犯了法律,三年来,一共贪污挪用公款去入股办私人企业三万三千元。利用贷款,明敲暗诈,从中受到不义之财六千六百元。事情败露,穷追不舍,他便被一辆囚车装着走了。

县调查组到镇上住了十天,第十天早晨,一阵刺激人耳的汽车喇叭声吵醒了饭店里熟睡的黑氏。她隔着窗棂往外看,东方欲晓,囚车停在信贷员家的门口。黑氏心惊肉跳,使劲蹬那头死睡的木犊,小声叫:"快起来,公安局要抓人了!"两人开门出来,镇街上已经站满了人,全在喊喊啾啾。

黑氏过去问:"是抓谁了?"

那人说:"你还不知道吗?恶有恶报,善有善报,信贷员到他受罪的时候了!"

黑氏却终不明白这事她怎么能知道?!信贷员的为所欲为,黑氏在做他的儿媳之时,便疑心他的不法不正,离开这家,她再未过问这家事,她盼望有朝一日他会受到应有惩罚,但当明晃晃的铁铐套在了信贷员的手上,小男人哭死哭活撵着囚车跑,黑氏竟有些心软,口里念念:这一家完了,全完了!

回到饭店,脸色有些发白,木犊问:"黑,调查组来,你提供什么证据了?"

黑氏说:"人家没有找我,就是找我,我能说出个什么证据吗?"

木犊说:"外边有人说是你写信告发的,你和这家是仇人,把信贷员整死了!"

黑氏方明白街上人对她说话的意思,就说道:"这是胡猜测哩。他也是天怒人怨,咱不告他,自有告他的人呢!"

木犊说:"这世事真摸不透,那一阵他是万元户,是名誉校长,披红戴花的,这一阵便成坏人?"

黑氏说:"你懂得什么,别人哄着吃了你,你也不知道,他投资办学,那是买后路钱哩,可天到底不容恶人!"

木犊问:"这么说,那儿子再当不了教师了?"

黑氏说过"那是可能的",但不再言语。

小男人果然从学校开销了,依旧做他的农民,再不能领着学生在操场上打篮球,于双杠上腾翻飞动。人蔫得霜杀一般,蓬头垢面,人不人鬼不鬼。老子作孽,欠下的赃款儿子得还,小男人将新盖的楼房出卖了一半,还欠八百元,听说愁得夜里在家里呜呜地哭。

来顺将小男人的近况告知黑氏,黑氏对木犊说:"木犊,他家挥霍了公家的钱,那得一分不少还给公家,可他现在没钱,也够愁得可怜……"木犊击掌叫道:"这好,这好,他应该上吊去死!"黑氏说:"我想咱日子好过了,又眼看着他家报应,咱受的气也算出了,如今他毕竟年轻,又有老母、婆娘,日子也是要让他过的,咱拿了钱,替他填了这笔钱窟窿,你的主见如何?"木犊说:"你这是怎么了啦?你这不遭人耻笑吗?"黑氏说:"外人笑甚,当初我被离婚,外人耻笑我,今日我救济他家,只能外人耻笑他家!"主意不改,木犊只好依她。

黑氏去找小男人,小男人的娘自愧难容,躲在内屋不敢见面,小男人一人独坐自己房间,四面光墙,衣柜衣箱俱无,见了黑氏掏出钱来,扑倒在地,要给黑氏磕头。黑氏才知道信贷员抓走之后,乡长受到党内严重警告,削去官职,调到另一乡政府去当一名小干事了。那女儿,小男人的婆娘第二天卷了家里物什往娘家去住。

不久,风声迭起,尽说小男人和乡长女儿二婚事:先,新夫新妇,如胶如漆,恨不能白白夜夜两人合了一人,大天白昼的在房里作那种勾当,让学生隔窗也觑见。到后,那婆娘就厌烦起来,时常不到学校过夜,有人看见在县城的旧城墙的洞处与一英俊年少生客搂抱相啃。这事人人皆传,小男人却蒙在鼓里,渐渐发觉婆娘不与他睡,殴打了几回,后虽夫妇同床,却各自为阵。再后,双方协定星期天晚上过一次那动物生活,而那婆娘即总是晚饭之后即吞服三粒安眠片,于昏昏沉沉无知无觉之中随他便。黑氏听说了,好不心伤,一面幸灾乐祸,一面又怨乡长的女儿心底残酷!

小男人总算没有离婚,但婆娘不回家来也如同离了婚一般。此日,木犊和黑氏正在饭店和面,小男人胆怯怯坐在店前柳下叫"木犊哥!"木犊招呼他进来,沏了茶喝,来顺也来了,三个男人各怀了心思说话,小男人说:"木犊哥,我想到山外铜官去下煤窑,那路线是怎么走的?"来顺说:"你也要去下窑,那是什么苦,你能耐得?"小男人说:"我得要钱呀!"木犊说:"去去也好,可得头提在手里,你要是个命大的,挖个三月五月,回来也可办个正事。"黑氏于灯影暗处立定,不到桌边来,想这小男人若早有此心此志,也不会落魄到这般狼狈,由此想到自己一生所遇,不禁流下几滴眼泪。

钱害了小男人,如今小男人又得去找钱,小男人一生都被钱压迫着。

他果然去了铜官,但不出两月,一封电报拍来,一次井内塌方,小男人砸死了。尸体运回来,黑氏去看了,已经没有脑袋,空剩一张脸皮,她哭了一声,昏在地上,醒来从饭店取了一个干葫芦装在脖上,将那脸皮贴出脑袋的模样。

这年秋天,社会越发时兴改革,大城市的工厂、单位见天有人到镇子上来,推销产品,购买山货,镇子扩大了两条街道,往日两边街面的洞里坐着做针线的女人,一边手中忙活,一边说着有盐没醋的闲话,如今都装了板门,安了比门还大的斜窗,于里边摆了货架经营。黑氏的饭店也应时扩建,一间改作三间,直到了门前大柳树下。经营项目已不是面条,可以炒各种肉菜。大师傅是月薪百元聘请的一位县城关老者,木犊还是那一身打扮,不破烂,也不干净,做粗笨重活,而黑氏衣着整洁,光头整脸,专在桌前招客接待。洗碟刷锅锅的,则是一个并不苗条,屁股硕大的女子,女子没爹没娘,与哥嫂过活,请来帮工,吃喝管后,月薪三十。

黑氏颇爱这肥胖女子,好吃好喝从不避过,天黑收店关门,也拉她同自己睡,说好多关于男人的事,关于做女人的事。这女子人粗心细,早开那一份情窦,也问到入店来怎不见他们夫妇去一块睡觉,黑氏就以话支开。

来顺时常来店,与主人、帮工说笑,三盅热酒下肚。眼却发痴,死死盯住从屋顶破洞之处斜射下来的光柱出神。肥胖女子不解,看那光柱,并无异样,有无数的活的小飞物在其中沉浮。黑氏就说了:"去刷碗吧!"自己却坐在桌前喝酒,亦复一语不发。

入夜,黑氏要胖女子和她回屋去睡,木犊又睡到店里,老厨师傅就说:"木犊,你怎么不回去陪婆娘,你是信不过我吗?"木犊说:"回去睡和这儿不一样吗?"老者说:"当然不一样,你让人家没个暖脚的吗?"木犊就嘻啦作笑:"一把年纪了,又不是少年夫妻!"老者说:"多大年纪?你有我大吗?我像你这般时候,夜夜不想出门的。"木犊就又笑,说:"我也是回去的,不也就是那回事吗,一月半月的那么一次就罢了!"老者说:"你这男人!也该回去说说贴己话,县城里的夫妇,每晚城外河堤上肩挨肩散步的。"说毕,就叹息一声,说出一句旧不旧新不新的话,"城乡到底有区别的!"

但是,木犊睡在店里了,黑氏却有几次支使肥胖女子半夜到店里去取什么东西。有一次回来很委屈。黑氏装着不理会。

八明十五的晚上,月亮出得特别圆。人都在家里吃团圆月饼,剥花生,栗子,来店用膳的人极少。老厨师下午也回县城关家去了,肥胖女子早早收了店,在门前石桌上摆了水酒茶点,招呼店主人夫妇来享用,却远近不见了黑氏的踪影。木犊说:"八成去学校了,来顺今夜一个人孤零零的,她是去叫了。"一等不来,二等还不来,木犊遣肥胖女子去看。回来说学校门锁着,狗大个人儿也不曾见。

而同时在通往深山的五十里外,一个小山村里,村子里发生了一件事。一个孩子于村口锐声叫:"快去看呀,好看得很的东西,一条绳子拴了,村长也去了!"正家家吃月饼的男人和女人以为是山外来了耍猴的主儿,要趁这月明风清佳节之夜为村人助兴,还是某某猎户又从山上提回什么稀罕、珍贵飞禽走兽,一齐跑去观看。在村口的山溪,过了横卧的独木老柳渡桥,一块瓜田的作废的草庵里,一对赤身男女被绳缚,身上被人盖了一张被单。村长正在审问:

——你们是哪里人?

——西川村的。

——为什么到这儿?

——回家去,天黑了,路不好走,在这歇一夜。

——你们是什么关系?

——夫妻。

——有什么证明?带结婚证吗?是不是私奔的一对贱东西?是不是人贩子,骗拐了这女人?

——不是。我还带着被盖卷,我们是往外做工的,要赶着回去团圆,赶不及了……

言之有理,村长便解了绳,喝退看热闹的人,还他们衣服穿。但村人却有认为既是夫妻却野外过夜,又偏是于这么好的月夜在他们村口,有败兴他们之罪,便提了一桶凉水从头至脚哗地倾倒在这男女身上,以示惩罚。那男女各叫了一声,双双顺路急跑,女的跌了一跤,"哎哟"连声,那男子扶起,发急地说:"要跑,跑出一身汗了,凉气就渗不到骨头里去!"

女人抬起头来,被架着跑,终不明白这路还有多少远程,路的尽头,等着她的是苦是甜,是悲是喜?

选自《人极》,
长江文艺出版社 1992 年版

马 原

冈底斯的诱惑

当然,信不信都由你们,打猎的故事本来是不能强要人相信的。

一

我知道这么晚来找你你要骂我,要骂你就骂吧。这次我是非来不可,知道要挨骂我还是来了,我说你到底开不开门? 啊?! 下雨呢,我不骗你,你到窗前来听听。不是我屙尿,一泡尿哪有这么长久的? 哎哎,起来嘛。真的有要紧事,天字第一号重要的大事,是世界最大的事。快开门,我都给淋透了,我打哆嗦呢。别装睡了,我停自行车你才关灯的,你知道我又来找你了。不是扰你,是真有事,真的。

我也是刚刚听说,听了就睡不着了,我激动得心里一个劲儿发抖。这事太重大了,我不能站在雨地里隔着门板告诉你,隔墙有耳。谁故弄玄虚?! 骗你是那个。哎呀! 我三十来岁的人跟你起誓还想怎么的? 我直说了吧,是叫你参加我的探险队,我是组织者也是队长,还有个顾问。我们需要几条枪,两架好一点的照相机,几个有胆子的汉子。你是我头一个想到也头一个来相邀的。我知道你是个有种的。我看过关于你和你弟弟的那篇传奇故事,陆高是那些血性男儿的偶像——你看我在当面捧你了,本来我讨厌这样。我们认识十年,时间不算很短了,我没有当面说过你一句好听的。现在我来找你,你不开门我才说了这句话。也许你以为我也是个姚亮吧。是又怎么样呢? 虽然我不是。姚亮讲了关于你和陆二的故事,姚亮使我们知道了你,为了这一点我感谢姚亮。

可我一直闹不清楚,姚亮为什么要说——

《海边也是一个世界》呢? 我不明白这个也字是什么意思。莫非姚亮早知道陆高将来要上大学? 知道你大学毕业要到西藏? 知道注定还有一个关于陆高的故事:

《西部是一个世界》? 不然为什么姚亮要说:海边(东部)也是个世界呢,姚亮肯定知道一切。天呐,姚亮是谁?

二

　　这是穷布。穷布不会说汉话,而你们不会说藏话。你们喝茶。晚上我刚把这件事讲给姚亮(为什么又是姚亮),他就向我讲了你和你那条狗的故事,那是个很动人的故事。我们还是谈眼前这件事。你们连夜来了,说明你们很激动,我也一样。我五十岁,常言道已经是知命之年。我是老十八军的,五零年进藏,不用细算你们也知道有三十三年了。进藏的时候我还是个小鬼,刚穿上军装,穷布你喝茶。不,我不想回去。第二次内调名额就有我,我不打算回去,我要求留下了。我有胃病,没有老伴儿,我没结婚。你们看,头发也快掉光啦,说好听一点要叫歇顶,其实我知道人家背后叫我什么。大秃瓢。人到这个年纪叫什么也没有关系。我在这习惯了,这里安静,可以完全不受干扰地看书写东西。我知道你们笑我,笑我是个徒有虚名的作家。是的,我有很多年拿不出作品了。我的剧本都是五十年代的,用你们的话说是唱颂歌的。我文化水平很低,当兵前只读过三年私塾,当兵以后又补了补文化课。我也是穷人家出身,是共产党把我教育成人,我当然要为共产党唱颂歌。这是心里话。喝茶。

　　我不抽烟,也没预备烟来招待你们。我知道现在的年轻人都抽烟。刚才扯远啦。在自治区里,我也算个所谓老作家了。是年龄老了,作品可不多。开始在部队文化工作队编节目,相声快板书都搞过,是关于部队生活的。后来搞过一个独幕剧,得了军区文艺汇演二等奖。转业以后就留在自治区文化局当创作员,也完成了一个三幕剧,那是一九五七年的事。七百年谷子八百年糠,都是老仓底子。这些年,除了日记我什么都没写过,说来你们也许不信,我连信都没写过。没有人好写,小时候爹妈就都死了,还有个姥姥不识字。我从小跟姥姥长大。你们看,这些年写了十三本日记,没有社会上的大事,都是我个人的琐碎事。我不愿意找麻烦,谁知道哪次运动搞到我头上,抄家给抄去可就不是闹着玩的了。

　　前年我收拾旧东西,找出张国华军长和我们文工队的合影照片,也找出那张奖状,我觉得该写点东西了。我这些年白吃了人民的粮子。我又开始写东西,可是不知道写什么,我过去写的是剧本。我还是想写剧本。那不,搞了两年还没有眉目。我写了七遍稿,连自己也不满意,也许还要写七遍。这是我这辈子最后一部作品了,我力争写好它。我写的是强曲坚赞,是历史剧,我很喜欢这个藏民族的英雄。他是元朝皇帝册封的大司徒。这些年我唯一的收获是学会了藏语藏文,接触了藏族各阶层的人,大贵族,热巴艺人,农民,牧民,商人。我在各阶层人士中都有朋友。穷布是我猎人中的朋友,是个典型的西部硬汉。我征求了穷布的意见,他同意我把这件事讲给几个可以信赖的青年朋友。姚亮是队长,穷布是第一个队员。

三

　　你就生在那山里。山势多半是平缓的,只有地衣和矮棵的几种叫不出名字的植物是标志季节变化的自然色彩。平缓的山坡覆满地衣。每当六月份地衣开始泛绿,山也就变成一派青翠。过了十月地衣重又变得褐黄,山又恢复了它本来的颜色。谷地是碱土,既然是碱土作物就不能愉快地生长,所以小片草地是不能养活大群牲畜的。你和父亲一样靠山吃山。草地上最多的是老鼠,老鼠洞一个挨一个,你肩着枪走过草地,老鼠们一个个缩进洞子向你挤眉弄眼儿。你从不因此生它们的气,你和它们一样世代在这里繁衍生息,你们自然相安无事。

　　草地和不长草的碱滩通常给一些弯弯曲曲的涓流分割开,谷地因此逐渐丰饶。是流水洗涤了土里的碱,使碱地逐渐变成草地因而养育了牲畜。你常在两道溪水之间和野兔遭遇,你的火枪从来都是斜挎在左肩,你只对它们会意地吹吹口哨。

　　更多的时候你逆流而上,在黄褐或者青绿的山岗缓慢地踱步。你当然不是陶醉在高地的景色当中,你是冈底斯山的猎人,你是山的儿子。你不是不知道麝香很值钱,可以卖好多钱换好多子弹,可是你为什么看着那只漂亮的雄獐在你近处疑神疑鬼地走过,你甚至连枪也不碰一下?你的火枪从来都是装满火药和铁霰弹的。你对雄獐肚脐这块珍贵的药材完全不感兴趣吗?山坡是一直向上的,看上去覆盖雪顶的山巅并不算高,像就在前面不远处。你知道那只是由于这里空气稀薄能见度太好的缘故。你是这山的儿子,你从来不曾到过这山最高处,从来没有人到过。那块在阳光下白得耀眼的所在远着呢,而且其间充满凶险和神秘,特异的气候和雪崩,还有深不可测的冰川裂缝。你知道这些,这是座神山,这是冈底斯主脉上的一座。在这块地球上最高也是最大的高地上,虽然没有葱茏繁茂的森林草地,却同样生息着更有活力的生物。人是其中最聪明的,也有小动物和各种猛兽。你是猛兽的天敌,正如你父亲一样——然而你父亲还是死在他斗了一辈子的猞猁的爪下。你从小就记下了你父亲的话,"有棕熊和雪豹,有最凶恶最狡诈的猞猁,那些小家伙们已经够难的了。我们不要再去打扰它们,我们还是来对付棕熊、雪豹和猞猁吧。"你因此在接过你父亲的枪成为一个正式猎手之后没打过任何小动物,哪怕是人们讨厌的狐狸。对狼你是不客气的,但你更有兴致的是更凶残的熊豹猞猁这些猛兽。那些远在拉萨的皮毛贩子以及更远的来自尼泊尔、印度的商人都知道你,都来到这大山里找神猎手穷布。

三百颗火枪弹壳等于一张老棕熊皮,一个熊胆是一对象牙手镯,四只熊掌换三大把铁霰弹。你腰上那柄镂花银鞘藏刀是刚刚咽气的黑花白底大尾巴雪豹。那豹子是你平生见过的最大的一个。当它从十几步远的一块石头向你迎头扑下,你沉住气完全不躲闪,对准它两条前腿中间的又软又白的长毛扣了扳机。它在空中毙命,在死时也仍然是斗势扑下来,死豹的前爪击伤了你的额头,使你脸上留下大块标志勇气的伤疤。那个早讲好价的贩子就在村子里等你。那把刀实在太漂亮了,你心里说要两头豹子我也答应。你不知道,那贩子可以用豹骨去换三把同样的刀子,不要说还有豹皮豹肉了。那是头像虎一样大的雪豹呵!

我不说你猎熊的故事,有那么多好作家讲过猎熊的故事。美国人福克纳,瑞典人拉格洛孚,还有一部写猎熊老人的日本影片。可是村里人,邻村人都不会忘了你是怎样治服了那头使百里震慑的山地之王。那是你一生最辉煌的时刻。那张熊皮你留下了,盖满你石砌的小屋整整一面墙壁。你不会忘了两个伙伴给它拍成肉团,你不会忘了二十天追击的疲惫和放松。我说了我不说你猎熊的故事。

你和你父亲不一样,你父亲一生和猞猁打交道,而你似乎更喜欢熊。你没有继承父亲那熊一样硕大的体魄,也许因此你喜欢熊。你深知这些看上去笨拙的巨兽其实聪颖灵巧,这次你开始以为还是一头棕熊。只有熊才这样;你这样认为,那些喊你来的牧民也这样认为。他们是把你当作猎熊人请来的。

"这头熊好大,有这么高;"

说话的人用手臂高扬起比划着,惟恐不能说清熊的高度又翘起脚跟。他是很老实的牧牛人,他给熊吓坏啦。你这么想。

"它很瘦,可是力气特别大,手掌也大。"

他是给吓坏啦。你比他更清楚熊和熊掌。

"开始我听见牛群发惊,我心里也突然害怕了。我从地上拿起火枪往四下看。等我看到它已经晚啦,它从老远的地方不知怎么一下就到了我跟前,我的枪口还没抬起来就被它抢去了。我看得清清楚楚,它手指比我手指长这么多。喏,有这么长。"

他用自己的手比量着,说那熊的手指有他手指两倍那么长;他是吓坏了,这个老实人。

"它跑得太快啦,从老远一下就到跟前了——我完全来不及把枪口抬起来瞄准。"

他是怕别的牧羊牧牛的伙伴们笑他胆小,他吓坏啦,也难怪他。你比这些牧人更知道熊是怎么跑的,追击的时候和被追击的时候。

"它力气真大,把我的火枪像一根干树枝似的折断了枪柄,连枪管也弄弯啦。"

你不想要他把折断枪柄的火枪拿来看看,你知道他没有,他会说给那长着长手指的熊扔掉了,你知道他准会这么说。然而他返身到帐篷里把折断了枪柄弄弯了枪管的火枪拿给你,当时你的确惊愕了,完全没料到会是这样。你是个有经验的猎熊人,你马上找到的解释说明你是有经验的。是熊把火枪在石上砸断的,熊最恨火枪。你没有把这解释给他听,你不想使他脸红。并不是每个人都不怕熊的,害怕不是什么过错,是他自己觉得见不得人才编出这许多神话的。你知道熊,你从心里宽宥了他。

他也讲了那熊奇怪地没有伤害他。

"它不再理会我,转身冲进牛群,抓起我最大的一头牦牛的角。那牛角又粗又长,那头牛哞叫着用力扭挣着牛头,我心里想它也许会顶穿那熊的肚皮。可是我当时几乎吓死啦!它一扭索性把牛扭倒了,它显然动了气。这次它干脆拽住牛的两支角用力掰,它居然把整个牛头掰成两半!白花花的脑子和血掺在一起顺着脖子淌下来。一个有小拳头那么大的眼珠也挤出来啦,我简直吓死啦,我就一边站着看着。"

你不知道他为什么编排这些话讲给人们,这是你认识的牧人里最多话的一个。他看上去很老实,牧人一般都不多话。

"那牛有六七百斤,我肯定有六七百斤。它拽过两条后腿往身上一搭就背走了,掰成两半的牛头牛角垂在它屁股后面,血和脑子滴滴答答往下淌,它一点也不在乎。"

"半个月以后,平措在一个崖下看到那个掰成两半的带角的头骨,看到脊骨腿骨都给弄断了,骨油也给吃干净了。"

你不是他找来的,他讲的也都是前两个月的事。他是作为目击者讲这头又瘦又高长着长手指的熊。据他说它从不爬行,一直都是直立着行走的,而且奔走起来连看都来不及。他不是唯一的目击者,在这以后两个月里看到这熊的有四个人。

"就是像他说的,那熊跑起来真快,一眨眼的功夫就到跟前啦,真的很快。我还没明白怎么回事,它一下抢过我手里赶羊的棍子就折断啦。它像来时一样一眨眼就去了。它有那么高,直着身子,一下就不见啦。"

"过去这地方也闹熊,就没看过这么瘦的熊,又瘦又高,还长着那么长的手指头。开始年轻人说,我没信他们。这一辈子熊我见多啦,我要不是亲眼看着说什么也不会信的。那天半夜狗突然乱叫成一团,我听声音不对,就出去了。快七十岁的人我什么也不怕,我知道准是又闹熊啦。那天有月亮,熊就在羊栏跟前。透着月亮我看到它伸出长指头,我就没看过长着长指头的熊,就像大手似的。它也看见我出来了,它抓起羊就走啦,一点也不着急,不像他们说的跑得那么快。它太瘦啦,准饿坏了。"

四

现在要讲另一个故事,关于陆高和姚亮的另一个故事。应该明确一下,姚亮并不一定确有其人,因为姚亮不一定在若干年内一直跟着陆高。但姚亮也不一定不可以来西藏工作呵。

不错,可以假设姚亮也来西藏了,是内地到西藏帮助工作的援藏教师,三年或者五年。就这样说定了。读者已经知道陆高分在地区体委做干事工作。体委隔壁是经计委大院,陆高有时到隔壁办一点杂事,他因此知道这院里有个非常漂亮的藏族姑娘。他只知道她是这院子里的,至于她在哪个科室具体做什么工作他不知道也没打听过。我猜他是不好意思,一个小伙子没道理到一个地方就打听周围的漂亮姑娘。陆高三十岁了,他平时胡子头发乱糟糟的,其实如果收拾打扮一下他是蛮漂亮的。一米八十几的个子……我不在他的相貌上兜圈子了,不然读者肯定要认为这是个爱情故事(理由很明显:先有个漂亮姑娘,然后再说小伙子也蛮漂亮,不是么?)。声明不是爱情故事。

姚亮有时到陆高单位来,也发现了她。

"我说那姑娘怎么那么白?是你们体委的吗?这么白的藏族姑娘我还是头一次看见。你看那双耳环把耳唇都拉长了,准是翡翠的。听我姥姥说,好的翡翠耳环比金的还贵重,我姥姥说……"随他姥姥说什么吧。

也算有缘分,经计委礼堂演电影,主任给经计委办公室打电话要了几张票,别人都不在,只好由陆高去取一趟。正巧那姑娘在办公室。

"主任出去了。你有什么事么?"

"是这样,我是体委的,隔壁……"

"我知道。你是新来的大学生,你是来取票的。你坐嘛。"

"呵,不了,你们主任……"

"你从哪儿来?他们说你是东北的。"

"辽宁。你是藏族……同志?"

她笑得可谓婉约了,点头首肯。

"你普通话说得挺好的。"

"我在北京读了七年书。你坐嘛。"

这时陆高来得及看清她细长的眉,她的鼻子尤其漂亮,看得出她是施过淡妆的。她的头发束到头顶用一个很大的银发饰别住,使挂着绿耳环的小耳朵格外醒目。她的确美,嘴巴很小,嘴唇也很薄。脖颈也是细细的长长的。她很瘦,加上过臀的紧身雪青色毛外套和牛仔裤配衬,显得就格外瘦削。她话不多也庄重,可是陆高觉得心慌,觉得她略凹的瞳人里还有什么话要说。陆高觉出了自己的变态,觉到了过去没有过的窘迫,他接过票告辞离去了。

有时候我们说某人漂亮;有时候也说某人比某人漂亮(当然前提是后者必须公认漂亮),这样说的时候容易引起争执,因为各人的审美标准不甚相同。比如张瑜、陈冲、刘晓庆,到底谁最美?五个人起码有三种结论。这藏族姑娘到底有多美陆高也说不清,反正他觉得她够美的,他觉得比以上三位比另外一些演员都要美一些。丛珊?殷亭如?真由美?

他想不好。他想也许她该当演员。

那以后他和她算认识了,如果走对面要碰额头的时候她准会款款一笑,他拿不准她的会说话的瞳人说什么(对不起?你好?),他知道该有所反应就条件反射似地点点头。

姚亮提议去看天葬,这没有说的。陆高看过一组天葬照片,六十几张,一男一女两位老人。天葬是藏族独有的丧葬方式,很神圣。死去的人由亲属陪送到天葬台,由天葬师在曙色到来之前把死者肢解成碎块(包括骨头),然后点燃骨油引来鹰群;当第一线曦光照上山梁,死者已经由神鹰带上天庭了。这是庄严的再生仪式,是对未来的坚定信心,是生命的礼赞。肢解尸身的过程是在天亮前进行的,照片不甚清晰,然而还是可以看到被肢解的尸块内脏。正如医科学生第一次参加解剖尸体,看了照片后有两天陆高吃东西就呕,不过仅两天就过去了。陆高知道自己和其他人也都是一样的血肉之躯,最终也都不免一死。陆高甚至想到自己死时也取这种仪式。他不是相信关于上天的传说,但是他喜欢这样壮阔的想象,这充满想象的仪式本身使他着迷。

他们说好了一道找台车去。天葬台在远郊山上,有十几里远,他们决定去。陆高找本单位司机小何。小何也没看过天葬,一口应承。可是主任给陆高派下差来,陆高需要到拉萨去几天。他们说好了陆高回来第二天一早就去天葬台。陆高出差来回正好一星期,这星期中发生了一件事,那位姑娘遇车祸死了。

那是个一般性车祸,司机酒后开车。小何说她脸全烂了,血肉模糊;小何说她是爱国人士大贵族巴朗的女儿,她和父母亲一九七七年由挪威回国的,她在北京读书也是刚刚毕业。

经计委明天为她开追悼会。

晚上姚亮来了,他们去找小何。

"明天还去吗?"

"不是说好了么?怎么不去?"

"去要起早。小何,你把车弄好。"

"我睡你这吧,省得一早来回跑了。"

"那就早点睡。"

"睡吧,早点躺下。"

"我有闹表,我叫你们。四点半起来。"

开始下雨了,他们都没睡着就下雨了。西藏的夏季气候有一个特点,通常都是白天晴夜里下雨,早上起来空气洗涤一新。

"那姑娘死了,你听说了?"

"听说了。"

"她是我见过的最美的姑娘。"

"……"

"要是别人死了,我不会多想。"

"想什么?"

"想她不应该死。别人都能死,可她就不能,她不应该死。她死的时候我听说了,我没到肇事现场去,我不想看她死时的样子。"

"怎么回事?"

"你说我爱她了?没有。她太美了,她的美和我和人们拉开了距离,她成了一种象征。就像花朵、雄鹰、大海、雪山这些东西一样代表着某种精神上的东西。美丽的姑娘比任何别人都更能让人直观地感受到生命的存在,感受到生活的价值和意义。这么说有点抽象,我有时就觉得因为姑娘们,特别是因为那些漂亮姑娘人类才生气勃勃地延续和发展……"

"睡吧睡吧,明天要起大早呢。"

"我忘了你刚出差回来,你累了。"

陆高觉得好像睡着的时候,姚亮又开口了。

"你睡了么?我想起件事,大概追悼会没有和遗体告别的节目吧。她是藏族,说不定明天早上我们赶上的是她的天葬呢,你睡了?"

第二天回来的时候,经计委的追悼会刚刚散场,陆高不知为什么想要到灵堂去看看,礼堂布置成灵堂。人们已经离去,陆高进去的时候没有任何人。她的带笑靥的放大照片挂在舞台正中墙上,舞台上下摆满花圈挽帐。

灵堂自有一种肃穆气氛,陆高不由自主地带上了哀伤的情绪。昨晚睡前姚亮的话留下了重量。陆高走近照片,照片放得很大很大,大约是24英寸吧。她活灵灵地看着他,他竟感觉不到她已经死了。照片效果很好,明暗适度层次分明,而且她表情极其自然,几乎还原了她和陆高唯一一次对话时的真切神情。细长又圆润的颈项,线条清隽的嘴角,跟耳朵比起来略嫌大些的耳坠,好看的鼻翼微张着,特别是那双凹陷的眸子仍然一如既往地像有话要说。她就这么看着他。他从挽联上知道她叫央金。西藏成千上万的女孩子女人都叫这个名字。

他累了,他要回去换换衣服,擦擦身洗洗脚,最好用热水烫烫脚然后钻被窝睡上一觉。这天是星期天,公休日。

五

我刚才说我不想回内地,不仅仅是因为我要完成这个剧本(剧本当然要完成),我还有另一些原因。今天你们来了我很高兴,想讲一点从来没对人讲的关于我自己的事。不是爱情故事,我没有爱情故事好讲。

我小时候喜欢听神话故事,大概人小时候都喜欢吧。大一点了就不再喜欢,以为那是专门编出来给孩子们听的,是大人为了哄孩子顺口胡诌出来的。后来搞创作看了些文学理论方面的书,又把这些神话归入民间文学类,认为这是广大劳动人民在劳动之余创作的,是人们对善恶是非的褒贬好憎,是对生活理想化的概括和向往。我们生活在科学时代,神话这个概念对我们是过于遥远了。

刚从内地来西藏的人,来旅游的外国人,他们到西藏觉得什么都新鲜;磕长头的,转经的,供奉酥油和钱的,八角街的小贩诵经人,布达拉山脚下凿石片经的匠人,山上岩石雕出的巨大着色神祇,寺院喇嘛金顶,牦牛,五颜六色的经幡,沐浴节赛马节,一下子说不完。来的人围观、照相煞有介事(恐怕你们也一样),须知这根本不是什么新鲜事,这里的人们千百年来就一直这样生活着。外来的人觉得新鲜,是因为这里的生活和他们自己的完全不一样,他们在这里见到了小时候在神话故事里听到的那些已经太遥远的回忆。他们无法理解,然而他们觉得有趣,好像这里是狄斯耐乐园中某个仿古的城堡。不是谁都能亲眼看到回忆的。

听说我们国家要在西安搞一个唐城,在那里开酒馆旅店茶肆的人都穿唐朝衣服,街道房屋也一律照唐代式样兴建。这是从开辟旅游区的角度考虑;西安附近名胜古迹居全国之首,一个仿唐的旅游城会给国家收入大量外汇。

尽管穿上唐代服装住进唐代式样的建筑,唐城的居民仍然是现代人,和你我一样;可这里不一样。我在藏多半辈子了,我就不是这里的人;虽然我会讲藏语,能和藏胞一样喝酥油茶、抓糌粑、喝青稞酒,虽然我的肤色晒得和他们一样黑红,我仍然不是这里的人。我这么说不是我不爱这里和这里的藏胞,我爱他们,我到死也不会离开他们,不会离开这里。我说我不是;我也不止一次和朋友们一起朝拜;一起供奉;我没有磕过长头,如果需要磕我同样会磕。我说我不是,因为我不能像他们一样去理解生活。那些对我来说是一种形式,我尊重他们的生活习俗。他们在其中理解的和体会到的我只能猜测,只能用理性和该死的逻辑法则去推断,我们和他们——这里的人们——最大限度的接近也不过如此。可是我们自以为聪明文明,以为他们蠢笨原始需要我们拯救开导。

你们可以在黄昏到拉萨八角街去,加入转经的行列;你们可以左顾右盼看一看穿着皮藏袍的、穿着人民服的、穿着袈裟的人们。他们旁若无人,个个充满信心大步向前。一圈两圈三圈。你会觉得自己空虚无聊,吃饱没事干到这里东张西望,你会觉得自己走错了地方——这不是你该来的地方。跟你们说的这些都是我直接经历过的。

美国人为印第安人搞了一些保留地,这些保留地成了以活人为实物的文史博物馆。这里——世界屋脊青藏高原上完全是另一番情景。我的一百八十万同胞在走进社会主义的同时——在走进科学和文明的同时,以他们独有的方式仍然生活在自己的神话世界。他们用自来水(城镇),穿胶鞋,开汽车,喝四川白酒,随着录音机的电子乐曲跳舞,在电视前看到中国和世界的大事小情。

这些使我想到,光从习俗(形式)上尊重他们是不够的;我爱他们,要真正理解他们,我就要走进他们那个世界。你知道,除了说他们本身的生活整个是一个神话时代,他们日常生活也是和神话传奇密不可分的。神话不是他们生活的点缀,而是他们的生活自身,是他们存在的理由和基础,他们因此是藏族而不是别的什么。美国在哪?除了地理和物质的差异它和世界其他民族有什么两样呢,没有。(请原谅在这段文字里用了诡辩术——作者注)

(作者又注——在一篇小说中这样长篇大论地发感慨是很讨厌的,可是既然已经发了作者自己也不想收回来,下不为例吧。)

春天的时候我到阿里去了一个月,我跟着一个地质小队的车到了西藏西部的无人区。巧了,那里也是冈底斯山脉的延伸区域。像往常一样我在小队安营扎寨之后离开地质队员们(他们有他们的工作),背着干粮睡袋往西去。我带了指南针望远镜和一支旧驳壳枪。

这里地理情况比较复杂,有草地,有绵亘远至千里的大山脉,有沙漠,也有干涸了的沼泽地。第一天没遇到人,也没发现人留下的踪迹,如果第二天还没有人迹我就要回头了。我的给养只够四天用的。第二天仍然没有人迹,但是我来到一个不大的小湖泊旁边,这真是天不绝我。我先试着尝了湖水,是淡水。温温的淡水。我走累了,天也黑下来,我找了块不长草的沙窝安顿下来。我不打算点火,这里只有枯草,我不能一夜不睡守着火堆添草。我的睡袋挺不错的,是朋友送的抗美援朝战利品。

看白天出太阳挺暖和的,到了夜间气温仍然在零下二十度上下,我索性整个钻进睡袋,把出入口的拉链拉合。睡了一觉我起身解手,突然发现身上沉甸甸地压了好多东西,我拉开拉链时湿乎乎的雪团灌了满脸,是下雪了。我抖抖脑袋钻出来,埋下头解手。等我抬起头,我一下惊呆了。

雪已经停了一些时候,满地素白色,空间很亮,可以看出去很远。不远处的湖面竟像沸水一样腾起老高的白汽。天是暗蓝色的,没有月亮,星星又低又密;白汽柱向上似乎接到了星星,袅袅腾腾向上浮动着。我相信这景致从没有人看见过,我甚至不相信我就站在这景致跟前。这是一条通向蓝色夜幕的路,是连接着星星的通道。

我以我所剩无几的白头发向你们起誓,那条通道就在我跟前,那天晚上,在那个地图上也没标出的小湖畔,我就这样像个傻孩子似的站了许多时候。我没有向湖泊走近,我怕那是海市蜃楼,走近就消失了。

后来我重又装进睡袋,这次我把头露在外面,看着星星一闪一闪地眨动,我没做梦就睡着了,睡得沉沉的,直到嘎嘎的野鸭群把我吵醒。这时我知道我可以不必往回去了,我起身后打了两只肥肥的黄鸭。

鸭群只在湖边嬉水,湖心仍然蒸腾着白色的水汽。我为昨天夜里的激动感到好笑,这不过是个温泉湖。在地热源非常丰富的青藏高原上,这样的小温泉湖何止一个呢,可夜里我简直像到了天堂。天气晴朗无风,太阳很快使气温上升,半尺厚的春雪到中午时已经融化得不留一点痕迹,渗入沙质草滩了。

第四天中午我走到了那个巨大羊头所在的沼泽边缘,不能再向前了,我站的地方离它大约三四百米。我沿着沼泽边缘走,试图寻找一条哪怕是能够稍稍接近它一点的途径,我失败了。没有任何一条可以接近它的路。

我是前一天晚上发现它的,当时暗红色的夕阳正缓慢地向地平线滑去。它的剪影意外地印到已经不再刺眼的巨大的落日上,我用望远镜什么也看不清楚,只模模糊糊地知道那是个平地兀立而起的什么东西。

那是个巨大的羊头,两只巨角都已经折断了,凭着几百米外的目测,我估计它有二十几米高。用我的五倍望远镜可以比较清楚地看到它是石质,表面蚀剥得很厉害。

开始我想到的,这是尊石雕。

不对。如果是石雕,它是怎么移到这里来的呢,就体积说它有几千吨,而周围没有大块的石料来源,这里又是沼泽地,它位于沼泽地里面几百米。这是一。第二,在世界各民族的宗教偶像中还从来没有以羊头塑雕的,况且又是这样规模巨大的雕像。第三,望远镜可以清楚看到羊头的各部分比例是合理的精细的,形象酷肖,下颏淹没在积水的沼泽里。我们知道东方的绘画和雕塑都是写意传神的,只有西方古代美术艺术品才是写实的,莫非这是尊希腊石雕?第四……第五。它肯定不是石雕。

这个结论有了,马上也就有了另一结论。

它是史前生物,是什么恐龙吧,也许可以叫它羊角龙吧。最遗憾的是我没带相机,没有留下这个珍贵的印象。我说了没有人相信,地质小队的不信,其他人也不信。我神经出毛病了,我得了狂想症。这是我自己的诊断。

我曾经给有关部门写了信,没有回音。

那么我也不再认真,当玩笑当故事说说而已。可是穷布呢?穷布也得了神经病?

六

这还不是全部,不是他们请你来的缘由。你随他们到山里去,他们指给你一个很大的碎石堆,你看见了他们叫你看的。

那是只朝上伸着的马的短腿,圆的蹄壳,棕红色的短毛。他们告诉你这马就是那熊弄走的,大概它一下没吃完就埋在石堆里,留出一只腿来作记号以便下次能够找到。他们说这是早晨发现的,发现了就及时来请你。他们把你当成了保护神。他们迷信你,相信你可以为他们杀死那头瘦熊。

你知道你得杀死它,你自然是能够杀死它的,因为你是猎熊人,你只能杀死它。他们要留下两个带枪的帮助你,你把他们劝回了。打孤熊不需人多,人多只会增加伤亡的可能性。那次在山地之王的巨掌下丧命的伙伴使你记忆犹新。你一个人留下来,在埋死马的石堆近处隐下身子。你知道来了这么多人,熊一定可以闻到气味,它短时间是不会来的。只有在它饿了又觅不到食物的时候,它才可能来。

你不敢打瞌睡,那样你就成了送上门的瘦熊的又一顿美餐。他们的话重新响在你的耳鼓;第一个人说的你完全不信,可是其他人说的它的情况无疑等于为第一个人的话作佐证,你不能不信大家的话呵。

那么准有一方面错啦,是你还是大家?你当然相信自己是对的,可是难道大家会对你一个人说谎吗?搞不清楚搞不清楚。"到时候就知道啦。等我打死它就知道它是不是长着像手那样的长指头啦。"你对打死它满怀信心。

周围有种你不习惯的静默。你是个猎人,通常你是一个人,按说你早该习惯安静和孤寂了。你其实早就习惯了,只是这一次不同,你觉到了这一次和往常不一样。

山巅一如既往,炫目的白色使你蛊惑,这时你想起该有条狗来和你作伴。连你自己也说不清,为什么你不要一条好狗崽子来养。你是整个冈底斯山唯一不养猎犬的猎人,而且是猎人里最悍勇的猎熊人。

你突然明白了。没有鹰隼和貌似凶恶的秃鹫。往日的寂静里,澄碧的天穹上总有几只褐鹰像风筝一样缓缓盘桓,移动的鹞影使你觉到了蓝天、白云、雪顶之间的相互位置,因而天地间也就有了生气,大自然是你活的伴侣。你想,是该要个狗崽子了。

你又记起,大约有半天时间了,你没看到任何小动物。而平时,那些兔子、秃鹫、黄羊和獐子都时不时地来和你互道一声你好,它们知道你不会伤害它们。你记得有一次你坐在篝火旁擦枪,那只漂亮的草狐走过篝火旁竟站住了,你和它长时间对视;你因此断定它并不像人们说得那么狡黠可憎,你从它的眼神感到你完全能够理解的轻柔和善意。现在它们都到哪去了呢?

还有那只小毒蝎,那只差点要了你命的小家伙。你在一块平滑的山石上打盹,觉得谁在搔你的痒,你睁开眼缝就看见它雄居在你鼻尖上,威严地四下巡视。你不敢动一下,不敢大睁开眼睛,甚至不敢出气了。它似乎完全不知道这对你多么残酷地开着玩笑。你不敢在它伫立不动的时候下手,你怕它那时和你一样正严阵以待——你等着它移动。移动的时候也就是它麻痹的时候,是它以为平安无事对自己神经稍加放松的时候。它终于移动了,你突然挥动手臂挥掉了它。它掉在碎石上挣扎着要重新爬起来,你本想上前踏烂它;最后你只是不知其然地摇摇脑袋去了。现在你无端想起它,这许是你觉得静默使你不堪忍受的缘故吧。

这时你才发现了其中的问题,它不伤人。先后有五个人见过它,把它说得非常凶残,然而五个人中间没有一个受到它哪怕是轻微的伤害。这才是关键。还有一个细节,它一次抢过火枪折断了,又一次抢过棍棒也折断了;而且每次都是先做这件事。这么说它知道枪?知道人拿着这种棍棒会对它造成致命的伤害?不然它为什么总是先行下手把枪毁掉呢?

你知道熊,熊尽管聪颖却没有这么具体;熊是伤人的,特别要伤害拿枪的人。熊没有指头这谁都知道;熊并不总是直立着奔跑的;最大的棕熊也没有他们说的那么高;也没有他们说的那么瘦的熊。你觉到这里有个误会。

你初步肯定它不是熊。不是熊,那么可能是什么呢?这里巨兽除了熊就只有虎了,而虎只有在冈底斯山脉东南麓的森林地带才有;按他们说的不是熊也更不是虎呵。

不去想它,只有看见它才知道它是什么。你开始把思绪转向父亲。父亲死的时候你只有十一岁,那一年你算正式继承了父亲的衣钵,你有了自己的火枪(它曾经在父亲手里震慑了百里山区的猛兽)。

那对年轻的猞猁夫妇在成功地袭击了三只幼獐之后,卧在草丛里挑剔地用长舌舔净对方皮毛上的血点,灼热的阳光使吃饱喝足的他们昏昏欲睡,与枯草颜色相近的华贵的毛皮不时地痉挛般抽动一下。这时你父亲故意弄出个声音使它们惊觉。雄猞猁显然看到了枪筒在阳光下的闪亮,它后腿慢慢弓起,前腿仆倒在地,头以下颏着地的姿势平放在地上。你父亲知道它就要窜起来了,食指浸出的汗渍润滑着枪扳机。雌猞猁在这个不长的时间里悄没声息地钻进身边的草丛。这是最糟糕的。雄猞猁没有马上扑击猎人。

结果可想而知,雌猞猁向侧翼包抄,雄猞猁为它赢得了时间。你父亲的枪声和惨叫引来近处的猎獐人,刚刚吃饱的猞猁没有把你父亲的身体拽走。

你父亲死于他的孤傲,通常猎人是不用单管枪打成双的猛兽的。你父亲自恃勇武过人,自恃弹无虚发,自恃有熊一样的体魄。他多次猎过双豹,双猞猁。他一枪干掉一个,然后用猎刀和另一个肉搏,除了活着的这个跑掉他每次都可以同时弄死它们两个。它们在他脸上身上留下无数痕迹,他因此自豪而变得孤傲。

这种时候想想你父亲是有益的。现在你相信他们绝无诳言。他们请你来帮助,他们没有必要编一些耸人听闻的话来开你的玩笑。"我居然不相信他们,我真够糊涂。"你开始自责。

你开始意识到带枪来是个错误,你起身把枪塞进一处岩缝,那处岩缝远离你藏身处。它不想与人为敌,这是显而易见的。那又为什么袭击与人相依而存的牲畜呢?只有一种解释,它无法理解牲畜对人的从属关系。你不懂生物链原理,但你知道只有人才拥有草场,拥有牛羊;你也知道这些它是不懂的。它袭击牲畜和袭击野兽一样,都是为着它自身生存的需要。它分不出野兽和家畜,它不知道它因此成了人类的敌人。它是不愿与人为敌的。也就是说它无意中对人造成了损害。

这一次是你对了,你是一个孤傲猎人的儿子,你是一个猎熊人,更主要的你是人。因而你的智力使你又一次成了强者。它来的时候是那么安静,它从石堆里扒出马的残骸,它把这残骸撕成碎块放在嘴里嘎嘎地咀嚼。

你看得很清楚,它的确有他们说的那么高大,那么瘦削,但也看得出它非常有力气。它的皮毛比较稀疏,它的头不像熊那么臃肿,嘴巴也不那么朝前伸出。它的长手指完全像人一样灵活。它大吃大嚼,突然抬头盯住你藏身的地方。你干脆走出来,慢慢地有节奏地向它走近,太阳在你身后渐渐下沉,它的面部突然暗下去了。刚才是日落前最好的一瞬,落照平射使你能够非常清晰地看到它的整个形象,现在一切都过去了。但你来得及记下它注视你时,眼里射出的完全是你所熟悉的人的表情。

它就那么一窜就离开了。你过去到岩缝里拿出火枪。它真的像他们说的跑得那么快,一眨眼就不见了。它有你一个半人高,可你断定他(它?)也是人;虽然有长毛的皮肤他一定也是人。你跟他们没说什么,你想到了一个头发快掉光的汉族朋友。

七

现在你们知道了,穷布遇到的是野人,也叫喜玛拉雅山雪人。这是个只见于珍闻栏的虚幻传说;喜玛拉雅山雪人早已流传世界各地,没有任何读者把这种奇闻轶事当真的。在世界各地相继发现一些有关野人的线索,好多国家派出专门科学考察队花费巨资考察都没有见到死的或活的野人整体,所得都是些传闻和支离破碎的所谓"物证"。我国也在湖北神农架发现一些有关野人的传闻和线索,并且据说还成立了中国"野人"考察研究协会。

了解野人的奥秘在科学上有非常重大的价值,也许可以借此揭开人类起源的奥秘。野人是世界四大谜之一;百慕大"魔鬼"三角,飞碟,野人,你们谁知道第四个是什么?

八

小何过来推醒陆高,陆高看表整四点半。

外面淅淅沥沥,听声音雨没有停。陆高穿好衣服又推醒姚亮,姚亮先是迷迷糊糊嘟囔着"谁呀……干什么……",随即一下坐起来。

"几点啦?还好嘛,来得及。好长时间没起过早啦,起早真不是滋味。哎,你什么时候起来的?去叫小何一下吧,他准还睡呢。"

陆高推门出去。雨不大,天还阴得黑漆漆的,要等段时间眼睛才能适应。小何在大门前开锁,那台北京吉普就停在大门边。

"哎!哎!还下雨呢?陆高。"

陆高不吭声。姚亮该懂得这是深夜,别人都在睡觉。他总算穿好出来了,陆高进屋里关了灯。小何轻轰油门把车开出城区。

他们三个人都没去过天葬台,只知道在西山。姚亮的学校在西郊,姚亮指挥汽车走大道先接近西山脚下。车灯一闪一闪的,雨丝断断续续地闪烁很美。到了山脚汽车离开大路,沿着一条贴近山岩的小路向北去。山路起伏颠簸得很厉害,车走得很慢。过了一小片藏式房子以后路不清晰了,好像上了一片长着稀疏茅草的碱滩。姚亮借着灯光给小何打气。

"大方向没错,开吧。没有路也没有太大的沟,往前开没问题。好像再往前一段就差不多啦。反正我们沿着山脚走,又没有岔路不会走错。"

大方向是没有错。车灯照出前面是一道陡坡,好像往左右两侧延伸很远,没法绕过去。姚亮自告奋勇冒雨下车探路,他一溜小跑上了坡顶,发傻地在雨里站了好一阵。他回过身对着汽车沮丧地摇着手。那是一道水渠干线。

怎么办?也许前面不远就是了。那么可以弃车步行走去。干渠是有单板桥的,过单人没问题。可是谁知道前面多远才到地方呢?从这里听不到一点声音,离天亮也不过两小时了,总不至于现在人还没来。小何是司机,他不放心车。现在已经五点了。

"这样吧,我们回到城区先往北去,然后有路再向西拐,那样就可以绕过这道水渠了。来回二十多里,小车跑用不了二十分钟。你们看呢?"

只好这样了。他们又上公路的时候,车灯照出迎面来的一群穿红戴绿的人。雨又大了。

"是旅游的,是港客。他们准是也要去看天葬的。停下,我去问问他们,他们有向导。"

他们没有向导,而且他们都没带雨具。他们十来个人都穿着羽绒服,已经看出差不多都淋透了。他们事先没有联系,他们和我们都还不知道天葬是不许外人围观的。他们步行,可以过去。这里距市区十一里,他们怕走了一个多小时了。我们的车往回开到市区。

陆高看看表,姚亮骂了声倒霉。

雨夜气温很低,小何问他俩是否回去取件棉衣,陆高说算啦。他不愿再次惊动邻里。这次刚出市区过一个三岔路口的时候,小何瞄见岔路不远处有个黑乎乎的东西,他停下车。他和姚亮一起朝那黑乎乎的暗影走过去。

"不是醉鬼吧?要不是哪个车压人了?"

小何说着给自己的话吓住了,姚亮不管一直朝前去。姚亮回头告诉小何是个麻袋包。小何也到跟前来了,两个人都不想伸手解开封口的绳子,陆高那边又按起喇叭。

"走吧,回去。抓紧赶路吧。"

"是呵,天大概快亮了。"

再开车时谁都不说话。车向北然后向西,这是一条简易公路。雨没有停下来的趋势,时大时小,雨刷在车前窗玻璃上不停地来去。有对开的拖拉机,双方都熄了大灯礼让。前面是同向的一辆拖拉机,小何按喇叭要路。路很窄对方没法让路,小何只好自认晦气,跟在拖拉机后面慢吞吞地爬。陆高姚亮蜷缩在后排,昏昏欲睡。车里温度很低,他们都没穿棉衣。

小何低低的声音喊他们。

"哎,哎,你们看前面车上——"

吉普车灯透过雨帘照出前面拖拉机挂车的轮廓。上面有三个人披着东西背靠在前车帮坐着,大约是脸朝着车灯照去的方向,也就是说和吉普车里的三个人对面。因为雨大,他们又都披着东西,车里的人看不清车上人的脸。

"你们说他们能不能是去天葬的?"

"谁知道?真够冷的。"

"我看了他们好一阵,右边那两个人一会动一动,左边角上那个一直没动过一下。你们说能不能是死人?刚刚你们都迷糊着,我一个人都有点害怕了,我才叫你们也看看。"

"别吓唬自己啦。哪有那么巧的?"

陆高想的是睡前姚亮那句话。能否真碰上肢解她呢?要真是她,还要不要看呢?什么都是可能的。一星期前,你可曾想过她会死么?好多事情都难以预料。小何说那可能是去天葬的,为什么不可能呢?不然它有什么必要冒雨赶夜路呢?西藏生活节奏慢,开车运货完全不必冒这么大的雨,况且又是夜路。那么如果是去天葬的,又为什么不可能是她呢?时间上也差不了许多。那么如果是她,还要不要去看呢?姚亮说得对,看一个前不久还是活灵灵的美丽姑娘死了。看着这个大自然完美的造物在钝刀分割下变成一堆碎肉,那准不是一件好受的事情。陆高一边假设前面车上左角的人是她,一边也决定了如果这样就不再看。

姚亮和小何还在有兴致地观察分析。

"等着前车过沟时你细看,车头爬坡时正好拖车向后倾斜,我把车停下来你细看。"

"下沟啦——哎上沟啦,停下呀!嗳!"

观察仍然没有确定的结果,分析却有了进展;拖拉机向偏左方向拐上一条小路,那是天葬台的大致方向。这下小何很有几分得意。

"我怎么说的?我看就是去天葬的,这下可以肯定左边的是死人了。这么长时间,又颠又挨雨淋,你看他(她)动过一下吗?"

"不管怎么说我不信。人死了可以平放在车厢板上,有什么必要让他(她)坐着?还有死人能坐得那么老实吗?人死就打挺了,根本坐不住,况且车又那么颠来颠去的。"

"可以把他(她)固定一下嘛。"

"怎么固定？你以为死者亲属会同意把人勒上几道绳子？你也不想想……"

作为旁观者，陆高觉得有意思。各执一端是人的天性，他们争来吵去，其实连他们自己也未必就相信自己要说服对方的那番推理。他们和他一样，不过都在猜测罢了。任何谜底无非都只有两种可能，正确的或错误的。谁对没有把握的事抱绝对的信心呢？相信没有谁。不过各执一端也并非是什么坏事，人们开动脑筋，为自己在争辩中占上风把各种有益于己的可能性都摆出来，争辩到最后虽然没有说服对方，事情倒也完全清楚了。另外争一争吵一吵也痛快，刚才不就使姚亮小何忘记喊冷了么。

车开始爬山路了，其间还过了一道铺满砾石的浅水沟。这时可以看到前面半山上点起了一堆火。三个人都松了口气，天还没亮，人还没到，一切都来得及。看来他们运气不坏。

有一点还不可心，天还下着雨。他们看天葬时要给雨淋湿的，他们穿的不多，天又冷。

九

经过姚亮推荐，陆高成了这支小队伍的队长，姚亮甘当副手。结果是四个人各司其职，都弄了个不大不小的官衔。穷布是向导，老作家是当然的顾问。他们动身前每人借了一支长枪；这样三支半自动加上穷布的火枪组成了一股很强的火力。按计划他们带了两部相机十几个胶卷，另有两桶军需品压缩干粮。

走前他们再三商量了各种可能性。诸如多少时间；如果发现线索怎样；看到它(他?)是否射击；怎样拍照；打死了怎样处置；照片怎样收藏等等。到了后来简直那个它已经放在他们前面了，想象可以带来十倍的热情。他们也商讨了遇险的可能性，陆高姚亮都给家里写信讲清了情况。还有什么没考虑到？

三天后他们到了穷布所在的县，到了穷布遭遇野人的山脚下那个牧村。穷布为他们借了顶帐篷。他们以这个牧村为站脚点，转了附近几十里山谷。他们在这里住了四天。

其间两个内地来的年轻人知道了老作家和穷布相识的一段故事。他们没有机会和野人遭遇，因为各自的工作和其他一些原因，他们在第五天走上了归途。看上去他们毫无沮丧。那是穷布们的生活，强巴和央金们的生活。那四天里经历的一切足够他们三个人各自写整本书的。老作家和两个年轻作家的书不久就会问世的。在这之外，陆高还写了个关于说唱艺人的真实故事。那故事里虽然没有讲到野人和羊角龙,仍然使巨脉冈底斯山充满了诱惑。

故事就发生在他们驻脚的牧村。

十

是他们过分乐观了。

拖拉机已经到火堆跟前停下了,机器没有熄灭,继续轰响着。北京吉普在后面大约三百米左右慢慢地跟近。可以看到火堆周围有一些人影活动。小何有点拿不定主意。

"就把车停这吧,前面太陡了。"

"你是不是害怕啦?拖拉机上得去北京吉普上不去?你怎么这么……"

"得得,我上就是了。"

山路的确很陡,小何用低挡大油门爬坡。

迎面来人了,正冲着汽车气势汹汹吼着。小何踩住刹车,陆高下车了。对方大约40岁,用汉话问陆高要介绍信,陆高看出这是个藏族同胞。陆高耐心地问什么介绍信,对方忽然动气了,大声嚷着要自治区公安局的介绍信。陆高一下明白了。他们不要人看,特别不要外来的人看。陆高还是耐心地说只是在远处看一看,不会影响他们的工作。他更生气了,直接用藏话对着陆高的脸吵。看这样子也说不通,陆高进车里让小何调头开回去了。

车驶离刚才停留的地方有一里远,小何锁了车门,三个人徒步往上去。这时南面有来回跳闪的亮光向这里移动,可以看出是袖珍手电的亮光。同时可以看到朦胧的拿手电的人影。姚亮猜是那批港客到了。他们三个人站下,等港客过来结伴往半山的火堆方向去。

"大家一齐去,人多;他们人不多。"

他们差不多全湿透了,有几个女的冻得脸色青里泛白。当时是名副其实的毛毛雨,小何刚下车就开始喊冷了。港客看来知道不让看,他们并不急于向前靠近,有五个人干脆绕过火堆从侧面爬山。从高处鸟瞰也不失是个办法,陆高他们三个也跟着那五个人向上爬。

天色渐白,细雨仍然下个不停。从高处看这伙人简直像,像什么呢?犹豫,畏缩,又贼心不死。由于能见度好了一点,火堆那边也可以看得清楚些了。一台解放卡车,和后来的拖拉机;火堆周围人也不少,大约有十来个吧。

有人熄灭了火堆,坐着的人站起来在两台车周围活动。现在六点半了。这里距下面的人们有二三百米,这里可以隐约看到离熄灭的火堆不远一块巨大的有水平面的石阶,看来那就是天葬台了。天葬台不像他们原来想的那样在山顶,它只是半山的一块巨大的石头台。

　　这里毕竟离得太远。几乎就看不清下面活动着的人们在干什么。也许在抬死者?也许已经开始肢解?陆高决定再靠近些;别人似乎也都这么想,也在向前蠕动。没有事先约定,可是谁都不说话;这使姚亮想到去陵园墓地的时候,那种时候即使是爱说爱笑的姑娘们也都自觉缄口。是什么因素促使人们一下变得沉默?是对死者的敬慕?并不完全如此。姚亮以为还有别的。一定还有别的。比如设想生命和死亡之间该有一条界;通常这界限在人们感觉中太飘乎,而到这种时候就具体了。肯定是人们到此便清晰地感觉到这条界,说句玩笑叫一脚门里一脚门外,跨在界上。

　　得寸进尺是一句成语,与贪心不足蛇吞象意思差不多。也许他们老实待在原地就不会惹出这场麻烦了。酸苹果总比没有苹果好,这道理虽然明了透彻,真正理解也并不那么容易。都是得寸进尺的心理作祟。当他们被赶开后,他们才开始懂得前面那句格言的意义。

　　天葬师终于被彻底激怒了,三个带大围裙的汉子朝漫在附近山岗的人们发狠地叫着,虽然语言不通但可以猜出是在骂人。向前蠕动的人们都停下了,静候事态发展。这时候他们如果聪明,最好自己乖乖离去,人们都知道被激怒的人是不可通融的,聪明人对此不该抱幻想。事实他们这些人都不聪明,都在做梦。

　　太阳还没出来,现在是做梦的时候。

　　他们的蜷伏进一步使天葬师恼恨,他们开始用石头朝最近的人砸。石头不飞向空中,可以看出只是吓吓,无意伤人。

　　胆小的已经在撤了。小何撤在最前面。现在可以看到北京吉普停在山下的石滩,陆高心里有点急,大声叫小何回车上去。天葬师像赶羊似的赶着这群人,陆高姚亮和一个粗胖的港客小伙子走在最后。姚亮不甘心,一再回头停下脚,结果到底给一块石头砸在腿上。

　　姚亮试图讲理,对方不说汉话只是用藏话恶狠狠地对他吵,并且又一次弯腰捡石头。这下稍在前面一点的港客们放开步子跑下山。两个天葬师也就往回走了,只有那个年龄稍大的(也就是用石头打姚亮的)还跟在人群后面。

　　坡路很滑,泥泞不堪,后撤的人们脚步跌跌撞撞。陆高狠狠打了个寒噤,外衣水淋淋地抖动了一下。姚亮跟在他后面。

　　那个天葬师放慢步子,他们拉开了一段距离。姚亮捅一下陆高。

　　"就这么回去?!"

　　陆高也站下,回头看天葬师站在上面。

天葬师见他们不走了,便又嚷着追下来。姚亮跺一下脚,压着嗓子向对方吆喝。

"你要再动手我就不客气了!"

对方终于又叫汉话了。

"你不客气又能怎么样!"

说着把石头朝姚亮飞过来,这次石头是要打人的,石头离姚亮的头只有二尺远。姚亮低头也捡起两块石头;天葬师用藏话大喊,远处天葬台跟前的人们都站起来了,往回走的两个天葬师又回转身朝这边跑。陆高使劲拉了姚亮一把,他们也快跑起来。陆高跑着向坐在车里的小何挥手,小何知道这是让他先走别砸了车,开动汽车先向前去了。

陆高姚亮快跑着,还要提防后面飞来的石子。港客们都站下了。他俩跑过他们后回头,看追赶的天葬师不理睬港客们只向他俩追过来。天葬师跑得不是很快,他俩也就放慢速度。

"尽找麻烦。"

"我气坏了。"

"那也不能动手。"

"我只想吓吓他。"

"别忘了这是民族地区。"

"今天真晦气透了。早知道这样还不如离远点在山上看了。看不清楚也比看不见强呵。"

"别跑啦,他不追了。你不该捡石头。"

酸苹果总比没有苹果好。

真的如此吗?陆高不以为如此。姚亮说过的话说过就过去了;可是陆高到现在一直不能够断定,拖拉机里(或解放牌卡车里)的是不是她。当然陆高也知道追悼会今天开,回去问一下就知道她是否今天早上天葬,可是现在陆高不知道。他希望知道。这时陆高发现自己是很希望看到这个姑娘的天葬的,并不像他在来时车上想的那样——如果是她就不再看。

天已经亮啦,然而乌云荫蔽,而且下着绵密的毛毛雨。姚亮脸色铁青,陆高想自己大概也差不多;他们的毛衣也都透湿,上下牙齿碰得格格响。小何在前面等他们。上到车里也仍然禁不住打颤,姚亮又在抱怨。小何问陆高:

"回去吗?"

姚亮抢着说走吧走吧。他们往回去了。

陆高听到什么声音,回头见是那个天葬师朝汽车摆手,他让小何停车。看到车停下来,天葬师又朝他们走过来,一面摆手说着什么。姚亮让快开车,别把车给砸啦;陆高说不像,说他像有什么事,也许是搭车回城里去。姚亮还是催促小何把车开动了,姚亮说即使是要搭车也不必冒这份险,万一车给砸了……陆高想自己下去,姚亮不同意不让小何停车,还说侵犯了他们的风俗习惯,他们会打死你的。

车终于上了公路,天葬师还在后面挥手。车加速了,他们不再回头。

故事到这里就算结束了。这是陆姚探险队的第一次探险。他们要在这里工作几年,来日方长。我们已经知道他们的第二次探险是去寻访野人。两次探险都以没有结果而告结束。

我们也知道他们在第二次探险后各写了一部关于冈底斯山的故事,那是若干年以后的事了。我们还知道在这之外陆高另写了一篇关于说唱艺人的真实故事。在讲这个故事之前,先讲一下离开天葬台后的一个意外的小小插曲。

"那时候我还在部队汽车连开车。有次刹车失灵肇事了,撞伤了一个藏族男孩。当时我被男孩父亲揪住头往车前挡泥板上撞。我当时十八岁,个子又小。我吓坏了。"

"连长从前面折回来。我求救地看着连长,希望他能替我说情。连长是我同县的老乡,平时待我像自己弟弟一样。藏胞们对解放军首长向来是尊重的。连长没替我说一句好话。他到跟前时,男孩父亲停下手放开我。"

"我万万没想到,连长到我跟前狠狠地给我一个耳光,我一下给打倒了,也给打懵了。我从来没看过他这样黑着脸;平时他甚至有一点婆婆妈妈的。别的同志把车开走了,连长和我留下来,连长和镇里的派出所警察一道把我送到公安局。"

小何低头看了看仪表盘。

"糟糕!没油了。"

"也许能凑合开回去?"

"不行啦。加不上油啦。我昨天晚上就忘了看看油表,到这个院里去借点吧。"

这是郊外的一个什么工厂。

"现在要是天葬师追上来就糟啦。"

"这里的车库在哪?"

院里出来的一个人指了指方向,小何锁上车,三个人到车库去借油。

姚亮异想天开说这时候有碗热粥就好啦。

真是天从人愿。陆高居然从一个房子里出来的人脸上找到了这碗热粥。这是陆高同车进藏的一个大学生,分在厂里做助理工程师;而且当时刚好是早饭时间。他和陆高热情地相互问候,然后让三个冻坏了的人在电炉旁烤火;他熬了粥,让他们暖了身子,又到隔壁借了一瓶白酒,开启了两听罐头。小何说要开车不能喝,主人陪陆高姚亮喝了几杯。然后主人去找司机要了些汽油。这里离市区不到十里路了。主人挥手喊着一路顺风回去了。真够惬意的,虽然湿衣服还在身上,心里可暖和多啦。

他们把车开出院子,这时坐在后排的姚亮看到通往天葬台方向的路上那群港客正朝这走。

"应该问问他们,他们到底看到没有?"

"问问天葬师挥手到底有什么事。"

他们的香港话(也许是广东话,粤语)什么也搞不清,不过从他们沮丧的表情可以知道他们没有接近天葬台。那个粗胖的小伙子像要跟小何商量什么事情,他指着一个抱肩发抖的姑娘大约是要小何搭她回去。她上了车坐在后排,姚亮看到她鸡肠一样的细腿,知道她给冻坏了。跟这些港客比,他们境遇总要好些。

她向她的伙伴们挥挥手;姚亮催促小何。

"后来呢?"

"后来男孩的父母都赶到公安局来。男孩已经咽气了。他们守到他咽气后都赶来了。"

"真糟透了!"

"母亲找到交警中队长,找到连长。"

"'放了他吧。我儿子死啦。放了他吧。'"

"母亲是哭着对他们说的。"

"'求求你们啦。放了他吧。他不是有意的不是有意的。求求你们啦。放了他吧。'"

"我就这样给放回来啦,驾驶执照吊销了五个月。后来连长告诉我,说藏族是真心向善的,他们对佛祈祷的都是心里话。她说已经死了一个,再不能死另一个了。她怕要我去为她儿子抵命。"

小何把她一直送到旅游局招待所,她下去以后用不熟练的普通话说了声"谢谢你们"。

姚亮也给送回学校,姚亮自认晦气。

车里只剩陆高小何两个人。

"你应该给那个母亲做干儿子。"

"我是那么做的。"

十一

这里原来就有一个关于顿珠顿月兄弟的故事,人们把这个故事排成藏戏。顿珠,顿月,这实在是两个很美的名字。不过那故事是很久远了,久远到连年龄最大的老人都说这故事是听曾祖父讲来的。

我不知道凡人是否也可以转世,不过这对双胞胎确实也叫顿珠和顿月。有一点可以冒昧肯定,这对兄弟都不可能当国王;也许这就是所谓天意吧。顿珠是个牧羊人。开汽车的叫顿月,是弟弟,大约比顿珠小一个小时。

不像其他双胞胎,两兄弟完全是两副模样——顿珠是名副其实的哥哥,高身材大块头,褐紫色的大脸盘像刚用刀子削成半成品的石雕头像;顿月纤巧精细,和哥哥恰成对照,头顶也只抵到顿珠颈上的桃核珠串底下。

开始顿月和哥哥一样,也是个牧羊的小伙子。他爱笑爱动,他的羊子也显得比哥哥的羊有活力。人们常常可以在西山的峭壁上看到他的红帽子,看到红帽子跟前像蛆虫一样蠕动着的并不很白的羊群。西山上多巨石,也有分布不匀的点点绿色,是柳树和小片草坪。西山只有羊才能走的羊路。总之顿月是个活泼爱动的小伙子,他没有硕大的体魄,但他很灵活,也很结实,还会唱歌,而且唱得非常好听。

终于有一天,顿月找顿珠说起悄悄话了。

"我要去当兵了。"

"跟阿妈说了?"

"我想,我想……"

他们坐的地方离帐篷并不远。旁边就是羊栏,他们躺着,身下是冻得硬硬的干草地。顿月还是坐起来。

"我想……哥,你说阿妈能让我走吗?"

他根本不在乎顿珠怎样回答,只是自顾自地边想边说。

"我想不能,阿妈不能让我走。我想她准不让我走。"

他似乎满有把握,可他又突然揭了顿珠一拳,"你说呢,哥?"

"不管怎么说你得告诉阿妈一声。"

"阿妈准不让我走,我知道她不会让我走的。可是我一定得走。我想出去看看,到内地各地去走一走。到成都,到西安,到北京和上海,我还想看看海。"

"那你跟阿妈说吧。"

"我还想学点手艺,我想开汽车。我最想开汽车了,小时候就想。要是能开汽车,我就把什么地方都跑遍。我一定把车开到日喀则,开到黑河,开到拉萨,也开到山南和昌都,当然要跑遍咱们整个阿里。"

"你什么时候跟阿妈说呢?"

"我还要在晚间开着车灯追黄羊。我记得九岁那年坐郭班长的车,现在想起来还觉得够味儿。就在南边那片草甸子上那群黄羊有十几只,车灯一照到它们,它们就伸直脖子机伶伶的,等车开到近处它们才跑。真怪,它们一直跑不拐弯;郭班长说它们是沿着汽车灯光照亮的方向,它们不愿跑进黑暗;这下它们就倒霉了。那天晚上,我们压了五只羊子,真带劲!"

"你明天跟阿妈说吧,慢慢说……"

"那时候你就不用背柴草了。我可以用车把你带到西边有林子的地方,在那里砍满满一车树枝回来。我在西山顶上可以看到西边那片林子;太远了,看不清楚,只看到黑森森的一大片。还可以看到神湖的水在阳光下闪亮。我真看到了,我保证那是片大林子,有的是树枝和干树叶。那时候我一定把你带去,拉满满一车柴草回来,足够阿妈烧一整个冬天的。那样你就再也用不着背了。也用不着捡牛粪了。哥,那样你不高兴吗?"

"我高兴。跟阿妈说的时候慢慢来,别着急。别让阿妈着急。"

"到时候我把尼姆也接去。那时她阿爸准同意她嫁给我了,你说呢?她阿爸早就说了,要把尼姆嫁给一个开汽车的,尼姆说她阿爸说话算话的——你说呢,哥?尼姆爱我,可她还是听她阿爸的,她让我无论如何都要去学开汽车。我能去开汽车,就能把尼姆娶到家里了。"

"阿妈也喜欢尼姆,你跟阿妈说,她准会高兴的。不过说的时候要注意……"

"我还要给尼姆家里拉柴草。她阿爸想的就是这个。我得给她家拉,不过说心里话我真不情愿。我不喜欢她阿爸。真不情愿。哥,你知道不情愿我也得拉,不然尼姆会不高兴的。我不愿意做尼姆不高兴的事,我愿意她高兴。"

"你打算怎么和阿妈说呢?阿妈喜欢你,喜欢听你唱歌,你走了阿妈会想你的。"

"那样我可以看很多歌舞了。你记得么,那次歌舞团来演出,我跟着他们跑了三百多里路,连续看了七场演出。要不是他们走远了我还会跟着他们的。看了七遍我还是没看够,他们演得太好了。他们就住在拉萨,住在冈底斯山的那一面。以后我可以常去拉萨看他们演出了,开上车就去了。听说拉萨有好几个歌舞团呢!还有藏戏团,还有曲艺队,还有话剧团。我每场演出都去看。哥,我也带你去看……我忘了你不爱看演出,那我就带你去看电影,到拉萨看电影。听说拉萨每天都放电影呐。你挺喜欢看电影的。"

"顿月,你知道我不会唱歌。阿妈年轻的时候就爱唱。现在她老了就只爱听你唱了。"

"哥,我真后悔没把中学读完,中学里学的地理课我全忘了。这下我要到各处去了,要是把地理课学好就好了。可惜我没读完,读过的又都忘了。唉!我只知道成都、西安、北京和上海。还有格尔木。剩下的全忘光了。我一直想看看海是什么样子,听说比玛旁雍神湖还大,比整个草原还大,一眼看不到边呢。听说用机器开动的大船一个月也走不到头呢。我太想看看大海了。哥,你就一点都不想么?"

"我想。可是阿妈呢?阿妈会想你的。"

"阿妈会想我的,我也会想阿妈的。"

"阿妈会哭的,阿妈肯定会常常掉泪。"

"我知道。"顿月说,"我知道。"

牧羊犬不出声音地走过来,插到兄弟两个中间,懂事地蜷伏下来。说不上是不希望狗听他们谈话,还是该谈的都谈了,顿月再没有继续他的憧憬,顿珠也不再追问弟弟什么时候跟妈妈谈、怎么谈。星星在头上慢慢移动位置,羊皮藏袍给夜露沾得湿漉漉的了。他们没有手表,但是他们知道天快亮了。

这个晚上弟弟顿月显然有些兴奋,平时他和哥哥顿珠一样并不多话;不同的只是他爱唱牧歌,而且唱得好听。

另一个晚上,来了电影放映队,大家都去看电影了。这次坐到羊栏附近的是顿月和尼姆姑娘。寒星寒月,天更清冷了,他们长久不说一句话。顿月其实不是个饶舌的小伙子。

尼姆难得晚间出来一次,阿爸不让。阿爸不能不让她出来看电影。阿爸自己也看电影。那么尼姆就出来了,来到顿月身边。两天后顿月就要动身走了。

顿月把新发的军用皮大衣披到尼姆身上,尼姆还是禁不住发抖。就是顿月搂紧她也仍然抖个不停。电影散场还早,阿妈和顿珠回来还早,他和尼姆还是钻到帐篷里去了。顿月伸手摸火柴要点酥油灯,尼姆把他抱住了。结果帐篷里一直黑着,而且一直没有声音。

读者们一定猜到了,顿月如愿以偿,当了汽车兵。顿月当然是唱着歌子走的。

十二

在附近百里牧区,有许多关于顿珠的各种各样的传说。顿珠这个老实巴交的牧羊汉子,居然成了这里的传奇式人物。

乡亲们都知道,老寡妇曲珍为了供小儿子顿月读书,和大儿子顿珠吃了不少苦。现在小儿子出去了,还当了连长,曲珍没有白白吃苦受累。隔上两个月她可以收到儿子的汇款。乡亲们还知道顿月是个开汽车的连长。

又开汽车,又当连长,顿月真是个有出息的。乡亲们都说早就看出小伙子有出息。

那么顿珠呢？这个不识字的汉子,这个高大壮健又很少作声的汉子。也许这是不可思议的,然而乡亲们异口同声地作证,说他的确没读到书,他从小就拽着羊尾巴跟着羊群跑,他没有阿爸。阿爸是个过路汉子,阿爸只留给阿妈一夜温存和这一对双胞胎。连阿妈也记不得阿爸的样子了,阿妈只记得他左面颊上有条寸把长的刀疤。阿妈说他是个打铁的。

说是顿珠和他的羊群曾经失踪了一个月,说是那以后顿珠就成了说唱艺人,他开始给乡亲们说唱《格萨尔王传》了。这是一部堪称世界最长的藏族英雄史诗,据研究学者们说,全部《格萨尔王传》有一千万或者几千万行。没读过一天书的牧羊汉子顿珠开始说唱这部英雄史诗了。这件事真的那么不可思议么？

一种比较流行的说法。顿珠和他的羊群误入神地,顿珠不知怎么就睡了,是睡在一块又平又大的巨石上(这个细节很要紧,请注意)。周围有很好的草场,也有很多野花。总之是块神地,像神山、神湖、神鹰和神鱼一样,传说带有藏民族特有的美丽的神话色彩。他睡了。

然后他醒了,羊群还在安闲地吃草。他用手肘支起身子,浑身倦怠地茫然四顾,这时他发现这地方他没来过,从来没有。不过这里是天然的好牧场,水草丰饶,环境也美。

太阳还高,他不着急,他想让羊群多吃一阵,而且他倦得要命。他又躺下来了。这次顿珠没有睡,没有睡意了。天像格外高远,空气显现出一种罕见的透明质,就像连续多天阴霾霉雨之后那样的清朗和透明。也有白云,丝丝片片,宛如撕烂的哈达。他饿了,把手伸进腰间的糌粑口袋,把捏成团团的糌粑往嘴里大团地塞。那个黑点划过云片,径直朝下落,越来越大。是鹰把他当成了一具腐尸。转眼间鹰就扎到他的脸上了。顿珠猛坐起来,顺势拔出尺把长的藏刀。鹰给惊起,变线飞开了。云片更薄更烂,逐渐淡化了;鹰重又变成黑流星或快或慢在天空上划过。天蓝得叫人惊奇。

顿珠起身到一处水泊,用两手掬了几捧清水喝,然后拍拍肚皮,好痛快呵！他突然想唱点什么,这是从来没有过的,他开始唱了。过去总是顿月在唱,他从不应和、默默干着什么。没有人知道他是否在听,他从来没有所表示,兴趣——还是没兴趣?

　　这一次是他在唱了。他只是想唱,想不停地唱下去,而且——他在唱着格萨尔,唱着关于格萨尔的传奇故事。他毫不惊奇(这一点就足以使那些熟悉的人们惊奇了),仿佛他原就从师多年学唱这部恢宏的民族史诗。更使人们惊奇的,是他竟然对人们的疑问反而惊奇。他不能理解人们何以这样大惊小怪。在他看来,唱格萨尔王是他最自然不过的举动了。他为什么不唱,为什么不能唱呢?人们为什么要问是谁教他的呢?谁教过你吸吮乳头么?

　　当乡亲和母亲说他失踪了一个月时,顿珠觉得像痴人说梦。阿妈怎么啦?还有乡亲们?阿妈瘦了,瘦得脱了相,这简直不像真的。早上出去的时候,他的糌粑口袋是阿妈给装的,阿妈笑盈盈的,阿妈好健康呵!顺心顺气,有两个好儿子的幸福的阿妈呵!可是现在。

　　另有一些不那么流行的说法。

　　顿珠顿月的阿爸是个打铁的流浪说唱艺人——他的真传骨血传给了双胞胎的母亲,顿珠是得了阿爸的真传,是天生天成的。这种说法倒似乎有一点现代科学——遗传工程学——的味道,只是仍然是一种超验主义哲学的思想方法。看得出,多数人是宁可相信神话的,虽然神话中更多唯心或唯灵的成分,但是它美。这类传说显然不宜掺杂太多的唯理成分。

　　彻底的唯物主义者对凡此种种传说都付之一笑。他们有比较令人信服的解释,说这不过是艺人自己为渲染民族史诗和其自身的神秘而故意编出这许多奥秘的,说汉族无法理解藏民族那种与宗教、神话以及迷信杂糅在一起的崇尚神秘事物的原始意识;说藏民族天生就是产生优美神话的民族,正如他们天生崇尚各种精美的雕饰——镂银藏刀;金玉耳环、戒指;各种珍宝、桃核、骨刻的珠串;多种头饰、发辫;多种服饰;织花地毯、卡垫,不一而足!

　　反正顿珠自己知道。他知道这是否神话;他知道自己是个铁匠的儿子;他还知道自己怎么就唱起了格萨尔王。他虽然不懂哲学及其五花八门的概念,但他会唱,会唱这部世界最长的藏族的英雄史诗。他看不出这有什么值得如此大惊小怪。后面自然还有关于顿珠的故事。

十三

　　尼姆为顿月生了一个男孩。顿月收到尼姆捎去的口信没有?这不好说。顿月没给她写信,尼姆盼着的信没来;尼姆以为他准会来信。顿月把她忘了?

　　总之顿月没有回来,没有回来看看儿子。尼姆曾经挨了阿爸的咒骂。很怕人的咒骂。阿爸是个虔信佛教的老人,从来到这个世界那天就开始膜拜释迦牟尼。他中年得女丧妻,性情格外孤僻乖戾,酒喝得很凶,一天里很少有清醒的时候,而且他心地狭窄,习惯斤斤计较。

尼姆生了私孩子,他骂,他绝不原谅,因而对着他的偶像诅咒女儿,酒喝得更凶了。尼姆只好搬出去住,在远离阿爸的地方支起一顶小帐篷。一个女人带着一个孩子,生活可想而知。

没有人知道孩子是顿月的,尼姆没讲过。她似乎有几年没说话了,没有人听见她说过什么话。也许她说过,对儿子,对她那群羊和那只卷毛蓬松的牧羊犬。还有可能在一人独处时自言自语,只是没有人听她说过什么。她过分地离群索居,以至使多数乡亲甚至忘记了她的存在。

她也回来,那通常是天黑下来的时候,她像躲避豹子似地躲躲闪闪地溜回家里。这种时候阿爸总是流着口涎歪倒在卡垫上,经常已经鼾声大作,而且吐得一塌糊涂。她不出声音地把呕吐的秽物拾掇干净,然后架起锅,烧上浓茶,再把阿爸搁到卡垫上躺好,盖上皮大衣,之后默默地对着冒烟的灰烬站了一阵,又像来时一样幽灵似地闪出帐篷,在黑处消失了。

儿子可以到处跑了。尼姆仍然时常偷偷溜回家。只是她从来都是一个人回去,儿子不认得外祖父。三岁的孩子连一句话也不会说,这一定是完全离开了语言环境的缘故,他完全习惯于一个人玩,有时像成年人一样发呆。这个孩子很少对人感兴趣,无论是从他帐篷跟前走过的乡亲或路人,无论是他阿妈,谁都不能使他分神去看一眼。吆喝也罢,柔声呼唤也罢,结果都一样。他原来干什么仍然干什么,丝毫不会受到惊扰。

那个晚上尼姆照例一个人在夜里去阿爸那里。天黑得有点怕人。她急急地出了门,用头巾兜住两颊。路上有点儿磕绊,没有碰到什么人。阿爸一如既往。早醉成一摊泥,她进去就开始收拾,自己也说不清为什么心里发急。天阴得实在反常,儿子已经睡下了,这之间有什么联系呢?尼姆确实心神不宁。锅里有冷茶水,今晚就这样吧,阿爸夜里醒来需要的就是这个。当然有热茶或温茶更好些,可是今晚的天气!她没有多耽搁,披好帐篷的门帘子就往回赶了。天黑心急,她一路跌倒两次,这不算什么。走近自己的小帐篷时,她听到低沉而悸心的呜咽,是她的牧羊犬。她马上又看到更怵目的:帐篷门帘掉了,原来点着酥油灯的里间一片漆黑。瞬间,她突然知道完了,全完了。她知道自己为什么心神不安,为什么发急。当她从怀里摸出火柴擦燃时,那个大约三秒钟的光明使她身子发瘫,她就地坐下了,好半天想不起该点亮灯,该把血肉模糊的牧羊犬抱进帐篷。可怜的畜生,它断了一条腿和两根肋骨,上领的毛皮给抓豁了。后来,它居然活下来了。

是熊。

她也说不清,为什么她借着火柴光亮看到儿子安然入睡时竟全无惊喜和庆幸的感觉,她不该庆幸或者惊喜么？她只记得浑身瘫软下去了,她不记得自己这样坐了多久。后来还是狗的呻吟呜咽提醒了她。它是这个家庭里的第三个成员,现在是它的痛苦使她清醒了。只是她永远闹不明白,熊怎么能和儿子相安无事？牧羊犬的伤残,翻倒在地的酥油桶和摔碎的茶碗,这许多在夜里肯定很刺激的音响竟没有使儿子醒转过来,尼姆知道儿子听觉正常,很正常。

这以后,每当儿子睡下,尼姆都就着跳荡的油灯长久地守在儿子跟前。她看着儿子的厚嘴唇,看着儿子轮廓粗糙的脸型,她努力去想很久以前她和顿月共有的那个夜晚,去想那以后她发现自己怀了孩子的种种感觉。她努力想回忆起顿月的相貌和他仅有的那次粗暴(多么令人回味的粗暴呵),可是不成,她什么也回忆不起来;不成,不成了。于是,她又努力试图俯身从眼下这个小家伙的睡相上找出顿月的影子,也不成,她不禁惊奇了

她奇怪儿子居然像顿珠。笨拙,反应相当迟钝,脸廓尤其显著。顿月可不是这种样子。她想不出道理,也不再费力去想。

牧羊犬终于痊愈了,这个三口之家又以过去的形式度过了一段重复的时间。

十四

顿珠成了说唱艺人之后,同时也还是一个羊倌,还是个孝顺儿子。他和阿妈不识字。每次邮递员把汇款单交给他时,都告诉他简短附言栏上写着的话,诸如:阿妈买点好吃的,别舍不得花钱——我在这挺好的,部队番号保密,不要回信了——我现在是班长了……我现在是排长了……我现在是连长了……我还在开车……部队任务紧,请阿妈原谅我不能回家探望云云。顿珠每次都一字不误地记下来转达给阿妈。阿妈挺知足的,娘俩也就不用多惦记了。

尼姆的事顿珠是否多想过,不得而知。大概只有顿珠知道顿月和尼姆有恋情,然而这不能使顿珠因此就认定尼姆的私生子就是弟弟顿月的。牧羊汉子顿珠不可能潜心计算尼姆生产距顿月离家整整九个月,他知道的简单事实是尼姆在顿月走后很久生了一个私孩子,谁知道是哪个的野种呢？另一个人所共知的事实,是尼姆的阿爸因此把尼姆赶出去了。她阿爸咒她,骂她,到死也没原谅她(他是在某个上午自己的帐篷里被邻人发现的,身子硬了,仍然带着酒气)。顿珠还知道那个从不说话的男孩子从熊掌下脱生的故事。那孩子有五六岁了,长得粗大笨拙,尼姆赶着羊群出去的时候,这孩子总是拽住某只大羊的尾巴跟上去。与孩子为伴的只有牧羊犬,羊和鹰或者其他鸟儿。这

些顿珠都是知道的。

现在,就是白天放牧的时候,仍然有人凑在顿珠的羊群附近,听顿珠说唱那些又古老又亲切又悲壮的故事。时间久了,再没有人问顿珠是怎么学会的,跟谁学会的;顿珠的关于格萨尔王的故事,自然而然地成了这里的藏族牧民们自古以来的生活的有机部分。

如果顿珠不健忘的话,他肯定记得顿月走前的晚上那些愉快的憧憬。如果他富于联想,有足够的浪漫气,他肯定会设想在过去的这些年头里,弟弟顿月开着汽车不止一次地去到成都、西安、北京和上海这些地方。开始带着一班人,后来是一个排,现在是一个整连,幸运的顿月啊!顿月应该看了几百场演出了吧?有内地的,也有拉萨的,他一定不会错过任何机会的。顿珠最知道弟弟了。

也许顿月已经跑遍全藏了。日喀则,阿里,拉萨,山南,对了,还有昌都。他追过大群的黄羊吗?一定追过的,就是压了千把只也说不定,他是个多么好玩的家伙呵。

还有,为了到各地开眼界,顿珠想顿月肯定会把什么地理课重新好好学一学。顿月是个肯学习肯动脑筋的,顿珠知道自己不如弟弟。

现在顿珠和从前一样,利用闲暇到处拣牛粪,到处弄柴草,从老远老远的地方往回背。顿珠一定还记得弟弟的许诺,等着弟弟开汽车回来,带他到西山西面老远的大林子里拉满车的干树枝干叶子回来。那里是太远了,乡亲们没有一个人到过那呢。

还有,顿珠是喜欢看电影的,他是否同时期待着弟弟开车送他到拉萨看电影呢?

也许吧,什么都是可能的。

然而——

尼姆呢?顿月走前讲的关于尼姆那些话?顿珠并不健忘,他记得,全记得,那么

我不知道那么后面该是什么,删节号?或者一些可以连缀上下文的文字?我不知道,我找不到合适的东西,因为结果大出我的意料。我尤其不知道该用什么伦理道德标准去衡量这个结果。问题明摆的清楚。顿月对于尼姆是失踪了,对于顿珠正在纵横驰骋于自我想象。尼姆对于顿珠,是某个野孩子的母亲(她早已不是弟弟顿月的恋人了),同时又是一个年龄相近的女人;尼姆不丑也不算老。就这些。

是这样,尼姆水葬了阿爸,之后在河边站了半天半宿,据说她没有掉泪。周年过了,她找到顿珠,顿珠正在捡牛粪,冬天就要到了。没有人知道尼姆对

顿珠说的什么,也许就是"跟我结婚吧"。或者"把我娶到家里去吧"这么简单又直接的一句话。尼姆好久没说一句话了,她一定不会讲更多的。我想。反正她和她那拽羊尾巴长大的不说话的儿子一起和顿珠家合了帐篷。真想知道顿珠的阿妈对这件事作何感想——读者知道,那是她老人家的嫡生孙子,她该不会把孙子当成一个小野种罢。

十五

故事到这里已经讲得差不多了,但是显然会有读者提出一些技术以及技巧方面的问题。我们来设想一下。

a. 关于结构。这似乎是三个单独成立的故事,其中很少内在联系。这是个纯粹技术性问题,我们下面设法解决一下。

b. 关于线索。顿月截止第一部分,后来就莫名其妙地断线,没戏了,他到底为什么没给尼姆写信?为什么没有出现在后面的情节当中?又一个技术问题,一并解决吧。

c. 遗留问题。设想一下:顿月回来了,兄弟之间,顿月与嫂子尼姆之间将可能发生什么?三个人物的动机如何解释?

第三个问题涉及技术和技巧两个方面。

好了。先看c。

首先顿月不会回来(也不可能回来,排除了顿月回来的可能性,问题就简单了),因为他入伍不久就因公牺牲了。他的班长为了安抚死者母亲,自愿顶替了这个儿子角色;近十年来他这个冒名儿子给母亲寄了近两千元钱。然后——

还用然后么,我亲爱的读者?

十六

姚亮一直自诩是个诗人,陆高叫他情种。诗人也罢,情种也罢,姚亮倒全不以为然。姚亮有时也开陆高的玩笑,野人是姚亮送陆高的雅号。

陆高偶尔也作诗,甚至不逊于姚亮的诗。

当有人问及姚亮,问他为什么要到这块号称第三极的不毛之地来,姚亮完全以一个大诗人的气势和气度答复这问话。也有陆高的。

姚亮——

牧歌走向牧歌

许多人都是听了你的话
因而受到蛊惑才来的
说是北面一块
起伏不大的五千里高地
永远是零度。只有
虫草和精壮的羊子
慵懒而且消闲
莫名地拥在帐子周围
还有那些褐石。是的还有
南面那些褐石揉进
透明质的百色和蓝色
之间。为什么我还要说
我们是听了你的话来的?
我们都记得你。

高地有极好的能见度因而
可以清晰地想见,月亮
和没有光泽的六枚镍币
不是到这里以后我们
才开始借助寺庙,借助
遍野的尸骸学习幻想
我说不是。我这样
郑重剖白只是想向高地
表示一个曾经是孩子的
成年人的崇敬。古语说
三十是我而立之年。

我自想是骑着白色的快马
来的,而且要不时停下来
便溺或抓一点糌粑
我喝不来酥油茶。草原风
应该是有某种颜色的

不然为什么大张的
我的鼻孔里竟至塞满灰尘？
　正在行走的马儿
　请别用鞭儿抽打
　马儿的阿妈看到
　心里要难过的呵

隔着飞隼的背羽，远远就看到
那堵白墙。看到白墙上的
金顶下面的砖红色宫殿。那个
牧羊小姑娘十二分骄傲地
说它就是这块高地的
标志。小姑娘梳着七十七条
有头虱的发辫，露出白牙
对我的马儿笑笑。我说
我是从渤海边上来的
我是一个喜欢牧歌的诗人

　已经过了午夜
　我们还在歌唱
　在收割过田野
　对着不圆的月亮
　我们唱着忧郁的歌
　唱着被雪覆盖的小河
　唱着一个相同的夜晚
　唱着马车上的
　我们的寂寞
牧女不客气打断我的吟咏：
"怎么你们那儿也下雪么？"

叫我怎么回答你呢。是的
是的我的小姑娘，到处
都在下雪到处。到处。
可我为什么要这么急促地

催着白马赶路呢?
该从山海关攀上长城向西去
也拐到圆明园稍事停留
看看荷塘废墟也看看
巨大的白石头

我刚刚感到我是太急了
我不应该这么急
我甚至忘记了我是谁
(上帝是个宇航员)
我又是从哪里来的
我只是懊悔我太快就到了
布达拉山脚。我当然记得
又潮又咸的海水的涌动
和关于红帆船水手的诗篇
　不如总在途中
　于是常有希冀

陆高——

野鸽子

看到拉萨河的湍流再说
这不是一片荒漠,那样
你不以为是太晚了一点?
没有人真正理解秃鹫
永远带着敌视的鹰嘴
因为白褐色的河心岛
我又记起了睿智的容格
每当我把自己想象为
石头,冲突就停止了

别说蠢话。别说
诸如这样的蠢话
"走进一块石头

那才是我的路"
我是宁愿掉进冰川裂口的
不然,我又算个什么诗人
其实我是想说
应该还有别的。
比如很久就流传下来的
炊烟和这些村庄的名字
而今这些村子
也只有在黄昏
才变得美丽
于是我们来了。带着
口红、画箱和避孕用具
(我们可是来过日子的
  真傻。真糊涂透了
  我们不是早说好的
  要在这里生一大群儿子么)
我突然意外地兴备。不再
只有爱情才带给我灵感
你看没有熟悉的鸽哨空鸣
栖在白居寺后墙约大群
野鸽子仍然飞来了

   1983年6月—1984年2月
    拉萨——灌县——拉萨

原载《上海文学》1985年第2期

残 雪

山上的小屋

在我家屋后的荒山上,有一座木板搭起来的小屋。

我每天都在家中清理抽屉。当我不清理抽屉的时候,我坐在围椅里,把双手平放在膝头上,听见呼啸声。是北风在凶猛地抽打小屋杉木皮搭成的屋顶,狼的嗥叫在山谷里回荡。

"抽屉永生永世也清理不好,哼。"妈妈说,朝我做出一个虚伪的笑容。

"所有的人的耳朵都出了毛病。"我憋着一口气说下去,"月光下,有那么多的小偷在我们这栋房子周围徘徊。我打开灯,看见窗子上被人用手指捅出数不清的洞眼。隔壁房里,你和父亲的鼾声格外沉重,震得瓶瓶罐罐在碗柜里跳跃起来。我蹬了一脚床板,侧转肿大的头,听见那个被反锁在小屋里的人暴怒地撞着木板门,声音一直持续到天亮。"

"每次你来我房里找东西,总把我吓得直哆嗦。"妈妈小心翼翼地盯着我,向门边退去,我看见她一边脸上的肉在可笑地惊跳。

有一天,我决定到山上去看个究竟。风一停我就上山,我爬了好久,太阳刺得我头昏眼花,每一块石子都闪动着白色的小火苗。我咳嗽着,在山上辗转。我眉毛上冒出的盐汗滴到眼珠里,我什么也看不见,什么也听不见。我回家时在房门外站了一会,看见镜子里那个人鞋上沾满了湿泥巴,眼圈周围浮着两大团紫晕。

"这是一种病。"听见家人们在黑咕隆咚的地方窃笑。

等我的眼睛适应了屋内的黑暗时,他们已经躲起来了——他们一边笑一边躲。我发现他们趁我不在的时候把我的抽屉翻得乱七八糟,几只死蛾子、死蜻蜓全扔到了地上,他们很清楚那是我心爱的东西。

"他们帮你重新清理了抽屉,你不在的时候。"小妹告诉我,目光直勾勾的,左边的那只眼变成了绿色。

"我听见了狼嗥,"我故意吓唬她,"狼群在外面绕着房子奔来奔去,还把头从门缝里挤进来,天一黑就有这些事。你在睡梦中那么害怕,脚心直出冷汗。这屋里的人睡着了脚心都出冷汗。你看看被子有多么潮就知道了。"

我心里很乱,因为抽屉里的一些东西遗失了。母亲假装什么也不知道,垂着眼。但是她正恶狠狠地盯着我的后脑勺,我感觉得出来。每次她盯着我的后脑勺,我头皮上被她盯的那块地方就发麻,而且肿起来。我知道他们把我的一盒围棋埋在后面的水井边上了,他们已经这样做过无数次,每次都被我在半夜里挖了出来。我挖的时候,他们打开灯,从窗口探出头来。他们对于我的反抗不动声色。

吃饭的时候我对他们说:"在山上,有一座小屋。"

他们全都埋着头稀里呼噜地喝汤,大概谁也没听到我的话。

"许多大老鼠在风中狂奔。"我提高了嗓子,放下筷子,"山上的砂石轰隆隆地朝我们屋后的墙倒下来,你们全吓得脚心直出冷汗,你们记不记得?只要看一看被子就知道。天一晴,你们就晒被子,外面的绳子上总被你们晒满了被子。"

父亲用一只眼迅速地盯了我一下,我感觉到那是一只熟悉的狼眼。我恍然大悟。原来父亲每天夜里变为狼群中的一只,绕着这栋房子奔跑,发出凄厉的嗥叫。

"到处都是白色在晃动,"我用一只手抠住母亲的肩头摇晃着,"所有的都那么扎眼,搞得眼泪直流。你什么印象也得不到。但是我一回到屋里,坐在围椅里面,把双手平放在膝头上,就清清楚楚地看见了杉木皮搭成的屋顶。那形象隔得十分近,你一定也看到过,实际上,我们家里的人全看到过。的确有一个人蹲在那里面,他的眼眶下也有两大团紫晕,那是熬夜的结果。"

"每次你在井边挖得那块麻石响,我和你妈就被悬到了半空,我们簌簌发抖,用赤脚蹬来蹬去,踩不到地面。"父亲避开我的目光,把脸向窗口转过去。窗玻璃上沾着密密麻麻的蝇屎。"那井底,有我掉下的一把剪刀。我在梦里暗暗下定决心,要把它打捞上来。一醒来,我总发现自己搞错了,原来并不曾掉下什么剪刀,你母亲断言我是搞错了。我不死心,下一次又记起它。我躺着,会忽然觉得很遗憾,因为剪刀沉在井底生锈,我为什么不去打捞。我为这件事苦恼了几十年,脸上的皱纹如刀刻的一般。终于有一回,我到了井边,试着放下吊桶去,绳子又重又滑,我的手一软,木桶发出轰隆一声巨响,散落在井中。我奔回屋里,朝镜子里一瞥,左边的鬓发全白了。"

"北风真凶,"我缩头缩脑,脸上紫一块蓝一块,"我的胃里面结出了小小的冰块。我坐在围椅里的时候,听见它们叮叮当当响个不停。"

我一直想把抽屉清理好,但妈妈老在暗中与我作对。她在隔壁房里走来走去,弄得踏踏地响,使我胡思乱想。我想忘记那脚步,于是打开一副扑克,口中念着:"一二三四五……"脚步却忽然停下了,母亲从门边伸进来墨绿色的小脸,嗡嗡地说话:"我做了一个很下流的梦,到现在背上还流冷汗。"

"还有脚板心,"我补充说,"大家的脚板心都出冷汗。昨天你又晒了被子。这种事,很平常。"

小妹偷偷跑来告诉我,母亲一直在打主意要弄断我的胳膊,因为我开关抽屉的声音使她发狂,她一听到那声音就痛苦得将脑袋浸在冷水里,直泡得患上重伤风。

"这样的事,可不是偶然的。"小妹的目光永远是直勾勾的,刺得我脖子上长出红色的小疹子来。"比如说父亲吧,我听他说那把剪刀,怕说了有二十年了?不管什么事,都是由来已久的。"

我在抽屉侧面打上油,轻轻地开关,做到毫无声响。我这样试验了好多天,隔壁的脚步没响,她被我蒙蔽了。可见许多事都是可以蒙混过去的,只要你稍微小心一点儿。我很兴奋,起劲地干起通宵来,抽屉眼看就要清理干净一点儿,但是灯泡忽然坏了,母亲在隔壁房里冷笑。

"被你房里的光亮刺激着,我的血管里发出砰砰的响声,像是在打鼓。你看看这里,"她指着自己的太阳穴,那里爬着一条圆鼓鼓的蚯蚓。"我倒宁愿是坏血症。整天有东西在体内捣鼓,这里那里弄得响,这滋味,你没尝过。为了这样的毛病,你父亲动过自杀的念头。"她伸出一只胖手搭在我的肩上,那只手像被冰镇过一样冷,不停地滴下水来。

有一个人在井边捣鬼。我听见他反复不停地将吊桶放下去,在井壁上碰出轰隆隆的响声。天明的时候,他咚地一声扔下水桶,跑掉了。我打开隔壁的房门,看见父亲正在昏睡,一只暴出青筋的手难受地抠紧了床沿,在梦中发出惨烈的呻吟。母亲披头散发,手持一把笤帚在地上扑来扑去。她告诉我,在天明的那一瞬间,一大群天牛从窗口飞进来,撞在墙上,落得满地皆是。她起床来收拾,把脚伸进拖鞋,脚趾被藏在拖鞋里的天牛咬了一口,整条腿肿得像根铅柱。

"他,"母亲指了指昏睡的父亲,"梦见被咬的是他自己呢。"

"在山上的小屋里,也有一个人正在呻吟。黑风里夹带着一些山葡萄的叶子。"

"你听到了没有?"母亲在半明半暗里将耳朵聚精会神地贴在地板上,"这些个东西,在地板上摔得痛昏了过去。它们是在天明那一瞬间闯进来的。"

那一天,我的确又上了山,我记得十分清楚。起先我坐在藤椅里,把双手平放在膝头上,然后我打开门,走进白光里面去。我爬上山,满眼都是白石子的火焰,没有山葡萄,也没有小屋。

原载《人民文学》1985 年第 8 期

莫 言

透明的红萝卜

一

秋天的一个早晨,潮气很重,杂草上、瓦片上都凝结着一层透明的露水。槐树上已经有了浅黄色的叶片,挂在槐树上的红锈斑斑的铁钟也被露水打得湿漉漉的。队长披着夹袄,一手里拤着一块高粱面饼子,一手里捏着一棵剥皮的大葱,慢吞吞地朝着钟下走。走到钟下时,手里的东西全没了,只有两个腮帮子像秋田里搬运粮草的老田鼠一样饱满地鼓着。他拉动钟绳,钟锤撞击钟壁,"嗵嗵嗵"响成一片。老老少少的人从胡同里拥出来,汇集到钟下,眼巴巴地望着队长,像一群木偶。队长用力把食物吞咽下去,抬起袖子擦擦被络腮胡子包围着的嘴。人们一齐瞅着队长的嘴,只听到那张嘴一张开——那张嘴一张开就骂:"他娘的腿!公社里这些狗娘养的,今日抽两个瓦工,明日调两个木工,几个劳力全被他们给零打碎敲了。小石匠,公社要加宽村后的滞洪闸,每个生产队里抽调一个石匠,一个小工,只好你去了。"队长对着一个高个子宽肩膀的小伙子说。

小石匠长得很潇洒,眉毛黑黑的,牙齿是白的,一白一黑,衬托得满面英姿。他把脑袋轻轻摇了一下,一绺滑到额头上的头发轻轻地甩上去。他稍微有点口吃地问队长去当小工的人是谁,队长怕冷似地把膀子抱起来,双眼像风车一样旋转着,嘴里嘟嘟地说:"按说去个妇女好,可妇女要拾棉花。去个男劳力又屈了料。"最后,他的目光停在墙角上。墙角上站着一个十岁左右的男孩子。孩子赤着脚,光着脊梁,穿一条又肥又长的白底带绿条条的大裤头子,裤头上染着一块块的污渍,有的像青草的汁液,有的像干结的鼻血。裤头的下沿齐着膝盖。孩子的小腿上布满了闪亮的小疤点。

"黑孩儿,你这个小狗日的还活着?"队长看着孩子那凸起的瘦胸脯,说:"我寻思着你该去见阎王了。打摆子好了吗?"

孩子不说话,只是把两只又黑又亮的眼睛直盯着队长看。他的头很大,脖子细长,挑着这样一个大脑袋显得随时都有压折的危险。

"你是不是要干点活儿挣几个工分?你这个熊样子能干什么?放个屁都怕把你震倒。你跟上小石匠到滞洪闸上去当小工吧,怎么样?回家找把小锤子,就坐在那儿砸石头子儿,愿意动弹就多砸几块,不愿动弹就少砸几块,根据历史的经验,公社的差事都是胡弄洋鬼子的干活。"

孩子慢慢地蹭到小石匠身边,扯扯小石匠的衣角。小石匠友好地拍拍他的光葫芦头,说:"回家跟你后娘要把锤子,我在桥头上等你。"

孩子向前跑了。有跑的动作,没有跑的速度,两只细胳膊使劲甩动着,像谷地里被风吹动着的稻草人。人们的目光都追看他,看着他光着的背,忽然都感到身上发冷。队长把夹袄使劲扯了扯,对着孩子喊:"回家跟你后娘要件褂子穿着,嘻,你这个小可怜虫儿。"

他翘腿蹶脚地走进家门。一个挂着两条清鼻涕的小男孩正蹲在院子里和着尿泥,看着他来了,便扬起那张扁乎乎的脸,夵煞着手叫:"可……可……抱……"黑孩弯腰从地上拣起一个浅红色的杏树叶儿,给后母生的弟弟把鼻涕擦了,又把粘着鼻涕的树叶像贴传单一样"巴唧"拍到墙上。对着弟弟摆摆手,他向屋里溜去,从墙角上找到一把铁柄羊角锤子,又悄悄地溜出来。小男孩又冲着他叫唤,他找了一根树枝,围着弟弟画了一个大大的圆圈,扔掉树枝,匆匆向村后跑去。他的村子后边是一条不算大也不算小的河,河上有一座九孔石桥。河堤上长满垂柳,由于夏天大水的浸泡,树干上生满了红色的须根。现在水退了,须根也干巴了。柳叶已经老了,橘黄色的落叶随着河水缓缓地向前漂。几只鸭子在河边上游动着,不时把红色的嘴插到水草中,"呱唧呱唧"地搜索着,也不知吃到什么没有。

孩子跑上河堤,已经累得气喘吁吁。凸起的胸脯里像有只小母鸡在打鸣。

"黑孩!"小石匠站在桥头上大声喊他,"快点跑!"

黑孩用跑的姿势走到小石匠跟前,小石匠看了他一眼,问:"你不冷?"

黑孩怔怔地盯着小石匠。小石匠穿着一条劳动布的裤子,一件劳动布夹克式上装,上装里套一件火红色的运动衫,运动衫领子耀眼地翻出来,孩子盯着领口,像盯着一团火。

"看着我干什么?"小石匠轻轻拨拉了一下孩子的头,孩子的头像货郎鼓一样晃了晃。"你呀",小石匠说,"生怕被你后娘给打傻了。"

小石匠吹着口哨,手指在黑孩头上轻轻地敲着鼓点,两人一起走上了九孔桥。黑孩很小心地走着,尽量使头处在最适宜小石匠敲打的位置上。小石匠的手指骨节粗大,坚硬得像小棒槌,敲在光头上很痛,黑孩忍着,一声不吭,只是把嘴角微微吊起来。小石匠的嘴非常灵巧,两片红润的嘴唇忽而噘起,忽而张开,从他唇间流出百灵鸟的婉转啼声,响,脆,直冲到云霄里去。

过了桥上了对面的河堤,向西走半里路,就是滞洪闸,滞洪闸实际上也是一座桥，与桥不同的是它插上闸板能挡水，拨开闸板能放洪。河堤的漫坡上栽着一簇簇蓬松的紫穗槐。河堤里边是几十米宽的河滩地，河滩细软的沙土上，长着一些大水落后匆匆生出来的野草。河堤外边是辽阔的原野，连年放洪，水里挟带的沙土淤积起来，改良了板结的黑土，土地变得特别肥沃。今年洪水不大，没有危及河堤，滞洪闸没开闸滞洪，放洪区里种植了大片的孟加拉国黄麻。黄麻长得像原始森林一样茂密。正是清晨，还有些薄雾缭绕在黄麻梢头，远远看去，雾下的黄麻地像深邃的海洋。

　　小石匠和黑孩悠悠逛逛地走到滞洪闸上时，闸前的沙地上已集合了两堆人。一堆男，一堆女，像两个对垒的阵营。一个公社干部拿着一个小本子站在男人和女人之间说着什么，他的胳膊忽而扬起来，忽而垂下去。小石匠牵着黑孩，沿着闸头上的水泥台阶，走到公社干部面前。小石匠说："刘副主任，我们村来了。"小石匠经常给公社出官差，刘副主任经常带领人马完成各类工程，彼此认识。黑孩看着刘副主任那宽阔的嘴巴。那构成嘴巴的两片紫色嘴唇碰撞着，发出一连串音节："小石匠，又是你这个滑头小子！你们村真他妈的会找人，派你这个笊篱捞不住的滑蛋来，够我淘的啦。小工呢？"

　　孩子感到小石匠的手指在自己头上敲了敲。

　　"这也算个人？"刘副主任捏着黑孩的脖子摇晃了几下，黑孩的脚跟几乎离了地皮。"派这么个小瘦猴来，你能拿动锤子吗？"刘副主任虎着脸问黑孩。

　　"行了，刘副主任，刘太阳。社会主义优越性嘛，人人都要吃饭。黑孩家三代贫农，社会主义不管他谁管他？何况他没有亲娘跟着后娘过日子，亲爹鬼迷心窍下了关东，一去三年没个影，不知是被熊瞎子舔了，还是被狼崽子咬了。你的阶级感情哪儿去了？"小石匠把黑孩从刘太阳副主任手里拽过来，半真半假地说。

　　黑孩被推搡得有点头晕。刚才靠近刘副主任时，他闻到了那张阔嘴里喷出了一股酒气。一闻到这种味儿他就恶心，后娘嘴里也有这种味。爹走了以后，后娘经常让他拿着地瓜干子到小卖铺里去换酒。后娘一喝就醉，喝醉了他就要挨打，挨拧，挨咬。

　　"小瘦猴！"刘副主任骂了黑孩一句，再也不管他，继续训起话来。

　　黑孩提着那把羊角铁锤，焉儿古唧地走上滞洪闸。滞洪闸有一百米长，十几米高，闸的北面是一个和闸身等长的方槽，方槽里还残留着夏天的雨水。孩子站在闸上，把着石栏杆，望着水底下的石头，几条黑色的瘦鱼在石缝里笨拙地游动。滞洪闸两头连接着高高的河堤，河堤也就是通往县城的道路。闸身有五米宽，两边各有一道半米高的石栏杆。前几年，有几个骑自行车的人被马车搡到闸下，有的摔断了腿，有的摔折了腰，有的摔死了。那时候他比现在当然还小,但比现在身上肉多,那时候父亲还没去关东,后娘也不喝酒。他跑到闸上来看热闹,他来得晚了点,摔到闸下的人已被拉走了,只有闸下的水槽里还有几团发红发浑的地方。他的鼻子很灵,嗅到了水里飘上来的血腥味……

他的手扶住冰凉的白石栏杆,羊角锤在栏杆上敲了一下,栏杆和锤子一齐响起来。倾听着羊角铁锤和白石栏杆的声音,往事便从眼前消散了。太阳很亮地照着闸外大片的黄麻,他看到那些薄雾匆匆忙忙地在黄麻里钻来钻去。黄麻太密了,下半部似乎还有间隙,上半部的枝叶挤在一起,湿漉漉,油亮亮。他继续往西看,看到黄麻地西边有一块地瓜地,地瓜叶子紫勾勾地亮。黑孩知道这种地瓜是新品种,蔓儿短,结瓜多,面大味道甜,白皮红瓤儿,煮熟了就爆炸。地瓜地的北边是一片菜园,社员的自留地统统归了公,队里只好种菜园。黑孩知道这块菜园和地瓜都是五里外的一个村庄的,这个村子挺富。菜园里有白菜,似乎还有萝卜。萝卜缨儿绿得发黑,长得很旺。菜园子中间有两间孤独的房屋,住着一个孤独的老头,孩子都知道。菜园的北边是一望无际的黄麻。菜园的西边又是一望无际的黄麻。三面黄麻一面堤,使地瓜地和菜地变成一个方方的大井。孩子想着,想着,那些紫色的叶片,绿色的叶片,在一瞬间变成井中水,紧跟着黄麻也变成了水,几只在黄麻梢头飞蹿的麻雀变成了绿色的翠鸟,在水面上捕食鱼虾……

刘副主任还在训话。他的话的大意是,为了农业学大寨,水利是农业的命脉,八字宪法水是一法,没有水的农业就像没有娘的孩子,有了娘,这个娘也没有奶子,有了奶子,这个奶子也是个瞎奶子,没有奶水,孩子活不了,活了也像那个瘦猴。(刘副主任用手指指着闸上的黑孩。黑孩背对着人群,他脊梁上有两块大疤癞,被阳光照得忽啦忽啦打闪电)而且这个闸太窄,不安全,年年摔死人,公社革委特别重视,认真研究后决定加宽这个滞洪闸。因此调来了全公社各大队共合二百余名民工。第一阶段的任务是这样的,姑娘媳妇半老婆子加上那个瘦猴(他又指指闸上的孩子,阳光照着大疤癞,像照着两面小镜子),把那五百方石头砸成柏子养心丸或者是鸡蛋黄那么大的石头子儿。石匠们要把所有的石料按照尺寸剥磨整齐。这两个是我们的铁匠(他指着两个棕色的人,这两个人一个高,一个低,一个老,一个少),负责修理石匠们秃了尖的钢钻子之类。吃饭嘛,离村近的回家吃。离村远的到前边村里吃,我们开了一个伙房。睡觉嘛,离村近的回家睡,离村远的睡桥洞(他指指滞洪闸下那几十个桥洞)。女的从东边向西睡,男的从西边向东睡。桥洞里铺着麦秸草,暄得像钢丝床,舒服死你们这些狗日的。

"刘副主任,你也睡桥洞吗?"

"我是领导。我有自行车。我愿意在这儿睡不愿意在这儿睡是我的事,你别操心烂了肺。官长骑马士兵也骑马吗?狗日的,好好干,每天工分不少挣,还补你们一斤水利粮,两毛水利钱,谁不愿干就滚蛋。连小瘦猴也得一份钱粮,修完闸他保证要胖起来……"

刘副主任的话,黑孩一句也没听到。他的两根细胳膊拐在石栏杆上,双手夹住羊角锤。他听到黄麻地里响着鸟叫般的音乐和音乐般的秋虫鸣唱。逃逸的雾气碰撞着黄麻叶子和深红或是淡绿的茎杆,发出震耳欲聋的声响。蚂蚱剪动翅羽的声音像火车过铁桥。他在梦中见过一次火车,那是一个独眼的怪物,趴着跑,比马还快,要是站着跑呢?那次梦中,火车刚站起来,他就被后娘的扫炕笤帚打醒了。后娘让他去河里挑水。笤帚打在他屁股上,不痛,只有热乎乎的感觉。打屁股的声音好像在很远的地方有人用棍子抽一麻袋棉花。他把扁担钩儿挽上去一扣,水桶刚刚离开地皮。担着满满两桶水,他听到自己的骨头"咯崩咯崩"地响。肋条跟胯骨连在了一起。爬陡峭的河堤时,他双手扶着扁担,摇摇晃晃。上堤的小路被一棵棵柳树扭得弯弯曲曲。柳树干上像装了磁铁,铁皮水桶吸得摇摇摆摆。树撞了桶,桶把水撒在小路上,很滑,他一脚踏上去,像踩着一块西瓜皮。不知道用什么姿势让他趴下了,水像瀑布一样把他浇湿了。他的脸碰破了路,鼻子尖成了一个平面,一根草梗在平面上印了一个小沟沟。几滴鼻血流到嘴里,他吐了一口,咽了一口。铁桶一路欢唱着滚到河里去了。他爬起来,去追赶铁桶。两个桶一个歪在河边的水草里,一个被河水载着向前漂。他沿着水边追上去,脚下长满了四个棱的他和一班孩子们称之为"狗蛋子"的野草。尽管他用脚指头使劲扒着草根,还是滑到了河里。河水温暖,没到了他的肚脐。裤头湿了,漂起来,围在他的腰间,像一团海蜇皮。他呼呼隆隆蹚着水追上去,抓住水桶,逆着水往回走。他把两只胳膊叉煞开,一只手拖着桶,另一只手一下一下划着水。水很硬,顶得他趔趔趄趄。他把身体斜起来,弓着脖子往前用力。好像有一群鱼把他包围了,两条大腿之间有若干温柔的鱼嘴在吻他。他停下来,仔细体会着,但一停住,那种感觉顿时就消逝了。水面忽地一暗,好像鱼群惊惶散开。一走起来,愉快的感觉又出现了,好像鱼儿又聚拢过来。于是他再也不停,半闭着眼睛,向前走啊,走……

"黑孩!"

"黑孩!"

他猛然惊醒,眼睛大睁开,那些鱼儿又忽地消失了。羊角铁锤从他手中挣脱了,笔直地钻到闸下的绿水里,溅起了一朵白菊花一样的水花。

"这个小瘦猴,脑子肯定有毛病。"刘太阳上闸去,拧着黑孩的耳朵,大声说:"过去,跟那些娘们砸石子去,看你能不能从里边认个干娘。"

小石匠也走上来,摸摸黑孩凉森森的头皮,说:"去吧,去摸上你的锤子来。砸几块算几块,砸够了就耍耍。"

"你敢偷奸磨滑我就割下你的耳朵下酒。"刘太阳张着大嘴说。

黑孩哆嗦了一下。他从栏杆空里钻出去,双手勾住最下边一根石杆,身子一下子挂在栏杆下边。

"你找死!"小石匠惊叫着,猫腰去扯孩子的手。黑孩往下一缩,身体贴在桥墩菱状突出的石棱上,轻巧地溜了下去。黑孩子贴在白桥墩上,像粉墙上一只壁虎。他哧溜到水槽里,把羊角锤摸上来,然后爬出水槽,钻进桥洞不见了。

"这小瘦猴!"刘太阳摸着下巴说,"他妈的这个小瘦猴!"

黑孩从桥洞里钻出来,畏畏缩缩地朝着那群女人走去。女人们正在笑骂着。话很脏,有几个姑娘夹杂在里边,想听又怕听,脸儿一个个红扑扑的像鸡冠子花。男孩黑黑地出现在她们面前时,她们的嘴一下子全封住了。愣了一会儿,有几个咬着耳朵低语,看着黑孩没反应,声音就渐渐大了起来。

"瞧瞧,这个可怜样儿!都什么节气了还让孩子光着。"

"不是自己腔里养出来的就是不行。"

"听说他后娘在家里干那行呢……"

黑孩转过去,眼睛望着河水,不再看这些女人。河水一块红一块绿,河南岸的柳叶像蜻蜓一样飞舞着。

一个蒙着一条紫红色方头巾的姑娘站在黑孩背后,轻轻地问:"哎,小孩,你是哪个村的?"

黑孩歪歪头,用眼角扫了姑娘一下。他看到姑娘的嘴上有一层细细的金黄色的茸毛,她的两眼很大,但由于眼睫毛太多,毛茸茸的,显出一副睡眼惺忪的样子。

"小孩,你叫什么名字?"

黑孩正和沙地上一棵老蒺藜作战,他用脚指头把一个个六个尖或是八个尖的蒺藜撕下来,用脚掌去捻。他的脚像骡马的硬蹄一样,蒺藜尖一根根断了,蒺藜一个个碎了。

姑娘愉快地笑起来:"真有本事,小黑孩,你的脚像挂着铁掌一样。哎,你怎么不说话?"姑娘用两个手指戳着孩子的肩头说:"听到了没有,我问你话呢!"

黑孩感觉到那两个温暖的手指顺着他的肩头滑下去,停到他背上的伤疤上。

"哎,这,是怎么弄的?"

孩子的两个耳朵动了动。姑娘这才注意到他的两耳长得十分夸张。

"耳朵还会动,哟,小兔一样。"

黑孩感觉到那只手又移到他的耳朵上,两个指头在捻着他漂亮的耳垂。

"告诉我,黑孩,这些伤疤,"姑娘轻轻地扯着男孩的耳朵把他的身体调转过来,黑孩齐着姑娘的胸口。他不抬头,眼睛平视着,看见的是一些由红线交叉成的方格,有一条梢儿发黄的辫子躺在方格布上。"是狗咬的?生疮啦?上树拉的?你这个小可怜……"

黑孩感动地仰起脸来,望着姑娘浑圆的下巴。他的鼻子吸了一下。

"菊子,想认个干儿吗?"一个脸盘肥大的女人冲着姑娘喊。

黑孩的眼睛转了几下,眼白像灰蛾儿扑棱。

"对,我就叫菊子,前屯的,离这儿十里,你愿意说话就叫我菊子姐好啦。"姑娘对黑孩说。

"菊子,是不是看上他了?想招个小女婿吗?那可够你熬的,这只小鸭子上架要得几年哩……"

"臭老婆,张嘴就喷粪。"姑娘骂着那个胖女人。她把黑孩牵到像山岭一样的碎石堆前,找了一块平整的石头摆好,说,"就坐在这儿吧,靠着我,慢慢砸。"她自己也找了一块光滑石头,给自己弄了个座位,靠着男孩坐下来。很快,滞洪闸前这一片沙地上,就响起了"噼噼啪啪"的敲打石头声。女人们以黑孩为话题议论着人世的艰难和造就这艰难的种种原因,这些"娘儿们哲学"里,永恒真理羼杂着胡说八道,菊子姑娘一点都没往耳里入,她很留意地观察着孩子。黑孩起初还以那双大眼睛的偶然一瞥来回答姑娘的关注,但很快就像入了定一样,眼睛大睁着,也不知他看着什么,姑娘紧张地看着他。他左手摸着石头块儿,右手举着羊角锤,每举一次都显得精疲力竭,锤子落下时好像猛抛重物一样失去控制。有时姑娘几乎要惊叫起来,但什么也没发生,羊角铁锤在空中划着曲里拐弯的轨迹,但总能落到石头上。

黑孩的眼睛本来是专注地看着石头的,但是他听到了河上传来了一种奇异的声音,很像鱼群在唼喋,声音细微,忽远忽近,他用力地捕捉着,眼睛与耳朵并用,他看到了河上有发亮的气体起伏上升,声音就藏在气体里。只要他看着那神奇的气体,美妙的声音就逃跑不了。他的脸色渐渐红润起来,嘴角上漾起动人的微笑。他早忘记了自己坐在什么地方干什么,仿佛一上一下举着的手臂是属于另一个人的。后来,他感到右手食指一阵麻木,右胳膊也不由自主地抽搐了一下。他的嘴里突然迸出了一个音节,像哀叫又像叹息。低头看时,发现食指指甲盖已经破成好几半,几股血从指甲破缝里渗出来。

"小黑孩,砸着手了是不?"姑娘耸身站起,两步跨到孩子面前蹲下,"亲娘哟,砸成了什么样子?哪里有像你这样干活的?人在这儿,心早飞到不知哪国去了。"

姑娘数落着黑孩。黑孩用右手抓起一把土按到砸破的手指上。

"黑孩,你昏了?土里什么脏东西都有!"姑娘拖起黑孩向河边走去,孩子的脚板很响地扇着油光光的河滩地。在水边上蹲下,姑娘抓住孩子的手浸到河水里。一股小小的黄浊流在孩子的手指前形成了。黄土冲光后,血丝又渗出来,像红线一样在水里抖动,孩子的指甲像砸碎的玉片。

"痛吗?"

他不吱声。这时候他的眼睛又盯住了水底的河虾,河虾身体透亮,两根长须冉冉飘动,十分优美。

姑娘掏出一条绣着月季花的手绢,把他的手指包起来。牵着他回到石堆旁,姑娘说:"行了,坐着耍吧,没人管你,冒失鬼。"

女人们也都停下了手中的锤子,把湿漉漉的目光投过来,石堆旁一时很静。一群群绵羊般的白云从青蓝蓝的天上飞奔而过,投下一团团稍纵即逝的暗影,时断时续地笼罩着苍白的河滩和无可奈何的河水。女人们脸上都出现一种荒凉的表情,好像寸草不生的盐碱地。待了好长一会儿,她们才如梦初醒,重新砸起石子来,锤声寥落单调,透出了一股无可奈何的情绪。

黑孩默默地坐着,目不转睛地看着手绢上的红花儿。在红花旁边又有一朵花儿出现了,那是指甲里的血渗出来了。女人们很快又忘了他,"嘎嘎咕咕"地说笑起来。黑孩把伤手举起来放在嘴边,用牙齿咬开手绢的结儿,又用右手抓起一把土,按到伤指上。姑娘刚要开口说话,却发现他用牙齿和右手又把手绢扎好了。她长长地叹了一口气,举起锤子,沉重地打在一块酱红色的石片上。石片很坚硬,石棱儿像刀刃一样,石棱与锤棱相接,碰出了几个很大的火星,大白天也看得清。

中午,刘副主任骑着辆乌黑的自行车从黑孩和小石匠的村子里窜出来。他站在滞洪闸上吹响了收工哨。他接着宣布,伙房已经开火,离家五里以外的民工才有资格去吃饭。人们匆匆地收拾着工具。姑娘站起来。孩子站起来。

"黑孩,你离家几里?"

黑孩不理她,脑袋转动着,像在寻找什么。姑娘的头跟着黑孩的头转动,当黑孩的头不动了时,她也把头定住,眼睛向前望,正碰上小石匠活泼的眼睛,两人对视了几十秒钟。小石匠说:"黑孩,走吧,回家吃饭,你不用瞪眼,瞪眼也是白瞪眼,咱俩离家不到二里,没有吃伙房的福分。"

"你们俩是一个村的?"姑娘问小石匠。

小石匠兴奋地口吃起来,他用手指指村子,说他和黑孩就是这村人,过了桥就到了家。姑娘和小石匠说了一些平常但很热乎的话。小石匠知道了姑娘家住前屯,可以吃伙房,可以睡桥洞。姑娘说,吃伙房愿意,睡桥洞不愿意。秋天里刮秋风,桥洞凉。姑娘还悄悄地问小石匠黑孩是不是哑巴。小石匠说绝对不是,这孩子可灵性哩,他四五岁时说起话来就像竹筒里晃豌豆,咯嘣咯嘣脆。可是后来,话越来越少,动不动就像尊小石像一样发呆,谁也不知道他寻思着什么。你看看他那双眼睛吧,黑洞洞的,一眼看不到底。姑娘说看得出来这孩子灵性,不知为什么我很喜欢他,就像我的小弟弟一样。小石匠说,那是你人好心眼儿善良。

小石匠、姑娘、黑孩儿,不知不觉落到了最后边,他和她谈得很热乎,恨不得走一步退两步。黑孩跟在他俩身后,高抬腿、轻放脚,那神情和动作很像一只沿着墙边巡逻的小公猫。在九孔桥上,刚刚在紫穗槐树丛里耽误了时间的刘太阳骑着车子"嘎嘎啦啦"地赶上来,桥很窄,他不得不跳下车子。

"你们还在这儿磨蹭?黑猴,今天上午干得怎么样?噢,你的爪子怎么啦?"

"他的手让锤子打破了。"

"他妈的。小石匠,你今天中午就去找你们队长,让他趁早换人,出了人命我可担不起。"

"他这是工伤,你忍心撵他走?"姑娘大声说。

"刘主任,咱俩多年的老交情了,你说,这么大个工地,还多这么个孩子?你让他瘸着只手到队里去干什么?"小石匠说。

"瘦猴儿,真你妈的,"刘太阳沉吟着说,"给你调个活儿吧,给铁匠炉拉风匣,怎么样?会不会?"

孩子求援似地看看小石匠,又看看姑娘。

"会拉,是不是黑孩?"小石匠说。

姑娘也冲着他鼓励地点点头。

二

黑孩在铁匠炉上拉风箱拉到第五天,赤裸的身体变得像优质煤块一样乌黑发亮;他全身上下,只剩下牙齿和眼白还是白的。这样一来,他的眼睛就更加动人,当他闭紧嘴角看着谁的时候,谁的心就像被热铁烙着一样难受。他的鼻翼两侧的沟沟里落满煤屑,头发长出有半寸长了,半寸长的头发间也全是煤屑。现在,全工地的男人女人们都叫他"黑孩"儿,他谁也不理,连认真看你一眼也不。只有菊子姑娘和小石匠来跟他说话时,他才用眼睛回答他们。昨天中午,工地上的人们全去吃饭了,铁匠师傅的一把小锤和一个淬火用的新水桶被人偷走了。刘太阳在滞洪闸上大骂了半个小时。他分派给黑孩一个新任务:每天中午放工吃饭后,留在工地看守工具,午饭由铁匠师傅从伙房里带来。刘副主任说,便宜黑孩这个狗小子一顿午饭。

　　人全走了,喧闹了一上午的工地静得很。黑孩走出桥洞,在闸前的沙地上慢慢地踱步。他倒背着胳膊,双手捂着屁股,蹙着眉毛,额头上出现三道深深的皱纹。他翻来覆去地数着桥洞,从两片嘴唇间"叭儿叭儿"地吐出一个个小泡泡儿。在第七个桥墩前,他站住了,然后双腿夹住桥墩的菱状石棱,一耸一耸地往上爬。爬到半截时,他滑了下来,肚皮上擦破了一大块,渗出一层血珠来。他弯腰抓起一把土,按到肚子上。然后倒退几步,抬起手掌打着眼罩,看着桥墩与桥面相接处那道石缝,他放心了。

　　很快地他又走到了妇女们砸石子的地方,他曾经坐过的那块石头没有了。他很准地找到了菊子姑娘的座位,他认识她那把六棱石匠锤。他坐在姑娘的座位上,不断地扭动着身体,变换着姿势,一直等调整到眼睛跟第七个桥墩上那条石缝成一条直线时,才稳稳地坐住,双眼紧盯着石缝里那个东西……

　　那天中午,他早早地跑到滞洪闸下,在西边第一个桥洞里蹲下来。他眼睛一遍遍地抚摸红炉,铁钳、大锤、小锤、铁桶、煤铲,甚至每块煤,甚至每块煤渣。快到上工时间了,他右手拿起煤铲,捅开了压住火的红炉,左手用力一拉风箱,煤烟和着煤灰飞起来,迷了眼睛,他使劲揉着,眼眶处充血发了紫。风箱里新勒了鸡毛,很沉,他一只手拉起来有些吃力。右手食指被碰了一下。看手指时才想起那条包着伤指的手绢。手绢已经不白了,月季花还是鲜红的。他转了一个念头,走出桥洞,四下打量着。在第七个桥墩前,他解下手绢用口叼着,费力地爬上去,把手绢塞到石缝里……三捅两戳,火灭了。他的额上沁出一层汗珠。这时桥洞外响起踢踢踏踏的脚步声,他惶恐地倒退着,一直退到脊背贴着凉凉的石壁。黑孩看到一个短腿的青年弯着腰走进桥洞,那姿势好像要证明桥洞很低他人很高。黑孩咧了咧嘴。短腿青年看着被捅灭的火炉和拉出半截的风箱,又看看紧贴石壁站着的他,骂一声:"小狗崽子!你来折腾什么?火也捅灭了,风匣也拉歪了,欠揍的小混蛋"。黑孩听到头上响起一阵风声,感到有一个带棱角的巴掌在自己头皮上扇过去,紧接着听到一个很脆的响,像在地上摔死一只青蛙。

　　"滚出去砸你的石头子儿,小混蛋!"青年人骂着。

　　黑孩这才知道这就是小铁匠。小铁匠的脸上布满密集的粉刺疙瘩,鼻子像牛犊的鼻子一样,扁扁的,平平的,上边布满汗珠。黑孩看到小铁匠麻利地清理炉膛。又看着他从桥洞的角上抓过一把金黄的麦秸塞到炉膛里,点燃,轻轻地拉几下风箱,麦秸先冒出又轻又白的烟,紧跟着窜出火苗。小铁匠铲了一铲湿漉漉的煤,薄薄地撒在正在燃烧的麦秸上,拉风箱的手一直不停。又撒了一层煤。炉里窜起焦黄的烟,烟里夹带着呛鼻子的煤味。小铁匠用铁铲尖儿把炉中煤一戳,几缕强劲有力的暗红色的火苗窜了出来,煤着了。

黑孩兴奋地"噉"了一声。

"你还不滚,小混蛋!"

一个又高又瘦的老头子慢吞吞地走进桥洞,问小铁匠:"不是压住火了吗?怎么又生?"他的语声沉闷,声音像是从胸膛以下发出来的。

"被这个小混蛋给捅灭了。"小铁匠抬起煤铲指指黑孩。

"你让他拉吧。"老头说。他把一块蛋黄色的油布围在腰间,把两块蛋黄色的油布绑在脚脖子上护住了脚面。油布上布满了火星烧成的洞洞眼眼。黑孩知道这就是老铁匠了。

"让他拉风匣,你专管打锤,这样你也轻松一点。"老铁匠说。

"让这么个毛孩子拉风匣?你看他瘦得那个猴样,在火炉边还不给烤成干柴棍儿!"小铁匠不满意地嘟哝着。

刘太阳一步闯进来,翻着眼皮说:"怎么啦?不是你说的要个拉火的吗?"

"要拉火的不要他!刘副,你看看他瘦得那个样子,恐怕连他妈的煤铲都拿不动,你派他来干什么?臭杞摆碟凑样数!"

"我知道你小子的鬼心眼子。你想要个大姑娘来给你拉火是不是?挑个最漂亮的,让那个蒙着紫红色方头巾的来?美得你这个臊包狗蛋!黑孩,拉风匣吧。"刘太阳冲着小铁匠说,"你他妈的好好教教他!"

黑孩畏畏缩缩地走到风箱前站定,目光却期待什么似地望着老铁匠的脸。孩子发现,老铁匠的脸色像炒焦了的小麦,鼻子尖像颗熟透了的山楂。他走上前来,教给黑孩一些烧火的要领。黑孩的耳朵抖动着,把老铁匠的话儿全听进去了。

刚开始拉火时,他手忙脚乱,满身都是汗水,火焰烤得他的皮肤像针尖刺着一样疼痛。老铁匠面部没有表情,僵硬犹如瓦片,连看也不看他一眼。黑孩咬着下嘴唇,不断地抬起黑胳膊擦着流到眼睛上边的汗水。他的鸡胸脯一起一伏,嘴和鼻孔像风箱一样"呼哧呼哧"喷着气。

小石匠送来磨秃的钢钻待修,看着黑孩那副样子,说:"能不能挺住?挺不住就吱一声,还去砸你的石头子儿。"

黑孩连头都没抬。

"这倔种!"小石匠把钢钻扔在地上,走了。但很快他又折了回来,和菊子姑娘一起。菊子把方头巾扎在脖子上,整个脸显得更加完整。

桥洞里的小铁匠忽然感到眼前一亮,使劲咽了一口唾液,又用肥厚的舌头舔了舔干裂的嘴唇。他的两只眼睛不比黑孩的眼睛小,但右眼里有一个鸭蛋皮色的"萝卜花"遮盖了瞳孔。天长日久地用左眼看东西,养成了脑袋往右歪的习惯。他的头枕在右肩上,左眼里射出一道灼热的光,直盯着姑娘红扑扑的脸膛。十八磅的大铁锤头朝下站在他的两腿间,他手扶锤把子,像拄着一根拐棍。

炉中烟火升腾,黑烟挟带着火星直冲到桥面上,又愤怒地反扑下来。孩子的脸笼罩在烟雾里,他咳嗽着,胸脯里"呲呲"地响。老铁匠冷冷地看了黑孩一眼,从磨得油亮的皮口袋里掏出烟袋,慢吞吞地装上烟,就着炉火点燃,把两股白色烟喷进黑色烟里,鼻孔里两撮黑毛抖动着,他从烟雾里漠然地看了一眼桥洞口的小石匠和菊子,这才对黑孩说:"少加煤,撒匀一点。"

孩子急促地拉着风箱,瘦身子前倾后仰,炉火照着他汗湿的胸脯,每一根肋巴条都清清楚楚。左胸脯的肋条缝中,他的心脏像只小耗子一样可怜巴巴地跳动着。老铁匠说:"拉长一点,一下是一下。"

菊子姑娘看到黑孩的下唇流出深红的血,眼睛里顿时充满泪水。她喊道:"黑孩,不给他们干了。走,回去跟我砸石子儿。"她走到风箱前,捏住了黑孩那两条干柴棍一样的细胳膊。黑孩拼命挣扎着,喉咙里呜呜地响着,像一条要咬人的小狗。他身体很轻,姑娘架着他的胳膊把他端出了桥洞,他粗糙的脚趾划着地面,地上的碎石片儿哗哗地响着。

"黑孩,咱不给他们干了,你顶不住烟熏火燎,你这么瘦,流光了汗,就烤成锅巴啦。还是跟姐姐去砸石子儿轻松。"一边说着,一边把他放下,用一只手拖着他往石堆那边走。她的胳膊粗壮有力,手很大很柔软,捏着黑孩的手腕,像捏着一条小山羊腿。黑孩打着坠,脚后跟哗哗啦啦犁着地上的碎石片。"小傻瓜,小拗种,好好跟我走。"姑娘停住脚,回头对他说着,手用力捏捏他的腕子,"看看你这小狗腿,我要一用劲,保准捏碎了,那么重的活你怎么干得了?"黑孩恨恨地盯了她一眼,猛地低下头,在姑娘胖胖的手腕上狠狠地咬了一口。她"哎哟"了一声,松开手,黑孩转身跑回了桥洞。

黑孩的牙齿十分锋利,姑娘的手腕上被咬出了两排深深的牙印。他的犬齿是两个锥牙儿,这两个锥牙在姑娘腕上钻出了两个流血的小洞。小石匠关切地走上前去,掏出一条皱巴巴的手绢要给姑娘包扎。她推开他,眼睛也不看他,弯腰从地上抓起一把土,按在伤口上。

"有病菌!"小石匠吃惊地叫喊。

姑娘走回乱石堆前,寻着自己的座位坐下来,呆呆地瞅着河水上层出不穷的波纹,一块石头儿也不砸。

"看看,又傻了一个。"

"黑孩八成会使魔法。"

女人们咬着耳朵低语。

"黑孩,你给我滚出来、狗崽子,狗咬吕洞宾,不识好人心。"小石匠骂着往铁匠炉所在的桥洞里走。

一股脏乎乎、热烘烘的水泼出来,劈头盖脸蒙住了小石匠。小石匠对得正,桥洞里瞄得准,半桶水几乎没浪费一滴。他柔软的黄头发上,劳动布夹克衫上、大红运动衫翻领上,沾满了铁屑和煤灰,脏水像小溪一样从头往脚流。

"瞎了狗眼了!"小石匠大骂着冲进桥洞,"谁干的?说,谁干的?"

没有人理他。桥洞里黑烟散尽,炉火正旺,紫红色的老铁匠用一把长长的铁钳子把一根烧得发白透亮的钢钻子从炉夹里拿出来,钻子尖上"噼噼"地爆着耀眼的钢花。老铁匠把钻子放在铁砧上,用小叫锤敲了一下铁钻的边缘,铁钻清脆地回答着他。他的左手操着长把铁钳,铁钳夹着钻子,钻子按着他的意思翻滚着;右手的小叫锤很快地敲着钢钻。他的小锤敲到哪儿,独眼小铁匠的十八磅大铁锤就打到哪儿。老铁匠的小锤像鸡啄米一样迅疾,小铁匠的大锤一步不让,桥洞里习习生出热风。在惊心动魄的锻打声中,钢钻子火星四溅,火星溅到老铁匠和小铁匠围腰护脚的油布上,"滋滋"地冒着白色的烟。火星也飞到了黑孩裸露的皮肤上,他咧着嘴,龇出两排雪白的小狼牙齿。钢火在他肚皮上烫起几个大燎泡,他一点都没有痛的表情,眼睛里跳动着心荡神迷的火苗,两个瘦削的肩头耸起来,脖子使劲缩着,双臂交叠在胸前,手捂着下巴和嘴巴,挤得鼻子上满是皱纹。

秃钻子被打出了尖,颜色暗淡下来——先是殷红,继而是银白。地下落着一层灰白的铁屑,铁屑引燃了一根草梗,草梗悠闲地冒着袅袅的白烟。

"谁他妈的泼了我?"小石匠盯着小铁匠骂。

"老子泼的,怎么着?"小铁匠遍体放光,双手挂着锤把,优雅地歪着头,说。

"你瞎眼了吗?"

"瞎了一个。老爹泼水你走路,碰上了算你运气。"

"你讲理不讲?"

"这年头,拳头大就有理。"小铁匠捏起拳头,胳膊上的肉隆起来。

"来吧,独眼龙!老子今天把你这只狗眼也打瞎。"小石匠怒气冲冲地靠了前,老铁匠好像无意地往前跨了一步,撞了他一下。小石匠猛然觉得老人那双深深地眍䁖着的眼窝里射出了一股物质,好像暗示着什么,他顿时感到浑身肌肉松弛。老铁匠微微扬起脸,极随便地哼唱了一句说不出是什么味道的戏文或是歌词来。

恋着你刀马娴熟通晓诗书少年英武,跟着你闯荡江湖风餐露宿吃尽了世上千般苦。

老铁匠只唱了这一句,声音戛然而止,听得出他把一大截悲怆凄楚的尾音咽进了肚子。老铁匠又看了小石匠一眼,低下头去给刚打出尖的钻子淬火。淬火前,他捋起右手衣袖,把手伸进水桶里试着水温,他的小臂上有一个深紫色的伤疤,圆圆的,中间凸出,尽管这个伤疤不像一只眼睛,但小石匠却觉得这个紫疤像一只古怪的眼睛盯着自己。他撇了一下嘴,恍恍惚惚像中了魔症,飘飘地出了桥洞,红炉这边,一下午没见到他的影子。

……孩子的眼睛酸了,头皮也晒得发烫。他从姑娘的座位上站起来,踱回到铁匠炉边。桥洞里很暗,他摸摸索索地坐在老铁匠的马扎上,什么都不想的时候,双手便火烧火燎地痛起来,他把手放在凉森森的石壁上,赶快去想过去的事情。

三天前,老铁匠请假回家拿棉衣和铺盖,他说人老了腿值钱,不愿天天往家跑,在红炉边絮个铺,冻不着的。(黑孩抬眼看看老铁匠的铺。桥洞的北边已经用闸板堵起来了,几缕亮光从板缝里漏进来,斜照着老铁匠那件油晃晃的棉袄和那条狗毛脱落的皮褥子。)老师傅回了家,小铁匠成了一洞之主。那天上午进桥洞来,他挺着胸,凸着肚,好颜好色地说:"黑孩,生火,老东西回家了,咱们俩干。"

黑孩看着他。

"瞪什么眼,兔崽子!你瞧不起老子是不?老子跟着老东西已经熬了整三年啦,他那点把戏我全知道。"小铁匠说。

黑孩懒洋洋地生起火来。小铁匠得意地哼着什么。他把几支头天没来得及修的钢钻插进炉膛烧着。黑孩把火拉得很旺,照着自己的黑脸透出红来。小铁匠忽然笑起来,说:"黑孩,你小子冒充老红军准行,浑身是疤。"

孩子使劲拉火。

"这几天怎么也不见你那个浪干娘来看你啦?你咬了她一口,把她得罪啦,狗儿子。她的胳膊什么味儿?是酸的还是甜的?你狗日的好口福。要是让我捞到她那条白嫩胳膊,我像吃黄瓜一样啃着吃了。"

黑孩提起长钳,夹起一根烧透了的钢钻扔到砧子上。

"哟,儿子,好快!"小铁匠抄起一把比大锤小比小锤大的中锤,一手掌钳,一手抡锤,狠狠地打起来。黑孩呆呆地看着。小铁匠一身好力气,铁锤耍得出神出鬼,打出的钢钻尖儿棱角分明,像支削好的铅笔。黑孩很悲哀地看着老铁匠那把小叫锤儿。小铁匠用铁钳夹着打好的钢钻到桶边淬火,他淬火的动作跟老铁匠一模一样。黑孩背过脸,又去看那把躺在砧子旁边的小叫锤,小叫锤的木把儿像老牛的角尖一样又光又滑。

小铁匠好马快刀,一会儿功夫就修好十几支钢钻。他得意地坐在师傅的马扎上卷烟。卷好烟,插进嘴,吩咐黑孩夹过一块通红的炭给他点着。

"儿子,看到了吧?没有老梆子我们照样干!"

小铁匠正得意着,刚才拿走钻子的石匠们找他来了。

"小铁匠,你淬得什么鸟火?不是崩头就是弯尖,这是剥石头,不是打豆腐。没有弯弯肚子,别吞镰头刀子。等你师傅回来吧,别拿着我们的钢钻练功夫。"

石匠们把那十几支坏钻子扔在地上。走了。小铁匠脸变了色,咤呼着黑孩拉火烧钻子。一会儿功夫他又把钻子打好,淬好,亲自抱着送到工地上。他前脚进了桥洞,石匠们后脚就跟来了。坏钻子扔在地上,脏话扔在小铁匠头上:"去你娘的蛋,别耍我们的大头了,看看你淬的火!全崩了你娘的尖啦!"

黑孩看看小铁匠,嘴角上漾出两道纹来,谁也不知道他是高兴还是难过。小铁匠把工具摔得"噼哩卡啦"响,蹲到地上,呼呼地吐闷气。他抽了一支烟,那只独眼骨碌碌地转着,射出迷茫暴躁的光线,两条大蝌蚪一样的眉毛急遽地扭动着。他扔掉烟屁股,站起来,说:

"妈的,就不信羊不吃蒿子!黑孩,拉火再干!"

黑孩无精打采地拉着风箱,动作一下比一下迟缓。小铁匠催他,骂他,他连头都不抬。钻子又烧好了。小铁匠草草打了几锤,就急不可耐地到桶边淬火。这次他改变了方式,不是像老铁匠那样一点点地淬,而是把整个钻子一下插到水里。桶里的水吱吱地叫着,一股白气绞着麻花冲起来。小铁匠把钢钻提起来,举到眼前,歪着头察看花纹和颜色。看了一阵,他就把这支钻子放在砧子上,用锤轻轻一敲,钢钻断成两半。他沮丧地把锤子扔到地上,把那半截钻子用力甩到桥洞外边去。坏钻子躺在洞前石片上,怎么看都难受。

"去把那根钻子捡回来!"小铁匠怒冲冲地吩咐黑孩。黑孩的耳朵动了动,脚却没有动。他的屁股上挨了一脚,肩膀上被捅了一钳子,耳边响起打雷一样的吼声:"去把钻子捡回来。"

黑孩垂着头走到钻子前,一点一点弯下腰去,伸手把钻子抓起来。他听到手里"滋滋啦啦"地响,像握着一只知了。鼻子里也嗅到炒猪肉的味道。钻子沉重地掉在地上。

小铁匠一愣,紧接着大笑起来:"兔崽子,老子还忘了钻子是热的,烫熟了猪爪子,啃吧!"

黑孩走回桥洞,一眼也不看小铁匠,把烫熟了皮肉的手淹到水桶里泡了泡,又慢悠悠走出桥洞。他弯下腰去,仔细地端详着那半截钢钻子。钢钻是银灰色的,表面粗糙,有好多小颗粒。地上的湿土在钢钻下冒着白汽,那白汽很细,若有若无。他更低低俯下身去,屁股高高地翘起来,大裤头全褪到屁股上,露出比小腿颜色略浅的大腿。他的一只手捂在背上,一只手从肩前垂下去,慢慢地接近钢钻,水珠沿着指尖滴下去,钢钻子嗤啦一声响。水珠在钻子上跳动着,叫着,缩小着,变成一圈波纹,先扩大一下,立即收缩,终于消逝了。他的指尖已经感到了钢钻的灼热,这种灼热感一直传导到他心里去。

"你他妈的在那儿干什么,弯腰撅腚,冒充走资派吗?"小铁匠在桥洞里喊他。

他一把攥住钢钻,哆嗦着,左手使劲抓着屁股,不慌不忙走回来。小铁匠看到黑孩手里冒出黄烟,眼像疯瘫病人一样呙斜着叫:"扔、扔掉!"他的嗓子变了调,像猫叫一样,"扔掉呀,你这个小混蛋!"

黑孩在小铁匠面前蹲下,松开手,抖了两抖,钻子打了两滚儿躺在小铁匠脚前。然后就那么蹲着,仰望着小铁匠的脸。

小铁匠浑身哆嗦起来:"别看我,狗小子,别看我。"他拧过脸去。黑孩站起来,走出桥洞……他记得他走出桥洞后望了一会儿西天,天上连一丝云彩也没有,只有半个又白又薄的月亮,像一块小小的云……

他想得很累,耳朵里有蜜蜂的叫声。从马扎子上起来,走到老铁匠的铺前躺下来。头枕着棉袄,眼皮不知不觉合上了。他感到有一个人在抚摸自己的脸,抚摸自己的手,痛,他忍着。有两滴沉甸甸的水珠落下来,一滴落在两片唇间,他咽了;一滴打到鼻尖上,鼻子被砸得酸溜溜的。

"黑孩、黑孩、醒醒、吃饭啦。"

他觉得鼻子酸得厉害,匆忙爬起来,看着姑娘。有两股水儿想从眼窝里滚出来,他使劲憋住,终于让水儿流进喉咙。

"给你。"姑娘解开那条紫红色头巾。头巾里包着两个窝窝头。一个窝窝头的眼里塞着一根腌黄瓜,一个窝窝头眼里栽着一棵大葱。一根长长的梢儿发黄的头发沾在窝窝头上。姑娘用两个指头拈起头发,轻轻一弹,头发落地时声音很响,黑孩听到了。

"吃吧,你这条小狗!"姑娘摸着他的脖子说。

黑孩咬葱咬黄瓜咬窝窝头,一边咀嚼一边看姑娘。

"手是怎么烫的?是不是独眼龙使坏?还咬我吗?看看你的狗牙多快。"

孩子的耳朵使劲忽扇着,左手举起窝窝头,右手举起大葱腌黄瓜,遮住了脸。

三

夜里,莫名其妙地下了一场雷阵雨。清晨上工时,人们看到工地上的石头子儿被洗得干干净净,沙地被拍打的平平整整。闸下水槽里的水增了两拃,水面蓝汪汪地映出天上残余的乌云。天气仿佛一下子冷了,秋风从桥洞里穿过来,和着海洋一样的黄麻地里的窣窣之声,使人感到从心里往外冷。老铁匠穿上了他那件亮甲似的棉袄,棉袄的扣子全掉光了,只好把两扇襟儿交错着掩起来,拦腰捆上一根红色胶皮电线。黑孩还是只穿一条大裤头子,光背赤足,但也看不出他有半点瑟缩。他原来扎腰的那根布条儿不知是扔了还是藏了,他腰里现在也扎着一节红胶皮电线。他的头发这几天像发疯一样地长,已经有二寸长,头发根根竖起,像刺猬的硬毛。民工们看着他赤脚踩着石头上积存的雨水走过工地,脸上都表现出怜悯加敬佩的表情来。

"冷不冷?"老铁匠低声问。

黑孩惶惑地望着老铁匠,好像根本不理解他问话的意思。"问你哩!冷吗?"老铁匠提高了声音。惶惑的神色从他眼里消失了,他垂下头,开始生火。他左手轻拉风箱,右手持煤铲,眼睛望着燃烧的麦秸草。老铁匠从草铺上拿起一件油腻腻的褂子给黑孩披上。黑孩扭动着身体,显出非常难受的样子。老铁匠一离开,他就把褂子脱下来,放回到铺上去。老铁匠摇摇头,蹲下去抽烟。

"黑孩,怪不得你死活不离开铁匠炉,原来是图着烤火暖和哩,妈的,人小心眼儿不少。"小铁匠打了一个百无聊赖的呵欠,说。

工地上响起哨子声,刘副主任说,全体集合。民工们集合到闸前向阳的地方,男人抱着膀子,女人纳着鞋底子。黑孩偷觑着第七个桥墩上的石缝,心里忐忑不安。刘副主任说,天就要冷,因此必须加班赶,争取结冰前浇完混凝土底槽。从今天起每晚七点到十点为加班时间,每人发给半斤粮,两毛钱。谁也没提什么意见。二百多张脸上各有表情。黑孩看到小石匠的白脸发红发紫,姑娘的红脸发灰发白。

当天晚上,滞洪闸工地上点亮了三盏汽灯。汽灯发着白炽刺眼的光,一盏照耀石匠们的工场,一盏照着妇女们砸石子儿的地方。妇女们多数有孩子和家务,半斤粮食两毛钱只好不挣。灯下只围着十几个姑娘。她们都离村较远,大着胆子挤在一个桥洞里睡觉,桥洞两头都堵上了闸板,只在正面留了个洞,钻进钻出。菊子姑娘有时钻桥洞,有时去村里睡(村里有她一个姨表姐,丈夫在县城当临时工,有时晚上不回家睡,表姐就约她去作伴)。第三盏汽灯放在铁匠炉的桥洞里,照着老年青年和少年。石匠工场上锤声叮当,钢钻子啃着石头,不时迸出红色的火星。石匠们干得还算卖劲,小石匠脱掉夹克衫,大红运动衣像火炬一样燃烧着。姑娘们围灯坐着,产生许多美妙联想。有时嘎嘎大笑,有时窃窃私语,砸石子的声音零零落落。在她们发出的各种声音的间隙里,充填着河上的流水声。菊子放下锤子,悄悄站起来,向河边走去。灯光把她的影子长长地投在沙地上。"当心被光棍子把你捉去。"一个姑娘在菊子身后说。菊子很快走出灯光的圈子。这时她看到的灯光像几个白亮亮的小刺球,球刺儿伸到她面前停住了,刺尖儿是红的、软的。后来她又迎着灯光走上去。她忽然想去看看黑孩儿在干什么,便躲避着灯光,闪到第一个桥墩的暗影里。

　　她看到黑孩儿像个小精灵一样活动着,雪亮的灯光照着他赤裸的身体,像涂了一层釉彩。仿佛这皮肤是刷着铜色的陶瓷橡皮,既有弹性又有韧性,撕不烂也扎不透。黑孩似乎胖了一点点,肋条和皮肤之间疏远了一些。也难怪么,每天中午她都从伙房里给他捎来好吃的。黑孩很少回家吃饭,只是晚上回家睡觉,有时候可能连家也不回——姑娘有天早晨发现他从桥洞里钻出来,头发上顶着麦秸草。黑孩双手拉着风箱,动作轻柔舒展,好像不是他拉着风箱而是风箱拉着他。他的身体前倾后仰,脑袋像在舒缓的河水中漂动着的西瓜,两只黑眼睛里有两个亮点上下起伏着,如萤火虫优雅地飞动。

　　小铁匠在铁砧子旁边以他一贯的姿势立着,双手拄着锤柄,头歪着,眼睛瞪着,像一只深思熟虑的小公鸡。

　　老铁匠从炉子里把一支烧熟的大钢钻夹了出来,黑孩把另一支坏钻子捅到大钢钻腾出的位置上。烧透的钢钻白里透着绿。老铁匠把大钢钻放到铁砧上,用小叫锤敲敲砧子边,小铁匠懒洋洋地抄起大锤,像抡麻秆一样抡起来,大锤轻飘飘地落在钢钻子上,钢花立刻光彩夺目地向四面八方飞溅。钢花碰到石壁上,破碎成更多的小钢花落地,钢花碰到黑孩微微凸起的肚皮,软绵绵地弹回去,在空中画出一个个漂亮的半圆弧,坠落下去。钢花与黑孩肚皮相撞以及反弹后在空中飞行时,空气摩擦发热发声。打过第一锤,小铁匠如同梦中猛醒一般绷紧肌肉,他的动作越来越快,姑娘看到石壁上一个怪影在跳跃,耳边响彻"咣咣咣咣"的钢铁声。小铁匠塑铁成形的技术已经十分高超,老铁匠右手的小叫锤只剩下干敲砧子边的份儿。至于该打钢钻的什么地方,小铁匠是一目了然。老铁匠翻动钢钻,眼睛和意念刚刚到了钢钻的某个需要锻打的部位,小铁匠的重锤就敲上去了,甚至比他想的还要快。

　　姑娘目瞪口呆地欣赏着小铁匠的好手段,同时也忘不了看着黑孩和老铁匠。打得最精彩的时候,是黑孩最麻木的时候(他连眼睛都闭上了,呼吸和风箱同步),也是老铁匠最悲哀的时候,仿佛小铁匠不是打钢钻而是打他的尊严。

钢钻锻打成形,老铁匠背过身去淬火,他意味深长地看了小铁匠一眼,两个嘴角轻蔑地往下撇了撇。小铁匠直勾勾地看着师傅的动作。姑娘看到老铁匠伸出手试试桶里的水,把钻子举起来看了看,然后身体弯着像对虾,眼瞅着桶里的水,把钻子尖儿轻轻地、试探地触及水面,桶里水"呲呲"地响着,一股很细的蒸气窜上来,笼罩住老铁匠的红鼻子。一会儿,老铁匠把钢钻提起来举到眼前,像穿针引线一样瞄着钻子尖,好像那上边有美妙的画图,老头脸上神采飞扬,每条皱纹里都溢出欣悦。他好像得出一个满意答案似地点点头,把钻子全淹到水里,蒸气轰然上升,桥洞里形成一个小小的蘑菇烟云。气灯光变得红殷殷的,一切全都朦胧晃动。雾气散尽,桥洞里恢复平静,依然是黑孩梦幻般拉风箱,依然是小铁匠公鸡般冥思苦想,依然是老铁匠如枣者脸如漆者眼如屎克螂者臂上疤痕。

老铁匠又提出一支烧熟的钢钻,下面是重复刚才的一切,一直到老铁匠要淬火时,情况才发生了一些变化。老铁匠伸手试水温。加凉水。满意神色。正当老铁匠要为手中的钻子淬火时,小铁匠耸身一跳到了桶边,非常迅速地把右手伸进了水桶。老铁匠连想都没想,就把钢钻戳到小伙子的右小臂上。一股烧焦皮肉的腥臭味儿从桥洞里飞出来,钻进姑娘的鼻孔。

小铁匠"嗷"地号叫一声,他直起腰,对着老铁匠恶狠狠地笑着,大声喊:"师傅,三年啦!"

老铁匠把钢钻扔在桶里,桶里翻滚着热浪头,蒸气又一次弥漫桥洞。姑娘看不清他们的脸子,只听到老铁匠在雾中说:"记住吧!"

没等烟雾散尽她就跑了,她使劲捂住嘴,有一股苦涩的味儿在她胃里翻腾着。坐在石堆前,旁边一个姑娘调皮地问她:"菊子,这一大会儿才回去,是跟着大青年钻黄麻地了吧?"她没有回腔,听凭着那个姑娘奚落。她用两个手指捏着喉咙,极力不让自己发出声音。

收工的哨声响了。三个钟头里姑娘恍惚在梦幻中。"想汉子了吗?菊子?""走吧,菊子。"她们招呼她。她坐着不动,看着灯光下憧憧的人影。

"菊子,"小石匠板板整整地站在她身后说,"你表姐让我捎信给你,让你今夜去作伴,咱们一道走吗?"

"走吗?你问谁呢?"

"你怎么啦?是不是冻病啦?"

"你说谁冻病啦?"

"说你哩!"

"别说我。"

"走吗?"

"走。"

石桥下水声响亮,她站住了。小石匠离她只有一步远。她回过头去,看到滞洪闸西边第一个桥洞还是灯火通明,其他两盏汽灯已经熄灭。她朝滞洪闸工地走去。

"找黑孩吗?"

"看看他。"

"我们一块去吧,这小混蛋,别迷迷糊糊掉下桥。"

菊子感觉到小石匠离自己很近了,似乎能听到他"怦怦"的心跳声。走着,走着。她的头一倾斜,立刻就碰到小石匠结实的肩膀,她又把身子往后一仰,一只粗壮的胳膊便把她揽住了。小石匠把自己一只大手捂在姑娘窝窝头一样的乳房上,轻轻地按摩着,她的心在乳房下像鸽子一样乱扑棱。脚不停地朝着闸下走,走进亮圈前,她把他的手从自己胸前移开。他通情达理地松开了她。

"黑孩!"她叫。

"黑孩!"他也叫。

小铁匠用只眼看着她和他,腮帮子抽动一下。老铁匠坐在自己的草铺上,双手端着烟袋,像端着一杆盒子炮。他打量了一下深红色的菊子和淡黄色的小石匠,疲惫而宽厚地说:"坐下等吧,他一会儿就来。"

……黑孩提着一只空水桶,沿着河堤往上爬。收工后,小铁匠伸着懒腰说:"饿死啦。黑孩,提上桶,去北边扒点地瓜,拔几个萝卜来,我们开夜餐。"

黑孩睡眼迷蒙地看看老铁匠。老铁匠坐在草铺上,像只羽毛凌乱的败阵公鸡。

"瞅什么?狗小子,老子让你去你尽管去。"小铁匠腰挺得笔直,脖子一押一押地说。他用眼扫了一下瘫坐在铺上的师傅。胳膊上的烫伤很痛,但手上愉快的感觉完全压倒了臂上的伤痛,那个温度可是绝对的舒适绝对的妙。

黑孩拎起一只空水桶,踢踢踏踏往外走。走出桥洞,仿佛"扑通"一声掉下了井,四周黑得使他的眼睛里不时迸出闪电一样的虚光,他胆怯地蹲下去,闭了一会眼睛。当他睁开眼睛时,天色变淡了,天空中的星光暖暖地照着他,也照着瓦灰色的大地……

河堤上的紫穗槐枝条交叉伸展着,他用一只手分拨着枝条,仄着肩膀往上走。他的手扶着湿漉漉的枝条和枝条顶端一串串结实饱满的树籽,微带苦涩的槐枝味儿直往他面上扑。他的脚忽然碰到一个软绵绵热乎乎的东西,脚下响起一声"唧喳",没及他想起这是只花脸鹌,这只花脸鹌就懵头转向地飞起来,像一块黑石头一样落到堤外的黄麻地里。他惋惜地用脚去摸花脸鹌适才趴窝的地方,那儿很干燥,有一簇干草,草上还留着鸟儿的体温。站在河堤上,他听到姑娘和小石匠喊他。他拍了一下铁桶,姑娘和小石匠不叫了。这时他听到了前边的河水明亮地向前流动着,村子里不知哪棵树上有只猫头鹰凄厉地叫了一声。后娘一怕天打雷,二怕猫头鹰叫。他希望天天打雷,夜夜有猫头鹰在后娘窗前啼叫。槐枝上的露水把他的胳膊濡湿了,他在裤头上擦擦胳膊。穿过河堤上的路走下堤去。这时他的眼睛适应了黑暗,看东西非常清楚,连咖啡色的泥土和紫色的地瓜叶儿的细微色调差异也能分辨。他在地里蹲下,用手扒开瓜垄儿,把地瓜撕下来,"叮叮当当"地扔到桶里。扒了一会儿,他的手指上有什么东西掉下,打得地瓜叶儿哆嗦着响了一声。他用右手摸摸左手,才知道那个被打碎的指甲盖儿整个儿脱落了。水桶已经很重,他提着水桶往北走。在萝卜地里,他一个挨一个地拔了六个萝卜,把缨儿拧掉扔在地上,萝卜装进水桶……

"你把黑孩弄到哪儿去了?"小石匠焦急地问小铁匠。

"你急什么?又不是你儿子!"小铁匠说。

"黑孩呢?"姑娘两只眼盯着小铁匠一只眼问。

"等等,他扒地瓜去了。你别走,等着吃烤地瓜。"小铁匠温和地说。

"你让他去偷?"

"什么叫偷?只要不拿回家去就不算偷!"小铁匠理直气壮地说。

"你怎么不去扒?"

"我是他师傅。"

"狗屁!"

"狗屁就狗屁吧!"小铁匠眼睛一亮,对着桥洞外骂道:"黑孩,你他妈的去哪里扒地瓜?是不是到了阿尔巴尼亚?"

黑孩歪着肩膀,双手提着桶鼻子,趔趔趄趄地走进桥洞,他浑身沾满了泥土,像在地里打过滚一样。

"哟,我的儿!真够下狠的了,让你去扒几个,你扒来一桶!"小铁匠高声地埋怨着黑孩,说,"去,把萝卜拿到池子里洗洗泥。"

"算了,你别指使他了。"姑娘说,"你拉火烤地瓜,我去洗萝卜。"

小铁匠把地瓜转着圈子垒在炉火旁,轻松地拉着火。菊子把萝卜提回来,放在一块干净石头上。一个小萝卜滚下来,沾了一身铁屑停在小石匠脚前,他弯腰把它捡起来。

"拿来,我再去洗洗。"

"算了,光那五个大萝卜就尽够吃了。"小石匠说着,顺手把那个小萝卜放在铁砧子上。

黑孩走到风箱前,从小铁匠手里把风箱拉杆接过来。小铁匠看了姑娘一眼,对黑孩说:"让你歇歇哩,狗日的。闲着手痒痒?好吧,给你,这可不怨我,慢着点拉,越慢越好,要不就烤糊了。"

小石匠和菊子并肩坐在桥洞的西边石壁前。小铁匠坐在黑孩后边。老铁匠面南坐在北边铺上,烟锅里的烟早烧透了,但他还是双手捧烟袋,双肘支在膝盖上。

夜已经很深了,黑孩温柔地拉着风箱,风箱吹出的风犹如婴孩的鼾声。河上传来的水声越加明亮起来,似乎它既有形状又有颜色,不但可闻,而且可见。河滩上影影绰绰,如有小兽在追逐,尖细的趾爪踩在细沙上,声音细微如同毳毛纤毫毕现,有一根根又细又长的银丝儿,刺透河的明亮音乐穿过来。闸北边的黄麻地里,"泼剌剌"一声响,麻杆儿碰撞着,摇晃着,好久才平静。全工地上只剩下这盏汽灯了,开初在那两盏汽灯周围寻找过光明的飞虫们,经过短暂的迷惘之后,一齐麇集到铁匠炉边来,为了追求光明,把汽灯的玻璃罩子撞得"哗哗啪啪"响。小石匠走到汽灯前,捏着气杆,"噗唧噗唧"打气。气灯玻璃罩破了一个洞,一只蝼蛄猛地撞进去,炽亮的石棉纱罩撞掉了,桥洞里一团黑暗。待了一会儿,才能彼此看清嘴脸。黑孩的风箱把炉火吹得如几片柔软的红绸布在抖动,桥洞里充溢着地瓜熟了的香味。小铁匠用铁钳把地瓜挨个翻动一遍。香味愈来愈浓,终于,他们手持地红萝卜吃起来。扒掉皮的地瓜白气袅袅,他们一口凉,一口热,急一口,慢一口,咯咯吱吱,唏唏溜溜,鼻尖上吃出汗珠。小铁匠比别人多吃了一个萝卜两个地瓜。老铁匠一点也没吃,坐在那儿如同石雕。

"黑孩,回家吗?"姑娘问。

黑孩伸出舌头,舔掉唇上残留的地瓜渣儿,他的小肚子鼓鼓的。

"你后娘能给你留门吗?"小石匠说,"钻麦秸窝儿吗?"

黑孩咳嗽了一声。把一块地瓜皮扔到炉火里,拉了几下风箱,地瓜皮蜷曲,燃烧,桥洞里一股焦糊味。

"烧什么你?小杂种,"小铁匠说,"别回家,我收你当个干儿吧,又是干儿又是徒弟,跟着我闯荡江湖,保你吃香的喝辣的。"

小铁匠一语未了,桥洞里响起凄凉亢奋的歌唱声。小石匠浑身立时爆起一层幸福的鸡皮疙瘩,这歌词或是戏文他那天听过一个开头。

恋着你刀马娴熟,通晓诗书,少年英武,跟着你闯荡江湖,风餐露宿,受尽了世上千般苦——

老头子把脊梁靠在闸板上,从板缝里吹进来的黄麻地里的风掠过他的头顶,他头顶上几根花白的毛发随着炉火跳动不止的煤火轻轻颤动。他的脸无限感慨,腮上很细的两根咬肌像两条蚯蚓一样蠕动着,双眼恰似两粒燃烧的炭火。

……你全不念三载共枕,如去如雨,一片恩情,当作粪土。奴为你夏夜打扇,冬夜暖足,怀中的香瓜,腹中的火炉……你骏马高官,良田万亩,丢弃奴家招赘相府,我我我我是苦命的奴呀……

姑娘的心高高悬着,嘴巴半张开,睫毛也不眨动一下地瞅着老铁匠微微仰起的表情无限丰富的脸和他细长的脖颈上那个像水银珠一样灵活地上下移动着的喉结。凄婉哀怨的旋律如同秋雨抽打着她心中的田地,她正要哭出来时,那旋律又变得昂扬壮丽浩渺无边,她的心像风中的柳条一样飘荡着,同时,有一种麻酥酥的感觉从脊椎里直冲到头顶,于是她的身体非常自然地歪在小石匠肩上,双手把玩着小石匠那只厚茧重重的大手,眼里泪光点点,身心沉浸在老铁匠的歌里,意里。老铁匠的瘦脸上焕发出夺目的光彩,她仿佛从那儿发现了自己像歌声一样的未来……

小石匠怜爱地用胳膊揽住姑娘,那只大手又轻轻地按在姑娘硬邦邦的乳房上。小铁匠坐在黑孩背后,但很快他就坐不住了,他听到老铁匠像头老驴一样叫着,声音刺耳、难听。一会儿,他连驴叫声也听不到了。他半蹲起来,歪着头,左眼几乎竖了起来,目光像一只爪子,在姑娘的脸上撕着,抓着。小石匠温存地把手按到姑娘胸脯上时,小铁匠的肚子里燃起了火,火苗子直冲到喉咙,又从鼻孔里、嘴巴里喷出来。他感到自己蹲在一根压缩的弹簧上,稍一松神就会被弹射到空中,与滞洪闸半米厚的钢筋混凝土桥面相撞,他忍着,咬着牙。

黑孩双手扶着风箱杆儿,炉中的火已经很弱了,一绺蓝色火苗和一绺黄色火苗在煤结上跳跃着,有时,火苗儿被气流托起来,离开炉面很高,在空中浮动着,人影一晃动,两个火苗又落下去。孩子目中无人,他试图用一只眼睛盯住一个火苗,让一只眼黄一只眼蓝,可总也办不到,他没法把双眼视线分开。于是他懊丧地从火上把目光移开,左右巡睃着,忽然定在了炉前的铁砧上。铁砧踞伏着,像只巨兽。他的嘴第一次大张着,发出一声感叹(感叹声淹没在老铁匠高亢的歌声里)。黑孩的眼睛原本大而亮,这时更变得如同电光源。他看到了一幅奇特美丽的图画:光滑的铁砧子。泛着青幽幽蓝幽幽的光。泛着青蓝幽幽光的铁砧子上,有一个金色的红萝卜。红萝卜的形状和大小都像一个大个阳梨,还拖着一条长尾巴,尾巴上的根根须须像金色的羊毛。

红萝卜晶莹透明,玲珑剔透。透明的、金色的外壳里苞孕着活泼的银色液体。红萝卜的线条流畅优美,从美丽的弧线上泛出一圈金色的光芒。光芒有长有短,长的如麦芒,短的如睫毛,全是金色,……老铁匠的歌唱被推出去很远很远,像一个小蝇子的嗡嗡声。他像个影子一样飘过风箱,站在铁砧前,伸出了沾满泥土煤屑、挨过砸伤烫伤的小手,小手抖抖索索……当黑孩的手就要捉住小萝卜时,小铁匠猛地窜起来,他踢翻了一个水桶,水汪汪地流着,渍湿了老铁匠的草铺。他一把将那个萝卜抢过来,那只独眼充着血:"狗日的!公狗!母狗!你也配吃萝卜?老子肚里着火,嗓里冒烟,正要它解渴!"小铁匠张开牙齿焦黑的大嘴就要啃那个萝卜。黑孩以少有的敏捷跳起来,两只细胳膊插进小铁匠的臂弯里,身体悬空一挂,又嘟噜滑下来,萝卜落到了地上。小铁匠对准黑孩的屁股踢了一脚,黑孩一头扎到姑娘怀里,小石匠大手一翻,稳稳地托住了他。

老铁匠停下了嘶哑的歌喉,慢慢地站起来。姑娘和小石匠也站起来。六只眼睛一起瞪着小铁匠。黑孩头很晕,眼前的一切都在转动。使劲晃晃头,他看到小铁匠又拿着萝卜往嘴里塞。他抓起一块煤渣投过去,煤渣擦着小铁匠腮边飞过,碰到闸板上,落在老铁匠铺上。

"日你娘,看我打死你!"小铁匠咆哮着。

小石匠跨前一步,说:"你要欺负孩子?"

"把萝卜还给他!"姑娘说。

"还给他?老子偏不。"小铁匠冲出桥洞,扬起胳膊猛力一甩,萝卜带着飕飕的风声向前飞去,很久,河里传来了水面的破裂声。

黑孩的眼前出现了一道金色的长虹,他的身体软软地倒在小石匠和姑娘中间。

四

那个金色红萝卜砸在河面上,水花飞溅起来。萝卜漂了一会儿,便慢慢沉入水底。在水底下它慢慢滚动着,一层层黄沙很快就掩埋了它。从萝卜砸破的河面上,升腾起沉甸甸的迷雾,凌晨时分,雾积满了河谷,河水在雾下伤感地呜咽着。几只早起的鸭子站在河边,忧悒地盯着滚动的雾。有一只大胆的鸭子耐不住了,蹒跚着朝河里走。在蓬生的水草前,浓雾像帐子一样挡住了它。它把脖子向左向右向前伸着,雾像海绵一样富于伸缩性,它只好退回来,"呷呷"地发着牢骚。后来,太阳钻出来了,河上的雾被剑一样的阳光劈开了一条条胡同和隧道,从胡同里,鸭子们望见一个高个子老头儿挑着一卷铺盖和几件沉甸甸的铁器,沿着河边往西走去了。老头的背驼得很厉害,担子沉重,把它的肩膀使劲压下去,脖子像天鹅一样伸出来。老头子走了,又来了一个光背赤脚的黑孩子。那只公鸭子跟它身边那只母鸭子交换了一个眼神,意思是说:记得吧?那次就是他,水桶撞翻柳树滚下河,人在堤上做狗趴,最后也下了河拖着桶残水,那只水桶差点没把麻鸭那个臊包砸死……母鸭子连忙回应:是呀是呀是呀,麻鸭那个讨厌家伙,天天追着我说下流话,砸死它倒利索……

黑孩在水边慢慢地走着,眼睛极力想穿透迷雾,他听到河对岸的鸭子在"呷呷呷呷,嘎嘎嘎嘎"地乱叫着。他蹲下去,大脑袋放在膝盖上,双手抱住凉森森的小腿。他感觉到太阳出来了,阳光晒着背,像在身后生着一个铁匠炉。夜里他没回家,猫在一个桥洞里睡了。公鸡啼鸣时他听到老铁匠在桥洞里很响地说了几句话,后来一切归于沉寂。他再也睡不着,便踏着冰凉的沙土来到河边。他看到了老铁匠伛偻的背影,正想追上去,不料脚下一滑,摔了一个屁股墩,等他爬起来时,老铁匠已经消逝在迷雾中了。现在他蹲着,看着阳光把河雾像切豆腐一样分割开,他望见了河对岸的鸭子,鸭子也用高贵的目光看着他。露出来的水面像银子一样耀眼,看不到河底,他非常失望。他听到工地上吵嚷起来,刘太阳副主任响亮地骂着:"娘的,铁匠炉里出了鬼了,老混蛋连招呼都不打就卷了铺盖,小混蛋也没了影子,还有没有组织纪律性?"

"黑孩!"

"黑孩!"

"那不是黑孩吗?瞧,在水边蹲着。"

姑娘和小石匠跑过来,一人架着一支胳膊把他拉起来。

"小可怜,蹲在这儿干什么?"姑娘伸手摘掉他头顶上的麦秸草,说,"别蹲在这儿,怪冷的。"

"昨夜里还剩下些地瓜,让独眼龙给你烤烤。"

"老师傅走了。"姑娘沉重地说。

"走了。"

"怎么办?让他跟着独眼?要是独眼折磨他呢?"

"没事,这孩子没吃不了的苦。再说,还有我们呢,谅他不敢太过火的。"

两个人架着黑孩往工地上走,黑孩一步一回头。

"傻蛋,走吧,走吧,河里有什么好看的?"小石匠捏捏黑孩的胳膊。

"我以为你狗日的让老猫叼了去了呢!"刘太阳冲着黑孩说。他又问小铁匠:"怎么样你?把老头挤兑走了,活儿可不准给我误了。淬不出钻子来我剜了你的独眼。"

小铁匠傲慢地笑笑,说:"请看好吧,刘头。不过,老头儿那份钱粮可得给我补贴上,要不我不干。"

"我要先看看你的活。中就中,不中你也滚他妈的蛋!"

"生火,干儿。"小铁匠命令黑孩。

整整一个上午,黑孩就像丢了魂一样,动作杂乱,活儿毛草,有时,他把一大铲煤塞到炉里,使桥洞里黑烟滚滚;有时,他又把钢钻倒头儿插进炉膛,该烧的地方不烧,不该烧的地方反而烧化了。"狗日的,你的心到哪儿去啦?"小铁匠恼怒地骂着。他忙得满身是汗,绝技在身的兴奋劲儿从汗珠缝里不停地流溢出来。黑孩看到他在淬火前先把手插到桶里试试水温,手臂上被钢钻烫伤的地方缠着一道破布,似乎有一股臭鱼烂虾的味道从伤口里散出来。黑孩的眼里蒙着一层淡淡的云翳,情绪非常低落。九点钟以后,阳光异常美丽,阴暗的桥洞里,一道光线照着西壁,折射得满洞辉煌。小铁匠把钢钻淬好,亲自拿着送给石匠师傅去鉴定。黑孩扔下手中工具,蹑手蹑脚溜出桥洞,突然的光明也像突然的黑暗一样使他头晕眼花。略微迟疑了一下,他便飞跑起来,只用了十几秒钟,他就站在河水边缘上了。那些四个棱的狗蛋子草好奇地望着他,开着紫色花朵的水芡和擎着咖啡色头颅的香附草贪婪地嗅着他满身的煤烟味儿。河上飘逸着水草的清香和鲢鱼的微腥,他的鼻翅扇动着,肺叶像活泼的斑鸠在展翅飞翔。河面上一片白,白里掺着黑和紫。他的眼睛生涩刺痛,但还是目不转睛,好像要看穿水面上漂着的这层水银般的亮色。后来,他双手提起裤头的下沿,试试探探下了水,跳舞般向前走。河水起初只淹到他的膝盖,很快淹到大腿,他把裤头使劲捆起来,两半葡萄色的小屁股露了出来。这时候他已经立在河的中央了,四周的光一齐往他身上扑,往他身上涂,往他眼里钻,把他的黑眼睛染成了坝上青香蕉一样的颜色。河水湍急,一股股水流撞着他的腿。他站在河的硬硬的沙底上,但一会儿,脚下的沙便被流水掏走了,他站在沙坑里,裤头全湿了,一半贴着大腿,一半在屁股后飘起来,裤头上的煤灰把一部分河水染黑了。沙土从脚下卷起来,抚摸着他的小腿,两颗琥珀色的水珠挂在他的腮上,他的嘴角使劲抽动着。他在河中走动起来,用脚试探着,摸索着,寻找着。

"黑孩!黑孩!"

他听到小铁匠在桥洞前喊叫着。

"黑孩,想死吗?"

他听到小铁匠到了水边,连头也不回,小铁匠只能看到他青色的背。

"上来呀!"小铁匠挖起一块泥巴,对准黑孩投过去,泥巴擦着他的头发梢子落到河水里,河面上荡开椭圆形的波纹。又一坨泥巴扔过来,正打着他的背,他往前扑了一下,嘴唇沾到了河水。他转回身,"嗵嗵隆隆"地蹚着水往河边上走。黑孩遍身水珠儿,站在小铁匠面前。水珠儿从皮肤上往下滚动,一串一串的,"嘟噜噜"地响。大裤头子贴在身上,小鸡子像蚕蛹一样硬梆梆地翘着。小铁匠举起那只熊掌一样的大巴掌刚要扇下去,忽然觉得心脏让猫爪子给剐了一下子,黑孩的眼睛直盯着他的脸。

"快去拉火。师傅我淬出的钢钻,不比老家伙差。"他得意地拍拍黑孩的脖颈。

铁匠炉上暂时没有活儿,小铁匠把昨夜剩下的生地瓜放在炉边烤着。黄麻地里的风又轻轻地吹进来了。阳光很正地射进桥洞。小铁匠用铁钳翻动着烤出焦油的地瓜,嘴里得意地哼着:"从北京到南京,没见过裤裆里拉电灯。黑孩,你见过裤裆里拉电灯吗?你干娘裤裆里拉电灯哩……"小铁匠忽然记起似地对黑孩说:"快点,拔两个萝卜去,拔回来赏你两个地瓜。"黑孩的眼睛猛然一亮,小铁匠从他肋条缝里看到他那颗小心儿使劲地跳了两下,正想说什么没及开口,孩子就像家兔一样跑走了。

黑孩爬上河堤时,听到菊子姑娘远远地叫了他一声。他回过头,阳光捂住了他的眼。他下了河堤,一头钻进黄麻地。黄麻是散种的,不成垄也不成行,种子多的地方黄麻秆儿细如手指,铅笔;种子少的地方,麻秆如镰柄,手臂。但全都是一样高矮。他站在大堤上望麻田时,如同望着微波荡漾的湖水。他用双手分拨着粗粗细细的麻秆往前走,麻秆上的硬刺儿扎着他的皮肤,成熟的麻叶纷纷落地。他很快就钻到了和萝卜地平行着的地方,拐了一个直角往西走。接近萝卜地时,他趴在地上,慢慢往外爬。很快他就看到了满地墨绿色的萝卜缨子。萝卜缨子的间隙里,阳光照着一片通红的萝卜头儿。他刚要钻出黄麻地,又悄悄地缩回来。一个老头正在萝卜垄里爬行着,一边爬一边从口袋里往外掏着麦粒,一穴一穴地点种在萝卜垄沟中间。骄傲的秋阳晒着他的背,他穿着一件白布褂儿,脊沟漯湿了,微风扬起灰尘,使汗湿的地方发了黄。黑孩又膝行着退了几米远、趴在地上,双手支起下巴,透过麻秆的间隙,望着那些萝卜。萝卜田里有无数的红眼睛望着他,那些萝卜缨子也在一瞬间变成了乌黑的头发,像飞鸟的尾羽一样耸动不止……

一个红脸膛汉子从地瓜地里大步走过来,站在老头背后,猛不丁地说:"哎,老生,你说昨天夜里遭了贼?"

老头手忙脚乱地爬起来,垂着手回答:"遭了,偷了六个萝卜,缨子留下了,地瓜八墩,蔓子留下了。"

"怕是让修闸的那些狗日的偷去了,加点小心,中饭晚点回去吃。"

"我听着啦,队长。"老头儿说。

黑孩和老头一起,目送着红脸汉子走上大堤。老头坐在萝卜地里,面对着孩子。黑孩又惶乱地往后退出一节,这时,密密麻麻的黄麻把他的视线遮住了。

"黑孩!"

"黑孩!"

姑娘和小石匠站在大堤上,对着黄麻地喊着。他们背对着正晌的太阳,阳光照着散工的人群。

"我看到他钻到黄麻地里,我还以为他去撒尿拉屎了呢!"姑娘说。

"独眼龙难道又欺负他了?"小石匠说。

"黑孩!"

"黑孩!"

姑娘和小石匠的男女声二重喊贴着黄麻梢头像燕子一样滑翔。正在黄麻梢头捕食灰色小蛾的家燕被惊吓得高飞,好一会儿才落下来。小铁匠站在桥洞前边,独眼望着这并膀站着的男女,感到肚子越胀越大。方才姑娘和小石匠来找黑孩,那语气那神态就像找他们的孩子。"等着吧,丫头养的你们!"他恨恨地低语着。

"黑孩!黑孩!"姑娘说,"他怕是钻到黄麻地里睡着了。"

"去看看吗?"小石匠乞求地看着姑娘。

"去吗?去吧。"

两个人拉着手下了堤,钻到黄麻地里。小铁匠尾追着冲上河堤,他看到黄麻叶子像波浪一样翻滚着,黄麻秆子"唰拉拉"地响着,一男一女的声音在喊叫黑孩,声音像从水里传上来的一样……

黑孩趴累了,舒了一口气,翻了一个身,仰面朝天躺起来。他的身下是干燥的沙土,沙上铺着一层薄薄的黄麻落叶。他后脑勺枕着双手,肚子很瘦的凹陷着,一个带着红点的黄叶飘飘地落下来,盖住了他满是煤灰的肚脐。他望着上方,看到一缕粗一缕细的蓝色光线从黄麻叶缝中透下来,黄麻叶片好像成群的金麻雀在飞舞。成群的金麻雀有时又像一簇簇的葫芦蛾,蛾翅上的斑点像小铁匠眼中那个棕色的萝卜花一样愉快地跳动。

"黑孩!"

"黑孩!"

熟悉的声音把他从梦幻中唤醒,他坐起来,用手臂摇了一下身边那棵粗大的黄麻。

"这孩子,睡着了吗?"

"不会的,我们这么大声喊。他肯定是溜回家去了。"

"这小东西……"

"这里真好……"

"是好……"

声音越来越低,像两只鱼儿在水面上吐水泡。黑孩身上像有细小的电流通过,他有点紧张,双膝脆着,扭动着耳朵,调整着视线,目光终于通过了无数障碍,看到了他的朋友被麻秆分割得影影绰绰的身躯。一时间极静了的黄麻地里掠过了一阵小风,风吹动了部分麻叶,麻秆儿全没动。又有几个叶片落下来,黑孩听到了它们振动空气的声音。他很惊异很新鲜地看到一根紫红色头巾轻飘飘地落到黄麻秆上,麻秆上的刺儿挂住了围巾,像挑着一面沉默的旗帜,那件红格儿上衣也落到地上。成片的黄麻像浪潮一样对着他涌过来。他慢慢地站起来,背过身,一直向前走,一种异样的感觉猛烈冲击着他。

五

一连十几天,姑娘和小石匠好像把黑孩忘记了,再也不结伴到桥洞里来看望他。每当中午和晚上,黑孩就听到黄麻地里响起百灵鸟婉转的歌唱声,他的脸上浮起冰冷的微笑,好像他知道这只鸟在叫着什么。小铁匠是比黑孩晚好几天才注意到百灵鸟的叫声的。他躲在桥洞里仔细观察着,终于发现了奥秘:只要百灵鸟叫起来,工地上就看不见小石匠的影子,菊子姑娘就坐立不安,眼睛四下打量,很快就会扔下锤子溜走。姑娘溜走后一会儿,百灵鸟就歇了歌喉。这时,小铁匠的脸色就变得更加难看,脾气变得更加暴躁。他开始喝起酒来。黑孩每天都要走过石桥到村里小卖部给他装一瓶地瓜烧酒。

这天晚上,月光皎皎如水,百灵鸟又叫起来了。黄麻地里的熏风像温柔的爱情扑向工地。小铁匠攥着酒瓶子,把半瓶烧酒一气灌下去,那只眼睛被烧得泪汪汪的。刘太阳副主任这些天回家娶儿媳妇去了,工地上人心涣散,加夜班的石匠们多半躺在桥洞里吸烟,没有钻子要修理,炉火半死不活地跳动着。

"黑孩……去,给老子拔几个萝卜来……"酒精烧着小铁匠的胃,他感到口中要喷火。

黑孩像木棍一样立在风箱边上,看着小铁匠。

"你,等着老子揍你吗?去……"

黑孩走进月光地,绕着月光下无限神秘的黄麻地,穿过花花绿绿的地瓜地,到了晃动着沙漠蜃影的萝卜地。等他提着一个萝卜走回桥洞时,小铁匠已经歪在草铺上呼呼地睡了。黑孩把萝卜放在铁砧子上,手颤抖着拨亮炉火,可再也弄不出那一蓝一黄升腾到空中的火苗,他变换着角度,瞅那个放在铁砧子上的萝卜,萝卜像蒙着一层暗红色的破布,难看极了,孩子沮丧地垂下头。

这天夜里,黑孩没有睡好。他躺在一个桥洞里,翻来覆去地打着滚。刘副主任不在,民工们全都跑回家去睡觉。桥洞里只剩下一层薄薄的麦秸草。月光斜斜地照进桥洞,桥洞里一片清冷光辉,河水声、黄麻声,小铁匠在最西边桥洞里发出的鼾声。以及其他一些莫名其妙的声音,一齐钻进了他的耳朵。石头上的麦草闪闪烁烁,直扎着他的眼睛。他把所有的麦秸草都收拢起来,堆成一个小草岭,然后钻进去,风还是能从草缝里钻进来,他使劲蜷缩着,不敢动了。他想让自己睡觉,可总是睡不着。他总是想着那个萝卜,那是个什么样的萝卜呀。金色的,透明。他一会儿好像站在河水中,一会儿又站在萝卜地里,他到处找呀,到处找……

第二天早晨,太阳还没出来,月亮还没完全失去光彩,成群的黑老鸹惊慌失措地叫着从工地上空掠过,滞洪闸上留下了它们脱落的肮脏羽毛。东边的地平线上,立着十几条大树一样的灰云,枝杈上挂满了破烂的布条。黑孩从桥洞里一钻出来就感到浑身发冷,像他前些日子打摆子时寒颤上来一样滋味。刘副主任昨天回来了,检查了工地上的情况,他非常生气,大骂了所有的民工。所以今天人们来得都很早,干活也卖力,工地上的锤声像池塘里的蛙鸣连成一片。今天要修的钢钻很多,小铁匠的工作态度也非常认真,活儿干得又麻利又漂亮。来换钢钻的石匠们不断地夸奖他,说他的淬火功夫甚至超过了老铁匠,淬出的钢钻又快又韧,下下都咬石头。

太阳两竿子高的时候,小石匠送来两支钢钻待修。这是两支新钻,每支要值四五块钱。小铁匠瞥瞥神采焕发的小石匠,独眼里射出一道冷光。小石匠没觉察到小铁匠的表情,幸福的眼睛里看到的全是幸福。黑孩儿感到心里害怕,他看出小铁匠要作弄小石匠了。小铁匠把那两支钢钻烧得像银子一样白,草草地在砧子上打出尖儿,然后一下子浸到水里去……

小石匠提着钢钻走了,小铁匠嘴上滑过一个得意的笑容,他对着黑孩眨眨眼,说:"孙子,他妈的也配使老子淬出的钻子?儿子,你说他配吗?"黑孩缩在角落里,使劲打着哆嗦。一会儿,小石匠回到铁匠炉边,他把两支钻子扔到小铁匠跟前,骂道:"独眼龙,你这是淬的什么火?"

"孙子,叫唤什么?"小铁匠说。

"睁开你那只独眼看看!"

"这是你的钻子不好。"

"放屁,你这是成心作弄老子。"

"作弄你又怎么着？爷们看着你就长气！"

"你、你，"小石匠气得脸色煞白，说，"有种你出来！"

"老子怕你不成！"小铁匠撕下腰间扎着的油布，光着背，像只棕熊一样蹚过去。

小石匠站在闸前的沙地上，把夹克衫和红运动衣脱下来，只穿一件小背心。他身材高大，面孔像个书生，身体壮得像棵树。小铁匠脚上还扎着那两块防烫的油布，脚掌踩得地上尖利的石片欻欻地响，他的臂长腿短，上身的肌肉非常发达。

"文打还是武打？"小铁匠不屑一顾地说。

"随你的便。"小石匠也不屑一顾地说。

"你最好回家让你爹立个字据，打死了别让我赔儿子。"

"你最好回家先钉口棺材。"

骂着阵，两个人靠在了一起。黑孩远远地蹲着，一直没停地打着哆嗦。他看到，小铁匠和小石匠最初的交锋很像开玩笑。小石匠卷着舌头啐了小铁匠一脸唾沫，小铁匠扬起长臂，把拳头捅过去，小石匠一退，这一拳打空了。又啐。又一拳。又退。闪空。但小石匠的第三口唾沫没迸出唇，肩头上就被小铁匠猛捅了一拳，他的身体不由自主地转了一圈。

人们惊叫着围拢上来，高喊着："别打了，别打了。"但没有人上前拉架。后来，连喊声也没有了，大家都睁大眼，屏住气，看着这两个身段截然不同的小伙子比试力气。菊子姑娘脸色灰白，使劲地抓住她身边一个姑娘的肩头。当她的情人吃了小铁匠的铁拳时，她就低声呻唤着，眼睛像一朵盛开的墨菊。

决斗还难分高低，你打我一拳，我也打你一拳，小石匠个头高，拳头打得漂亮潇洒，但显然有点飘，有点花梢，力量不很足，小铁匠动作稍慢一点，但出拳凶狠扎实，被他慒上一拳，小石匠就要转一个圈。后来，小石匠头上挨了一拳，有点晕头转向，小石匠趁机上前，雨点般的拳头打得小铁匠的身体嘭嘭地响。小铁匠一猫腰，钻进了小石匠腋下，两只长臂像两条鳗鱼一样缠住了小石匠的腰，小石匠急忙夹住小铁匠的头，两个人前进，后退，后退，又前进，小石匠支持不住，仰面朝天摔在沙地上。

人群里爆发了一阵欢呼。

小铁匠站起来，吐吐口中的血沫子，歪着头，像只斗胜的公鸡。

小石匠爬起来，向着小铁匠扑过去。一白一黑两个身体又扭在一起。这次小石匠把身体伏得很低，保护着自己的下三路不让小铁匠得手，四只胳膊紧紧地纠缠着，有时候，小石匠把小铁匠撩起来，转着圈抢动，但并不能把小铁匠摔出去。小石匠气喘吁吁，满身都是汗水，小铁匠却连一个汗珠都没掉。

小石匠体力不支,步伐错乱,眼前出现重影,稍一懈怠,手臂便被拨开,小铁匠抱住他的腰,箍得他出气不匀,他再次仰天倒地。

第三个回合小石匠败得更惨,小铁匠一个癞狗钻裆把他扛起来,摔出去足有两米远。

菊子姑娘哭着扑上去,扶起了小石匠。在菊子姑娘的哭声中,小铁匠脸上的喜色顿时消逝,换上了满面凄凉。他呆呆地站着。小石匠爬起来,拨开菊子的手,抓起一把沙土,对准小铁匠的脸打上去。沙土迷住了小铁匠的独眼,他像野兽一样嗥叫着,使劲搓着眼睛。小石匠趁机扑上去,卡着小铁匠的脖子把他按倒,拳头像擂鼓一样对着小铁匠的脑袋乱打……

这时候,从人们的腿缝里,钻出了一个黑色的影子。这是黑孩。他像只大鸟一样飞到小石匠背后,用他那只鸡爪一样的黑手抓住小石匠的腮帮子使劲往后扳,小石匠龇着牙,咧着嘴,"嗷嗷"地叫着,又一次沉重地倒在沙地上。

小铁匠挣扎着坐起来,两只大手摸起地上的碎石片儿,向着四周抛撒。"畜牲!狗!"骂声和着石头片儿,像冰雹一样横扫着周围的人群,人们慌乱地躲闪着。菊子姑娘突然惨叫了一声。小铁匠的手像死了一样停住了。他的独眼里的沙土已被泪水冲积到眼角上,露出了瞳孔。他朦胧地看到菊子姑娘的右眼里插着一块白色的石片,好像眼里长出一朵银耳。他怪叫一声,捂着眼睛,躺在地上痛苦地扭动着。

黑孩听到姑娘的惨叫,便松开了自己的手。他的手指把小石匠的腮帮子抓出两排染着煤灰的血印。趁着人们慌乱的时候,他悄悄地跑回桥洞,蹲在最黑暗的角落上,牙齿"的的"地打着战,偷眼望着工地上乱纷纷的人群。

六

第二天,滞洪闸工地上消失了小石匠和菊子姑娘的影子,整个工地笼罩着沉闷压抑的气氛。太阳像抽风般颤抖着,一股股萧杀的秋风把黄麻吹得像大海一样波浪起伏,一群群麻雀惊恐不安地在黄麻梢头噪叫着。风穿过桥洞,扬起尘土,把半边天都染黄了。一直到九点多钟,风才停住,太阳也慢慢恢复正常。

刚娶完儿媳妇回来的刘太阳副主任碰上了这些事,心里窝着一腔火,他站在铁匠炉前,把小铁匠骂得狗血淋头,并扬言要抠出他那只独眼给菊子姑娘补眼。小铁匠一气不吭,黑脸上的刺疙瘩一粒粒憋得通红,他大口喘着气,大口喝着酒。

石匠们不知被什么力量催动着,玩儿命地干活,钢钻子磨秃了一大批,堆在红炉旁等着修理。小铁匠像大虾一样蜷曲在草铺上,咕咕地灌着酒,桥洞里酒气扑鼻。

刘副主任发火了,用脚踹着小铁匠骂:"你害怕了?装孙子了?躺着装死就没事了?滚起来修钻子,这样也许能将功补过。"

小铁匠把手中的酒瓶向上抛起来,酒瓶在桥面上砰然撞碎,碎玻璃掺着烧酒落了刘副主任一头。小铁匠跳起来,一路歪斜跑出去,喊着:"老子怕什么,老子天都不怕,死都不怕,还怕什么?"他爬上滞洪闸,继续高叫着:"我谁都不怕!"他的腿碰到了石栏杆,身子歪歪扭扭,桥下有人喊:"小铁匠,当心掉下桥。""掉下桥?"他哈哈大笑起来,笑着攀上石栏杆,一松手,抖抖擞擞地站在石栏杆上。桥下的人都中了魔,入了定,呼吸也不敢用力。

小铁匠双臂㢱煞开,一上一下起伏着,像两只羽毛丰满的翅膀。他在窄窄的石栏杆上走起来,身体晃来晃去。他慢走变成快走,快走变成小跑,桥下的人捂住眼睛,又松手露出眼睛。

小铁匠一起一伏晃晃悠悠地在石栏杆上跑着,栏杆下乌蓝的水里映出他变了形的身影。他从西头跑到东头,又从东头跑回来,一边跑一边唱起来:"南京到北京,没见过裤裆里拉电灯,格里咙格里格咙,里格咙,里格咙,南京到北京,没见过裤裆里打弹弓……"

几个大胆的石匠跑上闸去,把小铁匠拖了下来。他拼命挣扎着,骂着:"别他妈的管我,老子是杂技英豪,那些大妞在电影上走绳子,老子在闸上走栏杆,你们说,谁他妈的厉害……"几个人累得气喘吁吁,总算把他弄回桥洞里。他像块泥巴一样瘫在铺上,嘴里吐着白沫,手撕着喉咙,哭叫着:"亲娘哟,难受死了,黑孩,好徒弟,救救师傅吧,去拔个萝卜来……"

人们突然发现,黑孩穿上了一件包住屁股的大褂子,褂子是用崭新的、又厚又重的小帆布缝的。这种布非常结实,五年也穿不破。那条大裤头子在褂子下边露出很短的一截,好像褂子的一个花边。黑孩的脚上穿着一双崭新的回力球鞋,由于鞋子太大,只好紧紧地系住鞋带,球鞋变得像两条丑陋的胖头鲇鱼。

"黑孩,听到了吗?你师傅让你去干什么?"一个老石匠用烟袋杆子戳着黑孩的背说。

黑孩走出桥洞,爬上河堤,钻进黄麻地。黄麻地里已经有了一条依稀可辨的小径,麻秸儿向两边分开。走着走着,他停住脚。这儿一片黄麻倒地、像有人打过滚。他用手背揉揉眼睛,抽泣了一声,继续向前走。走了一会,他趴下,爬进萝卜地。那个瘦老头不在,他直起腰,走到萝卜地中央,蹲下去,看到萝卜垄里点种的麦子已经钻出紫红的锥芽,他双膝跪地,拔出了一个萝卜,萝卜的细根与土壤分别时发出水泡破裂一样的声响。黑孩认真地听着这声响,一直追着它飞到天上去。天上纤云也无,明媚秀丽的秋阳一无遮拦地把光线投下来。黑孩把手中那个萝卜举起来,对着阳光察看。他希望还能看到那天晚上从铁钻上看到的奇异景象,他希望这个萝卜在阳光照耀下能像那个隐藏在河水中的萝卜一样晶莹剔透,泛出一圈金色的光芒。但是这个萝卜使他失望了。它不剔透也不玲珑,既没有金色光圈,更看不到金色光圈里苞孕着的活泼的银色液体。他又拔出一个萝卜,又举到阳光下端详,他又失望了。以后的事情就变得很简单了。他膝行一步。拔两个萝卜。举起来看看。扔掉。又膝行一步,拔,举,看,扔……

看菜园的老头子眼睛像两滴混浊的水,他蹲在白菜地里捉拿钻心虫儿。捉一个用手指捏死,再捉一个还捏死。天近中午了,他站起来,想去叫醒正在看院屋子里睡觉的队长。队长夜里误了觉,白天村里不安宁,难以补觉,看院屋子里只能听到秋虫浅吟,正好睡觉。老头儿一直起腰,就听到脊椎骨"叽哽叽哽"响。他恍然看到阳光下的萝卜地一片通红,好像遍地是火苗子。老头打起眼罩,急步向前走,一直走到萝卜地里,他才看得那遍地通红的竟是拔出来的还没有完全长成的萝卜。

"作孽啊!"老头子大叫一声。他看到一个孩子正跪在那儿,举着一个大萝卜望太阳。孩子的眼睛是那么大,那么亮,看着就让人难受。但老头子还是不客气地抓住他,扯起来,拖到看园屋子里,叫醒了队长。

"队长,坏了,萝卜,让这个小熊给拔了一半。"

队长睡眼惺忪地跑到萝卜地里看了看,走回来时他满脸杀气。对着黑孩的屁股他狠踢了一脚,黑孩半天才爬起来。队长没等他清醒过来,又给了他一耳巴子。

"小兔崽子,你是哪个村的?"

黑孩迷惘的眼睛里满是泪水。

"谁让你来搞破坏?"

黑孩的眼睛清澈如水。

"你叫什么名字?"

黑孩的眼睛里水光激滟。

"你爹叫什么名字?"

两行泪水从黑孩眼里流下来。

"他娘的,是个小哑巴。"

黑孩的嘴唇轻轻嚅动着。

"队长,行行好,放了他吧。"瘦老头说。

"放了他?"队长笑着说,"是要放了他。"

队长把黑孩的新褂子、新鞋子、大裤头子全剥下来,团成一堆,扔到墙角上,说:"回家告诉你爹,让他来给你拿衣裳。滚吧!"

黑孩转身走了,起初他还好像害羞似地用手捂住小鸡儿,走了几步就松开了手。老头子看着这个一丝不挂的黑孩,抽抽答答地哭起来。

黑孩钻进了黄麻地,像一条鱼儿游进了大海。扑簌簌黄麻叶儿抖,明晃晃秋天阳光照。

黑孩——黑孩——

原载《中国作家》1985 年第 2 期

扎西达娃

系在皮绳扣上的魂

　　现在很少能听见那首唱得很迟钝、淳朴的秘鲁民歌《山鹰》。我在自己的录音带里保存了下来。每次播放出来，我眼前便看见高原的山谷。乱石缝里窜出的羊群。山脚下被分割成小块的田地。稀疏的庄稼。溪水边的水磨房。石头砌成的低矮的农舍。负重的山民。系在牛颈上的铜铃。寂寞的小旋风。耀眼的阳光。

　　这些景致并非在秘鲁安第斯山脉下的中部高原，而是在西藏南部的帕布乃冈山区。我记不清是梦中见过还是亲身去过。记不清了。我去过的地方太多。

　　直到后来某一天我真正来到帕布乃冈山区，才知道存留在我记忆中的帕布乃冈只是一幅康斯太勃笔下十九世纪优美的田园风景画。

　　虽然还是宁静的山区，但这里的人们正悄悄享受着现代化的生活。这里有座小型民航站，每星期有五班直升飞机定期开往城里。附近有一座太阳能发电站。在哲鲁村口自动加油站旁的一家小餐厅里，与我同桌的是一位喋喋不休的大胡子，他是城里一家名气很大的"喜马拉雅运输公司"的董事长，在全西藏第一个拥有德国进口的大型集装箱车队。我去访问当地一家地毯厂时，里面的设计人员正使用电脑程序设计图案。地面卫星接收站播放着五个频道，每天向观众提供三十八小时的电视节目。不管现代的物质文明怎样迫使人们从传统的观念意识中解放出来，帕布乃冈山区的人们，自身总还残留着某种古老的表达方式：获得农业博士学位的村长与我交谈时，嘴里不时抽着冷气，用舌头弹出"罗罗"的谦卑的应声。人们有事相求时，照样竖起拇指摇晃着，一连吐出七八个"咕叽咕叽"的哀求。一些老人对待远方的城里人，仍旧脱下帽子捧在怀中站到一旁表示真诚的敬意。虽然多年前国家早已统一了计量法，这里的人们表示长度时还是伸直一条胳膊，另一只手掌横砍在胳膊的手腕、小臂、肘部直到肩膀上。

　　桑杰达普活佛快要死了，他是扎妥寺的第二十三位转世活佛。高龄九十八岁。在他之后，将不再会有转世继位。我想为此写篇专题报道。我和他以前有过交道。全世界最深奥和玄秘之一的西藏喇嘛教（包括各教派）在没有了转世继位制度从而不再有大大小小的宗教领袖以后,也许便走向了它的末日。形式在一定程度上也支配着意识,我说。

扎妥·桑杰达普活佛摇摇头,表示否认我的观点。他的瞳孔正慢慢扩散。

"香巴拉,"他蠕动嘴唇,"战争已经开始。"

根据古老的经书记载,北方有个"人间净土"的理想国——香巴拉。据说天上瑜伽密教起源于此,第一个国王索查德那普在这里受过释迦的教诲,后来宏传密教《时轮金刚法》。上面记载说,在某一天,香巴拉这个雪山环抱的国家将要发生一场大战。"你率领十二天师,在天兵神将中,你永不回头,骑马驰骋。你把长矛掷向哈鲁太蒙的前胸,掷向那反对香巴拉的群魔之首,魔鬼也随之全部除净。"这是《香巴拉誓言》中对最后一位国王神武轮王赞美的描写。扎妥·桑杰达普有一次跟我说起过这场战争。他说经过数百年的恶战,妖魔被消灭后,甘丹寺里的宗喀巴墓会自动打开,再次传布释迦的教义,将进行一千年。随后,就发生风灾、火灾,最后洪水淹没整个世界。在世界末日到达时,总会有一些幸存的人被神祇救出天宫。于是当世界再次形成时,宗教又随之兴起。

扎妥·桑杰达普躺在床上,他进入幻觉状态,跟眼前看不见的什么人在说话:"当你翻过喀隆雪山,站在莲花生大师的掌纹中间,不要追求,不要寻找。在祈祷中领悟,在领悟中获得幻象。在纵横交错的掌纹里,只有一条是通往人间净土的生存之路。"

我恍惚看见莲花生离开人世时,天上飞来了一辆战车,他在两位仙女的陪伴下登上战车,向遥远的南方凌空驶去。

"两个康巴地区的年轻人,他们去找通往香巴拉的路了。"活佛说。

我疲惫地看着他。

"你要说的是——在1984年,这里来了两个康巴人,一男一女?"我问。

他点点头。

"男的在这里受了伤?"我又问。

"你也知道这件事。"活佛说。

扎妥·桑杰达普活佛闭上眼,断断续续回忆起当年那两个年轻人来到帕布乃冈山区的事,他讲起那两个人告诉他一路上的经历。我听出扎妥活佛是在背诵我虚构的一篇小说。这篇小说我给谁都没有看过,写完锁进了箱里。他几乎是在逐字逐句地背诵,地点是一路上直到帕布乃冈一个叫甲的村庄。时间是1984年。人物一男一女。这篇小说没给别人看的原因就是到最后我也不知道主人公要去什么地方。经活佛点明我现在才清楚。唯一不同的一点是结尾时主人公是坐在酒店里有一位老人指路。我没写老人指的是什么路,当时连我自己也不知道。而扎妥活佛说是在他的房子里给那两人指的路,但这里还有一个巧合,即老人与活佛都谈起过关于莲花生的掌纹。

最后,其他人进屋来围在活佛身边,活佛眼睛半睁,渐渐进入了失去知觉和思想的状态。

有人开始准备后事了。扎妥活佛将被火葬,我知道有人想拾到活佛的舍利作为永久的收藏和纪念。

与扎妥·桑杰达普诀别后,在回家的路上,我边走边考虑着有关文学创作的动机问题……

回到家,我打开贴有"可爱的弃儿"题词的箱子盖。里面整齐地排列着上百只牛皮纸袋,我所有不被发表或我不愿发表的作品都存在这儿。我取出一个编码是840720的纸袋,里面是一个短篇小说,记录着两个康巴人来到帕布乃冈的经过,还没有题目。下面是这篇小说的原文:

婍赶着她的二十几只羊下山的时候,站在半山腰。她看见山脚底下那一条宽阔蜿蜒、砾石累累的枯干的河床有个蚂蚁般的小黑点在缓缓移动。她辨认出那是一个男人,正朝她家的方向走来。婍挥挥羊鞭,匆匆把羊往山下赶。

她粗略算了算,那人得走到天黑时才能到这儿。周围荒野只有这隆起的小山岗上有几间鹅卵石垒起的矮房,房后是羊圈,一共两户人家:婍和她的爸爸,还有一个五十多岁的哑女人。爸爸是个说《格萨尔》的艺人,常常被几十里远的外村人请去说唱,有时还被请到更远的镇里。短则几天,长则数月。来人骑马,还牵匹空马来到小山岗,把身背长柄六弦琴的爸爸请上马。随后马蹄伴着铜铃声有节奏地久久敲响着荒野里的寂静。婍站在岗上,一手抚摩坐立在她裙边的大黑狗,一直望到两匹马拐过前面的山弯。

婍从小就在马蹄和铜铃单调的节奏声中长大,每当放羊坐在石头上,在孤独中冥思时,那声音就变成一支从遥远的山谷中飘过的无字的歌,歌中蕴含着荒野中不息的生命和寂寞中透出的一丝苍凉的渴望。

哑女人整天织氆氇,每天早晨站在小山岗上,向空中撒出一把豌豆糌粑,呼喊着观音菩萨。然后手摇一柄浸满油污的经轮筒,朝东方喃喃祈祷。偶尔在半夜时分,爸爸爬起身去女人房里,天蒙蒙亮时头顶蒙着长长的袍子又钻进自己的羊皮垫里。早晨婍起来挤完奶打好茶,喝糌粑糊。然后背上装了一天口粮的小羊皮口袋,背一只小黑锅,去房后拉开羊圈栅栏,软鞭一挥,赶着羊群上山。生活就是这样。

婍把食物和热茶准备好,趴在毯子上等待来客。室外的狗叫了,她冲出门,月亮刚刚升起。她拉住狗链,不见四周有人,一会儿,从她前面的坡下冒出个脑袋。

"来吧,不要紧,我抓住狗的。"嫆说。

来人是一位顶天立地的汉子。

"辛苦,大哥。"嫆说。她把汉子领进了房里,他礼帽下的额边垂着一绺鲜红的丝穗。爸爸不在家,去说《格萨尔》了。隔壁传来哑女人织氆氇时木槌砸下的梆梆声。这位疲惫的汉子吃过饭道完谢后便倒在嫆的爸爸床上睡了。

嫆在门外站了一会儿,天空繁星点点,周围沉寂得没有一点大自然的声音,眼前空旷的峡谷地带在月光下泛着青白色。大黑狗被铁链拴着在原地转圈,嫆过去蹲下身搂着它的脖子。想起自己在这寂寞简朴的小山岗上度过的童年和少年时代,想起每次来接爸爸上马的都是些沉闷不语的人,想到屋里那位从远方来明天又要去远方的酣睡的旅人。她哭了,跪在地上捧着脸,默默祈求爸爸的宽恕,然后将眼泪在黑狗的皮毛上蹭擦干,起身回屋。

黑暗中,她像发疟疾似地浑身打颤,一声不响地钻进了汉子的羊毛毯里。

当东方的启明星刚刚升起,在摇曳的酥油灯下,嫆把自己的薄毯裹成一个卷,在一只布袋里塞了些牛肉干、揉糌粑的皮口袋、粗盐和一块酥油,又背上天天放羊时在山上熬茶用的小黑锅,一个姑娘该带的都在她背上了。她最后巡视一眼昏暗的小屋。

"好了。"她说。

汉子吸完最后一撮鼻烟,拍拍巴掌上的烟末,起身。摸她头顶。搂住她肩膀,两人低头钻出小屋,向黑魆魆的西方走去。嫆全身负重,身上的东西一路上叮当作响。她根本不想去打听汉子会把她带向何处,她只知道她永远要离开这片毫无生气的土地了。汉子手中只提着一串檀香木佛珠,他昂首阔步,似乎对前方漫漫的旅途充满了信心。

"你腰上挂条皮绳干什么?像只没人牵的小狗。"塔贝问。

"用它来计算天数,你没见上面打了五个结吗!"嫆告诉他,"我离开家有五天了。"

"五天算什么,我生来没有家。"

她跟着塔贝徒步行走,一路上,有时在村庄的麦场上过夜,有时住羊圈里,有时卧在寺庙废墟的墙角下,有时住山洞,运气好时,能在农人外屋借宿,或是在牧人的帐篷里。

每进一个寺庙,他俩便逐一在每个菩萨像的座台前伸出额头触碰几下,膜拜顶礼。在寺庙外,道路旁,江河边,山口上,只要看见玛尼堆,都少不了拾几块小白石放在上面。一路上还有些磕等身长头的佛教徒,他们一步一磕,系着厚帆布围裙,胸部和膝部磨穿了,又补了几层厚补钉。他们脸上突出的地方全是灰,额头上磕了一个鸡蛋大的肉瘤,血和土粘在一起。手掌上打铁皮的木板护套在他们身体俯卧的两边地上印出两道深深的擦痕。塔贝和㛮没有磕长头,他俩是走路,于是超过了他们。

西藏高原群山绵延,重重叠叠,一路上人烟稀少。走上几天看不到一个人影,更没有村庄。山谷里刮来呼呼的凉风。对着蓝色的天空仰望片刻,就会感到身体在飘忽上升,要离开脚下的大地。烈日烤炙,大地灼烫。在白昼下沉睡的高原山脉,永恒与无极般宁静。塔贝的身体矫健灵活,上山时脚尖踩着一块块滑动的石头步步上蹿,他径直攀上一块圆石,回头看见㛮被甩下好长一截,便坐下来等她。他们在赶路时总是默默无言,㛮有时在难以忍受的沉默中突然爆发出她的歌声,像山谷里的一只母兽在仰天吼叫。塔贝并不转过头看她一眼,只顾行路。㛮过一会不唱了,周围又是死一般沉寂。㛮低头跟在他身后,只有坐下来小憩时才说说话。

"不流血了吧?"

"它现在一点也不疼。"

"我看看。"

"你去给我捉几只蜘蛛来,我捏碎了涂在上面就会好得快。"

"这儿没有蜘蛛。"

"去找找,石头缝里,你扒开石块会有的。"

㛮在四周扒开一块块半掩在土中的石块,认真地寻找蜘蛛。一会儿她就捉了五六只,握在掌中,走过来扳开塔贝的手掌放在上面。他一只只捏碎后涂在小腿的伤口上。

"那条狗好凶,我跑跑跑跑,背上的锅老碰我的后脑勺,碰得我眼睛都花了。"

"当初我该拔出刀宰了它。"

"那女人给我们这个。"她模仿着做了个最污辱人的下流动作,"真吓人。"

塔贝又抓起一把土撒在伤口上,让太阳晒着。

"她钱放在哪儿的?"

"在酒店的屋柜子里,有这么厚一叠。"他亮亮巴掌,"我只拿了十几张。"

"你用它想买什么呢?"

"我要买什么?前面山下有个次古寺,我给菩萨送去。我还要留一点。"

"好的。你现在好点了吗?不疼了吧?"

"不疼了。我说,我口干得要冒烟。"

"你没见我把锅已经架上了吗?我就去捡点干刺枝。"

塔贝懒洋洋躺在石头上,将宽礼帽拉在眼睛上挡住阳光,嘴里嚼着干草,㛮趴在三颗白石垒成的灶前,脸贴着地,鼓起腮帮吹火熬茶。火苗"嘭"地燃烧起来。她跳起身,揉揉被烟熏得灼辣的眼,拉下前额的头发看看,已经被火舌燎焦了。

远处高山顶上有两个黑影,大约是牧羊人,一高一矮,像是盘踞在山顶岩石上的黑鹰。他们一动也不动。

婛也看见了他们,挥起右手在空中划圈向他们招呼,上面的人晃动起来,也划起圈向她致意。距离太远,扯破嗓子喊互相也听不见。

"我还以为这里只有我们两个人。"婛对塔贝说。

"我在等你的茶。"他闭上眼。

婛忽然想起了什么,她从怀里掏出一本书,很得意地向塔贝展示自己的猎物,那是昨晚上在村里投宿时从一个往她耳里灌满了甜言蜜语、行为并不太规矩的小伙子屁股兜里偷来的。塔贝接过一看,他不认识这种文字和一些机械图,封面印的是一幅拖拉机。

"这玩意儿没一点用处。"他扔给婛。

婛很沮丧,下一次烧茶时她一页页撕下来用作引火的燃料了。

走到黄昏,站在山弯远远看见前面的一个被绿树怀抱的村庄时,婛的精神重新振奋起来,又唱起歌了,她抡起挂棍在地边的马兰草堆里乱舞,又端起棍子小心翼翼地戳戳塔贝的胳肢窝和腰下想逗他发痒。塔贝不耐烦地抓住棍梢往外一甩,拽得她趔趄几下跌倒在地。

进了村,塔贝自己一个人去喝酒或者干别的什么去了。他俩约好在村里小学校边一幢刚刚盖好还没有安装门窗的空房子里住宿。村里的广场晚上演电影,有人在木杆上挂银幕。婛在一片林子里拾柴火时被一群小孩围住,孩子们趴在墙头朝她扔石头。有一颗打在她肩上,她没有回头,直到一个戴黄帽子的年轻人把孩子们轰走。

"他们扔了八颗石头,有一颗打中你了。"黄帽子笑眯眯地说,他把手中握着的一只电子计算器摊在婛眼前,显示屏显出一个阿拉伯数字"8","你从哪儿来?"

婛看着他。

"你记不记得你走了多少天?"

"我不记得。"婛撩起皮绳说,"我数数看。你帮我数数。"

"这一个结算一天吗?"他跪在她跟前。"有意思……九十二天。"

"真的!"

"你没数过吗?"

婛摇摇头。

"九十二天,一天按二十公里计算。"他戳戳计算器上的数字键码,"一千八百四十公里。"

婻没有数字概念。

"我是这儿的会计。"小伙子说,"我遇到什么问题,都用它来帮我解答。"

"这是什么?"婻问。

"是电子计算器,好玩极了。它知道你今年多大。"他按出一个数字给婻看。

"多大?"

"十九岁。"

"我今年十九岁吗?"

"那你说。"

"我不知道。"

"我们藏族以前从不计算自己的年龄。但它却知道。看,上面写的是十九吧。"

"不像。"

"是吗?我看看。哦,刚开始看有些不习惯,它的数字有点怪。"

"它能知道我名字吗?"

"当然。"

"叫什么。"

他一连按出八位数,把显示屏显得满满的。

"怎么样?它知道吧。"

"叫什么?"

"你连自己的名字还看不出来?笨蛋。"

"怎么看?"

"你这样看,"他竖着给她看。

"这是叫婻吗?"

"当然叫婻,洽霞布久曲呵婻。"

"嘿!"她兴奋地叫道。

"嘿什么,人家外国人早用了。我在想一个问题,以前我们没日没夜地干活,用经济学的解释是输出的劳动力应该和创造的价值成正比。"他信口开河起来,把工分值、劳动值以及商品值和年月日加减乘除乱说一通。又显出数字,"你看看,计算出来倒成了负数。结果到年终我们还要吃返销粮,向国家伸手要粮。这是违反经济规律的……你瞪我干什么?想吃掉我?"

"如果你没晚饭吃,就在这儿吃好了,我拾了柴就烧菜。"

"他妈的,你是从中世纪走来的吗?或者你是……是叫什么外星人。"

"我从很远的地方来,走了……"她又撩起皮绳。"刚才你数了多少?"

"我想想,八十五天。"

"走了八十五天。不对,你刚才说九十二天,你骗我。"嫦咯咯笑起来。

"啊啧啧!菩萨哟,我快醉了。"他闭眼喃喃道。

"你在这儿吃吗?我还有点肉干。"

"姑娘,我带你去一个地方好吧?有快活的年轻人,有音乐、啤酒,还有迪斯科。把你手上那些烂树枝扔掉吧!"

塔贝从黑压压一片看电影的人群中挤出来。他没被酒灌醉,倒被那银幕上五光十色、晃来晃去、时大时小的景物和人物弄得昏头胀脑、疲惫不堪,只好拖着脚步回到那幢空房里。小黑锅架在石头上,石头是冰凉的。嫦的东西都放在角落边。他端起锅喝了几口凉水,便背靠墙壁对着天空冥思苦想。越往后走,所投宿的村庄越来越失去了大自然夜晚的恬静,越来越嘈杂、喧嚣。机器声,歌声,叫喊声。他要走的决不是一条通往更嘈杂和各种音响混合声的大都市,他要走的是……

嫦撞撞跌跌回来,她靠着没有门框的土坯墙,隔着一段距离塔贝就闻到她身上发出的酒气,比他喷出的酒气要香一些。

"真好玩,他们真快活,"嫦似哭似笑地说。"他们像神仙一样快活。大哥,我们后……大后天再走。"

"不行。"他从不在一个村里住两个晚上。

"我累了,我很疲倦。"嫦晃着沉甸甸的脑袋。

"你才不懂什么叫累,瞧你那粗腿,比牦牛还健壮。你生来就不懂什么叫累。"

"不,我说的不是身体。"她戳戳自己的心窝。

"你醉了,睡觉。"他扳住嫦的肩头将她按倒在满是灰土的地上。最后替她在皮绳上系了个结。

嫦越来越疲倦了,每次在途中小憩时,她躺下就不想继续往前走。

"起来,别像贪睡的野狗一样赖着。"塔贝说。

"大哥,我不想走了。"她躺在阳光下,眯起眼望着他。

"你说什么?"

"你一人走吧,我不愿再天天跟着你走啊走啊走啊走。连你都不知道该去什么地方,所以永远在流浪。"

"女人,你什么都不懂。"但是他知道该往哪个方向走。

"是,我不懂。"她闭上眼,蜷缩成一团。

"滚起来,"他在嫦屁股上踹了两脚,高高扬起巴掌,做出砍来的样子。

"要不,我揍你。"

"你是个魔鬼!"嫊哼哼唧唧爬起身。塔贝先走了,她拄着棍子跟在后面。

嫊在一个她认为适当的机会时逃跑了。他俩睡在山洞里,半夜时她爬起身,没忘记背上她的小黑锅,借着星光和月光朝山下往回跑。她觉得自己像出笼的小鸟一样自由。到第二天中午,在一边是深谷的岩边休息时,从对面山脊出现了一个黑点,就像那天她放羊回家时所看见的一样。塔贝截住了她,走来。她气得发抖,抡起小黑锅向他头上死命砸去,那其大无比的力量足以使一头野公牛的脑浆飞迸出来。塔贝惊骇机智地闪过,抬手一拨,黑锅从她手中飞脱,叮叮当当滚下深谷里。他俩互相看看,听见那声音响了好一阵。最后嫊只得呜呜咽咽攀下深谷,几个时辰后才把锅拣上来。锅身碰满了大大小小的凹坑。

"你赔我的锅。"嫊说。

"我看看,"他接过来。两人仔细检查了一阵,"只有一条小缝,我能补好。"

塔贝走了,嫊垂头丧气地跟着。

"哎——"她用大得出奇的声音唱起一首歌,把整个山谷震得嗡嗡响。

大概有那么一天,塔贝对嫊也厌倦了,他想:只因我前世积了福德和智慧资粮,弃恶从善,才没有投到地狱,生在邪门外道,成为饿鬼痴呆,而生于中土,善得人身。然而在走向解脱苦难终结的道路上,女人和钱财都是身外之物,是道路中的绊脚石。

不久,他俩来到名叫"甲"的村庄。这个时候,嫊的腰间那根皮绳已系了一串密密麻麻的结。没想到甲村的人们会敲锣打鼓站在村口迎接他俩。民兵组成仪仗队背着半自动步枪站在两旁,为了保险起见,枪口都塞了红布卷。两头由四个村民装扮的牦牛在夹道中跳着舞。村长和几个姑娘捧着哈达和壶嘴上沾着酥油花的银壶在最前面迎接。原来这里一直大旱。前不久有人打了卦,今天黄昏时会有两个从东边来的人进村,他们将带来一场琼浆般吉祥的雨水,使久旱的庄稼得到好收成。他俩果然出现了,人们认为这是一个好兆头。欢天喜地将塔贝和嫊扶上挂满哈达的铁牛拖拉机簇拥着进了村。男女老少都穿着新衣,家家户户的屋顶都换了新的五色经幡布。有人从嫊的音容、谈吐和体态上看出了她有转世下凡的白度母的特征,于是塔贝被撇在一边。但是塔贝知道嫊决不是白度母的化身。因为在嫊睡熟的时候,他发现她的睡相丑陋不堪,脸上皮肉松弛,半张的嘴角流出一股股口涎。

他一人闷闷不乐地去酒店喝酒,他想惹点事,最好有人讨厌他,跟他过不去,他就有事干了。打上一场,那人敢跟他拼刀子更好。

酒店只有一个老头在喝酒,苍蝇在他头顶飞来飞去。塔贝进去后,带着挑衅的神气坐在他对面。一个包花头巾的农家姑娘取一只玻璃杯放在他桌前,斟满酒。

"这酒像马尿。"他喝了一口大声说。

没有人回答。

"你说像不像?"他问老头。

"要说马尿,我年轻时喝过。那真正是用嘴对着公马底下那玩意儿喝的。"

塔贝得意地笑起来。

"为了把我的牛羊从阿米丽尔大盗手中夺回来,我从格则一直追到塔克拉玛干沙漠。"

"阿米丽尔是谁?"

"嘿,那是几十年前从新疆那边来的一支强盗的女首领,是哈萨克人,在阿里和藏北一带赫赫有名。一个万户数不清的牛羊群在一夜之间就从草原上带走,第二天从帐篷出来一看,白茫茫一片,留下的只有数不清的蹄印,连噶厦政府派出的藏兵也制不了她。"

"后来?"

"刚才你说马尿。是啊,我背着叉子枪,骑马追我的牛羊,在那大沙漠里,就是那几口马尿救了我的命。"

"再后来?"

"再后来,女首领要留我,留我给她当……"

"丈夫?"

"羊倌。我是万户的儿子啊!她娘的长得真漂亮,她简直是太阳,谁都不敢对直看她一眼,我逃了回来。你说说,我除了地狱和天堂,还有什么地方没去过?"

"我要去的地方你就没去过。"塔贝说。

"你准备去哪儿?"老头问。

"我,不知道。"塔贝第一次对前方的目标感到迷惘,他不知道该继续朝前面什么地方去。老头明白他的心思。

老头指着他身后的一座山说:"谁也没有往那边去过。我们甲村以前是驿站,通四面八方,可就是没人往那边去。1964年的时候,"他回忆起来,"这里开始办人民公社,大家都讲走共产主义道路,那时没有几个人讲得清楚共产主义是什么,反正它是一座天堂。在哪儿,不知道。问卫藏的来人说,没有。问阿里的来人说,没有。康藏的人也说没看见。那只有喀隆雪山没人去过。村里就有几个人变卖了家产,背着糌粑口袋,他们说去共产主义,翻越喀隆雪山,从此没回来。后来,村里人没一个再去那边,哪怕日子过得再苦。"

塔贝用牙咬住玻璃杯口,翻起眼看他。

"但是我知道有关喀隆雪山下的一点秘密。"老头眨眨眼。

"说吧。"

"你准备去那边吗?"

"也许。"

"爬到山顶,你会听见一种奇怪的哭声,像一个被遗弃的私生子的哭声,不要紧,那是从一个石缝里吹来的风声。爬完七天,到山顶时刚好天亮,不要急着下山。太阳下,雪的反光会刺瞎你的眼,等天黑后再下山。"

"这不是秘密。"塔贝说。

"对,这不是秘密。我要说的是,下山走两天,能看见山脚下时,那底下有数不清的深深浅浅的沟壑。它们向四面八方伸展,弯弯曲曲。你走进沟底就算是进了迷宫。对,这也不是什么秘密,别打断我的话,你知道山脚为什么有比别的山脚多得多的沟壑吗?那是莲花生大师右手的掌纹。当年他与一个叫喜巴美如的妖魔在那里混战一百零八天不分胜负,大师施出种种法力未能降伏喜巴美如。当妖魔变成一只小小的虱子想使对手看不见时,莲花生举起了神奇的右手,口中高声念诵着咒经,一巴掌盖向大地,把喜巴美如镇到了地狱中,从此在那里留下了自己的掌纹。凡人只要走到那里面就会迷失方向。据说在这数不清的沟壑中只有一条能走出去,剩下的全是死路。那条生路没有任何标记。"

塔贝神情严肃地看着老头。

"这是一个传说,我也不知道走出去以后前面是个什么世界。"老头摇摇头,咕噜道。

塔贝准备去那边了。老头后来向他提出要求,请他将嫁留下。他家有个儿子,最近刚买了一台拖拉机。现在家家都想买拖拉机。大清早,隆隆的机器声掩盖了千百年雄鸡的打鸣声。道路上的马车和毛驴被挤到了边上。人们喝着从雪山流下的纯洁透明的溪水时,也嗅到一股淡淡的柴油气味。老头自己经营着一座电机磨房,老伴耕种着十几亩田地。前不久,老头还去大城市出席了一个"治穷致富先进代表大会",领到奖状和奖品,报纸上也登过他的四寸大照片。他们世世代代没像现在这么富裕过,也世世代代没像现在这么忙碌过。需要一个操持家务的媳妇。说话的时候,他儿子进来了,掏出一叠花花绿绿的钞票,想在外乡人面前炫耀。儿子戴着电子表,腰间挂着小巧的放声机,头上戴着耳机,他随着别人听不见的音乐节奏扭着舞步,真是把城里公子哥儿的派头学到家了。塔贝对此无动于衷,只是门外停着的那辆没熄火的手扶拖拉机的突突声牵动了一下他的心弦。他起身走向拖拉机旁,摸摸扶手。

"好的,嫈留给你了。"塔贝说。

小伙子大概刚从嫈那里得到了一点什么,笑眼朦胧。

"我能坐坐你这玩意儿吗?"塔贝问。

"当然,半个小时保你会开。"小伙子上前教他操作常识,教他怎样控制油门,教他怎样换挡、离合器怎样配合、怎样起步和刹车。

塔贝慢慢开动了拖拉机,行驶在黄昏的乡村土道上。嫈在一旁看着他。她要留下来了。她愉快地流着眼泪。这时后面开来一辆速度很快的带拖斗的铁牛拖拉机,塔贝不知道怎么办。旁边是条浅沟,小伙子在后面高声喊他开进沟里。塔贝从驾驶座跳到了路中间,手扶拖拉机自己慢慢溜进了沟里。他被来不及刹车的"铁牛"后面的拖斗撞倒在地。大家全围上前。塔贝爬起身,拍拍土。他的腰部被撞了,他说没什么,一点事也没有。大家松了口气。

塔贝要走了,他第一次摆弄机器就被它咬了一口。他抱住嫈,跟她行了个碰头礼,往喀隆雪山那边去了。到夜晚时,果然下了场雨,村里人高高兴兴唱起歌。塔贝离开甲村,一人进了山。在半路上,他吐了一口血,他的内脏受了伤。

小说到此结束。

我决定回到帕布乃冈,翻过喀隆雪山,去莲花生的掌纹地寻找我的主人公。

从甲村翻过喀隆雪山到掌纹地的路途比我预料的要遥远得多。雇的一匹骡子在途中累倒了。它卧在地上,口中流着白沫,用临死前那样一种眼光看着我。我只得卸下它驮的包囊背在自己身上,在它嘴边放了几块捏碎的压缩面包。一翻过喀隆雪山,首先听见海啸般轰轰的巨响,山下的雪堆像云朵般上下翻卷,脚下的雪粒像急流的河水。但是我的整个身体一点没感到风的吹动,空气就像无风的冬夜一样寒冷而静谧。我戴着防护镜,所以用不着等到天黑才下山。整个山面是被厚雪覆盖的一片平滑的大斜坡,看上去没什么凸凹障碍,我背着囊包走"Z"形缓慢下山。沉重的囊包从背上慢慢坠到腰间,就在我收腹挺胸耸肩想把囊包提起来时,由于猛烈的失重,脚下站立不稳,一个跟头朝前跌倒。我知道已经无法再站起来,身体正快速往下滑动,于是手脚抱成一团,接着天旋地转向山下滚去。

万幸的是,还没掉进雪窝里去。等我醒来,已躺在平整松软的雪地上,我已到了山脚,从上望去,在雪坡中一道深深的条痕通到高处雪雾飘渺的空间。

在山顶时我看了一次表,时间是九点四十六分,此刻再次看表时,指针却指向八点零三分。走下雪线便进入草苔地带,再往下是草地,高寒灌木丛,小树林,接着是一片大森林。穿出森林,树木植物又渐渐稀少,呈现出光秃秃的荒凉的山石、空坝。整个途中,我不时地看表,把心里估计的时间和表上的时间不断加以对照,计算一番后得出了结论:翻过喀隆雪山以后,时间开始出现倒流现象,右手腕上这块精工牌全自动太阳能电子表从月份数字到星期日历全向后翻,指针向逆方向运转,速度快于平常的五倍。

越往前走,映入视觉中的自然景象也越来越产生了形的异变:一株株长着卵形叶子、枝干黄白的菩提树,根部像生长在输送带上一样整整齐齐从我眼前缓缓移过。旁边有座古代寺庙的废墟。在一片广阔的大坝上走来一只长着天梯般长脚的大象。它使我想起了萨尔瓦多·达利的《圣安东尼的诱惑》,我小心翼翼避开这一切,加快脚步,并不回头再望一眼。一直走到蒸腾着热气的温泉边才歇息一会儿。我实在太累了,但不敢睡,我知道一旦合上眼皮,将永远长眠不醒了。透过温泉的热气,前面有些不知哪个时代遗弃在这里的金马鞍、弓箭铁矛、盔甲、转经筒和法号,还有破布条的黄旗,这里很像是一个古战场。如果我不那么累的话,我会走过去仔细看看,也许能考证出《格萨尔》史诗中所描写的某一战场是在这里。现在我只能坐在一旁远远地观看。这些金属被温泉长时间的高温融化了,软绵绵摊在那里,失去了视觉上的硬度感,有的已无法辨认出它本身的形状,变成稀释的物质四处流溢,颇有规律地排列组合成像玛雅文字一样难解的符号。起先我怀疑眼前这一切物象是由于患上了孤独症而错误地感知外界客体产生形的变异,但马上又排斥了这个想法,因为我大脑的思维是有逻辑性的,记忆力和分析能力都良好。太阳自始至终由东向西,宇宙不管怎样还是在按照自身的规律存在和运动。虽然白昼和黑夜交替出现,但由于手表上的指针继续向反时针方向作快速运行,日历和星期月份牌不断向后翻,这使我心理上产生一种体内生物钟的紊乱,甚至身体出现失重现象。

等我从一个黎明醒来,发现自己睡在一块高大无比的红色巨石下面。我是在一个呈放射型向前延伸的数不清沟壑的汇聚点上。一定是这又凉又潮的寒意把我冻醒了,加上从四处沟底吹来的风更冷得我牙齿打颤。我急忙攀上眼前一面乱石突出的沟壁,探头一看,前面是一望无际的地平线,我已经到了掌纹地。数不清的黑沟像魔爪一样四处伸展,沟壑像干旱千百年所形成的无法弥合的龟裂地缝,有的沟深不见底。竟然找不到一棵树、一根草。一片蛮荒,它使我想起一部描写核战争电影的最后一个广角镜头:在世界末日的焦土上,一东一西两个男女主人公慢慢抬起头,费力地向对方爬去,最后这两个世界上唯一的幸存者终于爬到一起,拥抱。苦难的眼光。定格。他们将成为又一对亚当和夏娃。

扎妥·桑杰达普的躯体早已被火葬,大概有人在烫手的灰烬中拣到了几块珍宝般的舍利。我的主人公却没有在眼前出现。

"塔——贝!你——在——哪——儿?"我放开声音喊叫,我觉得他走不出这块地方。声音传得很远,却没有一点回音。

不一会儿,我便看见了奇迹:一两公里外的前面出现了一个黑点。我沿着垄沟朝前飞跑,一面喊着我的主人公的名字。等我看清时,惊讶得站住了:是嫁!这是我万万没预料到的。

"塔贝要死了。"她哭哭啼啼走过来说。

"他在哪儿?"

嫁把我带到她身边的沟底下。塔贝躺在地上,他脸色苍白,憔悴,沉重地呼吸着。沟边长着苔藓的石缝里滴着水,在地上积成个小水洼,嫁不停地用腰带蘸一点水,滴在他半张的嘴里。

"先知,我在等待,在领悟,神会启示我的。"塔贝睁眼看着我说。

"他腰上的伤很严重,需要不停地喝水。"嫁在我耳边低语。

"你为什么没留在甲村?"我问。

"我为什么要留在甲村呢?"她反问。"我根本没这样想过,他从来没答应我留在什么地方。他把我的心摘去系在自己腰上,离开他我准活不了。"

"不见得。"我说。

"他一直想知道那是什么。"嫁指着我身后,我回过头,从沟底往回望去,这是一条笔直的深沟,一直可见到头,前面那座红色巨石正是我昨晚过夜的地方。现在才看清,红色的心脏上刻着一个雪白的"弓"。站在红石下仰起头是无法看见的。"弓"通常是喇嘛念"唵吗呢叭咪哄"六字真言一百遍时要喊出的一个音节。它刻在红石上,据我所知,要么,就是此地是神灵鬼怪出没的地方,要么,这里曾埋葬过一位伟人的英灵,在从江孜到帕里的一个名叫曲米新古河边的一块岩石上也刻着这样一个"弓",那是为纪念一九〇四年为抵抗英国人的侵略在那里献身的藏军首领二代本拉丁而刻的。但这一切我觉得没有对塔贝再解释的必要。

此时此刻,我才发现一个为时过晚的真理,我那些"可爱的弃儿"们原来都是被赋予了生命和意志的。我让塔贝和嫁从编有号码的牛皮纸袋里走出来,显然是犯了一个不可弥补的错误。为什么我至今还没塑造出一个"新人"的形象来?这更是一个错误。对人物的塑造完成后,他们的一举一动即成客观事实,如果有人责问我在今天这个伟大的时代为什么还允许他们的存在,我将作何回答呢?

怀着最后的一丝侥幸心理,我俯在塔贝耳边,轻声细语地用各种他似乎能理解的道理说服他,使他相信他要寻找的地方是不存在的,就像托马斯·莫尔创造的《乌托邦》,就那么一回事。

晚上,在他生命的最后一刻要让他放弃多少年形成的信仰是不可能了。他翻了个身,将脑袋贴在地面。

"塔贝,"我说,"你会好起来的,你等我一会儿,我的东西全放在那边,里面还有些急救药……"

"嘘!"塔贝制止住我,耳朵贴紧冰凉潮湿的地面。"你听!听!"

好半天,我只听见自己心律跳动中出现的一点微弱的杂音。

"扶我上去!我要到上面去!"塔贝坐起身,挥舞着手喊道。

我只得扶起他。嫔先爬到沟上面,我在下面托住塔贝,他身体居然很沉。我扛着他,一手小心护着他腰,另一只手扭住锋利突出的岩石块,一点点把他往上托。两只脚踩在外凸的石块上。攀石的那只手被划了一下,先是麻木,接着灼痛,热呼呼的血流了出来,顺着胳膊流到衣袖里。嫔趴在上面,伸下两只手夹住了塔贝的胳肢窝。一个在上面拽,一个在下面托,费好大的劲才把他抬上沟来。太阳正要从地平线上升起,东边辉映着一派耀眼的光芒。他贪婪地吸了一口早晨的空气,眼睛警觉地四处搜寻,想要发现什么。

"它说的是什么,先知?我听不懂,快告诉我,你一定听懂了,求求你。"他转过身匍匐在我脚下。

他耳朵里接收的信号比我早几分钟,随后我和嫔都听见了一种从天上传来的非常真实的声音。我们注意聆听。

"是寺庙屋顶的铜铃声。"嫔喊道。

"是教堂的钟声。"我纠正道。

"山崩了,好吓人。"嫔说。

"不,这是气势庞大的鼓号乐和千万人的合唱。"我再次纠正道。嫔困惑地看我一眼。

"神开始说话了。"塔贝严肃地说。

这次我没敢纠正。是一个男人用英语从扩音器里传来的声音。我怎么也不能告诉他,这是在美国洛杉矶举行的第二十三届奥林匹克运动会的开幕式,电视和广播正通过太空向地球上的每一个角落报送着这一盛会的实况。我终于获得了时间感。手表上的指针和日历全停止了,整个显出的数字告诉我:现在是公元一千九百八十四年七月北京时间二十九日上午七时三十分。

"这不是神的启示,是人向世界挑战的钟声、号声,还有合唱声,我的孩子。"我只能对他这样讲。

不知他听见没有,或者他什么都明白了。他好像很冷似的蜷缩起身子,闭上眼,跟睡着了一样。

我放下塔贝,跪在他身边,为他整理着破烂的衣衫,将他的身体摆成一个弓形,由于我右手上的血沾在了他衣衫上,这使我感到很内疚。是我害了他,也许,这以前我曾不止一次地将我其他的主人公引向死亡的路。是该好好内省一番了。

"现在,只剩下我一个人了。"婛可怜巴巴地说。

"你不会死。婛,你已经历了苦难的历程,我会慢慢地把你塑造成一个新人的。"我仰面望着她说,我从她纯真的神情中看见了她的希望。

她腰间的皮绳在我鼻子前晃荡。我抓住皮绳,想知道她离家的日子,便顺着顶端第一个结认真地往下数:"五……八……二十五……五十七……九十六……"

数到最后一个结是一百零八个,正好与塔贝手腕上念珠的颗数相吻合。这时候,太阳以它气度雍容的仪态冉冉升起,把天空和大地辉映得黄金一般灿烂。

我代替了塔贝,婛跟在我后面,我们一起往回走。时间又从头算起。

原载《西藏文学》1985 年第 1 期,
《小说选刊》1985 年第 11 期选载时文字上作了少许改动,
选自《小说选刊》

余 华

十八岁出门远行

　　柏油马路起伏不止,马路像是贴在海浪上。我走在这条山区公路上,我像一条船。这年我十八岁,我下巴上那几根黄色的胡须迎风飘飘,那是第一批来这里定居的胡须,所以我格外珍重它们。我在这条路上走了整整一天,已经看了很多山和很多云。所有的山所有的云,都让我联想起了熟悉的人。我就朝着它们呼唤他们的绰号。所以尽管走了一天,可我一点也不累。我就这样从早晨里穿过,现在走进了下午的尾声,而且还看到了黄昏的头发。但是我还没走进一家旅店。

　　我在路上遇到不少人,可他们都不知道前面是何处,前面是否有旅店。他们都这样告诉我:"你走过去看吧。"我觉得他们说的太好了,我确实是在走过去看。可是我还没走进一家旅店。我觉得自己应该为旅店操心。

　　我奇怪自己走了一天竟只遇到一次汽车。那时是中午,那时我刚刚想搭车,但那时仅仅只是想搭车,那时我还没为旅店操心,那时我只是觉得搭一下车非常了不起。我站在路旁朝那辆汽车挥手,我努力挥得很潇洒。可那个司机看也没看我,汽车和司机一样,也是看也没看,在我眼前一闪就他妈的过去了。我就在汽车后面拼命地追了一阵,我这样做只是为了高兴,因为那时我还没为旅店操心。我一直追到汽车消失之后,然后我对着自己哈哈大笑,但是我马上发现笑得太厉害会影响呼吸,于是我立刻不笑。接着我就兴致勃勃地继续走路,但心里却开始后悔起来,后悔刚才没在潇洒地挥着的手里放一块大石子。

　　现在我真想搭车,因为黄昏就要来了,可旅店还在它妈肚子里。但是整个下午竟没再看到一辆汽车。要是现在再拦车,我想我准能拦住。我会躺到公路中央去,我敢肯定所有的汽车都会在我耳边来个急刹车。然而现在连汽车的马达声都听不到。现在我只能走过去看了。这话不错,走过去看。

　　公路高低起伏,那高处总在诱惑我,诱惑我没命奔上去看旅店,可每次都只看到另一个高处,中间是一个叫人沮丧的弧度。尽管这样我还是一次一次地往高处奔,次次都是没命地奔。眼下我又往高处奔去。这一次我看到了,看到的不是旅店而是汽车。汽车是朝我这个方向停着的,停在公路的低处。

我看到那个司机高高翘起的屁股,屁股上有晚霞。司机的脑袋我看不见,他的脑袋正塞在车头里。那车头的盖子斜斜翘起,像是翻起的嘴唇。车箱里高高堆着箩筐,我想着箩筐里装的肯定是水果。当然最好是香蕉。我想他的驾驶室里应该也有,那么我一坐进去就可以拿起来吃了。虽然汽车将要朝我走来的方面开去,但我已经不在乎方向。我现在需要旅店,旅店没有就需要汽车,汽车就在眼前。

我兴致勃勃地跑了过去,向司机打招呼:"老乡,你好。"

司机好像没有听到,仍在拨弄着什么。

"老乡,抽烟。"

这时他才使了使劲,将头从里面拔出来,并伸过来一只黑乎乎的手,夹住我递过去的烟。我赶紧给他点火,他将烟叼在嘴上吸了几口后,又把头塞了进去。

于是我心安理得了,他只要接过我的烟,他就得让我坐他的车。我就绕着汽车转悠起来,转悠是为了侦察箩筐的内容。可是我看不清,便去使用鼻子闻,闻到了苹果味。苹果也不错,我这样想。

不一会他修好了车,就盖上车盖跳了下来。我赶紧走上去说:"老乡,我想搭车。"不料他用黑乎乎的手推了我一把,粗暴地说:"滚开。"

我气得无话可说,他却慢慢悠悠打开车门钻了进去,然后发动机响了起来。我知道要是错过这次机会,将不再有机会。我知道现在应该豁出去了。于是我跑到另一侧,也拉开车门钻了进去。我准备与他在驾驶室里大打一场。我进去时首先是冲着他吼了一声:"你嘴里还叼着我的烟。"这时汽车已经活动了。

然而他却笑嘻嘻地十分友好地看起我来,这让我大惑不解。他问:"你上哪?"

我说:"随便上哪。"

他又亲切地问:"想吃苹果吗?"他仍然看着我。

"那还用问。"

"到后面去拿吧。"

他把汽车开得那么快,我敢爬出驾驶室爬到后面去吗?于是我就说:"算了吧。"

他说:"去拿吧。"他的眼睛还在看着我。

我说:"别看了,我脸上没公路。"

他这才扭过头去看公路了。

汽车朝我来时的方向驰着,我舒服地坐在座椅上,看着窗外,和司机聊着天。现在我和他已经成为朋友了。我已经知道他是在个体贩运。这汽车是他自己的,苹果也是他的。我还听到了他口袋里面钱儿叮当响。我问他:"你到什么地方去?"

他说"开过去看吧。"

这话简直像是我兄弟说的,这话可真亲切。我觉得自己与他更亲近了。车窗外的一切应该是我熟悉的,那些山那些云都让我联想起来了另一帮熟悉的人来了,于是我又叫唤起另一批绰号来了。

现在我根本不在乎什么旅店,这汽车这司机这座椅让我心安而理得。我不知道汽车要到什么地方去,他也不知道。反正前面是什么地方对我们来说无关紧要,我们只要汽车在驰着,那就驰过去看吧。

可是这汽车抛锚了。那个时候我们已经是好得不能再好的朋友了。我把手搭在他肩上,他把手搭在我肩上。他正在把他的恋爱说给我听,正要说第一次拥抱女性的感觉时,这汽车抛锚了。汽车是在上坡时抛锚的,那个时候汽车突然不叫唤了,像死猪那样突然不动了。于是他又爬到车头上去了,又把那上嘴唇翻了起来,脑袋又塞了进去。我坐在驾驶室里,我知道他的屁股此刻肯定又高高翘起,但上嘴唇挡住了我的视线,我看不到他的屁股。可我听得到他修车的声音。

过了一会他把脑袋拔了出来,把车盖盖上。他那时的手更黑了,他的脏手在衣服上擦了又擦,然后跳到地上走了过来。

"修好了?"我问。

"完了,没法修了。"他说。

我想完了,"那怎么办呢?"我问。

"等着瞧吧。"他漫不经心地说。

我仍在汽车里坐着,不知该怎么办。眼下我又想起什么旅店来了。那个时候太阳要落山了,晚霞则像蒸气似地在升腾。旅店就这样重又来到了我脑中,并且逐渐膨胀,不一会便把我的脑袋塞满了。那时我的脑袋没有了,脑袋的地方长出了一个旅店。

司机这时在公路中央做起了广播操,他从第一节做到最后一节,做得很认真。做完又绕着汽车小跑起来。司机也许是在驾驶室里呆得太久,现在他需要锻炼身体了。看着他在外面活动,我在里面也坐不住,于是打开车门也跳了下去。但我没做广播操也没小跑。我在想着旅店和旅店。

这个时候我看到坡上有五个人骑着自行车下来,每辆自行车后座上都用一根扁担绑着两只很大的笋筐,我想他们大概是附近的农民,大概是卖菜回来。看到有人下来,我心里十分高兴,便迎上去喊道:"老乡,你们好。"

那五个人骑到我跟前时跳下了车,我很高兴地迎了上去,问:"附近有旅店吗?"

他们没有回答,而是问我:"车上装的是什么?"

我说:"是苹果。"

他们五人推着自行车走到汽车旁,有两个人爬到了汽车上,接着就翻下来十筐苹果,下面三个人把筐盖掀开往他们自己的筐里倒。我一时间还不知道发生了什么,那情景让我目瞪口呆。我明白过来就冲了上去,责问:"你们要干什么?"

他们谁也没理睬我,继续倒苹果。我上去抓住其中一个人的手喊道:"有人抢苹果啦!"这时有一只拳头朝我鼻子下狠狠地揍来了,我被打出几米远。爬起来用手一摸,鼻子软塌塌地不是贴着而是挂在脸上,鲜血像是伤心的眼泪一样流。可当我看清打我的那个身强力壮的大汉时,他们五人已经跨上自行车骑走了。

司机此刻正在慢慢地散步,嘴唇翻着大口大口喘气,他刚才大概跑累了。他好像一点也不知道刚才的事。我朝他喊:"你的苹果被抢走了!"可他根本没注意我在喊什么,仍在慢慢地散步。我真想上去揍他一拳,也让他的鼻子挂起来。我跑过去对着他的耳朵大喊:"你的苹果被抢走了。"他这才转身看了我起来,我发现他的表情越来越高兴,我发现他是在看我的鼻子。

这时候,坡上又有很多人骑着自行车下来了,每辆车后面都有两只大筐,骑车的人里面有一些孩子。他们蜂拥而来,又立刻将汽车包围。好些人跳到汽车上面,于是装苹果的箩筐纷纷而下,苹果从一些摔破的筐中像我的鼻血一样流了出来。他们都发疯般往自己筐中装苹果。才一瞬间工夫,车上的苹果全到了地下。那时有几辆手扶拖拉机从坡上隆隆而下,拖拉机也停在汽车旁,跳下一帮大汉开始往拖拉机上装苹果,那些空了的箩筐一只一只被扔了出去。那时的苹果已经满地滚了,所有人都像蛤蟆似地蹲着捡苹果。

我是在这个时候奋不顾身扑上去的,我大声骂着:"强盗!"扑了上去。于是有无数拳脚前来迎接,我全身每个地方几乎同时挨了揍。我支撑着从地上爬起来时,几个孩子朝我击来苹果,苹果撞在脑袋上碎了,但脑袋没碎。我正要扑过去揍那些孩子,有一只脚狠狠地踢在我腰部。我想叫唤一声,可嘴巴一张却没有声音。我跌坐在地上,我再也爬不起来了,只能看着他们乱抢苹果。我开始用眼睛去寻找那司机,这家伙此时正站在远处朝我哈哈大笑,我便知道现在自己的模样一定比刚才的鼻子更精彩了。

那个时候我连愤怒的力气都没有了。我只能用眼睛看着这些使我愤怒极顶的一切。我最愤怒的是那个司机。

坡上又下来了一些手扶拖拉机和自行车,他们也投入到这场浩劫中去。我看到地上的苹果越来越少,看着一些人离去和一些人来到。来迟的人开始在汽车上动手,我看着他们将车窗玻璃卸了下来,将轮胎卸了下来,又将木板撬了下来。轮胎被卸去后的汽车显得特别垂头丧气,它趴在地上。一些孩子则去捡那些刚才被扔出去的箩筐。我看着地上越来越干净,人也越来越少。可我那时只能看着了,因为我连愤怒的力气都没有了。我坐在地上爬不起来,我只能让目光走来走去。

现在四周空荡荡了,只有一辆手扶拖拉机还停在趴着的汽车旁。有个人在汽车旁东瞧西望,是在看看还有什么东西可以拿走。看了一阵后才一个一个爬到拖拉机上,于是拖拉机开动了。

这时我看到那个司机也跳到拖拉机上去了,他在车斗里坐下来后还在朝我哈哈大笑。我看到他手里抱着的是我那个红色的背包。他把我的背包抢走了。背包里有我的衣服和我的钱,还有食品和书。可他把我的背包抢走了。

我看着拖拉机爬上了坡,然后就消失了,但仍能听到它的声音,可不一会连声音都没有了。四周一下子寂静下来,天也开始黑下来。我仍在地上坐着,我这时又饥又冷,可我现在什么都没有了。

我在那里坐了很久,然后才慢慢爬起来。我爬起来时很艰难,因为每动一下全身就剧烈地疼痛,但我还是爬了起来。我一拐一拐地走到汽车旁边。那汽车的模样真是惨极了,它遍体鳞伤地趴在那里,我知道自己也是遍体鳞伤了。

天色完全黑了,四周什么都没有,只有遍体鳞伤的汽车和遍体鳞伤的我。我无限悲伤地看着汽车,汽车也无限悲伤地看着我。我伸出手去抚摸了它。它浑身冰凉。那时候开始起风了,风很大,山上树叶摇动时的声音像是海涛的声音,这声音使我恐惧,使我也像汽车一样浑身冰凉。

我打开车门钻了进去,座椅没被他们撬去,这让我心里稍稍有了安慰。我就在驾驶室里躺了下来。我闻到了一股漏出来的汽油味,那气味像是我身内流出的血液的气味。外面风越来越大,但我躺在座椅上开始感到暖和一点了。我感到这汽车虽然遍体鳞伤,可它心窝还是健全的,还是暖和的。我知道自己的心窝也是暖和的。我一直在寻找旅店,没想到旅店你竟在这里。

我躺在汽车的心窝里,想起了那么一个晴朗温和的中午,那时的阳光非常美丽。我记得自己在外面高高兴兴地玩了半天,然后我回家了,在窗外看到父亲正在屋内整理一个红色的背包,我扑在窗口问:"爸爸,你要出门?"

父亲转过身来温和地说:"不,是让你出门。"

"让我出门?"

"是的,你已经十八了,你应该去认识一下外面的世界了。"

后来我就背起了那个漂亮的红背包,父亲在我脑后拍了一下,就像在马屁股上拍了一下。于是我欢快地冲出了家门,像一匹兴高采烈的马一样欢快地奔跑了起来。

1986 年 11 月 16 日北京

选自《余华作品集》,
中国社会科学出版社 1994 年版

王安忆

叔叔的故事

  我终于要来讲一个故事了。这是一个人家的故事,关于我的父兄。这是一个拼凑的故事,有许多空白的地方需要想象和推理,否则就难以通顺。我所掌握的讲故事的材料不多且还真伪难辨。一部分来自于传闻和他本人的叙述,两者都可能含有失真与虚构的成分;还有一部分是我亲眼目睹,但这部分材料既少又不贴近,还由于我与他相隔的年龄的界线,使我缺乏经验去正确理解并加以使用。于是,这便是一个充满主观色彩的故事,一反我以往客观写实的特长;这还是一个充满议论的故事,一反我向来注重细节的倾向。我选择了一个我不胜任的故事来讲,甚至不顾失败的命运,因为讲故事的欲望是那么强烈,而除了这个不胜任的故事,我没有其他故事好讲。或者说,假如不将这个故事讲完,我就没法讲其他的故事。而且,我还很惊异,在这个故事之前,我居然已经讲过那许多的故事,那许多的故事如放在以后来讲,将是另一番面目了。
  有一天,在我们这些靠讲故事度日的人中间,开始传播他最近的警句。在我们这些以语言为生产的劳动者的生活里,警句的意义是极大的,好比商品生产中的资本,可产生剩余价值,又可投放市场和扩大再生产。所以,传播并接受某人的警句,是我们工作的重要组成部分。他的警句是:
  "原先我以为自己是幸运者,如今却发现不是。"
  恰巧在这一天里,因为一些极个人的事故,我心里也升起了一个近似的思想,即:
  "我一直以为自己是快乐的孩子,却忽然明白其实不是。"
  他的警句和我的思想接上了火,我的思想里有一种优美的忧伤,而我又要保护我个人的故事,不想将其公布于众,因为这是与情爱有些关系的。所以我就决定讲他的故事,而寄托自己的思想,这是一种自私的、近乎偷窃的行为,可是讲故事的愿望多么强烈!我们这些人的生活方式,就是将真实的变成虚拟的存在,而后伫足其间,将虚拟的再度变为另一种真实。现在,故事可以开始了。

他与我并无血缘关系,甚至连朋友都谈不上,所以称之为父兄,因为他是属我父兄那一辈的人。像他这类人,年长的可做我们的父亲,年幼的可做我们的兄长,为了叙述的方便,我就称他为叔叔。他们那类人倒霉的时候,我只有三岁,而当我开始接受初级教育的时候,他们中间近半数的人已经摘去那顶倒霉的右派帽子,只留下了一些阴影,尾巴似地拖在他们身后。等那阴影驱散,云开日出,他们那类人往往成为英雄的时候,我已经是个成熟的青年了。这便是我与叔叔在时间上的关系。他们那类人倒霉的真相,有的已大白于天下,有的至今还是个不幸的谜,有的很冤枉,有的很荒唐,也有的很活该。叔叔是因为一篇校刊上的文章,以一头小驴子的第一人称,描写农民走上合体化道路的过程;以小驴子从过不惯集体生活、自私自利而变为热爱集体大公无私,来反映从个体农民到公社社员的成长过程。叔叔所以采用这样的拟人化的手法,是因为他刚读过一本借来的伊索寓言。这文章被指责为污蔑农民是没有自觉性的驴子,并借驴子之口攻击合作化运动。我曾在三个不同的场合听到或读到叔叔复述这篇文章。其时,叔叔已成为一名讲故事的专家,叙述这样一篇小东西完全不在话下。第一次是在一个全国性作家大会的小组发言上,叔叔以他自己的经验来批判极左路线是多么有害,他说他其实是热心地真诚地赞颂合作化运动,好心却变成驴肝肺,他说他愿意滚钉板来证明他的忠诚,多年的劳改生活充满了赎罪与乞求新生的心情,犹如炼狱一般。他的苦难经历深深吸引了像我们这样的青年,我们则以我们插队的经历去吸引下一批青年,当我们被上代的经验哺育长大后再操起批判的武器,来做一次伟大的背叛,就像猫和虎的中国童话。叔叔很认真地叙述他这一篇致命的文章,作了许多注释,生怕我们不懂也怕我们看轻了它。这文章有一种刻骨的天真烂漫,令我们微笑不已。第二遍听到这文章是在某个刊物举行的笔会上,一日傍晚,参加笔会的人们走在夕照下的海滩,叔叔以自嘲的口吻告诉我们这个几乎致他于死地的小文章,他嘲讽当年政治运动的荒诞不经,多少纯洁青年的命运被这荒唐历史演绎而摆布,一个偶然的行为却可成为决定生死的事故,这便是宿命吧! 他三言两语地说完文章,那文章显得既简练又富有含义,展露了一个青年早期的文学才华。这篇文章第三次出现是在叔叔发表于某杂志的文学小传里,这一回已是一篇真正的伊索寓言,对当时的世事,充满了具有先知意味的讽刺,作为处女作排列在叔叔的写作历程里,使叔叔的文学生涯一开始便充满了大祸临头的灾难意味。后来我还听别人第四次说起过叔叔的文章。那是一个老奸巨猾的家伙,在改革开放的时代里,他到处声称自己是一名"漏网"的右派,所以没有戴帽完全是出于侥幸、偶然和不公平。他说他其实是一个真正的右派,叔叔则是个假的。在叔叔的档案袋里,装满痛哭流涕卑躬屈膝追悔莫及的检查,他又顺便提到叔叔的文章,说那文笔糟得很呀!不如小学三年级的学生。所以成了右派,完全是为了凑数。这真正是个错划右派啊!他脸上布满了痛心的表情。这是叔叔顶顶走红的时候,几乎成为我们这些人的精神领袖,所有的人全都分成两大派,一是崇拜他的人,二是中伤他的人。所以,此人提供的情况立即被排除出考虑的范围。我只需从叔叔的三次叙述中挑选一次,作为我讲叔叔的故事的材料;或者是将三次结合起来,这符合我们一贯遵循的创造典型人物的原则。我想:我选择第一次叙述中的那一个真诚的纯朴的青年,作为叔叔的原型;我选择第二次叙述中的那一个具有宏观能力且带宿命意味的世界观,作为叔叔的思想;我再选择第三次叙述中的那篇才华洋溢的文章,作为情节发生的动机,这便奠定了叔叔是一个文学家的天才命运的基石。现在,叔叔是一个什么样的人,大致可以确定了。

叔叔就这样成为了一名年轻的右派。当时,他年轻得还没来得及谈恋爱,所以他和别的故事里的右派所不同的是,他没有女朋友,因此就没有人与他联手演出伤感的离别剧。他背了一个简单的铺盖卷,去了青海。去青海的这段路程,我们可从许多右派的回忆录里获得印象:大雪苍茫,车在暗夜里行驶,几临深渊而悬崖刹车,当车从峭壁下驶过时,宛如一只白色的虫蚁在千沟万壑里爬行。在他身边,有一个老人,教授模样,慈爱地问他有多大年龄,又说他和他第三个儿子一般大。当别的右派在熟睡的时候,这老人给他讲了一个俄罗斯童话,关于喝鲜血而活三十年的鹰和吃死尸而活三百年的乌鸦。当鹰尝了一口死尸的腐肉之后,腾空飞起说道:我宁可喝鲜血活三十年,也不愿吃死尸而活三百年!老人的童话在这雪夜行驶的货车里产生出奇异的效果,青年右派虽然还不能理解童话的含义,可是却被这忧伤又激昂的气氛感动了。后来,那老人与他分在农场的两个大队里,他们就再也没有见过面。这一个夜晚就像是一个梦境,却留给青年一个童话。从此这个童话就存在于他的心间,供他总结和使用其中的含义。他认为这童话是教导人们要有意义地活着,要健康的人生而摒弃腐朽的人生。他引申到他的错误,心想自己险些儿误入腐朽的人生,于是努力忏悔,恨不能脱胎换骨。可是后来在一个新的历史时期里,他开始怀疑道:什么是腐朽的人生?什么又是健康的人生呢?他想他那赎罪的半生经验是绝称不上健康的,他想他半生的经验全是为了向人们证明他是个诚实的青年,这种证明消耗了他一整个青年时期,这有什么意义呢?再后来,他又想他的半生不是平淡度过,而是获得了宝贵的丰富的经验,这些经验于他日后成为一个大作家无疑是重要的财富,于是,叔叔心里充满了鹰的骄傲。

但是,当我认识叔叔之后,才知道他做右派时,去的并不是青海,而是遣返回乡,到了苏北地区的一个小镇的学校里。开头的几年是做校工。看门,打铃,扫院子,起茅厕,种学校后面的几亩菜地,还喂了一口肥猪。后来摘了帽子,便开始教书。在他成为一个传奇人物的时候,那些去青海的故事是极易产生并流传的。而所以会有那则出神入化的俄罗斯童话,大约是因为像叔叔那一代人是在苏俄文学的影响下成长起来的,"三套马车"永远是他们审美的背景。假如要编一个叔叔的夜晚,大风雪是少不了的,驿道是少不了的,如再要讲一个童话,那就只能是鹰和乌鸦的童话了。

叔叔当年所在的小镇与我后来插队的农村,地理上属于一个区域,行政上却跨了两个省份。我们的麦地连着他们的麦地,当他们的孩子入侵到我们湖里割猪草时,我们常常笑话他们有些字的发音,比如将"鞋子"说成"孩子"。当一个女孩丢了她的鞋子时,她便大叫着:"我的孩子,我的孩子!"这样的趣事一个后晌便传遍了我们的村庄。我们和他们还因为争夺土地发生械斗。我是后来才知道叔叔所在的小镇就在我们邻近的,这就给我今天讲故事提供了揣测的依据。

我想,当叔叔来到那小镇不久,一场大饥荒便席卷了中国的大地。在我们村庄里,关于这场饥饿的故事流传了很多年,并且将一直流传下去。有一些人饿死了,又有一些人撑死了。这些撑死的人是在长期的饥饿之后忽然得到吃的,便暴食而死。这些吃的都是偷窃而来,或是仓库里隔年的种子,或是地里半熟的果实,假如被守仓库或看青的人逮住,便会挨打并游乡。撑死比饿死更加悲惨,他们大张着两眼,浑身抽搐,叫道:"渴啊,渴"的。这时候可万万不能给他喝水,开始时并不知道,只当喝水就能救他,不想喝了水便死。后来就不给水喝了,可不喝水也还是死。那时候,我是城市里一个六岁的孩子。我记得我们城市流传着抢劫的可怕传说。于是我们便不在街上吃东西,而是带回家来吃。回家的道路总是路远迢迢和险象环生,我们紧紧拉着爸爸妈妈的大手,急急地回家。那时候,我是个幸福的孩子,我无忧无虑,我还没上小学,少先队员是我羡慕的榜样,我的命运的重闸扛在爸爸妈妈的肩上,要过很久,我的幸福才会打折扣。下乡的时候,我们跑前跑后,走东串西,要求老乡给我们忆苦思甜,他们不说则已,一说便是1960年的大饥荒。这场饥荒割断了我们村庄的历史,为我们村庄留下了一群纪念碑似的坟头,每到清明时分,坟头上便顶了一块碗大的新土,就像我们城市里的一种点心,叫定胜糕。不过,叔叔毕竟是吃商品粮的居民,每月的定额基本保证供给,饿是人人必受的刑罚。镇上没有人饿死,死的是那些逃荒路过的外乡人。在很长一段时期里镇上没有猫也没有狗,都被杀吃了。镇上和周围的树皮也被放学的孩子剥光了,野菜挑完了。后来,据叔叔自己说,这一段日子倒并不难过,那时候的人都讲政策,对人也尊重,见一个右派,至多淡漠一些,倒也平安无事。至于饥饿,由于信念的支持和赎罪的心情,这一场折磨于他几乎成了安慰。他说:他像个自虐狂或者苦行僧一样,随了饥饿一阵阵袭来,便觉得自己逐渐地纯洁了。他是第一批摘帽的幸运的右派,当他第一天走上讲台,孩子们随了班长的口令全体起立,他觉得孩子们是在安慰他并且原谅他。这是我从叔叔的一篇小说中读到的,权且借来作为我故事的补充。

这时候,我该是上小学了,当老师走进教室,便随了班长的口令起立,桌椅板凳稀里哗啦一阵响。同学们私底下流传,说我们学校里有一名右派,这是一个很高级的机密,谁也不知道右派是谁。我们起先怀疑一名图画老师,因为他脸色阴沉,不苟言笑,看人的目光充满敌意。后来我们又疑心是一名校工,因他对谁都点头哈腰笑容可掬,似乎向人们请罪。再后来,我们认定是一位自然老师,她对同学凶恶无情,将粉笔头作子弹,射击同学的头颅。我们觉得黑暗处有一双罪人的眼睛,注视着我们,使我们紧张不安。右派是我们时代最大的敌人,反革命和地主已在我们出生前消灭干净,只留在我们某一篇课文上以及一些反特电影里。最后,终于有人透露出来,右派是一位音乐老师。她雍容华贵,总是衣冠楚楚,弹了一手好钢琴,态度高傲,在学校里独往独来,没有一位同事与她做朋友。她和小学教育事业格格不入,她和社会格格不入,她为什么成了右派?后来我想,大约是她不服从大学分配。因为其时我恰好知道,我家楼上那一位深居简出的社会青年,由于不服从大学分配而成了右派。关于右派的经验就这样越积越多。这些右派都无痛心悔改的表现,至少表面上看起来我行我素。而我的故事需要有一个忏悔的过程,我不愿意我的故事太平庸,所以,我就直接从叔叔自己的小说里摘录了那样的情节——"当孩子们随了班长的口令全体起立,他觉得孩子们是在一齐安慰他并且原谅他。"

在我插队的地方,人们对老师是很尊重的,养是父母教是先生的古训流传至今。于是,先生便是和父母一样重要的人了。学生为老师干活是天经地义的事。老师那里还会成为一个文化的中心,晚上,凡是崇尚知识的青年都喜欢聚集在老师的屋里。后来,我们知识青年下乡了,我们那里便成了又一个中心,并且具有取代学校老师的趋势。我想:叔叔的学校当是一所公社中学,除了镇上的孩子外,还有四周农村的孩子来读书,他们一般是干部和家境较好的孩子。他们因为没有粮票,也没有足够的细粮到食堂去换饭票,往往都是带馍。他们都有一个布口袋,装着芋干面或秫秫面贴的馍馍。他们多数是早上来,晚上走,每天要步行几十里的路程,只有镇上的或者特别富有的孩子才住校,到了晚上,这部分住校的学生往往就到单身老师的宿舍里聚会。就是这些学生中的一个,后来成了叔叔的妻子。

一个偏僻小镇的女学生,爱上了一个摘帽右派,一个来自城市的老师,是有许多可歌可泣的诗篇可做。其中含有一个朴素的自然人与一个文化的社会人的情爱关系;又有一个自由民与一个流放犯的情爱关系,就像旧俄时代十二月党人和妻子的故事;还有一个根深蒂固的家庭与一个飘泊的外乡人的情爱关系。这三重关系绞合在一起,可写出深刻的人性与广阔的社会背景,既有特定的现实性又有永恒的人类性。这样的故事,叔叔已经写过了,而且不止一篇。这些篇章感动人心,脍炙人口,流传极广,使叔叔极负盛名,引起许多爱好文学或者不怎么爱好文学的青年的崇拜。

关于叔叔的婚姻,是人们最感兴趣的题目,于是便也是流言最多的一个题目了。有人说那女学生痴情到了万般无奈,深夜敲门,而叔叔由于右派的阴影,只得压抑人性,将其拒绝,内心却痛苦得不行。那女学生坚定不移,不顾家人的阻挠,心诚石开,终于做成了这桩好事。有人说事情恰好倒过来,是那老师天天要学生去屋里补课,大冷的天,学生握不住笔,他就替学生暖手;另有一个版本是说老师要教学生二胡,帮助学生纠正指法。最客观的一种说法是:那女孩并不是叔叔的学生,而是学生的姐姐。学生跟老师学二胡,学出了感情,便为姐姐作伐,成全一段姻缘。那学生姐弟二人跟寡母生活,日子过得很艰难,能有一个挣工资的男人进门,显出了那学生的谋略与远见。在那镇上,那年头,大约是1963年吧,右派是怎么回事清楚的人不多,更何况是摘了帽的,就跟没事人一样。结了婚后,老师成了皇上,过着衣来伸手饭来张口的生活。这种传说貌似客观,却含有一股隐隐的恶意,它是企图抹煞叔叔这一经历中的所有色彩,使之平淡无光,与叔叔小说里的描写拉开了距离。后来,当叔叔离婚的事件闹得沸沸扬扬的时候,我曾有机会亲耳聆听叔叔本人的叙述。

外面传说叔叔离婚的最直接原因,是第三者插入,可是等到他离婚之后并没有结婚,这种诋毁便不击自败,烟消云灭了。由于叔叔小说中,对一位青年右派的爱情过于出色的描写,所有的人都认为这非他本人经历莫属。将小说中的主人公与作者合二为一,是当今读者最热衷的事情。于是所有的人都认定了那段浪漫的爱情故事,一定要叔叔担任男主角,并且不许卸妆闭幕。叔叔或者继续演出这段乱世情史,满足观众的需要,或者就将以前的成功的戏剧一并粉碎,破坏观众的欣赏。叔叔先是选择前一种做法,因不堪负重,败下阵来,做了后一个逃兵,遭来人们的怨恨。一种受了欺骗的情绪在群众中可怕地蔓延,似乎货物出门便百事不管,挣了名声就卸了责任,有一种过河拆桥的不仁义的味道。然而,失望的情绪转眼被好奇心理取代。离婚是最富吸引力的新闻。叔叔的知名度再一次增长,一夜之间,谱写了明星轶事。这时候,叔叔又参加了一个笔会。那时候,笔会是非常多的,开完了这个开那个,笔会已成为我们生活的一部分。大家见面,免不了要问起此事,尤其是一批女性,她们心里暗暗地期望能够进入叔叔新的浪漫剧中,即使是担任一个配角。这些女性的年龄层次从四十五岁到十八岁,囊括了整整两代人。叔叔说他的婚姻是特定历史条件的产物,带有时代的烙印,作为审美许有欣赏的价值,现实中却有无数的困难。他说在他无家可归的日子里,妻子收留了他,以她的情爱哺育了他孱弱的身心。如今他健壮了,便要离家远行,这确有一股忘恩负义、背信弃义的味道,可是使生命力衰竭则是更大的不道德和不人性。我们就问他妻子对离婚的态度,我们习惯以叔叔小说中女主角的名字称呼叔叔的妻子。叔叔回答,她只说:人在危难时,就当拉一把,人有了高远的去处,则当松开手。他妻子的回答使我们叹服不已,人人脸上都有愧色。我们相信叔叔是经过了痛苦的思想斗争才跨出这一步的,我们也相信叔叔的婚姻至少在那时候是美好的。没有一件事情是永恒的,都是阶段性的,尤其是爱情。所以,我想,事情确是如叔叔小说中所描写的那样了。但是,离婚的理由却不是那样简单,这理由甚至超出了叔叔自己的理解。所以被我知道是因为一个心理的契机。这是一个心理的原因,在整个故事中起着承前启后的作用,而现在仅仅是开头。

在叔叔结婚的第二个春天,便有了一个儿子。这一段日子是叔叔平静美满的时光,其实却是灾难来临前令人陶醉的假象。叔叔在屋前种了喇叭花,屋后种了一小片油菜,油菜花开的季节,就飞来此地罕见的淡白的粉蝶。在这段日子里还发生过一个小小的事件,最后所以没有酿成大祸,全归于妻子对叔叔绝对的信赖和博大的胸怀,可是这却为以后的灾难埋下了伏笔。这个事件的材料,来源于一年之后的文化大革命中,叔叔铺天盖地的大字报以及揭发材料,还有叔叔档案袋中一小份思想认识,是被那位"漏网右派"捅出来的。他到处讲右派的坏话,分明是吃不到葡萄便说葡萄酸。但由于工作的关系,他却能接触第一手资料,所以有时候我也用他得着。这是叔叔绝口不提的事件,也从没在小说中写过。或许这仅仅是一个污蔑和谣言,属于文化大革命中许许多多莫须有事件之一。可是它对于我的故事非常重要,如果没有它的话,我的故事便失去了发展的动机。因此,我必须使用这个也许是无中生有的材料。它是一件委琐的小事,于叔叔伟大壮烈的苦难有腐蚀的作用。可它却使痛苦与灾难变得真实和具体,不仅仅是一种风格化的装饰。它像一枚钉子那样,将痛苦敲进人的身体,使之刻骨铭心。

我想,那是在一个夏天的夜晚,蛐蛐儿在墙角里歌唱。叔叔对妻子说:我要去学校一趟,然后他就走了。他去学校是因为他的一件什么东西忘在了办公室里,这件东西一定是非常重要的,否则他就不必要晚上去拿,而可以等到明天早上。不过,他并没有和妻子说这些,他只说:我要去学校一趟,然后他就走了。学校离家不远,隔了一条常年干涸的小河,再走过一条小路,路两边的人家,院子里种了向日葵。这正是向日葵结子的季节。这是暑假的第一周或者是第二周,校园里静悄悄的,蛐蛐儿的歌唱更加洪大和响亮。当叔叔穿过白杨树影里的操场的时候,那气氛一定是非常静谧的。这气氛里有一种力量打动了叔叔的心,使他走进办公室之后没有立即去找他特地来取的东西,而是从墙上拿下一把二胡,开始拉一首忧伤的曲子。住在学校附近的人都听到了这琴声,他们说:听,先生又在拉琴了。先生拉了一段就不再拉了。这时月亮也升起了,将小河里的积水照得一片一片晶亮。忽然间,这静谧被打破了,空气里起了一团骚动,人人都有些不安,觉着在这镇上的某一处,正发生着一件不寻常的事情。人们从屋里走到门外,望着月光如洗的地面,等待着即将发生或者已经发生的事情走过他们的门口。有性急的人已经离开家门,四下里跑了几步。这个小镇在它长久的静谧中培养了一种超然的警觉,它能辨别出每一丝不寻常的气息。这时候,从学校的方向,传来一声尖锐的狗吠。人们顿时紧张起来,血液涌上了头,不出所料,果然出事了。小镇上的居民对于非常事件的预感从来不会有错。有人低低地呼唤一声,然后一齐朝狗吠的方向奔跑过去,嗒嗒的脚步声好像镇上突然聚集起一支军队。男人们在奔跑,女人抱着孩子站在门口,目送他们远行。这样的小镇是不可侵略的,这里万众一心,草木皆兵。嗒嗒的脚步声朝了学校的方向过去,学校的门开了,月光如镜的操场上霎时间站满了人。在重重包围的中心,站了叔叔。叔叔的衣领已被撕碎,脸颊上留有巴掌的印痕。他的胳膊一左一右被两个男人揪住,那两个男人还在朝他脸上吐唾沫。叔叔的脸色苍白,眼神惶乱,他的膝头打着颤,他想说话却说不出声。那一大一小两个男人押着他朝前走,人群让出一条道路,组成两道人墙,挟持着他们通过。叔叔神志有些糊涂,他不知道这是要往哪里去。由于被那么多人注视而感到窘迫,他便微微红了脸,露出一丝羞怯的笑容,于是招来人们愤怒的辱骂:瞧这婊孙,还有脸笑,操他八辈子的祖宗啊!不知是哪个孩子带的头,孩子们开始朝他扔石块。石块如雨点一般朝他飞来,他不由地埋下了头。可是一阵屈辱袭来,他又奋力昂起了头,就有石块击中了他的额角,流下了鲜血。鲜血使他的脸看上去可怕又可怜,人群沉默了一刻。人们认得押他的两个男人是他一个学生的父亲和哥哥,这学生是这小镇上一枝花的人物,照规矩已是待嫁的年纪,所以还来上学全因为娇宠任性,要找个有趣的玩处。这时,女学生已经不知去向,这晚上所发生的事情则一清二白,小镇居民的想象力是非凡的。老师被押到校门口,徒然地在原地转了一个圈,因为学生的父兄这时也有些糊涂,不知应当何去何从。就在他们困惑的时候,人群中突然钻出一个人,扑上前去,伸手便在那父亲脸上掴了两掌,骂道:你个婊孙养的老不死的!

出场的是老师的妻子。老师的妻子掴完学生的父亲的嘴巴,又一头撞在学生的哥哥的胸上。两人不由得松了手,她便将老师拉到身边,以极迅速的动作扯下老师的一片衣襟,裹住老师头上的伤口,转眼间,老师便成了一名挂花的英雄。老师的妻子双脚一跺地,连珠炮般地说道:你还当你养了个贞女,你原是养了个婊子,勾引男人是她的一手绝活,难道你们还不知道?她又很刻毒地说:你若不知道,为什么也不打听打听,这里的男人可都知道你闺女!她是送上门的货,她是烂了帮的鞋,她是骚狐子投的胎,她是窑子里下的种!老师妻子的咒骂可说是骇世惊俗,震天撼地。她不怕如此糟蹋一个没过门的闺女伤了阴德,世上最恶毒最肮脏的字眼从她嘴里源源而出,滔滔不绝。她的声音又脆又亮,每一句都有石板定钉的效果。这样的咒骂进行了三天三夜,她堵到那学生门上去骂,在赶集的日子里站在人最多的街口去骂。她以她语言的强悍击败了对方,扭转了局势,拯救了叔叔,可是却也种下了祸根。

那天晚上究竟发生了什么?知道真相的人有这么一些:老师,学生,老师的妻子,学生的父亲和哥哥。可是出于各自的原因,谁都不说,都隐瞒了实情。而到了日后,这事情再一次爆发,则是由另一些人,出于另一种用心而一手挑起的了。人们虽然有无数种猜测,可是老师妻子的恶言恶语压制了他们的口舌,他们只敢在私底下窃窃而语,绝不敢进行传播。老师妻子的恶语似乎能置人于死地,谁也不敢以身相试。人们想,这是一户外来的人家,无根无蔓,于是也不怕得罪祖宗,也不怕来世里上刀山下火海,就什么事都干得出来了。这一场风暴在那时是抑制下去了,那个夜晚留在人们记忆中,神秘而不可测。老师和学生两个家庭,共同地守护着这一个秘密,谁也不泄露一点。后来所揭露出的所谓的真相,其实都是当事人被逼不过做的假供,以及旁人欲加之罪何患无辞的杜撰。

然而不管怎么说,叔叔那一晚是大大地丢了丑,在很长的日子里,他抬不起头。他行动举止有一点委琐,言语总是嗫嚅着,不清楚也不果断。从此,他再不拉二胡了,在放学以后的时间里,再也不去学校。他下了班就直接回了家,抱着孩子。人们走过他家,有时候就看见他抱了孩子坐在门口的板凳上。他还变得有些怕老婆,唯唯诺诺的,被老婆使唤着,还被老婆的母亲使唤着。他每个月的工资,一分不剩地全交到这母女二人的手中,他甚至戒了烟,也不常喝酒。他身上总是穿着那几件旧的衣裳,很少添鞋袜。他还变得有些邋遢。有时候,他的妻子会当了别人的面数落他,说他马虎,凡事都不在意,不换衣服,其实新衣服就在柜子里,却不爱换,只爱看书。在那些日子里,看书成了叔叔唯一的嗜好。他的妻弟,也就是他过去的学生,在县里读高中,每个周末回来,都从图书馆给他借来书。读书的时候,叔叔的心境是平静和愉快的。当他在灯下静静读书的时候,他妻子的心境也是平静和愉快的,一针针哗啦啦地纳着鞋底,看着他魁伟的背影猫似的伏在桌上,感到彻心的安慰。她想她降住了一条龙,喜气洋洋的。她温柔地想:我要待你好,我要一辈子,一辈子,一辈子地待你好!这样的夜晚总是很缠绵,直到东方欲晓。这样的日子平静地过去了一年光景,与以后的灾难的日子相比,这称得上是幸福的生活了。

　　关于叔叔和妻子的关系,我已进入了主观臆想的歧路。这几乎和所有人的想象都不一样,和叔叔自己从小说及平时言谈中透露出的信息也很不一样。没有人能提供我可靠的材料,夫妻间的私事只有他们自己知道,且谁也不会做真实的表达。这一段材料的空缺只有靠我的想象去填补。我填补的方法大致是这样:在两个基本属实的已知的情节之间,设计一个最合理因而也是最简捷的过渡,好比在两点之间最紧密的连结是一条直线。困难在于要准确判断已知情节本质的内涵和走向,这是设计简捷合理过渡的重要前提和根据。但是,偏差是难免的,尤其当我使用的材料都是那么模棱两可,歧义丛生。那天晚上的事故一定有着深不可测或者平白可话的原委,要从一个小镇上简单又微妙的人事关系中去揣度个中原委并非不可能,可是事情已过去这么长久,人们的印象与认识又都充满谬误,外查内调的时代也已过去,我坐在我的书桌前讲故事,有一些来龙去脉便只得省略了。而我已经完成了开头的段落,讲到了这里,回头的道路是没有的,我只有沿了我的想象继往开来,将故事进行到底。

　　就这样,叔叔有一度成了妻子的大宝宝。在这个家庭中,除了上班挣工资这一桩事,没有别的需要负责。他的一切,除了思想而外,全由妻子负责管理。他每日下午回到家,就抱了大宝——大宝是他们儿子的名字——他抱了大宝坐在门口,喇叭花开了一度又一度。他和大宝两个坐在黄昏的喇叭花下,两人都不说话,静悄悄的。他没什么要和儿子说的,儿子视他也如陌路人一般。等屋里两个女人弄好晚饭,天色便也黑了。晚饭以后,妻子就将窗前的书桌整理一下,对叔叔说:看书吧!叔叔就坐到书桌前看书了。日子就这样一天一天地过去,在几百上千个这样的日子里,会有那么一天,当叔叔的妻子对他说:看书吧!叔叔突然地勃然大怒。他抬起胳膊将桌子上的书扫到地上,又一脚将桌前的椅子踢翻,咬牙切齿道:看书,看书,看你妈的书!看他横眉瞪眼的样子,似乎面前的书桌不是书桌,而是牢笼了。开始,叔叔的妻子惊呆了,吓坏了,因为她没有想到叔叔还会有这么大的火气,且又发作得很突兀,便不知说什么好。可是她仅仅只怔了一会儿工夫,就镇定下来。她不由得怒从中来,她将大宝朝床上一推,站到叔叔跟前,说:"你有什么话尽管直接说,用不着这样指着桑树骂槐树;这个家有什么亏待你的地方,你如不满意尽可以走;烧给你吃,做给你穿,我兄弟借书给你看,我妈这么大岁数给你带孩子,你有什么不满意的?你摆什么款儿?你拿上你的东西走好了,现在就走!"叔叔没有说话,像一头累苦了的牛似的呼哧呼哧喘着,两只手捏成了拳,关节捏得发白。叔叔是个敏感的人,他从这话里一定听出了两重意思:一重是他是这个家庭的受惠者,这个家庭收容了他;二是如他要离开这个家,他所能带走的仅是他自己的东西,也就是说,这个家里没有一点属他所有的东西。这一刻里,叔叔所受的震动是极大的,因他已经沉溺在这小家庭中很久,将鹰和乌鸦的童话埋在了心底,日常生活的温暖剥蚀了他的理想,使他越来越深地蜷缩进这避风的港湾。而在这一刻里,他发现了事实的真相,他发现他原来是一个一无所有的人,寄居在人家的屋檐下。他就站在那里无声地哭泣起来。像他这样一个身材魁伟的男人,一旦哭泣起来,可使人肝肠寸断,心如刀绞。他的流泪好比是流血一般,如不是真的心痛,是决不能哭的。叔叔的妻子被他的眼泪弄得心痛万分,由于心痛又更加气恼,她说:你哭算什么本事,我也会哭的!说罢真的泪如泉涌。孩子缩在墙角却不哭也不闹,静静地烦闷地看着这个场面。他脸上时常有这种烦闷的表情。叔叔哭了一会儿,就弯腰把扫在地上的书本拾起来,一本一本地摆在桌上。然后,他就坐下来看书了。叔叔的妻子便也不再多话,退回到床沿坐下,做她的针线活。她做着做着,就抬起脸望一望叔叔的背影,心里想道,他在想什么呢?她第一次关心叔叔心里想的东西,微微有点不安。在那时候,她就已经敏感到叔叔的思想于她生活的威胁。这一晚上其余的时间里,叔叔都沉默着,很晚很晚还不上床。她没有催促他睡觉,他也没在惯常的规定时间里睡觉。他的灯在这沉寂的小镇上亮了很久,在天亮之前格外黑暗的时间里,人们以为这是一颗启明星。这是在很多很多正常的日子里一个稍稍特殊的日子,可是这决不妨碍叔叔和妻子这一段生活总体上算得幸福,就如叔叔小说中所描写的那一个青年右派的婚姻一样。

还应当设想一下叔叔和孩子大宝的关系,这于故事的发展和结束有着至关重要的意义。孩子出生时,叔叔正在教室里上课,当人们来叫他,他告了假走在回家的路上,他对自己说,假如在路上遇到一个女孩,那就是生女儿;假如遇到的是个男孩,则生儿子。他不知为什么心里暗暗企盼遇到个女孩。在这条短短的回家路途中,他的美梦已经做开了头,他想他的女儿应当有一双什么样的眼睛,一张什么样的嘴,应当扎什么样的小辫,应当穿什么样的鞋袜。后来,当西方各种各样的心理学传到中国,中国也开始建设自己的有东方特色的心理学科的时候,人们分析说,这类现象其实是一种隐秘情结的下意识反映。他所设想的女儿的形象其实正是他梦中的爱人。所以,后来,当他得知落地的婴儿是个男孩的时候,他不由地生出一种失恋的心情,深深地失望了。从此,他对这个男性婴儿总有一种生分甚至敌意的感觉,好像一个外人侵入了他家,并且将他的家人驱赶了出去。这样,他和儿子的那种长久的疏远的感情便在此得到了解释。这时候,正当他走在路上等待一个女孩出现,来到跟前的却是一只肮脏的老羊,长长短短的毛上沾了一些野草的草籽,散发出腥臭气味,把他的好梦打断了。孩子是在日落时分降生的。后来,叔叔曾经回想并考察那孩子降生的时刻,不知是凶是吉:火红的硕大的日头冉冉而下,一个男孩呱呱落地了。这情景有一种壮丽的令人心颤的含义,在后来的回想中,叔叔曾经饱含了热泪,可在当时,他只是想:是男孩还是女孩?人们欢天喜地地向他报告一个男孩的诞生的喜讯,他却在悼念他失去的那个女孩。那女孩在他回家的途中已孕育成熟,却夭折了。他甚至有些悲哀,望着那啼哭不止的男孩,他想:这婴儿和他有什么关系呢?由于他从开始就没有认同这个孩子,所以后来就一直视他为路人。当这孩子长到会说话的时候,他听这孩子的口音是与他妻子、岳母及妻弟一样的本地人口音,与他的口音绝不相同,他便更生出了排斥的心情。他本来给这孩子起了一个特殊的名字,可是妻子和妻子的母亲却另外起了小名,"大宝""大宝"地叫个不休,原来的名字倒忘了。他想:大宝是谁家的孩子?他不知道大宝是谁。

　　大宝最绚烂的时刻,随了他的降生而逝去,后面全是暗淡的路程,这大约就是他降生的那一幅日落景象的启示。这是叔叔后来多次回想与思考的果实,那是在他已经成为一名著名的作家的日子里,他和大宝及大宝的母亲分开生活了。当他自以为已经安全,不必担心大宝对他的侵入,他与大宝的关系再不须负起亲情和责任的重担,在他们父子解约的日子里,他才以一个思想家和艺术家的兴趣和心情,去想大宝的诞生和道路。可是大宝却将发起第二次侵略,这第二次侵略将严重损害叔叔的人生。

　　如不是后来的变故,也许叔叔还会有一个女孩,这女孩也许会缓解他与大宝紧张的关系。可是因为后来的事情,这女孩始终没有来临。后来的事情便是人人皆知的文化大革命。革命使沉睡很多年的小镇苏醒过来。小镇上的每一天,都像是过节一般,免费观看喜剧和悲剧。剧中凡是倒霉的角色,大家就都推举与他们关系疏离的外乡人来担任。在这些戏剧中,最吸引人们的自然是那些带有猥亵意味的隐私性质的情节。叔叔是个极好的人选,在运动开始不久,他便被推上了舞台。在批判摘帽右派的幌子下,对两年前那件奇异的往事进行了追究。叔叔被隔离在学校茶炉旁边堆煤的小屋里,接受审查和批判,不许家人探望。学校和镇上的造反派一起组成调查组,重新审理这个案件。他们寻找当时住在学校附近的人们谈话,寻找叔叔的家人谈话,一定要他们回想两年前的那个夜晚,那个夜晚在人们的回想里显得越来越不寻常。他们还不远万里,跑去找那个事发一年后嫁到新疆建设兵团的女学生外调。无奈那女学生拒不见面,经再三请求见了面后又拒不回答问题。无奈她丈夫是兵团里正掌权的干部,就不便逼得过紧。女学生已做了母亲,身上又怀了一个,脸上布满了褐色的孕斑,憔悴不堪,见了家乡来的人便流泪不止,使他们不免也鼻酸起来。两年前的事故就像一个谜,令人百思不得其解。他们悻悻然又怅怅然地回到小镇,在各方面收罗来的零星材料的基础上,开动了想象力,竟完成了这样一个故事。

他们说:这其实是一件阴谋,策划者是叔叔和他的妻子。他们陷害那女学生是为达到将她赶出家乡的目的。因为叔叔原先就与这学生有一段瓜葛,凡是在校的老师同学其实早就有所察觉。这段瓜葛继续到他结婚以后,还若即若离,藕断丝连。叔叔的妻子看在眼里,记在心里。那一晚上,叔叔说他要去学校一趟,她其实是知道他别有用心,却只装作不知道,也不多问。等他走后有半响工夫,她来到那学生家中,说找学生借个东西,明日一早就要用。学生的母亲说,让她兄弟去找她回家。叔叔的妻子就说:要找到她,累她上我家来一趟,我家有奶孩子不等在这里了,说罢转身走了。她兄弟原以为妹妹是在要好的姊妹家玩耍,可找了几家却都说没有见着,这一来就有些疑惑,因在平时他妹妹确有一些不好的传闻,家里人也关上门揍过几回。这样,他就回到家中,把情形一说,她父亲便和他再一次出门找了。当他们几乎找遍了镇上的大沟小坎,终于找到学校里来的时候,就发现了最最不忍卒睹的一幕。不料叔叔的妻子先声夺人,使得形势大变。以此来看,叔叔是个大恶不赦的摧残女学生的流氓右派,而叔叔的妻子则是一个包庇者和帮凶,必须共同批判。那次批判会是小镇盛大的节日,学校的操场人山人海,水泄不通,有一些人是从邻近的乡镇赶来。人们在操场上等待了很长时间,开幕不断推迟,到了一点推两点,到了两点推三点,人们耐心而焦躁地等待着,这一刻终于来到了。那是叔叔和妻子在分别半年之后第一次见面。他们分别时是盛暑,现在已是严冬。他们两人从左右两侧被推上学校昔日的领操台。他们被人按低了脑袋,互相只看得见膝盖以下的部分,叔叔没穿袜子只穿了单鞋的双脚,长满了冻疮,又红又肿。当他们有时被揪了头发抬起脑袋回答问题时,却又避开去看对方。他们感到羞愧难当,他们不曾想到做人还会有这一课,他们想:做人有什么意思呢?有一刻,会场非常安静,能听见鸟在天空清脆的啁啾。

这是惊心动魄的一幕,当丑闻在光天化日之下揭露的时候。冬天的阳光有些苍白,寒气渐渐袭人。高音喇叭在人们空廓的头顶上回荡,人们耐心地聆听着,长久地踮起脚尖或伸长脖子望那对男女。他俩成了人海中的两只漂浮的虫蚁,被捉在这一具土台上示众。这一幕场景来源于叔叔的传闻。有了解叔叔过去的人,眼见叔叔成了明星之后,出于感慨或是羡忌,就将这一幕景象一传十、十传百地传开,在叔叔背后叽叽哝哝,窃窃私语。在传播的过程中难免走样,会有一些加油加酱,会增添一些有助于流传的刺激性成分,就像文艺作品的商品化倾向。而由于这一场面的丑陋、残酷与痛心,从未有人胆敢去问叔叔,当面向他核实。人们所认识的叔叔魁伟而尊严,拥有崇高的痛苦,无法与这委琐羞辱的伤害联系起来,在他跟前,有一丝联想都是不应该的。而我固执地选用了这一个以讹传讹的流言,为的是这提供给叔叔后来的离婚一个最有说服力且最深刻的理由,这理由就是,他要将这小镇从他历史上一笔勾销,而妻子是这历史的一个旁证,他必须消灭这旁证。这小镇将他一生的尊严都亵渎了。有了这小镇,他再也无法像人那样做人了。这一段做狗做猫做虫蚁的历史,将他一整人的历史都破坏殆尽,为他的一生敲了丧钟,他决不允许它的存在。

所以,在那一刻里,当高压电流从空中湍湍而过,当鸟的啁啾清脆婉转,叔叔便丧失了神志。他茫然地只来得及想一下:这是在做什么哪!便成了一根没有意志没有思想的木头。他站在那里,听着人海低沉的呼啸,肩背上挨着老拳,他甚至还微笑了一下。紧接着,他觉得腿弯处遭到突兀而有力的一击,他噗通一声,趴在了地上。这时候,他却被唤醒了,听见有人声嘶力竭地喊他的名字,是他妻子在叫。他这才发现自己的额头在往下滴血,殷红的血在灰色的沙土上很快地积起了一摊。妻子以惊人的力量挣脱了两个男人长大的臂膀,趴到了他跟前。他抬起眼睛看着妻子,叔叔的眼睛这时候分外明亮,他又微笑了一下。他想:我们这会儿聚首啦!在孤苦的囚禁中,叔叔无数遍地憧憬过和妻子聚首的情景,他想起妻子对他的般般好处,想到过去的时光是多么美妙。然而,在这一刻里,他只想着赶紧和妻子分开。他觉着,这样的夫妻相会太令人难堪,无法忍受。他拧过脸不去看她,脸上却挂着那个无名的微笑。他很感激那两条大汉,他们立即从他身上一左一右拉开了妻子,他这才轻松下来。妻子的哭骂声从很远的地方传来。这女人是比叔叔更能引起人残酷虐待的欲望的,她立即挨了揍。她是那样暴跳如雷,骂不绝口,拚力挣扎,人群中掀起波涛般的骚动,唏嘘一片。一幕戏剧到了最最激动人心的高潮处,太阳也就下山了。

妻子对叔叔的忠诚,在这一事件中,证明是不容怀疑的。本来造反派是要争取她的同盟,可她毫不考虑便大骂出口。将她押上历史舞台,实是出于不得已,造反派们这样想。她将叔叔视作自己的生命。在对叔叔的爱的面前,她的自尊心,她的羞耻感,全都迟钝了,只有这爱是灵敏的、活泼的、力量无穷的。这是她与叔叔不相同的地方,叔叔视光荣如自己的生命。

这场悲天撼地的戏剧结束在日暮时分,半月以后,叔叔便被放回了家。在那最最激动人心的演出之后,所有的场景都变得平淡无奇。叔叔这一角色算是告一段落。而整个小镇在那惊世骇俗的场面之后,也平静下来,过了一段无风无浪的日子。

经历了这些之后,叔叔和妻子的关系会获得什么变化呢?人们认为叔叔和妻子的感情增进了,他们成了一对真正相濡以沫的患难夫妻。所以,当叔叔日后要求离婚的时候,遭来了白眼。叔叔成了背信弃义的典范,所有的人都在骂他忘本。故事如果这样发展,难免落入俗套,成了一个道德训诫的故事。这样的故事,我想应当留给别人去讲,我要讲的故事是关于叔叔的痛苦方面,或者快乐方面的经验。因我以为人性最崇高的境界是欢乐的境界,快乐是比欢乐低一个级别。快乐还含有人感官方面的愉悦,但已经相当接近欢乐的最高境界了。欢乐是人的灵魂所能获得的最高愉悦,灵魂在最终获得愉悦的路途中,要经历些什么呢?历代的哲人相继歌颂欢乐,于是作为欢乐对立面的痛苦便也成为世世代代永远不衰的主题。痛苦由于是与欢乐对峙,因而也是一个崇高的境界。我却不知道像我们这些错过了古典主义和浪漫主义时期的末代子孙,是否有资格和可能接触痛苦与欢乐这样崇高的题材。人类的文明已创造出上万种互相践踏和自我践踏的刑罚;在伟大的历史记载中,个人的命运只是短暂的瞬间,草芥不如。我们的痛苦是那么卑微,那么毫无价值,简直称不上是痛苦,我们的快乐则只是苟且偷欢,过眼烟云,简直也算不上是快乐。我们是委琐而卑贱的人们,我们自相残杀,将白刃与红刃见于鸡毛蒜皮的琐屑摩擦之中,我们有无脸面写痛苦和快乐的故事?所以,也许我关于叔叔的故事,从根本立意上就是不存在的。我苦心经营一个不存在的故事,是为了什么?故事其实全都起源于那一天的一个突然的认识,一个人造成了我心如刀绞的经历,我想:"我一直以为自己是快乐的孩子,却忽然明白其实不是。"从此,我常常在想"快乐"这一个力所难及的事情。然后,我就向叔叔借来一个故事。从现实出发,我只选择"快乐"这一个稍稍低级的题目,使我不致彻底失败。这是我第二次在叙述故事的起源,以后还将有第三次的叙述。

从我叙述的初衷出发,在经历了那一场患难后,叔叔觉得这婚姻和爱情不堪忍受。他觉得婚姻非但没有像通常所说的那样分担他身受的屈辱和不幸,反而加剧了这屈辱和不幸,并且使这屈辱具有了形式的外壳,永久地保存下来,没有遗忘的可能了。可是这只是叔叔灵魂上的看法,他的肉身上,却有许多有求于婚姻的地方,比如安全感,比如温饱,比如性欲。而且,为了使自己忽略灵魂的抵触,叔叔有意无意地夸大,强调,扩张他肉身的需要,使这需要成为第一位的,与生存联系起来。这是一个灵魂的休息的时期,叔叔变成了一个肉欲主义者,他变得贪得无厌。他学会了喝劣质的白酒,用报纸边缘卷粗劣的烟丝吸,到了夜里就力大无穷,花样百出,使得妻子彻夜无法安眠。他甚至学会了本地男人特有的传统本领,就是打老婆。开始,他是在自己屋子里打,关了门,不许老婆哭叫出声。后来,越演越烈,他们开始打到院子里来了。再后来,就打上了街。当人们看见叔叔手里握着一根拨火棍,满街撵着嗷嗷哭的女人,就好像撵着一头不肯回窝的母猪。这时候,人们便从心底里认同了叔叔,把叔叔看做是小镇上正式的居民。他们用他们那种亲昵而不无猥亵的语言议论和嘲笑叔叔,原先一个城市文化人在他们心目中那种又敬畏又排斥的地位,如今荡然无存。叔叔还学会了骂仗,这往往用于和他岳母之间。当他岳母刻毒地骂他"右派分子"或者"流氓分子"的时候,他便更为刻毒地骂岳母是"克夫命"和"绝子命"。有时候,他喝了酒,就骂骂咧咧的,说她们母女三代都是他养活着,几乎将他的血榨干了;他说他的婚姻简直就是一个陷阱,或者是一个圈套,他是永无翻身之日了;他还说他女人将他当做囚徒,为了她们的生计而使他失去自由。叔叔渐渐有些胡作非为,飞扬跋扈。他在家的时候,家里的气氛就分外紧张,大人孩子噤若寒蝉。也有他喝了酒反比较清醒的时候,这时候,他就捶打自己的脑袋和胸膛,骂自己不是人,没有本事和社会抗衡,与命运斗争,只能来欺侮女人,他是个窝囊废,孬种;他不再说这家庭榨他的血汗,反骂自己害了这家庭。使她们蒙受了羞耻和苦难。女人忍不住去劝他,他倒又变了脸,狰狞可怖,他使得凶悍的女人见他都怕了三分。这是他在家里的表现,到了学校则又变了一个人似的。他随和,谦虚,很好说话;如有人当面说了令他难堪的话,他也作听不见或听不懂;他还很会附和别人的意见,人们无论说什么,他总说"对,对,对"的。在后来的每一次运动的浪潮中,比如"清理阶级队伍",比如"一打三反",比如"揪出5·16",他的问题总要被旧话重提,再来一番批斗,可是这已远远不能刺激小镇的居民了,甚至对叔叔也没有强烈的刺激作用了。他走过糟蹋他的大字报前心里很平静,还有心情去欣赏上面的漫画。叔叔已变得麻木不仁,并且得过且过。

叔叔曾在小说中写过一个青年右派的自杀,他写他自杀的方法是利用煤气,最后煤气从门缝和窗缝弥漫出来,唤来了人们。这透露出一个信息,暗示我这是一次想象的自杀事件。因为在内地小镇生活了许多年的叔叔,对煤气一无经验。即便是在他曾经生活过若干年的那座中型城市,使用煤气也是近十年之内的事情。煤气自杀是一种都市化工业化的自杀方式,带有蒸汽机时代的特征。我估计这是叔叔从旧俄时期的小说,比如陀斯妥耶夫斯基的小说中得来的自杀经验,还有就是那些后来公布于众的发生于中国大城市的悲惨事件,有一个著名的诗人死于煤气,还有一个才华横溢的钢琴家死于煤气,这大约也给叔叔以启发。在叔叔那样的小镇上,人们用于自杀的方式往往是跳井或者喝"一〇五九"之类的农药,像恬然长逝于有毒的烟雾之中这样优美的叫后人痛心的死法是绝少的。从中我得出两点结论:一是叔叔确想过自杀这一回事;二是叔叔向往的自杀是一个美丽的自杀。接下来的问题是,叔叔是当时想过自杀,还是后来;假如是当时想过的,又是什么原因使他放弃了这个念头?我想,在那灾难的日子里,想到死是很自然的事,所以我们不应当排斥叔叔是想过自杀这一桩事的。但是从叔叔所描写的自杀形式上看,则又感觉到叔叔与自杀这一件事的距离。叔叔是站在一个审美的立场上来写这一个自杀事件,这又不是当事人的态度了。叔叔将那个青年右派的自杀写得那样飘洒,使他能够从中得到两种享受:一是殉身者自我表现的满足;一是旁观者欣赏的满足。这是真正临了自杀的人难以顾及到的效果。所以,我们现在至少可以断定,如小说中那个自杀事件,并不来自于叔叔的经验。那么,叔叔自己的关于自杀的经验是什么呢?没有关于叔叔自杀的传闻。因此,至少是叔叔没有明显的自杀行为。叔叔本人没有提供给我们这方面的任何材料。于是我想,叔叔在当时,没有强烈的自杀念头。这判断还根据这样一个事实,那就是叔叔当时的处境还没有到达绝境。叔叔没有将自己那颗敏感、娇嫩、高傲、易受伤害的灵魂逼到绝路上,他让它中途就开溜了,而人的肉体可说是百折不挠。抛开灵魂不说,叔叔肉体的待遇还可说是比较好的,至少温饱无忧,至少性欲得到满足,再进一步,叔叔苦闷的心情也最终在打老婆骂岳母的活动中得到了有效的发泄。这说明叔叔具有比较强的自我调节能力。叔叔有极自觉的生命意识,他在灵魂上将自己放逐了。他没有灵魂的羁绊,保存了肉身,以待日后东山再起,魂兮归来。叔叔潜意识里,其实一直不相信灾难会是永恒;叔叔在潜意识里一直等待着苦尽甘来。祸福轮回,否极泰来的辩证思想根植于叔叔的世界观中。这就是支撑叔叔活下来的最重要条件。当然,还有一种可能,那就是叔叔确曾发生过未遂的自杀事件,却被他深深地缄默掉了,因为这事件没有美感,因为这事件腐蚀了崇高的情感。叔叔的审美从本质上说,是一位古典浪漫主义者。

那么就让我们尊重事实,就是说,叔叔没有自杀,他想:只要活下去,总归有希望;他想:总有一天,我会来拯救灵魂;他还想:他妈的好死不如赖活着。鹰和乌鸦的童话他压根儿忘了,或许,鹰和乌鸦的童话压根儿不是发生在他初当右派的年代,而是在远远的以后,我们同样没有根据说鹰和乌鸦的童话是发生在以前。所有会摧毁叔叔活下去的信念和勇气的童话,叔叔都下意识地回避,所有会唤醒叔叔骄傲和脆弱的灵魂的故事,叔叔全都装作听不见。生的意志是很顽强的。他使自己麻木、迟钝、粗糙,像动物一样,对生存持极低的要求。所有敏感、骄傲、灵魂不肯妥协和圆通的人都自杀了。那个岁月里,自杀的人成千上万。我就是在那个成千上万个人自杀的日子里,离开我所生长的城市,来到和叔叔的麦地接壤的那个邻近的省份里插队的。在我身后的城市的街道上,沾染着自杀者的斑斑血迹。我有个亲戚住在十层的高楼上,他们的顶楼成了自杀者的悲恸之地。有许多人从很远的地方来到这里,为避免怀疑,就不乘坐电梯,徒步走上十层的高楼,气喘未定便纵身跳下。下面是熙熙攘攘的人群,这城市里最著名的百货公司就在这里。那么多人死在闹市的中心。我想,如不是自杀的决心已定,他们是无法跨出这最后一步的。在他们跳下的那个位置上,可居高临下地看见这个城市浩如烟海的屋顶,人们在屋顶下做着各种活动,洗衣、做饭、浇花、放鸽子——当鸽子的哨音在云层里缭绕时,这些自杀者会想什么呢?他们是怎样克服自己的动摇的?他们曾动摇了吗?他们将自己逼上了绝路,一点后路都不留给自己了吗?在许多人自杀的日子里,叔叔活了下来。

就这样,叔叔活到了文化革命结束。有关流氓的问题平反了;有关右派的问题改正了。叔叔开始写作一些散文和小说,起先是在地区的报刊上登载,后来登在了省里的文艺刊物,再后来,发表在北京的刊物上了。这是一篇影响极大的小说,关于一个青年右派。一些刊物转载了这篇小说,另一些刊物评论了这篇小说。叔叔为这篇小说所写的创作谈,远远超过了这篇小说的字数。叔叔继这篇小说之后,又写作了许多小说。许多刊物的编辑,来到这偏僻的小镇上,来向叔叔约稿。这小镇上从来没有来过县级以上的干部,这小镇的邮政事业也因此繁荣起来,来自北京的信件源源不断飞来。叔叔也开始越来越频繁地上外面开会去了。第一次开会是在1980年的年底,冬天的时候,叔叔去北京开会。他背了一个简单的挎包,乘长途车到县里搭火车,乘火车到省城去和省代表队集合。这是一个全国性的会议,是文坛的一次盛大的集会。这是叔叔第一次走到外面的世界去。他在这个小镇过了那么长久的幽禁一般的生活,他将第一次知道外面的世界是怎么样的。叔叔成了这次集会的明星一样的人物。许多同行,编辑和记者在休会的时间里慕名来到他的房间,和他聊天,一聊就聊到了天明。后来,休会的时间显得不够用了,他们就在开会的时间留在房间里聊。来客中有一些年轻的女性,是最为他吸引的。她们大都天真无邪,涉世很浅。他所描述的生活与经历,于她们像是天方夜谭。她们的头脑又都很好,领悟力极强,凡事只须一点即通,言语也都极其机智新颖,可起到激发叔叔灵感的作用。五天的会期转眼间便过去,叔叔随了省代表队回到省城,再回到县城,然后一个人走在回家的途中,有一些凄凉的心情是很难免的。但对于潜心创作小说,这却是极适宜的心情。从此以后,叔叔的生活就变成了相得益彰的两部分:一是在小镇上的工作和写作,这是寂寞与安静的一部分;二是出门开会,开会总是热闹和喧哗,聚集起许多光荣与显赫,这既能补充思想,开阔眼界,也使得小镇上的生活有了补偿和安慰。同时,也正是因为那些寂寞的劳动,才换来了喧哗热闹来作回报。叔叔很快在这两种生活中找到了平衡的节奏,摆正了自己的位置。这一段时间,叔叔写得又多又好,几乎每一篇都能打响,引起社会的反响。叔叔的痛苦的经验,他虚度的青春,他无谓消耗掉的热情,现在全成了小说的题材。由于写小说这一门工作,他的人生竟一点没有浪费,每一点每一滴都有用处。小说究竟是什么啊?叔叔有时候想。有了它多么好啊!它为叔叔开辟了一个新的世界,在这个世界里,叔叔可以重新创造他的人生。在这个世界里,时间和空间都可听凭人的意志重塑,一切经验可以修正,可将美丽的崇高的保存下来,而将丑陋的卑琐的统统消灭,可使毁灭了的得到新生。这个世界安慰着叔叔,它使叔叔获得一种可能,那就是做一个新的人。叔叔厌弃他的旧人,他的旧人像一座山压得他喘不过气;他的旧人还像乌云笼罩,使他见不到阳光。他要重写他的历史。小说使得叔叔的妄想成为可能的了,这大概也就是叔叔让那个青年右派自杀的真相。

众所周知,小说中那个青年右派在煤气呈淡绿色的烟雾中丧生之后,有一段关于灵魂的著名描写:"灵魂扶摇直上,像鸟儿似的,望着大地,想:人世间多么龌龊啊!想罢之后,便唱着歌儿飞走了。这歌儿是青年右派一生中从未唱过也未听过的快乐的歌儿。"我想,叔叔在此将自己处决了。所以,叔叔的新生是从一个青年右派的死亡开始的。

我是和叔叔在同一历史时期内成长起来的另一代写小说的人。我和叔叔的区别在于:当叔叔遭到生活变故的时候,他的信仰、理想、世界观都已完成,而我们则是在完成信仰、理想、世界观之前就遭到了翻天覆地的突变。所以,叔叔是有信仰,有理想,有世界观的,而我们没有。因为叔叔有这一切,所以当这一切粉碎的同时,必定会再产生一系列新的品种,就像物质不灭的定律,就像去年的花草凋谢了,腐朽了,却作了来年花草繁荣的养料。而我们,本来没有,现在没有,将来也不会有。因为叔叔有他对世界的基本看法垫底,当他面临一种新的不同的看法的时候,他便也面临着接受还是拒绝这两种选择。他要为这选择找到理论与实际的依据,他还必须在他感情和理智的具有分歧的倾向下进行这选择,选择的对与否将在很长的时间里伤他的脑筋,动摇他的固有观念。这种选择往往是包含着抛弃这一桩苦事。他还难免会有患得患失的心理,唯恐选择的这一样东西其实并不对他合适,而旧有的已经失不再来了。是保守还是进取,将成为他苦苦思索的题目。而我们呢?接受什么只是听凭感觉,对自己的选择并不准备负什么责任,选择和放弃于我们都是即兴的表现。我们在一个文化荒芜的时代里长成,然后就来到一个八面来风的日子。二十世纪包括十九世纪末期的一百来年的思想,最最精粹的果实以及残羹剩饭,在同一个时刻里向我们奔涌而来。我们选择的高低往往听凭于我们的天赋和运气。可是,在表面上,我们却呈现出日新月异的气象,并且似乎总是走在时代最新潮流的前列。这使得叔叔那一类人会产生一种落伍的危机感,他们往往是以导师般的姿态来掩饰这种感觉,就像我们,总是用现代派的旗帜来掩盖我们底蕴的空虚。我们这两代人在当面互相夸赞之后,是互相的藐视,这妨碍了我们的交流和互助。他们在肯定我们的成绩时,有时候会说我们遇到了好时候,言外之意是他们没有及时地遇到好时候,而我们的成绩只是依仗了好时候罢了。我们占了年龄上的便宜,有时候对他们态度宽大,说一些崇拜他们经验的好话,弦外之音则是除了经验而外他们并不比我们多出什么。我们心里其实不承认他们精神领袖的地位,在我们看来,精神应是共和制的,没有什么领袖不领袖。他们的作品在我们看来,总是思想太多,似乎小说只是个盛器。他们总是被思想所累,样样无聊的事物都要被赋上思想,然后才有所作为。我们认为天地间一切既然发生了,就必有发生的理由与后果,所以,每一桩事都有意义,不必苦心经营地将它们归类。认为所有的事物都有含义是我们一种极端的看法,另外还有一种相反的极端看法,则是一切都无意义,意义在于视者自己,一切存在只是我们个人意识的载体或寄存处而已。这是两种好逸恶劳,不肯动脑筋,不愿劳动的对世界的看法。而叔叔他们则在这两者之间。他们首先承认事物客观的意义,再求于人的主观发现。他们自找麻烦,选择这种耗时又耗力的观念,还使得下一代对他们议论纷起,认为他们强加于人。他们背负着思想的苦役。我们主观主义地认为,他们的受苦有一部分是因为他们选择了错误的思想方式,活得不够洒脱。那时候,我们还没有意识到,人所受到的制约是多么不可违抗,若说是人选择了思想方式,不如说是思想方式选择了人。我们以为什么都可随心所欲,做游戏也可不遵守规则。小说这世界给予我们的是一个假象,我们以为现实也如小说一样,可以任意指点江山;我们以为现实和小说一样,也是一种高智力的游戏。小说给予我们和叔叔的迷惑是一样的,它骗取了我们的信任,以为自己生活在自己编造的故事里。这一个虚拟的世界蒙骗了我们两代人,还将蒙骗更多代的人们。

叔叔在文革以后的故事就是在此基础上发生的。我虽然是采用了顺叙的手法,其实质却是倒叙。我是在了解了故事结局之后,才开始选择故事的材料,组织故事,设计叔叔的心理动机。所以,我现在就可以断定,叔叔文革后的故事的性质。在当时,我们一无了解,我们将它看做是另一桩故事。文革结束的时候,叔叔正好四十岁。四十岁的男人正在当年,成熟却依然青春勃发。叔叔留了络腮胡子,眼角和额头有刀刻似的皱纹,这使得二十多三十多的男性在他面前成了儿童。后来,络腮胡子风行不衰,不知道这除了重映三十年代美国西部片的原因外,是否还有叔叔的一部分功劳。叔叔说话有低沉的喉音,语调有几分温柔,会用俄语唱俄罗斯民歌,具有西伯利亚茫茫草原的风味,虽然谁也没有去过西伯利亚。叔叔的形象和声音有一种受难的表情,这是他的真正魅力所在,所有的白面小生在此魅力之光的照耀下都显得轻佻,浅薄,好像一块一口一个的甜点心。叔叔的身材高大伟岸,如一个体力劳动者的身体,可却有思想累累的头脑。叔叔后来从小镇调到了省里做职业作家,在他的家属没有调进省城时,他自己住一间小屋。许多女人从很远的地方乘了火车或者轮船来到这小屋,叔叔只得在门上贴了谢客和探访规定的条子,就是这样,也阻挡不了源源而来的人流。

现在的事情,越来越接近于叔叔的隐私了。可是因为这于叔叔的故事非常重要,难以回避。要把这一个故事说得清楚、完整、合乎逻辑,成了我这一阶段生活的唯一目标。我想没有一个别的故事,可以像叔叔的故事这样表达我目前的心情了,我在许多故事里选择了很久,叔叔的故事胜过了一切。

我想,和叔叔有亲密关系的女人有两个。一个是某刊物的编辑,比叔叔小一岁,人们有时候叫她大姐、大姐的。她除了编辑小说之外,还写一些散文,文字相当优美。她瘦削,苍白,稍有一点病态,使她看上去楚楚动人。她是在一个离婚率很高的城市里,不久前,她也离了婚,过着单身女人的生活。她和叔叔的来往形式主要是书信,每年有两度或三度,叔叔去看望她。他下了火车,先在她家附近找一个招待所住下,然后打电话给她,两人说好一个地方,就在那里见面。每一回见面,都可给他们双方留下很长久的回忆,所以,除了书信而外,他们的交往还在回忆中进行。叔叔和大姐的关系,有一种冰清玉洁的味道,他们从一开始起,互相就建立了默契,决不亵渎他们间美好的关系。他们甚至从没有过性的接触,但是在情感与思想上却相互介入得极其深刻。他们还从不互相点穿他们之间的关系,说话也从不涉及对方的家庭和婚姻,这是他们的禁区,稍一涉及便会有世俗与不洁的气息。有一回,叔叔喝了些酒,就有些多话,他对在座的我们说过这样的话,他说:他对女人有爱和喜欢两种,他爱的女人,是不会有性的要求;但对喜欢的女人,则有此要求。而后,他又补充一句道:女人是不配爱的。我想,大姐是世上极少数的他爱的女人。叔叔喜欢的女人则非常多,其中与叔叔保持了不寻常的亲密关系的是那个叫作小米的姑娘。她是作协机关的打字员,当作协开会的时候,就做些会务方面的工作。她仅十九岁,是那种活泼可爱甜蜜娇憨类型的女孩。她使叔叔想起了多年前诞生于他的想象且又夭折的女儿,就好像是向叔叔还愿似的,出现在叔叔的生活里。只要叔叔给她办公室打个电话,当天晚上她便来到叔叔的小屋里。这样的时候或是叔叔情绪好,或是情绪不好,或是东西写得不顺利,或是写得顺利却又写累了。叔叔要她来,往往是为了做那样的事。做过之后,叔叔却心疼得唏嘘不已,将她抱在怀里,哄她,唱歌给她听,讲故事给她听,唱着说着,思绪就飞远了,好像是在唱给说给很远处的另一个人听。在另一种时候,叔叔就会赶小米走路,无论小米是多么兴致勃勃。这或也是叔叔情绪好,或情绪不好,或东西写得不顺利,或写顺利却又写累了。但无论叔叔是怎样无情无义,当下一次叔叔要小米再来的时候,小米还会再来,并不摆一点架子。大姐从不向叔叔问及小米,虽然她无法不知道小米,叔叔和小米的事搞得很是纷纷扬扬。而小米时常问叔叔,为什么定期要到那个城市去,是不是那里有一个女人,小米发誓她决不吃醋,要叔叔把这个女人说出来。叔叔微笑不语,然后就狼一样将小米抓进怀里,不让她再多话。叔叔从来不给大姐买什么,却时常给小米买。小米常常在街上看见一件衣服或者一双鞋,是她喜欢的,就跑到叔叔这里来,说那里有一件衣服怎么怎么,有一双鞋又怎么怎么。叔叔问了价钱,把钱给了她,她便立即转身去买。买来后穿给叔叔看,叔叔有时说好,有时说不好。下次小米来报告衣服和鞋的情况,他依然给钱。大姐在叔叔心目中是很圣洁的,他对她摆脱不了一种仰视的心情,大姐对他的情感为他视作珍宝一般,使他的人格增添了价值。见不到大姐时他非常想她。一旦在了她跟前,他又紧张,有一种自惭形秽的感觉。他一举一动就都小心翼翼的,唯恐有哪一点闪失而使大姐对他失望,他不舍得使大姐对他的情感遭到损失。离开大姐时,他忍不住会松一口气。假如这一回同大姐的相处比较圆满,他表现得也比较出色,那么他就会心情愉快地度过这一段和大姐分离的日子;否则,他便垂头丧气,好像打输了仗的败兵一般。他在小米面前,则能够尽情地享受他的成就感。小米对他的依赖,无论是肉体上还是物质上,都令他心醉。小米对他招之即来,挥之即去的服从,使他认识到自己一个男人的价值。在小米身上,集中地体现了他的能力、魅力以及生命力;而在大姐身上体现的则是他的思想和智慧的力量。这也是使叔叔与她们保持了亲密关系的根本原因。如没有她们两个人的存在,叔叔的价值就没有了载体似的,无法实现了。从这个意义上说,文革以后的叔叔是大姐和小米共同创造的。大姐和小米共同创造的这一个叔叔要比小镇上那个叔叔成功多了。叔叔的离婚事件,就是发生在这个时候的。

　　叔叔的离婚事件,在当时几乎成为一件桃色新闻。原先人们私底下议论着的叔叔和大姐、小米的关系,忽然之间暴露在光天化日之下。所有的人都在街头巷尾讨论这事,并且猜测叔叔离了婚后和大姐结婚,还是和小米结婚。叔叔原以为他和她们,尤其是和大姐的关系保护得很好,没料想原来人人皆知。当他辗转听见人们对他和大姐的议论时,几乎心痛如绞。他觉得他和她苦心保护的一件珍品,被粗暴地打碎了。他好像看见黑暗里大姐的一双幽怨的眼睛,注视着他,然后泯灭了。小米则抱有和叔叔结婚的期望,她问叔叔:你离婚为了我吗?叔叔想说什么,却又觉得对她说什么她也未必懂,就苦笑着说:这不是一回事,小米;这是两回事,小米。他把小米搂在怀里,轻轻摇着,像摇一个心爱的婴儿。这时候,叔叔感到了孤独,他想:有谁能说清呢?他为了什么离婚?为了想通他为什么离婚这个问题,他不得不将他过去四十年的生活重又拾起想了一遍。这一个夜晚,他久久不能入眠,往事如同隔世。一幕一幕在他眼前演出的,好像是别人的故事。那个人是我吗?叔叔不断地问自己。其中有一些令人心悸的篇章,叔叔想回过头去不看,可是不成。这种回顾往事的活动,一夜间就耗尽了叔叔的心血,平添了白发。从此他再不做这样的回想,他要把往事全部埋葬,妻子便做了陪葬品。所以,他更加只有离婚这条路可走了。而他苦就苦在,他不能将这些对人说,即使是大姐,也不行。这不是他对大姐的理解力有所怀疑,而是因为他不能让大姐和过去四十年里的那个叔叔认识,他不能让任何人和那个叔叔认识,和那个叔叔认识的任何人他都要消灭,杀人灭口似的,连他自己也要消灭。消灭自己是多么困难。他在他一个人的深夜里,吞噬着四十来年的自己,一点一点的,这是一个秘密的工作,谁也帮不了他。

　　妻子说,其实她早想到有这一天的,因她早看出他是虎落平川。可她就是要降伏他这头虎呢,要是只猫又有什么意思?说到这里,她骄傲地笑了一下。这一笑不由使叔叔对妻子刮目相看,觉得十多年的相处都不如这一瞬间了解这个女人。妻子继续说:所以,她不拦他。然后她就说了叔叔后来告诉我们的那句话:人落难时,当拉人一把;人往好处走时,则当松开手。但是,她有个条件——叔叔便抢在前边说,他早准备给她和大宝一笔钱,虽然,这话听起来他有些卑鄙了,但这也是事到如今他为她们母子唯一可做的事了。妻子听了一笑,说她要提的倒恰恰不是钱的事情,钱的事情可以放在以后再说,但她要提的也是他可做到的事,只要他愿意。叔叔问,那是什么事呢?妻子说,当年因为他的事,可说是天翻地覆,说到这里,她停了一下,才又接着说:可不是天翻地覆?这些年总算安静下来,却再要离婚。人家早就等着看热闹,看不着急得眼红呢!这一下可不又要天翻地覆了?所以他要把她们母子调到省上去,离开这个是非之地,到那时,她立即和他离,如他不相信,现在就可以立下字据,签字画押。这样做也是为了大宝的前程,从此可做省城的居民,不必窝在这鬼孙地方了。叔叔听了这话不由怔住了,妻子说得有理有节,不容他反驳,可这正是触及到了叔叔的难言之隐。他调到省城已有三年,其间调动家属的机会虽说不多,却也并非绝无仅有,他总是一拖再拖。这三年内,他甚至没让妻子儿子上过省城一次。这时候,他慢慢地镇定下来,想象着和旧日妻子生活在同一个城市里的情景,发现这要求是万万不可答应的,宁可不离婚。他态度很坚决地说:这怕是难了,因为离婚的事现已众所周知,上级自然不会再给家属户口,这样的户口每年是有一定的名额,只会少不会多。妻子轻轻一笑,说:就说现在不离了呢?你那支笔,能把死的写成活的,活的又写成死的,改一改口,谁能不信?叔叔不说话了,临到走的时候,妻子又说道:这是为你儿子,离婚离得了女人,离得了儿子吗?这句话在当时,叔叔义愤填膺的时候,并没有完全听懂,只当是一句要挟的话。几年以后,他才又重新想起了女人的这句话,感慨万千。这时,叔叔拿了自己的东西,气恨恨地走了。这一次关于离婚的谈判没有成功。之后有三个月的僵持时间。在这三个月的僵持时间里,叔叔想过起诉的方法,可他一想到出庭的场面,就立即放弃了这个念头。他只有耐心地等待。可他没有心思写作,整天和小米在一起,事到如今,他也不顾及外界的舆论了。到了往年应去看望大姐的日子,他却犹豫了许久,决定不去,可临了还是买了张退票登上了火车。随了火车逐渐接近大姐的城市,他的决心逐渐动摇。下了车后,他又在大姐家附近,他常住的那家招待所门前徘徊了许久。最后他没有定房间,决定当晚就回去,借了服务台的电话把大姐约在了一家个体户餐馆里。他们吃了一顿晚饭,然后就分了手。两人都没提及叔叔正在进行的离婚,只说了些无聊的闲话。当她对他说"保重"这两个字的时候,叔叔明白这是最后的晚餐了。他们间的纯洁关系被舆论扼杀了。这些舆论使得他们神圣的情感变得无聊而低级,抹杀了其特殊的性质,如同这时文坛上越演越烈的所有男欢女爱的奇闻轶事一样。大姐是最容不得庸俗的,他和大姐的关系也是最最容不得庸俗的。僵持了三个月后,他又回家一次。这一回,妻子退了一步,说她的户口可以留在镇上,反正她这一辈子早被人说够了,再说也没什么可说了,可是他必得将孩子的户口办到省上去,儿子可以只在名义上算成跟他生活,实际上一分生活费也不要他出,但是,他必须带儿子上省城。最后,她又说:你撇得掉女人,撇得掉儿子吗?这句话也是在后来使叔叔感慨万千的。

  在叔叔的离婚事件僵持的时间里,叔叔几乎没有写什么文字。由于这段时间持续的较长,所以人们注意到了叔叔这段沉寂的时期。人们怀了兴奋的心情,等待着叔叔新的作品,心想这大约是一篇和婚姻有关的东西。但在停笔一年半之后,叔叔写的第一部作品是出访西欧某国的游记。游记写得有些乏味,其间没有奇遇,也没有新鲜的发现,只是泛泛地描写了一些旅游和参观项目,以及一些欢迎或欢送的仪式,还有一些当地的人物。叔叔向来深刻的思想在这里一无用武之地,文字也显得贫乏无力。其实游记这一类东西,就是将平日的所思所想,装进所见所闻,再以其时其地的心情打一个包装。而这与叔叔整个生涯毫不相关的景物,只在匆匆一瞥之间,能激发起叔叔多少心情呢?离婚这一桩事,耗去了叔叔的时间和情感,而出国访问,除了刺激一下叔叔的好奇心和虚荣心外,并没有向他提供多少经验,甚至还抵不上一次国内的深入的旅行。从叔叔的游记里,我感觉到这次远行并没有构成叔叔的人生经历,叔叔的所见所闻,都有些像拉洋片似的,在眼前历历走过,并没有激荡起叔叔多少感情。我想,这是因为第一,叔叔不懂外语,无法和人直接交谈,通过翻译只能得到些外交辞令和导游手册语言;第二,叔叔长期生活在一个封闭的国家里的一个封闭的小镇,对西欧某国在思想和情感上都一无准备,产生不了共鸣;第三,叔叔是作为一个代表团的成员出访,行动无法根据自己的选择。这样,叔叔写这游记似乎仅仅是为了告诉人们,他最近去了一趟西欧某国,还有就是告诉人们,他写了这些游记。然而,这时期叔叔的重要经历:离婚,却没有留下记载。我的这些关于离婚的叙述,是根据事情的结局反推而至的。

  叔叔在这段时间里,除了和他的代表团团员在一起,就只和小米在一起。小米劝他:让儿子来省城就来省城吧!叔叔就说:你不懂,小米;怎么和你说呢?小米。后来,叔叔和妻子达成的协议是:将儿子户口调到省城,但他仍然在原地读完最后一年高中,然后高考,有本事,他考进省城大学,如考不上大学,在找到工作之前,依然留在家里跟母亲生活。叔叔说,他无法照顾孩子。就这样,叔叔终于离婚了。叔叔离婚后没有和小米结婚,也没有和任何别人结婚,这才使得叔叔的离婚事件带有了心理学的神秘色彩。

叔叔最后一次从那个小镇回来，期待了长久的事情一旦解决了，他反有些怅然。一件负了很久的重荷突然卸了下来，难免有一种丢失了什么的错觉。但叔叔总的心情是轻松的，他花了时间，将新分给他的三室一厅的房子装修了，在书房的墙上挂了他从各地带来的纪念品，比如甘南的牛角，内蒙的马刀，陕北的布老虎，贵州的蜡染壁毯，看起来就好像是一个民俗博物馆。这时节，比叔叔年轻的一代作家正兴起寻根的热潮，试图从民间的艺术里找到中国文学的表现形式，这大约是拉丁美洲文学大爆炸以及美国的南方文学带给我们的影响和启发。我们步行或者骑车来到最偏僻的农村，收集农民的谚语、民歌、传说，听年逾古稀的老人讲村庄的历史。我们追寻中国文化最原初的面貌；追寻几千年来为中国士大夫排斥了的文化自然状态；追寻几千年来为政治和权力使用而狭隘萎缩的中国文化的原始生命力。这追寻是出于新文学运动迅疾发展所带来的能源危机：思想、故事和语言在很短的时期内全被用尽了，于是我们不得不进行新的开发。这种严肃的文学运动很快被世俗化，使得民俗成为一种时尚。叔叔在这方面往往能做到先发制人。由于他的社会经验永远比我们丰富，有时候他参加我们讨论，往往能占据中心的地位。他善听又善辩，总是使人折服，可是结束后，我们却发现，这讨论已被叔叔引导到另一个方向，距离初衷很远。因从本质上，叔叔是与这场运动隔膜的。中国几十年的政治生活充满在他个人的遭际和命运里，使叔叔对世界的看法总是持一种现实的政治态度。国家与政权概括了整个世界，是人类活动的大背景，人们的行为模式是社会生活的代表。文化的意识总使他感到抽象，艺术在他看来，也具有实际的政治的功用。寻根运动只在某一点上与他合拍，那就是他可为政治在文化中找到更深一层的解释。任何事情，叔叔都要求得到解释。解释不清的事情叔叔绝不承认，他认为世界是可知的，不可知的观点总被他排斥。叔叔把寻根作为对世界的一种新的解释方法，而我们则以寻根来追索世界的原来面目。这就是叔叔这代人，这就是叔叔。在我们成熟起来的日子里，叔叔与我们拉开了距离，产生了差异，叔叔的危机感就是从这时候开始的。

产生这危机感的背景基本由三件事情组成，一是叔叔作为中国作家代表团团员，出访西欧某国，这使叔叔的社会地位和荣誉感上升一级；二是叔叔终于完成离婚这件大事，与过去的生活一刀两断，从而可以一无羁绊地开始新生活；三是文坛上兴起寻根运动，这运动发端于比叔叔年轻一辈的人们。俗话说月满则亏，叔叔觉着自己如今就是在这个当口了。叔叔的危机感表现在当讨论寻根这个问题时，叔叔太过急于掌握主动，太急于发言，参与意识过强。在这段时期里,叔叔的写作又搁浅了,他在他极似民俗博物馆的书房里坐着,每天早起都想:我要写东西了,却始终写不出什么东西。他对世界的看法使他有些惭愧,好像落伍了似的。可是要改变这看法,却是一个巨大的工程。因叔叔不是一个轻易改变自己的人,何况,于任何人,成立对世界的看法都是一项基本建设,有些人一生都没有进行建设,比如我们,或者说世界是世界存在的样子,或者说,世界是我们看见的样子。我们在这两面幌子下逃避劳动,狡猾地不肯说出一句具体的判断,为日后的撤退和转移留下了退路。叔叔却没有退路。除此以外,还有一个迹象表明了叔叔的危机感,那就是,叔叔来抢我们的女孩了!

这时候叙述叔叔的故事,有过去所没有的方便之处。因为叔叔已成为了众人瞩目的明星,他的生活一半趋于公开化,几乎难以保存隐私,几乎一步一趋都可在日报或晚报上找到踪迹。材料不再像前阶段那样匮乏,需借助不负责任的流言。但困难则在于这个众目睽睽之下的叔叔是不是真实,真实的程度如何。所以我们必须分析那些现成的材料,作各种推测与猜度。

现在,叔叔来抢我们的女孩了。我们这些人中的相当一部分,在婚姻以外,还有着关系亲密的女孩。我们和这些女孩保持着情歌里所唱的哥哥和妹妹的关系,亲热的行为也是不可少的。但我们决不使这种关系危及到我们的婚姻家庭。这种没有受到琐碎生活侵蚀的纯洁的关系可以激发我们的想象力,安慰我们因为社会职责而疲劳不堪的身心。在性的问题上,我们绝对强调自觉自愿,在彼此都有热切渴望的前提下才可进行,如有一方抱了吃亏思想,就难以达到这种快乐销魂的境界。我们总是好合好散,尽可能不弄得凄凄婉婉,黯然神伤。我们认识到一切过程都不可能成为永恒,就像生命那样。但是,在此过程中,我们却也注入了真情,决不允许卑鄙的玩弄的倾向。这样的关系往往发生和建立在出版社组织的笔会上,因此这些关系往往跨越省市和地区。笔会是人生中难得一度的偷闲机会,在这样的时候,我们把所有的事情都搁置脑后,并从各人所处的社会关系中解脱出来,暂时地成立了一个小社会,重新组合人际关系。笔会的生活是一种戏剧化文学化的生活,它有模糊人虚实感觉的作用。它使虚拟的世界现实化,又使现实的世界虚拟化,它是我们在那些年里生活的象征。那些年里,笔会是特别的频繁,由于小说事业和出版事业的蓬勃发展,出版社们就频频举办笔会,以报偿小说家们的劳动。我们一旦写累了,便从信兜里翻出一张请柬,同家人说:我去开笔会了。笔会使我们的生活丰富多彩,歌舞升平。在那么一段时间里,我们竟完全忘了,这个世界上还有饥饿和霸权。而我想,叔叔应当是没有忘记的,他应当有提醒我们的责任。可是在这段日子里,人们实在高兴得太过,人们的欲望太多的得到了满足,被刺激了生长,于是就有些欲望无边。叔叔非但没有尽到兄长的提醒的职责,还来抢我们的女孩。

  在我们中间有一个青年,他很爱一个女孩。这女孩长得不怎么样,但是气质迷人。这个青年爱她已爱入骨髓,却迟迟不敢举步,这非常违反他平时的穷追猛打的龙虎精神,对这女孩的爱情将他变成了另一个人。当他渐渐接近目标,胜利在望的时候,那女孩却投入了叔叔的怀抱。人们都知道叔叔还有小米,两人一个不娶一个不嫁地过了若干年,小米和叔叔的关系已经刻骨铭心。叔叔对这女孩采用了快速战的打法,有一次,身边没人的时候,叔叔忽然从后面紧紧抱住了女孩的肩膀,将下巴抵在女孩的发上。后来,女孩回到青年身边时,说:叔叔突如其来的行为,使她以为叔叔爱她爱得很深,很强烈,不可遏制,这使她感动,并使她的虚荣心得到极大满足。要知道,女孩要别人爱她是要个没够的。青年说:我是多么爱你啊!女孩很伤感地看了他一眼,说,她以为被一个成年男人所爱,是一种独特的经历,她为独特性所吸引。有一次,他家电梯停电,胆小如鼠的她竟走上十二层黑暗的楼梯去看叔叔,可是叔叔没在家。后来,女孩知道了叔叔有许多女孩,进攻的方式几乎同出一辙,专是乘其不备,从后面紧紧抱住女孩的肩膀,这女孩的经验就变得一般化了。她夸大了这从背后猝然拥抱的动作的含义,叔叔是没有责任的。这其间,叔叔已成为征服女孩的能手。他在女孩方面的故事越传越盛,战绩辉煌。在他面前,我们不禁充满了失败感。他以一个成年男人的经验的魅力击败了我们。他好像是一个现代的普罗米修斯,他崇高的苦难是他宝贵的财富,供他作出不同凡响的小说,还供他俘虏女孩。个个女孩都爱戴受过苦累的男人,就像喜欢在传奇中扮演女主角。但时间渐进,这种掠夺的故事演出多了,却使我们感觉到,叔叔这样做的兴趣似乎并不在女孩们身上,倒是在我们这些青年身上,他似乎是在同我们作一种较量,这较量是什么呢?

  有一天,我发现了这较量是什么了。这是一个偶然的发现。那是在一个夏季,我们应邀去一个靠海的城市开笔会。我们每天下海游泳。我不知道为什么在笔会开头的游泳的日子里我没有发现,却发现于笔会最后的一个下海的黄昏里。大约是黄昏的光线的作用;或是黄昏的气氛的影响,在我们下海的那时刻里,叔叔走在我的前边。在大海面前,我们变成了孩子,一齐向海水的深处走去。沙滩温柔地摩擦我们的脚心,海水一层一层覆盖了我们的脚背,有人忽然唱起了弄潮的歌,一呼百应。这一刻确有些激动人心,我们不由整齐了脚步,奋力跋涉在涌动的海水里,朝深处走去。就在这时候,我发现叔叔老了。我看见叔叔手臂上松弛的肌肉,看见叔叔臃肿的腹部,看见叔叔颈后开始堆叠起一些肥肉,叔叔的皮肤渐渐失去了光泽。在这一刻里,我为叔叔感到悲哀了。我忽然之间想通了一个问题,那就是叔叔在同我们较量什么。

叔叔终于获得了新生,可是他却发现时间不多了,他心里起了恐慌,觉得时间已不足以使他从头开始他的人生,时间已不足以容他再塑造一个自己,他只得加快步伐,一日等于二十年！我不知道他有没有被我们中的青年击败的经验,如有一次,就将激起他一百次的反攻。我还想,叔叔在性上有没有失败的经历。我回忆着所有的关于叔叔的传说,我猜想叔叔一定有过至少是一次失败的经验。因为有了这一次失败,他必须用一百次胜利去挽回,他必须加倍表现他攻无不克的旺盛战斗力。我还从概率的概念推测出叔叔至少有过一次的失败的经验,因为百战百胜的情形是非常难得的。我想象这次失败的经验是发生在他和大姐或者小米之间,因为只有在与他有亲密关系的女人间发生这种事,才有可能为他严守秘密。

我想,叔叔最后一次去看大姐,并不是像我们原先以为的那样,当天晚上就走上了归途。其实叔叔是在大姐那里度过了一夜,这是他在大姐那里度过的第一夜和最后一夜。后来,叔叔回想这一夜,才明白,其实那是他生命的十字路口,几乎是决定命运的前夜。假如事情不是这样发生,而是那样发生的话,叔叔的生活许就是另一番情景了。那天,他们在街口个体户小馆吃晚饭。开始,他们只是说一些平常的话。叔叔本来确实想好不对大姐提一个字关于离婚的事情,大姐也是这么准备的。可是,事情却不像他们想的那样简单,他们之间的关系也不像他们所设计的那样宁静致远。叔叔和大姐面对面坐着,围着一盏火锅,火光映着大姐苍白的脸庞。小馆里没有别人,因为那是一个下雪的夜晚,人们都在自己家吃火锅,只有他们来到这小馆里吃火锅。叔叔忽然感到一阵揪心的疼痛,这种揪心的疼痛发源于文革中的日子。他觉得他有些不行了,那些日子里他的烦恼和委屈一下子涌上了心头,他想他那么压抑地孤独地过了这么些日子,现在还不能说吗？他如不说出来他就过不去这个夜晚了。可是要说却又不知从何说起,事情是那么复杂,那么混乱,那么琐碎又卑微,他忽然鼻子一酸,落下泪来。只这一落泪,大姐便什么都明白了似的。她一言不发,只见眼泪一颗一颗落在了面前的葡萄酒杯里。这样,他的眼泪就更汹涌了。叔叔知道,大姐是最能理解自己的人,因此,大姐便也成了他最看重的人。正因为大姐是他最看重的,他便也最不能在大姐面前和盘托出,他必得在他看重的大姐面前伪装。他晓得大姐是最纯洁的,他就不能将自己肮脏的那部分显露出来；他晓得大姐是最高尚的,他就不能将自己卑微的那部分显露出来；他晓得大姐是最骄傲的,他就不能将自己屈辱的那部分显露出来。他不得不在大姐面前左藏右躲,努力使自己美好一些,可以接近大姐,爱大姐,并被大姐爱。这样,他本想和大姐近的,结果反倒远了,结果,最能理解他的大姐反成了与他最最陌生的人。他心里其实苦得要命,却又说不出来。大姐心里想的是:叔叔把她当做了女神,岂不知她是活生生一个女人,她的一个又一个苦苦思念的长夜,叔叔是否知道呢?叔叔在她这里享受精神的亲爱,又在小米那里——大姐经常想小米这个人——在小米那里享受肌肤之亲,却不知对于女人,尤其是对于大姐那样的女人,这两者必须是一体的。而由于叔叔对她情感的圣洁,竟使叔叔这个最爱她的人,成了最不能爱她的人了。他们的这一个晚上,就好像都知道彼此心里在想什么似的,等火锅里的水干了,滋滋响着的时候,两人一同站起。大姐在前面走,叔叔跟在后面,两人一径来到了大姐的家里。大姐家的墙是洁白的,大姐家的床单是洁白的,大姐家里瓶中插的花是洁白的;叔叔觉得自己很龌龊,他站在洁白如雪洞的屋中,不知做什么好。后来,他们经过洗澡更衣等等手续,终于躺在了床上。叔叔的心像擂鼓似的,浑身颤抖。他变得非常笨拙和鲁莽,撕破了大姐洁白的内衣。他激动得厉害,并且充满了犯罪般的不安。可是,到了那关键的一刻,他却忽然心静如此。他陡然地做出冲动的样子,却一事无成。他听见大姐在他身底嘤嘤的哭泣声,简直无地自容。他一身冷汗接着一身热汗,很快就虚脱了。可是心里却还无比歉疚地想到:我把大姐的床单弄脏了。黎明前最黑暗的时候,叔叔走出了大姐的家,蹑着手脚走下伸手不见五指的楼梯,叔叔的骄傲和自尊荡然无存。他自卑得痛心,他想他连个男人都做不成啦!假如这天晚上,叔叔获得成功,他也许会娶大姐做妻子的。大姐是唯一能做叔叔妻子的人。可是这是个失败的夜晚,决定了叔叔和大姐各分东西的命运。

从此,叔叔便到处尝试他做男人的功能,他获得了一次证明不够,获得了十次证明不够,一百次证明还不够,要多少次证明才可推翻和大姐的那一夜晚的经验呢?他一定要克服他这可怕的自卑,这自卑是他历史的遗迹,他负了这沉重的遗迹,如何走向新生呢?从这一点上,他妒忌相对来说历史遗迹要轻松一些的我们。而我们中间有些人又轻佻又狂妄,这无疑更加刺激了叔叔,他就来抢夺我们的女孩了。

然而,也许和大姐的最后的会面并没有发生这样不同凡响的事情,仅仅是如我们原先所叙述的那样,各自分手。事情是发生在叔叔和小米之间。在叔叔漫长的离婚过程中,小米是他唯一的寄托和安慰,他们几乎夜夜一起,通宵达旦。小米在和叔叔的接触中,从女孩成长为女人,她身体结实,精力旺盛,反应灵敏,魅力无穷,令叔叔神魂颠倒,不能自已。有时候,叔叔看着小米,会叹一口气,忧愁地说:小米,你越来越年轻,我却越来越老,怎么办呢?

话是这般说,叔叔心里是不认为自己老的。叔叔力大无穷,敏捷过人,与小米旗鼓相当,不相上下。但终于有一夜,叔叔败下阵来了。小米说:没什么,那是因为次数太多的缘故。可是,这并不能安慰叔叔。小米说,没什么,这是经常会发生的事情。这也不能安慰叔叔。叔叔从此再不说自己越来越老这样的话了。有一段时间,他还出现了虐待小米的倾向。他恨小米,觉得是小米造成了他的失败。他想:他们以后不再是平手了,而是有了胜负的记录。他好像是有意要小米受伤似的,去和别的女孩要好,并且专找那些十分年轻的。叔叔很少有碰壁的时候,年轻的女孩都富有历险精神,并且以活得洒脱为理想。她们充分认识到生命很短促,青春更短促,应当过得轻松自由。和叔叔来上那么一段,可以增添青春的色彩。这是一个推翻一切准则的短暂的自由时代,我们没有法度,没有宗教,只有前辈们痛苦的经验警戒着我们,使我们格外地向往快乐。就这样,我们的女孩就和叔叔做成了快乐的伙伴。叔叔和我们的女孩在一起,有时候会有幻觉,他想:他其实是和她一样的男孩,有着同样的快乐的理由。他们到舞厅去跳舞,到卡拉OK去唱歌,他们做着青春的游戏。逐渐的,叔叔离不开我们的女孩了,他需要这些年轻快活的灵魂的陪伴,就像禾苗需要雨露。其中不乏一些快活的技巧还不到家的女孩,她们渐渐地就动了真情。她们不明智地要从叔叔这里得到允诺,要做她们的前辈——叔叔的贤良的妻子。这给叔叔出了难题。他见不得她们伤心难过,心疼得厉害。因她们统统使他想起他那夭折在想象中的女儿,世上没有一个父亲忍心伤害自己的女儿。可她们的要求实在是他力所难及,婚姻这桩事太过庄严神圣,是一道人生的难题,和他们玩耍的快乐气氛很不相符。其中有一个女孩,亲家不成便成仇家,她眼里流泪心里流血地书写了几十份控诉信,寄往叔叔的单位以及他经常发表作品的杂志社出版社。信中说,叔叔把她快乐的机会全部毁灭了。和叔叔好过的女孩都有曾经沧海难为水的心情,将来很难再有幸福的婚姻。和叔叔短促的接触,使叔叔的魅力得以集中表现而光辉灿烂,如同月亮将星光遮暗。叔叔又魁伟又细腻,又粗犷又温柔,又深沉又幽默。于是叔叔便造就了许多独身的女人,怀了一个梦想的男人度着寂寞的时光。

经历了一个低潮,叔叔的创作再一次进入活跃时期,我们从一些过早撰写的名人年表和作家辞典中可以看到这个记载。叔叔写作的手法有了很大的变化,反映了我们这个时代多姿多彩的文化背景。几乎一百年的西方文化在十年内涌进我们的中国,通过饥不择食的选择和粗通文理的翻译。那些新型的名词和概念折磨着我们的翻译家们,他们绞尽脑汁,挖空心思造出新的汉语词汇。翻译这个行当成了英语盛行的当今世界一个普及性的事业。初通外语的人们捧着一大堆字典,做着打通两种文化的工程。谬误重重。批判现实主义还未成为人人面对的现实就已被冲击到历史的角落,被各种各样新型的主义替代。在这样的历史条件之下,叔叔的小说出现了崭新的面貌。叔叔的小说不再是过去的故事,而是现在的故事。他以黑色幽默的态度及时空交错的手法描写一个纷繁的大千世界,人人在渺小的舞台上演出各自的悲喜剧,人人都非常的严肃和认真,总起来看却可笑无比。叔叔对世界有了一种新的宏观看法,他似乎不再被他个人的遭际所缠绕,而是脱出身来,如一名国际人或宇宙人那样审视世界,一切都是那么无谓和无聊,有一种世纪末的绝望情绪。读者们拍手欢迎叔叔的重新出场,他的沉寂太长久,已使人们等得不耐烦。而叔叔的再次来到已成了一个新人,使人们无比惊喜。这时候,叔叔充分显示出他作为一个作家的才华,他挥洒自如,如天马行空。众生百态,全由他描写得淋漓尽致且游刃有余。他随心所欲,却点石成金。一旦开了头,叔叔便一发不可收拾,作品源源而出,涉及各种领域。叔叔好像一个世界霸主,将未开发的地区全抢先占为他的领土。

叔叔的世界观经历了一次转变和完成。这一次的转变和完成和以往有些两样,似乎是受命于叔叔的小说。当叔叔在他的书桌前坐下的时候,他的思想还没形成,随了他小说的逐步推进,他对世界的看法才逐步清晰和完整。在最后的时刻,叔叔非常欣喜地发现,他对世界的看法原来是这样崭新而高超。他想:这便是一个真正的作家的思想历程:世界观的形成不仅来自于个人生活的经验,还来自审美的进步和选择,艺术的审美活动已成为生活的方式啦!叔叔欣喜万分地想道。他不仅仅是一个由生活经验塑造的艺术家,而是由艺术创造构成生活经验的人。叔叔觉得他终于做成了一个新人,一个艺术家。过去的苦难全是为了这个艺术的目的在做准备,犹如一种素养的训练。从此,现实的生活不再是真实的,而是在为小说创造素材,艺术才是全部的真实的生活。叔叔沉浸在他的小说世界里,观望着现实世界,好像上帝俯视苍生。

这样,叔叔就非常成功地完成了两个世界的转换。就是说:原先小说是一个想象的世界,叔叔可在小说的世界里满足他心情上的某种需要;如今现实则变成虚拟的世界,为小说的现实提供依据和准备。从此后,叔叔庇身于小说中的生活就变得非常安全,他不会再遇到什么实际的侵害。所有实际的侵害会被他当作养料一般,丰富他的小说世界。由于这安全的地位,他便对现实的世界生出超然物外的心情。什么样不合理的事情,都被他窥察到了合理的因素;什么样痛苦的事情都被他觑破了没有价值之处;残酷的事情被他视作历史前进的动力;美丽的事物则被他预言了凋零的命运以推断其腐朽的本质。样样事物都被他看到了反面,再由此推出发展的逻辑。叔叔变得越来越冷峻,不动声色,任何事物都被他看得很彻底,已经到了境界。叔叔在精神上终于脱俗,他不再担心平凡的生活对他会有所侵害,所以他在行为上反比往常更具世俗化的倾向,也不再讳言他身上所隐藏的平常人的素质。他有时候会和我们一起谈女人的事情,口气中不无猥亵。他还相当露骨地表示他对金钱的兴趣,告诉我们他心底里的一些卑鄙的念头。有人说叔叔又坦诚又勇敢,有人则说叔叔是地地道道的无耻。无论是坦诚还是无耻,都是需要本钱的,叔叔已有足够的脱俗的本钱而去做一些俗事了。

  大姐已成为叔叔的过去。大姐去美国了。她初恋的情人已是一个发迹的商人,几经坎坷后,又与她重叙旧情。人们说大姐是为了女儿的前途而出国的。大姐出国的消息传来的那一天,叔叔黯然神伤了一个晚上。我猜想,这是叔叔与大姐分手后传来的大姐的第一个消息,也是最后一个消息了。从此,大姐就将在叔叔生活中销声匿迹,叔叔难免会有些感慨。这时候,唯一可能理解叔叔的人也走了,人们理解叔叔的可能几乎没有了,理解叔叔从此后只可能等待一个契机,这个契机什么时候才能来临呢?就这样,叔叔生命中刻骨铭心的事物全部埋葬了,所有的知情者都退场了。小米也成为叔叔的过去。小米结婚了,在她结婚前,已有一段和叔叔疏离的时期。她不能忍受叔叔和那么多女孩有那样的关系。虽然她也知道大姐,可是她觉得她和大姐是可以共存的。大姐占有叔叔的那部分恰是她小米无法占有也自知无能力占有的,而她占有的那部分则是大姐无法占有或者不屑占有的。大姐不会侵略她,她也不会侵略大姐。小米心里暗暗对大姐怀了尊敬。可是其他那些女孩就与大姐不同了。当小米斥责叔叔的时候,叔叔说:那是不同的,小米;那是两样的,小米。他还不怕小米听不懂地、很深刻地说:他和小米相处的是他最独特最个人的部分,是一个谁也进入不了的部分,而与其他人,则是使用他最一般化,最社会化,最普遍化的部分。他的话,小米不能说完全不懂或不相信,可是她受不了叔叔和别的女孩做爱情景的想象,这种想象折磨着她。当小米终于一去不回的时候,叔叔感到了孤独。有一天,他被人发现在一个小馆里喝酒。那是个陌生的小馆,不是叔叔时常光顾的那些,又离叔叔的住处很远。叔叔为什么一个人到这里来?唯一的解释就是叔叔不愿意被人发现。人们还注意到,在这次独斟独饮之后,叔叔又有较长一个时期没有和女孩们往来。他过着清心寡欲的生活,有时和我们,有时是他自己,度过夜晚的时光。我们猜想所有的女孩全像是小米的附丽一样,一旦没有小米,她们便也无所依存了。小米对于叔叔已是唯一一桩习惯的事情。人总是需要和一些习惯的事情在一起,这可使人有安全和稳定的心情。现在,小米这一桩最后的习惯退出了叔叔的生活,叔叔的生活里再没有一桩习惯的东西了。叔叔有时候早上睁开眼睛,他须想一想才明白,自己是睡在自己的家里。

　　小米离开之后的消沉的时期,很快就过去了。叔叔有意寻找一个能够替代小米的女孩。可是叔叔很快发现。寻找小米那样女孩的时期已经不复存在。他总是非常容易对一个女孩熟悉,继而厌倦,然后就去找下一个,再重复一次从熟悉到厌倦的过程。这种周期眼见得越来越短,于是,寻找小米那样的女孩便也越来越不可能了。叔叔回想当初与小米要好时的情景:那时候,自己尚有婚姻在身,名声也远不如现在,同小米的一切都须掩掩藏藏,心理的压力颇大。此外,自己一个乡巴佬,刚进省城,周游的范围较现在狭隘得多,选择的机会很少,倒反碰上了小米,两人立即如火如荼,并维持了这样长久。叔叔现在是一个自由身,选择的范围开拓得极大,与人交往便有些蜻蜓点水似的,难以深入,深入了会浪费时间,耽误了选择似的。叔叔有意纠正自己这种心态,回到与小米要好时的情景,可惜时光不能倒流。

　　大姐和小米的回忆是叔叔历史中那个古典浪漫主义时代的遗迹。与她们在一起的快乐时光,有时在回想中温暖与激动叔叔的心。而她们各自的离去,以及离去前后的情景,使叔叔还保留有心痛的感觉。如今的叔叔已不再会激动与痛苦,悲恸只是一个文学的概念。这是叔叔成为一个彻底的纯粹的作家的标志。他在小说中体验和创造人生,他现实的人生舞台已不再上演悲喜剧了。这是一个短暂的自由的日子,给予人们许多随心所欲的妄想。待这日子过去,叔叔才可明白,他做一名彻底的纯粹的作家原来是一个妄想,是一场漫长的白日梦。到了那时,他会想:我原来是想从现实中逃跑啊!这段日子里,企图从现实中逃跑的人其实很多,很多人不以为这是逃跑,而以为这是进攻。这一场胜利大逃亡确实有一种进攻的假象,迷惑了许多像我这样的人。摆弄文字的成功感使我们以为,做什么都可能成功,小说中的自由被我们扩张到整个人生。我们将这世界看成了由文字摆成的一盘棋,可由我们愉快地游戏。我们甚至将爱情和政治这两件严肃的人命攸关的大事来做游戏。由于人生成了一场游戏,我们便又感到虚空,不明白为什么而人生。但不明白只是有时候倏忽而过的思想。由于我们正当年轻,很有希望,生活中还有许多有待争取的具体目标,比如房子,比如职业的调整,比如经济方面的困难,比如和父母的代沟问题、非要争个谁是谁非,比如某一个女孩终于打入了我们修炼不深的情感。所以我们只是在虚无主义的深渊的边缘危险地行走,虚无主义以它的神秘莫测吸引着我们的美感。而头脑其实非常现实的我们,谁也不愿以身尝试。我们是彻底根除了浪漫主义的一代,实用主义是我们致命的救药,我们不会沉入的。我们中的极个别人才会在火车来临的时候躺在铁轨上,用生命去写最后一行诗,据说这还包含了一些债务的原因。也正是由于我们的安全有了保证,我们才发动或者投入这一场游戏事业。我们以人生宏观上是游戏、微观上是严酷斗争来解释我们行为上的矛盾之处,并且言行结合得很好。因为我们压根儿没有建设过信仰,在我们成长的时期就遇到了残酷的生存问题,实利是我们行动的目标,不需要任何理论的指导。我们是初步具备游戏素质的一代或者半代。这游戏对于叔叔则是危险的,因为叔叔是将游戏当作了他的信仰。叔叔是无法没有信仰的,没有信仰就失去了生命的意义。当他失去了一桩信仰时必须寻找另一桩信仰;当他接受一种行为原则时必须将它放在信仰的宝座上,然后再经历争夺宝座的战争。游戏态度本不足以成为信仰,它是人们逃脱责任的盾牌。叔叔这一个半路出家的,已过了最佳学习时期的游戏家,他便真正面临了虚无主义的黑暗深渊。叔叔游戏起来不是像我们这样有所保留,只将没有价值的东西,或者与己无关的利益作为代价。叔叔做不到这样内外有别,轻重有别。叔叔做游戏的态度太认真,也太积极了,这便是我们的看法。我们当时就预感到叔叔为他的游戏牺牲了太多的东西。游戏本来是和牺牲这类崇高的概念没有关系的,它只和快活有关系。

这样,叔叔早晨醒来的时候,他就想一想:这是在什么地方?地道的游戏家是从来不想这类问题的。然后,他又想:他今天应当做什么?这是两个时常会来困扰他的问题,使他陷入茫然,但时间不会太久,游戏的精神很快就来拯救他,替他解围。他就想:管它在什么地方;管它做什么事情!已经没有一件责任来规定叔叔的作息时间了,他的懈怠和紧张都不会影响什么人了。叔叔只在小说中才可建设一种生死攸关的人际关系,这类人际关系于叔叔只是文学的概念了。这时候,叔叔的小说被翻译成许多种文字,在许多国家重要或不重要的出版社出版。时常有国外的学术界,艺术界,出版社来邀请叔叔去作访问和演说。出国对于叔叔已是平常的事情。他穿着茄克衫和旅游鞋,背着背囊,从一个国家的机场飞到另一个国家的机场。他虽语言不通,可由于旅行的经验也行动自如。这样的时候,叔叔便成了一个国际人,他开始站在国际的立场上分析中国的问题,他甚至站在宇宙的立场上分析国际的问题。所有的这些国内国外的问题全在他的俯视底下,这给他的小说带来了人类的背景。这背景产生于他的旅行中的见识,而与人生经验无关。旅行构成不了叔叔的人生经验。在异国他只是一个观光客,一无生存的任务,便只有在人家生活的边缘走过。他在大学的教室,书店的厅堂和人家的客厅里讲着中国的问题,回答对中国有兴趣的人们各类问题,好像一个中国问题的专家。由于他对所去访问的国度没有生活的经验,于是也产生不了问题,当人们说:

您也可以向我们提问时,他便傻了眼,支支吾吾的。出国的日子倒更像是在国内,充满了关于中国的内容。他对国外的了解来自于走马观花和道听途说,组成他思想的国际背景显得材料不足,叔叔便靠阅读和召集留学生对话来做补充。这些世界旅行其实是消耗了叔叔获得人生经验的时间,叔叔作为一个观光客的旅行其实造成了他人生里的空白。这些越来越频繁的空白分割了叔叔的人生,使他的人生断断续续,零零碎碎。它们使叔叔人生中有一部分时间做了旁观者,而叔叔对这段旁观者部分的时间却给了莫大的重视和期望,将其余部分反倒忽略了。按我们的话,叔叔是以积极认真的态度,过一种虚无的生活。我们尽管对叔叔的出国旅行做此种批判,这却不妨碍我们积极地要求也来一次或几次出国旅行,因为旅行是人生一大乐事,尤其是公费国际旅行。

在这种国际旅行中,叔叔有否发生过情爱的故事,是我们经常议论的话题。在叔叔所写的观光文章中,有过几位使叔叔怀有亲切心情的女性。她们中有一位是台湾的作家,一位是香港的作家,另两位是从事汉学研究的德国人和美国人。这些女性全是能够操纵汉语的,从而也可使我们想象,如不是语言的问题,叔叔是可获得更多的情爱的机会与可能。语言的问题使叔叔情爱的范围缩小了。叔叔以他热情的笔调描写这些女性,以及他和这些女性间的友爱关系,怎样的你来我往,情意绵绵。在这些公开的友爱之下,是否还会有一桩刻骨铭心的国际恋爱呢?我们曾问过叔叔。叔叔既没有说有,也没有说没有。他的态度模棱两可。然后他就向我们讲述以上那几位女性的故事,以此说明,他与她们的情谊其实已很深了。然而,这些交往总给人萍水相逢的飘浮之感。我想,假如我一定要讲述一个国际恋爱的故事,这便是故事的基础了。

现在,我要来讲一个想象的故事了,这是关于叔叔和一个外国人的情爱的波折。我将根据我已有的叔叔的材料,尽可能合理地想象这个故事,使其不至离题太远。关于叔叔的叙述到了这里,我非常需要这一个想象的故事,否则,叔叔的故事就不完整了,对于我们讲故事的人来说,无疑是个很大的遗憾和失职。我决定让那个德国女孩来充当这个角色,因为这个故事我用以强调的是民族的隔离感以及民族的孤独感,日耳曼民族将比美洲新大陆的移民更好地担任这个任务。我想象这女孩有一副很纯粹的日耳曼血统的形象:皮肤白净,金发碧眼,神情严肃,她是某大学研究院的学生,正攻读博士,论文是关于中国古代哲学家朱熹或者柳宗元的。她虽专业于中国古代哲学,对中国当代文学也颇有兴趣,翻译过一些文学作品。在叔叔旅行德国的日子,正逢假期,她就为叔叔做陪同和翻译。她以德国人惯有的严谨认真的工作作风,博得了叔叔的好感。在那些座谈会和报告会上,叔叔机智幽默又锐利的言辞也使得这个女孩十分兴奋,这对她从书本上得来的温良敦厚的中国人印象是一个生动活泼的补充。叔叔的言辞也激发了女孩的灵感,使她甚至重新领会到她本国语言中的机智、幽默及锐利。她非常迅速地将叔叔的语言翻译成她的语言,这时的感觉就好像她也进入了一种美妙的创作状态。叔叔虽然不懂德语,可是那些热烈的反应却正是他所预期的,因此,他猜出女孩的翻译非常出色。这些报告会总是使他们兴奋不已,每每结束了还会谈论很久。每一次报告会上,叔叔穿了黑色的西装,女孩则是一袭白裙,端坐在讲台,给人们美好的感受。他们配合默契,各自发挥都很自如充分,获得了极大的成功。工作之余,他们也会谈论一些个人的事情,叔叔告诉女孩在中国的文化大革命中,人们悲惨的遭际,以及今天的思考与反省。女孩听得非常认真,严肃的神情中没有一丝轻佻的惊诧和浅薄的怜悯,有的只是对一个民族身受的灾难的尊敬的理解。然后,她说,在她的祖国德国,也曾经有过这样残酷的历史,那就是希特勒的时期。虽然那是在她出生之前,可是她的父辈却都是亲身经历。她说她却从未听过父亲们讲叙二次大战中的遭际,这是他们的痛处,他们用四十年的时间去治疗它却也无法彻底痊愈。女孩的话使叔叔深受触动,他想:德国人的痛感是要比他本民族更为强烈,许多中国人将自己的伤疤视作光荣,这是一种什么民族习性呢?他将这个意思说了出来,女孩则认为是她的民族勇敢不够。两人讨论了很久,你驳斥我,我驳斥你,然后渐渐达到一致。这时候,叔叔和女孩都有一种感动的心情,他们觉得他们接触到了一个深刻的问题,并且在这问题上达到互相的理解。当时,他们都还没有意识到,其实他们对彼此理解的要求都是不高的:他们操纵两种语言的人,能够通话就已惊喜万分了。他们都没有意识到:他们为了对方听懂,是在用孩子一般的简单幼稚的语言通话。他们尽可能将各种复杂的思想简化,简化到可以用儿童语言交流为止。可是,在当时,他们的感动也是真实的。他们无形中将这种理解上升到了很高的境界。他们觉得,他们不仅是个人对个人的对话,而是代表了两个多灾多难的民族的对话。这一次对话,无疑是加深了他们间的友谊。当他们离开了一个城市,去另一个城市进行旅行演说时,他们已成为好朋友了。他们各自背一个背囊,手里则提了西装的袋子,登上火车。叔叔心里不免会有一种登上国际舞台的心情,他想他的生活已是一种国际化的生活了,在这种生活中,他多么自如啊!他望着他的德国伴侣,尤其觉得骄傲。他觉这一个德国女孩的友谊和理解就像一架桥梁,沟通了他和世界民族的关系。他已经融入了人类,而不再是一个经过长期隔离而离群索居的孤独的中国人。而叔叔也很明白这样的道理,就是人类性和民族性的对立统一关系,于是叔叔反比以往更坚持他作为一个中国人的某些特性,比如:喜欢喝茶,喜欢中国菜,喜欢中国诗词,弘扬老庄的哲学,他随身总带有一些中国民歌的录音带,汽车一上高速公路,他便插入一盘,顿时,中国的歌声响起在异国的土地上。

这一天,由于叔叔要看看托马斯·曼生活过的地方,他们从汉堡到了吕贝卡,又从吕贝卡去了海边小镇特拉沃明德。这是一个阴郁的黄昏,游人们都回家了。风呼啸着,海水显得非常苍凉。他们决定在特拉沃明德过夜,明天一早再驱车赶回汉堡。他们找了一家旅馆,要了两个单人房间。这是一个家庭旅馆,共有三层,底层是客厅,由于天气寒冷,壁炉里生着火,火光映着炉前波斯花样的地毯。他们懒得出去吃饭,就让房东做了些汤,吃了些面包和炸土豆条,然后就坐在炉前地毯上烤火。这里的黄昏特别长久,暮色总是那么明亮。客人们都去那游乐场玩耍了,房东也不在,客厅里只他们两个。窗外听得见风声和海浪的呼啸声,屋内却很温暖。叔叔忽然想到:我这是在哪里啊!他觉得像是一个梦境,又像是一帧图画。他们随便地扯了些闲话,两人都有些疲倦似的,谈话中的停顿很多。火光映着德国女孩细腻的脸颊,使她的表情柔和了许多。她穿了一件粉色的羊毛衫,脱鞋着一双白线袜,蜷腿坐在地毯上,背后靠了一个软垫。叔叔看了她一会,便想要去吻她。在叔叔产生接吻这个念头之前,他们也有过类似拥抱这样的行动,所以叔叔才会有接吻这样的念头。而其时,叔叔只是想接吻还是有更进一步的想法,接吻仅仅是开端的仪式,大约连叔叔自己也不甚清楚的。再则,叔叔想接吻是出于感情难以抑制的冲动,还是一种行为的有意味的选择,这也是连叔叔自己也不便向自己承认的。但是,叔叔这时候确实有了一个接吻的念头,叔叔当时并不知道这个念头会给他带来什么样的后果。他心里怀着悬念,便有些迫不及待了。他本来是坐在女孩的对面,即壁炉的另一侧,这时候,他便将自己的位置挪了过去,到了女孩的身边。他坐定后,先将手围住女孩的肩膀,如同他有时候所做的那样。女孩没有动,只是注视着火光出神。叔叔看着她垂着一颗红珠子耳环的耳垂,好像是在酝酿胸中的激情似的,他还看着她拳曲的金发,凌乱地贴在脸颊上。然后,叔叔就用围着她肩膀的手扶过她的脸颊,让她和自己脸对着脸。女孩眼睛里闪过一丝惊惶与困惑的表情,但她立即以坚决的态度挣脱了叔叔的手,并且要站起来离去。其实,叔叔本可以拍拍她的肩膀,让她过去。这并没什么了不起的,不过是一场逢场作戏而已,其中并无多么重要的、要不得的内容。可是她的拒绝却使叔叔感到了难堪,几乎无地自容。这一刻里,叔叔甚至是后悔了,他想,他是多么愚蠢和冒失啊!同时,一种背水一战的心情攫住了他,他想,他反正是丢人了,于是,便一不做二不休地抱住了女孩。叔叔的动作由于紧张笨拙而非常生硬,大大地过了火,这使女孩以为面临了极大的危险,她奋力要推开叔叔,却推不开。女孩恐惧万端,却又无比高傲,她大声嚷了起来。情急中,她嚷的是德语,叔叔一句也听不懂。到了此时,其实还是有退路的,叔叔可以戏谑的、调侃的、像一个长者对幼者的,在女孩脸上亲一下,然后放开了她,就完了,事情就有收场的。可是,叔叔心里却充满了绝望,他觉着他完蛋了。他好像一个亡命徒似的,什么都不顾了。忽然间,对这女孩充满了刻骨的仇恨。由于这女孩固执的不服从,叔叔竟劈脸给了她一巴掌,紧接着,叔叔脸上也挨了狠狠的以牙还牙的一巴掌。女孩用德语说着些什么,他一句不懂。他看见这女孩忽然变成了一个陌生人,一个陌生的、高傲的、冷漠的外国人,他们之间丝毫不了解。叔叔不禁困惑地想:他们是怎样到得一处来的呢?女孩趁机抽出了身子,跳到一边,瞪着叔叔。叔叔看见了她的眼睛,她的眼睛里已没有恐惧的神情,却充满了厌恶和鄙夷的表情。叔叔突然破口大骂起来,他不知不觉中骂的全是他曾经生活过的那小镇里的粗话俚语,是那女孩从未学习过的,也是一句不懂。她狐疑地看着叔叔,觉得他也变成了一个陌生人,一个陌生的、粗鄙的、丑陋的中国人。叔叔使尽最刻毒的咒骂女人的话骂着,骂了个痛快淋漓。那女孩一扭头,跑上了楼梯,将卧室门摔了"砰"的一声响。叔叔还不饶不休地骂着,他好久没有这样骂人了,骂人的日子已经过去很远,恍如隔世。这时候,叔叔有一种时光倒流的感觉,他觉着自己好像又回到了很久的过去,重又变成那个小镇上的倒霉的自暴自弃的叔叔。他骂了好久才住口,站起身走过客厅,去到厨房,从冰箱里摸了一罐啤酒,再又回到客厅。他走起路来有些摇晃,酒醉了似的,脚底下被什么绊了一下,就跌倒了。他顺势躺在地上,脑后枕着垫子,两条腿伸开着,躺了个大字形。他一口一口地喝着啤酒,一会儿就喝完了一罐,头便有些昏沉。然后,他非常野蛮的,用脚指头揿开了电视,嘈杂的声音顿时充满在安静的房子里,他什么也看不懂,却还哈哈地笑着。他有些装疯似的,心里却很明白,他觉得自己无可救药了,一无希望了,希望不知在什么地方被戳破了,希望原来像个汽球一戳就破,希望原来是个纸老虎,不堪一击!这是个无比黑暗的波罗的海的晚上,一个跨国界的波罗的海沿岸的情爱故事粉碎了,叔叔的梦幻破灭了。后来,叔叔躺在地毯上呼呼大睡过去,当他醒来时,天已黑了,客厅里没有开灯,电视已关了,角落的沙发上坐了一个白发苍苍却雍容华贵的老太太。她一动不动地坐着,叔叔想:她是在赌场里输了钱吗?然后又睡着了。他乏得很厉害,好像几百年没有睡过觉了似的。再一次醒来,他便嗅到了早餐室里飘来咖啡的香味。他这才起身上楼回到自己的房里,他的行李和刚到时的那样静静地立在房间中央,阳光照进窗户,他看见了海边沙滩上五颜六色的空着的帐篷。海边空无一人,旅游者还在路上呢!他头痛欲裂,想不起昨晚上发生过什么了。

这是一个可怕的夜晚,这个可怕的夜晚是用来启醒叔叔,告诉他:他其实是不幸的!可是这夜晚转瞬即逝了,没有成功。然而,这毕竟是一个序曲,或者说是引子。在距此不远的日子里,叔叔终究要明白他命运的真实面目了。叔叔明白他命运的真实面目的日子不远了,即将来临了。我已经将这个过程叙述得太久,有些失去耐心,这日子终于要来临啦!这最终的日子也是由一个孩子带来的,但这是一个中国孩子,一个男孩子,他的名字叫大宝。这时候,我才发现,我们几乎要把大宝遗忘了。在到此为止的叙述中,大宝总共才出现过寥寥几回:一是他的不被叔叔欢迎的出生;二是在叔叔的离婚事件中,他作为一项补偿条件为叔叔勉强接受。等到他第三次出现时,他已是一名青年了。

大宝没有考上大学。叔叔通过熟人给他找了份临时工的活儿干,说好干长了可以转正式工。铁矿离省城还有一小时的火车路,矿上有集体宿舍。叔叔这么安排是因为既对大宝尽了责任,大宝也不会妨碍他的生活。大宝是个沉默寡言的孩子,听凭父亲和母亲这样安排他的归宿问题,他不说一句反对的意见。他到了铁矿之后,从不和父亲联络。节假的日子,他也不往省城父亲处去,而是回小镇去看母亲。好像是有意避开父亲,他甚至不到省城搭火车,宁可乘长途车到另一个城市搭车。叔叔也好像有意避开大宝似的,过去有些时候还去铁矿走走,因为他是那边一本文艺杂志的顾问,如今却也一去不去了。渐渐的,他们父子就断了音信,他不知道大宝在那里做什么工作,工作得如何,有无转正的希望,内心也并不想知道,知道了又如何?知道一切都好,没什么;倘若不那么好,他又能做什么?因此倒不如不知道的好。他也不常和人提起儿子,当叔叔的离婚事件过去之后,人们多半记不起叔叔还有一个叫做大宝的儿子,以为叔叔是一个无牵无挂的单身汉。做一个无牵无挂的单身汉已成为时尚,我们中间的某些人,为此而不结婚,不成家,甚至也不工作,只写小说。他们不愿意在现实生活里肩负一点责任,责任使他们沉重,并且有失去自由的危险。而小说这一桩事,既可使他们在模拟中享受起伏跌宕的人生,又不必负责任,可避免伤筋动骨。但叔叔这一个无牵无挂的单身汉和他们是有着本质的区别。叔叔并不是像他们那样没有责任心,恰恰是相反,叔叔有着太重的责任心,他将责任这一桩事看得太重要,他将许多是他的或不是他的责任都揽到自己身上,以致彻底地被责任压倒,击垮。当他退下责任的舞台时,他感到怅然若失,于是,他便需要在一种模拟活动中承担责任,这模拟活动便是小说。因此,叔叔的无牵无挂之中有着一重失败的经验,而我们中的某些人却并没有。但是,叔叔和我们都没有充分意识到这区别,互相以为是做了同一战壕里的战友,找到了知音。所以,在内心里,叔叔是喜欢人们认为他是个无牵无挂的单身汉的。也因为这样,叔叔就愈加不提儿子大宝,也愈加不想儿子大宝了。大宝在叔叔的生活里又一次销声匿迹,保证了叔叔的自由。叔叔渐渐的,真的把大宝忘了。他似乎真的想不起自己有大宝这一个儿子了。他过着他的自由自在的生活,写着那些超脱于个人经验之上,俯瞰苍生的小说。有许多女孩以她们纯洁的爱情陪伴着叔叔,使叔叔不致彻底的孤单。他平均每年有一个季度的时间在国外度过,有此喧腾的生活做背景,写作的寂寞便也释解了许多。可是,就在这时候,在叔叔已经形成他崭新的生活方式的时候,在叔叔为他新型的生活方式中已找到节奏并适应的时候,在叔叔以为万事如意、高枕无忧的时候,却发生了一件事。

大宝得了肝炎,被矿山解除了临时工合同。他并没有告诉父亲,自己扛了铺盖回了母亲那里。叔叔是从大宝母亲的来信中得知这事的,他接信后就寄了一笔钱去,说给大宝养病,然后就再没有信来,叔叔以为这事就这样过去了,再没别的事了。他一点没有去想,大宝的病好了之后的事情,或者是大宝的病好不了之后的事情。大约是半年之后,大宝突然地出现在他的门前了。当叔叔看到这一个瘦弱的,脸色干枯,神情委顿的青年站在他门前时,竟没有很快认出他来。他想:这是哪里来的文学青年呢?文学青年是叔叔这些年里所接触的唯一类型的青年。这类青年总是以学生和读者以及崇拜者的面目出现在叔叔的生活里,使叔叔以为所有的青年都很爱戴他。他看见一个青年站在门前,刚想问他从哪里来,那青年却递上来一封信。他认出了他前妻的弟弟的字迹,也就是他昔日的学生的字迹,凡是叔叔前妻的信,都是由他代笔的。他这才认出了大宝,脑子里却恍恍的,好像做梦似的。但是,有一个感觉则从这时便平地而起,伴随着以后的日子,这是一种不吉样的感觉,一种灾祸的预感,这预感告诉他:他的好日子已经过到头了。他接过了信,嘴里却反复地说:"进来,进来,进来。"大宝经他反复邀请,才迟疑地举步。然后他又说:"坐,坐,坐,"大宝也是经反复邀请,才将半个屁股搁在椅子上,然后慢慢地转动头看父亲的房间。这是他第一次来到父亲的家,父亲的家看上去有点古怪,有一半东西是他看不懂的,那都是父亲从国外带来的日用品或者摆设。比如像大棒槌似的日本木头娃娃;比如没有写钟点的挂钟。父亲床上用的被褥不知怎么是粉红的,枕头、床单都缀有半尺长的花边,看上去花团锦簇,好像新嫁娘的床。大宝对了那床看了很久。后来,大宝对他父亲的仇恨,其实,都是从这一刻里由这张床引起的。这一年,大宝已经二十一岁了,在矿上做工时,耳朵里常听进一些关于男女间事情的粗话。所以,这时候,他心里想:父亲在这样的床上做什么呢?这时候,叔叔已经读完了信,他反复将这信读了两遍,才明白信里的意思,这意思是:大宝的病已好了一大半,让他回到父亲处再养养,同时,也帮大宝再找个省力的工作,因得过这场病后,做工是做不动了。叔叔将信搁在桌上,他感到头很痛,这是比他平时起床时间提早了两个小时的时间。他用两个大拇指按摩着太阳穴,按摩了很长时间。等他放下胳膊时,看见了大宝迅速逃开的眼睛。这使他产生一丝不快的心情,他觉得大宝在窥伺他。他还看出了大宝有一种委顿的神情。他就像大宝刚出生的时候那样,又一次想到:这孩子与我有什么关系呢?然后,他对大宝说:你休息一会儿,我去洗个澡,我们去吃早饭。大宝听见洗澡间里响起了水声,这水声不知怎么会使他产生一些猥亵的联想,他想:为什么要早上洗澡呢?

关于叔叔和大宝见面的情节,是由我根据后来发生的事情,想象而成的。后来发生的事情提供了很大的想象的余地,足够很多人编很多故事。我的故事马上就要接近最重要,也是最高潮的段落,所有的准备都按我预先的布置做好了。这故事看起来不像是叔叔的故事,倒像是我策划的一个阴谋,这个阴谋就是叔叔的命运的真实面目。叔叔走出了很远,最终却还是堕入了他命运的真相的陷阱。为了逃避厄运的阴影,叔叔做了偌多的努力。所有的人,包括叔叔自己,都以为叔叔是个幸运的人。命运为了模糊叔叔的听觉视觉,造成误会,不惜给予了叔叔偌多年的幸运。这样做又好像蓄意要在叔叔最不防备、最最大意、最最歌舞升平的时候,给予致命的一击。那偌多的幸运,不过是苟且偷欢,不过是一段插曲。可这一段插曲是多么激动人心,令人鼓舞,使人陶醉。最近的哲学要我们相信瞬间的意义,告诉我们历史由瞬间组成,每一个瞬间都是真实的,我们只须尽情享受这片刻的快乐和含义。可是叔叔这一代人已将瞬间与瞬间联成因果的锁链,拆链子的工作是应由另一代人来完成的。叔叔已无法面对独立的瞬间,叔叔的不幸的瞬间有着巨大的覆盖力,它将所有快乐的瞬间覆盖。因为不幸的瞬间是命运,是宿命,是逻辑;而幸运的瞬间是沙上的城堡,是海市蜃楼,是逻辑里美丽的歧义。叔叔终于说:原先我以为自己是幸运者,如今却发现不是。发现不是的这一天我们马上就要接近了,但我们还须耐心,其间还有一些来源于想象和推理的细节。这是我们编故事的人最容易激动又最容易性急的时候。而我一直以为自己是快乐的孩子,却忽然明白其实不是的这一日情景陡地回到眼前,我重又经历了心如刀绞的日子。这痛楚使我体验到了叔叔的痛楚,叔叔的故事从我的故事上历历地走过,使我的个人情感的无聊的故事有了意义,这就是我们讲故事的人通常所要做的。

现在,我故事使用材料的选择范围越来越窄,许多种可能和机会都排除了。故事已经到了这样的地步,它自己已具备了发展的动力,不允许任何犹豫不定和模棱两可,它只有一种选择了,无论对与错,它已别无选择。

现在,大宝和叔叔坐在了一家新开的餐馆里喝广式早茶了。叔叔总是对大宝说"请"啊"请"的,使得大宝拘束不安,每件点心,只略动动筷子便停下了。叔叔想到他的肝病还没有全好,也就不硬劝了。吃到快结束的时候,叔叔问大宝对今后有什么打算,大宝低了一会头,才说:就按母亲信上说的办。叔叔又问,大宝自己的意思是想做个什么工作呢?大宝先不说,后来经不起叔叔再三问,才说:要能到父亲单位里谋个坐机关的事就好了。这回他虽然没提母亲的名字,叔叔却听出这明显是他母亲教导的口吻,就说:本机关是不好说了,这样的单位,连大学毕业生都难进来啊!不料大宝却紧接着说:大学毕业算得上什么?像父亲这样的身份,一旦开口人家万难回绝的。大宝的话使叔叔很吃惊,他没想到表面木讷委顿的儿子有这样敏捷的应对,说话又很世故。更使他意外的是,儿子虽说多年不照面,看来对他却还是相当注意的。叔叔心里像梗了一件东西,很不舒服。停了一会儿,才回答说:正是这样,自己就不能轻易开口而使别人为难了。这一回,大宝没再说什么,可是叔叔却从他脸上看出一丝不相信什么的表情。然后他就叫小姐过来结账,说,走吧。走出餐厅,他把钥匙交给儿子,说他要去单位开会,请大宝自己回家去休息吧!父子二人在街上分了手,各自朝各自的地方走去。这天上午,叔叔到单位的时候,人们刚刚来上班。见他来,纷纷问他是不是有什么事情。因为他平时是不来机关的,甚至有的领工资的日子,他也不来,而是在下一个领工资的日子里,一起领走。他的信件在传达室里专门放一个格子,直到放满,便用尼龙纸绳捆扎一下,请人骑车送到他家。所以,这时候叔叔突然到了机关,人们就很新鲜。叔叔坐在那里和大家聊了一会天,就说要走,他没有告诉别人关于他儿子的事情。他到传达室将自己的信件领走,然后就到了街上。他先在街上很自信地走了一会儿,接着就犹豫起来,他想不出他应当去什么地方。有一时,他恼怒地想到:儿子把他从自己家里赶出来了,他倒变得无家可归了。然后,他就往我们的一个朋友家中来了。应当说,这朋友见叔叔突然上门是很奇怪的。因为平时都是我们上叔叔家去,如要上我们这些人家里来,一定是事先邀请的。所以他第一句话就是:有什么事吗?叔叔被他问得有些难堪,但很快就镇定下来,微笑着说:没事就不能来吗?我们那位朋友这时刚从被窝里爬出来,邋邋遢遢很狼狈。房间里没开窗,一股烟味和脚汗味,十分难闻。叔叔只得坐在满地烟蒂当中一张破椅子上,等待他到洗手间梳洗。他一个人坐在这乱糟糟的房间里,心里感到非常委屈,他想:一觉醒来他成了一个无家可归的人了。等那朋友从洗手间出来,叔叔就说:咱们上谁谁家去吧。这也是我们中间的一个朋友。于是,叔叔就坐在那孩子的自行车后架上,去往另一个朋友家。就这样,一共召集起有男男女女的五个人,时间已到中午了,叔叔就提议去吃火锅。我们这一行人是打家劫舍惯了的,听有人要请客,一个个都很踊跃。到了餐厅,叔叔对大家说:你们点菜,我去一下厕所。其实叔叔并没有去厕所,而是悄悄去打了个电话,告诉大宝他的会半天开不完,下午还要接着开,中午不回家吃饭;他呢,可以到楼下街口铺子里吃,也可以自己做着吃,冰箱里有鸡蛋什么的。电话里只听大宝嗯了一声,就挂了。这顿午饭,我们直吃到下午三点,我们谈论的话题主要是艺术的形式的问题,我们的谈论一直横跨了从文艺复兴至今天的五六个世纪。当时,我们谁也没有注意到叔叔的表情有什么特异之处。他和平时一样地吃,一样地喝,一样地发表具有总结意义的观点,当我们欲罢不能的时候,也如往常那样,提出到好就收,大家便起身散席。就在出餐厅的路上,叔叔却又提议去谁家喝咖啡。过后,我们回想这天,才发现叔叔确是没有地方可去的样子,和平日里谁想留他谁也留不住的情况判若两人。这天,我们就到了我们中间某一个住房比较宽敞的朋友家中,冲了咖啡,还去买了烧鸡大肠什么的,一聊聊到晚上十一点。这是非常痛快的一天,过后,谁也记不得事情是怎么发起的,我们只有经过慢慢的回忆、调查,才想起事情的起源。下午四点多钟的时候,叔叔倚在沙发上睡着了,打起了响亮的鼾。主人给他盖了一条毛毯,依然大声聊我们的,却并没有把叔叔吵醒。他这一觉直睡到了六点,天已黑了,因为这是一个昼短的冬日。叔叔躺在人家的破沙发上,睁开眼睛,看着窗外深蓝色的天空,有一会儿心里非常静谧。房间里烟雾腾腾,暖意融融,争吵声此起彼伏。叔叔静静地看着我们,觉得这一个时刻又和平又安宁。

夜里十一点钟,叔叔终于一个人走在回家的路上。他流浪的一天过去了,他终于要回家了。这时候,他想起了大宝,他想起大宝在他的家里等他呢!这一晚,他们怎么睡呢?难道他们父子就睡在一张床上?不行!叔叔断然否定了这个方案,他是无论如何不能和大宝睡一张床的。当然,他和谁也是无论如何不能睡一张床的,他在心里又补充了一句。这时候,他才开始认真考虑如何来安排大宝了。一旦想起必须要为大宝在省城找工作,他便觉得一阵心烦,他决定还是去和铁矿商量,给大宝安排一个轻松的工作。他回到家里时,大宝还没有睡,给他开了门,然后便闪在了一边。他说,大宝,你睡客厅的沙发上吧。大宝没吭气,他就抱给大宝枕头被子。他又说,大宝,你去洗洗吧。大宝就说,你先洗。他没再推让,洗过之后径直上了床,进卧室门时,他考虑了一下,是否要锁门。他想他如不锁门会睡不好,可是又觉得要锁了门,就太见生分了。所以他就没锁。他躺进被窝之后,才发现自己这一天过得又疲乏又紧张,浑身骨头酸痛。他还觉得这夜晚的时间非常宝贵,他可以不与大宝相对,他可以一人独处了。他生怕很快就会天亮,感到夜晚的时间已经不多了。想到这里,他又是一阵紧张和烦恼。他听见大宝进了洗澡间,有放水的声音。大宝在洗澡间里呆了很久才出来。第二天早晨,叔叔上厕所时,闻到厕所里有劣等香烟的气味。这一晚上,他们父子在一个屋顶下,相安无事地度过了。

  第二天早上,叔叔把他昨天考虑的结果告诉了大宝,意思是还让他回铁矿上去,当然,这回要找一个轻快的事做。不料大宝很坚决地说,他不去矿上。叔叔不由一怔,停了一会儿,又说:铁矿是个大企业,国家级的,将来转正的可能性会比较大。可大宝还是说:他不去矿上。叔叔有点恼怒,就问为什么不去。大宝说,好马不吃回头草。叔叔不觉又好笑起来,说,这算是个什么理由!可是大宝很坚决。叔叔这才无比惊愕地发现,大宝是有自己的意志的,尽管这意志很荒唐,带了一股乡里人短见识的冥顽不化。这使叔叔明白无论怎么多说都是无效的。他有些气急败坏,一甩手就走出了家门,在街上闲逛着。其实,叔叔本来并不是一定要大宝回铁矿的,这也不是他想叫大宝回就能回得了的,只是许多种尝试中的第一种尝试,叔叔本不必过于坚持。可是一经大宝这样固执地回绝,叔叔忽然就觉得大宝是非去铁矿不可了;叔叔觉得假如大宝不去铁矿,就再没有第二条出路了;大宝没有出路,他便只能在街上游荡,他也就没有出路了。一时间,铁矿成了叔叔和大宝两代人的出路,大宝不去铁矿,他们两代人的生活就都给毁了。他气恨恨地在街上走着,同时还思量着,要去哪里。他想着想着,就走到我们中间的另一个朋友家里。后来我们曾经设想,假如这天我们那朋友没有出门,而是在家,留住叔叔,再像前一天那样度过很快乐的一天,直到晚上.也许叔叔的火气平息了,思想也转变了,事情就会是另一个样子。可是,偏偏我们这位朋友一大早就出门了。他从来是傍晚才起来,才开始一天的生活的。可是这一天他偏偏一大早就出门了,为了一件极无聊的事,去买一件 T 恤衫。他不知怎么想起来要去买一件 T 恤衫,其实,这远远不是穿 T 恤衫的季节。叔叔碰了锁,只得又回到街上。碰锁使他非常沮丧,他想,他的生活全叫大宝搅乱了;他想,由于大宝的到来,他只能过这样狼狈的生活,这样颠沛流离的生活。他忽然就转过身,往回走去。他一进门就对大宝说:他还是要去矿上。大宝还是说不去。叔叔再没料到大宝是那样难打发,他心里充斥了一种失败感,并且击败他的对手是他根本没放在眼里的一个对手,这使他又平添了一层怒气。他对大宝说:他是不求人的,为了他大宝已经破了例,他大宝不应当再有过分的要求;他本来也并没有欠下他什么,是他自己没考上大学才招来这一连串的麻烦;他对他的责任尽到此也尽得足够了,他不应当再妨碍他了;而他现在已经很妨碍他了,他没法在家里写作了;单位里分他这套房子,不仅为了他的生活,也为了他的工作;可是,他现在无法工作了。叔叔忽然变得非常琐碎,非常啰嗦,娘们似的。他喋喋不休地说着这些,一直说了很长时间。然后,大宝就站起身走了出去。这一天,是大宝在街上度过的。可是这并没有换来叔叔的平静,他反而更气恼了。他正吵得得劲时,对手却忽然跑了,这使他一肚子火气没了地方发泄。他手插在裤兜里,在三间房里走来走去,好像一头困兽,他想:大宝你走了,还能不来了吗?他想:大宝你有种一去不来了倒也好了!他还想:大宝你要不来了,我算服你了!这天他在家里没有写一个字,情绪非常糟糕。到了下午,他所喜爱的一个女孩来看他,可是,他的心情是那么糟糕,什么事也没干成。那女孩走了以后,叔叔想,他还能干成什么事呢?他这时发现大宝已经将他生活的基础颠覆了,他想:大宝一个青年如何会有这么大的破坏力呢?他想,大宝的事情一定要尽快解决,这是刻不容缓的。于是,他便等待大宝回来,好与他再进行一轮争执。可是大宝却迟迟不归。叔叔的等待便越来越焦躁了。他想:大宝你以缺席不到庭来与我抗争啊?夜里十二点以后,大宝才回来,叔叔已经睡了。大宝看见叔叔留给他的字条,上面写着:大宝你必须去铁矿,这是我唯一能为你做的,否则你就回你母亲那里去!大宝将字条团了,然后就也睡了。这一晚,他们父子在一个屋顶下,又相安无事地度过了。

　　第三天,叔叔和大宝都没吃早饭,他们直到中午才起床,叔叔正在心里紧张地筹划怎样再一次对大宝开口,不料大宝却先对他说话了,他向叔叔要几块零花钱。他的要求使叔叔明显感觉到挑战的意味,他冷冷地说:要钱做什么?买烟?当时大宝没再说话,叔叔也没有掏出一分钱给他。两人各在一间屋里,一直到天黑,两人在厨房里又碰到了。大宝还是说,要几块零花钱。叔叔发现大宝的执拗,叔叔的执拗也上来了,他说没有。两人草草弄了些饭吃,又各自到了一间屋里,此后就再没说话。第三天也过去了。

　　我们是在事情发生以后再去设想大宝的心情的。如同后来大宝自己说的那样:他原本是不愿意来父亲处的,他和父亲毫不亲近,父亲又是个"大名人"——这是大宝的原话;可是母亲却一定要大宝去省城,并且,为了怕大宝退回来,她采取了断大宝后路的办法,她不给大宝一块钱,只让大宝去向父亲要。她深知大宝是个懦弱的孩子,不这样的话也许他第二天就跑了回来。大宝便是在背水一战的处境底下来到父亲这里的。在他举手敲父亲家门之前,他已在火车站停留了三个小时。火车是半夜到的,他想半夜里去敲父亲的门是很不合适的,于是他就坐着等待早晨的到来。等待天亮的时候,他心里茫茫然的,对此行的前景一无所料。他想不出父亲会怎么对待自己,他也想不出人怎么还会有个父亲,如果没有父亲的话,母亲就不会把他赶出来了。他想他所以被母亲这样赶出来就是因为有个父亲的缘故。而他又惯于服从母亲。他知道这世上唯有母亲一个人疼他。父亲呢?有和没有是一样的。所以他不能反对母亲,也所以,他没看见父亲的时候对父亲已有了成见。天亮之后,他慢慢地走在街上,拖延着要去见父亲的时间。他想这城市那么大,大得大而无当,和他有什么关系呢?他所以要到这大得骇人的城市来,全是为了找他的父亲。他一时上觉得自己孤苦得要命,就像一个无家可归的流浪儿,非要去找他父亲不行了。和父亲见面的一刻使他又难堪又紧张。这一天吃过早茶后,父亲让他自己回家,其实他已经忘了家是在哪里,而且地址又留在家里,没在身上。由于紧张,他甚至忘记了来时的道路。可是他没有向父亲开口,他只是凭着模糊的记忆瞎走。父亲住的那片单元房子,是有几十幢楼,面目划一地站成几排。他走错了许多回,用钥匙去开人家的门,冒着被人当做小偷抓走的危险。后来,他终于找到了父亲的家,开进房间,人几乎虚脱。他一个人在父亲的家里呆了一天,没有吃没有喝。虽然父亲中午来过一个电话,让他出去吃或者在家自己做。出去吃他没有钱,在家吃他不会弄煤气,也不知锅碗瓢勺的位置,父亲的东西他都不敢随便碰。而且他也并不觉得饿,他只想吸烟。烟卷是大宝唯一的伙伴。他也记不起究竟是什么时候结交的这位伙伴,有了它,大宝就有了安慰,有了指靠,做什么心里都有了底似的。在家时,母亲不让吸,他就偷偷吸。后来到了矿上,没人管束了,而且矿上没一个人不吸烟的,他也就放开了吸,瘾就大了。再回到家里,瞒也瞒不住。反正母亲面前他就不吸,等到了母亲背后他再吸。而母亲见了他手指上蜡黄的烟油印,也知他戒不了,便睁眼闭眼由他去了。渐渐的,他没饭可以,没烟却不行了。这一天他就是凭了吸烟度过的。夜里,他在父亲的沙发上几乎一宿没睡,他想这才只一天,往后的日子怎么过呢?父亲究竟打算怎么安置他,怎么打发他。他又想到自己的病,心想年纪轻轻的有了这病,要养过来还好,养不过来吗?照这样在父亲家,熬也要熬死了,还养什么病呢?他越想越绝,躺在窄窄的沙发上,翻身都不敢,怕把父亲的沙发压陷了,就这样到了天明。这已是两个夜晚没有好好睡了。第二天一早,父亲就说让他回铁矿的话,回铁矿违背了大宝做人的原则。他虽然二十年来卑微得像根路边的野草,可也是有原则的,这原则也是轻易不可违背的。当父亲出去一趟再又回来,再一次要他去铁矿时,他内心可说是有一些悲愤交加了。他想他母亲非要他来找这他不情愿来找的父亲;他父亲非要他去他不情愿去的铁矿,他简直没有路可走了。后来,他到了街上,在街上胡乱走了一遭,最后又来到了火车站。他非常想回母亲那里,却没有钱,他烟也断顿了。脑子昏昏沉沉的不好使,且又饥肠辘辘。他心里开始恨父亲了,他想他父亲一人住了三间屋,睡那样新嫁娘睡的床,用的使的都是那样高级,连名都叫不上来。他想他父亲过得这么好,他却只能坐在火车站里,大宝不禁流泪了。就这样,大宝在火车站里度过了他挨饿的第二天。到了第三天,大宝有些支持不住了,他的身心都已临了崩溃的边缘。他迫切需要烟卷,以保持镇定。生性怯懦的大宝便向父亲开口要钱了。在他心里,隐隐的还有一个更加怯懦的念头,那就是假如父亲给了他钱,他也许就妥协,同意回铁矿去。他在心里暗暗的用烟卷和原则作了交易。可是父亲一口拒绝了这桩买卖,连商量的余地也没有留下,大宝真正绝望了。这是大宝在父亲家里度过的第三天。

  第四天上午,刚吃过早饭,就听见有人敲门。大宝本不打算去开门的,因为他晓得来人不会是来找他,可是叔叔刚进了厕所,门又敲了一阵,大宝只得去开门了。却见门口站了一个女孩,很苗条的身材,脸白白的,眼黑黑的。大宝低下了头,不敢看她。她好奇地看看大宝,自己进来了,从大宝身边过去时,肩膀轻轻地擦了一下大宝胸脯的地方。那女孩自己就跑进了叔叔的卧室,对了大镜子左顾右盼地照着。大宝坐在对面的客厅里,从半开的门缝里觑着她。过了一会儿,叔叔从厕所出来了,进了卧室,把门关上了,大宝就什么也看不见了。叔叔的房门整整一上午都关着,里面偶尔传出说话声和笑声。大宝坐在房门外面的客厅里,坐了整整一个上午。我想,这一个叔叔所喜爱的女孩在这一个时候到来,对以后发生的事情是应当负一定的责任的。这在某一种程度上刺激了大宝,使大宝的情绪狂躁起来。已经长大的、在矿里听了许多男女间的下流故事的大宝,对卧室里的情景一定产生了许多猜测。从这些猜测出发,大宝还会产生出许多疑问。他想:父亲却和一个与自己一般大小的女孩关上房门做那样的事;他想:那女孩是谁家的女孩呢?他接着还会想:他大宝至今还没沾过女孩的边呢!他们父子两代人的生活真是有天壤之别啊!到了中午时,父亲的房门终于开了,那女孩走出来了,走过客厅时,瞥了大宝一眼。大宝看出这眼睛里有一层轻蔑他的意思,使他自惭形秽。此后一整个下午,他都是在这自惭形秽的情绪里度过的。父亲的一切都使他自惭形秽,他觉得自己像个叫花子似的,在这里坐了一天又一天,坐了一夜又一夜,依然没有钱买烟。大宝的情绪开始变得骚动不安起来,而叔叔却一无觉察。

  叔叔决定采取冷战的办法使大宝屈服。他想如若他让了一次步,就会有第二次让步,他会步步妥协,而大宝则步步进逼。他已逐渐镇定下来,并且有了耐心,决定打一场持久战,他决定在这房子里如从前那样生活,有没有大宝都一个样。他照常读书,写作,接待女孩,只有这样,他才可最后赢得这场旷日持久的战斗。每当他从自己房间出来,看见客厅里坐着大宝,就觉得这大宝不是大宝,而是他过去的女人,用来要挟他的一个武器,一个象征物。他过去的女人,竟企图用他过去的生活遗迹来要挟他,他必不能让她得逞。所以他就更做得潇洒,进进出出,有时还吹着口哨。他一点没有发现,危险正在悄悄地逼近他,他已经危机四伏了,而他一点察觉也没有,兀自走来走去的。

  叔叔有意冷落大宝的战术已被大宝体察到了。他激动不安地想:他为什么不来与我说话?他什么时候再来与我说话呢?他等待父亲来与他说话,等待使他骚乱不已,他手脚冰凉,微微哆嗦着。他好像一头落入陷阱的小兽,没有人来救他。有一两次叔叔进屋没有把门关严,他从门缝里看见叔叔倚在那张粉红色、荷叶边垂地的新嫁娘的床上,悠然自得地看一本书。狂躁的情绪逐渐地高涨起来,他觉得这父亲不再是父亲,而是他大宝的克星,他大宝的克星在奚落他呢!他大宝二十多年的一生就是受奚落的一生,至今还没有得到一点补偿。危险来临了,大宝对这危险是有预感的,可惜他的头脑还不能够破译这危险的预感。他手脚打着颤,脸上却露出了奇怪的笑容。

  如果大宝的母亲在场,她便会发现这父子俩全都有在绝望的时刻露出微笑的特征。这不知来自于一种什么意义的遗传,在这样的时刻,他们父子竟有着惊人相似的面容。

  这时候,没有人意识到危险的来临。他们甚至还在一起吃了一顿午饭和一顿晚饭。然后,天就黑了。叔叔打开了电视机,他们父子一人坐了一个角落地看电视。电视的节目演了一个又一个,大宝忽而又焦急地想:他什么时候与我说工作的事情呢?他觉得他挨不到明天了,因为今天与明天之间,还隔了一个迢遥的黑夜,他挨不过去了。可他又不能自己先说,大宝觉得自己是抢不了父亲先的,他只有等待。当电视最后的节目演完,屏幕上出现了"再见"的字样,叔叔懒洋洋地站起身,关了电视,往自己房间去了。大宝绝望地想道:他再不会与自己说工作的事情了,他想他的等待再不会有结果,而最后一个机会也过去了。最后刺激大宝对父亲的仇恨的,是叔叔在洗脸间里的刷牙声。牙刷在丰富的泡沫中清脆地响着,响的时间非常之久。大宝站起身,走到厨房,拧亮电灯,四下里看着,许久他也没有明白他是在找什么。后来,当他的眼睛无意地落在了他要找的那东西的上面,他才明白。他将他要找的东西握在手里,掖在衣服底下,回到了他日夜栖身的客厅沙发上,然后关了灯。

  大宝躺在黑暗中,等待叔叔睡着。他以为他已经等待了很长的时间,他以为黑夜已经在他的等待中过去了大半,黎明的时刻即将来临,他以为这正是人人进入梦乡的万籁俱寂的时刻了,他悄悄地站了起来,手里紧握着那东西,那东西已被他的身体暖成温热的了。他的心里忽然变得轻松了,甚至有几分愉快,长久的等待终于要实现了似的。他轻轻地走过走廊,来到了叔叔的卧室门口。他停了停,然后脱了鞋,这样可以使脚步轻得像猫一样。他推开了门,却被门内的光亮炫了眼睛。他没想到这时屋里还大亮着灯,他父亲正站在床边,整理着枕头,准备上床,当他回过头,略有些惊愕地张了嘴,看着大宝时,他口腔里牙膏的清凉的气息,散发在了空气里。大宝朝着叔叔举起了手里的东西,那是一把刀,不锈钢的刀面在电灯下闪着洁白的光芒。叔叔怒吼道:流氓!随着这一声怒吼,大宝的头脑似乎一下子清醒了,他刹那间明白了,他从小到大所吃的一切苦头,其实全都源于这个男人。他所以这样不幸福,他所以这样压抑,这样走投无路,全都源于这个男人。这个男人现在好了,可他却还在受苦,他多么苦闷啊!他的没有工作、没有前途、没有买烟的钱,他失去了健康的身体,全源于这个男人。他把刀向这个男人挥去,这个男人避开了,并用一只手握住了他的手腕。

  叔叔握到了大宝的手腕,心里升起了一个念头:这个孩子竟要杀他了。叔叔看见了这个孩子因仇恨而血红血红的眼睛,他想:很多孩子爱戴他,以见他一面为荣幸,这个孩子却要杀他。叔叔看见了这孩子的瘦脸,抽搐扯斜了他的眼睛,两个巨大的鼻孔一张一翕着,嘴里吐出难嗅的腐臭的气息,他无比痛心地想道:这就是他的儿子,他的儿子多么丑陋啊!而这丑陋却是他熟悉的,刻骨铭心地熟悉的,他好像看见了这丑陋的面孔后面的自己的影子,看见了这张丑陋的面孔就好像看见了叔叔自己。叔叔不忍卒睹地移开了目光,为了把全身的力量都聚集在手腕上,而咬紧了牙关。

  大宝为了挣脱手腕而扭曲了身体,他的手腕在父亲的大手里蛇一般地扭动,那把切西瓜的大刀便甩过来甩过去,闪烁着光芒。他们僵持了很久,双方都消耗了体力和耐心。疲惫的感觉似乎更加激怒了大宝,他狂暴地挣扎着,叔叔一个不防备,竟被他挣开了手去,随后他便不顾一切地朝叔叔横劈一下,竖劈一下,有一下劈到了叔叔的手臂,流血了,血滴在地毯上,转眼变成酱油般的褐色斑点。滴血的时刻忽然使叔叔想起大宝出生的场面:一轮火红的落日冉冉而下,血色溶溶,男孩呱呱落地。血液冲上叔叔的头脑,叔叔怒火冲天。他有些奋不顾身,大抡着手臂朝大宝揍去,大宝头上脸上挨了重重的几下,鼻子流血了。叔叔凛然的气势压倒了大宝,大宝的狂暴由于发泄渐渐平息,他软了下来,刀掉在地上,然后他就咧着嘴哭了,鼻血流进了嘴里。叔叔像个英雄一般,撕下一只睡衣的袖子,包扎好手臂上的伤口,大宝的哭声使他厌恶又怜悯。伤了一条手臂的叔叔极有骑士风范,可是他刹那间想起:他打败的是他的儿子。于是便颓唐了下来。将儿子打败的父亲还会有什么希望可言?叔叔问着自己。这难道就是他的儿子吗?他问自己。大宝蜷缩在地上,鼻涕、鼻血,还有眼泪,污浊了面前的地毯。叔叔忽然看见了昔日的自己,昔日的自己历历地从眼前走过,他想:他人生中所有的卑贱、下流、委琐、屈辱的场面,全集中于这个大宝身上了。这个大宝现在盯上了他,他逃不过去了,他躲得了初一躲不了十五! 这一夜,叔叔猝然地老了许多,添了许多白发。他在往事中度过了这一夜,往事不堪回首,回忆使他心力交瘁。叔叔不止一遍地想:他再也不会快乐了。他曾经有过狗一般的生涯,他还能如人那样骄傲地生活吗?他想这一段猪狗和虫蚁般的生涯是无法销毁了,这生涯变成了个活物,正缩在他的屋角,这就是大宝。黎明的时刻到来得无比缓慢,叔叔想他自己是不是过于认真,应当有些游戏精神,可是,谁来陪我做游戏呢?

这一个夜晚,我们都在各自家中睡觉,睡眠很香甜,睡梦中日转星移。我们各人都遇到了各人的问题,有的是编故事方面的,有的是情爱方面的,我们都受了些挫折。在白天里,我们受挫折;黑夜里,我们睡觉。我们甚至模糊挫折和顺利的界线,使之容易承受。我们将这两个截然相反的概念换过来换过去,为了使黑暗在睡眠中安然度过。我们这样做不是出于经验的教训,而只是懒惰。可是叔叔度不过这黑夜了,叔叔无论怎样跋涉都度不过这黑夜了。叔叔是这世界上最后一名认真的知识分子,救救孩子的任务落在叔叔的肩上。

叔叔一夜间变得白发苍苍,他想,他再不能快乐了;他想,快乐,是几代人,几十代人的事情,他是没有希望了。被践踏过的灵魂是无法快乐的,更何况,他的被践踏的命运延续到了孩子身上。那一个父与子厮杀的场面永远地停留在了叔叔的眼前,悲惨绝伦。孩子不让你快乐,你就能快乐吗?叔叔对自己说:孩子不答应让你快乐,你就没有权利快乐!叔叔对自己说:孩子在哭泣呢!叔叔几十年的历史在孩子的哭泣声中历历地走过,他恨孩子!可是孩子活得比他更长久。

我们是在这个夜晚过去很久以后,才隐约地知道。对此叔叔缄口无言,可是俗话说世上没有不透风的墙,渐渐的,我们就知道了。我们大家一起来设想这个场面,你一言,我一语的,将它设想成哈姆雷特风格的雄伟的图画,我们说这是一场惊心动魄的悲剧。我们已经习惯了以审美态度来对待世界和人,世界和人都是为我们的审美而存在,提供我们讲故事的材料。生命于我们只是体验,于是,一切难题都迎刃而解,什么都难不倒我们。我们干什么都是为了尝尝味道,将人生当作了一席盛餐。我们的人生又颇似一场演习,练习弹的烟雾弥漫天地,我们冲锋陷阵,摇旗呐喊,却绝对安全。这种模拟战争使我们大大享受了牺牲和光荣的快感,丰富了我们的体验。然而,我们并不知道,我们的战斗力,我们的反应的敏锐性,我们的临场判断力,在这种模拟战争中悄悄地削弱。当危险真正来临时,我们一无所知。我们还根据我们的意愿想象这世界,我们的意愿往往是出于一种审美的要求。叔叔的那一个真刀真枪的夜晚久久不为我们理解,与我们隔离得很远。但是,叔叔的关于他发现了命运真相的新的警句在我们中间流传。有一天,在我的生活里,发生了一点事故,这事故改变了我对自己命运的看法,心情与叔叔不谋而合。这事故虽然不大,于我却超出了体验的范围,它构成了我个人经验的一部分,使我觉得我以往的生活的不真实。

为什么这事故能抵制了我一贯的游戏精神,而在心里激起真实的反映?那大约是因为这事故是真正与我个人发生关系的,而以往的事故只是与别人有关。我们是非常自私的一代,只有自我才在我们心中。我们的游戏精神其实是建立在个人主义基础上,无论是救孩子还是救大人,都不可使我们激起责任心而认真对待。只有我们真正的自己遇到了事故,哪怕是极小的事故,才可触动我们,而这时候,我们又变得非常脆弱,不堪一击,我们缺少实践锻炼的承受力已经退化得很厉害。这世界上真正与我们发生关系的事故是多么少,别人爱我们,我们却不爱别人;别人恨我们,我们却不恨别人。而我恰巧地,侥幸而不幸地遇上了一件。在这时节,叔叔的故事吸引了我,我觉得我的个人事故为我解释叔叔的故事,提供了心理的根据;还因为叔叔的故事比我的事故意义更深刻,更远大,他使我的事故也有了崇高的历史的象征,这可使我承受我的事故的时候,产生骄傲的心情,满足我演一出古典悲剧的虚荣心。我们讲故事的人,就是靠这个过活的。我们讲故事的人,总是摆脱不了那个虚拟世界的吸引,虚拟世界总是在向我们招手。我们总是追求深刻,对浅薄深恶痛绝,可是又没有勇气过深刻的生活,深刻的生活于我们太过严肃,太过沉重,我们承受不起。但是我们可以编深刻的故事,我们竞赛似的,比谁的故事更深刻。好比曾经沧海难为水似的,有了深刻的故事以后我们再难满足讲叙浅薄的故事。就这样,我选择了叔叔的故事。

叔叔的故事的结尾是:叔叔再不会快乐了!

我讲完了叔叔的故事后,再不会讲快乐的故事了。

1990 年 8 月 2 日沪
1990 年 9 月 13 日沪

原载《收获》1990 年 6 期

刘　恒

狗日的粮食

日后人们记起杨天宽那天早晨离开洪水峪的样子,总找不到别的说法儿。他们只记住了一件事,不知道是不是顶重要的一件事。
"他背了二百斤谷子。"
这没滋没味儿的话说了足有三十年。它显不出味道是因为那天早晨以后的日子味道太浓的缘故。
杨天宽是蹚着雾走的,步子很飘。他背着花篓,篓里竖着粮袋,鼓的。这些都陷入白烟,人们疑心他背着空篓。但他前几日的确跟各家借过粮食,谷子的用处也吞吐着挑了。他走得健就是因为这个。
人们却只说:"他背了二百斤谷子。"把一个火烧火燎的光棍儿汉说得丢了分量。

杨天宽驴一样把谷子背到那地方,脸面丢尽了。不会说话,只会吐气,眼一劲儿翻白,晕噎中那个男人问他:"新谷?"
他点头,甩一帘汗下来。那人身后立一匹矮骡儿,也不计分量,只掂了掂就用肩一顶,将粮袋拱到骡鞍上。
"妥了,兄弟歇着。"
那人一笑,便牵了骡走。骡屁股后面就移出了一个人,站在那儿瞭他。杨天宽只对了一眼,不敢看了,有心去宰走了的男人,又没有力气。他叹了一口气。这声长叹便成了他永远扔不脱的话柄。
丑狠了。二百斤谷子换来个瘿袋。值也不值?他思来想去,觉得还是值,总归是有了女人。于是他领了女人上路,光棍脑袋细打路的尽头那盘老炕的主意。事情比他想的来得快,女人有火。
"你的瘿袋咋长的?"出了清水镇的后街,杨天宽有了话儿。
"自小儿。"
"你男人嫌你……才卖?"
"我让人卖了六次……你想卖就是七次,你卖不?要卖就省打来回,就着镇上有集,卖不?"

"不,不……"女人出奇的快嘴,天宽慌了手脚,定了神决断,"不卖!"

"说的哩。二百斤粮食背回山,压死你!"女人咯咯笑着蹽前边去,瘿袋在肩上晃荡,天宽已不在意,只盯了眼边马似的肥臀和下方山道上两只乱掀的白薯脚。

"瘿袋不碍生?"天宽有点儿不放心。

"碍啥?又不长裆里……"女人话里有骚气,搅得光棍儿心动,"要啥生啥!信不?"

"是哩是哩!"

最后是女人到坡下小解,竟一蹲不起,让天宽扛到草棵子里呼天叫地地做了事。进村时女人的瘿袋不仅不让天宽丢脸,他倒觉得那是他舍不下的一块乖肉了。

那时分地不久。杨天宽屋里添了人,地数就不够,村里把囫囵坨两亩胡萝卜地拨给了他。地很肥,可是路远,是日本人在的时候游击队烧荒撂下的,多年不种了。天宽性子钝,人人不要的地给了他,也嚼不出啥,苦着脸忍了。女人却不,爬到猪棚上骂街。句句骂的猪,可句句人不要听,嗫得村干部谁也不敢露脸。

"猪哩,哪个托生的你呀?你前辈造了孽,欺负我家男人,今世你可美了吧?哼哼啥,看老娘拉屎给你吃!你个臭了心肝的……"

人们只知天宽娶了个瘿袋婆,丑得可乐,却不想生得这般俐口,是个惹不得的夜叉,都不敢来撩拨了。天宽也由此生出一些怕来,女人的瘿袋越哭越亮,圆圆的像个雷,他便矮下三寸气,觉着自己做个男人确是活得不带劲,比不上这娘们儿豁爽。他灶间里舀一瓢水,哀怯怯地劝她。

"累着,行啦……下来喝。"

"你哑啦?尿挤不出一星,屁崩不来一个,尿的你!我下去你上来,你给我吆喝,给我日他欺人精的祖宗……"

天宽搡女人进屋,愁得苦。这女人是个混种,以后的日子怕难得好过。但是,凭怎么骂,女人还是女人,身条儿和力气都不缺,炕上也做得地里也做得,他要的不就是这个么。

女人果然勤快。扛了镢头、吃食,在囫囵坨搭个草棚,五宿不下山。白天翻坡地的黑土,两口子一对儿光膀,夜里草铺上打挺儿,四条白腿缠住放光。不下三日天宽就蔫了,女人却虎虎不倦,净了地留丈夫在棚里养精,独自下山背回一篓一篓的山药种。种块切得匀,拌了烧透的草灰,两拃一颗掩进松软的泥土。这女人很会做。

秋后天宽家收的山药吃不清了。叔伯兄弟杨天德口儿众,四个娃儿,谷子又没有长好,天宽有心接济他。

"屁话!饱日不思饥,你不怕我还怕日后饿煞哩!他吃自己种去……"

女人挡了他,在屋后掘了一口大窖,把黄皮山药码鸡蛋似的堆成小山,封了。

她嘴伤人,心也伤人。天宽在乡人面前抬不起头,但他心里有数,女人待他不薄。两口子熬日月,有这个够了。

以后他们有了孩儿。头一个生下来,女人就仿佛开了壳,一劈腿就掉一个会哭会吃的到世上。直到四十岁她怀里几乎没短过吃奶的崽儿,总有小小的黄口叼她小萝卜似的奶头儿,吃饱了就在瘪袋上磨嫩牙,口水、鼻涕蹭她一脖儿。

她奶水一向充足。伏天吃饭,天宽蹲北屋檐下,她在灶间门口,孩儿玩她奶子弄不对付了,只需一压,一股白溜溜的长线能嗖地挂到天宽碗里去。两口子闲时打趣,奶柱儿时时滋得天宽眼珠麻痛。这些都成了男人的骄傲。

但是,女人到底不是奶牛,孩儿们也不是永远不大。他们要吃,孩儿们也要吃,大小八张嘴,总得有像样的东西来填塞。天宽起初只尝到养孩儿的乐趣,生得一多就明白自己和女人一辈子只在打洞,打无底洞。一个孩儿便是一个填不满的黑坑。他们生下第三个孩子的时候,锅里的玉米粥就稀了,并且再没稠起来,到第四个孩儿端得住碗、捏得拢筷子,那粥竟绿起来,顿顿离不开叶子了。

孩儿们名字却好,都是粮食。大儿子唤做大谷,下边一溜儿四个女儿,是大豆、小豆、红豆、绿豆,煞尾的又是儿子,叫个二谷。两谷夹四豆,人丁兴旺。可一旦睡下来,摆一炕瘪肚子,天宽和女人就只剩下叹息。

几个孩子舌头都好,长而且灵活。每日餐后他们的母亲要验碗,哪个留下渣子就逃不脱骂和揍。"就你短舌,舔喽!"

脑勺上挨一掌,腮上掉着泪,下巴上挂着舌,小脸儿使劲儿往碗里挤,兄妹几个干得最早、最认真的正经事就是这个。外人进了天宽家,赶巧了能看见八个碗捂住一家人的脸面,舌面在粗瓷上的磨擦声、叭嗒声能把人吓一大跳。

天暗得看不清人形了,天宽常常顶着星星去串户。他拎一个小口袋,好象提拎着自己的心,又羞又慌。碰上不肯借粮给他的,他就恨不得整个儿钻到破口袋里去。洪水峪奸人少,没有借过粮给天宽的人不多,天德要算一个。

"你借不给,让瘪袋来!"

叔伯兄弟说出这个,天宽料定早年山药蛋的账还未结,只好呐呐地走开,传话给女人,她就骂:"这算一个爷的种?日歪了的!"

出不够气,她便到天德菜园儿里将白日瞄下的一颗南瓜摘来,放了盐煮,待天德在菜园儿里揪着秃秧跳脚,天宽的孩儿们已经拉出了南瓜子。

一家人就这么活。

女人姓曹,叫什么谁也不知。她对人说叫杏花,但没有人信。西水那一带荒山无杏,有杏的得数洪水峪,杏花是她嫁来自己捡的名儿,大家还都说她不配,因此不叫。人们只叫她脖上的那颗瘤,瘿袋!

她的西水口音短促、尖厉,说快了能似公鸡踩蛋儿,咕咕咯咯的满是傲气,人们觉得这种嘴只配骂人。她又的确会骂,骂起来脏字连珠,恍惚间一跃而为男人,又比一般男人多着胆量和本事能让对手或与对手有关的一切女人受辱,不管她活着还是在坟里。

这里男人打老婆是一顿饭,常事。她来了就造出天宽这厌货,让老婆揪住耳朵在院里打悠儿。这又是西水的习气,人们简直近不得她,当她是西水的母虎。

生红豆那年,队里食堂塌台,地里闹灾,人眼见了树皮都红,一把草也能逗下口水。恰逢一小队演习的兵从山梁上过,瘿袋抱着刚出满月的红豆跟了去,从驮山炮的骡子屁股下接回一篮热粪。天宽见它在阳光里晒,真把它当了粪,拎起来倒猪圈里。瘿袋见了空篮,从屋里跳出来就给他两嘴巴:

"瞎了你的!我闻骡子屁都不嫌你看一眼就嫌它?你自己拉!自己拉一锅能熬的来,能煮的来……"

谷子豆子们看着父亲让巴掌抡得转圈儿,好一阵挣扎才稳下来。墙头上有几个脑袋在笑,叹气。她不是母虎又是什么!但人们又发觉她夹着细筛到河里去了。

骡粪沾了猪圈的脏味儿,淘得不能不细。草棍儿和渣子顺水漂去,余下的是整的碎的玉米粒儿,两把能攥住。一锅煮糟的杏叶上就有了金光四射的粮食星星。一边搅着舌头细嚼,一边就觉得骡儿的大肠在蠕动,天宽家吃得惬意。女人是好的,天宽用筷子在打肥的腮上拨,这么想。乡人们只好沉默,百孬不如一好,这娘们儿坏得不透。

那年头天宽家坟场没有新土,一靠万幸,二靠这脏嘴凶心的女人。

日子苦,但让她得些怜悯也难。她做活不让男人,得看在什么地界儿。家里不消说了,推碾子腰顶主杠,咚咚地走,赛一头罩眼牲口,能把拉付杠的小儿小女甩起来;从风火铳背柴到家里,天宽一路打六歇,她两歇便足了,柴捆壮得能掩下半堵墙;担水一晨一夕十五担,雨雪难阻,五担满自家的缸,十担挑给烈属、军属,倒不是她仁义,而是每日四个工分诱着。地里就不同了,一上工立即筋骨全无,成了出奇的懒肉。别人锄两梯玉米的功夫,她能猫在绿帐深处纳出半拉鞋底,锄不沾土;去远地收麻,男背八十,女背五十,她却嫩丫头似的只在胳肢窝里夹回镐把粗的一捆。

"瘿袋长到屁股台儿了,背不得?"队长怨她。

"背不得,我腿根子夹着你的屌哩!"

"……你篓儿倒不空。"

"空了不饿死你六个小祖宗?亏是天宽揍下的,你的种儿你敢说这个?!"

她笑得野,队长扯眉无话。她篓里是半下子泉里泡过的麻麻棵儿,绿格盈盈叶香,单等着掉锅里煮了。别人歇响她不歇,草坡上乱扒图的就是这货,是村旁山地难得一见的野菜呢!队长能说什么?怪不得,自然地敬不得,还不由她去!

怪不得不只一项。她身上有口袋,收工进家手不知怎么一揉,嫩棒子、谷穗子、梨子、李子……总能揪一样出来。日积月累,也不能说是个小数目。但谁也逮不住她,不知道口袋在什么地方。有猜在裆里的,虽说是老娘们儿终究不是可探的地方,证实不易。或许又是人家不愿逮她罢了。天宽未必明白小秋收的底细,他只明白起初女人只是嘴坏些,有了孩儿,肚子一紧瘪,她的手便也坏了。不能说,他嘴打不过她,手打怕也吃力。况且养一堆活口,女人的本事哪一样都是有用的。

这爪子就难免四处撒野。

邻家靠院墙搭了葫芦架,水汪汪一棚嫩叶,几朵白花挤到墙头这边来,绿豆和二谷伸着小手去够。

"看落了!让它长……"瘿袋有了心思,也不说。白花枯后,茎上吊了拳大几颗蛋蛋,吹气似的胀起来。邻家女人也是个精明的,趁瘿袋上工溜进来,用荆条圈将葫芦一一托牢,既免了坠秧,又宣白了它们的主人。瘿袋只当无事,邻人扒墙头窥动静,她就背身藏住冷笑,滴水不露。

葫芦大了,估量着挽俩茄子已够吃一天,瘿袋便刮北风似的割了它们。依旧是煮,然后骂也依旧。邻家的嫩崽打了先锋,骑墙头日偷儿的娘。这边就威凌凌杀出了瘿袋。不骂人,只骂葫芦。骂得很委屈,葫芦成了骚娘们儿,把漂亮身子递过墙,将清白的瘿袋勾引了。

"心肝葫芦肉儿,你天生是个招人日的货哩,明儿个记着,有骚憋自家院儿里,便宜自个儿留着……"

声气儿顿消,邻家女人羞得只剩下拔秧的力气,把一棚葫芦扯散了。吃亏的都说,西水的娘们儿不是个人。天宽也觉得女人八成是着了魔。

那一年粮食又不济。可二谷都七岁了呀!魔鬼附体的日子没个休、没个休。

天宽五十了,闹不清自己是怎么长的,也闹不清自己肚里是什么下水。人呆得象个木桩,横炕上总打不住要想年轻时那沉甸甸的二百斤谷子。鼻子凉酸,哀气也跟着涌,一声叠着一声。

"哀啥?见我那天就打哀声,半辈子也下来了,我亏了你没?"

"不亏,不亏!"

两口子捂一床破絮无事可做。早年几句话逗下来,天宽就能折腰腾身,压女人一身腥汗。如今不行了,女人的屁股他看都不要看,况且又有满满一炕大的小的孩子,大谷大豆怕已听不得爹娘喘气。

最后一次是在园子里,黄瓜架后边。两人在月亮底下办事,不紧不慢做得渐浓,瘪袋就开了口:"明儿个吃啥?"

天宽愣住了,"吃啥?"自己问自己,随后就闷闷地拎着裤子蹲下。好像一下子解了谜,在这一做一吃之间寻到了联系。他顺着头儿往回想,就抓到了比二百斤谷子更早的一些模糊事,仿佛看到不识面的祖宗做着、吃着,一个向另一个唠叨:"明儿个吃啥?"

"你说吃啥哩?"他问瘪袋,不论月光把她粗皮照得多么白细,他算彻底失了兴趣了。

"麸子。"

"哪儿拾的。"

"鞍子房。小豆眼快,这丫头出息了。"

"……仓库后头地里有鼠坑儿,怕能掏下正经粮食。"

天宽认真琢磨耗窝儿的走向。从此清心寡欲,与女人贴肉的事算淡了。瘪袋也到了日子,仰炕上不再向他伸手。

吃啥?细想想,祖宗代代而思的老事,两口子可是一天都不曾怠慢过。

女人日见憔悴,如虎也是病虎了,急躁中添了忧伤。瘪袋有了皱儿,再不似亮亮的粉红气球,骂人时也鼓不起来。

天宽呆想:操心操够了吧?看看六个孩儿个个饿相,大的小的都有舔鼻涕的病,心里就有了火苗,燎着熏着朝上顶。

他想逮个活的揍一顿,揍死它!

绿豆退学、二谷上学那年,洪水峪日子不坏。虽说新崽儿不在这家就在那家哇地降世,人均土地已由九分降到七分,但返销粮是足的。家家一本购粮证,每人二十斤,断了顿儿就到公社粮栈去买。夏粮绿在地里时辰,山道上总有拎着空的鼓的口袋的人,来回踟蹰地走。那天早上瘿袋挑了八担水,留七担晚上挑,伺候鸡、猪、人吃了,便掖着购粮证离了家。出村的时候,凡见她的人都觉得她气色不坏。过后人们才明白,凶人善相不是吉兆。

公社粮栈柜台外边挤着人,虽挤倒并不显得怎么饥饿。瘿袋捏着空口袋,发现钱和购粮证一并丢掉了。生就的急性子,当即便嗷地怪叫一声,跌倒地上吐开了沫儿。买粮的卖粮的四下里围住,看那有趣的瘿袋在她胸脯上滚来滚去,人人探个鸡脖儿,眼也都乌鸡似的鼓出来。粮栈一个人物拨不开人,拿腔儿抓调儿地念出一段语录,说的是大家都来自五湖四海,为了一个什么目标共同走到这地方来了,意思是他要挤进去……帮助帮助。那时候兴这个,而且管用,于是人们闪一条缝出来。他看明白了,到柜台后里端出个大茶缸,含一口水漱了漱嗓子,然后喷到瘿袋脸上。几口刷牙水浇下来,她嘴不抽抽了,眼却愣直。

"哪村的?"

"丢了。"

"姓啥?"

"丢了。"

"啥丢了。"

"丢了丢了……丢了……"

女人撒了癔症,围的人更添趣味,那人加倍逞能,逮住人中狠掐,嘿嘿着:"丢不了,你过来呗!"瘿袋乱扑梭,终于尖嚎"日你娘!"她爬起来,夺路而去。

瘿袋哭软了,一辈子刚气,不知哪儿积了那么多泪。她打了两个来回,把十几里山路上每块石头都摸了,又到灌木林儿里脱光,撅着腚撕衣裳补丁,希望里边藏点儿什么。有了月亮她才进家,油灯底下天宽在吸烟袋锅,旁边炕桌上给她晾着一碗稀粥。她盯住那碗粥愣了神儿。

"娘,快吃粥!"二谷蹦过来拽她。

"不吃,再不吃啦……"女人猫似的。

天宽一下子知道出了事。一边问,一边就有火苗在心里拱,手巴掌打着抖没处搁没处放。女人不曾现过的软弱使他勇气陡升。孬人有了胆了不得!

"败家的!"

他吼一声,把粥碗往地下一砸。

"吃货!"

一辈子没这么痛快过。

"丢了粮,吃你！老子吃你！"

说着说着就管不住手,竟扑上去无头无脸一阵乱拍,大巴掌在女人头上、瘿袋上弹来弹去,好不自在。乡人们蹲在夜地里听,明白天宽家的男人又成了男人,把女人的威风煞了。半世里逞能扒食,却活生生丢了口粮,这是西水女人的造化。天宽,往死里揍她！

正揍得紧,一声长号让他悬了手。

"天爷,瞭哪个拾了粮证,让他给我家还来呀,我的粮唉……"

这歌是复调,一遍一遍唱。月亮把那脖上的瘿袋照成个白球,在黑院里闪。天宽撸一把酸鼻涕,点个马灯拎着去了。

有睡不实的乡邻,半夜里听到瘿袋到水泉担水,白薯脚在石板上踏踏地蹭。又听到蒜臼响,响得很脆,啪啪的像是硬壳碎了。以后就没有声音。

天宽趴在山道上拿马灯东照西照的时候,他女人卧在席上服了苦杏仁儿。天上有不少星星,眨着眼冷冷地瞧着他们。

天宽耗尽了灯油回家,隔二里地就听到村里有惨哭。是自己那窝粮食在响。院子里嘈杂,豆们从门里滚出来迎他:"爹,快看娘！"他一听就怕了,硬挺着踱到炕前,老娘们儿丑脸歪着,还有气,只是喘得骇人。他从二谷手里接过碗来,在粗瓷儿上抹下一指杏仁儿渣子,这才记起她一天不曾吃什么。她再不想惦记吃,所以她就吃了这个。一辈子不饥,天宽也有吃的意思了。

黎明时分,一扇门板离了村庄。几个邻家后生抬举着,瘿袋高高地睡在上边,蜡脸焕发荣光。大谷在前头引路,天宽由叔伯兄弟天德陪着殿后;一行人在雾里向山下滑。天宽迷迷瞪瞪走路,恍然回到差不多二十年前的那个早晨,但二百斤谷子正沉得把他压扁,压做薄薄的骨饼。

大谷唤他:"爹,娘有话！"

门板撂稳,天宽把耳朵凑上去。听不清,他扒拉一下瘿袋球,挨她嘴近些。

"狗日的！"

静了半天,又吐出两个字。

"粮……食……"

天宽赞同地点点头,很悲哀。他在女人头发上摸了一把,最后一把。

门板将要漂出山谷时,大谷把天德的儿子换下小解。那小子绕到大石头后面哗哗地撒了一通,接着便狂叫,蛇咬了屌似的。天宽赶来,只一眼就瞭上了那个皮筋扎紧的包包。它躺在石根子那儿,几束草掩着,像块灰石。两尺开外有两节不大新鲜的绿粪,是人的。为什么绿,天宽明白。但他分明已完全糊涂,傻了似的看看这、看看那,脸上迅即失了血色。

脏物如有幸石化,将使后世的考古学者出丑。他们将陷入历史的迷宫,在年代和人种问题上苦苦纠缠。

瘿袋却是离去了。天德的儿拾了布包抢功:"婶子,天爷还你粮证哩!"她两目圆睁,阔嘴微开,大瘿袋亮着黄光,仿佛对突如其来的窝心事儿大吃了一惊。

"婶子,你瞭瞭!"

"闭你娘的嘴!"

天宽吼过侄子,大谷便哭了。天德踹儿子一脚,看看人确是没了气,又赶上去踹儿子一脚。天宽也就下了泪。他收了布包,把女人身下垫的麻袋抽一条出来。卫生站不必去,粮食不能不买。余人抬了瘿袋回头,两口子一硬一软算是暂且分了手。

一袋粮食买回,刚够助丧的众乡亲饱食一顿,天宽的孩儿自然也扎进人堆抢吃,吃得猛而香甜。他们的娘死也对得起他们了。

"明儿个吃啥?"

夫妻合谋的事,剩天宽独自苦想,他深知了女人的不易。夜里头赤条条翻身,被里的空儿叫他心痛,接着就有女人脆响的脏话传来:"狗日的……粮食!"

这仁义的老伴儿竟去了。

洪水峪少了母虎,清静了,也寂寞了。听不到她公鸡踩蛋儿似的骂声,日子便过得不够紧迫。谷子豆子们摆脱了母亲的淫威,活得反而快活起来。岁月毕竟是一天一天不同,个个肚子大了不止一倍,却大抵充实得可以。

如今杨天宽六十多岁了,仍旧慈眉善目,老娘们儿似的低声细气。他一辈子没有逞过大男人的威风,也许试过一次,但只一次便要了老婆的命。到承包的田里做活,时时要拐到坟地里去,小心拔土旁的杂草,他好悔!

孩子们可没有什么债务,他们几乎将母亲忘却了。认真回想一番,也无非更加肯定那是个不可思议的人物。二谷念高中时翻过一本医书,发现瘿袋即是"甲状腺肿大"之类,于是母亲就脖上吊着个肉球在他脑海里走。虽说只是一闪,也算有了一份想念,不能说是不孝的了。大谷、大豆、小豆们都有了孩儿,他们的孩儿是不要苦杏核儿的,可见有些事他们也还记着。

老辈儿人却爱讲瘿袋的故事,开头便是:"他背了二百斤谷子。"语调沉在"谷子"上,意味着那不是土、不是石头、不是木柴,而是"谷子",是粮食,是过去代代人日后代代人谁也舍不下的、让他们死去活来的好玩意儿。

曹杏花因它而来又为它而走了,却是深爱它们的。
"狗日的……粮食!"
哪里是骂,分明是疼呢。是不是骂,骂个谁,得问在她坟上蹓跶的天宽,老家伙心里或许明白。

1986 年 5 月 22 日

原载《中国》1986 年第 9 期

李 锐

厚 土

眼 石

盯着,盯着,那紧在后脑勺上的红花手巾呼的窜了起来,像火苗子舔了心尖,绞得人倒吸冷气。脑壳里装了面大铜鼓,有人敲,咣——,金星四迸,大朵的红花就漫成了满天的红雾……

"我日死你一万辈儿的祖宗!"

有水从那红雾中涌出来,流进嘴角里,咸。

绕在腕子上的闸绳猛一拽,一个趔趄,接着扑嗵一声,他像个装满了袋的毛褋跌在坚硬的山路上,反穿的羊皮袄裹着身子,肮脏的黑羊毛一阵乱颤,活像是拖着一条死牲口。大车里,坐在石灰堆上的女人失魂落魄地惊叫起来:

"娃他爸!娃他爸!"

大大小小的石头刀割斧锯一般从身子下边划过去:

"日你妈,拖死吧,拖死了干净!"

这念头只一闪,全身的肌肉就都拉紧了,腿一弓,身子也跟着拱起来。可是大车下滑得太快,挣扎不过,人又被拉成一条直线,满是尘埃的黑羊毛复又触目惊心地乱摇做一团。两只方口鞋一前一后地滚落在路旁。

惊乱之中,在前边摇鞭子的车把式扳住手闸,猛勒缰绳,一阵狂呼乱喊,好不容易才把大车停在了半坡。辕骡口吐白沫,两条后腿在腹下弓曲着,用整个身子抵抗着冲下来的重载。车把式怒不可遏地勒着缰绳,扭头向后边拉闸的副手喷过一阵臭骂:

"我日死你妈!你个日的敢是没拉过闸?这种路上失闪了是要笑的?这车上坐的不是你老婆孩子?把你家日的呢,撞鬼啦!"

地上的那一团黑毛蠕动着站起来又退回去穿好鞋,一声不吭地回到岗位上挽紧闸绳。车把式喝斥着:

"拉住!"

一面松开手闸,放缓缰绳,鞭梢在辕骡眼前虚晃一下,悦声道:

"走吧,红骡子。"

大车又晃动起来,胶轮碾上一块路旁突进来的锐利的石角,咯嘣一声闷响,接着,轰然落地的车上荡下一股呛人的白烟。随着响声车把式心疼地和他的胶轱辘对应着:

"哟哟——,我的胶子呗!"

紧绷在后脑勺上的花手巾又晃了起来,眼睛里只有那些跳动着的红块,和一条白晃晃的山道。

随着山路的蜿蜒盘绕,一道令人目眩的绝壁或左或右随而进。绝壁下的涧河翻滚着白浪,可传上来的声音却是远远的,似乎隔着什么。车把式心太狠,车装得太满,使了围板还又冒了尖儿,尖儿上苫块破毛毡,毛毡上玄玄乎乎晃着个穿花衫的媳妇,媳妇怀里抱着叼奶头的娃娃,车一晃,紧巴巴的衫子下边就会露出白嫩嫩的肚皮来。可昨天夜里,这肚皮叫别人揉搓过了……

"我日死你一万辈儿的祖宗!全成了假,全成了假……一万辈儿的祖宗!"

"脑壳里的大铜锣又在敲,咣——!眼前的雾又升了起来。手里没杆枪,要是有枪,那个紧绷绷的花脑勺早就碎了!"

"假的!一万辈的祖宗!"

车尖儿上晃着那惊恐万状的女人,看着丈夫满脸阴森森的杀机,她觉得末日到了,一阵阵的寒气从心底里升上来,手足无措之中,她只能愈来愈紧地搂住儿子——这个用末日换来的儿子。早知他今天这个样,昨晚宁可拼死也不干。男人家都是牲口!

他觉得身上在哆嗦,好像是冷,眼前的雾退下去,又显出来那个紧绷着花手巾的后脑勺。昨天晚上,在城东关大车店那间小屋里,狗日的就是兜的这块花手巾……

喝了酒,两个男人的脸都红成了紫猪肝,他抗不住酒力,有点晕。媳妇还在一旁劝着恩人:

"他哥,你再喝。这回多亏你给凑了这八十,要不娃娃还得在医院扣着。可得好好谢谢你哩!"

"拿啥谢?"

接酒的人嘿嘿笑着,随手取下头上的花手巾塞过去。女人酥软的胸脯上热辣辣地撞上一只拳头。

儿子得病住进县医院,媳妇陪着也住,一个半月过去欠下医院的账,人家扣住人不放,他气得在医院门口跳着脚嚎,多亏这八十块的救命钱。车把式比往日更理直气壮地吩咐:

"去,把料拌好添上,到井上绞些水预备饮,再到街里给我买盒烟。"

他去了,头还晕,只能一样一样慢慢做,等他拿着烟卷返回来时,小屋的门插着。脑壳里的大铜锣就是从那时候敲起来的。他被这突如其来的事惊呆了。想砸门,可又怕丢人。猛然才想起来人家差他出门时那一脸的笑来。人家借给他钱的时候,也是这么笑的。整年跟着人家跑车,成天都得在人家手心里攥着,眼下还又欠了八十块的人情。腿一软,他蹭着墙蹲下来,隔着窗纸屋里的响动传出来,那些所有的细节都可以想得见,脑壳里那面大铜锣一下连一下地猛敲:咣——!咣——!

不知过了多长时间。

车把式开开门走出来的时候,正朝头上挽这条带红花的手巾,见了他,一愣,一笑,丢下一句话:

"我另找地方睡,夜里你招呼牲口,钱,还不还由你吧。"

说完,人走了。

酒劲太大,头更晕了。他跌进屋去,把女人剥得精赤条条,一顿毒打,而后又饿狼一样扑上去。

他后悔借了他八十块,后悔也晚了。

太阳光下的这条路又陡又长,白得晃眼。他觉得越来越管不住自己,只是想杀人,想见血,没有枪,有石头!

"一万辈儿的祖宗,好汉做事好汉当!不宰了这个杂种连自己都是假的!"

路太短,一转眼六十里只剩下一半。他没有枪,没有石头,没有机会,好像也还缺一些勇气。花手巾包着的那颗硕大的头,还不用回身就能看见的那像刀砍出来一样的下巴骨,还有裹在羊皮坎肩里头的那付宽大厚实的身架,拴了红缨的鞭子威风凛凛地在肩头上飘拂,自信,威严,高傲,人家从来都是这挂大车的统帅;统帅着四匹骡马,一挂车,还统帅着他这个拉闸的。可是,半夜里蹲在墙根下听到的响动声又响了起来,那面大铜锣又敲了起来,红雾中又有水奔涌而出,很热,很咸。

"我日死你一万辈儿的祖宗!"

白晃晃的车道朝着半天里升上去,胶轮压上了六十里山路当中最险的陡坡——豹子岭像一个阴险的狎客躺在半空中冷笑着。骡马们低头弓背四蹄猛蹬,被马蹄铁踏碎的沙石四下飞迸。车把式一手握住手闸,一手连珠抱般地甩着响鞭,鞭梢呼啸着扫过,向那些摆动着的长耳朵愈来愈残忍地逼近。平日攒在肚子里的脏话,此时一股脑儿地倾泻了出来:

"驴日的们,这阵可不敢给老子退了坡!灰头这时候你还耍滑哩,日死你个杂种的!青骡上啦,上!上!后闸,当心着,你狗日的再不用撞鬼啦!"

本来就在车尖儿上玄玄乎乎晃着的女人,朝幽幽的绝壁下偷看了一眼,浑身的筋肉立刻就僵直起来,一只手死死地抓住了身边粗大的麻绳。涧底哗哗的水声招魂似地从遥远处传上来。

车和马,肉和心,都悬挂在那几根铮铮欲断的套绳上,沿着绝壁的边缘上升。

"娃他爸……"

女人呻吟般地呼唤了一声——没有回答,游丝般的呼唤飘忽着在唇边挣断了。

瓦蓝的天上,一只苍鹰在飞,它犀利的眼睛看见了如蝼蚁负重般在绝壁上挣扎着的那一群。猛然,从那挣扎中生出了一阵痉挛的悸动,接着,是一个绝望的停顿,接着,是一阵撕心裂肺的呼喊:

"退坡啦——!上闸呀!上闸呀!"

拉闸人下意识地弹起来跳向车侧,一咬牙把粗大的闸绳死命拉入怀中。立刻,闸杠和瓦轴剧烈地磨擦起来,往日敷上去的松香在震耳欲聋的响声中,吱吱地冒起了青烟。可贪心的车把式装出来的那座"石灰山"太重了,坡太陡了,它拽着四匹骡马,四条人命,斜刺里滑向绝壁。

绝望中,车把式又在呼喊:

"眼石!快打眼石,快!"

平日里练就的动作不用思索.拉闸人转瞬间把闸绳挽死在铁钩上,飞身扑向路边,抱起一块枕头大的青石来。就在这一瞬间,他看见车把式被撞倒了,不知怎么把衣服挂在了手闸柄上,失了根的身体在疾速的下滑中左跌右撞挣扎不起,眼看就要滚落在铁蹄之下,眼看就要随着他的"石灰山"一起丧身涧底。拉闸人的脸上猛露出一丝残忍的冷笑来:

"一万辈儿的祖宗,天报应!下去吧,都给我下去,我认了!我认了!"

"娃他爸,快打眼石呀!"

女人在呼救,可却不知道朝下跳。

"日死你妈,假的!"

闸杠和瓦轴仍在凄厉地轰响着,胶轮被兽齿般的碎石疯狂地撕咬着,整个车体都在发出断筋裂骨般地咯咯吱吱的呻吟。猛地,从那车尖儿上传出来孩子尖锐的哭声……拉闸人被电击了一般骤然扑向胶轮,轰然一声,施放烟雾似的,半崖里升起一片白云。接着,一切都停了下来;接着,从白云里挣扎出一个白人,额角上滴下殷红的血珠;接着,这白人扑向辕头,从辕杆下边拖出那个仇人来嘶喊着:

"一万辈儿的祖宗!我该把你个杂种放到崖底下!我该把你个杂种放到

崖底下！"

一块被车轮撞动的石头缓缓地，缓缓地，滚向绝壁，在崖畔上摇摆了一下，仿佛无限深情地依恋着什么，旋即自由地垂落下去。刹那间，有一道苍色的闪电尾随着直劈涧底。

晚上，在马号前边卸了车以后，花手巾朝耳边凑上来：

"后半夜上我家去，我给你留门。"

他愣起眼，不大明白。

花手巾笑笑："你心里不是不平展吗？咱们弟兄生死之交，犯不着为女人置气，今黑夜就算是我补你。"

他听懂了。心中一阵狂跳。

夜静更深的时分，他去了。果然花手巾给他留着门。事完之后，当他心满意足地跨出屋门的时候，花手巾正在墙根下蹲着，和昨晚一模一样。他也不由一愣，一笑，而后硬铮铮撂下一句话："钱我还你！"

回到家里，媳妇来开门时只披了一件布衫，不知怎的胸中涌起一股兴头来，他一把将女人拥到了炕上。温顺的女人无声地驯从着，可她分明感到丈夫身上没有了那股杀气，丈夫又成了原来的丈夫。

黑暗中，土炕上有两团模糊的白影在晃动。

月亮落下去了，天上有很多星星。

原载《山西文学》1986年第11期

合　坟

院门前，一只被磨细了的枣木纺锤，在一双苍老的手上灵巧地旋转着，浅黄色的麻一缕一缕地加进旋转中来，仿佛不会终了似的，把丝丝缕缕的岁月也拧在一起，缠绕在那只枣红色的纺锤上。下午的阳光被漫山遍野的黄土揉碎了，而后，又慈祥地铺展开来。你忽然就觉得，下沉的太阳不是坠向西山，而是落进了她那双昏花的老眼。

不远处，老伴带了几个人正在刨开那座坟。锹和镢不断地碰撞在砖石上，于是，就有些金属的脆响冷冷地也揉碎到这一派夕阳的慈祥里来。老伴以前是村里的老支书，现在早已不是了，可那坟里的事情一直是他的心病。

那坟在那里孤零零地站了整整十四个春秋了。那坟里的北京姑娘早已变了黄土。

"恓惶的女子要是不死，现在腿底下娃娃怕也有一堆了……"

一丝女人对女人的怜惜随着麻缕紧紧绕在了纺锤上——今天是那姑娘

的喜日子,今天她要配干丧。乡亲们犹豫再三,商议再三,到底还是众人凑钱寻了一个"男人",而后又众人做主给这孤单了十四年的姑娘捏和了一个家。请来先生看过.这两人属相对,生辰八字也对。

坟边上放了两只描红画绿的干丧盒子,因为是放尸骨用的,所以都不大,每只盒子上都系了一根红带。两只被彩绘过的棺盒,一只里装了那个付钱买来的男人的尸骨;另一只空着,等一会儿人们把坟刨开了,就把那十四年前的姑娘取出来,放进去,然后就合坟。再然后,村里一户出一个人头,到村长家的窑里吃荞麦面饸饹,浇羊肉炖胡萝卜块的哨子——这一份开销由村里出。这姑娘孤单得叫人心疼,爹妈远在千里以外的北京,一块来的同学们早就头也不回的走得一个也不剩,只有她留下走不成了。在阳世活着的时候她一个人孤零零走了,到了阴间捏和下了这门婚事,总得给她做够,给她尽到排场。

锹和镢碰到砖和水泥砌就的坟包上,偶或有些火星迸射进干燥的空气中来。有人忧心地想起了今年的收成:"再不下些雨,今年的秋就旱塌了……"

明摆着的旱情,明摆着的结论,没有人回话,只有些零乱的叮当声。

"要是照着那年的样儿下一场,啥也不用愁。"

有人停下手来:"不是恁大的雨,玉香也就死不了。"

众人都停下来,心头都升起些往事。

"你说那年的雨是不是那条黑蛇发的?"

老支书正色道:"又是迷信!"

"迷信倒是不敢迷信,就是那条黑蛇太日怪。"

老支书再一次正色道:"迷信!"

对话的人不服气:"不迷信学堂里的娃娃们这几天是咋啦?一病一大片,连老师都捎带上。我早就不愿意用玉香的陈列室做学堂,守着个孤鬼尽是晦气。"

"不用陈列室做教室,谁给咱村盖学堂?"

"少修些大寨田啥也有了……不是跟上你修大寨田,玉香还不一定就能死哩!"

这话太噎人。

老支书骤然愣了一刻,把正抽着的烟卷从嘴角上取下来,一丝口水在烟蒂上亮闪闪地拉断了,突然,涨头涨脸地咳嗽起来。老支书虽然早已经不是支书了,只是人们和他自己都忘不了,他曾经做过支书。

有人出来圆场:"话不能这么说,死活都是命定的,谁能管住谁?那一回,要不是那条黑蛇,玉香也死不了。那黑蛇就是怪,偏偏绳甩过去了,它给爬上来了……"

这个话题重复了十四年,在场的人都没有兴趣再把那事情重复一遍,叮叮哨哨的金属声复又冷冷地响起来。

那一年,老支书领着全村民众,和北京来的学生娃娃们苦干一冬一春,在村前修出平平整整三块大寨田,为此还得了县里发的红旗。没想到,夏季的头一场山水就冲走两块大寨田。第二次发山洪的时候,学生娃娃们从老支书家里拿出那面红旗来插在地头上,要抗洪保田。疯牛一样的山洪眨眼冲塌了地堰,学生娃娃们照着电影上演的样子,手拉手跳下水去。老支书跪在雨地里磕破了额头,求娃娃们上来。把别人都拉上岸来的时候,新塌的地堰将玉香裹进水里去。男人们拎着麻绳追出几十丈远,玉香在浪头上时隐时现地乱挥着手臂,终于还是抓住了那条抛过去的麻绳。正当人们合力朝岸上拉绳的时候,猛然看见一条胳膊粗细的黑蛇:一头紧盘在玉香的腰间,一头正沿着麻绳风驰电掣般爬过来,长长的蛇信子在高举着的蛇头上左右乱弹,水淋淋的身子寒光闪闪,眨眼间展丈把来长。正在拉绳的人们发一声惨叫,全都抛下了绳子,又粗又长的麻绳带着黑蛇在水面上击出一道水花,转眼被吞没在浪谷之间。一直到三十里外的转弯处,山水才把玉香送上岸来。追上去的几个男人说山水会给人脱衣服,玉香赤条条的没一丝遮盖;说从没有见过那么白嫩的身子;说玉香的腰间被那黑蛇生生的缠出一道乌青的伤痕来。

后来,玉香就上了报纸。后来,县委书记来开过千人大会。后来,就盖了那排事迹陈列室。后来,就有了那座坟,和坟前那块碑。碑的正面刻着:知青楷模,吕梁英烈。碑的反面刻着:陈玉香,女,一九五三年五月五日生于北京铁路工人家庭,一九六八年毕业于北京第三十七中学,一九六九年一月赴吕梁山区岔上公社土腰大队神峪村插队落户,一九七二年八月十七日为保卫大寨田,在与洪水搏斗中英勇牺牲。

报纸登过就不再登了,大会开过也不再开了。立在村口的那座孤坟却叫乡亲们心里十分忐忑:

"正村口留一个孤鬼,怕村里要不干净呢。"

可是碍着玉香的同学们,更碍着县党委会的决定,那坟还是立在村口了。报纸上和石碑上都没提那条黑蛇,只有乡亲们忘不了那慑人心魄的一幕,总是认定这砖和水泥砌就的坟墓里,聚集了些说不清道不白的哀愁,荏苒便是十四年。玉香的同学们走了,不来了;县委书记也换了不知多少任;谁也不再记得这个姑娘,只是有些个青草慢慢地从砖石的缝隙中长出来。

除去了砖石,铁锹在松软的黄土里自由了许多。渐渐地,一伙人都没在了坑底,只有银亮的锹头一闪一闪地扬出些湿润的黄色来。随着一脚蹬空,一只锹深深地落进了空洞里,尽管是预料好的,可人们的心头还是止不住一震：

"到了？"

"到了。"

"慢些,不敢碰坏她。"

"知道。"

老支书把预备好的酒瓶递下去：

"都喝一口,招呼在坑里阴着。"

会喝的,不会喝的,都吞下一口,浓烈的酒气从墓坑里荡出来。

木头不好,棺材已经朽了,用手揭去腐烂的棺板,那具完整的尸骨白森森地露了出来。墓坑内的气氛再一次紧绷绷地凝冻起来。这一幕也是早就预料的,可大家还是定定地在这副白骨前怔住了。内中有人曾见过十四年前附着在这尸骨外面的白嫩的身子,大家也都还记得,曾被这白骨支撑着的那个有说有笑的姑娘。洪水最后吞没了她的时候,两只长长的辫子还又漂上水来,辫子上红毛线扎的头绳还又在眼前闪了一下。可现在,躺在黄土里的那副骨头白森森的,一股尚可分辨的腐味,正从墓底的泥土和白骨中阴冷地渗透出来。

老支书把干丧盒子递下去：

"快,先把玉香挪进来,先挪头。"

人们七手八脚地蹲下去,接着,是一阵骨头和木头空洞洞的碰撞声。这骨头和这声音,又引出些古老而又平静的话题来：

"都一样,活到头都是这么一场……做了真龙天子他也就是这个样。"

"黄泉路上没老少,怆惶的,为啥挣死挣活非要从北京跑到咱这老山里来死呢？"

"北京的黄土不埋人？"

"到底不一样。你死的时候保险没人给你开大会。"

"我不用开大会。有个孝子举幡,请来一班响器就行。"

老支书正色道："又是封建。"

有人揶揄着："是了,你不封建。等你死了学公家人的样儿,用火烧,用文火慢慢烧。到时候我吆上大车送你去。"

一阵笑声从墓坑里轰隆隆地爆发出来,冷丁,又刀切一般地止住。老支书涨头涨脸地咳起来,有两颗老泪从血红的眼眶里颠出来。忽然有人喊：

"呀,快看,这营生还在哩！"

四五个黑色的头扎成一堆,十来只眼睛大大地睁着,把一块红色的塑料皮紧紧围在中间：

"是玉香的东西!"

"是玉香平日用的那本《毛主席语录》。"

"呀呀,还在哩,书烂了,皮皮还是好好的。"

"呀呀……"

"嘿呀……"

一股说不清是惊讶,是赞叹,还是恐惧的情绪,在墓坑的四壁之间涌来荡去。往日的岁月被活生生地挖出来的时候竟叫人这样毛骨耸然。有人疑疑惑惑地发问:

"这营生咋办?也给玉香挪进去?"

猛地,老支书爆发起来,对着坑底的人们一阵狂喊:

"为啥不挪?咋,玉香的东西,不给玉香给你?你狗日还惦记着发财哩?挪!一根头发也是她的,挪!"

墓坑里的人被镇住,蔫蔫的再不敢回话,只有些粗重的喘息声显得很响,很重。

大约是听到了吵喊声,院门前的那只纺锤停下来,苍老的手在眼眉上搭个遮阴的凉棚:

"老东西,今天也是你发威的日子?"

挖开的坟又合起来。原来包坟用的砖石没有再用。黄土堆就的新坟朴素地立着,在漫天遍野的黄土和慈祥的夕阳里显得宁静,平和,仿佛真的再无一丝哀怨。

老支书把村里买的最后一包烟撕开来,数了数,正好,每个人还能摊两支,他一份一份地发出去;又晃晃酒瓶,还有个底子;于是,一伙人坐在坟前的土地上,就着烟喝起来。酒过一巡,每个人心里又都升起暖意来。有人用烟卷戳点着问题:

"这碑咋办?"

"啥咋办?"

"碑呀。以前这坟底埋的玉香一个人这碑也是给她一个人的。现在是两个人,那男人也有名有姓,说到哪去也是一家之主呀!"

是个难题。

一伙人闷住头,有许多烟在头顶冒出来,一团一团的。透过烟雾有人在看老支书。老人吞下一口酒,热辣辣的一直烧到心底:

"不用啦,他就委屈些吧。这碑是玉香用命换来的,别人记不记扯淡,咱村的人总得记住!"

没有人回话,又有许多烟一团一团地冒出来。老支书站起身,拍打着屁股上的尘土：

"回吧,吃饸饹。"

看见坟前的人散了场,那只旋转的纺锤再一次停下来。她扯过一根麻丝放进嘴里,缓缓地用口水抿着,心中慢慢思量着那件老伴交待过的事情。沉下去的夕阳,使她眼前这寂寥的山野又空旷了许多,沉静的思绪从嘴角的麻丝里慢慢扯出来,融在黄昏的灰暗之中。

吃过饸饹,两个老人守着那只旋转的纺锤熬到半夜,而后纺锤停下来：

"去吧?"

"去。"

她把准备好的一只荆篮递过去：

"都有了,烟、酒、馍、菜,还有香,你看看。"

"行了。"

"去了告给玉香,后生是属蛇的,生辰八字都般配。咱们阳世的人都是血肉亲,顶不住他们阴间的人,他们是骨头亲,骨头亲才是正经亲哩！"

"又是迷信！"

"不迷信,你躲到三更半夜是干啥？"

"我跟你们不一样！"

"啥不一样？反正我知道玉香恓惶哩,在咱窑里还住过二年,不是亲生闺女也差不多……"

女人的眼泪总是比话要流得快些。

男人不耐烦女人的眼泪,转身走了。

没有星星,也没有月亮,很黑。

那只枣红色的纺锤又在油灯底下旋转起来,一缕一缕的麻又款款地加进去。蓦地,一阵剧烈的咳嗽声从坟那边传过来,她揪心地转过头去。"吭——吭"的声音在阴冷的黑夜深处骤然而起,仿佛一株朽空了的老树从树洞里发出来的,像哭,又像是笑。

村中的土窑里,又有人被惊醒了,僵直的身子深深地淹埋在黑暗中,怵然支起耳朵来。

原载《上海文学》1986年第11期

看　　山

视线举着整座山峰朝上升,升,升……然后,停在半空里挣扎着,到底挣不过,沮丧地落了下来；然后,再朝起升,升升；然后,更沮丧地落下来。

"全一样,东西再大,本事再大也有个不毽行的时候!"

这么想着放牛人的视线里露出一股近似彻悟了的解脱来。看了一辈子的山,总算是把山看透了,看透了,心里又有点怜惜它们:

"当初朝天上举的时候,也不知费了多大的劲,举来举去举不动的时候,也不知受了多大的委屈,生了多大的气。"

无比的怜惜从视线中涌泻出来,深情地抚摸着群山。只能在苍天之下忍受屈辱的山们沉默着,木然着,比肩而立,仿佛一群被绑缚的奴隶。沉默聚多了,便流出一种对生的悲壮;木然凝久了,便涌出一种对死的渴望;于是,从沉默和木然中宣泄出一条哭着的河来,在重山峻岭之中曲折着,温柔着,劝说着。

太阳很好,草很好,牛们也很好。随着缓缓移动的脚步和吃草时摆动的脖子,牛铃叮叮咚咚地响着,稳稳的,悠悠的,传得很远。牛群越放越大,可是自己越过越孤单:妈死了,老婆死了,后来,儿子半路上也死了,只留下一个女儿和自己厮守着。可是,再后来,女儿也出嫁了。嫁女儿的时候他有些不舍,不舍可也到底嫁了。女儿一嫁,他的日子就好像是凝冻了一般,没有一丝的生气和活气;所剩下的只是放牛,只是像眼前这样独自一人每日每天,呆呆地看着这些个山。

猛地,有个东西白亮亮地刺进心里来:

昨天晚上,队长来找他,说他老了,说放牛的活儿苦重,说村上只有牛倌挣的工分最多,说队里打算换一个牛倌,说问他愿不愿意。"不愿意! 日他老先人,想端我的饭碗子哩!"心里这么想,嘴里却没这么说,只是笑笑,只是说:"我还能行哩。"送走队长,他提着马灯进了牛圈,看着反刍的牛们,两行老泪流下来,他问:"你们愿意么? 你们说我老么?"牛们不说话,只把眼睛恋恋地看着他。今天,好像要躲开什么似的,他早早地把牛们带上了山。

树丛里一阵惊乱,杂沓的奔蹄声中窜出两条牛来,雌的在前,雄的在后,雄牛高举着傲然的角,紧追不舍,前蹄一顿,整个身体优美地腾空而立,接着两条前腿准确无误地搭在了雌牛的腰上,腹下那繁衍生命的灵物伸了出来,急切地寻找着。放牛人笑骂道:

"牤牛,牤牛,你狗日就没个够! 你就不怕老?"

黑眼圈的雌牛扭动着身子,灵巧地一摆,从重压之下挣脱出来,钻进一蓬灌木丛中,庞大的雄牛在密匝匝的木丛前煞住脚步,悻悻地摆摆脖子,对着山脚下的村庄发出一阵浑重的吼叫。

放牛人靠着一棵歪脖子的橡树坐下来,坡下的石缝里生出一蓬丁香,正好挡住了身子,可却挡不住视线。掏出烟荷包用烟袋锅挖了一阵,掺了土拉叶的自制烟沫随着喷出来的青烟,发出一股类似脚汗的臭味,可放牛人却有滋有味地享受着。透过眼前的青烟若有所思地看着山脚下那个熟悉的小山庄,他和牛们就是从那儿走出来的,村西头那三间石顶石墙的房子就是他的家,他一个人的家,只要他不回家,房顶上的那个烟筒就冷冷清清的永远不会冒出烟来。全村的人里,没有谁能像他这样,每日每天把自己的村子从头到脚打量个够。有一缕烟从嘴角挤到眼眶中来,泪水热辣辣地淹没了村子和家,揉揉眼,他把视线移向别处,可不觉中又恋恋地转了回来。不由就想:都是石顶石墙,都是扛锄下地,都是生儿育女,咋就没有个够?想到这儿又偷笑起来:你自己就没有个够,你自己天天坐在这半山里看来看去的就没有个够。可是,还没等这一丝笑容在嘴角上生出来,那惜别的悲哀就不由自主地漫了上来……"狗日的,他就不该跟我说!"

村子里,管成家的门口挂了一口面箩,箩上缚着一条尺把长的红布条,鲜亮亮的透着刚得了儿子的喜气。黑小家年前死了老人,过年时用白纸写的对子还在乌黑的门框上贴着,字辨不出,纸还是白生生的。保成媳妇正朝院墙上搭被子——娃娃们又尿炕了。下地的人们,三三两两扛着锄头走过村口的神树。鸡和狗的叫声像是隔了一层什么远远地传上来……一切都是熟悉的,一切都是看过无数遍的,可他觉得总没有把它们看透,自从女儿出了嫁,他就觉得这一切都和自己远远地隔了一层。倒是和牛们越来越亲近了。刚才在山坡上追逐的那头牤牛,就是儿子死的那一年出生的,不知怎么的,他总觉得这牤牛的眼神像自己死了的儿子,小的时候就尤其像。

牛群在山坡上散散漫漫地游荡着,长长的尾巴在身上下不时地摔打,轰赶着围上来的牤蝇,长舌头在肥嫩的青草丛里卷来卷去,吃到酣畅处白白的口涎就顺着嘴角长长地垂下来,在明媚的阳光中拉出一道闪闪发光的弧线。或许是猛然间回忆起什么遥远的往事,它们就会中断了香甜的咀嚼从青草中抬起头来,黑而大的眼睛久久地注视着群山。

放牛人自信地在橡树下坐着,在山坡上,在身边的这一群当中,他已经享受惯了一种至高无上的尊严,他是它们的中心,它们是他的依靠,可是今天这自信中却夹进了一些惶恐:我真的就老得不中用了么?他真的就不用我了么?工分多那是我雪里雨里挣下的,这也叫人眼红么?嫌多,我宁愿减工分。可队长说话时的口气分明是冷冷的,是不容商量的。"狗日的,你也有个老的时候,你也不能一辈子当队长!"他知道,这种话只能是坐在这半山里,在心里骂骂,若是队长站在面前,若是队长真的把替换的人找了来,他只会笑笑,只能服从的,他想不出有什么办法可以不服从。不由得,他又想起撒手而去的老婆,半路而去的儿子来,想起虽然舍不得但还是嫁出去的女儿来。他原想能招一个上门的女婿,可是在这一带做上门女婿是要改姓更名的,是最最辱没祖宗的事情,是为男人所耻笑的。眼巴巴地等了许多年,到底还是等不过了,临行前,女儿一口气给他蒸了足够十天吃的干粮,引得他这么多年,总是想那十天,总是回味那些干粮的香甜。

山脚下,队长家的石窑里有人走出来,是队长的婆姨,慌慌的,走进院角上的茅厕里,手在腰间鼓捣了一阵,朝下一蹲,一个肥大的屁股就在太阳底下白亮亮地露了出来。村里人不讲究,茅厕只围上一圈半人不到的矮墙,蹲下去不见人就拉倒。可是在半山坡上,那截掩人耳目的矮墙形同虚设,一切都看得明明白白的。放牛人的脸上露出一丝报复的笑容来,把烟袋叼在嘴上,看着,笑着,就仿佛茅厕里有人在唱戏。笑着,看着,忽然又觉得十分的惶恐,慌慌的又把眼光移到远处的山上,就像偷了别人的东西。阳光下的屁股,白亮亮地刺痛了眼睛。

山们还是一如既往地沉默着,木然着,永远不会和昨天有什么不同,也永远不会和明天有什么不同,不同的只是人老了,放牛人细细地思量着:甩石头用的小锹已经磨得只剩下半个,若是换人,得叫队长到河底镇再去打一把新的来;下雨天上山穿的毛腿,已经防不住水了,若是换人,得叫队里再出羊毛,再纺线,重新织一副;水壶是自己预备的;再剩下的就是牛们了,跟人一样,各有各的脾气禀性,不在一块过日子谁也摸不清,心疼不心疼得看各人的良心……这么想着,那惜别的凄凉又涌了上来,好像是自己要咽气了,好像自己在给儿女们一件一件地安排后事,山还是原来的山,水还是原来的水,太阳也还是原来的太阳,不懂事的牛们安闲地吃着草,它们不知道,队长昨晚上来过,也许明天,也许后天,带它们上山的人就不是原来的那个人了。到那时候,就会是另外一个人,站在山坡上看山脚下的村子,看这些石顶石墙的房子,看这些扛锄下地的人们。

树丛里又是一阵杂沓的奔蹄声,牤牛又一次地向黑眼圈的雌牛发起了进攻。这一次,雄牛成功了,它把雌牛逼在一个死角里,随着一阵浑身的颤栗,也随着一丝因此而来到的难以察觉的衰老,一股生命之流从它结实的体内畅然而出。

心里昏昏沉沉的,太阳很暖和,坐在橡树下的放牛人睡着了,一缕口水从嘴角上搭下来。恍惚之中,他看见自己回到了村西头那间冷清的石房里,石房里忽然热闹起来,牛们不离左右地簇拥着,口口声声叫他队长,他坐在炕头上颐指气使地分派着:牤牛你去泉上担水,黑眼窝给我烧汤做饭,长耳朵和独角去拉土垫圈。它们都是只会服从,只会笑,没有谁不听话的,他很满意,朗声问道:

"我老么?"

"不老。不老。"

牛们都说,都笑。

可他还是老了。白胡子长了老长老长,想死,可又没有病,就走到半山这棵歪脖子橡树底下,拴上一根牵牛用的麻绳,往脖子上一套,两脚悬空,死了。牛们都围上来哭,牤牛哭得最凶,他睁开眼,劝牛们:

"不用哭,我想死。这石顶石墙的房子我一个人住够了。山根底下这个村子我天天看,看透了。"

牤牛说:"你死,我也死,跟你一块走!"

牛们都围上来:"我们也跟你一块死!"

半山里大家哭作一团,哭得肝肠寸断。他被哭得心软了:

"我不死,我不死,咱们还是都活着吧……"

哭着,说着,放牛人醒过来,伸手一摸,脸上湿湿的。黑眼窝下的那只牛犊子正凑在脸前头,伸着舌头舔他的脸,也许是尝到了一点咸味,细长的舌头怯生生地又一次伸上来。他不动,任那牛犊去舔。

太阳很暖和。

原载《山西文学》1986 年第 11 期

刘震云

一 地 鸡 毛

一

小林家一斤豆腐变馊了。

一斤豆腐有五块,二两一块,这是公家副食店卖的。个体户的豆腐一斤一块,水分大,发稀,锅里炒不成团。小林每天清早六点起床,到公家副食店门口排队买豆腐。排队也不一定每天都能买到豆腐,要么排队的人多,排到,豆腐已经卖完了;要么还没排到,已经七点了,小林得离开豆腐队去赶单位的班车。最近单位办公室新到一个处长老关,新官上任三把火,对迟到早退抓得挺紧。最使人感到丧气的是,队眼看排到了,上班的时间也到了。离开豆腐队,小林就要对长长的豆腐队咒骂一声:

"妈拉个×,天底下穷人多了真不是好事!"

但今天小林把豆腐买到了。不过他今天排队排到七点十五,把单位的班车给误了。不过今天误了也就误了,办公室处长老关今天到部里听会,副处长老何到外地出差去了,办公室管考勤的临时变成了一个新来的大学生,这就不怕了,于是放心排队买豆腐。豆腐拿回家,因急着赶公共汽车上班,忘记把豆腐放到了冰箱里,晚上回来,豆腐仍在门厅塑料兜里藏着,大热的天,哪有不馊的道理?

豆腐变馊了,老婆又先于他下班回家,这就使问题复杂化了。老婆一开始是责备看孩子的保姆,怪她不打开塑料袋,把豆腐放到冰箱里。谁知保姆一点不买账。保姆因嫌小林家工资低,家里饭菜差,早就闹着罢工,要换人家,还是小林和小林老婆好哄歹哄,才把人家留下;现在保姆看着馊豆腐,一点不心疼,还一古脑把责任都推给了小林,说小林早上上班时,根本没有交代要放豆腐。小林下班回来,老婆就把怒气对准了小林,说你不买豆腐也就罢了,买回来怎么还让它在塑料袋里变馊?你这存的是什么心?小林今天在单位很不愉快,他以为今天买豆腐晚点上班没什么,谁知新来的大学生很认真,看他八点没到,就自作主张给他划了一个"迟到"。虽然小林气鼓鼓上去自己又改成"准时",但一天心里很不愉快,还不知明天大学生会不会汇报他现在下班回家,见豆腐馊了,他也很丧气,一方面怪保姆太斤斤计较,走时没给你交代,就不能往冰箱里放一放了?放几块豆腐能把你累死?一方面怪老婆小题大作,一斤豆腐,馊了也就馊了,谁也不是故意的,何必说个没完,大家一天上班都很累,接着还要做饭弄孩子,这不是有意制造疲劳空气?于是说:

"算了算了,怪我不对,一斤豆腐,大不了今天晚上不吃,以后买东西注意放就是了!"

如果话到此为止,事情也就过去了,可惜小林憋不住气,又补了一句:

"一斤豆腐就上纲上线个没完了,一斤豆腐才值几个钱?上次你丢手打碎了一个暖水壶,七八块钱,谁又责备你了?"

老婆一听暖水壶,马上又来了火,说:

"动不动你就提暖水壶,上次暖水壶怪我吗?本来那暖水壶就没放好,谁碰到都会碎!咱们别说暖水壶,说花瓶吧!上个月花瓶是怎么回事?花瓶可是好端端地在大立柜边上放着,你抹灰尘给抹碎了,你倒有资格说我了!"

接着就戗到了小林跟前,眼里噙着泪,胸部一挺一挺的,脸变得没有血色。根据小林的经验,老婆的脸一无血色,就证明她今天在单位也很不顺。老婆所在的单位,和小林的单位差不多,让人愉快的时候不多。可你在单位不愉快,把这不愉快带回来发泄就道德了?小林就又气鼓鼓地想跟她理论花瓶。照此理论下去,一定又会盘盘碟碟牵扯个没完,陷入恶性循环,最后老婆会把那包馊豆腐摔到小林头上。保姆看到小林和小林老婆吵架,已经习惯了,就像没看见一样,在旁边若无其事地剪指甲。这更激起了两个人的愤怒。小林已做好破碗破摔的准备,幸好这时有人敲门。大家便都不吱声了。老婆赶紧去抹脸上的眼泪,小林也压抑住自己的怒气。保姆把门打开,原来是查水表的老头来了。

查水表的老头是个瘸子,每月来查一次水表。老头子腿瘸,爬楼很不方便,到每一个人家都累得满头大汗,先喘一阵气,再查水表。但老头积极性很高,有时不该查水表也来,说来看看水表是否运转正常。但今天是该查水表的日子,小林和小林老婆都暂时收住气,让保姆领他去查水表。老头查完水表,并没有走的意思,而是自作主张在小林家床上坐下了。老头一坐下,小林心里就发凉,因为老头一在谁家坐下,就要高谈阔论一番,说说他年轻时候的事。他说他年轻时曾给某位死去的大领导喂过马。小林初次听他讲,还有些兴趣,问了他一些细节,看他一副瘸样,年轻时竟还和大领导接触过?但后来听得多了,心里就不耐烦,你年轻时喂过马,现在不照样是个查水表的?大领导已经死了,还说他干什么?但因为他是查水表的,你还不能得罪他。他一不高兴,就敢给你整个门洞停水。老头子手里就提着管水闸的扳手。看着他手里的扳手,你就得听他讲喂马。不过今天小林实在不欢迎他讲马,人家家里正闹着气,你也不看一看家庭气氛,就擅自坐下,于是就板着脸没过去,没像过去一样跟他打招呼。

但查水表的老头不管这个,自己从口袋已经掏出了烟。划火点着烟,屋里就飘起了老头鼻腔的味道。小林知道老头接着就要讲马,但小林猜错了,这次老头没有讲马,而是一脸严肃地说,他要谈些正事。他说,据群众反映,这个门洞有人偷水,晚上不把水管龙头关死,故意让水往下滴,下边放个水桶接着;滴水水表不转,桶里的水不成偷的了?这样下去是不行的,大家都偷水,自来水厂如何受得了?

听了老头的话,小林与小林老婆脸都一赤一白的。说来惭愧,因为上个礼拜小林家就偷过几次水,是小林老婆在单位闲聊中听到的办法,回来指使保姆试验。后来小林看不上,觉得这事太委琐,一吨水才几分钱,何必干这个?一夜水管嘀嘀嗒嗒个没完,大家也难心安理得睡觉。于是在第三天就停止了。但这事老头子怎么会知道?是谁汇报的?小林和小林老婆都不约而同想到了对门。对门住着一对胖子,女主人自称长得像印度人,眉心常点着一个红豆。他们家也有一个孩子,大小与小林家孩子差不多,两家孩子常在一起玩,也常打架;为了孩子,小林老婆与印度女人有些面和心不和。两家主人不和,两家保姆却很要好,虽然不是一个省来的,却常在一起共同商讨对付主人的办法。准是两家保姆乱串,印度女人得知小林家滴过两回水,就汇报了老头子,现在有了老头子一番话。但这种事如何上得了台面,如何说得出口?说出口以后在人前怎么站?小林赶紧到老头子跟前,正色声明,这门洞有没有人偷水他不知道,但他家是决不干这种事。他家虽然穷,但穷有穷的骨气!小林老婆也上去说,谁反映的这事,就证明谁偷水,不然他怎么会知道偷水的方法,这不是贼喊捉贼是什么?老头子听了他们的话,弹了一下烟灰:

"行了,这事就到这里为止了。以前大家偷没有偷,就既往不咎了,以后注意不偷就行了!"

说完,站起来,做出宽怀大量的样子,一瘸一瘸走了,留下小林和小林老婆在那里发尴。

由于有偷水这件事的介入,使豆腐发馊事件变得不那么重要了。小林心里还责备老婆,一个大学生,什么时候学得这么市民气,偷了两桶水,值不了几分钱,丢人现眼让人数落了一顿。小林老婆也自感惭愧,就不好意思再追究馊豆腐一事,只是瞪了小林一眼,自己就下厨房做饭去了。因为这件事的介入,使本来要爆发战争的家庭平静下来,小林又有些感激老头子。

晚饭一个炒豆角,一个炒豆芽,一碟子小泥肠,一碗昨天剩下的杂烩菜。

小泥肠主要是让孩子吃的,其他三个菜是让小林、小林老婆和保姆吃的。但保姆不吃剩菜,说她一吃剩菜就闹肚子。为此小林老婆还和保姆吵过一架,说你倒成贵族了,我还吃剩菜,你倒闹肚子,过去你在农村吃什么来着?保姆便又哭又闹,闹罢工,要换人家。最后还是小林从中斡旋,才又把她留下。把人留下人家就有了资本,从此更不吃剩菜。小林老婆也没办法,吃饭时只好和小林先吃剩菜,剩菜吃完再吃新的。吃饭时孩子很闹,抓东抓西的,看样子有些想流鼻涕,小林老婆怀疑她是否像感冒。好歹把饭吃完,已经快八点半了。按照惯例,这时保姆洗碗,小林给孩子洗澡,老婆应该上床睡觉。因老婆上班比小林远,清早上班要早起,早点上床睡觉理所当然。但今天老婆没有早睡,脚也没洗,坐在床前想心思。老婆一想心事,小林心里就有些发毛,不知老婆心思想过以后,会不会又提出什么新的话题。不过今天老婆不错,心思想过以后,没有说什么,草草洗完脚就上床睡觉了。老婆睡觉有这点好处,平时嘴唠叨,一上床就不唠叨了,三分钟就能入睡,响起轻微的鼾声,比孩子入睡还快。前几年刚结婚,小林对这点很不满意,哪能上床就入睡?问:

"你怎么躺倒就着,长此以往,可让人受不了!"

老婆不好意思地解释:

"累了一天,跟猪似的,哪有不躺倒就着的道理!"

后来有了孩子,生活越来越复杂,几次折腾搬家,上班下班,弄吃喝拉撒,弄大人小孩,大家都很疲劳,老婆也变得爱唠叨了,这时小林倒觉得老婆上床就入睡是个优点,大家闹矛盾有个盼头,只要头一挨枕头,战争就停止了。所以小林觉得世界上没有绝对的优点缺点,优点缺点是可以转化的。

老婆入睡,孩子入睡,保姆入睡,三个人都响起鼾声,小林检查了一下屋里的灯火水电,也上床睡觉。过去临睡觉之前,小林有看书看报的习惯,动不动还爬起来记笔记。现在一天家务处理完,两个眼皮早在打架,于是这一切过程都省略了。能早睡就早睡,第二天清早还要起床排队买豆腐。想起买豆腐,小林突然又想起今天那一斤变馊的豆腐,现在仍在门厅里扔着,没有处理。这是导火索。明天清早老婆起来再看到它,说不定又会节外生枝,于是又从床上爬起来,到门厅打开灯,去处理那包馊豆腐。

二

小林的老婆叫小李,没结婚之前,是一个静静的、眉清目秀的姑娘。别看个头小,小显得小巧玲珑,眼小显得聚光,让人见了从心里怜爱。那时她言语不多。打扮不时髦,却很干净。头发长长的。通过同学介绍,小林与她恋爱。她见人有些腼腆。与她在一起,让人感到轻松、安静,甚至还有一点淡淡的诗意。那时连小林都开始注意言语、注意身体卫生了。哪里想到几年之后,这位安静的富有诗意的姑娘,会变成一个爱唠叨、不梳头、还学会夜里滴水偷水的家庭妇女呢?两人都是大学生,谁也不是没有事业心,大家都奋斗过,发愤过,挑灯夜读过,有过一番宏伟的理想,单位的处长局长,社会上的大大小小机关,都不在眼里,哪里会想到几年之后,他们也跟大家一样,很快淹没到黑压压的千篇一律千人一面的人群之中呢?你也无非是买豆腐、上班下班、吃饭睡觉洗衣服,对付保姆弄孩子,到了晚上你一页书也不想翻,什么宏图大志,什么事业理想,狗屁,那是年轻时候的事,大家都这么混,不也活了一辈子?有宏图大志怎么了?有事业理想怎么了?"古今将相在何方,荒冢一堆草没了!"一辈子下来谁不知道谁!有时小林想想又感到心满意足,虽然在单位经过几番折腾,但折腾之后就是成熟,现在不就对各种事情应付自如了?只要有耐心,能等,不急躁,不反常,别人能得到的东西,你最终也能得到。譬如房子,几年下来,通过与人合居,搬到牛街贫民窟;贫民窟要拆迁,搬到周转房;几经折腾,现在不也终于混上了一个一居室的单元?别人家一开始有冰箱彩电,小林家没有,让小林感到惭愧,后来省着攒着,现在不也买了?当然现在还没组合家具和音响,但物质追求哪里有个完。一切不要着急,耐心就能等到共产主义。倒是使人不耐心的,是些馊豆腐之类的日常生活琐事。过去总说,老婆孩子热炕头,是农民意识,但你不弄老婆孩子弄什么?你把老婆孩子热炕头弄好是容易的?老婆变了样,孩子不懂事,工作量经常持久,谁能保证炕头天天是热的?过去老说单位如何复杂不好弄,老婆孩子炕头就是好弄的?过去你有过宏伟理想,可以原谅,但那是幼稚不成熟,不懂得事物的发展规律。千里之行,始于足下,小林,一切还是从馊豆腐开始吧。第二天早上六点,小林照例爬起来,到公家副食店前排队买豆腐。这时老婆已经睡醒,大睁着两眼在看天花板。老婆入睡快,醒来脑子清醒得也快,不像小林,睡觉起来头半天是木的,得半个小时才能缓过劲儿来,老婆只要五分钟就可以清醒,续上入睡前的思路。这是优点,也是缺点,如果两个人正闹矛盾,老婆早晨醒来,又会迅速续上昨天的事情,继续补课。看今天老婆发呆的样子,又回到了昨天入睡前坐在床沿上想心思的模样,小林心里就有些打鼓,不知老婆又要搞什么名堂。但老婆见他起床,并没有搭理他。小林就有些放心,赶忙刷牙洗脸,拿上塑料袋悄悄出门。但等小林刚要去拉门,老婆在床上发了言:

"我说你,今天的豆腐就别买了!"

原来老婆并没有放过他,仍要续昨天的豆腐事件。小林心里就"嘟嘟"地冒火,一斤馊豆腐,已经扔了,又过了一夜,还真纠缠个没完了?于是说:

"馊了一斤豆腐,还至于今后不买了?今天买回放到冰箱里不就结了!

你还要纠缠多少年！"

老婆向他摆摆手：

"我不是跟你说豆腐,今天我想了一夜,我再也不能在这个单位呆了,我一定得调,你得跟我来商量商量这事！你不能对我的事漠不关心！"

原来并不是豆腐事件,小林有些放心。但老婆说的是调工作,调工作也是个让人窝心烦躁的事,比馊豆腐事件还复杂。本来老婆的工作单位不错,大学毕业坐办公室,每天也就是搞搞文件,写写工作总结,余下的时间是喝茶看报纸。但老婆性格很直,像小林初到单位一样,各方面关系一开始没处理好,留下后遗症。后来觉悟了,改正了,但以前总留下伤疤,免不了有磕磕碰碰的时候。单位不愉快,回来就向小林唠叨,说要换个单位。小林就拿自己现身说教,说只要将幼稚不懂事的毛病改掉,时间长了自然会适应,换什么单位,天下单位都一样。再说换个单位是容易的？我们都无权无势,两眼一抹黑,哪个单位会要你？老婆就说小林没本领,看着老婆在水深火热之中,一点帮不上忙。小林说,外边帮不上忙,内里不也帮了？不也向你解释了？解释不也是帮忙？就把老婆劝下了。老婆唠叨一顿,怨气出了,第二天就不说了,仍照常上班。如果这样下去,老婆慢慢也会适应,没有单位非换不可的烦恼。但小林家搬了几次家,搬来搬去,住的离小林老婆单位越来越远。当初搬家时,因房子越搬越好,老婆很高兴,说咱们终于也在北京有个房子了,把主要精力花在布置房子上,怎么装窗帘,怎么布局,怎么摆冰箱和电视,还差什么东西,苦恼主要在这个方面。等家伙收拾得差不多了,老婆就又不满意了,怪这个地方离她单位太远。因她的单位在这条线上没有班车,她得挤公共汽车上班,往返一趟,得三四个小时。清早六点起床,晚上八点回来,顶着星星出去,戴着月亮回来,天天如此,车又挤,老婆就受不了,觉得是非换单位不可了。小林看着老婆每天下班疲惫不堪的样子,也觉得这和在单位不愉快不同,在单位不愉快可以忍耐、改正,离单位太远无法人为缩短距离,是得换个离家近一点的单位。真要决定换单位,两人才感到面前的困难像山一样,因为换不换单位,并不是小林和小林老婆能决定的。瞎猫撞老鼠,小林和小林老婆找了几个单位,人家都是一口回绝,连个商量的余地都不留,弄得小林和小林老婆挺丧气。小林说：

"算了算了,别跑了,再跑也是瞎跑,你凑合着吧,北京还有比你上班更远的呢！别光想路程,想想纺织女工,人家上一天班,站着干一天活,你上班是喝茶看报纸,还不知足吗？"

小林老婆发了火：

"你没有本事,就让我凑合。你当然能凑合了,天天有班车坐,我挤四个小时车的滋味你哪里有体验?我非换单位不可,要不换单位,我明天就不上班,你挣钱养活我们娘俩!"

第二天就真不去上班。把小林急坏了。急了一次真管用,小林开动脑筋,真想出一个办法,前三门有一个单位,听有人说,那单位管人事的头头和小林单位的副局长老张是同学。小林帮老张搬过家,十分卖力,老张对小林看法不错。老张自与女老乔犯过作风问题以后,夹着尾巴做人,对下边同志特别关心,肯帮助人,只要有事去求他,他都认真帮忙。小林觉得这事如去找老张,老张不至于一口回绝。通过老张介绍,说不定前三门那个单位倒有些希望。前三门那个单位虽离小林家也很远,如坐公共汽车,也得两个小时,但前三门那里和小林家连地铁,地铁跑得快。四十分钟就够了,况且地铁不像公共汽车那么挤,有时上车还有座位。小林将这想法向小林老婆说了,老婆也很高兴,同意去那个单位,让小林去找老张。小林找到老张,将老婆的困难摆出来,又提出前三门那个单位,说听说老领导在那里有熟人,想请老领导帮帮忙。老张果然痛快,说:

"可以,可以,单位那么远,是应该换一换!"

又说:

"前三门那个单位,我也不熟,但管人事的同志,是我的同学,我给他写一封信,你找他,看他能不能给办!"

小林又大着胆子说:

"最好老领导再给他打一个电话!"

老张摸着胖脑袋"哈哈"笑了,照小林头上打了一巴掌:

"现在的年轻人,比我们那时精明多了!好,好,我给你打一个电话!"

老张打了一个电话,又给小林写了一封信。小林捧到这封信,如同捧到圣旨一样高兴。小林老婆看到信,也很高兴。小林拿着这信到前三门的单位去,果然管用。管人事的头头接见了他,看了那封信说:

"老张是我的老同学,当年在大学,我们两个都爱搞田径!"

小林斜欠着身子坐在头头办公桌前,忙接上去说:

"现在老张也爱锻炼!"

头头看他一眼,突然又问起老张前一段出事的事,让小林讲一讲细节。小林感到有些为难,讲不好,不讲也不好,于是只拣些重要的讲了讲,说老张也只是和女老乔在办公室坐了一坐,并没有真正在一起,其他一切都是谣传。那头头听后"哈哈"笑了,说:

"这个老张,还是那么可爱!"

最后才谈起小林老婆调动的事。那头头情绪正好,说:

"行,行,老张托的事,就是我的事,我看看下边哪个单位缺人!"

这不等于答应了?小林回来向老婆一汇报,老婆马上抱着他在脸上乱亲。两人度过了一个愉快的夜晚。如果就这样等着,小林老婆一定能调成,能每天坐着地铁到前三门那个单位上班。但这时小林和小林老婆聪明反被聪明误,自己把事情办坏了。本来人家管人事的头头正在努力,小林和小林老婆仍不放心,小林老婆打听出一个熟人的丈夫,也在前三门那个单位工作,而且是一个处长,就同小林商量,单是一个管人事的头头是否太单薄,是否也找一找这个处长?当时小林也没犯考虑,觉得多一个人就多一份力量,找一找总没什么坏处。于是就又找了这个处长。谁知这一找不要紧,让人家管人事的头头知道了,管人事的头头马上停止了努力。小林再去找他,他比以前冷淡了,说:

"你不是也找某某了,让他给办办看吧!"

小林这才着了急,知道自己犯了路线性错误。找人办事,如同在单位混事,只能投靠一个主子,人家才死力给你办;找的人多了,大家都不会出力;何况你找多了,证明你认识的人多,显得你很高明,既然你高明能再找人,何必再找我?这时除了不帮忙不说,还容易产生抵触心理,说不定背后再给你帮点倒忙,看你不依靠我依靠别人这事能办成!小林和小林老婆认识到这个道理,明白过来,事情已经晚了。两个人一开始是互相埋怨,埋怨以后,又共同想补救的办法。但这时能想出什么补救办法?小林只好再找老张,让他给同学再打电话。但老张又不是你的亲兄弟,人家是单位的副局长,老找人家也不好办。于是小林老婆调工作的事,就这样不上不下地放着。时间一长,小林事情一忙就暂时把这件事给忘记了。但小林老婆忘不了,时常一个人坐在那里想心思。昨天发生了馊豆腐事件,馊豆腐事件过去以后,她没洗脚坐在床边想的,就是这件事,今天早早起来,她将这话题又重新向小林提出。小林一开始以为老婆又让他找老张,但再找老张小林已很憷头,于是说:

"事情已经让咱们办坏了,光让我找老张有什么用?"

小林老婆说:

"这次不让你找老张,还让你找前三门单位那个管人事的头头。"

再找管人事的头头,比让他找老张还憷头,小林说:

"因为找你那个熟人的丈夫,人家态度都冷淡了,如何有脸面再找人家?再找作用也不大!"

小林老婆说:

"为什么作用不大,这事我想了,你也别光怪我那个熟人的丈夫,这不是问题的关键,关键还是功夫下得不够。现在社会上办事,光动嘴皮子如何行?

我考虑,咱得给他上个供。现在苍蝇没有不见血的,你不出血,他能给你来真的,还是得出血!"

小林说:

"只和人家见过几次面,熟都不熟,连人家家在哪里住都不知道,这供如何上?"

小林老婆发了火:

"看你说话的口气,就是对我的事情漠不关心!上次你要入党,给女老乔送了什么?那时咱家那么困难,孩子吃奶都没有钱,我不照样让你送了?轮到我的事,你怎么就这么推三挡四的,你这存的是什么心!"

说着说着脸就白了。小林见她越说越多真生气了,忙说:

"好,好,咱送,咱送,看送了能起什么作用?"

话说到这里就算完了。白天两人照常上班。等晚上回来,两人匆匆吃完饭,交代保姆看好孩子,就一起到前三门单位管人事的头头家里去上供。但真到上供,供上些什么,两人都犯了难。两人来到商店,逛了半个小时,拿不定主意。礼太小了送不出去,礼太大了又心疼钱。最后小林老婆相中了一个工艺品,一个玻璃匣子里镶嵌了几个花鸟和小鱼,美观大方,四十多元,可以买。但两人商量半天,觉得这个礼品也不合适,管人事的头头能会喜欢花鸟?别以为是随便十几块钱买的贱价货搪塞他,那样作用更不好。最后又转,转到食品冷饮柜,小林突然眼睛一亮,说:

"有了!"

小林老婆问:

"什么有了?"

小林便向老婆指了指一箱一箱的"可口可乐",上边挂着一块牌子:"大减价,一块九一听",而"可口可乐"的正常价格,却是三块五。"可口可乐"拿得出手,一听一块九,一箱二十四听,也就四十多块,看着体积大,又是名牌饮料,拿出来实用大方,管人事的头头肯定喜欢。只是不知它为何减价。小林老婆说:

"别是过期了吧,那样就不好了!"

问了问售货员,也不过期,实在是奇怪,好像是单为今天他们送礼准备的。小林说:

"看这样子,今天顺利,这事肯定能成!"

老婆兴致也高了,马上掏钱买了一箱,由小林扛着,两人挤上公共汽车去送礼。兴高采烈到了管人事头头家的楼下,已是晚上八点半,时间也合适。但等两人进楼道刚要上楼,从楼上走下来一个人,正是前三门单位管人事的

头头。小林忙向他打招呼,倒让正下楼的头头吃了一惊,等看清是小林,因在家门口,倒比在办公室客气,忙止住脚步笑着说:

"你们来了?"

小林说:

"王叔叔,这是我爱人,为她工作的事,老张让我们再来找您一次!"

头头说:

"我知道了,那个工作的事,我这里没有问题,关键是下边接收单位不好办,你们如能找到哪个处室可以接收,让他们再来找我不就行了?今天晚上我出去还有点事,车子在下边等着,恕不能接待你们了!"

小林和小林老婆心里都凉了半截。这不等于回绝了?等头头走到了楼外,小林才意识到自己肩上还扛着一箱"可口可乐",忙向楼外喊:

"王叔叔,我还给您带了一箱饮料!"

头头在楼外笑着答:

"我这里还缺几筒饮料?扛回去自己喝吧!"

接着,车子发动开走了。把小林和小林老婆尴到了楼道里。尴了半天,两人才缓过劲儿来。小林将箱子摔到楼梯上:

"×他妈的,送礼人家都不要!"

又埋怨老婆:

"我说不要送吧,你非要送,看这礼送的,丢人不丢人!"

小林老婆也说:

"这个人怎么这么恶劣,这个人怎么这么小心眼!"

两人便重新扛着饮料回家。因为礼没有送出去,回家以后两人又为买礼心疼了半天,四十多块钱买一箱"可口可乐"放到家里,这不是吃饱撑的?一箱"可口可乐"怎么处理?退回商店,入口的东西人家一律不退,自己喝了吧,哪能关起门没事喝"可口可乐"?过了两天,还是老婆聪明,把"可口可乐"打开,时常拿出一筒让孩子到院子里去喝。过去从来没买过饮料,也没买过带鱼,孩子穿得破烂,在院子里穷出了名。倒是买了一次带鱼,是贱价处理的,有些发臭,臭味跑到了楼道里,让对门印度女人到处宣扬,现在让小女儿拿着"可口可乐"到处喝,也起一个正面宣传的作用,也算这箱"可口可乐"买的没有白费。只是工作的事仍没有着落,仍是小林和小林老婆继续窝心的问题。

三

家里来了客人。小林晚上下班回来,一进楼道,就知道家里来了客人。因为他家的门大开着,里边传出外地老家人的咳嗽声。等小林回到家,果然,里间床上正坐着两个皮肤晒得焦黑、头上暴着青筋的老家人,脚边放着几个七十年代的帆布提包,提包上还印着毛主席语录。两个人正在不住地抽烟,咳嗽,毫不犹豫地将烟灰和痰弹吐了一地。小林的小女儿也被烟呛得不住地咳嗽,在烟雾里乱跑。小林本来今天心情不错,办公室新到处长老关,别看平时一脸严肃,原来对人却没坏心眼,季度评奖,给小林评了个头奖,多发给他五十块钱。虽然五十块钱不算什么,但多五十总比少五十强,拿回来总能买老婆个高兴。谁知兴冲冲回家,老婆还没下班,家里却来了两个老家人。小林像被兜头浇了一桶凉水,一天的好兴致立即跑得无影无踪。本来老家来人应该高兴,多年不见的乡亲,见了叙叙旧也没什么不可,但老家经常来人,就高兴叙旧不起来,反过来倒成了一种负担。家里来人不得招待?招待一次就得几十块钱。经常来人,家庭就受不了。老家来人和别的同学朋友来还不一样,别看老家来的人焦黑、头上暴着青筋,是农村人,但农村比城里人礼还多,同学朋友招待不好人家可以原谅,这些农村人招待不好他反倒不高兴,回到老家说你。他们认为你在北京,来到北京理应该你招待,全不知小林在北京也是社会的最低层,也整天清早排队买豆腐,只是客人来了,才多加两个菜。有时小林看老家人那故作傲慢的样子,不禁又好气又好笑:你们在家才吃什么!老家人来,如果单是吃一顿饭,还好应付,往往吃过饭,他们还要交代许多事让小林办。搞物资、搞化肥、买汽车,打官司,走时还让小林给买火车票。小林哪里有那么强的办事能力!自己老婆的工作都办不了,送礼人家都不收,还能给别人打官司办汽车?买火车票小林照样得去北京站排队。一开始小林爱面子,总觉得如说自己什么都不能办,也让家乡人看不起,就答应试一试,但往往试一试也是白试,虽然有些同学分到了不同的单位,但都是刚到单位不久,还没到掌权的地步,哪里办得成?免不了回头还是尴尬。后来渐渐学聪明了,学会了说"不,这事我办不了!"当然说这话人家会看不起,但看不起是早晚的事,早看不起倒可以省下麻烦。但老家仍是源源不断来人,来了起码吃你一顿饭。问题的复杂性还在于,小林老婆是城市人,城市到底比农村关系简单,来的人很少。人家家老不来人,自己家老来人,来了就要吃饭,农村人又不讲究,到处弹烟灰吐痰,也让小林不好意思。按说小林老婆在这方面还算开通,一开始来人不说什么,后来多了,成了常事,成了日常工作,人家就受不了,来了客人就脸色不好,也不去买菜,也不下下厨房。小林虽然怪老婆不给自己面子,但人家气生得也有道理,两人如倒个个儿,小林也会不高兴。于是除了责备妻子,也怪自己老家不争气,捎带自己让人看不起。老家如同一个大尾巴,时不时要掀开让人看看羞处,让人不忘记你仍是一个农村人。对门印度女人就说过,看他家那土样,一家子农村人。弄得小林老婆很不高兴。所以小林时常提心吊胆,一到下班,就担心今天老家是否来人了?有时在家里坐,一听院子里有人说外地口音,他就心惊胆战,忙跑到阳台上看,看这外地口音是否进了自己的门洞,如不是进这门洞,才松一口气。虽然小林不盼望自己老家来人,却盼望老婆那边来人。那边如也来人,小林故意热情些,也可抵消一些自己这边来人,让老婆心理平衡一些。但人家来人少,让小林时刻亏着心。老家的父母也不懂小林心情,觉得自己儿子在北京,是个可炫耀的事情,时常说:"我儿子在北京,你们找他去!"人家来了,小林就不能不热情。后来时间长了,小林发觉,你越热情,来的人越多,小林学聪明了,就不再热情。不热情怠慢人家,人家就不高兴,回去说你忘本。但忘本也就忘本,这个本有什么可留恋的!小林也给自己父母写信,说我这里也很忙,经济很难,以后不要图你们面子好看,故意往这里介绍人。信写好以后,小林还故意让老婆看了看,老婆没领他这个情,照地下吐了一口唾沫:

"早知你家是这样,当初我就不会嫁你!"

小林马上火了,指着老婆说:

"当初我也把家庭情况向你说了,你说不在乎,照你这么说,好像我欺骗你!"

但斗气归斗气,家里还是照常来人。因人照常来,久而久之小林老婆也习惯了。习惯了就自然了。无非是脸色不高兴。这就使小林很满意。小林也自觉,客人来了,吃饭只加两个大路菜,无非是一条鱼,或是一只鸡,没有酒水。老家人不满意,只好让他们不满意,总比让老婆不满意要好。

但今天来的两个客人,使小林觉得只加两个菜绝对说不过去。这两个人一个老头子,一个年轻人,一开始小林没有认出来,上去问他们是哪个村的,听那老头子一说话,小林认出来了,是自己小学时的老师。这老师姓杜,小林上小学时,跟他学了五年,杜老师既教数学,又教语文。一年冬天小林捣蛋,上自习跑出去玩冰,冰炸了,小林掉到了冰窟窿里。被救上来,老师也没吵他,还忙将湿衣裳给他脱下来,将自己的大棉袄给他披上。这样的老师,十几年没见,现在到了自己门上,如何使小林不激动?小林上去握住他的手:

"老师!"

老师见他激动,也激动起来,拉住小林说:

"小林!街上遇到你,肯定我认不出来!"

又忙把年轻人向他介绍,说是自己的儿子。

大家激动过,小林问老师来北京的意思。老师把意思一说,小林又有些胆战心惊,原来老师得了肺气肿,到底发展没发展成肺癌,老家医院水平低,诊断不出来,这时老师想起他培养的学生,还就数小林混得高,混到了北京,于是带儿子来投奔他,想让他找个医院给确诊确诊。如果是癌症,最好能住院治疗;如果不是癌症是肺气肿,也望能做一下手术。小林一边说:

"咱慢慢商量,咱慢慢商量!"

一边转动脑筋。可北京哪里有他熟悉的医院?这时门开了,小林老婆下班回来。小林一看表,已是晚上七点半。小林见了老婆又是一番胆战心惊,一边看老婆的脸色,一边向老婆介绍,这是自己的老师和儿子,这是自己的爱人。老婆见又来了一屋人,屋里烟气冲天,痰迹遍地,当然不会有好脸色,只是点点头,就进了厨房。一会儿,厨房就传来吵声,老婆在责备保姆,都七点半了,怎么还没给孩子弄饭?小林知道那责备声是冲着自己,也怪自己大意只顾跟老师聊天,忘了交代保姆先给孩子弄饭。何况来了两个客人,加上小林、小林老婆、保姆、孩子,一下成了六口人,这饭还没准备呢。于是就让老师先坐着,自己去厨房给老婆解释。解释之前,他先掏出今天单位发的五十块钱,作为进见礼;然后又解释说,实在没办法,这是自己小学时的老师,不同别人,好歹给弄顿饭,招待过去就完。谁知老婆一把将五张人民币打飞了,说:

"去你妈的,谁没有老师!我孩子还没吃饭,哪里管得上老师了!"

小林拉她:

"你小声点,让人听见!"

小林老婆更大声说:

"听见怎么了,三天两头来人,我这里不是旅馆!再这样下去,我实在受不了了!"

就坐在厨房的水池上落泪。

小林怒火一股股往头上冲。但现在生气也不是办法,客人还在里间坐着,只好先退出来,又去陪老师。但看老师的样子,已经听见了他们的争吵。老师到底有文化,不比别的老家人,招待不好故意傲慢,马上大声说:

"小林你不必忙,俺已经在外面吃过饭。俺住在劲松地下旅馆,也就是来看看你,给你带了点老家土产,喝了这杯水,俺就该走了,晚了怕坐不上车!"

接着拉开了帆布提包,让儿子把两桶香油送到了厨房。

小林感到心中更加不忍。他知道老师肯定没有吃饭,只是怕他为难,故意说这话给他老婆听。也许是两桶香油起了作用,也许是老婆觉悟过来,饭到底还是做了,做的还不错,四个菜,把孩子吃的虾仁也炒了一盘。好歹吃完饭,小林将老师和他儿子送出门。路上老师一个劲儿地说:

"我一来,给你添了麻烦。本来我不想来,可你师母老劝我来看看你,就来了!"

小林看着老师的满头白发,蹒跚的步子,脸上皱褶里都是土,自己也没有让他在家洗洗脸,心里不禁一阵辛酸,说:

"老师身体有病,该来北京看看。我先给你们找个便宜旅馆住下,明天我就去给老师找医院!"

老头子忙用手止住小林:

"你忙你的,我还有办法!"

接着摘下帽子,从里边拿出一张纸条:

"来时怕找不到你,我找了县教育局李科长。李科长有一个同学,在某大机关当司长,看,都给我写了信!我投奔他,他那么大的干部,肯定有办法!"

老师话说到这里,小林就不再坚持。因让他找医院,他也肯定找不出什么好医院,是瞎耽误老师的时间,还不如让人家去找司长。于是就只好将老师和他儿子送到公共汽车上,和他们再见。看着公共汽车开远,老师还在车上微笑着向他招手,车猛地一停一开,老头子身子前后乱晃,仍不忘向他挥手,小林的泪刷刷地涌了出来。自己小时上学,老师不就是这么笑?等公共汽车开得看不见了,小林一个人往回走,这时感到身上沉重极了,像有座山在身上背着,走不了几步,随时都有被压垮的危险。

第二天上班,小林在办公室看报纸,看到一篇悼念文章,悼念一位已经死去好多年的大领导,说大领导生前如何尊师爱教,曾把他过去少年时代仅存的两个老师接到北京,住在最好的地方,逛了整个北京。小林本来对这位死去的大领导印象不错,现在也禁不住骂道:

"谁不想尊师重教?我也想让老师住最好的地方,逛整个北京,可得有这条件!"

就把这张报纸扔到了废纸篓里。

四

孩子病了。流鼻涕,咳嗽。老婆说:

"你老师有肺气肿,上次他来咱们家一次,是不是把孩子给传染上了?"

孩子有病,小林也很着急。孩子一病,和不病时大不一样,小林和小林老婆,起码得一个人请假在家照顾。这时单靠保姆是不行的。但老婆胡乱联系,又责备他的老师,使小林心里很愤怒。上次老师走后,小林两天没理老婆,怪她破坏他的情感,当着老师的面让他下不来台。人家吃了你一顿饭,却给你提来两桶香油,两桶香油有十斤,现在北京自由市场一斤香油卖八块,十斤就是八十多块,你一顿饭值八十吗?两天来吃着老师的香油,老婆也面有愧色,也觉自己做的太过分。但现在孩子病了,她有气无处撒,又想反攻倒

算,拿小林的老师做"阀子",小林就有些不客气,说:

"孩子有病,还是先检查。如检查出不是肺气肿传染,你提前这么责备人家,不就不道德了吗?"

于是两人都请假,带孩子去医院检查。但检查是好检查的?说来说去还是一个字:钱。现在给孩子看一次病,出手就要二三十;不该化验的化验,不该开的药乱开。小林觉得,别人不诚实可以,连医生都这么不诚实了,这还叫人怎么活?一次孩子拉稀,看下来硬是要了七十五。小林老婆又好气又好笑,抖着双手向小林说:

"一泡屎值七十五?"

每次给孩子看完病,小林和小林老婆都觉得是来上当。但孩子一病,这个当你还非上不可。你别无选择。譬如现在,路上孩子又有些发烧,温度还挺高,这时两人都忘记了相互指责,忘记了是去上当,精力都集中到孩子身上,于是加快步伐挤车去医院。到医院一检查,原来也无非是感冒。但拿着药单子到药房窗口一划价:四十五块五毛八。小林老婆抖着单子说:

"看,又宰人了吧!你说,这药还拿不拿?"

小林没说,也没理她。刚才小林有些着急,小孩发烧那么高,不知出了什么问题,不知是不是老师给传染了。现在诊断出是感冒,小林就放了心。放心之后,小林又开始愤怒,刚才你断定是我的老师传染,现在经过医院诊断,不成感冒了?小林本想跟她先理论理论这事,再说宰人不宰人的事,但看到药房前边排队的人很多,来往的人也很多,这个场合理论不对,就没有理她,只是没好气地向老婆说:

"怕宰人你就别来呀,人家谁请你非拿药不可了?"

老婆马上抱起孩子:

"照这么说,我就真不拿药了!"

抱起孩子就走。看着老婆赌气不拿药,小林倒着了急。他知道老婆的脾气,赌上气九头牛拉不回来。赌气不拿药,回家孩子怎么办?忙又撵出去,拦住老婆:

"哎,哎,这事你还能真赌气呀,把药单子给我!"

谁知老婆这次不是赌气,她看着小林说:

"这药不拿了,不就是感冒吗?上次我感冒从单位拿的药还没吃完,让她吃点不就行了?大不了就是'先锋'、'冲剂'、退烧片之类,再花钱不也是这个!"

小林说:

"那是大人药,大人小孩不一样!"

小林老婆说：

"怎么不一样，少吃一点就是了。这事你别管，不花四十五块，我也能让孩子三天好了。药吃完我再到单位要！"

小林觉得老婆说的也有道理。他用手摸了摸孩子的头，不知是孩子刚刚睡醒的缘故，还是嗅到了医院的味道，烧突然又退了下去。眼睛也有神了，指着医院对面的"哈密瓜"要吃。看情况有些缓解，小林觉得老婆的办法也可试一试。于是就跟老婆一块出医院，给孩子买了一块"哈密瓜"。吃了一块"哈密瓜"，孩子更加活泼，连咳嗽一时也不咳了，跳到地上拉着小林的手玩。小林高兴，老婆也高兴。大家一高兴，心胸也就开阔了，小林也不再追究老婆说过老师传染不传染的话了，那都是着急时没有办法乱发的火，不足为凭。既然不追究了，孩子的病也确诊了，老婆想出办法，看病又省下四十五块钱，这不等于白白收入？大家心情更开朗。小林对老婆也关心了。路过小吃街，小林对老婆说：

"你不是爱吃炒肝，吃一碗吧！"

小林老婆嗫巴嗫巴嘴说：

"一块五一碗，也就吃着玩，多不划算！"

小林马上掏出一块五，递给摊主：

"来一碗炒肝！"

炒肝端上来，小林老婆不好意思地看了小林一眼，就坐下吃起来。看她吃的爱惜样子，这炒肝她是真爱吃。她捡了两节肠给孩子吃，孩子嚼不动又吐出来，她忙又扔到自己嘴里吃了。她一定让小林尝尝汤儿。小林害怕肠，以为肠汤一定不好喝，但禁不住老婆一次一次劝，老婆的声音并且变得很温柔，眼神很多情，像回到了当初没结婚正谈恋爱的时候，小林只好尝了一口。汤里有香菜，热腾腾的，汤的味道果然不错。老婆问他味道怎么样，他说味道不错，老婆又多情地看了他一眼。想不到一碗炒肝，使两人重温了过去的温暖。这种情绪一直持续到晚上。因孩子病得不重，回家后老婆让她吃了药，她就自己玩去了。晚上也不咳了，睡得很死。等外间保姆传来鼾声，小林和小林老婆都很有激情，事情像新婚时一样好。事情过去以后，两人又相互抚摸着谈起了天，重新总结今天孩子病的原因。小林老婆主动承认错误，说今天一时性急，错怪了小林的老师。小林说既然不怪老师，就怪我们夜里没看好，让孩子蹬了被子。老婆说也不怪夜里没看好，就怪一个人。小林心里一"咯噔"，忙问是谁，老婆用手指了指外间门厅。这是指保姆。接着老婆说了保姆一大堆不是，说保姆斤斤计较，干活不主动，交代的任务故意磨蹭，爱在保姆间乱串，爱泄露家中的机密；对孩子也不是真心实意，两人上班不在家，她让孩子一个人玩水,自己睡觉或看电视,孩子还有个不感冒的?等今年九月份,一定送孩子入托,把她辞出去。她一个人工资四十元,吃喝费用得六十元,还用小林老婆的卫生巾、化妆品,再加上水果杂用,一月一百多,占一个人的工资,家里哪会不穷?等孩子入托,辞了保姆,一个月省下这么多钱,家里生活肯定能改善,前途还是光明的。小林也受了鼓舞,加上他平时对保姆印象也不好,也跟着老婆说了一阵子话。说完感到气都出了,心里很畅快。两人又亲了一下,才分开身子睡觉。老婆一转身三分钟睡着了,小林没睡着,想了想刚才的一番议论,又感到有些羞愧。两人温暖一天,最后把罪过归到保姆身上,未免有些小气。人家一个十几岁的小姑娘,出门几千里在外,整天看你脸色说话,就是容易的?小林感到自己也变得跟个娘们差不多了,不由感叹一声。但接着疲倦也上来了,两个眼皮一合,也就睡着了,不再想那么多。

但等第二天早晨,小林又感到昨天对保姆的指责没有错。清早老婆上班,小林照常出去排豆腐。排完豆腐,小林本来应该去上班,但今天下着蒙蒙小雨,来排豆腐的人少,豆腐买的顺利,看看表,还有富裕时间,因惦着孩子感冒,就又回家看了一趟。回家后,发现保姆床也没叠,孩子的饭也没做,药也没喂,给了孩子一盆洗脸水让她玩,她呢,正在给自己鼓捣吃的。清早起来小林和小林老婆都吃的剩饭,把昨天的剩饭泡了泡,就着咸菜吃下了肚。保姆不吃剩饭,你再熬点新粥也就罢了,谁知她正在用给女儿做饭的小锅下挂面,进房一股香气,她加了香菜,加了豆腐干,还卧一个鸡蛋。保姆见他突然回来,也有些吃惊,忙用筷子将鸡蛋往面条底下捺。但不管怎么捺,还是让小林发现了。小林怒火一股股往脑门冲,这不是故意败坏人吗?起床孩子不弄,自己倒先偷着做好的吃。大家都不容易,我们背后议论你,把一切罪过归到你身上固然不对,但你也忒不自觉,忒不值得尊重和体谅。但小林没有再指责保姆。按说现在抓住了罪证,当面指责一顿十分痛快,但保姆是这种样子,你指责她一顿,岂敢保证你走了以后,她会不把气撒到孩子身上?孩子还不懂事,能让她再替你承担罪过?于是只是把孩子正在玩的保姆的洗脸水,气鼓鼓地夺过来倾到了马桶里。孩子一玩水,又开始流鼻涕;水被夺走,便坐在地上拧着屁股哭。小林没理,摔上门就上班去了。边匆忙下楼边心里骂:

"妈的,九月份一定让你滚蛋!"

晚上下班回家,孩子的感冒似乎又加重了,鼻子齉齉的,一个劲咳嗽;摸摸头,烧也有点升上来。小林知道,这和保姆一天捣蛋肯定有关系。但他又不敢把清早保姆捣蛋的事告诉老婆,那样肯定会引起另一场轩然大波。不过不知老婆今天怎么了,一脸喜色,对孩子病情加重也不在意,喜滋滋地自己坐在床前想心事。老婆一有这种脸色,肯定有好事。来厨房看看,果然,老婆买回来一节香肠。买了香肠不说,还买回来一瓶"燕京"啤酒。这肯定是给小林买的。过去单身汉时,小林最爱喝啤酒。自结婚以后,这种爱好渐渐就根除了。一瓶一块多,喝它干嘛。就是不说钱,平时谁有喝啤酒的心思!小林摸不透老婆今天的心思,忙进里间问:

"喂,你今天怎么了?"

老婆"吃吃"地笑。

小林感到有些奇怪:

"你笑什么?说出来我听听!"

老婆说:

"小林,我告诉你,我的工作问题解决了!"

小林吃了一惊:

"什么?解决了?你去前三门单位了?管人事的头头答应了?"

老婆摇摇头。

小林问:

"找到新的单位了?"

老婆摇摇头。

小林禁不住泄气:

"那解决什么?"

老婆说:

"这工作我不调了!"

小林说:

"怎么不调了,你对单位又有感情了?你不怕挤公共汽车了?"

小林老婆说:

"感情谈不上,但以后不挤公共汽车了。我们单位的头头说,从九月份开始,往咱们这条线发一趟班车!你想,有了班车,我就不用挤公共汽车,四十分钟也到了。自己单位的班车,上车还有座位,这不比挤地铁去前三门单位还好?小林,我想通了,只要九月份通班车,我工作就不调了。这单位固然不好,人事关系复杂,但前三门那个单位就不复杂?看那管人事头头的嘴脸!我信了你的话,天下老鸦一般黑。只要有班车,我就不调了,睁只眼闭只眼混算了。这不是工作问题解决了!"

小林听了老婆一番话,也很高兴。家中的一件大事,过去天天苦恼,时常为此闹矛盾,现在终于有了着落。虽然工作问题的解决实际上是以不解决为解决,但不管怎样,解决了老婆就安心了,就没有烦恼了,就不会情绪激动了,家里就不会再为此闹矛盾。说来问题解决也简单,靠小林和小林老婆自己

去求人,去送东西到处碰壁,最终解决无非是单位发了一趟班车。但不管怎么解决,小林也马上和老婆一样高兴起来,说:

"好,好,这不以后不存在这问题了?你就不再跟我闹了?"

老婆说:

"是不存在呀!"

又娇嗔道:

"谁跟你闹了?你没有本事解决,还怪我跟你闹!最后不还是靠我自己解决!就等九月份了!"

小林说:

"是呀,是呀,是靠你自己解决,就等九月份!"

大家情绪很好。孩子的病也压过去了。吃饭时大家喝了啤酒。晚上孩子保姆入睡,两人又欢乐了一次。欢乐时两人又很有激情。欢乐之后,两人都很不好意思。昨天欢乐,今天又欢乐,很长时间没这么勤了。接着两人又抚摸着谈心,说九月份。九月份真是个好日子,老婆工作问题解决,孩子入托辞退保姆,家里可节省一大笔开支。两人又展望起未来,憧憬九月份的幸福日子,讨论节省下的开支如何应用。后来老婆又说,现在孩子还小,要不再让孩子在家呆一年,再用一年保姆,等明年再送孩子入托。小林想起早晨保姆的事,马上恶狠狠地说:

"不,就今年,不为孩子,也为保姆,马上让她滚蛋!"

老婆与保姆矛盾很深,听小林这么说,也很高兴,又亲了他一下,翻过身就睡着了。

五

九月份了。九月份有两件事,一、老婆通班车;二、孩子入托辞退保姆。老婆通班车这一条比较顺,到了九月一号,老婆单位果然在这条线通了班车。老婆马上显得轻松许多。早上不用再顶星星。过去都是早六点起床,晚一点儿就要迟到;现在七点起就可以了,可以多睡一个小时。七点起床梳洗完毕,吃点饭,七点二十轻轻松松出门,到门口上班车;上了班车还有座位,一直开到单位院内,一点不累。晚上回来也很早,过去要戴月亮,七点多才能到家,现在不用戴了;单位五点下班,她五点四十就到了家,还可以休息一会儿再做饭。老婆很高兴。不过她这高兴与刚听到通班车时的高兴不同,她现在的高兴有些打折扣。本来听说这条线通班车,老婆以为是单位头头对大家的关心,后来打听清楚,原来单位头头并不是考虑大家,而是单位头头的一个小姨子最近搬家搬到了这一块地方,单位头头的老婆跟单位头头闹,单位头头才让往这里加一线班车。老婆听到这个消息,马上有些沮丧,感到这班车通的有些贬值。自己高兴得有些盲目。回来与小林唠叨,小林听到心里也挺别扭,感到似乎是受了污辱。但这污辱比起前三门单位管人事的头头拒不收礼的污辱算什么,于是向老婆解释,管他娘嫁给谁,管是因为什么通的班车,咱只要跟着能坐就行了。老婆说:

"原来以为坐班车是公平合理,单位头头的关心,谁知是沾了人家小姨子的光,以后每天坐车,不都得想起小姨子!"

小林说:

"那有什么办法。现在看,没有人家小姨子,你还坐不上班车!"

小林老婆说:

"我坐车心里总感到有些别扭,感到自己是二等公民!"

小林说:

"你还像大学刚毕业那么天真,什么二等三等,有个班车给你坐就不错了。我只问你,就算沾了人家小姨子的光,总比挤公共汽车强吧!"

小林老婆说:

"那倒是!"

小林又说:

"再说,沾她光的又不是你自己,我只问你,是不是每天一班车人?"

老婆说:

"可不是一班车人,大家都不争气!"

小林说:

"人家不争气,这时你倒长了志气。你长志气,你以后再去坐公共汽车,没人拉你非坐班车!你调工作不也照样求人巴结人?给人送东西,还让人晾到了楼道里!"

老婆这时"扑哧"笑了:

"我也就是说说,你倒说个没完了。不过你说的对,到了这时候,还说什么志气不志气,谁有志气,有志气顶他妈屁用,管他妈嫁给谁,咱只管每天有班车坐就是了!"

小林拍巴掌:

"这不结了!"

所以老婆每天显得很愉快。但小孩入托一事,碰到了困难。小林单位没有幼儿园,老婆单位有幼儿园,但离家太远,每天跟着老婆来回坐车也不合适,这就只能在家门口附近找幼儿园。门口倒是有几个幼儿园,有外单位办的,有区里办的,有街道办的,有居委会办的,有个体老太太办的。这里边最好的是外单位办的,里边有幼师毕业的阿姨,可以教孩子些东西;区以下就比较差些,只会让孩子排队拉圈在街头走;最差的是居委会或个体办的,无非是几个老太太合伙领着孩子玩,赚个零用钱花花。因孩子教育牵扯到下一代,老婆对这事看得比她调工作还重。就撺掇小林去争取外单位办的幼儿园,次之只能是区里办的,街道以下不予考虑。小林一开始有些轻敌,以为不就是给孩子找个幼儿园吗?临时呆两年,很快就出去了,估计困难不会太大,但他接受以前一开始说话腔太满,后来被老婆找后账的教训,说:

"我找人家说说看吧,我也不是什么领导人,谁知人家会不会买我的账,你也不能限得太死!"

对门印度女人家也有一个孩子,大小跟小林家孩子差不多,也该入托,小林老婆听说,他家的孩子就找到了幼儿园,就是外单位办的那个。小林老婆说话有了根据,对小林说:

"怎么不限制死,就得限制死,就是外单位那个,她家的孩子上那个,咱孩子就得上那个,区里办的你也不用考虑了!"

任务就这样给小林布置下了。等小林去落实时,小林才感到给孩子找个幼儿园,原来比给老婆调工作困难还大。小林首先摸了一下情况,外单位这个幼儿园办的果真不错,年年在市里得先进。一些区一级的领导,自己区里办的有幼儿园,却把孙子送到这个幼儿园。但人家名额限得也很死,没有过硬的关系,想进去比登天还难。进幼儿园的表格,都在园长手里,连副园长都没权力收孩子。而要这个园长发表格,必须有这个单位局长以上的批条。小林绞尽脑汁想人,把京城里的同学想遍,没想出与这个单位有关系的人。也是急病乱投医,小林想不出同学,却突然想起门口一个修自行车的老头。小林常在老头那里修车,"大爷大爷"地叫,两人混得很熟。平时带钱没带钱,都可以修了车子推上先走。一次在闲谈中,听老头说他女儿在附近的幼儿园当阿姨,不知是不是外单位这个?想到这个碴,小林兴奋起来,立即骑上车去找修车老头。如果他女儿是在外单位这个,虽然只是一个阿姨,说话不一定顶用,但起码打开一个突破口,可以让她牵内线提供关系。找到修车老头,老头很热情,也很豪爽,听完小林的诉说,马上代他女儿答应下来,说只要小林的孩子想入他女儿的托,他只要说一句话,没有个进不去的。只是他女儿的幼儿园,不是外单位那个,而是本地居委会办的。小林听后十分丧气。回来将情况向老婆作了汇报,老婆先是责备他无能,想不出关系,后又说:

"咱们给园长备份厚礼送去,花个七十八十的,看能不能打动她!对门那个印度孩子怎么能进去?也没见她丈夫有什么特别的本事,肯定也是送了礼!"

小林摆摆手说：

"连认识都不认识，两眼一抹黑，这礼怎么送得出去？上次给前三门单位管人事的头头送礼，没放着样子？"

老婆火了：

"关系你没关系，礼又送不出去，你说怎么办？"

小林说：

"干脆入修车老头女儿那个幼儿园算了！一个三岁的孩子，什么教育不教育，韶山冲一个穷沟沟，不也出了毛主席！还是看孩子自己！"

老婆马上愤怒，说小林不能这样对孩子不负责任；跟修车的女儿在一起，长大不修车才怪；到目前为止，你连外单位幼儿园的园长见都没见一面，怎么就料定人家不收你的孩子？有了老婆这番话，小林就决定斗胆直接去见一下幼儿园园长。不通过任何人介绍，去时也不带礼，直接把困难向人家说一下，看能否引起人家的同情。路上小林安慰自己，中国的事情复杂，别看素不相识，别看不送礼，说不定事情倒能办成；有时认识、有关系，倒容易关系复杂，相互嫉妒，事情倒不大好办。不认识怎么了？不认识说不定倒能引起同情。世上就没好人了？说不定这里就能碰上一个。但等小林在幼儿园见到园长，才知道自己的想法幼稚天真。幼儿园园长是个五十多岁的老太太，人倒挺和蔼，看了小林的工作证，听了小林的诉说，答复很干脆，说她这个幼儿园不招收外单位的孩子；本单位孩子都收不了，招外单位的大家会没有意见？不过情况也有例外，现在幼儿园想搞一项基建，一直没有指标，看小林在国家机关工作，如能帮他们搞到一个基建指标，就可以收下小林的孩子。小林一听就泄了气，自己连自己都顾不住，哪能帮人家搞什么基建指标，如有本事搞到基建指标，孩子哪个幼儿园不能进，何必非进你这个幼儿园？他垂头丧气回到家，准备向老婆汇报，谁知家里又起了轩然大波，正在闹另一种矛盾。原来保姆已经闻知他们在给孩子找幼儿园；给孩子找到幼儿园，不马上要辞退她？她不能束手待毙，也怪小林小林老婆不事先跟她打招呼，于是就先发制人，主动提出要马上辞退工作。小林老婆觉得保姆很没道理，我自己的孩子，找不找幼儿园还用跟你商量？现在幼儿园还没找到，你就辞工作，不是故意给人出难题？两人就吵起来。到了这时候，小林老婆不想再给保姆说好话，说，要辞马上辞，立即就走。保姆也不服软，马上就去收拾东西。小林回到家，保姆已将东西收拾好，正要出门。小林幼儿园联系不顺利，觉得保姆现在走措手不及，忙上前去劝，但被老婆拦住：

"不用劝她，让她走，看她走了，天能塌下来不成！"

小林也无奈。可到保姆真要走，孩子不干了。孩子跟她混熟了，见她要走,便哭着在地上打滚;保姆对孩子也有了感情,忙上前又去抱起孩子。最后,保姆终于放下嗷嗷哭的孩子,跑着下楼走了。保姆一走,小林老婆又哭了,觉得保姆在这干了两年多,把孩子看大,现在就这么走了也很不好,赶忙让小林到阳台上去,给保姆再扔下一个月的工资。

保姆走后,家里乱了套。幼儿园没找着,两人就得轮流请假在家看孩子。这时老婆又开始恶狠狠地责骂保姆,怪她给出了这么个难题,又责怪小林无能,连个幼儿园都找不到。小林说:

"人家要基建指标,别说我,换我们的处长也不一定能搞到!"

又说:

"依我说,咱也别故意把事情搞复杂,承认咱没本事,进不了那个幼儿园,干脆,进修车老头女儿的幼儿园算了!这个幼儿园不也孩子满当当的!"

事到如今,小林老婆的思想也有些活动。整天这么请假也不是个事。第二天又与小林到修车老头女儿的幼儿园看了看,印象还不错。当然比外单位那个幼儿园差远了,但里面还干净,几个房间里圈着几十个孩子,一个屋子角上还放着一架钢琴。幼儿园离马路也远。小林见老婆不说话,知道她基本答应了,心里一块石头才算落了地。

回来,开始给孩子做入托的准备。收拾衣服、枕头、吃饭的碗和勺子、喝水的杯子、揩鼻涕的手绢。像送儿出征一样。小林老婆又落了泪:

"爹娘没本事,送你到居委会幼儿园,你以后就好自为之吧!"

但等孩子体检完身体,第二天要去居委会幼儿园时,事情又发生了转机,外单位那个幼儿园,又接受小林的孩子。当然,这并不是小林的功劳,而是对门那个印度女人的丈夫意外给帮了忙。这天晚上有人敲门,小林打开门,是印度女人的丈夫。印度女人的丈夫具体是干什么的,小林和小林老婆都不清楚,反正整天穿得笔挺,打着领带,骑摩托上班。由于人家家里富,家里摆设好,自家比较穷,家里摆设差,小林和小林老婆都有些自卑,与他们家来往不多。只是小林老婆与印度女人有些接触,还面和心不和。现在印度女人的丈夫突然出现,小林和小林老婆都提高了警惕:他来干什么?谁知人家很大方,坐在床沿上说:

"听说你们家孩子入托遇到了困难?"

小林马上感到有些脸红。人家问题解决了,自己没有解决,这不显得自己无能?就有些支吾。印度女人丈夫说:

"我来跟你们商量个事,如果你们想上外单位那个幼儿园,我这里还有一个名额。原来搞了两个名额,我孩子一个,我姐姐孩子一个,后来我姐姐孩子不去了,如果你们不嫌这个托儿所差,这个名额可以让给你们,大家对门住着!"

小林和小林老婆都感到一阵惊喜。看印度女人丈夫的神情,也没有恶意。小林老婆马上高兴地答:

"那太好了,那太谢谢你了!那幼儿园我们努力半天,都没有进去,正准备去居委会的呢!"

这时小林脸上却有些挂不住。自己无能,回过头还得靠人家帮助解决,不太让人看不起了!所以倒没像老婆那样喜形于色。印度女人的丈夫又体谅地说:

"本来我也没什么办法,只是我单位一个同事的爸爸,正好是那个单位的局长,通过求他,才搞到了名额。现在这个社会,还不是这么回事!"

这倒叫小林心里有些安慰。别看印度女人爱搅是非,印度女人的丈夫却是个男子汉。小林忙拿出烟,让他一支。烟不是什么好烟,也就是"长乐",放了好多天,有些干燥了,但人家也没嫌弃,很大方地点着,与小林一人一支,抽了起来。

孩子顺利地入了托。小林和小林老婆都松了一口气。从此小林家和印度女人家的家庭关系也融洽许多。两家孩子一同上幼儿园。但等上了几天,小林老婆的脸又沉了下来。小林问她怎么回事,她说:

"咱们上当了!咱们不该让孩子上外单位幼儿园!"

小林问:

"怎么上当?怎么不该去?"

小林老婆说:

"表面看,印度女人家帮了咱的忙,通过观察,我发现这里头不对,他们并不是要帮咱们,他们是为了他们自己。原来他们孩子哭闹,去幼儿园不顺利,这才拉上咱们孩子给他陪读。两个孩子以前在一块玩,现在一块上幼儿园,当然好上了。我也打听了,那个印度丈夫根本没有姐姐!咱们自己没本事,孩子也跟着受欺负!我坐班车是沾了人家小姨子的光,没想到孩子进幼儿园,也是为了给人家陪读!"

接着开始小声哭起来。听了老婆的话,小林也感到后背冷飕飕的。妈的,原来印度家庭没安好心。可这事又摆不上桌面,不好找人理论。但小林心里像吃了马粪一样感到腥腥。事情腥腥在于:老婆哭后,小林安慰一番,第二天孩子照样得去给人家当"陪读";在好的幼儿园当陪读,也比在差的幼儿园胡混强啊!就像蹭人家小姨子的班车,也比挤公共汽车强一样。当天夜里,老婆孩子入睡,小林第一次流下了泪,还在漆黑的夜里扇了自己一耳光:

"你怎么这么没本事,你怎么这么不会混!"

但他扇的声音不大,怕把老婆弄醒。

六

今年大白菜丰收。

小林站在市民排起的长队里,嘴里哈着寒气,开始购买冬贮大白菜。大家一人手里捏着一个纸片。天冷了,有人头上已经扣上了棉帽子。大家排队时间一长,相互混熟了,前边一个中年人让给小林一支烟,两人燃着,说些闲话。一到购买冬贮大白菜,小林的心情是既焦急又矛盾。看着别人用自行车、三轮车、大筐往家里弄大白菜,留下一路菜帮子,他很焦急;生怕大白菜一下卖完,他落了空,冬天里没有菜吃。等到挤到人群里去买,他心里又觉得是上当。年年买大白菜,年年上当。买上几十棵便宜菜,不够伺候它的,天天得摆、晾、翻,天天夜里得收到一起码着。这样晾好,白菜已经脱了好几层皮。一开始是舍不得吃,宁肯再到外面买;等到舍得吃,白菜已经开始发干、萎缩,一个个变成了小棍棍,一层层揭下去,就剩一个小白菜心,弄不好还冻了,煮出一股酸味。每到第二年春天,面对着剩下的几根小棍棍,小林和小林老婆都发誓,等秋天再不买大白菜。可一到秋天,看着一堆堆白菜那么便宜,政府在里边有补贴,别人家一车一车推,自己不买又感到吃亏。这种矛盾焦急心理,小林感到是一种折磨,其心理损耗远远超过了白菜的价值。所以今年一到秋天小林便下定决心:坚决不买大白菜。与老婆商量,老婆也同意,说把冬贮菜的亏烂刨下去,也不见得便宜到哪里去。于是他们今年真没有买大白菜。但这样仅坚持了三天,小林又扣上棉帽子排到了买冬贮菜的行列。这并不是小林的意志不坚强,而是今年北京大白菜过剩,单位号召大家买"爱国菜",谁买了"爱国菜"可以到单位报销。这样,不买白不买,小林和小林老婆马上又改变了最初的决定,决定马上去买"爱国菜",而且单位能报销多少,就买多少。小林单位可以报销三百斤,小林老婆单位可以报销二百斤,于是两人决定买五百斤。这比往年自己决定买大白菜的量还多。小林专门借了办公室副处长老何家的三轮车。小林说:

"原来说不买大白菜了,谁知单位又要报销,逼着你非再麻烦一次!"

由于这麻烦是报销引起的而不是自己决定的,所以小林一边排队买菜,一边又感到委屈,叹了一口气,用脚踢了踢"爱国菜",漫不经心地看前边称菜。但小林很快又克服了漫不经心。因大家买菜都不花钱,竞争还挺激烈,生怕排自己"爱国菜"脱销,眼珠子瞪得都挺大。小林也不由紧张起来,将棉帽子的帽翅卷了起来,露出耳朵。

五百斤大白菜买回家,家里便充满了大白菜的气味。小林心情不好。但由于这大白菜不花钱,老婆的积极性倒挺高,在那里晾晒。不过结果小林仍然知道,无非变成七八十个小棍棍。看着它堆积那么高,一个冬天要吃掉它,也叫人倒胃口。不过老婆心情开朗,小林也跟着心情好起来,家里气氛倒是比以前轻松。大白菜拉回家的第二天,小林老家又来了人,一队来了六个,小林心里一阵紧张,小林老婆的脸也变了颜色。不过这六个客人并没有吃饭,坐了一会就走了,说是去东北出差。小林才放下心来。小林老婆脸上的颜色也转了过来,送客人时显得很热情,弄得大家都很满意。

这天,小林下班早,到菜市场去转。先买了一堆柿子椒,又用粮票换了二斤鸡蛋(保姆走后,粮食宽裕许多,可以腾出些粮票换鸡蛋),正准备回家,突然看到市场上新添了一个卖安徽板鸭的个体食品车,许多人站队在那里买。小林过去看了看,鸭子太贵,四块多一斤;但鸭杂便宜,才三块钱一斤。小林女儿爱吃动物杂碎,小林就也排到队伍中,准备买半斤鸭杂。摊主有两个人,一个操安徽口音的在剁鸭子,另一个老板模样的人在收钱。可等排到小林,小林要把钱交给老板时,老板看他一眼,两人眼睛一对,禁不住都叫道:

"小林!"

"小李白!"

两人都丢下鸭杂和钱,笑着搂抱到一起。这个"小李白"是小林的大学同学,当年在学校时,两人关系很好,都喜欢写诗,一块加入了学校的文学社。那时大家都讲奋斗,一股子开天辟地的劲头。"小李白"很有才,又勤奋,平均一天写三首诗,诗在一些报刊还发表过,豪放洒脱,上下几千年,秦皇汉武,唐宗宋祖,都不在话下,人称"小李白"。惹得许多女同学追他。毕业以后,大家烟消云散。"小李白"也分到一个国家机关。后来听说他坐不了办公室,自己辞职跑到一个公司去了,现在怎么又卖起了板鸭?"小李白"见到小林,生意也不做了,一切交给剁鸭子的安徽人,拉小林到旁边树下聊天。两人抽着烟,小林问:

"你不是在公司吗?怎么又卖起了板鸭?"

"小李白"一笑:

"妈拉个×,公司倒闭了,就当上了个体户,卖起了板鸭!不过卖板鸭也不错,跟自己开公司差不多,一天也弄个百儿八十的!"

小林吓了一跳,又问:

"你还写诗吗?"

"小李白"朝地上啐了一口浓痰:

"狗屁!那是年轻时不懂事!诗是什么,诗是搔首弄姿混扯淡!如果现在还写诗,不得饿死!混哞,你结婚了吗?"

小林说：

"孩子都三岁了！"

"小李白"拍了一下巴掌：

"看，还说写诗，写姥姥！我可算看透了，不要异想天开，不要总想着出人头地，就在人堆里混，什么都不想，最舒服，你说呢？"

小林深有同感，于是点点头。又问：

"你有孩子了吗？"

"小李白"伸出三个手指头。小林吃了一惊：

"你敢不计划生育？"

"小李白"一笑：

"结了三个，离了三个，现在又结了一个。结一个下一个果，离婚人家不要孩子，我可不就落了三个！不卖鸭子成吗？家里五六张嘴等着吃食哩！"

小林也一笑，觉得"小李白"到底是"小李白"，诗虽然不写了，但那股洒脱劲还没褪下。两人又谈了半天，天快黑了，"小李白"突然想起什么，照小林肩上拍了一掌：

"有了！"

小林吓了一跳：

"什么有了？"

"小李白"说：

"我得出去十来天，去外地弄鸭子，这里没人收账，我正愁找不到人，你以后每天下班，来替我收收账算了！"

小林忙摆手：

"别，别，我还得上班。再说，我也不会卖鸭子！"

"小李白"说：

"我知道你是爱那个面子！你还是天真幼稚，现在普天下谁还要面子？要面子一股子穷酸，不要面子享荣华富贵。就你小林清高？看你的穿戴神情，也是改不掉的穷酸受罪模样。你下班来替我收账，帮我十天，我每天给你二十块钱！"

然后，不由分说，将一个大鸭子塞到小林手里，把小林推走了。

小林边摇头笑边提着鸭子回到家，老婆正不高兴他这么晚才回来，孩子也没准时接；又看他手里提鸭子，以为是花钱买的，叫道：

"你成贵族了，吃这么大的鸭子！"

小林将鸭子扔到饭桌上，瞪了老婆一眼：

"人家送的！"

小林老婆吃了一惊：

"你当官了？也有人给你送东西！"

小林便将菜市场的巧遇原原本本给老婆说了。最后把"小李白"让他看鸭子收账的事也说了。没想到老婆一听这事倒高兴，同意他去卖鸭子，说：

"一天两小时，也不耽误上班，两个小时给你二十块钱，比给资本家端盘子挣得还多，怎么不可以！从明天起孩子我接，你去卖鸭子吧，这事你能干得下来！"

小林倒在床上，手扣住后脑勺说：

"干是干得下来，只是面子上挂不住，卖鸭子！"

小林老婆说：

"管他呢！讲面子不是穷了这么多年？你又不找老婆，我不怕你丢面子，你还怕什么！"

于是，从第二天起，小林每天下午下班，就坐在板鸭车后边卖鸭子收款。一开始还真有些不好意思，穿上白围裙，就不敢抬眼睛。不敢看买鸭子的是谁，生怕碰到熟人。回家一身鸭子味，赶紧洗澡。可干了两天，每天能捏两张人民币，眼睛、脸就敢抬了。碰到熟人也不怕了。回来澡也不洗了。习惯了就自然了。小林感到就好像当娼妓，头一次接客总是害怕，害臊，时间一长，态度就大方了，接谁都一样。这时小林觉得长期这样卖鸭子也不错，每月可多得六百元的收入，一年下来不就富了？可惜"小李白"只出去十天，十天回来，小林就干不成了。如果自己早一点见到"小李白"就好了。

鸭子卖到第九天，这天小林正坐在车后卖鸭子，又碰到一个熟人。本来现在小林已经不怕熟人了，但这个熟人不同别的熟人，小林还是有些害怕，他是小林办公室的处长老关。老关家住别处，本来不逛这个菜市场，怎么他今天逛到这里来了？当老关看到板鸭车后坐的是自己的部下，吃惊得眼睛瞪得溜圆。小林也感到不好意思。小林第二天上班，就准备老关找他谈话。果然，老关找他单独"通气"。不过这时小林一点不怕老关，大家都在社会上混，又不是在单位卖鸭子，下班挣个零花钱有什么不可以？有钱到底过得愉快，九天挣了一百八，给老婆添了一件风衣，给女儿买了一个五斤重的大哈密瓜，大家都喜笑颜开。这与面子、与挨领导两句批评相比，面子和批评实在算不了什么。当然小林在单位混了这么多年，已不像刚来单位时那么天真，尽说大实话；在单位就要真真假假，真亦假来假亦真，说假话者升官发财，说真话倒霉受罚。于是在老关要求他解释昨天的事时，小林故作天真地一笑，说卖板鸭的是他的同学，他觉得好玩，就穿上同学的围裙坐那里试了一试，喊了两嗓子，纯粹是闹着玩，正好被领导碰上，他并没有真的卖鸭子，给单位丢名誉

老关听到情况是这样,就松了一口气,说:

"我说呢,堂堂一个国家干部,你也不至于卖鸭子!既然是闹着玩,这事就算了,以后别这么闹就是了!"

小林忙答应一声,两人便分了手。等老关走远,小林朝地上啐了一口唾沫,怎么不至于卖鸭子,老子就是卖了九天鸭子!可惜今天是最后一天了。如果能长期这样,我这个鸭子还真要长期卖下去。

可惜,这天下午,"小李白"准时从外地回来了,小林就告别了板鸭车。临别时"小李白"把最后二十块钱交给小林,交代他以后想吃鸭子就来拿;以后他到外地去弄鸭子,还请他来看摊。小林这时一点也没不好意思,声音很大地答应:

"以后需要我帮忙,你尽管言声!"

七

孩子上幼儿园已经三个月了。小林或小林老婆每天接送。平心而论,孩子上幼儿园以后,家务比以前多了,家里没有保姆,刷碗、擦地、洗衣洗单子,都要自己动手;孩子每天清早送、晚上接,都要准时;不像过去家里有保姆担着,回去的早晚没关系。家务虽然重了,但因为家里没有保姆,孩子一天不在家,让人心理上轻松许多;孩子接回来,关起门也是自己一家人,没有外人。保姆一走,每月省下一百多元钱,扣除孩子的入托费,还剩五六十,经济上也显得宽裕了,老婆也舍得吃了,时不时买根香肠,有时还买只烧鸡。两人在一起讨论起来,都说没有保姆好处多,接着说了用保姆的一连串毛病。但现在人家已经走了,两人还边啃烧鸡边声讨人家,未免显得有些小气。不说她也罢。以后两人说保姆少了。

孩子入托好是好,但小林和小林老婆一直有一个心理问题,还没有解决。因为孩子入托是沾了印度家庭的光,是为了给人家孩子当陪读。清早一送孩子,晚上一接孩子,就想起这档子事,让人心理上不愉快。接送过程中,常碰到印度女人或她的丈夫,招呼还是要打,但打过招呼就有一种羞愧和不自然。不过孩子不懂事,有时从幼儿园出来,还和印度女人的孩子拉着手,玩得很愉快。但什么事情都有一个过程,时间一长,小林和小林老婆就把这事看得轻了。有时又一想,什么陪读不陪读,只要能进幼儿园,只要孩子愉快就行了。就好像帮人家卖鸭子,面子是不好看,领导也批评,但二百块钱总是到手了。只是有时见了印度家的人依然愤怒,愤怒起来心里要骂一句:

"帮我联系幼儿园,我也不承你的情!"

孩子在幼儿园也有一个习惯过程。开始几天,孩子哭着不去,送时哭,接时也哭。这是年幼不懂事,大人只要坚持下来,孩子也没办法。坚持一段孩子就习惯了。等孩子熟悉了新的环境,老师、别的孩子,她都认识了,于是也就不哭了。小林有时觉得那么小的孩子,在无奈中也会渐渐适应环境,想起来有些心酸。可老放在身边怎么成,她就不长大了吗?长大混世界,不更得适应?于是也就不把这辛酸放到心上。这时有了世界杯足球赛,小林前几年爱足球,看得脸红心跳,觉得过瘾,世界性的明星,都能说出口。那时觉得人生的一大目的就是看足球,世界杯四年一次,人生才有几个四年?但后来参加工作,结婚以后,足球就渐渐不看了。看它有什么用?人家球踢得再好,也不解决小林身边任何问题。小林的问题是房子、孩子、蜂窝煤和保姆、老家来人。可以对热闹的世界充耳不闻。现在孩子进了幼儿园,小林心理轻松一些,看到今天晚上要决赛,也禁不住心里痒痒起来;由于转播在半夜,他想跟老婆通融通融,半夜起来看一次转播。于是下班接孩子回来,猛干家务,老婆看他有些反常,问他有什么事,他腆着脸把这事说了,并说今天晚上上场的有马拉多纳。谁知老婆仍是那么不通情达理,她的思路仍没有转过弯来,竟将围裙摔到桌子上:

"家里蜂窝煤都没有了,你还要半夜起来看足球,还是累得轻!你要能让马拉多纳给咱家拉蜂窝煤,我就让你半夜起来看他!"

小林一阵扫兴,连忙摆手:

"算了,算了,你别说了,我不看了,明天我去拉蜂窝煤不就行了!"

于是也不再干家务,坐在床前犯傻,像老婆有时在单位不顺心回到家坐床边犯傻的样子。这天夜里,小林一夜没睡着。老婆半夜醒来,见小林仍睁着眼在那里犯傻,倒有些害怕,说:

"你要真想看,你看去吧!明天不误拉蜂窝煤就行了!"

这时小林一点兴致都没有了,一点不承老婆的情,厌恶地说:

"我说看了?不看足球,还不让我想想事情了!"

第二天早起,小林就请了一上午假,去拉蜂窝煤。拉完蜂窝煤下午到单位,新来的大学生便来征求他对昨晚足球的意见。小林恶狠狠地说:

"个鸡巴足球,有什么看的!我从来不看足球!"

接着就自己去翻报纸。倒把大学生吓了一跳。晚上下班回来,老婆见他仍在闹情绪,蜂窝煤也拉来了,倒觉得有点对不住他,自己忙里忙外弄孩子,还看着他的脸色说话。这倒叫小林有些过意不去,心里的恶气才稍稍出了一些。

这天晚上,小林和小林老婆正准备吃饭,查水表的瘸腿老头来了。本来今天不该查水表,但查水表的老头来了,就不敢不让他查。小林和小林老婆停止弄饭,让他查。这次老头除了拿着关水门的扳手,身上还背着一个大背包,背包似乎还很重,累得老头一脸的汗。小林看着大背包,心里吓了一跳,不知老头又要搞什么名堂。果然,老头查完水表,又理所当然地坐到了小林家的床上。小林站在他跟前,不知他想说年轻时喂马,还是继续说上次偷水的事。但老头这两件事都没有说,而是突然笑嘻嘻的,对小林说:

"小林,我得求你一件事!"

小林吃了一惊,说:

"大爷,您说哪儿去了,都是我有事求您,您哪里会有事求我?"

老头说:

"这次真有事求你。你不是在某部某局某处工作吗?"

小林点点头。

老头说:

"某省某地区某县的一件批文,是不是压在你们处里?"

小林想了想,想起似乎是有这么一个文,压在处里,似乎是压在女小彭手上;女小彭这些天忙着去日坛公园学气功,就把这事给压下了。于是说:

"好像是有这件事!"

老头拍着巴掌说:

"这就对了!某省某县是我的老家呀!老家为这件事着急得不得了,县长书记都来了,找到我,让我想办法!"

小林吃一惊,县长书记进京,竟要求到一个查水表的老头身上?但又想起他年轻时曾给大领导喂过马,于是就想通了。

老头继续说:

"我能想什么办法?我让他们打听一下批文压在哪个部哪个局哪个处,他们打听出来,我一听真是凑巧,这个处正好是你在的处,我忽然想咱俩认识,于是今天就求到你头上了!这事情好办吗?"

小林在机关呆了五六年,机关那一套还不熟悉?这事情说好办就好办,明天他给女小彭说一句话,女小彭抹口红的工夫,这批件就从她手里出去了;说不好办也不好办,如果陌生人公事公办去找女小彭,如果女小彭正在做气功你打扰了她,或者因为别的事她正心情不好,这批件就难说了;她会给你找出批件的好多毛病,找出国家的种种规定,不能审批的原因,最后还弄得你心服口服,以为是批件本身有毛病而不是别的什么原因。瘸老头说的这批件,就看小林帮忙不帮忙,如果帮忙,明天就可以批;如果不帮忙,这批件就仍然得压一些日子。但瘸老头不是一般的老头,管着给他们查水表,这个忙看样子得帮。但小林已不是过去的小林,小林成熟了。如果放在过去,只要能帮忙,他会立即满口答应,但那是幼稚;能帮忙先说不能帮忙,好办先说不好办,这才是成熟。不帮忙不好办最后帮忙办成了,人家才感激你。一开始就满口答应,如果中间出了岔子没成,本来答应人家,最后没办成,反倒落人家埋怨。所以小林将手搭在后脑勺上,将身子仰到被子垛上说:

"这事情不好办哪!批文是有这么一个批文,但我听说里边有好多毛病呢,不是说批就能批的!"

瘸老头虽然以前给大领导喂过马,但毕竟是多年以前的事了,现在沦落成一个查水表的,不懂其中奥妙,已经多年矣,所以赶忙迎着小林笑:

"是呀是呀,我也给老家的县长书记说,北京中央不比地方,各项规定严着哩。不过小林你还是得帮帮忙!"

小林老婆这时也听出了什么意思,凑过来说:

"大爷,他就会偷水,哪里会帮您这大忙!"

瘸老头一脸尴尬,说:

"那是误会,那是误会,怪我乱听反映,一吨水才几分钱,谁会偷水!"

接着又忙把他的背包拉开,掏出一个大纸匣子,说:

"这是老家人的一点心意,你们收下吧!"

然后不再多留,对小林眨眨眼,瘸着腿走了。老头一走,小林老婆说:

"看来以后生活会有转变!"

小林问:

"怎么有转变?"

小林老婆指着纸盒子说:

"看,都有人开始送礼了!"

接着将纸盒子打开,掏出礼物一看,两人大吃一惊,原来是一个小型的微波炉,在市场上要七八百元一台。小林说:

"这多不合适,如果是一个布娃娃,可以收下,七八百元的东西,如何敢收!明天给他送回去!"

老婆也觉得是。晚上吃饭,两人都心事重重的。到了晚上,老婆突然问他:

"我只问你,那个批文好办吗?"

小林说:

"批文倒好办,我明天给女小彭说一下,马上就可以批!"

小林老婆拍了一下巴掌:

"那这微波炉我收下了!"

小林担心地说:

"这不合适吧?帮批个文,收个微波炉,这不太假公济私了?再说,也给瘸腿老头留下话柄了呀!"

小林老婆说:

"给他把事情办了,还有什么话柄?什么假公济私,人家几千几万地倒腾,不照样做着大官!一个微波炉算什么!"

小林想想也是,就不再说什么。小林老婆马上将微波炉电源插上,拣了几块白薯放到里边试烤。几分钟之后,满屋的白薯香。打开炉子,白薯焦黄滚烫,小林老婆、小林、孩子三人,一人捧一块"稀溜稀溜"吃。小林老婆高兴地说,微波炉用处多,除了烤白薯,还可以烤蛋糕,烤馍片,烤鸡烤鸭。小林吃着白薯也很高兴,这时也得到一个启示,看来改变生活也不是没有可能,只要加入其中就行了。这天晚上,他与老婆又亲热了一回。由于有微波炉的刺激,老婆又很有激情。昨天发生的足球事件,这时也显得无足轻重了。

第二天上班,小林找到女小彭。果然,谈笑之间,两人就把那个批件给处理了。

微波炉用了两个星期,孩子突然出了毛病。本来去幼儿园她已经习惯了,接送都不哭了,有时还一蹦一跳地进幼儿园。但这两天突然反常,每天早上都哭,哭着不去幼儿园,或说肚子疼,或说要拉屎,真给她便盆,什么也拉不出来。呵斥她一顿,强着送去,路上倒不哭了,但怔怔的,犯愣,像傻了一样。小林和小林老婆都有些害怕;断定她在幼儿园出了毛病,要么是小朋友欺负了她,使她见了这个小朋友就害怕;要么问题出在阿姨身上,阿姨不喜欢她,罚她站了墙根或是让她当众出丑,伤了她的自尊心,使她害怕再见阿姨。小林和小林老婆便问孩子因为什么,孩子倒哭着说:

"我没有什么呀,我没有什么呀!"

于是小林老婆只好接孩子时在其他家长中进行调查。调查的结果,原来毛病出在小林和小林老婆身上。他们大意了,大意之中过了元旦;元旦之前,别的家长都向阿姨们送东西,或多或少,意思意思,唯独小林家没有意思,于是迹象就出现在孩子身上。老婆埋怨小林:

"你也真是,孩子进了幼儿园,你连个元旦都记不住!幼儿园阿姨背地里不知嘲笑咱多少回了,肯定说咱抠门、寒酸!"

小林也说:

"大意了大意了,过去送礼被人家推出去,就害怕送礼,谁知该送礼的时候,又把这事给忘了!"

于是就跟老婆商量补救措施,看补送一些什么合适。真要说送什么,两人又犯了愁。送个贺年卡、挂历显得太小气,何况新年已过去了;送毯子、衣

服又太大,害怕人家不收。小林说:

"要不问问孩子?"

小林老婆说:

"问她干什么,她懂个屁!"

小林还是将孩子叫过来,问孩子知不知道其他孩子给老师送了什么,没想到孩子竟然知道,答:

"炭火!"

小林倒吃一惊:

"炭火?为什么送炭火?给老师送炭火干什么?"

于是让老婆第二天再调查。果然,孩子说对了,有许多家长在元旦给老师送了"炭火"。因为现在冬天了,冬天北京时兴吃涮羊肉,大家便给老师送"炭火"。小林说:

"这还不好办?别人送炭火,咱也送炭火!"

但等真要去买炭火,炭火在北京已经脱销了。小林感到发愁,与老婆商量送点别的算了,何况人家已经送了炭火,咱再送也是多余,不如送点别的。但孩子记住了"炭火",每天清早爬起来第一句话便是:

"爸爸,你给老师买炭火了吗?"

看着一个三岁孩子这么顽固地要送"炭火",小林又好气又好笑,拍了一下床说:

"不就是一个炭火吗,我全城跑遍,也一定要买到它!"

果然,最后在郊区一个旮旯小店里买到了炭火。不过是高价的。高价能买到也不错。小林让老婆把炭火送到幼儿园。第二天,女儿就恢复了常态,高兴去幼儿园。女儿一高兴,全家情绪又都好起来。这天晚上吃饭,老婆用微波炉烤了半只鸡,又让小林喝了一瓶啤酒。啤酒喝下去,小林头有些发晕,满身变大。这时小林对老婆说,其实世界上事情也很简单,只要弄明白一个道理,按道理办事,生活就像流水,一天天过下去,也蛮舒服。舒服世界,环球同此凉热。老婆见他喝多了,瞪了他一眼,一把将啤酒瓶夺了过来。啤酒虽然夺了过去,但小林脑袋已经发懵,这天夜里睡得很死。半夜做了一个梦,梦见自己睡觉,上边盖着一堆鸡毛,下边铺着许多人掉下的皮屑,柔软舒服,度年如日。又梦见黑压压无边无际的人群向前涌动,又变成一队队祈雨的蚂蚁。一觉醒来,已是天亮,小林摇头回忆梦境,梦境已是一片模糊。这时老婆醒来,见他在那里发傻,便催他去买豆腐。这时小林头脑清醒过来,不再管梦,赶忙爬起来去排队买豆腐。买完豆腐上班,在办公室收到一封信,是上次来北京看病的小学老师他儿子写的,说自上次父亲在北京看了病,回来停了三个月,现已去世了;临去世前,曾嘱咐他给小林写封信,说上次到北京受到小林的招待,让代他表示感谢。小林读了这封信,难受一天。现在老师已埋入黄土,上次老师来看病,也没能给他找个医院。到家里也没让他洗个脸。小时候自己掉到冰窟窿里,老师把棉袄都给他穿。但伤心一天,等一坐上班车,想着家里的大白菜堆到一起有些发热,等他回去拆堆散热,就把老师的事给放到一边了。死的已经死了,再想也没有用,活着的还是先考虑大白菜为好。小林又想,如果收拾完大白菜,老婆能用微波炉再给他烤点鸡,让他喝瓶啤酒,他就没有什么不满足的了。

原载《小说家》1991 年第 1 期

戏剧
Drama

戏剧
Drama

老　舍

茶　馆(第一幕)

人　物　表

王利发：男。最初与我们见面，他才二十多岁。因父亲早死，他很年轻就作
　　　　了裕泰茶馆的掌柜。精明，有些自私，而心眼不坏。简称王。
唐铁嘴：男。三十来岁。相面为生，吸鸦片。简称唐。
松二爷：男。三十来岁。胆小而爱说话。简称松。
常四爷：男。三十来岁。松二爷的好友，都是裕泰的主顾。正直，体格好。
　　　　简称常。
李　三：男。三十多岁。裕泰的跑堂的。勤恳，心眼好。简称李。
二德子：男。二十多岁。善扑营当差。简称德。
马五爷：男。三十多岁。吃洋教的小恶霸。简称马。
刘麻子：男。三十多岁。说媒拉纤，心狠意毒。简称刘。
康　六：男。四十岁。京郊贫农。简称康。
黄胖子：男。四十多岁。流氓头子。简称黄。
秦仲义：男。王掌柜的房东。在第一幕里二十多岁。阔少，后来成了维新的
　　　　资本家。简称秦。
老　人：男。八十二岁。无依无靠。简称老。
乡　妇：女。三十多岁。穷得出卖小女儿。简称妇。
小　妞：女。十岁。乡妇的女儿。简称妞。
庞太监：男。四十岁。发财之后，想要老婆。简称庞。
小牛儿：男。十多岁。庞太监的书童。
宋恩子：男。二十多岁。老式特务。简称宋。
吴祥子：男。二十多岁。宋恩子的同事。简称吴。
康顺子：女。在第一幕中十五岁。康六的女儿。被卖给庞太监为妻。简
　　　　称顺。
王淑芬：女。四十来岁。王利发掌柜的妻。比丈夫更公平正直些。简称淑。
巡　警：男。二十多岁。简称警。

报　　童：男。十六岁。简称童。

康大力：男。十二岁。庞太监买来的义子,后与康顺子相依为命。简称大。

老　林：男。三十多岁。逃兵。简称林。

老　陈：男。三十多岁。逃兵。老林的把弟。简称陈。

崔久峰：男。四十多岁。作过国会议员,后来修仙,住在裕泰附设的公寓里。简称崔。

军　　官：男。三十多岁。简称官。

王大拴：男。四十岁左右,王掌柜的长子。为人正直。简称拴。

周秀花：女。四十岁。大拴的妻。简称周。

王小花：女。十三岁。大拴的女儿。简称花。

丁　宝：女。十七岁。女招待。有胆有识。简称丁。

小刘麻子：男。三十多岁。刘麻子之子,继承父业而发展之。仍简称刘。

取电灯费的：男。四十多岁。简称电。

小唐铁嘴：男。三十多岁。唐铁嘴之子,继承父业,有作天师的愿望。仍简称唐。

明师傅：男。五十多岁。包办酒席的厨师傅。简称明。

邹福远：男。四十多岁。说评书的名手。简称邹。

卫福喜：男。三十多岁。邹的师弟,先说评书,后改唱京戏。简称卫。

方　六：男。四十多岁。打小鼓的,奸诈。简称方。

车当当：男。三十岁左右。买卖现洋为生。简称车。

庞四奶奶：女。四十岁。丑恶,要作皇后。庞太监的四侄媳妇。简称四。

春　梅：女。十九岁。庞四奶奶的女道童。

老　杨：男。三十多岁。卖杂货的。简称杨。

小二德子：男。三十岁。二德子之子,打手。仍简称德。

于厚斋：男。四十多岁。小学教员,王小花的老师。简称于。

谢勇仁：男。三十多岁。与于厚斋同事。简称谢。

小宋恩子：男。三十来岁。宋恩子之子,承袭父业,作特务。仍简称宋。

小吴祥子：男。三十来岁。吴祥子之子,世袭特务。仍简称吴。

小心眼：女。十九岁。女招待。简称心。

沈处长：男。四十岁。宪兵司令部某处处长。简称沈。

茶　客：若干人,都是男的。

茶　房：一两个,都是男的。

难　民：数人,有男有女,有老有少。

老　总：数人,都是男的。

公寓住客：数人，都是男的。
押大令的兵：七人，都是男的。
宪　　兵：男。四人。

第 一 幕

时：一八九八年（戊戌）初秋，康梁等的维新运动失败了。早半天。
地：北京，裕泰大茶馆。
人：王利发　　刘麻子　　庞太监
　　唐铁嘴　　康　六　　小牛儿
　　松二爷　　黄胖子　　宋恩子
　　常四爷　　秦仲义　　吴祥子
　　李　三　　老　人　　康顺子
　　二德子　　乡　妇　　茶　客（甲、乙、丙……）
　　马五爷　　小　妞　　茶　房（一二人）

　　幕启：这种大茶馆现在已经不见了。在几十年前，每城都起码有一处。这里卖茶，也卖简单的点心与菜饭。玩鸟的人们，每天在遛够了画眉、黄鸟等之后，要到这里歇歇腿，喝喝茶，并使鸟儿表演歌唱。商议事情的，说媒拉纤的，也到这里来。那年月，时常有打群架的，但是总会有朋友出头给双方调解；三五十口子打手，经调人东说西说，便都喝碗茶，吃碗烂肉面（大茶馆特殊的食品，价钱便宜，做起来快当），就可以化干戈为玉帛了。总之，这是当日非常重要的地方，有事无事都可以来坐半天。
　　在这里，可以听到最荒唐的新闻，如某处的大蜘蛛怎么成了精，受到雷击。奇怪的意见也在这里可以听到，像把海边上都修上大墙，就足以挡住洋兵上岸。这里还可以听到某京戏演员新近创造了什么腔儿，和煎熬鸦片烟的最好的方法。这里也可以看到某人新得到的奇珍——一个出土的玉扇坠儿，或三彩的鼻烟壶。这真是个重要的地方，简直可以算作文化交流的所在。
　　我们现在就要看见这样的一座茶馆。
　　一进门是柜台与炉灶——为省点事，我们的舞台上可以不要炉灶；有些锅勺的响声也就够了。屋子非常高大，摆着长桌与方桌，长凳与小凳，都是茶座儿。隔窗可见后院，高搭着凉棚，棚下也有茶座儿。屋里和凉棚下都有挂鸟笼的地方。各处都贴着"莫谈国事"的纸条。
　　有两位茶客，不知姓名，正眯着眼，摇着头，拍板低唱。有两三位茶客，也不知姓名，正入神地欣赏瓦罐里的蟋蟀。两位穿灰色大衫的——宋恩子与吴祥子,正低声地谈话,看样子他们是北衙门的办案的(侦探)。

今天又有一起打群架的,据说是为了争一只家鸽,惹起非用武力解决不可的纠纷。假若真打起来,非出人命不可,因为被约的打手中包括着善扑营的哥儿们和库兵,身手都十分厉害。好在,不能真打起来,因为在双方还没把打手约齐,已有人出面调停了——现在双方在这里会面。三三两两的打手,都横眉立目,短打扮,随时地进来,往后院去。

马五爷在不惹人注意的角落,独自坐着喝茶。

王掌柜高高地坐在柜台里。

唐铁嘴趿拉着鞋,身穿一件极长极脏的大布衫,耳上夹着几张小纸片,进来。

王:唐先生,你外边遛遛吧!

唐:(惨笑)王掌柜,捧捧唐铁嘴吧!送给我碗茶喝,我就先给您相相面吧!手相奉送,不取分文!(不容分说,拉过王的手来)今年是光绪二十四年,戊戌。您贵庚是……

王:(夺回手去)算了吧,我送给你一碗茶喝,你就甭卖那套生意口啦!用不着相面,咱们既在江湖内,都是苦命人!(由柜台内走出,让唐坐下)坐下!我告诉你,你要是不戒了大烟,就永远交不了好运!这是我的相法,比你的更灵验!

(松二爷和常四爷都提着鸟笼进来,王掌柜向他们打招呼。他们先把鸟笼子挂好,找地方坐下。松文绉绉的,提着小黄鸟笼;常雄赳赳的,提着大而高的画眉笼。茶房李三赶紧过来,沏上盖碗茶。他们自带茶叶。茶沏好,二位爷向邻近的茶座让了让:"您喝这个!"然后,往后院看了看。)

松:好像又有事儿?

常:反正打不起来!要真打的话,早到城外头去啦;到茶馆来干吗?

(二德子,一位打手,恰好进来,听见了四爷的话。)

德:(凑过去)你这是对谁甩闲话呢?

常:(不肯示弱)你问我哪?花钱喝茶,难道还教谁管着吗?

松:(打量了二德子一番)我说这位爷,您是营里当差的吧?来,坐下喝一碗,我们也都是外场人。

德:你管我当差不当差呢!

常:要抖威风,跟洋人干去,洋人厉害!英法联军烧了圆明园,尊家吃着官饷,可没见您去冲锋打仗!

德:甭说打洋人不打,我先管教管教你!(要动手。)

（别的茶客依旧进行他们自己的事。王掌柜急忙跑过来。）

王：哥儿们，都是街面上的朋友，有话好说。德爷，您后边坐！

德：（不听王的话，一下子把一个盖碗搂下桌去，摔碎。翻手要抓常四爷的脖领。）

常：（闪过）你要怎么着？

德：怎么着？我碰不了洋人，还碰不了你吗？

马：（并未立起）二德子，你威风啊！

德：（四下扫视，看到马）喝，马五爷，您在这儿哪？我可眼拙，没看见您！（过去请安。）

马：有什么事好好地说，干吗动不动地就讲打？

德：嗻！您说的对！我到后头坐坐去。李三，这儿的茶钱我候啦！（往后面走去。）

常：（凑过来，要对马发牢骚）这位爷，您圣明，您给评评理！

马：（立起来）我还有事，再见！（走出去。）

常：（对王）邪！这倒是个怪人！

王：您不知道这是马五爷呀？怪不得您也得罪了他！

常：我也得罪了他？我今天出门没挑好日子！

王：（低声地）刚才您说洋人怎样，他就是吃洋饭的。信洋教，说洋话，有事情可以一直地找宛平县的县太爷去，要不怎么连官面上都不惹他呢！

常：（往原处走）哼，我就不佩服吃洋饭的！

王：（向二灰衣人那边稍一歪头，低声地）说话请留点神！（大声地）李三，再给这儿沏一碗来！（拾起地上的碎瓷片。）

松：盖碗多少钱？我赔！外场人不作老娘们事！

王：不忙，待会儿再算吧！（走开。）

（纤手刘领着康六进来。刘先向松、常二位打招呼。）

刘：您二位真早班儿！（掏出鼻烟壶，倒烟）您试试这个！刚装来的，地道英国造，又细又纯！

常：唉！连鼻烟也得从外洋来！这得往外流多少银子啊！

刘：咱们大清国有的是金山银山，永远花不完！您坐着，我办点小事！

（领康六找了个座儿。李三拿过茶来，他也给常拿来一碗。）

刘：说说吧，十两银子行不行？你说干脆的！我忙，没工夫专伺候你！

康：刘爷！十五岁的大姑娘，就值十两银子吗？

刘：卖到窑子去，也许多拿两儿八钱的，可是你又不肯！

康：那是我的亲女儿！我能够……

刘：有女儿,你可养活不起,这怪谁呢？

康：那不是因为乡下种地的都没法子混了吗？一家大小要是一天能吃上一顿粥,我要还想卖女儿,我就不是人！

刘：那是你们乡下的事,我管不着。我受你之托,教你不吃亏,又教你女儿有个吃饱饭的地方,这还不好吗？

康：到底给谁呢？

刘：我一说,你必定从心眼里乐意！一位在宫里当差的！

康：宫里当差的谁要个乡下丫头呢？

刘：那不是你女儿的命好吗？

康：谁呢？

刘：庞总管！你也听说过庞总管吧？伺候着太后,红的不得了,连家里打醋的瓶子都是玛瑙做的！

康：刘大爷,把女儿给太监作老婆,我怎么对得起人呢？

刘：卖女儿,无论怎么卖,也对不起女儿！你糊涂！你看,姑娘一过门,吃的是珍馐美味,穿的是绫罗绸缎,这不是造化吗？怎样,摇头不算点头算,来个干脆的！

康：自古以来,哪有……他就给十两银子？

刘：找遍了你们全村儿,找得出十两银子找不出？在乡下,五斤白面就换个孩子,你不是不知道！

康：我,唉！我得跟姑娘商量一下！

刘：告诉你,过了这个村可没有这个店,耽误了事别怨我！快去快来！

康：唉！我一会儿就回来！

刘：我在这儿等着你！

康：唉！（慢慢地走出去。）

刘：（凑过松与常来）乡下人真难办事,永远没有个痛痛快快！

松：这号生意又不小吧？

刘：也甜不到哪儿去,弄好了,赚个元宝！

常：乡下是怎么了？会弄得这么卖儿卖女的！

刘：谁知道！要不怎么说,就是一条狗也得托生在北京城里嘛！

常：刘爷,您可真有个狠劲儿,给拉拢这路事！

刘：我要不分心,他们还许找不到买主呢！（忙岔话）松二爷（掏出个小时表来）,您看这个！

松：（接表）好体面的小表！

刘：您听听,嘎登嘎登地响！

644

松：(听)这得多少钱？

刘：您爱吗？就让给您！一句话，五两银子！您玩够了，不爱再要了，我还照数退钱！东西真地道，传家的玩艺！

常：我这儿正咂摸这个味儿，咱们一个人身上有多少洋玩艺儿啊！老刘，就看你身上吧：洋鼻烟，洋表，洋缎大衫，洋布裤褂……

刘：洋东西可是真漂亮呢！我要是穿一身土布，像个乡下脑颏，谁还理我呀！

常：我老觉乎着咱们的大缎子，川绸，更体面！

刘：松二爷，留下这个表吧，这年月，戴着这么好的洋表，会教人另眼看待！是不是这么说，您哪？

松：(真爱表，但又嫌贵)我……

刘：您先戴两天，改日再给钱！

（黄胖子进来。）

黄：(严重的砂眼，看不清楚，进门就请安)哥儿们，都瞧我啦！我请安了！都是自己弟兄，别伤了和气呀！

王：这不是他们，他们在后院哪！

黄：我看不大清楚啊！掌柜的，预备烂肉面，有我黄胖子，谁也打不起来！（往里走。）

德：(出来迎接)两边已经见了面，您快来吧！（同黄入内。）

（茶房们一趟又一趟地往后面送茶水。进来一个很老的老者，拿些牙签、胡梳、耳挖勺之类的小东西，低着头慢慢地挨着茶座儿走，没人买他的东西。他要往后院去，被李三截住。）

李：老大爷，您外边遛遛吧！后院里，人家正说和事呢，没人买您的东西！（顺手儿把剩茶递给老人一碗。）

松：(低声地)李三！(指后院)他们到底为了什么事，要这么拿刀动杖的？

李：(低声地)听说是为一只鸽子。张宅的鸽子飞到了李宅去，李宅不肯交还……唉，咱们还是少说话好，(问老人)老大爷您高寿啦？

老：(喝了茶)多谢！八十二了，没人管！这年月呀，人还不如一只鸽子呢！唉！（慢慢走出去。）

（秦仲义，穿得很讲究，满面春风，走进来。）

王：哎哟！秦二爷，您怎么这样闲在，会想起坐茶馆来了？也没带个底下人？

秦：来看看，看看你这年轻小伙子会作生意不会！

王：唉，一边作一边学吧，指着这个吃饭嘛。谁叫我爸爸死的早，我不干不行啊！好在照顾主儿都是我父亲的老朋友，我有不周到的地方都肯包涵，闭闭眼就过去了。在街面上混饭吃，人缘儿顶要紧。我按着我父亲遗留下的老办法,多说好话,多请安,讨人人的喜欢,就不会出大岔子!您坐下,我给您沏碗小叶茶去!

秦:我不喝!也不坐着!

王:坐一坐!有您在我这儿坐坐,我脸上有光!

秦:也好吧!(坐)可是,用不着奉承我!

王:李三,沏一碗高的来!二爷,府上都好?您的事情都顺心吧?

秦:不怎么太好!

王:您怕什么呢?那么多的买卖,您的小手指头都比我的腰还粗!

唐:(凑过来)这位爷好相貌,真是天庭饱满,地阁方圆,虽无宰相之权,而有陶朱之富!

秦:躲开我!去!

王:先生,你喝够了茶,该外边活动活动去!

(把唐轻轻推开。)

唐:唉!(垂头走出去。)

秦:小王,这儿的房租是不是得往上提那么一提呢?当年你爸爸给我的那点租钱,还不够我喝茶用的呢!

王:二爷,您说的对,太对了!可是,这点小事用不着您分心,您派管事的来一趟,我跟他商量,该长多少租钱,我一定照办!是!嗻!

秦:你这小子,比你爸爸还滑,哼,等着吧,早晚我把房子收回去!

王:您甭吓唬着我玩,我知道您多么照应我,心疼我,决不会叫我挑着大茶壶,到街上卖热茶去!

秦:你等着瞧吧!

(一个乡下妇人拉着个十来岁的小姑娘进来。小姑娘的头上插着一根草标。李三本想不许她们往前走,可是心中一难过,没管。她们俩慢慢地往里走。茶客们忽然都停止说笑,看着她们。)

妞:(走到屋子中间,立住)妈,我饿!我饿!

妇:(呆视着小妞,忽然腿一软,坐在地上,掩面低泣。)

秦:(对王)撵出去!

王:是!出去吧,这里坐不住!

常:李三,要两个烂肉面,带她们到门外吃去!

李:是啦!(过去对妇人)起来,门口等着去,我给你们端面来!

妇:(立起,抹泪往外走,好像忘了孩子;走了两步,又转回身走,搂住小姑娘,吻她。)宝贝!宝贝!

王:快着点吧!

（母女走出去。李三随后端出两碗面去。）

王：（过来）常四爷，您是积德行好，赏给她们面吃！可是，我告诉您：这路事儿太多了，太多了！谁也管不了！（对秦）二爷，您看我说的对不对？

常：（对松）二爷，我看哪，大清国要完！

秦：（老气横秋地）完不完，并不在乎有人给穷人们一碗面吃没有。小王，说真的，我真想收回这里的房子！

王：您别那么办哪，二爷！

秦：我不但收回房子，而且把乡下的地，城里的买卖也都卖了！

王：那为什么呢？

秦：把本钱拢在一块儿，开工厂！

王：开工厂？

秦：嗯，顶大顶大的工厂！那才救得了穷人，那才能抵制外货，那才能救国！（对王说而眼看着常）唉，我跟你说这些干什么，你不懂！

王：您就专为别人，把财产都出手，不顾自己了吗？

秦：你不懂！只有那么办，国家才能富强！好啦，我该走啦。我亲眼看见了，你的生意不错，你甭再耍无赖，不涨房钱！

王：您等等，我给您叫车去！

秦：用不着，我愿意遛跶遛跶！（往外走，王送。）

（小牛儿搀着庞太监走进来。小牛儿提着水烟袋。）

庞：哟！秦二爷！

秦：庞老爷！这两天您心里安顿了吧？

庞：那还用说吗？天下太平了：圣旨下来，谭嗣同问斩！告诉您，谁敢改祖宗的章程，谁就掉脑袋！

秦：我早就知道！

（茶客们忽然全静寂起来，几乎是闭住呼吸地听着。）

庞：您聪明，二爷，要不然您怎么发财呢！

秦：我那点财产？不值一提！

庞：太客气了吧？您看，全北京城谁不知道秦二爷！您比做官的还厉害呢！听说呀，好些财主都讲维新！

秦：不能这么说，我那点威风在您的面前可就施展不出来了！哈哈哈！

庞：说得好，咱们就八仙过海、各显其能吧！哈哈哈！

秦：改天过去给您请安，再见！（下）

庞：（自言自语）哼，凭么这个小财主也敢跟我逗嘴皮子，年头真是改了！（问王）刘麻子在这儿哪？

王：总管，您里边歇着吧！

（刘麻子早已看见庞，但不敢靠近，怕打搅了庞、秦谈话。）

刘：喝，我的老爷子！您吉祥！我等了您好大半天了！

（搀庞往里面走。）

（二灰衣人过来请安，庞对他们耳语。）

（茶客静默了一阵之后，开始议论纷纷。）

甲：谭嗣同是谁？

乙：好像听说过！反正犯了大罪，要不，怎么会问斩呀！

丙：这两三个月了，有些做官的，念书的，乱折腾乱闹，咱们怎能知道他们捣的什么鬼呀！

丁：得！不管怎么说，我的铁杆庄稼又保住了！姓谭的，还有那个康有为，不是说叫旗兵不关钱粮，去自谋生计吗？心眼多毒！

丙：一份钱粮倒叫上头克扣去一大半，咱们也不好过！

丁：那总比没有强啊！好死不如赖活着，叫我去自己谋生，非死不可！

王：诸位主顾，咱们还是莫谈国事吧！

（大家安静下来，都又各谈各的事。）

庞：（已坐下）怎么说？一个乡下丫头，要二百银子？

刘：（侍立）乡下人，可长得俊呀！带进城来，好好地一打扮、调教，准保是又好看，又有规矩！我给您办事，比给我亲爸爸做事都更尽心，一丝一毫不能马虎！

（唐铁嘴又回来了。）

王：铁嘴，你怎么又回来了？

唐：街上兵慌马乱的，不知道是怎么回事！

庞：还能不搜查搜查谭嗣同的余党吗？唐铁嘴，你放心，没人抓你！

唐：嚯！总管，您要能赏给我几个烟泡儿，我可就更有出息了！（坐下。）

（有几个茶客好像预感到什么灾祸，一个个往外溜。）

松：咱们也该走啦吧！天不早啦！

常：嚯！走吧！

（二灰衣人——宋恩子和吴祥子走过来。）

宋：等等！

常：怎么啦？

宋：刚才你说"大清国要完"？

常：我，我爱大清国，怕它完了！

吴：（对松）你听见了？他是这么说的吗？

松：哥儿们，我们天天在这儿喝茶。王掌柜知道，我们都是地道老好人！

吴：问你听见了没有？

松：那，有话好说，二位请坐！

宋：你不说，连你也锁了走！他说"大清国要完"，就是跟谭嗣同一党！

松：我，我听见了，他是说……

宋：（对常）走！

常：上哪儿？事情要交代明白了啊！

宋：你还想拒捕吗？我这儿可带着"王法"呢！
（掏出腰中带着的铁链子。）

常：告诉你们，我可是旗人！

吴：旗人当汉奸，罪加一等！锁上他！

常：甭锁，我跑不了！

宋：量你也跑不了！（对松）你也走一趟，到堂上实话实说，没你的事！
（黄胖子同三五个人由后院过来。）

黄：得啦，一天云雾散，算我没白跑腿！

松：黄爷！黄爷！

黄：（揉揉眼）谁呀？

松：我！松二！您过来，给说句好话！

黄：（看清）哟，宋爷，吴爷，二位爷办案哪？请吧！

松：黄爷，帮帮忙，给美言两句！

黄：官厅儿管不了的事，我管！官厅儿能管的事呀，我不便多嘴！（问大家）是不是？

众：嗻！对！
（宋、吴带着常、松往外走。）

松：（对王）看着点我们的鸟笼子！

王：您放心，我给送到家里去。（宋等四人下。）

黄：（看见了庞太监）哟，你老人家在这儿哪？听说要安份儿家，我先给您道喜！

庞：等吃喜酒吧！

黄：您赏脸！您赏脸！（下）
（乡妇端着空碗进来，往柜上放。小姑娘跟进来。）

妞：妈！我还饿！

王：唉！出去吧！

妇：走吧，乖！

妞:你不卖妞妞啦?妈!不卖啦?妈!

妇:乖!(哭着,携小姑娘下。)

(康六带着康顺子进来,立在柜台前。)

康:姑娘!顺子!爸爸不是人,是畜生!可你叫我怎办呢?你不找个吃饭的地方,你饿死!我不弄到手几两银子,就得叫东家活活地打死!你呀,顺子,认命吧,积德吧!

顺:我,我……(说不出话来。)

刘:(跑过来)你们回来啦?点头啦?好!来见见总管!

顺:我不,不!我不!(要晕倒。)

康:(扶住女儿)顺子!顺子!

刘:怎么啦?

康:又饿又气,昏过去了!顺子!顺子!

庞:我要活的,可不要死的!(怪笑)哈哈哈……!

幕落

原载《收获》1957年第1期

高行健

车　站

人　物
　　沉默的人　中年人
　　大　　爷　六十多岁
　　姑　　娘　二十八岁
　　愣小子　　十九岁
　　戴眼镜的　三十岁
　　做母亲的　四十岁
　　师　　傅　四十五岁
　　马主任　　五十岁
　　（人物的年龄均为出场时的年龄）

地　点
　　城郊一公共汽车站
　　（舞台中央竖着一块公共汽车站的站牌子。由于长年风吹雨打，站牌子上的字迹已经看不清楚了。站牌子的旁边有一段铁栏杆，等车的乘客在栏杆内排队。铁栏杆呈十字形，东西南北各端的长短不一，有种象征的意味，表示的也许是一个十字路口，也许是人生道路上的一个交叉点或是各个人物生命途中的一站。人物可以从舞台的各个方向上场。
　　沉默的人挎着个提包上，站住等车。大爷空手上。）

大　爷：车刚过？
　　　　（沉默的人点点头。）
大　爷：您进城去？
　　　　（沉默的人点头。）
大　爷：这礼拜六下午进城就得赶早，等下了班再来赶车，且挤不上去呢。
　　　　（沉默的人微笑。）
大　爷：(回头望)还没影儿呢。这礼拜六下午，大家伙都要进城，车还就越少。您要迟走一步，赶上那"高峰"，什么词儿！大伙都下班了，那节骨眼上,您就瞧那热闹吧,都生疖子硬挤,可您还得有那劲儿呀。像咱这年纪的,没门儿!咱总算赶在前面了,那提前下班走人的主儿还没动窝呢!咱午觉都没敢睡。(松了口气,打个哈欠)要不是今儿晚上城里有事,非去不可,咱说什么也不凑这"高峰"。(掏出香烟)您抽烟不?(沉默的人摇摇头)不抽烟的好。花钱得气管炎不说,想抽点好的还真买不着。一说来了"大前门",得,那队就排到马路上来了,还拐几个弯儿,像长虫样的。一个人限购两盒。您眼看排到了,售货员一掉脸,走了。您再问,管理都不答理你。这就叫"为顾客服务"?装装门面!那"大前门"其实都从大后门走啦!就跟这坐车一样,您这不是规规矩矩排着队,他一出溜,前面去了,朝司机一招手,前门开了。人家是"关系户",哼,尽这词儿。等您赶过去,它扑哧又关上了。这就叫"为乘客服务",您还不干瞪眼?谁都看着,就是没治!(朝台侧一望)得,来人了,您头里站着,我排您后面,待会儿车一来,就乱套了,谁力气大,谁抢先占座儿,就这风气!

(沉默的人微笑。)

(姑娘拿着个小钱包上,在离他们稍远一点的地方站住。)

(愣小子上,一跃坐到铁栏杆上,从上衣口袋里摸出一支过滤嘴香烟,用气体打火机点着。)

大　爷：(向沉默的人)您看,我说吧,就这风气!

(沉默的人用手指敲打着铁栏杆,表示认可。)

愣小子：等多久了?

(大爷装没听见。)

愣小子：得多少时间一班车?

大　爷：(没好气)问汽车公司去。

愣小子：真逗,我问您呢。

(沉默的人从包里拿出本书,看起来。)

大　爷：问我?我又不是调度。

愣小子：我问的是等多久了?

大　爷：年轻人,没这样问话的。

愣小子：(醒悟到)老爷子。

大　爷：我不是你老爷子。

愣小子：(嘲弄)那您老……

大　爷：用不着。

(愣小子败兴,吹起口哨,斜眼瞅着大爷,晃动着两腿。)

大　　爷：这是站队扶手用的,不是座儿。

愣小子：坐坐怕什么？又不是麻秆扎的。

大　　爷：你没看见这栏杆都歪了吗？

愣小子：我坐歪的？

大　　爷：都坐上去摇晃,能不歪吗？

愣小子：这是你家的？

大　　爷：就因为是公家的,我才管！

愣小子：你贫什么？回家去,跟你老娘们臭贫去吧！(摇晃得更加厉害)

大　　爷：(耐着性子,好不容易没发作,转身对沉默的人)您瞧瞧……

(沉默的人正在看书,根本没有注意这场谈话。戴眼镜的跑上。)

大　　爷：(对姑娘)站好队,待会儿就乱套了。

(愣小子从栏杆上跳下来,往前挤,站在姑娘前面。做母亲的拎个大提包赶忙上,挺吃力。)

大　　爷：总有个先来后到吧。

姑　　娘：(对大爷,声音小得几乎听不见)没事,我就站这里。

(汽车声响。师傅提个工具袋大步赶上,排在末尾。汽车声逼近,大家都朝来车的方向望。沉默的人把书本收起,众人都跟着向前移动。)

姑　　娘：(回头望着戴眼镜的)别挤！

大　　爷：站好队！大家都站好队。

(汽车的行驶声从大家面前过去。愣小子突然绕过大爷和沉默的人,跑到前头。)

众　　人：(冲着愣小子)哎！哎——哎——

(汽车没停。)

众　　人：停车！为什么不停车？喂——

(愣小子追了几步,汽车声远去。)

愣小子：丫挺的！

大　　爷：(气愤)都这样没法停车！

做母亲的：喂,前面的站好队！

戴眼镜的：(向愣小子)站队,站队,你听到没有？

愣小子：碍你什么事？总归在你前面。

做母亲的：不就这几个人,排好队按顺序上车多好。

戴眼镜的：(对愣小子)你排在人家后面的。

大　　爷：(向沉默的人)没教养。

愣小子：你有教养？

做母亲的：你不排队还挺有理的？

大　　爷：(一板一眼)说的是你等车不排队,没一点教养!

愣小子：你脚痒叫你老娘儿们给你脱鞋呀,冲我来什么劲？

做母亲的：年轻人学得这样流里流气的不好。

戴眼镜的：大家叫你排队,怎么这样不知趣？

愣小子：谁没排队？车不停,朝我叫唤什么？

戴眼镜的：你排在人家后面的!

愣小子：在你前面就得了。

大　　爷：(气得哆嗦)站队去!

愣小子：你一个劲扇唬什么？你当我怕你？

大　　爷：你还想打人是不是？

　　　　　(沉默的人过去,走到两人跟前。愣小子见他身强力壮,不免畏惧,
　　　　　退缩了一步,仍不示弱,靠在栏杆上。)

愣小子：有本事叫它停车呀。(靠在铁栏杆上晃了晃)

大　　爷：小伙子,你这学算是白上啦!

愣小子：白上了怎么的？你墨水喝得多怎么不坐小卧车去？

大　　爷：排队等车没什么可丢人的,这是社会公共道德,你学校里的老师没
　　　　　教你？

愣小子：没这一课。

大　　爷：你爹妈也不教你？

愣小子：你妈教你,你怎么也没上得去呀？

　　　　　(大爷一时语塞,望了望沉默的人。沉默的人又看起书来了。)

愣小子：(得意)您要是没挤过车,您就算白活这么大年纪了。

戴眼镜的：大家都在等车,还是自觉点吧。

愣小子：我这不排着？在你前头。

戴眼镜的：你是在人家后面到的。(指指姑娘)

愣小子：她先上就是了。可车来了,她得挤得上呀。

姑　　娘：(转身不理他)讨厌!

愣小子：(对大爷)您要是挤得上,您就挤；您挤不上,就甭怪我了。您老挤不
　　　　　上,也别把后面的人堵住。老爷子,您这么有文化水平的大明白人,
　　　　　挤车的道理还不懂？咱没正经上过几天学,可咱挤过车。

　　　　　(汽车声响。)

做母亲的：车来了,大家站好队。

愣小子：（依然靠在栏杆上，对姑娘）我在你后面。待会儿你挤不上，甭怪我撞着你了。

姑　　娘：（皱眉头）你上前去好了。

（汽车声逼近。沉默的人收起书本。一直蹲在地上的师傅也站起来，大家都顺着栏杆朝前挤。）

戴眼镜的：（对姑娘）你一会贴边上，抓住车门的把手。

（姑娘看了他一眼，没答理，众人跟着汽车去的方向，向前移动。愣小子在栏杆外面，跟在姑娘后面。）

大　　爷：停车！停车呀！

戴眼镜的：喂——停车！

做母亲的：都等了多半天啦！

姑　　娘：刚才那趟就没停。

愣小子：你他妈……

师　　傅：嘿！

（众人追车追到舞台的一角。愣小子突然往前冲，戴眼镜的一把抓住他。愣小子一甩手，戴眼镜的揪住他的袖子。愣小子转身一拳打过去。汽车声远去。）

戴眼镜的：你敢打人！

愣小子：就揍你怎么的？

（两人撕打。）

大　　爷：打人啦！打人啦！

做母亲的：现今这些年轻人呀！

姑　　娘：（对戴眼镜的）你躲开他呀！

戴眼镜的：流氓！

愣小子：（扑上去）就搧你！

（沉默的人和师傅上前把两人分开。）

师　　傅：都住手！住手！吃饱了撑的？

戴眼镜的：臭流氓！

愣小子：你他妈丫头养的！

做母亲的：多难听，怎么都没一点羞耻。

愣小子：谁叫他扯老子的衣服！

戴眼镜的：我不过拉他一把。你为什么不排队？

愣小子：别在骚货面前逞能，有种的跟我到一边去遛遛。

戴眼镜的：我怕你？臭流氓！

（愣小子又扑上去，被师傅一把抓住手腕子，动弹不得。）

师　　傅：捣啥子乱？站后面去。

愣小子：碍你什么事了？

师　　傅：后面去！（拧住他的手腕，把愣小子拖到队尾）

大　　爷：对，甭叫他起哄，弄得大家都上不了车。（对沉默的人）就吃这个。

（沉默的人没听见，又看起书来了。）

愣小子：我排在前面的！就兴你们进城，不兴我进城？

做母亲的：谁也没有不叫你进城呀。

大　　爷：（对做母亲的）人家进城都有事去，他偏起哄。就有那种专在上车的时候起哄的"三只手"，可得当心。

（除沉默的人和师傅外，大家都摸钱包。）

愣小子：神气什么！老土鳖！

（姑娘和做母亲的相互望望，笑了。大爷不满，瞅了她们一眼。）

做母亲的：（忙转话题，对戴眼镜的）你犯不上同他动手，打起来你要吃亏的。

戴眼镜的：（英雄气概）有这么几个捣乱的，大伙儿车就别想上得去。您也去城里？

做母亲的：我爱人和孩子在城里呀，星期六挤车真头疼，上车就跟打架一样。

戴眼镜的：您干嘛不调到城里去？

做母亲的：谁不想调进城里去，可得有门路呀，唉！

姑　　娘：过去两趟车了，都不停。

戴眼镜的：起点站发车就都坐满了。你进城有事去？

（姑娘点头。）

戴眼镜的：你其实不如到起点站上车，你住哪里？

（姑娘警惕，望了他一眼，不答。戴眼镜的讨了个没趣，推推眼镜。）

（沉默的人合上书本，回头望望来车的方向，有些焦躁，又埋头看书。）

大　　爷：真急人。咱得七点钟准时赶到城里文化宫。

做母亲的：您真有兴致，进城看戏去？

大　　爷：没这福分，戏叫城里人看去吧，我赶一局棋。

做母亲的：什么？

大　　爷：赶一局棋，车马炮，您不懂？将！

姑　　娘：啊，下象棋呀，大爷您可真有瘾。

大　　爷：姑娘，我下了一辈子的棋！

戴眼镜的：各人有各人的爱好，人要没一番热情，活得可是没劲。
大　　爷：你这话算说对了！咱是什么棋书都研究过，从《张天师秘传棋法大全》到新近出版的《象棋残局一百解》，咱能一步不差地摆给你看！你也下棋？
戴眼镜的：有时也玩玩。
大　　爷：玩玩哪行呀，这有讲究的呢，是专门的学问！
戴眼镜的：是的，下好了也不容易。
大　　爷：你听说过李墨生不？
做母亲的：(见师傅的工具袋靠着她的大口袋，把自己的口袋往身边挪挪)这师傅是做木匠活的？
师　　傅：唔。
戴眼镜的：哪个李墨生？
做母亲的：您星期六也赶活做呀？
师　　傅：(懒得答理)哦。
大　　爷：你下棋连李墨生都不知道？
戴眼镜的：(抱歉)没印象……
做母亲的：您修理椅子腿吗？我们家……
师　　傅：(顶撞)俺做细木工的。
大　　爷：你晚报也不看？
戴眼镜的：我最近忙着复习功课，准备考大学。
大　　爷：(兴致索然)那你这棋还没入门呢。
做母亲的：(转而对姑娘)你家也在城里？
姑　　娘：不，有事去。
做母亲的：(打量她)会朋友？
　　　　　(姑娘难为情，点了下头。)
做母亲的：小伙子人挺好？做什么工作？
　　　　　(姑娘低头用脚尖在地上划。)
做母亲的：快办事了吧？
姑　　娘：看您说的！(从钱包里掏出手绢扇风)这车怎么还不来？
戴眼镜的：调度员准跟人聊天去了，忘了钟点。
做母亲的：就这样"为乘客服务"？
大　　爷：是乘客倒过来为他们服务！没人在车站上总等着，能显派出他们吗？您就耐着性子等吧。
做母亲的：有这功夫，一大盆脏衣服都洗完了。

姑　　娘：您这星期六赶回去,还得洗衣服?
做母亲的：这就叫成家过日子。我那口子呀,就知道捧个书本,什么也不会。手帕子总算小吧,都洗不干净。找对象,可别找这样的书呆子。人家会活动的,早把家属都弄进城了。
大　　爷：您可是自找的,就不会让他调到郊区来?每礼拜就这样等车、挤车,受得了吗?
做母亲的：我有孩子呀,我得为我倍倍着想。这郊区学校的教学水平,您不是不知道,哪有几个能考上大学的?(朝愣小子努努嘴)我可不能叫我倍倍混成那样,耽误了他的前途。
　　　　　(汽车声响。)
姑　　娘：车来了!
戴眼镜的：真来了,还是趟空车!
做母亲的：(拎起她那大口袋)别挤,都上得去,大家都有座儿。
愣小子：(对大爷)您还是多看着点脚底下,别绊个跟头,把钱包丢了,掏不出钱打票,那才现眼呢!
大　　爷：小伙子,别不知天高地厚,早晚有你哭的时候。
　　　　　(对众人)别忙、大家都排队上车。
　　　　　(众人精神抖擞,整整齐齐排好队。汽车声逼近。)
　　　　　马主任敞开着外衣,摆动着两手,赶上,径直朝车站前方去。
众　　人：喂,站队!怎么回事?懂不懂规矩?后面排队去!
马主任：(不以为然)我看看。你们排你们的队就是了。
戴眼镜的：你没见过汽车?
马主任：我没见过你这样的。(瞪他一眼)我找人。
　　　　　(汽车声从众人面前过去,又没停车。马主任登登的跑到车站前方。)
马主任：(直挥手)嘿!嘿!老王!王师傅!我是供销社的老马呀!
　　　　　(众人乱套了,一起追赶汽车。)
戴眼镜的：为什么不停车?
姑　　娘：几趟连着都没停,快停车呀!
做母亲的：车里就几个人,为什么不停?
马主任：(指着前方,追着喊)捎一个,前门开一下!我供销社的老马呀!就我一个人——
大　　爷：(指着骂)有这样开车的?你们还顾不顾乘客了?
师　　傅：奶奶的!

愣小子：（捡起一块石头砸过去）我砸了你！
（汽车声远去。沉默的人凝神望着。）
马主任：好嘞！你们汽车站往后别想再找我姓马的开条子了！
大　爷：您供销社的马主任吧？
马主任：（摆出架子）什么事？
大　爷：您认识开车的？
马主任：换人了。真他妈实用主义。
大　爷：敢情您主任的情也不领？
马主任：唉，别提了，这种交情。汽车站的往后再来，咱姓马的就公事公办了，（摘香烟）您抽烟？
大　爷：（瞅他那支烟的牌子）不，谢谢，咱出门忘带老花镜子了。
马主任："大前门"呀。
大　爷：这烟可不好买。
马主任：可不。前天他们汽车站的找到我，就手批了他们二十条。没想到还真不是玩意儿。
大　爷：您也批我一条吧。
马主任：这短缺商品不好办。
大　爷："大前门"都走了后门，怪不得这车到站该停的也都不停了。
马主任：您这是什么意思？
大　爷：没意思。
马主任：这没意思是什么意思？
大　爷：没什么意思。
马主任：这没什么意思是什么意思？
大　爷：没什么意思就是没什么意思。
马主任：您这没什么意思就是没什么意思不是没意思！
大　爷：那您说什么意思？
马主任：您这没什么意思就是没什么意思背后的意思很明白！您是想说我这当主任的带头开后门，是不是？
大　爷：这可是您说的啊。
（沉默的人烦躁地来回大步走动着。）
戴眼镜的：（读英语单词卡片）book，pig，desk，dog，pig，dog，desk，book——
师　傅：你这念的哪国的英文呀？
戴眼镜的：英文就是英文，没哪一国的。不，我这是美国音的英语。英国、美国人都讲英语，可口音不一样，就好比"我"这个词，您说"俺"，他们说"咱"。现在考大学都要考外语,过去没学过,只好从头学起,总不能光等车等车,在车站上把大好光阴白白浪费掉。

师　　傅：你念吧,念吧。

做母亲的：(同时对观众自言自语)我的倍倍等着我回去

姑　　娘：　　　　　　　约好了是七点一刻在

$$\begin{cases}做元宵呢,他白糖的、豆沙的、五仁的都不吃……\\公园门口,马路对面,第三根灯柱下,我带着紫\\……偏偏就要吃这芝麻馅的……\\红皮包,他依在飞鸽自行车前……\end{cases}$$

(沉默的人走到她们跟前,望着她们。她们止住不语。)

马主任：(对大爷)我问你什么叫短缺商品？

大　爷：买不着的呗。

马主任：对顾客来说,买不着,对我们商业部门来说,叫做货源不足。货源不足就造成供销矛盾。您怎样解决这个矛盾？

大　爷：我不是主任。

马主任：可您是顾客呀！你戒得了烟？

大　爷：试过好几回。

马主任：您不知道抽烟有损健康？

大　爷：知道呀。

马主任：知道了您还抽？您看吧,宣传归宣传。不是年年宣传计划生育？生孩子的少了没有？人口照样上涨？大人还没戒得了烟,小年轻胎毛还没脱尽就一个跟着一个又学上瘾了,抽烟的比那种的烟叶子还长得快。您说这供销矛盾解决得了吗？

(沉默的人把提包甩在肩上,欲言又止。)

戴眼镜的：(大声背)Open your books! Open your pigs——不对,Open your dogs—不对,不对！

大　爷：不会多生产些？

马主任：您这就问得在理了！可这是生产部门的事,我们商业部门解决得了？您怪我开后门,我后门还只能照顾关系户,前门能敞开来卖吗？您说呀,总是有人买得着,有人买不着的,要都买着了不就没矛盾了吗？

姑　　娘：什么什么呀,烦死了！

做母亲的：您还没体会到,等您做母亲了,烦心事更多。

(沉默的人转身,姑娘的目光同他相遇,立刻垂下眼睛。沉默的人并没有注意到,大步走了,头也不回。轻微的音乐声起,乐声表现了一种痛苦而执拗的探求。音乐声渐渐消失。姑娘望着他走去的方向,若有所失。)

师　　傅:俺打个岔。(马主任和大爷回头)俺不是说您们二位,您们说您们的相声吧。

马主任:您当我耍贫嘴说相声呢?我在做顾客的思想工作!(继续说服大爷)您不了解我们商业部门的情况。您有情绪,您承认不承认?我这主任就那么好当的?你试着当当呀!

大　　爷:咱当不了。

马主任:您当当看!

大　　爷:我服了,服啦!

马主任:(对师傅)您看见了没有?看见了没有?

师　　傅:看见个啥呀?俺说的是那位戴眼镜子的老师。

戴眼镜的:(造句)Do you speak English? I speak a litter……

愣小子:(学他,怪腔怪调)爱——死——皮——克——爱——立——秃——儿——

戴眼镜的:(恼怒)Are you pig?

愣小子:您才放屁呢?

姑　　娘:别吵了,好不好?真受不了!

师　　傅:这位老师,您那手表几点钟了?

戴眼镜的:(看表,大吃一惊)怎么?怎么……

师　　傅:不走啦?

戴眼镜的:不走倒好了……怎么,都一年过去了!

姑　　娘:你骗人!

戴眼镜的:(再看表)真的,我们在车站上已经等了整整一年啦!

(愣小子把食指放进嘴里,使劲吹了一声口哨。)

大　　爷:(瞪了他们一眼)瞎说!

戴眼镜的:怎么瞎说,不信您看表。

师　　傅:别嘘,没的事!

做母亲的:我这表怎么才两点四十?

愣小子:(凑过去)停啦!

师　　傅:叫啥?(对大爷)看您的。

大　　爷:(哆哆嗦嗦,好不容易掏出怀表)怎么不对呀?

愣小子:您看倒啦。

大　爷：一点……十分。停了。

愣小子：(幸灾乐祸)还不及人家的,您那表跟您一样,也老啦。

马主任：(摇手腕子,听)我的怎么也停了?

做母亲的：看看日期,您那不是带日历的?

马主任：十三月四十八——怪了,我这可是进口的俄美加!

愣小子：别塑料机芯的吧?

马主任：去一边去!

戴眼镜的：我这是电子表,不会错的,你们看,还走呢。我去年买的,一直就没停过,六用电子表,年月日时分秒都有,你们看呀,可不是过了整整一年了!

师　傅：你唬得人心慌慌,电子表又怎么的?电子表也有不准的。

大　爷：这师傅,咱不能不相信科学呀,电子是科学,科学不会骗人。现今可是电子时代啊!咱们准是出了什么岔了。

做母亲的：就是说,我们在这站上等车就等了一年了?

戴眼镜的：是的,确确实实一年了,一年零三分一秒,二秒,三秒,四秒,五秒,六秒……你们看,还走着呢。

愣小子：嘿,真格的,哥儿们,真他妈一年嘞!

　　(姑娘跑开,双手捂住脸。众人肃然。)

做母亲的：(自言自语)他们衣服早没换的了,他什么也不会,裤子破了都不会补。倍倍叫妈妈该哭得死去活来了,我可怜的倍倍……

　　(姑娘蹲下,众人慢慢围拢去。)

戴眼镜的：(轻声)你怎么了?

师　傅：饿的吧?俺包里还有块煎饼。

大　爷：肚子疼?

马主任：(对观众,高声)大夫在哪里?那位懂医的给看看呀!

做母亲的：(控制住自己,走过去,在姑娘身边俯下)哪儿不舒服?告诉我。

　　(摸着她的头)

　　(姑娘埋头在做母亲的怀里,失声痛哭起来。)

做母亲的：姑娘家的事,你们都走开吧。

　　(众人散开。)

做母亲的：姑娘,告诉我,你怎么回事?

姑　娘：大姐……我难受呀……

做母亲的：(抚摸她)靠在我身上。(坐在地上,让姑娘靠在身上,凑在她耳边问她)

大　　爷：(显然苍老了)唉,这局棋也算吹啦……

马主任：您进城去就为的下盘棋?

大　　爷：为了这局棋,我等呀等呀,足足等了一辈子啊。

姑　　娘：不是!不是!他不会再等我了……

做母亲的：傻丫头,会等的。

姑　　娘：不会,不会,你不知道。

做母亲的：你们认识多久了?

姑　　娘：才头一回约好,七点一刻,在公园门口,马路对面,第三根灯柱子下……

做母亲的：你们以前都没见过面?

姑　　娘：是我一个同学,上城里工作了,她给介绍的。

做母亲的：别难过,再找嘛,世上的小伙子多的是。

姑　　娘：再也不会,再也不会有人等我了!

马主任：(对观众,自言自语)我可得走了,我不就是上同庆楼吃吃饭喝喝酒吗?人家请的,也是关系户。我犯不上为进城喝酒等上一年。酒我家里也不是没有?就说那白瓷瓶子装的、红丝带拴着的、誉满全球的茅台吧,不是吹,我一句话,还甭劳神抬个腿,有人就给提溜来了。我犯不上。(大声)犯不上!

大　　爷：(激动)这局棋我还非下不可!

马主任：(对观众)真叫棋迷了,世上还什么怪人都有,为下盘棋在车站上等上一年。(对大爷,好心可怜他)我也没少下棋,可没迷到您这程度。您这是棋瘾来了,上我家去,再来上二两,我陪您过瘾,喝着杀着,杀着喝着,老爷子,您看您这么一大把年纪了,何苦在这车站上干耗着?跟我走吧。

大　　爷：(鄙夷地)跟你?

马主任：老爷子,就我那供销社的百来号人、股长、组长的也不下十多个,还没一个是我的对手呢,不信,您问他们去!

戴眼镜的：(念)pig,book,desk,dog……k……g……k……

大　　爷：(激动得哆嗦)您……您看晚报吗?

马主任：没一天拉下的!我就订晚报。城里的晚报第二天中午送到了镇上的邮局里,下午就分到我们供销社,我总是留着吃过晚饭再看,城里的新闻,过一宿,我没有不知道的。

大　　爷：您知道那位叫李墨生的吗?

马主任：咳,新唱响了的旦角,绝了!

大　　爷：亏您还下棋呢。我说的是当今的棋坛国手！

马主任：噢,您说的是象棋比赛冠军李什么来着？跟我家里她娘家一个姓。

大　　爷：冠军又怎么的？他那棋,还差口气！

马主任：老伙计,这么说,您也可以拿冠军了？

大　　爷：晚报上登出来的他夺魁的那谱儿,咱……咱不是没有研究过！不就因为他住城里？咱要也在城里……

马主任：(笑)那冠军就是您的了。

大　　爷：咱不敢这么说,总归,咱给他写了封信,同他在城里文化宫约了一局,就今儿晚上,嗨！是一年前的今儿晚上！棋不悔子,人不能无信啊！

马主任：倒也是。

戴眼镜的：(大声)bik,pook,Desgdokpik—boog——真别扭！

愣小子：还劈劈叭叭放洋屁呢？

戴眼镜的：(急躁)我跟你不一样,你可以游游晃晃,无所事事,我可得考大学！我只有这最后一个机会了,再不来车,就错过了报考的年龄！等啊等啊,把青春浪费了是多么痛苦,这你不懂！你走开吧。

愣小子：我没碍你事呀？

戴眼镜的：(恳求)请你走开,让我清静点好不好？你哪儿不好晃荡？

愣小子：城里就不能！(走开,百般无聊,突然爆发)城里的马路就许他城里人逛？咱就不是人？就不能进城去遛遛？老子偏要去！

师　　傅：(烦恼)鬼叫个啥？你就不能坐下歇会！(蹲下,从工具包里撕块旧报纸,拿出片烟叶子,搓碎,卷烟)(静场。光线转暗。远处似乎有汽车声响,又响起似能察觉的音乐,那沉默的人的音乐隐约再现。众人谛听,像是风声,接着,又消逝了。)

马主任：(对观众)这一个个都中邪了。(对众人)喂,你们还不死心？走不走呀？

愣小子：哪去？

马主任：回去呀。

愣小子：我还当你进城去。

马主任：我抽风了？这老远的,还走到城里去喝那顿傻酒？没那么大的瘾。

愣小子：(悲凉)我就是要进城吃酸牛奶去。

马主任：我跟人讲话,你小子接什么碴？(对大爷)您不走我可走啦。

(众人互相望望,有所动心。)

大　　爷：噢。(望着马主任。愣住,没主意)

做母亲的：(望着大爷)您……

姑　　娘：(望着母亲)大姐……

戴眼镜的：(望着姑娘)你……

师　　傅：(看着戴眼镜的举动)喂！

　　　　　(马主任走到师傅面前，向他摆了一下头，示意让他跟着走。师傅还望着戴眼镜的。马主任低头望了望师傅的工具包，用脚踢了踢。众人视线的循环便随之中止了。)

愣小子：嘿，那主儿呢？溜号了？

大　爷：谁走了？

愣小子：您真老糊涂了，就排在您头里的那主儿，把哥儿们甩了，一个人不声不响溜号啦！

众　人：(除姑娘外，都兴奋起来)谁呀？谁呀？说谁呢？谁走了？

大　爷：(拍腿，恍然大悟)对了，咱先头还跟他招呼来着，也不吭一声就走了。

做母亲的：谁呀，您说谁走了？

戴眼镜的：(记起来了)他挎着个包，排在最前面，总在那里看书……

做母亲的：噢，你们打起来，他拉架来着！

师　　傅：对了，俺咋没见他啥时候走的？

戴眼镜的：不会是上车了吧？

马主任：倒给他开前门了？

姑　　娘：(茫然)车根本没停，他自己一个人往城里去了。

马主任：往这头还是那头？(用手指着两个相反的方向)

姑　　娘：顺着公路，往城里去了。

马主任：你看见的？

姑　　娘：(忧伤)他还望了我一眼，就头也不回往前走了。

戴眼镜的：人家恐怕早到城里了。

愣小子：没法儿不！

大　爷：(对姑娘)你怎么不早说？

姑　　娘：(惶恐不安)大家不都在等车……

大　爷：真有心计呀……

姑　　娘：他看人的时候，眼神都不带眨一下，就像要把人看穿似的……

马主任：(有点紧张)他别是城里下来调查的干部吧？他没有注意我们讲话，我同这老爷子做思想工作的时候？

姑　　娘：那会儿倒没有，他走来走去，像在想心事……

马主任：他没有收集……比方说,咱这里香烟供销的情况？开后门卖"大前门"的情况？

姑　娘：就没听他说过一句话。

马主任：你怎么也不向他反映反映汽车公司的问题？群众对他们很有意见嘛！

大　爷：如今这出门在外,行路真难啊。(用手摸着铁栏杆,在栏杆里转着,琢磨)这交通,都哪儿哪儿呀？别是等错了站吧？

师　傅：(不安)老头,你说啥呀？这站不到城里？

大　爷：没准是在马路那边上车吧？

戴眼镜的：(往对面看)那是往回去的站。

师　傅：(放心)哦,老人家,你吓了俺一跳哩。(蹲下)

大　爷：(战兢兢对观众)诸位也都等车？(自言自语)听不见。(更大声些)诸位等车回乡下去？(自言自语)还听不见。(对戴眼镜的)年轻人,我耳朵背,你问问他们是不是回乡下去？要都回去,咱也别为进这城遭罪了。

马主任：(摇头,叹息)城里也不是天堂啊！还是回去吧。我儿子该要办喜事了。(对师傅)这位师傅是做木匠活的？

师　傅：唔。

马主任：你给我儿子打套家具吧。耗着不也白耽误工？亏不了你的。

师　傅：不去。

马主任：工钱除外,还管饭；外加一天两盒带锡纸包的"大前门"。(自言自语)别老是"大前门"了,叫商业局管理科的听见就不好了！咳,咳！还不知道你手艺怎样啊？

师　傅：俺做细木工、硬木活的,打那红木雕花的太师椅,花厅里摆的乌檀木屏风,你做得起？俺祖传的手艺！

马主任：还真拿糖呢！告诉你吧,城里人时兴坐沙发,谁还要你那硬得硌屁股的太师椅？

师　傅：俺做的活儿是叫人看的,不是叫人坐的。

马主任：嗨,新鲜事全叫我赶上了。你敢情是专做摆设的？

师　傅：现时打锣也找不到俺这手艺。城里外贸公司要聘俺开班带徒弟！

马主任：待着吧,待着吧。我可要回去了。有没有跟我走人的？

(静场,光线更暗了。远处有汽车的声音,沉默的人的音乐再现,轻微而分明。)

戴眼镜的：你们听,听呀！听见了没有？那……

（音乐声消失。）

戴眼镜的：你们怎么就没听见呢？那人早到城里啦！我们再也不能等待啦！无用的等待的无益的痛苦……

大　　爷：是这话啊，咱就等了一辈子，
做母亲的：早知道上路这样难，就不该
姑　　娘：我疲倦极了，大概也憔悴极

大　　爷：就这样等啊，等啊……等
做母亲的：带这么个大提包，红枣芝麻呀，扔
姑　　娘：了，我什么也不去想，就这样睡一

大　　爷：老啦……
做母亲的：了又可惜。
姑　　娘：觉才好……

愣小子：甭唠叨了！有这磨牙的功夫，爬都爬到城里了！

师　　傅：你咋不爬去？

愣小子：你爬咱就跟你爬！

师　　傅：俺这双手干的是手艺，人不是粪缸里的蛆！

戴眼镜的：（面朝观众）喂，喂，你们还在等车吗？没声音。（大声）对面还有等车的没有？

姑　　娘：黑咕隆咚的，什么都看不见。夜里了，不会再来车了。

师　　傅：俺等它到天亮！汽车站牌子竖在这里，哪能唬人哪？

马主任：要是这车就不来呢？你就傻等它一辈子？

师　　傅：俺有手艺，城里要俺的手艺！人家要你个啥？

马主任：（自尊心受到损害）人家请我吃饭，我还不想吃呢！

师　　傅：那你咋不回去哩？

马主任：我早惦着回去了。（苦恼）这大野地里，前不着村，后不着店，暗地里再蹿出一条狗——喂，你们哪个肯陪我回去？

大　　爷：咱倒是想回去，可这往回去漆黑的道，更难走呀，嗨……

愣小子：（爬起来，拍拍屁股）走不走呀？

马主任：行，咱俩做个伴。

愣小子：谁跟你走呀？我上城里去喝酸牛奶。

师　　傅：好好的牛奶搁酸了喝，啥味道？还有城里那啥子啤酒，马尿一样！不是城里啥都好，没出息！

愣小子：我就要喝，就奔那酸牛奶去，一气就喝它五瓶！（对戴眼镜的）甭跟他们耗了，咱俩走！

戴眼镜的：要是刚走车就来了呢？（对观众，自言自语）车来了，又不停呢？理智上，我觉得应该走，可说不定，万一呢？不怕一万，怕就怕这万一。必须作出决策！desk,dog,pig,book,走,还是等？等,还是走？这真是人生的难题呀！也许命中注定,就得在这里等上一辈子,到老,到死。人为什么不去开创自己的前途,又何苦受命运的主宰？话又说回来,什么是命运呢？（问姑娘）你相信命运吗？

姑　娘：（轻声）相信。

戴眼镜的：命运就好比一块硬币,（从口袋里掏出一块硬币）你相信这个？（扔起又一把抓住）是花儿,还是字！pig,book,desk,dog,这就决定了！Are you teacher? No. Are you pig? 不,什么都不是, I am I,我就是我！可你不相信你自己,倒相信这个？（自嘲,把手中的硬币抛起,接住）

姑　娘：你说怎么办吧？我连拿个主意的力气都没有了。

戴眼镜的：那我们就玩一回命运吧。字是等下去,花儿是走,就这一下子了！（扔起硬币,硬币落地,用手掌一捂）走,还是等？等,还是走？就看我们的命运吧！

姑　娘：（赶忙用手掌按在他手背上）我怕！（发觉摸着他的手,又连忙缩回自己的手）

戴眼镜的：你怕你自己的命运？

姑　娘：不知道,我什么都不知道。

愣小子：嘿,这俩够意思的。喂,你们到底走不走呀？

师　傅：还有完没完？要走的走！站牌子竖在这儿,人都等着哩,咋不来车？不朝坐车的收票钱,开车的咋开工资？

（静场。汽车的声响和沉默的人的音乐同时传来。越来越清晰,节奏也更为分明。）

马主任：（挥挥手,仿佛要赶开这令人烦恼的干扰）喂,有走的没有？

（音响消失了。靠着站牌打瞌睡的大爷呼噜了一声。）

大　爷：（没睁眼）车来了？

（众人不答。）

愣小子：都跟这木头牌子泡上了,真没劲！（拿了个大鼎,颓然坐倒在地上）

（众人都蹲着或坐在地上。汽车声响。谁也不动,只是倾听。汽车声渐响。光线随之转亮。）

愣小子：（依然趴在地上）来了,嘿。

做母亲的：总算来了。老人家,别睡了,天都亮了,车要来了！

668

大　爷：来了？（连忙站起来）来了！

姑　娘：别是这站又不停吧？

戴眼镜的：再不停就截住它！

姑　娘：不会停的。

大　爷：不停是他们失职！

做母亲的：它要是就不停呢？

愣小子：（突然跳起）这师傅，包里有大钉子没有？

师　傅：干啥？

愣小子：再不停就叫它放炮，大家都甭进城了！

姑　娘：别介，破坏交通可是犯法的。

戴眼镜的：咱们还是拦车吧，都挡在马路上，排成一排！

师　傅：中！

愣小子：（捡起根棍子）快，车来了！

　　　　（汽车声逼近，众人都站了起来。）

姑　娘：（喊）停——车！

做母亲的：我们已经等了一年啦！

大　爷：嘿，嘿，停车呀！

马主任：喂——

　　　　（众人都拥到舞台前沿，堵在马路上。汽车喇叭声响。）

戴眼镜的：（指挥大家）一，二！

众　人：停车！停车！停车！

戴眼镜的：我们白白等了一年啦！

众　人：（纷纷挥手喊）我们再也等不及啦！停车！停车！停车！停车呀！
　　　　停车——

　　　　（汽车不停地鸣喇叭。）

大　爷：闪开！快闪开呀！

　　　　（众人连忙躲开，又连忙追着汽车叫喊。）

愣小子：（挥舞棍子扑上去）我砸了你！

戴眼镜的：（拉住他）会把你压死的！

姑　娘：（吓得闭上眼睛）啊——

师　傅：（冲上去，一把拖住愣小子）你不要命啦！

愣小子：（挣脱，追上去，把手中的棍子扔过去）叫你他妈翻到河里去喂王八！

　　　　（汽车声远去。静场。）

师　傅：（茫然）都是外国人。

做母亲的:外国人坐的旅游车。

戴眼镜的:威风什么?不就给外国人开车吗?

大　爷:(嘟囔)人都没坐满。

师　傅:(伤心)俺站着还不行!俺又不是不打票。

马主任:你有外汇吗?专收外国钱。

大　爷:(跺脚)这儿可不是外国呀!

姑　娘:我说了不会停车,就不会停车。

(这时候,一辆接一辆的车从众人面前驶过。)

马主任:这也太……太气人了,把乘客当猴耍!要不停车就别在这竖站牌子!这汽车公司不整顿,交通没法上得去!你们写封群众来信,我亲自送到他们上级领导交通局去,(指着戴眼镜的)你写!

戴眼镜的:怎么写?

马主任:怎么写?就这么这么这么写——嘿,你这么个知识分子,连封群众来信也写不了?

戴眼镜的:写这信有什么用?人还不照等吗?

马主任:你们愿等就等吧,我着什么急?城里那顿饭我早就不想吃了,我是替你们操这份心!等吧,都活该,等吧。

(静场。沉默的人的乐声轻起,但变奏为轻快的三拍子,带着嘲讽的意味。)

戴眼镜的:(看表,大吃一惊)糟糕!

(姑娘凑过去看他的表。音乐的节拍声伴随着以下念的数字,跳跃着。)

戴眼镜的:(连连按表上的指示钮)五月、六月、七月、八月、九月、十月、十一月、十二月、十三月——

姑　娘:一月、二月、三、四——

戴眼镜的:五月、六月、七月、八月——

姑　娘:一共是一年零八个月。

戴眼镜的:刚才还过了一年。

姑　娘:那就两年零八个月——

戴眼镜的:两年零八个月……不!不对,都三年零八个月了。不!不对,五年零六个……不,七个月、八个月、九个月、十个月……

(众人愕然,面面相觑。)

愣小子:真他妈疯了。

戴眼镜的:我神经很正常!

愣小子：我又没说你，我说这机器发神经病了！
戴眼镜的：机器是没有神经的。而手表是度量时间的一种器械。时间又不以人的神经正常与否为转移！
姑　　娘：你别说了好不好？求求你！
戴眼镜的：你别阻挡我，不，这问题不在我。你没法拦阻时间的流逝呀！你们看，你们都来看表呀！
　　　　　（众人都围拢看他的表。）
戴眼镜的：六年——七年——八年——九年，这说话就整整十个年头啦！
师　　傅：没错吧？（抓住戴眼镜的手腕，摇摇，听听，瞅瞅）
愣小子：（也上前，掀手表上的掀钮）啊哈，这不就没数目字吗？嘿，大白板！（抓住戴眼镜的手，高举起）这一掀，不就不走了！（得意）这玩意还真唬人呢。
戴眼镜的：（庄严）你懂什么？它不显示了，不等于时间就不流逝。时间是一种客观存在！这都有公式可以推导计算出来，"替"（T）等于根号"阿尔法"加"贝他"乘"西格玛"什么什么的平方……爱因斯坦的相对论，书中就有！
姑　　娘：（歇斯底里）真受不了，我真受不了！
大　　爷：岂有此理！（咳嗽）叫，叫乘客在车站上白白等到白头到老……（立刻变得老态龙钟）荒唐……太荒唐啊……
师　　傅：（伤心不已）汽车公司是故意算计俺们吧？俺没得罪它呀？
做母亲的：（变得疲惫不堪）倍倍，我可怜的倍倍和孩子他爸，别说没换洗的衣服，早都破得没穿的了……他是连针都不知道怎么拿的人……
　　　　　（愣小子走到一旁踢石子，左踢、右踢，然后，颓然坐倒在地上。叉开两腿发呆。）
姑　　娘：（木然）我真想哭。
做母亲的：哭吧，哭吧，这没什么可丢人的。
姑　　娘：大姐，我哭不出来……
做母亲的：谁叫我们是女人呢？我们命中注定了就是等，没完没了地等。先是等小伙子来找我们，好不容易等到出嫁了，又得等孩子出世，再等孩子长大成人，我们也就老了……
姑　　娘：我已经老了，已经等老了……（伏在做母亲的肩上）
做母亲的：要哭就哭出来，眼泪流出来就轻松了。我真想倒在他怀里痛哭一场……不为什么……也说不清为什么……
马主任：（感伤，对老大爷）老人家，您犯得着吗？在家待着养老，享点清福，有什么不好？琴棋书画这玩意儿本来就是消磨时间,自个儿玩玩的,您偏要同城里人拼个高低,为那几个木头疙瘩把条老命送在路上,值吗？

大　　爷：你懂什么？你说什么也是做买卖的,人下棋下的就这点劲,就这点精神！人活在世上就得讲点精神啊！

（愣小子百般无聊,走到戴眼镜的背后,在他肩上使劲一拍,打断了他的沉思。）

戴眼镜的：（恼怒）你不懂得痛苦,所以你麻木不仁！我们被生活甩了,世界把我们都忘了,生命就从你面前白白流走了,你明白吗？你不明白！你可以这样混下去,我不能……

师　　傅：（难过）俺不能回去,俺是做细木工、硬木活的！俺进城不光是挣两个钱花,俺有的是手艺,俺在乡下有饭吃,俺拨弄拨弄,打个架子床,打个饭桌子,做个碗柜,一家老小就饿不死。俺祖传的手艺咋能尽干这个？你虽说是个主任,这你不懂。

戴眼镜的：（推开愣小子）你走开,让我一个人待一会儿！（突然爆发）我需要安静！你明白吗？安静！安静！

（愣小子乖乖走开,想使劲吹一声口哨,刚把手指搁进嘴里又抽了出来。）

姑　　娘：（对观众,自言自语）我以前做过许多梦,有的还挺美……

做母亲的：（对观众,自言自语）有时候,我也真想做个梦……

（以下两人的话都交织连接在一起,各自都对观众说,彼此互相不交流。）

姑　　娘：我梦见月亮会笑出声……

做母亲的：可倒在床上就睡着了,总是乏极了,困极了,觉总也不够睡的……

姑　　娘：我梦见他拉着我的手,凑在我耳边说悄悄话,我真想挨着他……

做母亲的：一睁开眼睛,就是倍倍的袜子破了,露出个脚趾头……

姑　　娘：我现在是什么梦也没有了……

做母亲的：他爸的毛衣袖口又脱线了……

姑　　娘：也没有黑熊向我身上扑过来……

做母亲的：倍倍想要个电动的小汽车……

姑　　娘：也没有人恶狠狠追我……

做母亲的：西红柿两角一斤……

姑　　娘：再也不会做梦了……

做母亲的：这就是做母亲的心。（回头对姑娘）我像你这年纪的时候可不这样。

   （以下是两人的对话。）

姑 娘：你不知道，我也变了，特小心眼了，见不得别的姑娘穿漂亮衣裳，我知道这不好，可我见城里来的姑娘，人家穿双高跟鞋，心里也不是滋味，我觉得她们踩了我，还要到我面前来气我。大姐，我也知道这不好……

做母亲的：我理解，这不能怪你……

姑 娘：你不知道，我嫉妒，嫉妒死了……

做母亲的：别说傻话了，这怪不得你……

姑 娘：我总想穿件带花点上下身在一起的那种裙子，腰上带小拉锁的那种。可我做一件这样的裙子都不敢，要在城里多好呀，人家都穿着满街走，可这里我能穿得出去吗？大姐，你说呀！

做母亲的：（抚摸着她的头发）想穿什么就穿什么，别等到了我这年纪。你还算年轻，会有小伙子看上你的，你们会相亲相爱，你会给他生孩子，他对你会更加恩爱……

姑 娘：说下去，好大姐，说下去……有白头发了？

做母亲的：（拨弄开）没有，真的！

姑 娘：你别骗我！

做母亲的：只一两根……

姑 娘：拔了吧。

做母亲的：看不出来，不能拔，越拔越多。

姑 娘：求求你，好大姐！

   （做母亲的给她拔了根白头发，突然抱住她，自己哭了起来。）

姑 娘：大姐，你怎么啦？

做母亲的：我好多白头发，都花白了吧？

姑 娘：没有，没有……（抱住她，一起哭了起来）

愣小子：（坐在地上，把一张钞票朝地上一拍，从口袋里摸出三张扑克牌，甩在地上）谁来？五块钱一押！老子就玩这一回了！

   （大爷摸自己的衣兜。）

愣小子：您甭摸，咱做小工挣的。有手气的白捡，老子不在这里泡了。

   （大爷和马主任围拢过去。）

愣小子：你们哪个下注，左手三块，右手两块？咱就做这五块钱的庄家，进城来回的车票和酸牛奶都在这里头了。

马主任：年纪轻轻的，怎么不学好呀？

愣小子：得，回去教训你儿子吧。老爷子，您不试试手气？您两头都押上，不就五块钱？摸着了，您运气；输了，算您晦气。这么个大老爷子还稀罕这几块钱？这里要有打酒的，咱全请了。

（师傅走过去。）

愣小子：天门，地门，青龙，白虎，您押哪一门吧？

（师傅给了他一巴掌。）

愣小子：人家不进城了不行吗？人家不吃酸牛奶了不行吗？

（号啕大哭）城里的马路叫他妈城里人遛去吧！

大　爷：捡起来！小伙子，叫你捡起来。

（愣小子用脏手抹眼泪，擤鼻涕，把钞票和扑克牌捡起来。垂着头抽泣。静场。远处的汽车声交杂着时隐时现的沉默的人的音乐，快板节奏，成为一种欢快的调子。）

戴眼镜的：车不会来了。（下决心）走，像那人一样。有在车站上傻等的功夫，人家不仅到了城里，还早都做出一番事业来。没可等的了！

大　爷：是这话。姑娘，别哭了。你要跟那人走了，这会儿别说结婚生孩子，你那娃娃都学会走路啦！咱，等啊等的，都罗锅了，走啊——（跟跄一下）

（戴眼镜的连忙扶他一把。）

大　爷：就怕走不到啰……大嫂子，你们也走吧？

姑　娘：大姐，我还进城吗？

做母亲的：（替她拢头发）太委屈了，这么好的姑娘就没人要？我给你介绍一个！（拎包）真不该带这么沉的包。

姑　娘：我替您拎。

马主任：您这是采购啊。

大　爷：你倒是走不走呀？

马主任：（沉思）要讲过日子吧，还是乡下小市镇上清静。别的不说，就拿城里过个马路来说，老爷子，那红灯绿灯的，你一眨巴眼，没准就叫汽车给压死。

师　傅：俺走了！

愣小子：（恢复了精神）拿大杠子抬您？

马主任：起什么哄！我高血压，动脉硬化，（气愤）我不去找这罪受！（下场，又回头）我忘了服用二锅头泡的复方枸杞子福尔马林安神补气养荣散。

（众人望着马主任下。）

大　　爷：他回去了？

做母亲的：(喃喃)他回去了。

姑　　娘：(有气无力)别回去呀！

愣小子：他走他的,咱走咱的。

师　　傅：你咋不走？

戴眼镜的：我再最后看一下,还有车来没有？(擦眼镜,戴上)

　　　　（众人四散走开,来回逡巡,有的要走,有的又站住,有的还互相碰撞。）

大　　爷：别挡道呀！

愣小子：您走您的！

做母亲的：真叫乱套了。

戴眼镜的：啊,生活啊生活……

姑　　娘：这叫什么生活呀！

戴眼镜的：人不还都活着？

姑　　娘：倒不如死了的好。

戴眼镜的：问题是就这样不死不活——

姑　　娘：死又死不了,活得多无聊！

　　　　（众人在原地踏步,转圈,像着了魔一样。）

师　　傅：走！

姑　　娘：不——

戴眼镜的：不走？

愣小子：走哇！

做母亲的：这就走。

大　　爷：走——

　　　　（静场。雨点声。）

大　　爷：掉雨点了？

愣小子：老爷子,再磨蹭磨蹭还得下雹子。

师　　傅：(看天)说变脸就变脸,这天气！

做母亲的：真下起来了。

　　　　（急骤的雨点声。）

做母亲的：怎么办？

大　　爷：(嘟囔)得找个避雨的地方才好……

姑　　娘：(拉着做母亲的手)我们走,淋就淋吧！

愣小子：(脱了上衣,光个脊背)不走白挨浇！老天爷,你下刀子吧！

戴眼镜的:(对姑娘)不行,湿透了会感冒的。
师　　傅:阵雨,没啥,这云彩过去了,就没事了。(从工具包里拿出块雨布顶在大爷和做母亲的头上)
做母亲的:还是这师傅想得周到。
师　　傅:长年出门在外,风风雨雨少不了,习惯了。(对大伙儿)喂,都来避会儿雨。
　　　　　(大雨如注。戴眼镜的陪姑娘默默站到雨布下。)
师　　傅:(对愣小子)你又犯傻啦?
　　　　　(愣小子也钻到雨布下。光线转暗。)
大　　爷:这秋风冷雨的,年轻时不当回事,老了,闹上风湿性关节炎,就知道厉害了。
戴眼镜的:(对姑娘)你冷吗?
姑　　娘:(打寒颤)一丁点。
戴眼镜的:你穿得太少了,把我的衣服披上。
姑　　娘:你呢?
戴眼镜的:我没事。(冷得牙齿直磕碰)
愣小子:(指戴眼镜的手表)这玩意还走?都猴年马月了?
姑　　娘:别看表!别看表!
做母亲的:也不知道这会儿都哪年哪月了。
姑　　娘:还是不知道的好。
　　　　　(风声雨声。以下的对话都在变幻着的风雨中进行。)
⎰ 愣小子:听,河沟里涨水了……
⎨ 姑　　娘:就这样坐着……
⎱ 戴眼镜的:这样……倒好……
⎰ 愣小子:……这会儿,准能摸它几条鱼……
⎨ 姑　　娘:下吧!下吧!风冷嗖嗖的……
⎱ 戴眼镜的:雾濛濛的,田野,对面小山岗,
⎰ 愣小子:老爷子,我跟您打赌!
⎨ 姑　　娘:心里倒特暖和,靠着他,就这样坐在一起……
⎱ 戴眼镜的:都朦朦胧胧……她真温柔,多好……
大　　爷:小伙子,年纪也不小啦,这样傻混下去,怎样成家立业呀?
⎰ 姑　　娘:你眼镜上都是水气……
⎱ 戴眼镜的:啊,别擦,就这样雾濛濛的……
　　　　　(以下的话分为三组,基本上同时进行,又互有交叉。同时进行

的各组对话和独白有强有弱,时而突出这一组,时而突出那一组。)

大　爷:(强)该正经学门手艺了,将来没姑娘肯跟你的。
戴眼镜的:(次强)我已经错过了报考的年龄,还去干什么,不知道,青春就错过了……
愣小子:(强)没人肯收还不白搭。
大　爷:(强,使眼色)收不收徒弟?
师　傅:(次强)看啥样的。
愣小子:(次强)您收什么样的?
师　傅:(次强)学手艺不是做学问,就要个手脚利落,人勤快。
愣小子:(强)师傅,您看我这手脚怎么样?
师　傅:(强)就是油了些。

姑　娘:(次强,用肩膀个不停。我就觉得后面跟了个人,我偷偷回头看了一下,雨师傅不就在你跟前?
愣小子:(强,鼓足勇气)师傅,您还碰他)你不会去考夜大?还有函授大学呢,会考上的,一定会考上的。
戴眼镜的:(次强)你相信?
姑　娘:(强)我相信。(让他悄悄地握住她的手)
姑　娘:(强)这多不好,别这样。(连忙把手抽回来,转身抱着做母亲的胳膊。戴眼镜的抱住膝盖听她们的话)

做母亲的:(弱)有回呀,我走夜路,也是下雨,哗哗地下大,又没看清楚,就知道有个人,也打把伞,不近不远。你赶紧走,他也紧跟上,你放慢脚步,他也就走得慢。我真发毛,心跳得呀,扑通扑通的,都要蹦出来!
姑　娘:(次强)后来呢?
做母亲的:(次强)好容易到了家门口——

(以下众人就七嘴八舌地一起交谈开了。)

做母亲的:我站住了。路灯下,那人过来了。我一看,也是个女人,她也怕呢。又怕没人做伴,又怕碰上了坏人。
师　傅:世上坏人还是少,可你不能不提防呀,俺不算计人,人要算计你!
大　爷:坏就坏在这算计上了。我挤你,你踩我。要都互相关照点,日子就好过多啦。
做母亲的:要大家都这样近乎,心心相通多好。

(静场。寒风起。)

师　傅:往里靠。
大　爷:　　　　挤紧点。
戴眼镜的:　　　　　　大家背靠背。

做母亲的：　　　　　这样暖和。
姑　　娘：　　　　　我怕痒痒。
愣小子：　　　　　谁胳肢谁呀？
　　　　（众人靠得更紧了。寒风吼叫声中传来马主任的声音："等等——别走呀！"）
师　　傅：（对愣小子）那边叫个啥？看看去。
愣小子：（把头从雨布中伸出来）是供销社的那马主任！
　　　　（马主任哆哆嗦嗦跑上，连忙往雨布下钻。）
做母亲的：湿衣服穿着会生病的，快脱下来！
马主任：还没走出多远就……就……就……阿嚏！（连连打喷嚏）
大　　爷：您一个人偏往回跑，要跟大家伙在一起，也就不会成这落汤鸡了。
马主任：哦，您老还健在？
大　　爷：总不能栽在半道上呀！您还去城里奔关系户的那顿饭？
马主任：您还在等您那盘早散了的棋？
大　　爷：咱，咱会棋友去不行？
做母亲的：别抬杠了。
马主任：是他那张讨人嫌的臭嘴。
大　　爷：您也瞧瞧您那副德行。
做母亲的：都在一块雨布下躲雨——
马主任：是他先损——呵——（喷嚏没打出来）
做母亲的：等太阳出来就好了。
马主任：嗬，这雨！
大　　爷：这哪是雨？是雪！
　　　　（众人各在一方，从雨布下伸出手脚试探。）
姑　　娘：是雨呢。
戴眼镜的：（伸出脚踩踩）下的是雪。
愣小子：（跑出去，直蹦直跳）嗬，真他娘下雹子了！
师　　傅：你小子又野啦？撑住！
　　　　（愣小子乖乖地回来撑住雨布。风雨交加，也还有别的各种声响，像是汽车的发动声，又像是刹车声，而沉默的人的音乐又隐约响起来了。）
做母亲的：总归是走不了。（收拾她的提包）也不知道还要等到哪年哪月……这雨啊雪的下起来没完没了……

戴眼镜的：（低头背诵英语卡片）
　　　　　It is rain, that is snow.
大　爷：（在地上比划棋谱）
　　　　　炮七平八，马九平五。
　　　　（姑娘沉思，从雨布下她的角色中走了出来，一步一步地，带着明显的变化，到观众席的时候，全然超脱出剧中的人物，而舞台上的光线逐渐全暗。）

姑　娘：管它是雨还是雪呢，三年、五年还是十年，你一生中又有几个十年？
　　　　（以下三个声音同时说。）
姑　娘：你这一生，就这样耽误了，
戴眼镜的：（弱）It rains, it rained,
大　爷：（更弱）马九进八，炮四退三。
姑　娘：就这样耽误，就此耽误了？
戴眼镜的：it is raining, it will rain?
大　爷：兵六平五，车五进一。
姑　娘：你就这样抱怨，终生抱怨？
戴眼镜的：It snows, it snowed,
大　爷：仕五退六，炮四平七，
姑　娘：就这样无止境痛苦无止境的等待？
戴眼镜的：It is snowing and it will snow.
大　爷：车三进五啊——仕五退六！
姑　娘：老的已经朽了，新生的就要出世，
戴眼镜的：Rain is rain, snow is snow.
大　爷：车三进二，炮四退一，
姑　娘：今天过了还有今天，未来的永远是未来，
戴眼镜的：Rain is not snow, snow is not rain,
大　爷：象五啊退三，炮四啊平七，
姑　娘：你就这样永远等待而抱怨终生？
戴眼镜的：Rain isn't snow and snow isn't rain!
大　爷：象七退五，车三进七，将！
　　　　（舞台转亮，姑娘已经回到台上，又回到她的角色中去了。风雨声也已止住。）
师　傅：（看天）俺说这雨长不了，太阳这不露脸了？（对愣小子）把雨布收起来。

愣小子：嗳！（连忙把雨布折起来）

做母亲的：这就上路吧？

姑　　娘：（望着戴眼镜的）还走吗？

大　　爷：这往哪儿去？

愣小子：进城去，师傅？

师　　傅：跟住俺就是了。

大　　爷：还进城去呀？这把年纪能走得到吗？

戴眼镜的：您回去不也照样走？

大　　爷：这话倒也是。

做母亲的：可我这包是真沉。

戴眼镜的：大婶，我替你拎！（拎起大提包）

做母亲的：多谢了。老人家，您脚下可留点神。

姑　　娘：当心！（扶大爷一把）

大　　爷：你们前面走，别叫我这老头子拖累你们。我呀，要倒在哪儿，烦大家给我刨个坑。别忘了插上个牌子。写上这么一笔，就说是有那么个死不知悔的棋迷，啥本事没有，就下了一辈子棋，老惦着寻个机会，进城里文化宫去显派显派。等呀等的，这老朽就栽在进城的路上了。

姑　　娘：您这是哪儿的话呀。

大　　爷：好姑娘呀！（看看戴眼镜的，戴眼镜的不很自在，推推眼镜）马主任，您倒是还走不走呀？

马主任：走！我得进城告他们汽车公司去！我要找他们经理，问问他们到底替谁开车，是他们自己方便，还是为乘客服务？这样折腾乘客，他们要负责任！我要去法院起诉，要他们赔偿损失，赔偿乘客耗掉的年龄和健康！

姑　　娘：您别逗了，没这么告的。

马主任：（对戴眼镜的）你看看站牌子，这是哪一站？你那电子表这会儿什么时间了？都记下来，找汽车公司算账！

戴眼镜的：（看站牌子）怎么，没站名？

大　　爷：怪事。

马主任：那还竖个牌子干什么？仔细看看。

姑　　娘：是没有。

愣小子：师傅，咱们白等了，叫汽车公司给坑啦！

大　　爷：再看看，既有站牌子怎么能没个站名儿呢？

愣小子：（跑到牌子的另一面，对戴眼镜的）你来看，像是贴过一张纸，就剩点浆糊印子了。

戴眼镜的：（细端详）大概是张通告。

马主任：那告示哪里去了？找找看！

姑　娘：（朝地上四下张望）风吹雨打的，还不早没影儿了。

愣小子：（站到铁栏杆上，看站牌子）这印子都灰不拉几的，哪八辈子的事了。

做母亲的：怎么，这站取消了？可上星期六我还……

姑　娘：哪个上星期六呀？

做母亲的：不就上上，上，上，上，上，上……

戴眼镜的：您说是哪年哪月的哪个星期六？（眼镜几乎贴在手表上瞅）

愣小子：甭瞅了，大白板。早该换电池啦！

师　傅：难怪汽车都不停哩。

大　爷：咱们在这站上白等了？

戴眼镜的：可不白等了。

大　爷：（伤心）干吗这牌子还竖着，不是捉弄人吗？

姑　娘：咱们走吧！咱们走吧！

马主任：不行，得告他们去！

戴眼镜的：您告谁？

马主任：汽车公司呀，这样糊弄乘客还行？我拼了这主任不当了！

戴眼镜的：您还是告您自己吧。谁叫您不看清楚的？谁叫我们左等右等的？走吧，再没什么好等的了。

师　傅：俺们走！

众　人：（喃喃地）走吧，走吧，走吧，走吧，走吧，走吧……

大　爷：还能走得到吗？

做母亲的：不会是去城里的路上发大水把桥冲了，路不通？

戴眼镜的：（急躁）怎么会不通？车都过了多少！

（远处又有汽车的声音。众人都默默呆望。汽车声这会来自四面八方。众人茫然失措。来车沉重的轰响逼近，而沉默的人的音乐飘逸在众多的车辆的轰响之上。众人各自凝视前方，有走向观众的，也有仍在舞台上的，都从自己的角色中化出。光线也随之变化，明暗程度不同，照着这些演员。以下台词，七个人同时说。甲、己、庚的话，穿插串连一起，构成完整的句子。）

扮姑娘的演员甲：　　　他们怎么还不走呀？
扮马主任的演员乙：　　　　　人有时候
扮师傅的演员丙：
扮母亲的演员丁：
扮大爷的演员戊：　　　　都说喜剧比悲
扮愣小子的演员己：　　　　　　　　　不明白。
扮戴眼镜的演员庚：

甲：　　　该说的不是已经说完了？
乙：还真得等。　您排队买过带鱼吗？噢，您
丙：等不要紧。　人等是因为人总有个
丁：　　　　　　　　　母亲光对小孩说：走呀，
戊：　剧难演。　　悲剧吧，　　　　演得观众不哭，
己：　　　　　　　　　　　　　　　　　　好像
庚：真不明白。

甲：　　　　　那他们为什么不走呢？
乙：不做饭，那您总排过队等车。
丙：盼头。要连盼头也没有了，那就惨了。
丁：小宝贝，走呀！孩子永远也学不会走路。
戊：你演员可以哭。　　可演喜剧呢，
己：是……
庚：　　也许……

甲：　　　　可时间都白白流走了呀！
乙：要是您排半天队，可人卖的不是带
丙：用戴眼镜的话说叫做绝望。绝望好比喝
丁：还是让小孩子自己爬去。当然，有时候也扶
戊：观众要是不笑，你总不能自个
己：他们在等。
庚：他们在等。

甲：
乙：鱼，是搓布板，城里的搓布板做得精
丙：敌敌畏，敌敌畏是药苍蝇蚊子的，人干
丁：他一把。然后就由他摸着墙从一
戊：儿在台上直乐。　　　　　再说，你
己：　　　当然不是车站
庚：时间不是车站。　　　　不是终点站。

682

甲：他们都不走
乙：细,不伤衣服,可您都有了洗衣机,这
丙：嘛喝敌敌畏找那罪受？不死也得抬到医
丁：个拐角——到一个拐角,再——走到门
戊：也不能胳肢观众呀,人观众也不干！
己：
庚：

甲：了？　　　　　　　　　　　真想走就走
乙：队白排了半天,没法不窝火。所以说,
丙：院里灌肠,那就更不是滋味了。
丁：口,也由他去摔跤,再扶起来就是了。
戊：　　所以说,喜剧比悲剧难演。明明
己：　　　　他们想走。
庚：　　　　　　　　并不真想走。

甲：了？　　　　　　　　　　　那就告诉他
乙：等并不要紧,要紧的是,您先得弄清楚,
丙：对了,您走过夜路吗？大野地里又赶上
丁：小孩子不跌跤,学不会走路的。做母亲
戊：是喜剧吧,你得装出副怪忧郁的样子,
己：那就该走了。
庚：那就走了。

甲：们快走吧！
乙：您这排队等的是什么？您要是,排着排
丙：天阴,两眼一抹黑,越走不就越两岔了？
丁：的就得有这分耐心。要不,就不配,不,
戊：把生活中的那些可笑之处,一一摆弄给
己：　　　　　　　　　　说完了。
庚：　　该说的都已经说完了。

甲：他们怎么还不走呢？
乙：着,白等了那么半辈子,或许是一辈子,
丙：您就得等到天亮,都大白天了,您还就
丁：就不会做母亲。所以说,做母亲真难啊,
戊：观众看。　所以说,演喜剧的演员,
己：　　　　　　我们在等他们。
庚：　　　　　　我们在等他们走。

683

甲：大家都快走吧！
乙：那不给自己开了个大玩笑？
丙：赖着不走，您不就犯傻了？
丁：可做人也不是不很容易吗？
戊：比起演悲剧的演员更难！
己：　　　　啊，走吧！
庚：　　　　　　走吧！

（四面八方的汽车奔驰声越益逼近，夹杂着各种车辆的喇叭声。舞台中央光线转亮。演员都已回到各自的角色中。沉默的人的音乐变成诙谐的进行曲。）

戴眼镜的：（望着姑娘，温情）我们走吧？
姑　娘：（点点头）唔。
做母亲的：哟，我的包呢？
愣小子：（快活）这儿扛着呢。
做母亲的：（对大爷）您脚下看着点儿。（去搀扶大爷）
大　爷：多谢你了。

（众人互相照看牵扯着，正要一起动身。）

马主任：唉，唉——等等，等等，我系鞋带儿呢！

・剧终・

1981年7月初稿于北戴河——北京
1982年11月二稿于北京

选自《车站》，
联合文学，2001年第1版

本书选文作者面广，时间跨度长，尽管我们多方努力，还是有少数作者无法联系上，敬请作者或著作权人予以谅解，并与我们编辑部联系（具体联系方式详见版权页），我们将奉寄样书和稿酬。